우

정

의

정

원

우 정 의 정 원

서 영 채
평 론 집

문학동네

책머리에

네번째 문학평론집을 펴낸다. 『미메시스의 힘』 이후로 십 년만이다.

교정을 마치는데 문득, "인생은 한 줄의 보들레르에도 미치지 못한다"는 문장이 튀어나왔다. 인상적이지만 그리 공감 가는 말은 아니다. 보들레르만 하더라도 나는 그의 시보다 에세이를 좋아하고, 또 인생을 가볍게 여기는 호방함 뒤에 허세가 느껴지는 까닭이다. 하지만 35세에 세상을 버린 작가의 유작 속에 나오는 문장임을 감안한다면 느낌이 조금 다를 수 있다. 묵직한 실존적 울림이 수사의 과장기를 감쇄해주기 때문이다.

스무 살이었던 일본 작가 아쿠타가와 류노스케는 서점의 2층에 있는 서가에 사다리를 타고 올라가 책을 찾고 있었다. 해가 기울고 활자 속을 헤매다 지쳐 내려오려는데 머리 위에서 전등불이 켜진다. 순간 그는 사다리 위에서 작고 초라하게 보이는 점원과 손님들의 모습을 내려다보게 된다. 보들레르와 인생을 비교하는 문장은 바로 그 순간에 흘러나온다. 그렇다면 스무 살의 한 청년으로 하여금 염세의 언어를 내뱉게 한 진짜 힘은, 보들레르의 시가 아니라 서가 사다리에 있다고 해야 하지 않을까. 그에게 부감의 시선을 제공하여 세상을 굽어보게 만든 것은 사다리의 힘이니까. 언즉시야라는 느낌도 없지 않지만 수긍할 수는 없는 말이다. 신의 시선을 제공한 것으로 치자면, 서점의 사다리 사건 이전에도 적지 않았을 테니까.

중요한 사건은 다른 무언가를 찾으러 가는 길에서 생겨나곤 한다. 서가 사다리가 사건의 주범이라 함이 틀린 말은 아니지만, 그 사건을 만든 진짜 힘은 보들레르에게 있다고 해야 한다. 보들레르를 만나러 간 사다리였기 때문이라 함이 아니다. 조금 더 나아가야 한다. 보들레르가 바로 그 사다리였다고 말해야 한다. 그 옆에 꽂혀 있던 톨스토이, 모파상, 입센, 쇼, 니체, 도스토옙스키가 모두 저마다 하나씩의 사다리라고, 그들이 이미 사다리이므로 나무로 만든 서점의 사다리 같은 것은 있어도 그만 없어도 그만이라고, 설령 그 청년이 서점 사다리를 오르지 않았더라도 문학 속으로 들어간 그는 이미 사다리 위의 시선을 지니고 있었다고 말해야 한다.

아쿠타가와가 세상을 떠나던 1927년에, 46세의 루쉰은 상하이의 군관학교에서 '혁명 시대의 문학'이라는 제목의 강연을 하고 있었다. 문학은 혁명에 아무런 소용이 되지 않는다 함이 내용의 핵심이었다. 장교 후보생들을 상대로 루쉰은, 한 나라의 문화적 수준을 높이기 위한 기여라면 모를까 전쟁을 하는 데는 아무런 쓸모가 없으므로, 혁명 전사들은 문학에 관심을 갖지 않는 것이 좋겠다고 했다. 글을 짓는 재주밖에 없는 자기로서는 별수없는 것이지만, 그래도 문학 이야기보다 대포 소리가 훨씬 듣기 좋다고.

루쉰이 살았던 세상은 실제로 혁명과 전쟁이 벌어지는 와중이었다. 그래서 이런 말을 할 수 있었을 것이다. 그러면서도 그 자신은 필명을 바꿔가며 전투적인 글쓰기에 임했다. 그는 문학을 내팽개침으로써 자신의 글쓰기를 멋진 문학의 기념비로 만들었다. 명성 따위는 그에게 하등의 중요성도 없었다. 그가 쓰다 버린 백사십여 개의 필명이 그것을 보여준다.

나는 그 까닭을 안다. 루쉰도 책장 사다리에 올랐던 사람이기 때문이다. 사다리에 오르면 삶이 하찮아진다. 문제는 사다리 밑으로 내려오지 않을 수 없다는 것이다. 삶도 책상도 사다리 밑에 있기 때문이다. 게다가 글을 쓰려면 사다리 밑의 허접함과 눈을 맞추어야 한다. 자기 자신이 그 허접함의 일부여야 하고, 자기 몸에서 나는 냄새를 버티고 견뎌야 한다. 루쉰은 그것을 했고 그럼으로써 멋진 문학이 되었다.

혹자는 물을지도 모른다. 루쉰이 사다리에 오른 것을 당신이 어떻게 아느냐고. 조심스럽지만, 큰 비밀은 아니니까 이 자리에서 밝혀도 되겠다. 사다리 위에 있는 루쉰을 내가 만난 적이 있다. 위·진 시대의 현철賢哲, 완적과 혜강의 사적을 찾으러 왔다고 했다. 나는 건너편 사다리에서 이광수를 뒤지고 있던 중이었다. 제법 긴 이야기 나누었으나 기억이 흐려져 전하지 못한다. 궁금하시면 직접 올라가보시기 바란다. 수많은 사다리 위에, 『마하바라타』와 김소월을 찾는 사람들이 올라와 있을 것이다. 그들에게도 해가 저물고 어둠이 찾아오고 또 전등불이 켜지고 할 것이다. 당신에게도 마찬가지일 것이니, 부디 내려오는 사다리를 잘 살피시기 바란다.

이번 책은 제목을 정하는 일이 유난히 힘들었다. 지난해에 책을 냈다면 그렇게 망설이지는 않았을 것이다. 책을 준비하는 지난 육 개월 동안 해괴한 일이 벌어지는 것을 목격하고 있는 중이다. 권력을 쥔 소시오패스들의 행태를 보며, 어이없고 가소롭다는 생각이 분노보다 앞선다. 1987년 이후 단단하게 다져진 시간들이 내 안에 있는 까닭이다. 지금 껏 그래왔듯이, 수렁을 만나면 도약이 있을 것이다. 내 동생과 내 친구처럼, 나도 민주공화국 시민의 한 사람으로서 시민의 일을 할 것이다.

이 책의 제목, '우정의 정원'은 내가 받은 선물이다. 이 책에 실린 해당 원고의 기획자 노태훈 형과 대담자 양순모 형이 그 제목을 글에 붙여주었고, 양순모 형은 자신의 글을 이 책에 수록할 수 있게 해주었다. 이 책의 편집자 김봉곤 형은 '우정의 정원'을 이 책 제목의 유일한 후보로 골라냈다. 조심스럽지만 단단한 그의 태도 앞에서 내가 제출한 제목은 부드럽게 기각되었다. 세 분께 감사드린다.

누구도 차별하지 않는 유물론자들의 공간, 우정의 정원은 내가 좋아하는 말이다. 특히 우정이라는 말이 그렇다. 고백하자면 내가 서가 사다리 위에서 만난 사람은 루쉰만이 아니다. 그들과 나눈 마음을 지칭하기에 사랑이라는 말은 너무 무겁고 존중이라는 말은 너무 예의바르다. 우정이라는 말밖에 다른 대안이 없다. 내 마음속 우정의 정원은 뜰이자 밭이기도 하다. 생각을 위한 클리나멘의 저장고가 거기에 있다. 그 너머 개활지와 숲과 산은 내 발이 짧아 갈 수 없는 곳이다. 나는 사다리를 오를 테니, 벗들이여 그 소식을 들려주시라. 내가 경청하겠다.

2022년 12월
서영채

1부

이 희미한 삶의 실감

두 작품이 묶인 책[1]을 다 읽고 나니 문득 궁금해졌다. 슈니츨러가 몇 살 때 쓴 것일까.

확인해보니, 「카사노바의 귀향」은 1918년, 「꿈의 노벨레」는 1926년에 발표되었다. 나이로 치면, 슈니츨러가 56세, 64세 때의 일이다. 하나는 예상과 맞았고 다른 하나는 틀렸다.

「카사노바의 귀향」의 시간적 배경은, 늙어가는 '카사노바'가 고향으로 돌아가고 싶어서 사면의 편지를 기다리고 있던 53세 때로 되어 있다. 그러니까 슈니츨러가 이 소설을 구상하고 쓸 때와 대략 비슷한 나이인 셈이다. 작가도 주인공도 모두, 늙음이라는 것이 관념에서 현실로 옮겨지는 순간을 경험하고 있을 때이다. 희대의 염정가艶情家이자 매력덩어리 모험가 카사노바는 이제, 어느덧 괴물이 되어 있는 자기 자신의 모습을 지켜보아야 한다. 늙은 파우스트의 절망 같은 것이

---

1) 아르투어 슈니츨러, 『카사노바의 귀향·꿈의 노벨레』, 모명숙 옮김, 문학동네, 2010.

라면 누구에게나 불가피한 것이겠지만, 그래도 낭만적 영웅 카사노바라면 조금 달라야 하지 않을까. 누가 뭐래도 카사노바는 자유와 열정의 화신이 아닌가.

카사노바는 매력적인 유혹자이자 자유로운 모험가의 삶을 살아왔다. 그는 애정을 사취하거나 정조를 강탈하는 저급한 동물들과는 질적으로 다른 존재였다. 그는 자기 열정이 시키는 대로 거리낌없이 살아왔다. 읽고 쓰고 연애하고 싸우고, 그래서 감옥에 갇히고 또 탈옥하고 하면서. 슈니츨러의 소설에서도 카사노바라는 인물의 기본적인 설정은 크게 다르지 않다. 비록 유랑에 지친 53세의 몸과 마음으로 등장했지만, 카사노바는 여전히 카사노바이다. 젊은 육체를 잃은 대신에 그는 명성과 관록을 얻었다. 그를 사랑하고 원하는 여성들은 도처에 있다. 생각하기에 따라서는 아직도 여전히 새로운 삶이 그 앞에 있을 수도 있다.

슈니츨러는 그런 카사노바로 하여금 공전절후의 강적을 만나게 했다. 채 스물이 되지 않은 젊은 여성 '마르콜리나'가 그 주인공이다. 젊고 아름답고 지적이기까지 한 마르콜리나는, 카사노바에게는 마치 금성철벽 같은 암담함으로 다가온다. 어떤 여성이건 카사노바와 마주치게 되면 마땅히 보이게 되는 반응이 있다. 경탄이건 경멸이건 단순한 호기심이건 간에, 뭔가 주름 잡힌 감정이 드러나야 한다. 그러나 젊고 지적인 마르콜리나가 카사노바에게 보여준 것은 철저한 무관심이다. 경멸이나 경원시나 혹은 증오라도 상대할 수 있으되, 산전수전 다 겪은 베테랑 전사 카사노바도 무관심은 어쩔 도리가 없다. 카사노바의 명성이나 원숙함 따위에 전혀 관심을 갖지 않는 상대에게는, 들이밀 카드가 없을 뿐 아니라 카드를 건넬 통로조차 없다. 카사노바는 젊지 않은 자기 몸의 한계를 뼈저리게 느낀다. 자칭 성갈의 기사 카사노바 경, 이제 이 강적과 어떻게 맞설 것인가.

그다음부터 펼쳐지는, 슈니츨러가 만들어놓은 늙은 카사노바의 서사는 참담하기 그지없어 끔찍하기조차 하다. 「카사노바의 귀향」의 주인공 카사노바가 오로지 한 젊은 여성의 정조만을 원하는(마음은 물론이고 육체도 아닌 정조이다!), 사기와 협잡, 협박을 일삼는 난봉꾼의 모습, 낭만적 영웅 카사노바가 아니라 괴물 같은 돈 후안의 모습으로 드러나고 있는 것이다.

무엇 때문이었을까. 젊음에 대한 질투? 시간을 너무 많이 타버린 세상에 대한 분노? 젊은 육체에 대한 단순한 갈망? 늙어가는 자기 몸에 대한 불안? 그것이 무엇이건 혹은 누구의 것이건 간에, 다만 오십대 중반의 한 남성이 지니고 있는, 몇 겹으로 접힌 마음의 주름이라 한다면 구태여 명명하지 않아도 좋을 것이다. 그런 마음의 주름을 이런 생동감 있는 악마적 서사로 표현해내고 있는 슈니츨러의 감각에 대해서라면 조금 더 말해볼 수 있겠다. 그 바탕에 있는 것이 존재론적 간극이기 때문이다. 이에 대해서는, 그로부터 팔 년 후에 발표된 「꿈의 노벨레」를 거쳐 가야 좀더 분명하게 말할 수 있다.

「꿈의 노벨레」의 내용인즉, 성공한 삶을 살고 있는 한 젊은 의사가 어느 순간 돌연 느끼게 된 실감 없는 삶에 관한 것이다. 버젓한 직업과 단란한 가정을 가진 젊은 의사 '프리돌린'은 어느 날 밤 매우 특이한 경험을 한다. 오랜만에 만난 동창을 통해 비밀스러운 가장 무도회에 참여하게 되고, 거기에서 벌거벗은 에로스와 생명의 위협이 뒤섞인 매우 특별한 하룻밤을 보낸다. 가면을 썼기에 누구인지 알 수 없는 한 여성, 오로지 벗은 몸만을 알아볼 수 있을 한 여성으로 인해 그는 목숨을 건진다. 아마도 그 여성은 프리돌린의 생명을 지킨 대가로 자기 목숨을 바쳐야 했던 듯싶었다. 다음날 프리돌린은 필사적으로 지난 밤 사태의 비밀을 알고자 하나, 그가 할 수 있는 것이 아무것도 없음은 물론이고 알 수 있는 것조차 아무것도 없다.

그런데 여기에서 중요한 것은, 놀라운 하룻밤의 경험 같은 것이 아니라 그런 경험을 하고 난 후 프리돌린에게 다가온 삶에 대한 느낌이다. 신비로운 밤의 경험 이후로 그 길을 다시 추적해가는 프리돌린에게 박두해온, 삶 자체가 비현실적이라는 느낌이 곧 그것이다. 이런 느낌은 지난 밤 자기가 겪은 일이 현실인지 아닌지 알 수 없다는 차원에 그치는 것이 아니라, 거기에서 한 발 더 나아간 것이다. 자기 삶 자체, 가정과 아내와 아이와 직업 그리고 그 자신의 존재까지, 모든 것이 비현실적으로 느껴지는 것이다. 실감 없이 흐릿해져버린 자기 삶 자체의 실루엣이 그에게 정면으로 밀려드는 것이다.

프리돌린이라는 젊은 의사로 말하자면, 매우 놀라운 경험으로 인해 충격을 받고 난 다음이니 그럴 수도 있다. 하지만 책장을 덮고 나면 우리에게 자연스럽게 생겨나는 반문이 있다. 하필 그런 특별한 경험을 해야만 삶의 실감 없음이 드러나는 것일까. 삶의 존재론적 간극은 우리 일상 속 어디에나 도사리고 있는 것이 아닌가. 우리를 습격한 일상의 풍경들로 인해 우리는 아득하고 아련해지지 않는가.

비 온 후 깨끗해진 골목길을 혼자 걸어나갈 때, 걸어가는 길 저편 끝에 부서지는 햇살과 그 속을 가로지르며 지나는 버스가 아득하게 느껴질 때, 전철을 기다리며 안내판을 멍하니 바라볼 때, 홀로 저녁밥을 먹던 분식집 통유리 너머로 느닷없는 참새 한 마리와 눈이 마주쳤을 때, 곧바로 그것이 착각이었음을 깨달을 때, 자기가 혼자라고 느끼는 어떤 순간이면 종종 다가오곤 하는 느낌이 바로 그것이지 않은가.

　나의 이 삶이 과연 진짜인가 하는 느낌들, 나는 혹시 허깨비가 아닌가 하는 의문 같지 않은 의문들, 사람들을 만나고 그들과 어울려 놀고 일하면서 우리가 순간순간 메워나가고 있는, 자기 자신을 연기하는 자기 모습이 문득 포착될 때 등장하곤 하는, 모든 사람들의 마음속에 도사리고 있는, 때로는 매우 치명적인 허방들.

　그러니까 53세의 카사노바를 괴물로 그릴 수밖에 없었던 56세의 슈니츨러도 그런 허방 앞에 있었던 것이겠다. 깊이를 알 수 없는 허방이므로 그곳을 메우려면 괴물이 필요하지 않을 수 없었겠다. 비밀과 거짓말을 동원할 수밖에 없었겠다.

　그런 마음이라면 노소를 불문하고 우리 자신도 공감할 수 있지 않을까. 카사노바 이야기가 나온 1918년이면 1차대전이 한창이던 시절이다. 게다가 그가 있었던 곳은 전쟁의 당사국이었던 오스트리아의 수도 한복판이다. 세계대전의 와중에 소설을 쓰고 발표한 오십대 중반의 남성 슈니츨러는 늙어가는 전설 카사노바의 마음이 되어 있다. 그로부터 구 년이 지나 육십대 중반이 된 작가 슈니츨러는 흐릿하게나마 자기가 사는 세상 밖을 느끼고 있는 중이다. 우리도 슈니츨러를 따라 그 마음들 안으로 들어가보면 어떨까. 그럴 수 있을까. 허방이 아슴아슴하지 않은가. 흐리고 또 흐리다. 이토록 희미한 삶의 실감이라니!

(2013)

죽음의 눈으로 보라
―고전을 읽는다는 것

1.

왜 고전을 읽어야 하는가. 이 질문에 대한 대답은 자명할 수밖에 없다. 고전이니까! 고전은 고전이니까 읽어야 한다는 동어반복이야말로 고전의 의미와 가치를 보여주는 핵심적인 논리이다. 그런데도 이런 질문이 대답을 요구하는 합당한 것으로 통용된다는 사실, 더 나아가 고전 읽기의 가치와 효용에 대해 따져 묻는 질문이 존재한다는 사실 자체야말로 현재 우리 시대, 고전 읽기가 당면한 현실의 상징적 지표가 된다.

그러나 이런 식의 생각이 우리 시대만의 것이라고, 그러니까 좋았던 황금시대는 지나갔고 한심하게 타락한 우리 자신의 현실이 도래했다는 식으로 말할 수는 없다. 책을 좋아하는 사람이 소수에 불과했던 것은 어느 시대나 크게 다를 수 없다. 게다가 지금 우리가 사는 시대는 행복이 최고의 이념으로 통용되는 때이다. 고전을 읽어야 하는 이유 역시, 우선적으로는 실용의 언어로 제시되지 않을 수 없다.

고전 읽기의 필요성에 대한 대답은 고전이라는 말 자체가 이미 암시하고 있는 것으로 보인다. 고전은 인간 정신의 수호자, 진정한 행복의 지킴이라 함이 곧 그것이다. 고전이라는 단어는 영어 클래식classic을 번역한 것으로 라틴어 '클라시쿠스classicus'에서 유래한다. '클라시쿠스'는 함대를 뜻하는 '클라시스classis'에서 파생된 형용사로서 나라에 여러 척의 군함을 기부할 수 있는 재력을 지닌 계급을 뜻한다.[1] 그와 반대되는 단어가 '프롤레타리우스proletarius', 나라에 바칠 수 있는 게 자식proles밖에 없는 사람들이거니와, '클라시쿠스'라는 말이 고전적 저작을 지칭하는 뜻으로 사용된 것은 중세 초기 교부철학자들의 시대 때부터라고 한다. 요컨대 유럽 중세의 지식인들에게 고전은, 인간 정신을 수호하는 함대이자 수호 계급으로 다가왔다는 뜻이겠다.

고전에 대한 이런 생각은 한국의 전통 지식인들이 지니고 있던 '고문古文'에 대한 존중과 다를 바 없다. 고전이 어떻게 사람의 삶에 보탬이 되는가. 좀더 실용적으로 답해야 한다면, 다음과 같이 말해볼 수 있겠다. 고전은 지식과 지혜, 진실과 진리를 제공한다는 것, 그것이 사람을 창의적으로 만들 수 있다는 것이다.

첫째, 사람 사는 세상에서 강한 발언권을 지니는 사람은 자기 세상의 역사 줄기와 디테일을 정확하고 섬세하게 파악하고 있는 사람이다. 고전이 바로 그 지식을 제공한다.

둘째, 지혜로운 사람은 사람들 사이에서 존중의 대상이 된다. 지혜로운 사람은 넓은 시야로 세상을 바라보고 사리에 맞게 일을 처리한다. 고전에 압축된 인간 경험의 공간이 그런 지혜의 바탕을 제공한다.

---

1) 이마미치 도모노부, 『단테 신곡 강의』, 이영미 옮김, 안티쿠스, 2008, 14~15쪽.

셋째, 살다보면 누구나 지치고 힘들 때가 있다. 고전이 제공하는 진실의 정서적 경험이 공감과 위로의 힘이 된다. 공감력이 커지면 감정 구제와 소통에 능해지고, 초연결 시대의 우월자, 친구 부자가 될 수 있다.

넷째, 길을 잃었다고 느낄 때, 앞이 캄캄해서 보이지 않을 때, 먼저 길을 잃었던 사람들의 기록은 어둠 속에서 방향을 찾는 지침이 될 수 있다. 무엇이 옳고 그른지는 내가 판단할 것이나, 진리를 향한 그 판단의 지침은 고전에서 찾을 수 있다.

어떨까, 이 정도면 충분할까. 그러나 이런 실용적인 항목들이 고전으로 향하는 마음의 진짜 향도일 수는 없지 않을까. 아무리 창의적이되고 아무리 성공적인 커리어의 주인공이 된다고 해도, 한 사람이 제대로 된 삶을 사는지는 또다른 문제이지 않은가. 진리나 진실이나 지식은 물론이고 지혜로도 채워지지 않는 어떤 빈틈이 있지 않은가. 채워지지 않는 구멍으로부터 울려 나오는 소리가 있지 않은가. 그런 느낌을 아는 사람이라면, 고전에서 발견할 수밖에 없는 단어가 있겠다. '고독'이 바로 그것이다.

2.

지혜나 지식이 아니라 고독? 진실도 진리도 아닌 고독? 그렇다. 고전에서 우리가 만나게 되는 것은 일차적으로 고독이라고 해야 한다. 우리가 고전을 통해 궁극적으로 마주하게 되는 것은 어떻게 살지가 아니라 어떻게 죽을지의 문제라 해도 마찬가지 말이 된다. 고전의 깊은 곳에 놓여 있는 것, 그것 역시 고독이되 이번에는 자기 자신의 고독, 죽음의 시선이다.

물론 책을 읽는다는 것 자체가 고독의 형식을 필요로 한다. 붐비는 거리 분주한 사람들 속에 있다 해도, 책을 펼치는 순간 사람은 자기만의 고독 속으로 입장하게 된다. 책이 있다면 전철 객차 안도 인적 없는 숲이 되고, 소란한 시장도 고요한 사막이 될 수 있다.

책을 찾는 사람은 무언가를 알고자 하는 사람, 익히고자 하는 사람, 또한 문득 자기 안에서 결여나 불일치를 발견하고 마음의 동요나 불안을 느끼는 사람이다. 행복한 사람은 책을 읽을 이유가 없다. 현재가 충만한 사람에게 책은 별 소용이 없는 물건일 뿐이다. 쫓기는 사람, 슬퍼하는 사람, 고통스러운 사람은 책을 읽지 못한다. 책이 눈에 보이지 않기 때문이다. 무언가를 찾아 두리번거리고, 어딘가를 떠올리며 그곳에 오르고 이르고 도달하고자 하는 사람이 책을 향해 눈길을 보낸다. 그런데 그런 사람으로 하여금 정작 책장을 펼치게 만드는 것은 고독의 힘이다. 침묵 속에서 홀로 있는 시간과 공간이야말로 독서의 필수 조건이자 책 읽기 자체의 형식에 해당한다.

하지만 고전의 고독은 독서가 지닌 형식으로서의 고독을 훨씬 넘어서 있다. 고전이 지닌 고독은 단단한 알갱이가 된 고독, 내용으로서의 고독이다. 고전은 오랜 시간을 거치며 많은 사람들의 손을 탄, 책 중의 책이다. 오랜 시간을 경과해온 수많은 고독들이 고전에 온축되어 있음은 당연한 일이다. 고전을 읽는 것은 바로 그 고독들과 만나는 것이다. 고전 속에 존재하는 매끄러운 고독의 알갱이들은 거울과도 같아서 보는 사람을 되비춘다. 오랜 시간 동안 많은 사람들에게 그래왔듯이, 독자가 고전의 고독 속에서 발견하는 것은 자기 자신의 고독이다.

그러니까 고전에서 만나는 고독에는 문이 있는 셈이다. 그 문을 열고 안으로 들어가면 거기에는 또한 다양한 형태의 고독들이 대기하고 있으되 그 바탕에는 내가 맞서야 할 나 자신의 고독이 있다. 책 읽기가 만들어낸 고독의 공간 속에서 사람들은 경험하게 된다. 고독과 단절을 통한 유대가 실현 가능한 것임을, 그리고 그 유대의 선은 시간과 공간을 종횡하며 넓고 깊게 펼쳐져 있음을.

3.

고독이라는 단어는 그 자체가 좋은 말일 수는 없다. 어려서 부모가 없는 것孤과 늙어서 자식 없는 것獨이 합해진 것이 고독이라는 단어이다. 환과고독鰥寡孤獨, 이 네 부류의 사람이야말로 다른 누구보다 먼저 보살핌의 대상이 되어야 한다고 쓴 사람은 맹자이다. 그중에서도 고아와 독거노인은 홀아비와 과부에 비하면 기본적 생존이 문제가 되는 사람들이다. 홀로 버려진 젖먹이는 살아남는 것 자체가 불가능하고, 독거노인의 정신과 신체는 고독사에 매우 가까이 있다.

더욱이 인간은 집단생활을 하는 존재라서, 고독 상태를 탈없이 버텨내는 일은 보통 사람들의 취약한 정신과 신체로는 불가능에 가깝다. 사회적 존재인 인간에게 고독은 곧 죽음의 동의어라 해도 지나친 말은 아니다. 그런데도 고전이 우리에게 제공하는 핵심이 고독이라고 해야 할까. 수많은 세대를 거쳐 존중의 대상이 되어온 책이, 우리에게 죽음을 제공한다는 것인가.

고전을 읽어온 사람들이라면 당연히 그렇다고 말해야 할 것이다. 더 나아가, 죽음이야말로 고전이 우리에게 제공하는 힘의 핵심이며, 인간 정신의 용광로이자 발전소라 해야 할 것이다. 우리 삶의 한복판에 등장하는 죽음이야말로 인간 존재의 본연의 상태를 상기시키는 핵심적인 위력이기 때문이다.

우리 모두가 알고 있듯이, 사람만이 아니라 생명을 가진 모든 것들은 죽음에서 와서 죽음으로 간다. 무기물의 세계에서 생명이 생겨나는 것은 기적과도 같고, 삶이 소진되어 무기물의 세계로 돌아가는 것은 누구도 거역할 수 없는 필연이다. 우주의 시선으로 보자면 바로 그 죽음의 세계야말로 정상 상태이다. 현재의 우주 전체 질량의 약 95퍼센트를 차지하는 암흑 에너지와 암흑 물질은 미지의 것이니 말할 필요도 없거니와, 그 나머지 물질세계의 표준은 생화학적 긴장이 없는 상태, 곧 생명이 없는 무기물들의 공간이다. 인간을 포함한 생명의 세계는 매우 특별한 조건이 만들어낸 비정상 상태에 불과하다.

인간의 삶이란 필연의 바다 위에 생겨난 파문 같은 것이되, 그 하찮음은 잔물결에도 미치지 못한다. 그 작은 기적의 힘이 사그라지면 우리 모두 침묵의 바다로 돌아간다. 그런데도 사람들은 삶이 정상이고 죽음이 비정상이라 느끼며 산다. 생명의 호흡과 질서가 우리 자신에게 너무나 익숙한 까닭이다. 고전 읽기가 일깨워주는 고독이란, 친숙하고 자명한 생명의 흐름을 가르고 들어오는 죽음의 다른 모습이다. 그 힘이야말로 인간존재의 근본 상태를 상기시킨다.

같은 고독이라도, 필자는 독자보다 좀더 짙은 밀도의 고독을 필요로 한다. 심장의 뜨거운 피로 글을 쓰는 사람은 행복한 필자이다. 흘러넘쳐 훌륭한 글이 되는 것은, 누구나 부러워하는 예외적인 천재들의 경우이다. 많은 필자들에게 글을 만들어내는 재료는 자기 간을 짜낸 즙이다. 그러니 글을 쓰는 것은 행복과 건강에 치명적이 아닐 수 없다. 지금껏 독자의 고독에 대해 말해왔지만, 자기가 쓰는 문장을 바라보고 있는 필자는 자기 글의 최초 독자이기도 하다. 쓰는 일이란 반복적으로 읽는 일에 다름 아니다. 쓰고 다시 고쳐쓰는 사람은 거듭 겹쳐진 고독을 맛볼 수밖에 없다. 필자란 몇 겹으로 겹쳐진 독자인 셈이니 그의 고독 역시 몇 겹으로 강렬한 것일 수밖에 없다.

그러니 책 중의 책을 쓴 고전의 저자들은 고독과 침묵의 극단까지 가본 사람들이 아닐 수 없다. 단테는 『신곡』의 첫머리에서, 인생길 반고비에 길을 잃었노라고, 깊은 숲속에 홀로 버려져 있는 자신을 발견했노라고 썼다. 인생길 반고비라 했지만 나이로 치면 삼십대 중반의 혈기 왕성한 시절일 뿐이다. 그럼에도 저와 같은 절망을 표백한 것은 그가 영구 추방령을 선고받고 제 나라를 떠나온 처지였기 때문이다. 절망에 빠져 글을 쓴 사람이 어찌 단테뿐일까.

제대로 된 글을 쓰고자 하는 사람 앞에 놓여 있는 것은 결국 자기 자신의 죽음일 수밖에 없다. 죽음에 아주 가까이 간 사람들은 생생해진 삶을 맛볼 수 있고, 그런 사람들이 쓴 글이라서 오래 기억하고 전승할 만한 생각과 표현이 담길 수 있는 것이겠다.

4.

쓰는 것도 읽는 것도 모두 죽음을 불러오는 것이다. 고독의 문 너머 가장 깊은 곳에 있는 것은 죽음의 눈길이다. 죽음의 시선이 사람들로 하여금 볼 수 없는 것을 보게 한다.

옛날 사람들 생각처럼 고전이 거대한 함대와 같다면, 함선들 각각에는 인간 정신의 수호자들이 승선해 있을 것이다. 지식과 지혜, 진실과 진리가 함장 노릇을 하고 있을 것이다. 갑판 밑 선창에는 무엇이 있을까. 노를 젓는 사람은 누구일까.

고향을 떠나 런던으로 진출한 19세기 소설 속의 드라큘라가 불사

신의 힘을 유지하기 위해 반드시 필요로 했던 것이 있다. 어둠과 고향의 흙이다. 자기 땅의 흙을 담은 관 속에 누워 눈을 감는 것이다.

고전은 오랜 시간 동안 역사가 추려낸 책들이다. 그러나 고전의 고독 속에 있는 것은 과거의 흔적만이 아니다. 죽음의 세계에는 시제가 없다. 그러니까 고전의 고독 속에 담겨 있는 것은 우리의 현재이자 미래이기도 하다. 우리가 현재 속에서 되살아나는 과거를 발견하듯이, 미래 역시 언제나 이미 우리 곁에 와 있다. 단지 문제는, 우리 곁에 함께 있는 미래를 식별할 눈이 없다는 것이다.

눈으로 볼 수 없는 것은 눈을 감아야 보인다. 고전의 고독이 바로 그 시선을 제공한다. 고전이라는 창고가 제공하는 것은, 인류가 떠나온 고향의 흙이 담겨 있는 수많은 관이다. 삶이 아니라 죽음이다. 도처에 죽음이고 죽음의 시선이다. 거기 들어가 눈을 감으면 고전의 소리를 들을 수 있을 것이다. 죽음의 눈으로 보라. 그래야 삶이 생생해진다.

(2022)

1990년대, 시민의 문학
—『문학동네』 100호에 즈음하여

K형, 그간 잘 지내고 계셨는지요. 올가을로 계간 『문학동네』가 100호를 맞는다고 합니다. 이런 문장을 쓰고 나니 느낌이 묘하군요. 『문학동네』의 100호를 남의 일처럼 말하고 있으니 말입니다. 그것이 정확하게 사실이라는 점에 한번 더 마음이 서늘해집니다.

100호라면 『문학동네』가 이제 만 이십오 년 되었다는 말이니, 편집위원을 그만둔 지는 만 사 년이 되었겠군요. 당초의 생각대로라면 이번 호까지는 편집위원 직무를 수행하고 있었을 것입니다. 분명하게 정한 것은 아니었지만, 대략 그 정도까지라는 게 암묵적 합의였으니까요. 그 시간을 돌아보니 아득하기만 합니다. 이십오 년 전이 아니라, 지난 사 년의 시간 말입니다. 이십오 년 전은 생생한데, 편집위원을 그만둔 후로 보낸 지난 사 년은 심연과도 같은 느낌입니다. 깊은 물속에 잠겨 있었던 것 같다고나 할까요. 그런 느낌 같은 것이야 개인적 기질 탓이니 아무래도 상관없겠지만, 어쨌거나 그 심연의 시간들이 제게는 참으로 감사했습니다. 뜻밖에 찾아온 아주 긴 휴가 같았다

고나 할까요. 한 주일 생활의 루틴이 달라졌고, 책과 글쓰기에 대한
관심도 방향이 바뀌어갔습니다. 의무적으로 읽어야 하는 부담으로부
터 벗어났고, 집중하여 쓸 수 있는 시간도 많아졌습니다. 휴가라면 끝
나지 않을 휴가이니 얼마나 고마운지 모릅니다.

형은 또 어김없이 힐문하겠군요. 그걸 감사하다고 말해야 하는 것
이냐고. 그러나 어쩔 수 없군요. 어김없는 사실이니 말입니다. 그러
니까 애초부터 내가 원했던 것은 편집자가 아니라 필자였고, 그것은
이십오 년 전 『문학동네』 창간에 임했을 때도 마찬가지였습니다. 개
인적으로 말하자면 조금 더 거슬러올라가야겠군요. 그로부터 일 년
쯤 전인 1993년, 계간 『상상』을 창간하던 무렵으로 말입니다. 지금
돌아보니, 그 무렵 저는 일 년 조금 넘는 시간 동안 무려 세 개의 계간
지 창간에 참여했군요. 『상상』은 1993년 가을호였고, 『문학동네』와
『리뷰』는 1994년 겨울호였습니다. 그런데도 편집자가 아니라 필자가
더 탐나는 자리라니 이상한 소리 아닌가, 이런 반문을 들을 만도 하겠
군요.

형에게 공개편지를 쓰는 것이 이번이 세번째입니다. 첫번째는 『문
학동네』가 창간 10주년을 맞았을 때, 두번째는 사 년 전 편집위원에
서 물러날 때였습니다. 한 번은 기뻤을 때였고 다른 한 번은 힘들었을
때였습니다. 그 두 번은 자발적으로 쓴 것이었는데, 이번은 조금 다르
네요. 계간 『문학동네』로부터 이번 글에 대한 요청을 받고서, 뭔가를
써야 하겠다는 생각은 했지만 어떻게 써야 할지에 대해서는 여러 가
지로 망설임이 있었습니다. 저 자신이 개입된 일이라 객관적 시선으
로 바라보는 것이 힘들었기 때문입니다. 차라리 주관적인 관점에서
쓰는 것, 한 사람의 문학청년이 겪어야 했던 경험에 대해 쓰는 것이

낫겠다 싶었습니다. 물론 생각에 대해 말을 하는 것은 논리의 문제이니 또다른 것이지만요. 형께 한번 더 공개편지를 드리자고 마음먹은 것은 그 때문입니다. 형도 제게 『문학동네』 창간 전후의 이야기가 궁금하다고 하셨지요. 그때 함께 일을 시작했던 사람들이 아니면 알기가 힘든 일들입니다. 필자의 자리가 탐난다는 사람이 어째서 그런 잡지들의 창간에 참여했고, 또 『문학동네』에서 이십 년 넘는 시간을 편집위원으로 일했는지에 대해 말입니다. 그런 이야기를 좀 들려드릴까 합니다.

그러니까 이 이야기의 줄거리는, 1980년대를 이십대의 나이로 보낸 후 1990년대를 맞이하여 비평 활동을 시작한 한 개인의 경험과 그 사이에 삽입된 생각들인 셈입니다. 당연히 개인적이고 더러는 매우 사적일 수도 있는 이야기들입니다. 그래도 1990년대에 들어 비평 활동을 시작하고 몇 개의 잡지 창간과 운영에 참여한 한 사람의 것이니, 단순히 개인적인 것만은 아닐 것입니다. 게다가 거기에는 우리가 함께 거쳐온 역사의 흔적들이 묻어 있을 수밖에 없지요. 오늘 이 자리에선 그런 말씀을 조금 드려볼까 합니다. 그것이 1990년대 문학으로 통칭되는 흐름에 대한 제 생각을 전해드리는 방법이 아닐까 합니다.

1992년 봄

이야기를 시작했지만 막상 어디서부터 말을 꺼내야 할지 쉽지 않군요. 여러 가지 기억과 생각들이 스쳐갑니다. 아무래도 『문학동네』 창간 전후의 이야기부터 시작해야 하겠습니다. 형은 잘 모르시는 이야기들입니다. 좀 고리타분한 회고가 될지 모르나 마음이 그리 가는 것을 어쩔 수가 없군요.

가장 먼저 떠오르는 것은 명륜동 길모퉁이 우유 대리점 이층에 있던 출판사 사무실입니다. 물론 초라한 곳이지요. 그러나 그때 저에게는 전혀 그렇지가 않았어요. 과장일지도 모르지만 어떤 고대광실이 부럽지 않았습니다. 그런 개념 자체가 없었다고 해야 맞을지도 모르겠네요. 그때 출판사들 사정이 다 그랬다고 말하는 것도 어울리지 않습니다. 무엇보다도 제 기억 속에는 그곳이 아우라로 둘러싸인 빛의 장소이기 때문입니다. 단지 그곳이 무언가 일을 시작했던 장소여서가 아닙니다. 개인적으로는 어떤 책임감의 거처, 좀더 나아가자면 글을 쓰는 사람으로서 가지는 모종의 사명감의 거처였던 까닭입니다. 뜻이 맞는 좋은 동료들을 만나서 제대로 된 일을 한다는 느낌으로 몸과 마음이 충일했던 때였습니다. 물론 『문학동네』만 그랬던 것은 아니었습니다. 같은 시기에 창간호가 나왔던 『리뷰』의 경우도 그랬었고, 오히려 열정의 강도로 치자면 그 한 해 전 『상상』 창간호를 만들 때 가장 컸던 것 같네요. 처음이었고, 또 무참히 깨져버린 경험이기도 해서 그렇지 싶습니다.

  문학동네 사무실에 이르기까지 저는 1980년대 말과 1990년대 초의 환멸 공간을 지나와야 했어요. 개인적으로도 그랬지만, 우리 시대 자체가 거쳐야 했던 곳이기도 했어요. 두 개의 커다란 문이 그 환멸 공간을 구획하고 있지요. 국내적인 사건과 세계사적인 사건들이 섞여 있어요. 그 시절 저 자신이 혈기 넘치는 청년이기도 했으나, 그 공간을 통과하면서 축적된 에너지가 있었어요. 그 힘의 존재는 시간이 많이 흐른 뒤에야 알게 되었지만요. 어쨌거나 그 힘이 저로 하여금 계간 『상상』과 『리뷰』 『문학동네』 창간에 참여하게 했습니다.

  형도 잘 아시듯이, 1980년대 전두환 정부 시절은 언론 탄압이 극심했을 때입니다. 문학 쪽도 예외는 아니었지요. 자기들 입맛에 맞지 않는 소리는 나오지 못하게 했습니다. 제대로 된 공식 매체의 문이 현저하게 좁아지자, 다양한 동인지와 무크지들이 등장하여 새로운 발표 지면이 되었습니다. 1980년대 전반기에는, 동인지와 무크지들이 새로운 문학운동이라고 할 수 있을 정도로 강력한 힘을 발휘했지요. 자유실천문인협의회 기관지『실천문학』, 폐간된『창작과비평』과『문학과지성』을 대신해서 나오던『한국문학의 현단계』와『우리 세대의 문학』 시리즈, 그리고『시운동』『시와경제』『목요시』『5월시』『열린시』 등의 동인지들이 떠오르는군요. 한 나라 전체의 목을 조른 신군부 세력에 대한 분노와 저항의 에너지가 문학장의 흐름을 바꾸어놓았어요. 한국의 현대사에서 정치적 억압은 문학을 키워내는 중요한 자양분이었지요. 신군부 세력에 대한 저항의 힘은 1987년 6월 항쟁에서 정점을 이룬 후 둑을 무너뜨린 물처럼 사회 전체에 퍼져갔지요. 문학장에서도 마찬가지였습니다. 1980년대 후반에도『문학예술운동』『노동해방문학』『녹두꽃』『노둣돌』 등이 무크지와 월간, 계간 등의 형태로 명멸했어요.

그 시절의 저 역시 시를 쓰고 동인 활동을 하던 문학청년이라 우리만의 새로운 매체를 갖고 싶은 마음이 없지는 않았어요. 독립 매체를 갈망하는 친구들이 곁에 있었던 탓이 더 컸다고 해야 할까요. 그러나 그런 마음도 시인으로서의 마음이었지, 매체를 운영하고 문학의 논리를 세우고자 하는 사람의 야망 같은 것은 아니었어요. 실제로 그런 길을 걷지도 않았고요. 그런데도 어떻게 비평을 하게 되었냐고요? 사연이 있지요. 그것 역시『문학동네』 창간과 무관하지 않네요. 그냥 우연이었다고 해야 할 일이지만 결국 그렇게 될 수밖에 없었다고 하면 운명 같은 것이겠네요.

　제가 공식적으로 평단에 이름을 올리게 된 것은 1992년 초의 일입니다. 『세계의문학』에 움베르토 에코의 소설 『장미의 이름』에 관한 글을, 또 『문학사상』에 이광수에 관한 글을 거의 같은 시기에 발표하게 되었어요. 잡지 기획을 담당하던 분들의 요청으로 싣게 된 글이었습니다. 그런데다 처음 쓴 두 편의 글이라는 것이, 당시의 현장 문학과는 크게 상관없는 것이었어요. 1980년대를 비평의 시대라 지칭하는 사람들이 떠올릴 비평의 모습과는 매우 거리가 먼 것이었다는 말입니다. 한국에서 상당히 화제가 되었다고는 하지만, 이탈리아 기호학자의 추리소설에 관한 글, 또 탄생 100주년이 된 이광수에 관한 글이니 말입니다. 둘 모두 근대성이라는 개념의 유효성을 다루고 있어서, 구태여 구분하자면 글의 성격은 미학이나 철학 쪽에 가까웠지요. 게다가 움베르토 에코에 관한 글은 아무 글이나 써도 좋다는 제안을 받고 쓴 것인데도 그랬습니다. 1990년대 초반이라 하더라도 아직 1980년대의 열기가 상당히 남아 있던 시절인데, 지금 생각해보니 어떻게 그럴 수 있었을까 싶기도 하네요. 당대 현실에 입각한, 문학을 향한 전투적 메시지가 있어야 했었을까요. 어쨌든 당시 저는 그런 생각과 조금 거리가 있었던 것 또한 사실인 것 같습니다.

　두 글을 발표하던 때 저는 대학원 석사과정을 아직 끝내지 못한 학생이었습니다. 좀 늦게 시작한 대학원 공부라서 늙은 학생 취급을 받았지요. 어쩌다 그랬냐고 한다면 그것 또한 우연이라 할 수밖에 없겠네요. 기질이 만들어낸 운명이라 할까요. 대학을 졸업하던 무렵, 공부를 하고 싶은 생각은 컸지만 이런저런 이유로 힘들게 되었어요. 뭔가 사연이 있어 마음이 크게 상했었지요. 고등학교 교사로 취직했는데,

그해가 바로 1989년, 전교조가 결성된 해였지요. 전교조에 가입했다가 탈퇴하지 않는다고 해서 해직되었어요. 교사로 임용된 지 한 학기만의 일이었습니다. 여름방학이 시작되고 학교에서 학생들이 사라지자 해직 통지를 받았어요. 같이 해직된 동료들과 함께 그 여름을 학교의 빈 교무실에서 퇴근하지 않은 채 버텼습니다. 이른바 농성이었지요. 물론 우리는 개학하고 학생들이 다시 돌아오기 전에 모두들 치워졌지요. 비참했어요.

형도 짐작하시겠지만, 제가 교육 운동에 대한 깊은 뜻이 있었거나 조직 활동을 하겠다는 명확한 의지가 있었던 것은 아니었습니다. 저는 다만 글을 쓸 수 있는 직장으로서 사립학교의 교직을 선택했고, 전교조가 창립하자 교사 대중의 한 사람으로서 참여했을 뿐입니다. 해고 협박을 받으면서도 탈퇴하지 않았던 이유요? 글쎄요. 자존심 때문이었다고 해야 하지 않을까요. 물론 그 자존심이라는 게 단순하지가 않지요. 한번 정한 것을 바꾸기 싫어하는 성격이나 권위적인 것을 싫어하는 기질 같은 것이야 개인적인 것이겠지만, 뜻이 맞아 행동을 같이했던 분들과 공유했던 공동체적 심성이 매우 컸어요. 그리고 무엇보다 강했던 것은, 시민의 한 사람으로서 말도 안 되는 당시 정부에 어떤 식으로든 맞서야 한다는 생각이었지요. 자존심이라는 말은 그런 걸 모두 포괄하는 말입니다. 저만이 아니라 그때 같이 해직된 많은 분들이 비슷한 심정이었을 것입니다. 그걸 그냥 자존심이라고 말할 것입니다.

사람으로서, 직업인으로서, 그리고 시민으로서의 자존심, 그걸 지키면서 살게 해주는 세상이 제대로 된 세상이겠지요. 그런 시민들로 가득찬 나라가 좋은 나라일 것입니다. 시민이 자기 땅에서 시민으로서 존중받는 나라라야 다른 나라의 존중도 받는 법이지요. 당시 대통령은 물론이고, 문교부장관, 사립학교 교장단 회장이었던 사람들의 이름을 지금도 잊지 못합니다. 그들에게 감사해야 하나요? 누구로부터건 무시당한 경험이 좋을 수는 없지요. 어쨌거나 그들이 있어 인생이 또 한번 크게 바뀌었습니다. 실업자가 되었고, 그로 인해 이듬해 대학원에 들어가게 되었으니까요.

형도 아시듯이, 1980년대의 대부분을 저는 국문과의 대학생이자 문학청년으로 보냈어요. 대학에서 훌륭한 친구들을 만났지요. 그들과 함께 어울려 글을 쓰고 책을 만들며 그들에게 배웠습니다. 그들이야말로 내 스승들이지요. 문학만이 아니라 세상 사는 태도까지도 그랬습니다. 1985년 3월에서 1987년 6월까지, 가장 격렬했던 시간을 군대에서 보냈습니다. 세상에서 격리되어 있던 그 이십칠 개월 동안 밖에서 들려오는 안타까운 소식들을 접해야 했었지요. 세상으로 돌아온 후로도 저는 여전히 문청이었지만, 공부에 대한 갈망과 허기가 매우 심했어요. 세상도 저 자신도 뜨거웠던 터라 몰두할 형편은 되지 못했어요. 그런 끝에 대학원에 들어오니 그곳은 전혀 다른 나라였어요. 제게는 꿈같은 세상이었지요. 책상을 하나 얻어 들어앉게 된 도서관 서고는 흡사 깊은 산중의 암자나 동굴 같았습니다. 물론 제 마음이 그랬다는 것입니다. 캠퍼스나 대학원도 뜨겁지 않을 수 없는 시절이었으니까요. 또 사람 사는 세상이면 어디나 내부 정치가 있고, 이런저런 소란이 있을 수밖에 없지요. 그래도 도서관 서고에 틀어박힐 수 있다는 것이 제게는 너무나 큰 행복이었습니다. 책 속에서 만나게 된 그윽한 세계가 새삼 놀라웠고, 전업 학생으로서의 삶은 하루하루가 기쁨 그 자체였습니다. 그렇게 만 이 년을 보내고, 평단에 고개를 내밀게 된 것입니다. 어쩌다 그렇게 되었냐고요? 어쩌다보니 그렇게 되었다고, 저 자신의 의지와는 무관하다고 일단 말해두어야 하겠습니다.

제가 본격적으로 문학비평을 하기 시작한 것은 그 이듬해인 1993년 가을, 계간 『상상』의 창간에 참여하면서부터였습니다. 친구를 돕는 마음으로 시작한 일이었지만, 새로운 매체를 만드는 일 자체는 즐거웠지요. 새 판에 그림을 그리는 일이니까요. 그러나 제가 정작 좋아했던 것은 구애받지 않고 글을 쓰는 일이더군요. 그것이 나중에는 괴로움이 되었지만요. 그렇게 시작한 일이 짧게 끝나버리고 말았어요. 『상상』 편집위원의 이력은 단 두 호로 마감되었지요. 이번에도 쫓겨났어요. 그 이후로 글은 더 많이 쓰게 되었어요. 정해진 거처가 없어져 자유로운 몸이 되니 원고 청탁이 많아진 것이지요. 일단 『상상』 창간에 관한 이야기를 해야겠군요.

1993년 여름

『상상』 창간호를 펼쳐보니 많은 이름들이 있군요. 자문위원, 편집위원, 편집장, 편집인, 발행인. 당시 얼굴 한 번 본 적이 없는 뜻밖의 이름도 보여 놀랍니다. 어떻게 그렇게 되었을지는 짐작이 되는군요. 어쨌거나 제게 중요한 것은 편집장과 편집위원들입니다. 편집장은 주인석, 편집위원은 임재철, 서영채, 강헌, 김종엽이라고 되어 있군요. 촌스럽게도, 나이순으로 적어놨네요. 임재철씨는 당시 일간신문의 영화 담당 기자로 활동했던 분이고, 나머지 세 사람은 대학 시절부터 가까웠던 친구들입니다. 함께 글쓰고 공부했던 사이였지요. 강헌씨가 대중음악, 김종엽씨가 이론을 담당했어요. 저는 물론 문학을 맡았고요. 이런 구성은 전적으로 편집장 주인석씨의 작품일 것입니다.

1993년 가을호로 『상상』이 나갔을 때 상당한 반향이 있었습니다. 잡지의 설정이 특이했기 때문일 것입니다. 표지에는 사진작가 김중만씨가 찍은 여섯 명의 인물이 실려 있습니다. 배우 안소영, 안성기, 문성근, 감독 박광수, 그리고 소설가 이창동과 임철우 씨들입니다. 이들은 모두, 임철우씨의 소설 『그 섬에 가고 싶다』(살림, 1991)가 영화로 만들어지는 데 참여했던 인물들이라 함께 모이게 되었습니다. 이창동씨는 이 영화의 시나리오 작업을 했을뿐더러, 『상상』의 자문위원 명단에 이름을 올리기도 했네요.

이 표지의 핵심은 안소영이라는 배우의 존재입니다. 배우 안소영씨는 영화 〈애마부인〉으로 유명해진 이른바 '에로 배우'였기 때문입니다. 창간호 대담 코너에서 작가와 배우, 감독 등 여섯 명이 편집장 주인석씨의 사회로 환담을 나누는데, 그들이 여기에서 무슨 말을 하는지는 별로 중요하지 않습니다. 대개의 대담이라는 게 자세히 읽어보지 않아도 알 수 있는 내용들이지요. 중요한 것은 다른 데 있어요. 임철우씨와 안소영씨가 함께 앉아 말을 나누고 있다는 사실 자체입니다. 광주 문제를 집요하게 추급함으로써 1980년대를 대표하는 진지한 소설가로 평가받아온 작가, 그리고 또다른 측면에서 1980년대를 대표하는 '에로 배우'(1980년대에 정권을 잡은 신군부 세력이 올바른 사회에 대한 대중들의 관심을 흐려놓기 위해 오락거리를 제공했다는 식의 비판은 당시 비판적 대학생들에게 상식처럼 통용되었습니다. 그것을 '3S 정책'이라고 불렀지요. '스포츠' '스크린' '섹스'의 세 머리글자입니다. 그러니까 이른바 '에로 배우'는 그중 두 개에 해당합니다. 이런 관점에서 보자면, 저급한 관심의 대상일 수는 있어도 진지한 자리에 어울리는 인물일 수는 없겠지요)가 문학과 영화에 대한 대화를 하고 있다는 것, 그것도 주간지도 월간지도 아닌 계간지라는 비-대중적 형식의 매체를 통해서 말이지요. 그러니까 전형적인 문예지의 판형과 지질과 그에 상응하는 높지 않은 품질의 흑백사진 속에서, 한 시대의 작가와 '에로 배우'가 만나는 것은 대단한 파격이었던 셈입니다. 그것도 창간호에서 말입니다. 이것이 1980년대식 계몽 담론에 부수되곤 하던 지사적 엄숙주의에 대한 반기로 해석될 수 있었음은 당연한 것이겠네요.

물론 1993년이면 한국영화가 서서히 르네상스를 향해 올라가던 시점이기도 합니다. 유신 시절 이후로 1980년대를 거쳐오는 동안 '방화邦畫'라 불리던 한국영화는 '외화外畫'와 대조되는 것으로, 수준 낮고 재미도 없는 싸구려라는 인식이 지배적이었습니다. 한때 전성기를 누렸던 한국영화의 몰락은, 정치가 어떻게 문화와 예술을 망치는지를 보여주는 대표적인 예일 것입니다. 게다가 영화라는 대중예술 자체가 진지한 담론의 대상일 수 없다는 것이 1980년대 한국에서 지적 담론의 일반적 현실이었는데, 하물며 한국영화라니! 안성기나 문성근이라는 배우는 그럴 수 있다 해도 하물며 '애마부인' 안소영이라니! 오늘날의 시점으로 보자면, 대중예술과 문화의 수준에 민주주의의 발전이 얼마나 지대한 영향을 미치는지가 더욱더 선명하게 드러나는군요.

저는 이런 파격을 좋아하고 지지했을 뿐 아니라, 조금 후에 말씀드리겠지만 그것이 진짜 문학을 대하는 태도라고 생각했어요. 물론 『상상』의 한계 역시 자명합니다. 내용을 들여다보기 이전에 책의 틀과 형식 자체가 이미 그것을 규정하고 있습니다. 신국판의 사이즈와 흑백 인쇄라는 고전적 문예지의 틀이 그것입니다. 그 안에 무슨 내용을 욱여넣건 결국 그 형식과 크기의 담론으로 산출될 수밖에 없는 것은, 형식 자체의 힘이 작용하는 탓입니다. 크라운판에 컬러 인쇄로 가야 한다는 의견도 많았지만, 그것을 위해서는 훨씬 더 큰 재정적 부담과 재생산 가능성이 확보되어야 했어요. 게다가 잡지의 지속을 어렵게 하는 파격 자체의 변증법도 문제입니다. 파격은 기존의 격식을 깨는 것인데, 깨기 위해서는 매번 깨져야 할 격식이 있어야 하는 것이지요. 그것도 문학과 예술에 대한 지적 담론의 차원에서 말이지요. 아무리 걸출한 능력이라 해도 자기 시대의 한계를 넘어서는 것은 어렵습니다. 대중문화와의 크로스오버를 표방하면서도 전통적 문예지의 형식을 취할 수밖에 없었던 『상상』은 그런 한계 지점을 보여주는 것이겠지요. 지금의 시선으로 보자면 너무나 자명한 것이지만 말입니다.

여기에서 지적되어야 할 것은, 『상상』이 감행한 파격이 시대적 공기와 나란히 놓여 있다는 사실입니다. 이것 역시 오늘날의 시점에서 본 결과적인 것이지요. 무엇보다 그것은 1993년이라는 매우 특별한 해와의 연관성에서 그러합니다.

1990년대와 1980년대가 여러모로 대조적인 것은 사실입니다. 저 역시 『상상』 창간호에 실린 글에서 1990년대를 '적이 사라진 시대'라고 했었지요. 1980년대가 '거대한 야만'이라면 1990년대는 '교활한 야만'이 지배하는 시대라고요. 그런 큰 틀이야 누가 보더라도 그런 거지요. 이미 1987년이라는 거대한 분기점을 통과했으니까요. 1987년 6월 항쟁으로 새로운 헌법의 시대가 열리는 것은 20세기 후반의 한국사에서 가장 우뚝 솟은 지점이라고 할 수 있겠습니다. 다수의 시민들이 스스로의 힘을 확인한 대표적 사건입니다. 하지만 산봉우리들이 대개 그렇듯이 그런 정점이 독립적이기는 힘들지요. 산을 좋아하는 형이야 잘 아시겠지만, 홀로 우뚝 솟아 혼자인 것처럼 보이는 산봉우리도 없지 않지요. 그러나 막상 올라가보면 그럴 수가 없습니다. 사람이 만든 번지점프대와는 다르지요. 높이를 위해서는 부피가 필요함을 일깨워줍니다. 산정에 올라서서 보면 비로소 부피가 제대로 확인되는 것이지요. 1987년만이 아니라 1993년이 그에 못지않게 중요한 것은 그 때문입니다. '하나회'가 숙청되고 '금융실명제'가 시행되었던 해라는 점에서 말입니다. '문민정부'가 시작되었던 해, 김영삼 대통령에 대한 지지율이 80퍼센트를 넘었던 해가 1993년입니다. 취임하자마자 신군부 세력의 핵심 '하나회'를 일거에 숙청해버린 것은 대단한 일이었지요. 그리고 그것이 전두환과 노태우를 법정에 세우는 것으로까지 이어져 있지요.

이런 점에서, 한국 민주화의 역사에서 1993년은 1987년 못지않은 의미를 지닌 해라고 해야 할 것입니다. 노태우 정부에서는 절대 수행될 수 없었던 '5공 청산'이 실질적인 의미에서 시작된 해이기 때문입니다. 그러니까 1993년은 지연된 1987년, 혹은 비로소 실현된 1987년이라고 해도 좋을 것입니다. 그리고 이 둘 사이의 공간, 6월 항쟁이 있던 1987년을 입구로 하고 '하나회' 숙청이 있던 1993년을 출구로 하는 공간, 노태우 정부가 자리잡고 있던 그 사이의 오 년은 거대한 환멸 공간이라 할 수 있습니다. 그 이전과 이후를 구획하는 분기점에 해당하지요. 그 공간에는 환멸을 상징하는 두 개의 커다란 사건이 자리잡고 있습니다. 1987년 12월의 대통령 선거 결과라는 국내 정치사적 사건, 그리고 1989년 베를린장벽 붕괴에서 1991년 소련의 해체로 이어진 세계사적 격변이 곧 그것입니다.

형은 어디에서 그 순간들을 경험했나요? 형도 비슷하겠지만, 저에게 잊지 못할 것은 1987년 12월 대선의 기억입니다. 그것에 비하면, 베를린장벽의 붕괴도 군부의 쿠데타를 제지하던 옐친의 모습도 배경일 뿐입니다. 복학한 첫 학기 학생이었던 저는 공정 선거 감시단의 일원이 되어 가평군 설악면의 산촌으로 투표함을 지키러 갔습니다. 제임무는 투표함과 함께 이동해서 진종일 투표함 옆에 붙어 있다 투표함과 함께 개표장이었던 군청으로 돌아오는 것이었습니다. 대학생이었지만 김대중 후보의 정당이었던 평화민주당 소속 신분이었습니다. 투표함 감시를 위해서는 정당원 신분이 필요했던 탓입니다. 그날 밤 서울로 가는 기차를 기다리며 가평 역사에서 보았던 TV 화면을 잊을 수 없습니다. 그날의 그 개표방송은 필생의 트라우마라고 해야 할까요. 선거 결과를 확인하면서 이 나라를 떠나고 싶었지요. 개표 다음날, 가슴에 구멍 뚫린 사람들을 그린 한겨레신문 1면의 만평이 그것을 표현하고 있었지요. 그렇게 노태우 정부 오 년이라는 거대한 환멸 공간이 아가리를 벌린 것이지요.

환멸 공간에서 오 년 동안 펼쳐진 사건들은 그 자체로 장대한 드라마였습니다. 세계사적인 것과 국내적인 것, 정치와 이념이 뒤엉켜 거대한 소용돌이를 이루었지요. 그 이전까지는 나름 분명했던 선악과 피아가 뒤섞여버렸다고나 할까요. 국내적으로는 이른바 '3당 야합'으로 거대 여당이 출현한 것이 그 대표적 사건이라 할 것입니다. 서로 적대시했던 세력들이 일시에 한 당으로 결합했어요. 유신 잔당과 신군부, 민주화 세력의 일부가 하나의 정당으로 결합하는 모습 속에서 사람들은 일본식 정치의 괴물 '자민당'의 모습을 보기도 했지요. 이른바 정당이라는 것이 얼마나 쉽게 이념과 명분의 결사에서 이익의 결사로 바뀔 수 있는지를 보여주었지요. 이념을 압도해버린 이익의 승리라고 해야 하나요. 모든 것을 압살하는 이익의 승리는 무엇보다도 동구권의 몰락과 소련의 해체라는 세계사적 사건으로 드러난 것이기도 했지요.

그때는 학교 식당에서 밥을 먹고 매점에서 물건을 사기 위해 길게 줄을 서야 했던 시절이기도 했었지요. 그때마다 동료들과 나눴던 이야기가 그것이었어요. 현실사회주의가 몰락한 것은 줄서기 때문이고, 줄을 안 서도 되는 특권층의 존재 때문이라고. 돈 내고 밥을 먹는데도 길게 줄을 서야 했던, 공무원들이 직접 운영하는 식당과 매점에서 있었던 일이지요. 아직은 신자유주의의 해일이 밀어닥치기 전이었지요. 그 환멸 공간에서, 베를린장벽이 무너지고 동구권 블록이 해체되고, 또 소련이 시위와 쿠데타로 서서히 침몰하는 장면이 그 전환의 시기에 펼쳐졌던 것이지요.

『상상』이 창간되었던 1993년은, 그렇게 한 시대가 사라지고 다시한 시대가 시작된다는 것을 분명하게 알려주었던 때가 아닐까 싶습니다. 오늘의 관점으로 말하자면, 그런 분위기와 시대적 정서가 있어서 『상상』의 포맷이 가능했다고 말할 수 있겠지요. 호응하는 사람의 눈으로 보자면 발랄함이고, 마땅찮아하는 사람의 눈에는 발칙함이었을 것입니다. 그것은 무엇보다도 탈이념 시대의 도래를 알리는 신호탄이기도 했겠습니다. 그것 자체가, 환멸 공간을 거쳐온 의지가 직면해야 하는 현실을 보여주는 것이기도 했습니다. 벌거벗은 욕망의 전장이 펼쳐지는 것이지요. 탈이념은 파격처럼 순간적 신선함일 수는 있지만 그 자체가 이념의 지표가 될 수는 없습니다. 부정성의 무한궤도를 빠져나올 수 없는 것이기 때문입니다. 『상상』을 통해서 저는 그사실을 씁쓸하게 확인해야 했었습니다.

1994년 겨울

『상상』을 만들었던 사람들은 제2호를 끝으로 나와야 했습니다. 발행인과의 갈등 때문이었습니다. 단순히 사람들 사이에 있을 수 있는 갈등과는 다른 성격이라서 이 자리에서 말씀을 드려도 되지 않을까 싶네요. 제3호부터 새롭게 들어선 편집위원들과 연관되어 있기 때문입니다. 그 핵심에는 소설가 한 사람이 있었습니다.

잡지가 나름 성공적으로 진수하고 난 다음부터, 당시 베스트셀러를 낸 소설가를 편집위원진에 합류시켜달라는 발행인의 거센 압력이 있었다고 했습니다. 편집장 직을 맡고 있던 주인석씨를 통해서였지요. 그러나 그것은 불가능한 일이었습니다. 본명으로 비평 활동을 하기도 했던 그 작가는 두 해 전인 1992년, 장편 공모에 당선되어 작가 활동을 시작했습니다. 그런데 그 소설이 다른 작가들의 많은 문장을 몰래 가져와 문제가 되었지요. 작가 자신은 다른 사람 문장을 인용 없이 따온 것은 맞지만 표절이 아니라 기법이라고 주장을 했지요. 그리고 그 이듬해 발표한 장편으로 인해 일약 베스트셀러 작가가 되었어요. 살림출판사의 사장이기도 했던 발행인은 바로 그 작가를 편집위원에 합류시켜달라고 한 것이지요.

그런데 그것이 불가능한 일이었던 것은, 편집장과 편집위원이었던 사람들이 모두 그를 개인적으로 매우 잘 알고 있던, 한때 매우 가까웠던 사이였던 까닭입니다. 그런데 뭐가 문제냐고요? 잘 아시잖아요. 불화와 적대는 언제나 접경에서 생겨나지요. 두 다리 건너에 있는 사람들이라면 소와 닭처럼 아무런 사이도 아닙니다. 서로에 대한 에너지가 없는 탓이지요. 개인들 간의 문제라면 동네 사람 사이에서, 동네 문제라면 바로 옆 동네와의 사이에서 갈등이 생겨납니다. 몇 년 전까지만 하더라도 그는 우리와 함께 모여 공부하고 글을 쓰던 사이였습니다. 그는 동인들 사이에서 총애를 받았던 막내 격이었지요. 그러나 바로 그 두 편의 소설로 인해서, 그 과정에서 지나치게 솔직한 성격과 나이 등이 만들어낸 이런저런 일로 인해서, 그리고 무엇보다도 그가 어느날 갑자기 박정희 예찬자로 스스로를 드러냄으로써, 우리와는 다른 길을 걷게 되었습니다. 그가 선택한 길이라는 것이 달라도 너무나 달라서, 게다가 납득할 수도 인정할 수도 없는 길이라서, 우리는 그를 함께하기 힘든 사람으로 생각하게 된 것이지요. 1980년대의 문학적 주류가 지니고 있던 엄숙주의로부터 벗어나고자 하는 것과, 박정희와 그의 시대를 예찬하는 것은 전혀 다른 문제였지요. 그러니 『상상』 제2호에서 제가 그의 소설을 리뷰하면서 비판적으로 언급하는 것은 당연한 일이었습니다. 그리고 그것은, 그를 영입하고자 했던 발행인과의 관계에서 돌이킬 수 없는 선을 넘어서버린 것이었습니다. 물론 저는 그런 사실을 나중에 알게 되었지요. 저는 그저 제가 해야 할 일을, 조금은 조심스럽게 했을 뿐입니다.

결국 제2호를 내고 제3호를 기획하는 단계에서 편집장과 편집위원들은 모두 그만두게 되었습니다. 쫓겨난 것이지요. 빈자리는 그 작가가 중심이 되는 새로운 편집위원진으로 채워졌습니다. 어이없다는 느낌이 컸습니다. 한 개인의 욕망이라는 관점에서 보자면 이해할 수 있는 부분도 있었습니다. 물론 이해와 존중은 전혀 다른 차원이지만요. 당초 창간 준비를 할 때, 발행인과 자문위원의 일부는 우리에게 좋은 선배였습니다. 그들은 말하곤 했습니다. 잡지는 편집위원들 것이니 마음대로 만드시라, 우리는 병풍 노릇을 하겠다. 그런데 갈등이 생기자 발행인은 말했습니다. 잡지는 발행인 것이니 놓고 나가시라.

그런데 창간 준비 때부터 제3호를 기획하던 그때까지, 편집위원들은 개인에게 제공되는 어떤 형태의 보수도 없이 일했습니다. 우리 잡지니 당연한 것이라고 생각했지요. 오히려 회의 때 공간을 제공받고, 식사 대접받는 것을 고맙게 여겼습니다. 나중에 저는 그 시절 이야기를 하다가 누군가에게 바보 소리를 들었는데, 그런 소리를 들어 마땅합니다.

그렇게 쫓겨나고 나서 좀 허탈하고 어이가 없었지만, 잡지 같은 것이야 대단찮다고 생각했었습니다. 뜻 맞고 서로 존중할 수 있는 사람들과 함께 일을 하는 것이 중요하지, 잡지는 기회만 닿으면 언제든 만들 수 있다는 생각 때문이었지요. 그리고 저 자신은 기획자가 아니라 필자가 되어 홀가분하고 후련하다는 느낌이 컸습니다. 글을 가장 많이 썼던 것도 그 무렵의 한두 해 일입니다. 바로 책 한 권이 되었을 분량이니까요. 그러니까 또 한번 쫓겨났다는 것, 그건 또 한번 인생이 바뀌었다는 말이기도 하네요. 그로부터 일 년이 지나지 않아 제가 『문학동네』와 『리뷰』 창간에 참여하게 된 것은 바로 그 사건 때문이라 해야 할 것이니 말입니다. 이번에도 그분들께 감사해야 하나요?

쫓겨난 사람들 중 셋은 계간 『리뷰』 창간 대열에 참여하게 되었습니다. 이번에는 음악 비평을 했던 강헌씨가 선편을 쥐었지요. 김종엽씨와 제가 합류했고, 그리고 대중문화와 이론을 담당할 새로운 멤버들이 충원되었습니다. 『상상』처럼 애매한 절충이 아니라 본격적인 대중문화 전문지를 만드는 것이 목표였습니다. 서태지씨를 단독 표지 모델로 세운 창간호가 그것을 보여줍니다. 주권정치의 힘이 둑을 넘어서면서, 바야흐로 문화정치와 감각 정치의 시대로 전환되고 있음을 보여주었던 셈이지요. 주인석씨는 독립하여 『이매진』이라는 월간지 창간에 나섰습니다.

『리뷰』가 창간되던 1994년을 기준점으로 잡으면, 그 이전 십여 년간에 벌어진 이론의 지형은 드라마틱합니다. 1980년대 전반기에는 헤겔, 1980년대 후반기에는 마르크스와 레닌, 그리고 환멸 공간을 지나는 동안 세월을 훌쩍 뛰어 푸코와 데리다, 들뢰즈가 중심에 자리잡았습니다. 1980년대 전반기의 헤겔은 당시엔 금지된 인물이었던 마르크스의 대리물과 같았으니, 좀더 축약하자면 1980년대의 마르크스에서 1990년대의 들뢰즈로 바뀐 셈이네요. 유럽의 달력으로 치면 백 년의 변화가 한국에서는 십 년 사이의 도약으로 이뤄진 것입니다. 1990년대 한국이 만들어낸 시간 터널을 통해 포스트 마르크스주의와 탈근대적 사상의 지형이 불쑥 도래해버린 형국이었습니다. 서태지씨가 대중적 문화 감각의 중심에 서면서 새로운 문화 대통령 소리를 들었을 때, 1990년대식 운동권 학생들의 구호에 등장했던 것은 들뢰즈에게서 나온 '탈주'라는 단어였습니다. 적대의 전선도 계급에서 문화로, 그리고 올바름의 감각 역시 주권정치에서 젠더정치와 미시정치로 옮겨가기 시작했습니다. 문학 연구에서도 문화 연구가 유력한 힘으로 등장했어요. 새로운 문화 잡지 『리뷰』는 그런 문화정치적 감각을 반영하고 있었던 셈입니다.

그리고 같은 시기에 저는 『문학동네』의 창간에도 참여하게 되었습니다. 이번에는 전문적인 문학잡지였습니다. 제 개인만으로 국한해 보자면, 『상상』에서 애매하게 공서하던 문학과 대중문화가 두 개로 분열된 셈이었지요. 학연이나 개인적 친분으로 보자면 『문학동네』보다는 『상상』과 『리뷰』 쪽이 훨씬 더 가까웠던 사람들이지만, 제가 좀더 힘을 기울이게 된 곳은 문학 쪽이었습니다. 성향도 지향성도 그러했습니다.

『문학동네』 창간을 주도한 사람은, 당시 작은 신생 출판사 주간이었던 시인 강태형씨와 시인이자 일간신문 기자였던 남진우씨였습니다. 저로서는 모두 면식이 없던 분들이었습니다. 주인석씨와, 2002년에 세상을 떠난 소설가 채영주씨의 적극적 추천이 있었습니다. 믿고 함께 일을 할 만한 사람들이라 했지요. 새롭게 만나게 된 분들은 정중하고 조심스러웠습니다. 적어도 선배네 후배네 하며 어깨 걸다가 뒤통수칠 사람 같지는 않았어요. 편집위원으로 함께하게 된 분들도 그랬습니다. 처음 대면하는 분도 있었지만 지면으로는 익히 아는 사람들이라 이미 오래된 친구나 다름없었습니다. 이런 사람들과 함께라면, 게다가 누구의 눈치도 보지 않고 제대로 된 문학잡지 하나 내는 것이라면, 뭐 나쁠 것 없지 하는 마음이었습니다. 게다가 생긴 지 채 일 년이 되지 않은 작은 신생 출판사라는 것도 마음에 들었습니다. 병풍도 담장도 없었지만 그래서 그늘도 없었지요. 거칠지만 앞이 탁 트인 들판과 같았다고나 할까요. 기분좋은 자유로움이었습니다.

십오 년 전, 『문학동네』가 10주년을 맞았을 때 형께 드렸던 편지에서 이미 말씀드린 적이 있지요. 『문학동네』가 창간 제2호를 낸 후 매우 큰 위기가 찾아왔던 경험 말입니다. 계간지를 더이상 내지 못할 지경에 처했습니다. 출판사 대표와 문제가 생겼던 탓입니다. 그런데도 신통하게 길이 열렸습니다. 돌이켜보면 이유는 간단합니다. 『문학동네』를 포기할 수 없다는 매우 강력한 의지가 있었고 글을 쓰는 동료들이 그 의지에 호응해주었기 때문입니다. 글로만 만났을 뿐 전혀 면식이 없던 분들까지 찾아가 도움을 청하기도 했었지요. 수시로 대책회의를 해야 했기에, 편집위원들은 창간 준비를 할 때보다 더 자주 만나고 의견을 나누었습니다. 우리들 사이의 일체감으로 치자면 그때야말로 진정한 창간의 순간이 아니었을까 싶습니다. 우리가 무슨 독립운동을 하는 것도 아니고, 왜 이런 일을 해야 하냐고 웃기도 했지요. 물론 사람들마다 『문학동네』라는 계간지를 대하는 마음의 편차는 있었을 것입니다. 또 당시의 『문학동네』라고 해보아야 신생 출판사의 신생 문예지 하나였을 뿐이지요. 없어져도 그만이라고 생각할 수도 있었겠지요. 하지만 문단 동료들의 마음을 받고, 또 내부에서도 서로에 대한 신뢰를 느끼는 그 순간들은, 자기 자신에게, 그리고 우리가 서로에게 묻고 답하는 순간이기도 했어요. 새삼스럽게 질문을 던지게 된 것입니다. 『문학동네』가 무엇인가. 우리가 왜 이래야 하는가.

1995년 여름, 형용사−문학

앞에서 저는 문학동네 출판사의 초라했던 사무실을 떠올리면서 책임감이나 사명감 같은 무거운 단어들을 썼지요. 그런 단어들을 가슴에 품게 된 것은 바로 그러한 질문들에 맞닥뜨리면서가 아니었을까 싶네요. 책임감이라면 우리를 믿고 지지해준 동료들에 대한 것이고, 사명감이라면 그들로 하여금 그런 행동을 하게 한 어떤 힘에 관한 것입니다. 그것을 무엇이라 명명할 수 있을까요. 다른 단어를 댈 수가 없군요. 그저 문학이라는 이름뿐.

하지만 문학이라면 너무나 당연한 말이 아닌가. 이런 반문도 있을 수 있겠습니다. 또, 앞에 아무것도 없는 그냥 문학이라면 너무 헐렁하지 않은가. 홀로 있는 문학이라는 단어에서 뭔가 부족하다고 느끼는 사람들도 있겠습니다. 그래서 사람들은 왕왕 문학 앞에 관형어들을 붙이곤 했지요. 민족이나 민중, 순수, 제3세계, 계급, 노동, 생태, 여성 같은 것들이 대표적인 예들이겠습니다. 그런 경우 문학은 바깥에 있는 틀이 되고, 관형어들이 그 틀을 채워내는 내용이 되지요. 즉, 관형어가 들러붙는 순간 문학은 내용이 채워지기를 기다리는, 그나마도 외부성에 의해 규정받는 껍데기가 된다는 것이지요. 내용만이 아니라 형식 자체도, 관형어가 지니고 있는 압도적 규정력에 의해 식민화되어버리는 것입니다.

그렇다면 문학은 외부에서 다가오는 어떤 관형어도 거부해야 한다는 것이냐. 이런 질문에 대한 대답은 자명하겠습니다. 당연히 그렇다고 답해야 합니다. 그렇다면 그것은 문학의 자율성을 비타협적으로 강조하는 것, 예술지상주의art for art같이 너무 폐쇄적인 것이 아니냐고 다시 반문할 것입니다. 문학과 예술의 자율성에 관한 테제는, 예술의 사회적 책무에 관한 유서 깊은 논쟁의 대상입니다. 그리고 예술지상주의만 하더라도 예술적 힘이 가장 고도화된 결과로 나타난 것으로서 한 사회가 지닌 문화적 성숙성의 극점을 보여주는 것이지요. 그 자체로 존중받아야 할 것입니다. 그럼에도 그것이 지닌 자기 폐쇄성, 즉 반사회성은 어김없는 사실이라 하겠습니다. 그것이 어떤 윤리적 기능을 하는지 그리고 그것이 어떤 의미를 지니는지는 물론 별개로 다뤄야 할 문제입니다. 그럼에도 제가 말씀드린 관형어 없는 문학이라는 명제는, 문학적 자율성이나 반사회성의 윤리와는 맥락이 다릅니다. 어떤 관형어도 거부하면서 동시에 문학이라는 단어를 내용 없는 공허한 틀로 만들지 않는 것, 그것은 문학이라는 단어를 명사가 아니라 형용사로 사유하는 것입니다. 중요한 것은 문학이 아니라 문학적인 것이라는 생각이 바로 그것입니다.

『문학동네』를 살리려고 여러 사람들이 힘을 모을 때, 그리고 그 한

가운데 있었던 단어가 문학이라고 했을 때, 바로 그 문학이라는 단어는 명사가 아니라 형용사로 작동하고 있었습니다. 우리가 여럿이 함께 모여 그 뜻을 기리고자 했던 대상은, '문학'과 '문학적인 것'이었다는 점에서 그러합니다. 바로 그 문학적인 것을 형용사-문학이라고 부를 수 있겠습니다. 물론 문학이라는 단어가 형용사일 수는 없지요. 형용사-문학은 문학적인 것의 준말일 뿐입니다. 형용사가 되는 순간 문학은 주어가 아니라 술어의 자리에 있게 됩니다. 술어의 역할은 제시된 주어의 내용성을 채우는 것입니다. 의미를 한정하는 단어로서의 형용사는 명사처럼 딱딱한 것이지만, 술어 자리에 들어서면 사정이 달라집니다. '문학은 현실적이다'라는 문장에서의 문학과 '현실은 문학적이다'라는 문장에서의 문학은 매우 다른 단어가 됩니다. 주어-명사의 자리와 술어-형용사의 자리가 만들어내는 차이입니다. 술어는 주어를 만나는 것이 자기 일입니다. 바로 그 술어의 자리가 형용사를 말랑말랑하게, 더 나아가서는 액체로 만든다는 것이지요.

더욱이 형용사-문학은 그 문장을 구사하는 사람을 미적 주체가 아니라 윤리적 주체로 만듭니다. 조금 후에 말씀드리겠지만, 거기에서 한 발 더 나아가면 정치적 주체, 시민적 주체가 출현합니다. 윤리의 자리에서 미적인 것이 만들어진다는 것이야말로 문학적 근대성의 가장 큰 특징입니다. 딱딱하고 엄격한 것으로서의 윤리적 문학이 아니라, 문학이 윤리를 곤죽으로 만들어 부드러워진 자리, 문학으로부터 새롭게 조형된 윤리가 스스로의 정체에 대해 성찰하게 되는 자리, 곧 문학적인 것의 윤리, 형용사-문학의 윤리라는 자리야말로 근대문학의 예술적 특성이 살아 움직이는 곳입니다. 그리고 바로 그 자리에서, 정해진 한계를 무너뜨리고 흘러넘쳐 사라져가는 것으로서의 문학이야말로, 우리를 움직이게 했고 또 우리가 지키고자 했던 것의 요체입니다. 아무런 관형어도 수식어도 없는, 그래서 그 자체가 관형어가 되는 문학, 명사가 만들어놓은 경계를 무너뜨리고 테두리를 지워버리는 문학, 고체가 아닌 액체 문학, 술어의 자리로 나아감으로써 거꾸로 주어의 내용을 채우는, 주어로 하여금 자기 자신과의 불일치에 집중하게 하는 문학이 곧 그것입니다.

형용사-문학은 명사의 테두리를 벗어나야 비로소 생겨날 수 있습니다. 그것이 자기 이념으로서의 문학과 다른 점이라 하겠습니다. 예술지상주의의 윤리성은 정해진 테두리 속에서 자기 안에 있는 심연을 향해 나아감으로써 만들어집니다. 그러나 형용사-문학은 명사-문학의 테두리 너머로 흘러넘치는 문학, 액체 문학입니다. 그것은 문학이 문학이어야 할 이유이자 근거에 해당합니다. 문학이 문학으로 자명해지는 순간, 테두리가 쳐지고 특정되는 순간, 문학적인 것은 휘발해버립니다. 고리타분해지고 진부해지는 것이지요. 물론 이런 반문도 가능합니다. 그것이 진리라면, 진부함이나 고리타분함이 무슨 문제냐. 그러나 그런 발상 자체도 문학적인 것이라고 해야 하겠습니다. 경계를 넘어 유동하는 것이라면, 그리하여 우리의 앎과 마음, 공감과 느낌의 영역을 넓히고 깊게 할 수 있다면, 그런 것이야말로 우리가 기려야 할 가치로서의 문학이겠지요. 그런 걸 일컬어 문학적인 것이라고, 액체 문학이라고 할 수 있지 않을까 하는 것이지요.

이런 관점에서 보자면, 형용사-문학이란 우리가 흔히 말해온 장르의 체계로서 문학에 국한되는 것일 수도 없습니다. 문학적인 것의 관점에서 보자면, 문학이라는 단어는 단지 제유적 표현으로만 이해되어야 합니다. 문학이 문학적인 것을 대표하지만 그것을 독점할 수는 없다는 것이지요. 문학이란 여러 나라에서 많은 사람들이 오랜 시간에 걸쳐 자신의 감정을 표현해온 특정한 방식을 지칭합니다. 노래와 이야기, 놀이가 그것을 대표합니다. 이것이 어떤 매체로 소통되고 전달되느냐는 시대나 지역마다 다를 수 있지요. 그중에서도 특히 활자 매체가 중요하게 간주되었던 것은 우리가 살아온 시대의 대종大宗이 그것이었기 때문일 것입니다. 인류사에서 역사시대를 감안하면 문학이 대단한 것이지만, 그 이전과 이후로 확장하면 사정은 또 달라질 수 있습니다. 명사-문학은 역사적 사실로 존재하는 것이지만, 형용사-문학은 그 사실과 상관없이 그것을 받아들이는 사람들의 마음속에서 존재하는 것이 되는 셈이지요.

『문학동네』 제3호를 내면서부터는 모든 것이 우리 책임이 되었습니다. 경제적으로 자립했다는 말입니다. 이미 십오 년 전에도 그런 말씀을 드렸지만, 참으로 놀라운 것은 많은 글쟁이들이 신생 출판사 문학동네로 모여들었다는 점입니다. 모두 글을 쓰는 사람들이니, 새로운 도시나 성이라 하면 너무 깔끔한 표현이겠고, 산적들이 드글거리는 소굴 같았다면 너무 거칠겠습니다. 문학을 꿈꾸는 셔우드 숲이나 양산박 같은 산채라 하면 적당할까요. 물론 무엇이 많은 동지들을 모이게 했는지 이제는 잘 압니다. 조금 거칠게 말하면, '만만해서'일 것입니다. 만만했다고요? 그렇습니다. 동네도 동네 사람들도 그랬었지요. 위에서도 말씀드렸지만, 우리는 문학 앞에 어떤 관형어도 붙이지 않으려 했지요. 우리가 뭔가를 내세웠다면, 그것은 아무것도 내세우지 않으려 했다는 것입니다. 게다가 중요한 것은 권위자가 없었다는 점이지요. 이른바 '어른'이나 '선생님'이 없는, 말 그대로 자유롭고 방만하기까지 한 공간에, 무슨 말이든 격의 없이 들어줄 것 같은 사람들이

지 않았을까 싶습니다. 우리들의 나이가 삼십대 중반이었던 1995년의 『문학동네』 말입니다.

착각 아니냐고요? 어쩌면 그럴지도 모르겠습니다. 형이 늘 말하듯 까칠하고 예민한 사람들은 어디에나 있게 마련이니 말입니다. 설사 그렇다 해도 어쩔 수 없는 일이지만, 당시 우리가 지녔던 자기 이미지가 그런 모습이었던 것은 사실이 아니라 할 수는 없네요. 마땅히 그런 사람들의 공간이어야 한다고 생각했던 것이지요. 이제 와 새삼스럽게 후회하는 것은 좀더 일찍 편집위원 자리를 그만두지 못했다는 것입니다. 이십오 년 동안 100호를 채우고 물러나겠다는 생각이 얼마나 바보 같은 것이었는지 이제는 잘 압니다. 지난 사 년 동안 저는 비로소 외부자의 시선으로 볼 수 있었기 때문입니다. 창간 십 년이 지나고 또 시간이 흘러 어느덧 우리가 '선생님' 소리를 듣기 시작했을 때 이미, 망명자들의 산채였던 그 공간의 자유로움은 끝나 있었던 것이지요. 우리 자신이 이미 '권위자'가 되었고, 그 공간은 소수에게만 자유로운 성이 되어버렸던 것이었겠지요. 바로 그때가 우리 자신을 자유로운 글쟁이로 풀어주어야 했던 때였습니다.

무엇보다도 형용사-문학은 권위나 늙음의 반대말입니다. 그것은 나이 문제가 아닙니다. 나이들어도 늙지 않는 사람들이 있습니다. 또 나이는 젊은데 이미 늙은 사람들도 있습니다. 철없다거나 애늙은이라는 소리를 듣곤 하지요. 제가 겪은 다수의 뛰어난 글쟁이들이 그랬습니다. 그러니까 하나의 인격체 안에 존재하는 마음과 그 자리의 불일치가, 그 사이에서 아가리를 벌리고 있는 틈과 간극이 어떤 힘과 흐름을 만들어낸다고 해야 할까요. 그런 불일치 속에 권위 같은 것이 있기는 어렵지요. 지난 사 년 전, 문학 권력이라는 비판의 언사들이 날아왔을 때, 그 비판의 적합성이나 논리를 따지기 이전에 일단 싫다는 느낌이 앞섰던 것은 그 때문입니다. 진짜 문학이라면 권위도 혐오의 대상인데, 하물며 권력이라니요! 권력은 'power'의 번역어로서 단지 기술적descriptive인 개념일 뿐이라 한들 사정은 달라지지 않습니다. 유동하는 문학의 관점에서 보자면, 그것은 고정된 것일 뿐 아니라 공격하고 억압하는 힘이 아닐 수 없습니다.

형용사–문학은 고정되어 있는 것이 아니라 유동하며 흘러넘칩니다. 일단 흘러넘치고 나면, 형용사는 언제든 동사가 되고 또 부사가 될 수 있습니다. 형용사가 차지하는 술어의 자리가 그렇게 만든다고 해야 하겠습니다. 술어의 자리에 있는 문학은 주어 자리에 올 문학과의 차이를 만들어내곤 합니다. 주어와 술어가 겹쳐 동어반복의 구조가 만들어지는 순간 차이가 생겨나고, 그 차이 속에서 의미를 요동치게 하는 힘이 생산되는 것이지요. '문학은 문학이다'라는 문장의 주술 구조가 바뀌면, '문학이 문학이다'가 됩니다. 형용사의 반란과 함께 의미의 꿈틀거림이 시작되는 순간입니다. 그때 생겨나는 힘이 문학으로 하여금 명사–문학을 넘어서게 하는 자양이 되는 것이지요. 그것을 저는 지금 형용사–문학이라 불렀지만, 뜻으로 보자면 형용사의 자리에 동사나 부사가 와도 다르지 않습니다. 명사의 틀을 벗어나는 것이 중요한 까닭입니다. 그것이 가능해졌을 뿐만 아니라, 점차 일반적인 것으로 확장되기 시작했던 때가 환멸 이후의 문학, 곧 문학적 1990년대가 아닐까 싶습니다. 다른 문학이 등장했다는 것이지요. 그 차이는 물론 그로부터 시간이 한참 지난 오늘에서야 분명해지는 것이겠습니다.

1997년 겨울, 환멸 이후

1997년 겨울을 특별하게 기억하는 것은 그해 혜화동에서 있었던 문학동네 송년회 때문입니다. 형도 그 자리에 계셨던가요. 그날은 대통령 선거 다음날이었습니다. 송년사를 위해 단상에 오른 소설가 박범신 선생이 대뜸, 말 대신 노래를 하겠다고 하시며 〈목포의 눈물〉을 불렀습니다. 그 이후를 잘 기억하지는 못합니다. 다만 그 노래가 합창이 되었고, 누구도 울지 않았으나 모두 눈물을 흘렸다고 기억되어 있습니다.

물론 다분히 과장된 기억이겠지만, 그날의 혜화동이 제 기억 속의 시일 수 있었던 것은, 말할 것도 없이 대통령 선거 결과의 감격과 기쁨이 컸던 탓이겠습니다. 지지했던 후보가 엄청난 고투 끝에 당선되어 감격했던 사람도 있었을 것이고, 선거를 통한 첫번째 정권교체가 정부수립 이후 최초로 이뤄졌다는 것도 흥분할 만한 일이었겠습니다. 야당 후보의 당선은, 오랜 시간 석회화된 집권 엘리트 집단의 구조 전체에 대한 최초의 타격이자 경고였기 때문입니다. 1987년 6월 항쟁에서 표출되었던 민주화의 열망이 그제야 비로소 첫번째 결실을 맺었다고 해야 할까요. 외환위기로 인해 경제적으로는 매우 힘든 상황이었지만, 이제 민주화의 흐름이 꺾일 수 없는 단계에 이르렀다고들 생각했었지요. 빨갱이로 매도되던 김대중 후보가 당선된 것만으로도 엄청난 사건이라고요. 사건의 역할은 흐름의 변화를 순식간에 가시화하는 것이지요.

1990년대의 문학 역시 이런 마음의 흐름과 무관할 수는 없지요. 이렇게 말하는 것은 정치사 결정론 같은 것이 아니냐는 소리를 들을 수도 있겠군요. 물론 문화사가 정치사의 변화를 따라간다고 말하는 것은 매우 단순한 생각이겠지요. 시간의 격차로 보자면 그 반대 경우가 더 많을 수도 있습니다. 둘 사이의 관계에 관한 한, 관점을 조금 바꾸면 되지 않을까 싶네요. 정치적 사건과 변화를, 동인이나 변수라기보다는 오히려 정신과 마음의 흐름을 보여주는 지표로 간주하는 것 말입니다. 한 나라의 정치 수준이 사회 일반의 수준과 민도를 보여준다는 말이 사리에 맞는 것은 그 때문이겠습니다. 인정하고 싶지 않을 때가 많지만, 당선자의 수준이 유권자 일반의 수준인 것이지요. 우리가 겪어온 20세기 후반 이후의 역사를 보더라도 어느 정도 수긍할 수 있는 것이 아닐까 합니다. 앞에서 김영삼 정부의 치적에 대해 말했지만, 형도 그런 말을 했었지요. 신중한 김대중이라면 전혀 하지 못했을 일을, 물불 안 가리는 김영삼이라 해냈다고요. 하나회 숙청과 전두환, 노태우를 법정에 세운 일 말이지요. 그런 그였지만 집권을 위해서는 적대시했던 세력과 타협을 할 수밖에 없었지요. 그것이 정확하게, 환멸 공간이라는 시간대의 수준이라 해야 할 것입니다. 그것을 대표하는 것이 군복 벗고 대통령이 된 노태우, 군사 반란 세력의 주동이면서도 새 헌법에 따라 대통령에 취임하게 된 정치군인의 모습입니다. 노골적이고 거대한 야만의 상징이 전두환이라면, 노태우란 교활한 야만의 표상일 것이겠습니다.

문학이 정치사적 흐름과 평행을 이룬다는 말은 그러므로, 정치적 사건들이 지표로서 보여주는 사회적 성숙성의 흐름으로부터 문학도 크게 예외일 수는 없다는 말이겠습니다. 조금 앞서거나 뒤처지거나 하는 것이야 있을 수 있는 일이지만요. 그런 점에서 보자면, 1987년이 20세기 후반의 한국사를 크게 구획하듯이, 1990년대 문학 역시 그런 역할을 하는 것이 아닐까 합니다. 현재의 우리가 1987년 이후의 체제를 살고 있듯이, 문학 역시 1990년대 문학 이후를 경험하고 있다고 해야 하지 않을까 합니다. 그렇게 말할 만큼 1990년대 문학은 시대적 전환의 점이지대이자 새로운 문학의 출발점으로서, 거대한 환멸 이후 새로운 문학의 시작점으로서 심장한 의미를 지닌다고 하겠습니다.

물론 시대와 무관하게 문학이 지니는 공통의 꿈이 있습니다. 근본적인 수준에서 말한다면, 그것은 모든 사람들이 품고 있는 좋은 세상에 대한 꿈과 다를 수가 없습니다. 함께 사는 사람들에게 행복한 삶과 편안한 죽음을 선물할 수 있는 자유롭고 평화롭고 올바른 세상에 대한 꿈이 곧 그것입니다. 그런 세상을 원한다는 점에서 문학은 환멸 이전과 이후가 다를 수 없습니다. 그리고 스스로가 그런 꿈속에 있다고 느끼는 사람이 있다면, 그러니까 환멸 같은 것은 존재할 수 없다고 생각하는 사람이 있다면, 그에게 문학은 자기 자신의 마음을 표현하기 위한 것 이상일 수 없겠습니다. 그런 비현실성 혹은 탈현실성조차 문학이라는 보편적 꿈 안에 포함될 수 있다는 것입니다.

그러나 차이는 보편적인 꿈을 향해 가는 방식의 특수성에서 생겨납니다. 방법이나 노선이 오히려 꿈의 진정성을 보여주는 시금석이 되기도 합니다. 특정 작가나 한 시대의 문학의 독특성이나 차별성에 대해 말할 때 문제가 되는 것도 바로 그러한 것이겠습니다. 환멸 이전과 이후 문학의 차이에 대한 것도 마찬가지이겠습니다. 새삼스러운 말이지만 문학은 사람들의 마음의 삶을 다룹니다. 환멸을 전후하여 두 개의 서로 다른 문학을 상정한다면, 그 각각이 잡아낸 마음은 어떤 것이었을까요. 그 차이란 문학이 수행하는 사회적 역할과 관련됩니다.

물론 좀더 큰 틀에서, 미적 근대성이라는 수준에서 보자면, 문학이 사회적 매체로서 행사해온 뚜렷한 기능이 있지요. 사적 영역을 공적 영역으로 견인해내는 일이 곧 그것입니다. 문학의 근대성은 한 개인의 내밀하고 사적인 영역과 공적 영역이 겹쳐지는 곳에서 생겨납니다. 직접적이건 다른 장치를 통해서건, 일상적으로는 잘 드러나지 않는 한 사람의 속생각이 포착된다는 점에서 사적인 것이고, 그것을 활자매체를 통해 공중 앞에 드러낸다는 점에서 공적입니다. 바로 그 교점에서 생겨나는 것이 진정성이라는 테제, 근대성의 문화 원리입니다. 그래서 문학적 근대성이 생겨나는 곳에서는 자주, 표현될 수 있는 것의 정치적 혹은 사회적 한계(주로 윤리의 문제지요)에 대한 문제가 생겨나곤 합니다. 문학사의 문제작들은 매우 자주 사회적 제재나 법적 처벌과 연관되어 있지요. 내면적인 것의 표현 가능성이나 표현된 것의 진정성이 동시에 문제시되곤 합니다. 물론 이와 같은 사안들은 문학만이 아니라 근대 예술 일반의 문제이지만, 특히 언어를 매체로 하는 문학의 경우 문제가 좀더 예각화되어 드러나는 것이지요.

근대문학이 다루는 마음의 삶에서 으뜸가는 것은 한 개인이 지니고 있는 내밀한 욕망의 문제입니다. 그것이 근대적 서사의 가장 큰 에너지가 되지요. 욕망의 문제를 중심으로 형성되는 사적 삶이 문학이라는 공적 매체를 통해 사회적 장소로 옮겨지는 순간 또하나의 에너지가 개입합니다. 올바름을 추구하는 윤리적 에너지가 그것입니다. 이것은 단순히 출판 과정을 뜻하는 것만은 아닙니다. 그것은 이미 한 사람이 글을 쓰거나 구술을 하는 과정에서부터 작동합니다. 이것이 과연 쓸 만한 가치가 있는 것인지를 쓰는 사람은 스스로 묻고 답해야 하지요. 그리고 출판하는 과정에서 다시 이 시선이 개입합니다. 한 사람이 지닌 욕망의 에너지를 프로이트의 용어법을 따라 리비도라고 한다면, 윤리적 에너지를 렉티투도rectitudo라 명명할 수 있을까요. 요컨대 문학적 글쓰기에는 이 두 개의, 종종 상반되곤 하는 에너지가 얽혀 있다는 것이지요.

그렇다고 해서 이런 설정이, 1980년대 문학은 윤리적 에너지가 크고 반대로 1990년대 이후의 문학은 욕망 에너지가 크다고 말하는 것으로 연결되는 것은 곤란합니다. 그것은 너무 단순한 이야기이지요. 둘이 함께 있기로는 어느 시대나 다를 것이 없습니다. 다른 점은 그 힘들이 개입하여 만들어낸 마음의 성좌의 차이에서 파악되어야 합니다. 특정한 마음이 아니라 그 마음이 놓임으로써 구성되는 틀, 사실이 아니라 맥락과 배치가 중요하다는 것이지요.

이런 관점에서 보자면, 환멸 이전 문학은 분노를 중핵으로 한 태양계와 같고, 환멸 이후의 문학은 원한이라는 블랙홀을 품고 있는 은하계와 같다고나 할까요. 이 두 개의 성좌는 메시지의 선명함과 콘텐츠의 정교함으로 구분하는 것도 가능하겠습니다. 조금 더 부연해보겠습니다.

분노, 울분, 원한

20세기 후반 한국문학의 시대적 전환기와 관련하여, 문학으로 하여금 자기 시대의 마음을 담게 하는 정동은 크게 세 가지로 구분할 수 있지 않을까 합니다. 분노와 울분, 그리고 원한입니다. 분노와 울분은 공적인 것과 사적인 것, 그리고 원한은 무의식적인 것으로 구분될 수 있습니다.

어떤 사람이 분노하고 있다면, 순간적인 것이건 지속적인 것이건 그 사람의 마음은 공적 윤리의 자리에, 올바름과 그렇지 않음을 판단하는 판관의 자리에 들어가 있습니다. 그것이 착각이거나 조급한 것이었음을 깨닫고 후회를 한다고 해도, 그것은 그 자리로부터 빠져나온 이후의 일입니다. 분노하는 주체는 올바름의 편에 있기 때문에, 윤리적 수준에서라면 자기 분노를 감추어야 할 이유가 없습니다. 올바름의 편에 서 있다는 확신이 있기 때문입니다. 감추어야 한다면 그 올바름을 드러내는 일이 여러 가지 의미에서 부담스럽기 때문입니다. 분노는 태양처럼 밝고 빛나지요. 스스로 중심에 위치함으로써 주변에 자기 자신의 위성들을 거느릴 수 있습니다. 그렇게 하여 올바름의 위계가 만들어집니다.

이에 비하면, 울분은 사적인 자리에서 생겨나는 정동입니다. 한 사람의 마음속에 억울함과 부당함이 있지만, 그것이 꼭 올바른 것은 아니기 때문에 공개적으로 항의하거나 부당함을 토로할 수 없는 것이 울분입니다. 부당함에 대한 항의까지는 아니더라도, 자기 자신의 불운이나 실수, 혹은 사소한 과실이 낳은 커다란 결과의 지나침에 대해 항변할 수는 있습니다. 그러나 그런 항변을 들어줄 사람이 마땅찮다는 것이 문제입니다. 그래서 울분은 사적인 영역에서, 자기 자신이나 가까운 친구에게 혹은 신이나 운명이나 우주를 향해 토로될 수 있을 뿐입니다. 올바름을 지향하는 공적인 것으로서의 분노, 공동체의 정의를 위한 함성이나 세상 사람들을 향한 외침이 될 수는 없다는 것이지요. 분노가 스스로 윤리적 주도권을 쥔 상태의 마음이라면, 울분은 그것을 빼앗긴 상태의 억울함입니다. 분노를 태양에 비유한다면, 울분은 밤하늘의 별들, 저마다 모두 하나씩의 태양이지만 너무 먼 곳에 있어 태양으로 대접받지 못하는 항성들이라고나 할까요.

유사한 방식으로 말하자면, 원한은 블랙홀에 비유될 수 있겠습니다. 거대한 질량을 가진 채로 천체의 구성에 큰 영향을 미치고 있지만, 잘 보이지는 않는 까닭입니다. 원한은 일차적으로, 자신을 공공연하게 드러내지 못한 울분이 자기 자신으로부터 이탈하여 구겨져 있는 상태라고 할 수 있겠습니다. 좀더 근본적으로는, 자기 자신이 속해 있는 현재의 윤리 체제에 대한 정동이라 하겠습니다. 스스로 선택한 것은 아니지만 어느 틈엔가 이미 거기에 속해 있고, 다른 대안이 없어 당연한 것으로 받아들이지 않을 수도 없는 것이 곧 그것입니다. 그러므로 원한의 거처는 단지 시대만이 아니라 문명 단위로까지 나아갈 수 있습니다.

이런 시선으로 말하자면, 원한은 자기 시대의 문명적 원리를 만드는 정신의 배치와 분할 밑에 잠복해 있는 억울함과 노여움의 거대한 집적체입니다. 단순히 마음이 아니라 신체가 느끼는 분노이며(거식증이나 에일리언 증후군처럼), 근본적 차원의 것이라 문명을 정립하는 죄의식이라 할 수도 있겠습니다. 그것을 윤리라 하면, 충동이 개입해 있는 것이라서 실재 차원의 윤리라 할 것입니다. 문학 텍스트에 드러난다 해도 표면에 버젓이 등장할 수는 없는 것이기에 무의식적인 것이라 하겠습니다. 알아보기 어렵게 구겨지고 일그러진 것인 탓에, 작품에 등장하는 증상들을 통해 사후적으로 접근 가능한 것들이라는 말입니다.

환멸 이전의 문학이 자기 중심에 분노를 품고 있었다고 함은 큰 설명이 필요하지 않겠습니다. 무엇보다도 선명한 적이 올바르지 않음의 형태로 눈앞에 있었으니까요. 거기에서 중요한 것은 그 적과 어떤 방식으로 맞설지의 문제였지요. 그래서 환멸 이전의 문학에서 중요했던 것은 메시지의 선명함이었습니다. 예리한 칼날이나 둔중한 망치거나 강한 화살 같은 것, 노골적으로 모습을 드러낸 딱딱하고 거대한 과녁을 돌파할 수 있는 힘이 있어야 했지요. 그것을 중심으로 문학적 의지의 태양계가 만들어집니다.

그러나 환멸 이후의 세계는 선명함이나 강렬함으로 돌파할 수 없는 끈적끈적한 것이 되었습니다. 그래서 문제가 됩니다. 중요한 것은 메시지의 선명함이나 그것이 규정하는 주체의 위상이 아니라 생산된 콘텐츠의 수준이 되었습니다. 끈적끈적한 세계 속에서 문제의 핵심을 건져올릴 수 있는 힘이 필요해진 것이지요. 물론 어떤 글쟁이도 자기 작업에 임할 때 이와 같은 추상적인 생각을 하지는 않을 것입니다. 누구나 그렇듯 그들은 그냥 자기 일을 하지요. 그것이 사람들의 마음에 가닿을 수 있기를 바라면서. 그들이 행한 작업 속에서 한 시대의 마음이 스스로를 표현할 매체를 선택합니다. 그것을 뭐라고 부를 수 있을까요. 보이지 않는 손이라고 해야 할까요. 원한은 그 손이 만들어낸 산물입니다. 집단의 마음이 모여서 이루어진 손이지요. 사람들 사이에서 공감과 사회적 가치를 만들어내는 손, 자연선택이나 은총의 기적을 만드는 손과 마찬가지 차원에서 움직이는 투명한 손입니다.

분노가 사라진다고 해서 울분이 등장하는 것은 아니라는 점이 강조되어야 하겠습니다. 앞에서 말씀드렸듯이 울분은 문학이 표현하기 어려운 것입니다. 문학이라는 매체를 기준으로 생각하자면, 울분은 사라지는 매개자와 같다고 해야 합니다. 훌륭한 문학 텍스트를 산출하는 데 정서적 자양이 될 수 있지요. 그러나 울분이 문자로 표현되기 위해서는 공적 통로를 찾아야 합니다. 울분이 주로 거주하는 곳은 자책과 푸념 속입니다. 분노의 옷을 입지 않는 한, 울분은 문학작품에 스스로의 모습을 드러내기 힘들다는 것이지요. 그렇게 스스로를 드러낼 수 없는 울분들이 쌓여 원한이 됩니다. 그래서 원한은 어디에나 끼어 있습니다. 분노가 걷히는 순간 드러나는 것은 원한이 잠복해 있는 들판입니다. 원한은 섬세함이 없이는 포착될 수 없습니다. 눈에 보이지 않으니 잡을 수도 없고, 작가의 입장에서라면 그저 몸과 마음을 깨끗하게 비운 존재들에게 마치 돈오頓悟나 은총처럼 다가오는 것이라 해야 하겠습니다. 청년 루카치가 대서사문학의 작가들이 지녀야 할 으뜸가는 덕목으로 겸손을 제시했던 것도 바로 그런 맥락이라 하겠습니다. 그것이 하필 소설가에게만 그러하겠습니까. 세상이 제대로 알기 힘든 것으로 다가오는 순간이라면, 그 앞에 있는 글쟁이들에게는 예외 없이 적용되는 덕목이 바로 그것 아니겠습니까.

그렇다면 1990년대 이후의 문학이 포착해낸 원한은 어떤 것이었을까. 우리 모두가 받아들여버린 정신 체제의 핵심 윤리와 연관된 것입니다. 특정 시대나 정치적 상황이 아니라 좀더 근본적인 것이라 해야 하겠습니다. 한국의 특수성이 아니라 근대 세계 일반의 보편성과 관련된 것이지요. 그 핵심을 발전 서사라고 하면 어떨까요. 말하자면 원한을 만들어내는 궁극적 힘은 발전 서사가 아닐까 하는 것입니다.

근대가 열린 이후로 세계 전체가 받아들여버린 질서 감각의 핵심을 발전이라는 말로 파악하고자 하는 것은, 발전이라는 말이 역사적 개념인 진보에 경제적 개념이 덧씌워진 단어이기 때문입니다. 발전해야 하고 발전하고 있고, 발전하지 않으면 안 된다는 것, 그것이야말로 근대 세계의 정언명법이라 하겠습니다. 그리고 그 곁에는 공리주의utilitarianism와 능력주의meritocracy가, 발전 서사의 세계를 지키는 두 장수처럼 버티고 있습니다. 세상에 발붙이고 있으려면 유용성이 있어야 하고, 그 유용성의 크기에 따라 직책과 성과를 배분받아야 한다는 식의 논리입니다. 발전 서사가 세계의 필연성을 따지는 형이상학의 차원이라면, 인간 차원의 윤리학에 해당하는 것은 곧 성공 서사이겠습니다. 주어진 현실 속에서 성공해야 하는 것이 삶의 목표가 되는 것이지요. 이들을 모두 결합하면 이렇게 정리될 것입니다. '세상은 지속적으로 발전하고, 우리는 자기가 선택한 일을 통해 성공해야 한다. 그것이 함께 사는 사람들을 이롭게 하는 것이고, 그것에 크게 기여한 사람이 그렇지 않은 사람보다 좀더 많은 행복을 누릴 권리가 있다.' 어떤가요? 문제가 있나요?

이미 다른 곳에서 분석한 적이 있지만, 신경숙씨의 소설 『외딴방』(문학동네, 1995)이 한 시대를 구획하는 문제작인 것은, 성공 서사의 윤리적 이면을 포착해냈다는 점에 있습니다.[1] 그것이 곧 원한의 차원이지요. 한 사람이 받아들여버린, 그 자체로는 현실적 최선이라 해야할 세상의 질서가 자기 자신과 다른 사람들에게 만들어내는 우울에 관한 것이지요. 좀더 깊이 들어가면, 발전 서사 자체에 대한 윤리적 전율을 포착해낼 수 있지요. 한강씨의 『검은 사슴』(문학동네, 1998) 같은 장편이 그런 예일 것입니다. 환멸 이전의 문학에 익숙한 독법으로는 잘 보이지 않는, 오늘날의 관점에서 보자면 좀더 분명하게 의미가 드러나는 작품들이라 하겠습니다.

이 두 소설의 주인공은 공장과 탄광에 있습니다. 1980년대적 분노가 도출되어야 할 전형적 공간이라 해야 할 것입니다. 분노해야 하는데 분노할 대상이 없고, 그래서 분노할 수 없을 뿐 아니라 분노 자체

---

1) 졸저, 『죄의식과 부끄러움─현대소설 백년, 한국인의 마음을 본다』, 나무나무출판사, 2017, 제9장.

가 없는 것으로 느껴지는 상태, 그래서 마음의 몸이 저 혼자 끌탕을 하고 있는 상태, 그것이 곧 원한입니다. 한두 사람의 것이 아니라 세계 전체에 미만해 있는 것이지요.

환멸이 시작되는 순간, 환상이 사라지고 세계가 자신의 맨몸을 드러내는 순간, 그래서 정체를 알 수 없는 질척거리고 끈적거리는 것들이 세상으로 드러나는 순간, 문학 앞에 놓인 세상은 더이상 분노만으로 돌파할 수는 없는 것이 되어버리는 것이지요. 세상이 벽으로 둘러싸여 있을 때는 분노의 목소리가 큰 울림을 만들어낼 수 있었습니다. 벽이 울림판이었기 때문입니다. 그러나 벽이 무너지고 개활지가 나오자 이제는 분노 자체만으로는 부족해졌습니다. 울림판이 없어졌기 때문입니다. 다른 사람들과 마음을 함께 나누기 위해서는 다른 전달 장치가 필요해진 것이지요. 그것이 곧 1990년대 이후의 문학이 직면한 현실이라 할 수 있겠습니다. 1997년 겨울을 지나며, 문학이 어떤 문학 외적 제약으로부터도 자유롭게 되었다는 사실은 더욱 분명해졌습니다. 그것이 문학으로서는 본격적인 고난의 행군이라 해야 할 것입니다. 어떤 시대적 후광도 없이, 어떤 울림판도 없이, 스스로의 힘으로 도약하고 또 발성해야 했으니까요.

2019년 여름, 시민의 문학

올해도 여름 나기는 쉽지 않았습니다. 날도 더운데, 아베 내각의 경제 공격으로 심각해진 정세가 마음을 심란하게 했습니다. 세상은 넓고 이상한 사람은 많다고 해야 하나요. 며칠 전, J형이 찾아와 지난 이야기를 했습니다. 우국지사는 아니지만 나라 이야기도 했지요. 이런 기회를 주어 아베에게 감사해야 한다는 이야기였습니다.

경제력을 포함한 국력으로 보자면, 1997년 외환위기의 상황과 현재는 비교할 수 없는 수준입니다. 하물며 1987년과는 천양지판입니다. 그때 그 절망적인 대선 결과를 보면서 이 나라를 떠나고 싶었던 마음은 너 나 할 것 없었지요. 그 무렵 저는 독일행을 진지하게 계획하기도 했었습니다. 그로부터 십 년이 흘러 1997년 겨울의 감격이 왔고, 김대중, 노무현 정부를 거치는 또하나의 십 년 동안 많은 것이 달라졌지요. 그럼에도 오랜 시간 축적된 분노 유발자들의 행렬은 끝이 없었지요. 자주 잊어버리긴 하지만, 일간신문의 정치면이나 뉴스를 외면할 수 없는 이상, 어느 하루 심기가 편한 날이 없었다 해야 하겠습니다. 감격은 짧고 분노는 길다고 해야 하나요. 그럼에도 우리가 사는 세상의 미래에 대해 낙관적인 것은 2016년 겨울과 2017년 봄의 감격을 거쳐오면서, 좋은 세상을 바라는 사람들의 마음이 제법 담금질된 탓이겠습니다. 다른 누가 아니라 우리 자신에게 버젓한 삶이라면 충분한 것이 아닐까 합니다.

아렌트는 『인간의 조건』에서 사람의 활동을 셋으로 나눴습니다. 노역과 작업과 행위. 간명하게 말하자면 노역은 노예의 것이고, 작업은 직인들의 것, 그리고 행위는 시민들의 정치 행위입니다. 물론 이런 틀은 노예노동을 바탕으로 운영되던 그리스의 도시국가를 모델로 한 것이어서, 여기에서 시민이란 생존을 위한 노역으로부터 자유로운 성인 남성, 곧 귀족 같은 특권계급을 뜻합니다. 공동체의 공적 사무를 말하는 정치 행위란 그런 존재들의 것인 셈이지요. 오늘날 보통 사람의 관점에서 보자면, 사람의 활동에 대한 아렌트식의 삼분법이 이상해 보이는 것은 당연하겠습니다. 지금 여기의 질서가 고대 그리스와는 다른 탓입니다.

현재의 우리에게 위의 세 항목은 오히려 한 사람의 활동이 지니는 세 측면이라 함이 좀더 타당할 듯합니다. 보통 사람들에게라면, 우선 순위도 바뀌어야 하겠지요. 자신과 가족의 생계를 위해 일을 하는 것이 먼저이고, 그 일을 함에 있어 전문가로서의 보람을 누리는 것은 그 다음이고, 또한 그것이 공동체의 공적 사무에 보탬이 될 수 있게 하는 것은 그다음이겠습니다. 물론 이와는 다른 우선순위를 가진 사람이나 직업도 있겠습니다. 대개는 생활비 벌이를 위한 노역으로부터 자유롭거나 그것을 외면한 사람일 것이니, 부러움이나 경멸 혹은 존경의 대상일 수는 있어도 일반적인 것이라 하기는 어렵겠습니다.

한때 한국에서 문학은 아렌트적 의미의 '행위'로 여겨졌습니다. 글을 쓰는 것은 지식인의 일이고, 그것은 생계를 위한 노동이나 장인들의 기술적인 작업과는 다른 것이어야 했지요. 글과 문학을 존숭했던 전통적 사유의 영향 때문일 것입니다. 글을 쓰고 돈을 받는 일을 매문賣文이라고 주장했던 사람들이 바로 이런 자리에 있습니다. 시간이 지나면서, '행위'로서의 문학 옆에 장인들의 '작업'으로서의 문학의 자리가 들어섰습니다. 글쟁이라는 말에는 장인으로서의 역설적인 자긍심이 스며 있습니다. 그런데 문학이 생계를 위한 '노역'이라고 하면 어떨까요. 직업 작가들이라면 당연한 일이라 할 것이나, 독자를 포함한 공동체 전체의 시각으로 보자면 거기에는 여전히 적지 않은 심리적 저항이 있다고 해야겠습니다. 돈을 벌기 위해서라면, 차라리 다른 일을 해야 하지 않느냐는 식의 생각이 제법 큰 것이지요. 직업에 귀천이 없음은 당연하지만, 단순히 돈만 벌기 위함 이상이라고 생각되는 일군의 직종에 문학과 글쟁이도 한 자리를 차지하고 있다 하겠습니다.

작가 김애란씨의 최근 책에 "여러 개의 팔을 가진 문학"이라는 표현이 있더군요. 등단하여 시상식을 하던 날 어리고 어설펐던 자신의 모습을 회고하는 자리에서였습니다. 실수와 실패를 반복하는 어리석은 사람도 품어주는 독선적이지 않은 문학을 그렇게 표현했습니다.

나는 수상 소감을 발표하는 자리에서 나도 잘 모르는 소리를 하며 한껏 폼을 잡았다. 하지만 중간에 코르크 마개가 부서진 와인을 따기 위해 젓가락과 숟가락을 동원해 합심하는 지인들 곁에 앉았을 때, 아버지가 얹어준 고기를 꿀꺽 삼키며, 문학이란 어쩌면 당신들을 초대한 여기, 이 자리에 있는 게 아니라, 여기까지 기꺼이 와준 당신, 바로 그 사람들 곁에 있는 것일지도 모른다는 생각이 들었다. 그 문학은 하나의 선善을 펀드는 문학이 아니라, 이제 막 사람들 앞에 선 당선자의 허영, 그 헛폼 안에조차 삶의 이면을 비출 수 있는 뭔가가 있다고 손들어주는, 여러 개의 팔을 가진 문학이었다.[2]

문학에 대해 존경심을 갖는 '촌사람'들인 부모의 '촌스러움'에 대해 작가는 깊은 공감을 느낍니다. 그 공감은 부모나 가족에 대한 것이 아니라 인간에 대한 것입니다. 그의 글에서 천수관음의 제한 없는 사랑이 떠오른 것은, 여러 개의 팔을 가진 문학이라는 표현 때문만은 아닙니다. '하나의 선善'이 아니라는 말에 청교도적 염결성을 지닌 사람이라면 발끈할 수도 있겠습니다. 옳고 그름을 논하지 말라는 말이냐고. 물론 편을 들어야 하지요. 마치 투표를 하는 것처럼. 그것은 시민

---

2) 김애란, 『잊기 좋은 이름』, 열림원, 2019, 51~52쪽.

의 권리이자 윤리이지요. 그러나 편드는 그 손은 문학이 가진 여러 손 중의 하나일 것입니다. 천수관음의 손은 천 개이지만, 나에게 다가오는 손은 언제나 하나일 수밖에 없습니다. 물론 천수관음 쪽에서 보자면 손은 천 개로도 부족할 것입니다. 슬픔과 고통의 숫자가 그러하니 잠재적 무한이라 해야 하겠지요.

현재의 우리에게 문학은 생활비를 위한 노역이자 장인적인 작업의 결과이지만, 어느 순간 문학은 시민의 행위로 변신하기도 합니다. 여기에서 시민이란 유산계급을 뜻하는 부르주아bourgeois가 아니라 공공의 일에 참여하는 주체로서의 시민citoyen/citizen을 뜻합니다. 헤겔이 본 시민사회는 개인들이 지닌 욕망의 체계였고, 좀더 우월한 통합체로서 국가를 필요로 했습니다. 시민사회에 관한 그의 생각은 사람들의 자연 상태를 어둡게 상상했던 사회계약론자들의 연장에 있습니다. 그러나 각종의 시민단체와 비정부기구로 대표되는 현재의 시민사회는 오히려 국가의 차원 너머에 있습니다.

시민은 국민=민족으로 통합되어야 할 존재가 아니라, 국민이 지닌 국가적 제약성을 넘어 세계시민의 차원으로, 인간이라는 보편적 차원으로 나아갑니다. 귀족계급과의 대결에서 승리한 부르주아-시민이 자본의 흐름을 따라 국경을 넘어가자 시투아앵-시민도 따라갔다고 해야 하나요. 어쨌거나 초국적이 된 것은 자본만이 아니라 시민도 마찬가지입니다. 그런 점에서 보자면, 국민은 국가 편이지만, 시민은 사람 편입니다. 사람 편을 드는 시민은, 국적과 무관하게 사람이 지닌 자연적이고 보편적 권리를 바탕으로 생각하고 행동합니다. 바로 그런 시민의 문학이 어떤 결정적 순간에 누군가를 편들어야 한다면 누구 편인지는 명확한 일입니다. 그 사회에서 가장 취약한 권리를 지닌 사람입니다. 바로 그 사람의 권리와 자유를 지키는 것이 곧 보편적 인권을 지키는 것입니다. 그 사람이야말로 구체적 보편자로서의 인간입니다.

문학이 국민＝민족의 손에서 점차 시민의 손으로 옮겨가던 첫 출발점이 1990년대 문학이라 하면 어떨까요. 소련이 해체되고 냉전이 끝나면서 1990년대는 시작되었습니다. 자본주의는 세계 체제가 되었습니다. 자본주의의 외부는 보이지 않게 되었습니다. 유토피아 없이 사는 법을 배워야 했지요. 바로 그 순간 글로벌리즘과 무한경쟁의 사회가 도래했음을 깨달아야 했지요. 한 개인의 의지와는 무관하게, 성공 서사는 집단 전체의 육체적 리듬과 정동으로 자리잡았습니다. 경제적 발전은 지역과 시대에 따라 부침과 편차가 있지만, 지구적 규모에서는 돌이킬 수 없는 것이 되었습니다. 정동으로서의 발전 서사는 모든 사람들의 신체에 구현되는 것이 되었습니다. 문학의 차원에서 윤리를 논한다면, 바로 그 집단 서사로부터 탈출을 시도하는 것, 실패와 몰락과 소멸을 향해 눈을 돌리는 것입니다. 문학을 문학답게 만드는 힘은 바로 그 역설의 지점에서, 실패와 소멸을 향해 가는 마음 대 성공과 발전으로 정향되어 있는 몸 사이의 불일치로 인해, 두 개의 마스터 서사 사이의 충돌로 인해 생겨나는 것이라 할 것입니다. 그것은 시민의 것이면서 또한 글쟁이의 것이기도 하지요. 저 깊은 곳에서 가끔씩 울려오는 저주파의 음향이 포착되기 시작했던 것, 원한으로 인해 일그러진 증상들이 드러나기 시작했던 것도 그 때문이라 해야 하겠습니다.

삼십대 초반의 청년 백낙청이 「시민문학론」을 발표했던 것은 정확하게 오십 년 전, 1969년 여름의 일입니다. 서구 근대문학의 발전사를 지켜본 그가 직면해야 했던 것은, 이제 갓 오십 년을 넘긴 한국 근대문학의 역사였고, 일인당 GDP 이백 달러 수준의 경제력을 지닌 '저개발국'이었습니다. 그는 시민이라는 말을 내세웠지만 그것이 귀족계급에 맞서 프랑스 혁명을 만들어낸 부르주아 계급일 수는 없습니다. 부르주아-시민은 이미 제국주의의 역사를 통해 자기 이익만을 추구하는 존재로 변질된 탓입니다. 그가 이상적인 주체로 삼는 시민이란 그러므로 이기적이고 소심한 소시민성으로부터 벗어난 상태, 그럼에도 아직은 "미지 미완의 인간상"[3]이라고 말하는 것은 당연해 보입니다. 그 시대 현실이 요구했던 과제는 국민=민족 단위의 것이었던 탓입니다. 그 청년은 유신체제와 그로 인해 부각되는 가혹한 분단체제의 현실을 겪어야 했고, 시민문학의 자리에는 민족문학이 들어서게 됩니다. 시민문학이라는 관점에서 보자면 그의 논리는 너무 일찍 와버린 것이라 해야 하겠습니다. 시민의식과 시민문학론을 외쳤던 청년이 그 이후 이십여 년 동안 수행해야 했던 것은, 분단체제에 기생했던 독재정권 혹은 권위주의 국가를 상대로 한 민족-주체로서의 싸움이었습니다. 이제 그 자리에 있어야 할 것은 시민-주체입니다.

시민 역시 특정 국가에 속해 있는 국민입니다. 그럼에도 국가 밖에 있는, 국가 너머의 눈으로 바라보는 사람이 곧 시민입니다. 국민=민족 단위의 사유는 너무 쉽게 망상적인 것이 될 수 있다는 것, 그리고 극우 정치세력과 결합하는 순간 매우 심각한 현실적 위험이 될 수 있다는 것을, 현재 우리는 아베 정권의 일본만이 아니라 세계 여러 곳에

---

3) 백낙청, 『민족문학과 세계문학』, 창작과비평사, 1985, 14쪽.

서, 그리고 국내에서도 목격하고 있는 중입니다. 지금 우리 시대의 글쟁이는 노동자이자 장인일 뿐 아니라 시민이기도 합니다. 아무런 관형어 없는 그냥 문학, 형용사이자 동사이자 부사인 문학, '여러 개의 팔을 가진 문학'은 당연히 시민의 문학이기도 합니다. 이명박과 박근혜 정부를 거치며, 특히 세월호 참사 이후로 우리는 그 일단을 확인하기도 했었지요. 물론 한 사람의 장인으로서는 우리 시대 거인들이 만들어낸 신화적 서사의 싸움에 귀를 기울여야 하겠지요. 그 출발점의 모습을 1990년대적인 것으로 부를 수 있지 않을까 합니다. 이에 대한 자세한 이야기는 또다른 기회를 기약해야 하겠습니다.

가을이 옵니다. 내내 평안하시기 바랍니다.

(2019)

충동의 윤리
—"실패한 헤겔주의자" 김윤식론

1. 거대한 쓰기-기계

김윤식이라는 한 문제적 인물이 있다. 이제 막 작동을 멈춘 이 거대한 쓰기-기계[1]에 대해 무슨 말을 해야 할까. 그가 행해온 전체 작업에 대한 섬세한 접근과 조망은 좀더 시간이 필요하겠으나, 그의 작업이 지향해온 방향성과 그것의 의미에 대해서라면 지금 이 시점에도 말해볼 수 있을 듯싶다. 그의 문학적 글쓰기가 보여준 충동의 윤리에 관한 것이다.

김윤식은 문학사가이자 현장비평가로서 글쓰기를 해왔다. 현시점에서 거칠게나마 그의 작업 전체를 조망하고자 한다면, 다음 세 가지

---

1) 김윤식의 저술은 200권을 상회한다. 단독저서 151권, 공저 13권, 편저 25권, 역서 6권, 감수 7건, 교과서 및 기타 9건 등이다. 위의 숫자는 2015년 12월을 기준으로 한 윤대석 교수의 목록에, 『거울로서의 자전과 일기』(서정시학, 2016), 『문학사의 라이벌 의식 2』(그린비, 2016), 『문학사의 라이벌 의식 3』(그린비, 2017)을 추가한 것이다. 2015년까지의 목록은, 윤대석, 「김윤식 저서 목록 해제」(『근대서지』 제12호, 2015.), 179~187쪽에 있다. 김윤식은 2018년 10월 25일(목) 저녁에 세상을 떴다.

좌표를 기준으로 삼을 수 있겠다.

1) 근대성과 문학의 복합체로서 근대문학이 지닌 윤리적 역설
2) 한국의 전후 세대가 감당해야 했던 정신사적 특수성
3) 문학적 글쓰기를 선택하는 일 자체가 지닌 실존적 고유성

　이 가운데 첫번째 항목인 근대문학 자체에 내장된 윤리적 역설은, 그 자체로 보편적인 것이어서 하필 그에게만 해당하는 것일 수는 없다. 김윤식을 다루는 자리에서 강조되어야 할 것은, 그 보편적 역설의 형상이 한국의 전후 세대에게 주어진 특수한 과제('일제 잔재 청산'이나 '식민사관 극복'으로 지칭되던 정신적 탈식민화=새로운 민족정신과 전통의 수립) 속에서 구체화된다는 점이다. 김윤식 자신이 그 세대의 일원이었음은 두말할 필요가 없겠다. 그리고 이 같은 보편성과 특수성이 김윤식의 세대에게 주어진 역사성의 좌표에 해당한다면, 그 객관적 좌표 위에서 자기 삶의 방식으로 문학적 글쓰기를 선택하는 것, 또한 그런 선택을 자기만의 연구와 쓰기의 형태로 구체화하는 것은, 김윤식이라는 한 성격과 그 운명이 지닌 고유성에 해당한다.
　사람은 자기에게 주어진 객관적 상황 속에서 무언가를 선택하며 살아간다. 그 선택이 그에게는 가능한 최선의 것이었음을, 선택 이후의 삶을 통해 보여주고자 하는 것이 곧 운명애amor fati의 윤리이다. 그와 같은 윤리는, 자신으로 하여금 그런 선택을 하게 한 힘에 대한 충실성을 자기 스스로에게 증명함으로써 구현되는 것이기도 하다.
　일제 치하에 태어나 전후 한국의 폐허 속에서 청년기를 시작한 김윤식은, 문학사가이자 문학비평가로서 거대한 활자들의 산을 쌓았

다. 한 사람이 살아낸 그런 거대함의 자취 속에는 예사롭지 않은 힘이 있을 수밖에 없다. 그가 만들어낸 주요 텍스트를 대상으로 위의 세 요소를 분별해보고, 또한 그 셋 사이의 상호 얽힘의 의미를 추적함으로써 그 힘의 정체에 접근해보고자 하는 것, 이것이 이 글의 취지이다.

김윤식이 해온 글쓰기 작업은 크게 두 가지로 대별된다. 첫째, 한국 근대문학을 주된 대상으로 한 문학사가로서의 작업. 둘째, 주로 당대의 소설 작품을 대상으로 한 비평가로서의 작업. 상당한 분량에 달하는 그의 기행 산문들은 비평의 연장선상에 포함시킬 수 있겠다.

김윤식의 작업이 보여주는 독특함은 이 두 영역에서 공히, 각각의 영역이 요구하는 본연의 임무와 반대되는 방향으로 나아갔다는 점에 있다. 문학사 연구에서는 문학사 쓰기의 반대편으로, 문학비평에서는 비평적 평가의 반대편으로 나아갔다. 그 자신이 그런 것을 의도했다기보다는 오히려 그가 만들어낸 수많은 활자들의 행렬이 스스로의 힘으로 그런 방향성을 만들어냈다고 함이 좀더 타당할 것이다. 결과적으로 보자면 그와 같은 글쓰기의 여정은, 학자이자 글쟁이로서의 김윤식이 시대 변화의 추이에 얼마나 예민하게 반응했는지를 드러내주는 지표라고 해도 좋을 것이다. 이것 역시 의식적이라기보다는 오히려 본능적이거나 무의식적이라 함이 옳아 보인다. 뒤에서 좀더 자세히 언급하겠지만, 그의 글쓰기가 보여주는 모습 자체가 흡사 자동기계의 산물과도 같기 때문이다.

2. 문학사 없는 문학사 연구

김윤식이 수행한 문학사 연구란 말할 것도 없이 한국문학에 관한 역사적 연구를 통칭하는 말이다. 한 나라 어문학에 대한 역사적 연구에서 문학사 쓰기는 한 핵심이라 할 수 있다. 물론 이러한 명제를 조급하게 일반화하는 것은 문제가 있을 수 있다. 지역이나 시대에 따라 상황이 다르기 때문이다. 이를테면 독일의 한 비평가가 한 나라의 민족문학사를 쓰는 일이 어문학자의 명예이던 시절은 끝났다고 했을 때, 그가 말하는 문학사 쓰기의 전성기는 유럽의 19세기를 지칭하는 것이었다.[2] 서유럽이나 독일의 입장에서라면 그럴 수 있겠다. 하지만 그렇다고 해서 그것이 곧바로 일반화될 수도, 또한 문학사 연구의 핵심이 달라졌다고 할 수도 없다. 양상이 달라졌다고 해서 본질이 바뀌었다고 할 수는 없는 것이다.

물론 한 나라의 어문학의 역사에서 문학과 역사가 맺는 연관이 단순하지는 않다. 하지만 근대문학 형성기에서 문학과 역사를 묶어주는 기본적인 동력이 내셔널리즘에 있다는 점에 큰 이론의 여지가 있기는 힘들다. 민족국가 체제라는 근대적 이념의 자장 안에 있는 한, 한 나라의 문학사를 쓰고자 하는 열정의 바탕에는 민족주의적 동기가 깔려 있고, '민족문학사'를 쓰는 일 자체가 민족주의를 추동하는 중요한 동력의 하나가 된다. 그와 같은 양상으로 치자면, 19세기 유럽(야우스가 말한 문학사의 세기는 민족국가 수립을 향해 나아가는 정신으로서 민족주의의 세기이기도 했다)과 마찬가지로 20세기 한국도 전

---

2) 1970년에 출간된 H. R. 야우스의 『도전으로서의 문학사』(장영태 옮김, 문학과지성사, 1983, 151쪽)에 나오는 구절이다. 좀더 구체적으로 말해두자면, 야우스가 말하는 19세기란 데 상크티스(Francesco de Sanctis, 1817~1883)의 『이탈리아 문학사』, 랑송(Gustave Lanson, 1857~1934)의 『프랑스 문학사』, 게르비누스(G. G. Gervinus, 1805~1871)의 『독일 민족문학사』와 셰러(Wilhelm Scherer, 1841~1886)의 『독일 문학사』 등이 등장했던 시기를 뜻한다. 위의 번역본에는 데 상크티스가 드 상티스로 되어 있어 바로잡아둔다.

형적인 경우이다. 둘의 차이란 오로지 근대성의 진행 과정이 만들어낸 역사적 시간의 격차에 지나지 않는다. 요컨대, 민족국가 체제가 유지되는 한, 한 나라 문학사 연구의 중핵은 민족문학사 쓰기에 있다는 것이다.

그런데도 김윤식의 문학사 연구는 문학사 쓰기의 반대 방향을 향해 나아갔다는 것인가. 그것도 20세기 초반의 삼십여 년을 식민지 상태로 있었고 그 나머지를 분단국가로 보내고 있는, 그래서 민족주의적 심성의 강렬함에 관한 한 어떤 나라보다 덜하지 않다고 말해야 할 한국 같은 나라에서? 게다가 그런 마음의 강도로는 어떤 세대에도 뒤지지 않을 전후 세대의 일원이? 이런 반문에 대해서도 그렇다고 답할 수밖에 없겠다. 그가 사십여 년 동안 만들어낸 연구의 이력이 그것을 생생하게 보여주고 있는 탓이다.

김윤식의 세대가 지닐 수밖에 없었던 민족주의적 열정을 가장 상징적으로 보여주는 것은, 김현과 함께 쓴『한국문학사』(1973)라는 책이다. 이 책이 얼마나 뜨거운 것인지는 제목과 내용 사이의 커다란 격차가 보여준다. '한국문학사'라는 제목을 지니고 있으면서도, 막상 다루고 있는 내용은 18세기에서 20세기 전반기에 이르는 시기에 불과하다. 그러니 '한국문학사'라 하는 것은 명실이 서로 부합하지 않고, 그렇다고 '한국근대문학사'라는 제목을 붙이는 것도 이상하다. 문학적 근대의 기점을 18세기로 끌어올렸으나, 그에 상응하는 작품이 마땅치 않기 때문이다.『한중록』『열하일기』『서유견문』 같은 저작을 근대문학 작품이라 하기 위해서는 문학의 근대성 자체를 새롭게 정의해야 한다. "근대문학의 기점은 자체 내의 모순을 언어로 표현하겠다는 언어의식의 대두에서 찾지 않으면 안 된다"[3]라는 규정 정도로는 부족할 수밖에 없다. 문학의 근대성이란 창작만이 아니라 유통과 향유의 체제 전체가 작동하며 만들어진 결과이다. 주관적 의도 하나가 그 기준을 채우기는 힘들다는 것이다.

책의 논리적 뼈대에 해당하는 개념의 결함은 이 책 전체를 기형적인 것으로 만든다. 하지만『한국문학사』가 보이는 이런 기형성은 거꾸로, 김윤식의 세대가 청년 시절에 지닌 민족주의적 사명감의 뜨거움을 웅변한다. 한국의 근대문학은 서구나 일본에서 배워온 것이 아니라는 주장, 임화의 이른바 '이식문학론'을 극복해야 한다는 사명감, 곧 '자생적 근대화론'의 문학적 버전이 저 혼자 작열하고 있는 모양새이기 때문이다.

그럴 수밖에 없었던 이유는 자명해 보인다. 현재 상황이 만족스럽고 미래에 대한 전망이 밝다면, 과거의 빈곤과 비참을 인정하는 것은 그리 큰 문제가 아니다. 오히려 어려웠던 과거는 현재의 성공을 위한 훌륭한 배경이자 후광이 될 수 있다. 하지만 삼십대의 김윤식이 한 세대의 일원으로 책을 쓰던 때는, 나라 전체가 경제적 빈곤 및 정치와 문화의 미성숙성을 마주하고 있던 시기이다. 현재와 미래가 밝지 않으니, 과거의 빈곤을 인정해버리는 것은 마지막 남은 자존심의 거처를 버리는 것이 아닐 수 없다. 김윤식 세대가 견지하고자 했던 '자생적 근대화론'은 민족 단위에 존재하는 그런 자존심 지키기의 이론적 핵심에 해당한다. 그 세대의 일원으로서 그것을 옹위하려는 마음가짐은 각별하지 않을 수 없었겠다.

김윤식에게『한국문학사』라는 책이 지니고 있는 또하나의 특별함

---

3) 김윤식·김현,『한국문학사』, 민음사, 1973, 20쪽.

은, 문학사 쓰기가 그의 학문적 이력에서 종착점이 아니라 출발점에 있다는 점에 있다.[4] 통상적으로 한 나라의 문학사를 쓰는 일은 문학사가에게 필생의 업적에 해당하는 것이다. 하지만 김윤식의 경우는, 문학사 쓰기를 향한 에너지 자체로만 보자면 『한국문학사』에서 이미 정점에 도달했다. 그는 물론 그 이후에도 문학사가로서 두 종의 『한국현대문학사』(일지사, 1976; 서울대출판부, 1992) 및 『한국현대문학비평사』(서울대출판부, 1982) 『한국소설사』(예하, 1993; 문학동네, 2000. 정호웅과 공저) 같은 책을 냈지만, 이들은 강의용 교재에 가깝다. 학문적 야심의 크기로는 『한국문학사』에 비길 수 없다. 그렇다고 해서, 아직 삼십대의 나이에 공저로 낸 『한국문학사』가 김윤식의 학문적 저작의 정점이라 할 수 없음은 물론이다. 한국문학사나 한국근대문학사 일반의 관점에서도 그렇게 말할 수는 없다. 『한국문학사』는 문제적일 수는 있어도, 표준적인 문학사로서 자리잡기는 어려운 책이기 때문이다.

학문적 야심의 크기를 견주자면, 그의 박사논문이기도 한 『한국근대문예비평사연구』(한얼문고, 1973)가 그에 상응하겠지만, 이 책은 한국의 문학사 자체에 대한 관심보다는 오히려 카프의 역사 및 일본과의 상관관계에 훨씬 큰 무게가 주어져 있으며,[5] 바로 그런 점에서

---

4) 김윤식은 왜 김현과 함께 이 책을 썼을까. 그들은 '서언'에서 이렇게 밝혔다. "이 책이 기획된 것은 1970년경이다. 같은 직장에서 같이 한국문학에 깊은 애정을 갖고 한국문학을 이해하려고 애를 쓰는 도중에 우리는 새로운 문학사를 써야 한다는 의무감 같은 것을 느꼈고 그것이 실현화된 것이 1972년이다." 두 사람의 집필 부분이 장절별로 세세히 명시되어 있다. 이를 보자면, 김현이 주장이고 김윤식은 부장이었음이 드러난다. 여기에서 자세히 쓸 수는 없으나, 한 해 전, 『창작과비평』 창간호에 실린 백낙청의 「시민문학론」(1969)에 대한 김현의 라이벌 의식이 간취되는 대목이 아닐 수 없다.

문제적인 저술이다. 『한국근대문예비평사연구』 역시 『한국문학사』와 마찬가지로 당대의 모습에 대한 서술이라기보다는 그것이 지니고 있는 결여에 대한 서술에 가깝다. 있는 것이 아니라 없는 것에 쓰고 있다고 할 수 있는 것은, 매 시기마다 문학적 근대성의 배후가 일본과 유럽에서 일렁이고 있다는 점에서 그러하다. 따라서 이 책 역시, 문제적일 수는 있어도 문학사 일반의 상에 부합하기는 어렵다.

요컨대 표준적인 문학사일 수는 없지만 학문적 야심으로 충전된 문학사 분야의 책 두 권이 김윤식의 청년기에 출현했던 셈인데, 이렇게 보자면, 김윤식의 학문적 이력에서 문학사 쓰기란 특이하게도 출발점에 우뚝 솟아 있을 뿐이라 해야 할 것이다.

김윤식이라는 문학사가의 연구 방향성이 문학사 쓰기를 향해서가 아니라 그 반대를 향해 나아갔다고 함은 바로 이와 같은 점을 한 가지 근거로 삼는 말이다. 문학사 쓰기란 민족주의와 함께 있는 것이니, 김윤식의 그 행로가 민족주의적 열정의 반대편을 향해 나아가는 것이기도 함은 당연하겠다. 민족주의적 열정과 문학사 쓰기가 있던 자리를 대체한 것은, 1980년대에 들어선 후로 지속적으로 써낸 20여 종의 평전 시리즈이다.[6] 그의 평전 시리즈는, 그의 연구사 전체로 보자

---

5) 1920~30년대 한국의 비평사를 다룬 이 책은, 카프 조직의 형성과 해체를 중심으로 한 평단의 논쟁사를 20여 년 비평사의 중심으로 삼는다. 1970년대 박정희 정권의 매카시즘 속에서도 이런 연구 성과를 냈다는 점은 높이 평가받아야 마땅하다. 하지만 1920~30년대 한국 비평사가 논쟁사로 대체되었다는 점, 그것도 일본 평단의 논쟁사에 덧씌워져 있다는 점에서 비판의 여지가 있다. 사실들을 정리하는 외관을 취했으나, 그를 통해 오히려 논쟁에 임하는 비평가들의 세세한 숨결을 살려냈다는 점에서 문학적 쓰기의 윤리적 가능성을 보여주는 면이 있다. 이에 대한 상세한 논의는 별도의 지면을 기약해야겠다.

6) 김윤식의 평전 시리즈는 전 3권으로 나온 『이광수와 그의 시대』와 역시 3권으로 나

면 김윤식의 독특성을 드러내는 하나의 현상이라 할 만한 것으로, 그의 저작들 속에서 압도적인 무게감을 지니고 있다.[7] 그의 연구가 문학사 쓰기의 반대 방향을 향하고 있다거나 혹은 최소한 그것과 무관한 쪽을 향해 있다고 할 수 있는 또하나의 근거는, 바로 그 평전 시리즈의 압도적인 존재 탓이다.

문학사는 한 나라의 역사이고, 평전은 한 개인의 역사이다. 문학사는 문학작품에 대한 평가의 체계를 지향하고(이 점은 조동일의 『한국문학통사』(지식산업사, 1988)와 같은 예에서 뚜렷하거니와, 김윤식·김현의 『한국문학사』도 마찬가지다), 평전(혹은 작가 연구)은 상대적으로 한 사람의 문인이 살아온 삶과 그가 이룬 글쓰기에 대한 이해의 깊이에 주안점을 둔다. 문학사 기술의 목표 지점이 역사 속에 놓인 문학작품의 가치와 의미라면, 평전이 겨냥하는 것은 한 사람의 삶이 만들어낸 존재론적 심연이다. 한국 근대문학을 대상으로 하는 문학사는 근대문학의 적통 수립을 향해 나아가고, 평전은 낱낱이 흩어져 있는 사람들 속에서 남다른/남다를 것 없는 개인으로서 한 사람이 겪어내야

온 『김동리와 그의 시대』, 그리고 안수길, 염상섭, 김동인, 이상, 임화, 백철 등으로 대표된다. 박영희, 서정주, 박경리, 최재서, 황순원, 이병주, 박완서 등에 관한 연구서들도 김윤식식의 평전에 육박할 만한 무게를 지닌 것이라 할 수 있다. 이들을 포함하면 대략 20여 종이다.

7) 김윤식의 저작이 만들어낸 흐름에서 문인들의 평전과 작가론이 차지하는 압도성은 물론 양적인 측면에서 두드러지지만, 질적 측면에서도 현저히 높은 자리를 차지한다. 이광수, 염상섭, 김동인, 이상, 임화 등에서 김동리, 백철 등까지를 포괄하는 평전 작업은 그의 문학사 연구의 한 정점을 이룰 뿐 아니라, 각각의 작업 자체가 저마다 특필할 만한 가치를 지닌다. 같은 문학사 연구라 하더라도, 주로 강의용 저서이거나 자기 연구의 축약본 격인 문학사류가 차지하는 비중에 비하면, 평전 시리즈는 중량감이나 밀도에서 커다란 차이를 보인다.

했던 내면의 경험과 그 깊이를 향해 잠수해 들어간다. 이념이라는 측면에서도 문학사와 평전은 전혀 다른 지향점을 지닐 수밖에 없다. 역사는 흐름의 일반성을, 평전은 한 개인이 지닌 고유성을 염두에 둔다. 각각의 체계가 지닌 속성을 보자면, 두 종류의 글쓰기가 지닌 에너지는 정반대의 방향성을 지닌다고 해도 그리 지나친 말이 아니다.

『이광수와 그의 시대』(한길사, 1986)로 본격화된 그의 평전 시리즈는, 한국 근대문학사의 핵심적인 인물과 텍스트들을 꿰뚫으며 나아가고 있어 그 자체가 문학사라 할 만하다. 그런 점에서 이들의 평전을 결합하면 곧 한국의 근대문학사가 되는 것이 아니냐고 할 수도 있겠으나, 좀더 안으로 들어가면 그렇게 말하기는 힘들다. 이 점은 김윤식이 그의 평전 시리즈에서 다루고 있는 대상이 아니라 그 대상들을 재현하는 방식을 살필 때 좀더 분명해진다.

김윤식이 써낸 평전이 종국적으로 겨냥하고 있는 것은, 문학작품이나 그것을 써낸 작가에 대한 이해라기보다는, 문학적 글쓰기를 선택한 사람의 실존적 이해에 가깝다. 작가 연구에서 그가 자주 사용했던 '내면 풍경'이라는 단어가 그것을 지칭한다. 그 관점에 따르면, 그의 평전 속의 주인공들은 한 사람의 개인으로서 자기 앞의 삶을 살아내는 일에 몰두했던 사람들이다. 그들이 한국인이었고 또한 문인이었던 것은 그저 우연이었을 뿐이다. 김윤식식 평전의 관점이 그들을 그런 존재로 규정한다.

그러므로 그의 평전 시리즈가 종국적으로 조형해내는 인물들은 마치 소설의 인물들이 그렇듯 저마다 하나씩의 단독자이며, 그들이 표상하는 단독성은 저마다 각각의 역사를 품을 수는 있어도, 그것들이 모여 하나의 집합체─역사를 만들어내기는 어렵다. 밧줄처럼 하나로 꼬일 수는 있을지라도, 그렇게 꼬인 밧줄은 지나치게 울퉁불퉁하고 때로는 비어 있어, 매끈하고 균형 잡힌 시간의 연속체로서 표준적인 역사가 되기는 어렵다는 것이다.

그것도 역사일 수 있다면, 역사와는 다른 역사로서 일종의 대체 역사라고 해야 할 것이다. 시간의 연속성이나 발전 서사에 입각해 있지 않고 오히려 단속성과 몰락의 서사를 구현하고 있다는 점에서 그러하다. 김윤식의 문학사 연구에 대해, 문학사 자체가 지닌 본연의 동력과 정반대 방향의 힘을 지니고 있다 함은 이와 같은 점 때문이다.

3. 평가 없는 문학비평

김윤식이 문학비평이라는 이름으로 행한 글쓰기는, 1990년대 이후로 세상을 떠나기 직전까지 삼십여 년 쉼없이 지속해온 단편소설에 관한 단평 쓰기(문학 월평 혹은 계간평 쓰기)로 대표된다. 30여 권의 책으로 묶여 있는 이 단평 쓰기 앞에 서 있게 되면 누구든 묻지 않을 수 없다. 그는 대체 왜 이런 식의 글쓰기를 계속했던 것일까.

물론 이에 대해서는 그 자신이 이미 여러 곳에서 밝힌 바 있다. 소비에트 해체와 현실 사회주의의 붕괴를 전후한 역사적 정황 때문이었다는 것이다. 당대의 주요 작품을 모조리 읽고 월평을 쓰는 것은 그런 상황이 초래한 당황으로부터 벗어나기 위한 길 찾기였으며, 그런 만큼 "필사적"일 수밖에 없었다고 그는 말한다.[8] 하지만 그의 이런 말을 있는 그대로 받아들여야 할까. 그것은 어디까지나 공식적인 언명에 불과한 것이라고 읽힌다. 다른 사람들이 아니라 자기 자신을 상

---

8) 김윤식, 「갈 수 있고, 가야 할 길, 가버린 길」, 『문학동네』 2001년 겨울호, 29~30쪽.

대로 한 공식적 명분 쌓기.

1990년대에 접어들면서 제2세계의 핵심이 무너지고, 자본제적 근대성 너머 유토피아를 향한 길 찾기의 가능성이 사라졌을 때, 새롭게 등장하는 소설들이라도 읽지 않으면 비평가로서 나아갈 길을 찾을 수 없었다고 말하는 것, 그것까지는 이해할 수 있다. 베를린장벽 붕괴와 소련의 해체는 많은 사람들에게 충격을 줄 만큼 거대한 역사적 사건이었기 때문이다. 그러나 그런 방식의 길 찾기가 팔십대 나이에 이르기까지 삼십여 년 동안 지속된 것이라면, 그와 같은 공식적인 이유로 설명되기 어려운 측면이 있다. 한 사람의 비평가의 입장에서 보자면, 현장 문학에 대한 감각을 유지하고 글쓰기 자체의 리듬을 확보하기 위한 수단이었을 수도 있다. 하지만 그의 생애 마지막 육 년 동안 위중한 병고에 시달리면서도 끝까지 단평 쓰기를 중단하지 않으려 했던 것에는, 성실성의 면모를 넘어서는 매우 특별한 집요함이 있다. 후술하겠지만 바로 그런 면모야말로 그의 글쓰기가 보여주는 윤리적 과잉, 충동의 윤리를 드러내는 것이라 하겠다. 윤리적 헤겔주의자의 특징이라 해도 마찬가지 말이 된다.

앞에서 언급했듯이, 김윤식 문학비평의 특이성은 문학작품에 대한 평가를 하지 않으려 했다는 점에 있다. 바로 이와 같은 점이, 그의 비평적 글쓰기가 비평의 반대편을 향해 갔다고 판단할 근거가 된다. 물론 특정 작품이나 작가에 대한 선호와 애호 같은 것은 누구에게나 있기 마련이다. 문제는 그것을 비평적 글쓰기의 형식으로 드러내는 것인데, 김윤식은 통상적인 형태의 비평문뿐 아니라 월평이나 계간평을 삼십 년 가까이 정기적으로 쓰면서도 주관적 취향 드러내기나 객관적 평가를 하지 않으려 했다.

물론 이것을 김윤식만이 지닌 특징이라 할 수는 없다. 취향 정치의 날이 무뎌진 곳에서라면 특정 작품에 대한 평가의 문제는 그렇게 예민한 것이 아닐 수 있고, 평가보다 해석이나 분석이 중요하게 간주되는 것은 시기나 사람에 따라 얼마든 있을 수 있다. 그럼에도 그것을 강조하는 것은, 김윤식이라는 한 비평가가 만들어나간 비평 세계의 내적 구조를 살피는 일에서 그것이 중요한 요소가 되기 때문이다. 그 자신의 주장과는 달리, '헤겔주의자'의 본격적인 면모를 드러내주는 것이 바로 그와 같은 특성과 관련되는 까닭이다.

중단편소설을 대상으로 월평을 지속하면서도 그때그때 등장하는 작품들에 대한 가치 평가를 하지 않으려 했다는 것은 무엇을 뜻하는가. 특정 작품에 주목할 만하다는 의미에서의 가치를 부여하는 것이 평가라면, 월평의 대상으로 선택한 것 자체에 이미 그와 같은 가치 평가는 행해져 있다. 그러니까 특별히 좋다 나쁘다 수준의 말을 하는 것은 오히려 불필요할 수도 있다. 게다가 월평의 대상이 되는 중단편들은 그 자체로 책이 될 수 없는, 즉 상품이 될 수 없는 존재들이다. 별점을 매겨 관객의 선택에 영향을 미치는 대중매체의 영화평과는 기능이 다를 수밖에 없다. 개별 문학작품에 대한 비평적 평가가 큰 사회적 가치를 지닐 수 없는 시대였던 탓이라 할 수도, 문학작품을 포함하여 예술작품에 관한 취향 정치가 긴요하지 않게 된 시대 때문이라 할 수도 있다. 이런 상황에서라면, 작품을 평가하는 일보다는, 한 시대나 비평가가 주목한 작품을 특정 시선의 맥락 안에 배치하는 일이 훨씬 중요한 비평 행위일 것이다.

하지만 이 모든 점에도 불구하고 작품에 대해 평가하지 않는 태도 자체는 적지 않은 의미를 지닌다. 김윤식이 평전 시리즈라는 책 무더기를 산출해냄으로써 결과적으로 문학사의 체계에 맞서게 되었던 것과 같은 맥락이기 때문이다. 정전으로 구성되는 문학사 자체에 대한 결과적인 거부라는 점에서 그러하다. 그것은 그 자신이 생각했던 문학의 윤리에 대한 충실성의 산물이기도 하다.

문학작품에 대한 평가를 가리켜, 단순히 한 사람의 비평가가 자신의 취향을 드러내는 일에 불과한 것이라 할 수는 없다. 특정 작품에 대한 자신의 판단을 공개하는 것은, 그 작품을 중심으로 형성되는 대화의 장에 합류하고 그럼으로써 만들어질 체계(이것을 '비평적 대화'의 체계라 할 수 있겠다)에 들어가는 것을 뜻한다. 그러니까 김윤식이 30여 권 분량의 비평문을 쓰면서도 문학작품 일반에 대한 평가를 하지 않으려 했다는 것은, 이른바 '비평적 대화'의 장에 들어가려 하지 않았음을 뜻한다. 좀더 나아가자면 그것은, 비평적 담론을 바탕으로 수립되는 정전 만들기 및 문학사 기술에 대한 거부의 의미를 지닌다.

김윤식이 사숙했던 한 비평가의 말처럼,[9] 어떤 척도를 가지고 자신의 호오를 드러내는 일 자체가 어려울 것은 없다. 하지만 비평적 평가의 어려움은, 고바야시 히데오의 지적처럼 취향과 척도를 생생하고 발랄한 것으로 유지하는 일에 있는 것만도 아니다. 진정한 어려움은 취향이 아니라 취향 정치의 문제에 있다.

비평은 취향을 드러내는 일일 뿐 아니라, 그것을 통해 다른 사람들

---

9) 고바야시는, ""자기 취향대로 남을 평가하는 것은 쉽다"고 사람들은 말한다. 그러나 척도에 맞춰서 남을 평가하는 일도 마찬가지로 간단한 일이다. 항상 생기 넘치는 취향을 유지하고 항상 발랄한 척도를 유지하는 일만이 쉽지 않을 따름이다"라고 썼다. 문단을 중심으로 비평에 관한 작품에 관한 토론이 발하던 시기의 일이다. 고바야시 히데오, 「각양각색의 의장」(1929), 『고바야시 히데오 평론집』, 유은경 옮김, 소화, 2003, 13쪽.

을 설득하는 일이기도 하다. 왜 그래야 하는지를 묻는다면 그것은 비평의 존재 이유에 대한 질문을 넘어서 사회적 동물로서 인간의 본성에 관한, 곧 인간 사회가 지닐 수밖에 없는 정치성의 문제가 된다.[10] 사람들에게는 공통 감각sensus communis이 있어서 의견의 교환을 통해 합의에 이를 수 있으리라는 믿음이 거기에 전제되어 있다. 비평적 평가의 진정한 어려움은, 자기 견해를 스스로가 생각하는 공통 감각(이것은 있는 것이 아니라 있다고 상정되는 것이다. 그것을 정확하게 적출해내는 것은 불가능하다)에 맞추어 조리 있게 표현함으로써 다른 사람을 설복시키는 일에 있다. 그것이 문학비평만이 아니라 모든 예술비평의 핵심적 기능이라고 해야 할 것이다.

김윤식의 비평 작업의 특징은 요컨대 그런 사회적 기능과 크게 관련이 없었다는 점에 있다. 그렇다면 그의 비평이 겨냥한 것은 무엇이었을까. 이에 대한 답변은 부정의 형식으로 말하는 것이 좋겠다. 직접적인 호오 판단이나 가치 판단을 회피하는 순간, 비평가는 최소한 다음 세 가지 역할을 하지 않는 것이 된다. 첫째는 자기가 속한 공동체 문학의 제대로 된 발전을 꾀하는 관료(정부 관료 혹은 당 관료)의 역할, 둘째는 소비자의 선택을 위해 존재하는 문화상품 시장의 리뷰어나 가이드의 역할, 셋째는 취미 판단을 매개로 한 공동체의 감각적 배치에 개입하는 문화 정치의 전사戰士 역할이다. 김윤식이 가이드-비평이나 전사-비평을 하지 않았다는 것은 당연해 보인다. 그의 글

---

10)『판단력 비판』의 칸트가, 취미 판단은 개인들이 지닌 차이를 넘어 보편적인 것이어야 한다고 했던 것도, 또한 아렌트가 칸트의 정치철학을 논하면서 『실천이성비판』이 아니라 『판단력비판』을 한가운데 놓았던 것도 그런 맥락에서이다. 한나 아렌트, 『칸트 정치철학 강의』, 김선욱 옮김, 푸른숲, 2002. 185쪽.

쓰기는 기본적으로 대학의 아카데미즘에 뿌리를 둔 것이었기 때문이다. 그러면서도 관료-비평을 하지 않으려 했던 것이 그의 비평 쓰기가 지닌 독특성이다.

관료 비평은 특정 이념이나 목표 의식에 입각할 때 가능해지는 것으로, 계몽적 비평이나 정책적 비평으로 드러난다. 한 나라(혹은 지역, 계급, 세계) 문학의 발전을 위해, 혹은 인류 역사의 진보를 위해 문학에는 이런저런 것들이 있어야 하는데 현재의 문학에는 이런저런 것들이 없다고 말하는 방식이다. 대부분의 문학사를 쓰게 하는 동력은 그와 같은 계몽적 열정이다. 그리고 이런 점에서 보자면, 자국의 문학을 발전시켜 인류의 정신적 고양에 기여할(1960년대에 나왔고 현재도 여전히 언론에서 통용되는 통상적인 어투로 번역하자면, '세계적으로 인정받고 노벨상을 수상할 만큼 수준 높은') 작품을 우리 손으로 만들어야 한다고 역설하는 비평가[11]와, 역사의 진보와 인간 해방에 기여할 수 있는 문학작품을 만들기 위해 제대로 된(스탈린주의자들의 용어법에 따르면 '과학적인') 세계관에 입각해야 한다고 주장하는 비평가는 정확하게 같은 자리에 있다. 이들에게 국가 권력이 주어진다면, 전자는 '문예진흥원장'이나 '문화부 장관' 역할을 할 것이고, 후자는 볼셰비키 당의 문화 담당 비서의 역할을 하게 될 것이다. 국가 권력이 없는 상태라면, 선각자나 애국자 혹은 사상적 전위나 지도자 소리를 듣게 될 수도 있겠다. '지도指導 비평'이나 '입법 비평' 같은 이름은 바로 이 같은 관료 비평의 다른 이름이다. 삼권분립의 기준에 맞춰 '사

---

11) 이를테면, 일본 작가들의 노벨문학상 후보 선정에 자극받아 한국문학의 세계 진출 방안에 대해 진지하게 논했던 1962년의 백철(「세계문학과 한국문학」, 『사상계』 1962년 11월 문예특별증간특대호) 같은 경우가 대표적이다.

법司法 비평'이라는 말을 추가해도 좋겠다.

평가 없는 김윤식의 비평은 그와 같은 비평 형식으로부터 거리를 유지한다. 목소리 높여 그런 일을 거부하는 것이 아니라 조용히 회피한다. 그러니 거기에는 일종의 냉소주의와 위악적 자기 비하('비평 나부랭이'라는 식의 표현은 그의 글에서 흔히 볼 수 있다. 문학이나 비평을 향한 그런 자기 비하적 표현은 물론 표현일 뿐이라는 점을 간과해서는 안 된다)가 없을 수 없다. 그는 바로 그 자기 비하가 출현할 위악적 장소로 기꺼이 입장했고 거기에서 그는 삼십 년이 넘는 시간 동안 30권에 달하는 단평 원고를 쓰며 '비평가 나부랭이'의 삶을 기꺼이 살아냈다.

그렇다면 그에게 문학비평이란 무엇을 뜻하는가. 이 물음은 그에게 문학 연구가 어떤 의미를 지니는지에 대한 질문과 동일한 수준에 있다. 동일한 대답이 준비되어 있기 때문이다. 헤겔주의라는 것이 그 답이다. 거기에는 두 가지 차원의 헤겔주의가 함께 있다. 평가하기가 아니라 읽기, 비판하기가 아니라 해석하기의 세계가 그 하나이다. 이는 그가 즐겨 인용한 워즈워스의 시 속에 표현되어 있다. 그리고 또하나는 스스로를 '실패한 헤겔주의자'라고 지칭하게 한 힘에 있다. 이항 대립의 격렬한 반발력을 지탱하면서 성급하게 제3의 길로 빠지지 않는 것, 스스로의 신체를 쓰기-기계로 만드는 일이다. 그것이 곧 충동의 윤리가 발현되는 방식이다. 이에 대해서는 그의 텍스트에 등장하는 두 개의 증상들을 살펴본 후에 좀더 자세히 말해보자.

4. 증상 1: "고아에의 길"

김윤식의 저작들 속에는 증상적이라고 할 만큼 두드러지는 두 개의 지점이 있다. 하나는『파우스트』와, 다른 하나는 이광수와 연관되어 있다. 먼저 이광수에 관한 항목부터 살펴보자. 여기에서 문제가 되는 증상은, 김윤식의 대표작이라 할『이광수와 그의 시대』에 등장한다.[12]

김윤식에게『이광수와 그의 시대』가 얼마나 특별한 책이었는지는 크게 강조할 필요가 없다. 그 자신이 서문을 위시하여 여러 곳에서 이 책의 중요성을 언급한 바 있다.[13] 그는 1970년과 1980년 두 차례의 일본 유학이 모두 이 책을 위한 것이었다고 말한다. 김윤식의 학문적 이력 전체를 놓고 보더라도,『이광수와 그의 시대』는 그 자체로 큰 전환점이 된다. 이 책을 전후하여 나온 그의 저작들을 놓고 보면, 두 차례의 일본 체류 경험이 얼마나 큰 영향을 미쳤는지 짐작할 수 있다. 근대문학 연구자이자 문학적 글쟁이로서 얻은 정신적 자원이 어떠했는지는『내가 읽고 만난 일본』(2012)에 상세하게 밝혀져 있기도 하

---

12)『이광수와 그의 시대』전 3권은 1986년 한길사에서 간행되었다(1999년 솔출판사에서 개정증보판이 전 2권으로 나왔다). 그의 단독 저서 목록으로 치면 147권(2015년 9월 기준) 중 31번째 책이다. 김윤식의 저술 세계에서『이광수와 그의 시대』가 지니고 있는 무게감은 일단 제목에서 드러난다. 사람 이름을 표제로 내세운 20여 권의 책 중에, 남다른 제목을 지닌 것은 두 권,『이광수와 그의 시대』그리고『김동리와 그의 시대』(1995~1997)이다. 다른 작가론이나 평전의 경우는『안수길 연구』(1986)이나『염상섭 연구』(1987) 같은 형식이 일반적이다. 이광수와 김동리를 다룬 두 책만이 '~와 그의 시대'라는 제목을 달고 있으며 각각 세 권씩의 볼륨을 지니고 있다. 이것은 물론 이광수와 김동리라는 작가가 지니고 있는 비중 때문일 것이나, 이 비중이란 김윤식이라는 한 문학사가의 시선에 의해 포착된 대상의 비중이라 함이 정확할 것이다.

13) 이러한 사정은 그의 다음과 같은 책들에, 특히 마지막 책에 상세하다.『한일문학의 관련양상』(일지사, 1974),『청춘의 감각, 조국의 사상』(솔출판사, 1999),『한·일 근대문학의 관련양상 신론』(서울대학교출판부, 2001),『내가 읽고 만난 일본』(그린비, 2012).

다. 또한 김윤식이 『이광수와 그의 시대』의 원고를 준비하고 쓰면서 익힌 감각과 흐름은, 그 이후로 족출한 평전 시리즈로 이어져 그야말로 눈부시다고 할 만한 성과들을 만들어낸다. 그 흐름을 타고 나온, 염상섭, 김동인, 이상, 임화 등에 대한 평전과 연구서들은 그래서 흡사 『이광수와 그의 시대』의 부록처럼 보이기도 한다. 요컨대 『이광수와 그의 시대』는 김윤식이라는 연구자에게는 비약의 계기이자 분기점을 이루는 책인 셈이다.

좀더 일반적인 차원에서 말하자면, 『이광수와 그의 시대』의 특별함은 이광수라는 인물 자체가 지니는 문제성에서 기인하는 것이기도 하다. 이광수라는 인물이 지니고 있는 문제성과 직면하게 된 사람이라면, 그가 만들어낸 역설의 지점을 우회하기 쉽지 않다. 최남선과 함께 이광수는 한국 근대문학의 선구자라는 영예와, 또한 태평양전쟁 때 대일 협력자의 대표적 인사라는 오명을 동시에 지니고 있는 인물이다. 그러한 영욕은 그들 개개인에 국한된 것이라기보다는, 20세기 초반기에 국권 상실이라는 치욕을 맛봐야 했던 한국의 근대사 자체의 것이며, 또한 그 시대를 살아내야 했던 세대 전체의 몫이기도 하다. 한 시대의 대표자로서 이광수를 다루는 일이란, 그의 시대가 감당해야 했던 독특한 윤리적 일그러짐을 살피는 일에 해당하는 것이다.

게다가 이 시대의 역사를 다루는 것은, 김윤식의 세대에게 주어진 과업 자체이기도 했다. 해방 후 대학에서 한국의 근대문학사를 다루기 시작한 실질적인 첫 세대 학자들에게, 이광수 세대의 공과를 평가하는 것은 피하기 어려운 일이기도 했다. 그것은 일제강점기의 유물인(혹은 그렇다고 그들이 생각했던) '식민사관' 즉, 정신적 식민지성을 극복해야 한다는 과제와 함께 주어졌다. 이광수를 다루고자 했던 이 책은, 제대로 쓰기 위해 두 번의 일본 유학이 필요했다고 말했을 만큼 김윤식에게는 중요한 과제였던 셈이다.

그러나 이광수를 향해 나아가는 과정에서 설정된 식민지성의 극복이라는 과제가 얼마나 어려운지는, 오늘날의 관점에서 보자면 더욱 분명하게 드러난다. '식민사관'의 극복이란 기본적으로는 촘촘하게 조직된 집단적 열등감을 극복하는 것과도 같아서, 단순히 한두 개인이나 세대의 심리에 달린 문제가 아니라, 전후의 '신생독립국'이 어떻게 자기 기틀을 다져 버젓한 꼴의 나라로 자리잡느냐에 달려 있는 것이다. 식민지성의 극복이란, 한 나라 전체의 정치경제적 현실과 정신의 차원에서 동시에 진행되는 자기 정립의 문제에 해당한다. 한 나라 전체의 역량이 투여되어야 할 과제라는 것이다.

게다가 그것은 근대성 일반의 문제와 연결되어 있기도 하다. 식민지 종주국이었던 일본만이 아니라, 그 배후에 놓여 있는 근대성의 서구적 원천이 문제시되는 탓이다. 근대성은 적극적으로 받아들여 소화해야 할 이상이지만, 또한 동시에 민족 차원의 자기 자존의 근거를 박탈해버린 현실적 적대자이기도 했다. 근대의 이 같은 이중성을 어떻게 다루어야 하는지가 중요한 문제였다.

게다가 그것을 과제로 상정한 사람은 55학번, 그러니까 전후의 폐허에서, 물질적 빈곤과 문화적 궁핍 속에서 대학을 다녀야 했던 사람이다. 현실적 어려움은 더 말할 나위가 없겠으나, 거꾸로 그 과제를 향해 달려드는 사람들의 마음은 이런 어려움으로 인해 더욱 뜨거울 수밖에 없다.

그런데 1986년에 나온 『이광수와 그의 시대』는 그와 같은 민족주의적 열정과 거리를 두기 시작한 이후의 산물이라는 점에서 특징적이다. 평전이라는 형식 자체에 이미 차가움은 내재해 있다. 민족이 있던 자리에 한 사람의 개인이, 한 개인의 실존이 들어선 탓이다. 그렇다고 해서 민족의식이 지닌 뜨거움이 아주 사라졌다고 할 수는 없다. 무엇보다도 이광수라는 개인의 '내면 풍경' 속에서 절절하게 작동하고 있는 것이 바로 민족의식이기 때문이다. 요컨대 식민지가 된 민족의 문제는 바탕으로 내려앉고 한 개인의 실존적 차원이 그 위를 덮어쓰고 있는 모양새라고 해야 하겠다.

이 책에서 증상적이라 할 만한 대목은 소제목들이 보여주는 특이한 양상에 있다. 전 3권으로 구성된 책은 전체가 7부로 되어 있다. 초판본 전 7부의 제목을 살펴보면 다음과 같다.

1부 고아에의 길, 2부 배움에의 길, 3부 교사에의 길, 4부 방랑에의 길, 5부 동우회의 길과 작가의 길, 6부 법화경과 일장기, 7부 광복과 해방 속에서.

이 일곱 항목은 이광수의 생애를 그대로 따라가고 있다. 그런데 이상한 것은, 1부에서 5부까지가 '~의 길'로 끝나는 제목들을 가지고 있는데, '동우회의 길과 작가의 길'이라는 5부의 제목은 일반인 것임에 반해, 4부까지는 고아, 배움, 교사, 방랑 등이 목표 지점으로, 그러니까 '~에의 길'로 표현되고 있다(이 표현은 1981년 연재 당시에도 동일하게 나타나고, 1999년의 개정 증보판에서는 '에'가 빠져 '~의 길'로 바뀐다)는 점이다.

이 가운데서도 특히 이상한 것은 제1부의 제목 '고아에의 길'이다. '배움에의 길'이나 '교사에의 길'은 논리적으로 이상할 것은 없고, '방랑에의 길'도 방랑이 목표 지점처럼 되어 어색하지만 젊은 나이를 생각하면 이상하다고 할 수준은 아니다. 그러나 그 자리에 '고아'라는 단어가 오는 것, 그것도 반복되는 시리즈 제목의 가장 첫 자리에 '고아에의 길'이 들어선 것은 매우 이상하지 않을 수 없다(1부의 제목이므로, 각운을 맞추다보니 그렇게 된 것이라 할 수도 없다). 고아라는 단어가 전제나 조건이나 운명(어떤 과정을 거쳐 고아가 되었는지가 중요한 것으로 기술된다면 그런 표현이 가능할 수도 있겠지만, 이 책에서는 그것도 아니다) 같은 것이 아니라, 목표 지점처럼 설정되어 있다는 것이다.

이것을 단순한 실수라고 해야 할까.[14] 그러기에는 배움, 교사, 방랑으로 이어지는 연쇄의 가장 첫 자리에 놓인 '고아'라는 명사는 너무 의미심장하다. 이광수가 평생 추구했던 두 가지 역할이 민족이라는 청중을 대상으로 한 교사이자 작가였다는 점을 상기해보자. 교사는 배우고 깨달아서 가르치는 사람이고, 근대의 작가는 정주하지 못하는 인격이라는 점에서 방랑자이자 정신적 고아다. 게다가 김윤식은 책의 머리말에서 이렇게 썼다.

이광수, 그는 고아였습니다. 그가 살았던 시대 역시 고아의식에 충만한 것이었지요. 이 사실을 이 책은 한번도 잊은 적이 없습니다. 그렇다고 해서 제가 그 점을 즐긴 것은 아닙니다. 저는 고아가 아니며, 고아의식의 시대에 살고 있지 않고 있기 때문입니다.[15]

_____

14) 물론 증보판에서 표현이 바뀐 것을 보면 단순한 실수라 할 수도 있겠다. 만약 그렇게 본다면 오히려 그것 자체가 김윤식이라는 문학사가의 무의식을 보여주는, 그 어떤 증상적인 것이라 해야 할 것이다.

여기에서 김윤식은 자기 자신은 고아가 아니며 자기 시대는 고아의식의 시대가 아니라고, 또 그는 그것을 즐기지 않았다고, 세 번에 걸쳐 부정적 술어들을 사용하고 있다. 이것 또한 이상하지 않을 수 없다. 게다가 그는 이광수(혹은 그의 시대)의 고아의식을 즐길 수 있는 것으로 생각하고 있다는 것이 아닌가.[16]

이런 대목을 유심히 들여다보게 되는 이유는, '고아에의 길'과 같은 통사의 형식이 예사롭지 않기 때문이다. 보통이라면 고아이기를 원하는 사람은 드물 것이다. 고아에게 없는 부모란 양육자임과 동시에 정서적, 정신적, 사회적 후견인을 뜻한다. 이런 뜻에서, 고아란 단순히 부모가 없는 아이만은 아니어서, 부모가 살아 있다 하더라도 그런 후견이 없다면 그 또한 실질적인 고아일 수 있다.

고아와 고아의식을 구분한다면 여기에서 한 발 더 나아가게 된다. 이어받을 가업이나 훈육의 기율이 없는 사람들, 혹은 집안이나 부모의 도움 없이 새로운 판에서 자기 힘으로 자수성가해야 하는 사람은 모두 실질적인 고아의식의 소유자이다. 그렇다면 그것은 근대적 개인, 곧 고향 집을 떠나 도시로 나가 무언가 자기 지반을 닦아야 하는

---

15) 김윤식, 『이광수와 그의 시대 1』, 한길사, 1986, 11쪽.

16) 이 구절은 다시 한번 반복된다. "그렇지만 그러한 강조를 했다고 해서 내가 그것을 즐기고자 한 것은 아니었다. 나는 고아가 아니었고 고아의식이 지배하던 시대에 살지 않았기 때문이다. 정작 내가 즐긴 것은 따로 있다. 내가 좋아한 것은 〈육장기〉 〈만영감의 죽음〉 〈난제오〉 〈무명〉의 세계이다. 그리고 그 연장선상에 놓인 『돌베개』의 세계이다. 이에 대한 설명은 뒷날로 미루어두고자 한다. 나를 위해서도 그만한 여유를 갖고 싶음이 인정임에랴." 『내가 살아온 20세기 문학과 사상』, 문학사상, 2005, 651쪽; 『내가 읽고 만난 일본』, 760~761쪽.

사람들, 혹은 그런 상황에서 나름 대단한 일을 하겠다고 마음먹는 사람들에게 주어진 정신의 기본항에 해당한다. 조선의 젊은이들이 새로운 종족으로 자처해야 한다고 외쳤던 1910년대의 이광수도, 또 자기 세대는 정신적 화전민이 되어야 한다고 했던 1950년의 이어령도 모두 그런 마음의 소유자이다. 이들에게 고아의식은 존재 조건일 뿐 아니라 진짜 근대인이 되기 위해서는 마땅히 획득해야 할 정신적 자질, 곧 어떤 목표 지점의 위상을 지니고 있었던 셈이다.

전후의 폐허 상태에서 대학에 들어가야 했고, 한국의 근대문학이라는, 채 오십 년도 안 되는 빈약한 볼륨과 토양을 바탕으로 뭔가 새로운 것을 만들어내고자 했던 것이 김윤식의 경우이다. 나라가 없는 것은 아니지만 꼴이 아닌 나라의 모양을 보고 있는 사람에게, 더욱이 자기 삶의 윤리적 기축으로서 문학을 선택한 사람에게, 제대로 된 고아 상태와 제대로 된 방랑이라면 오히려 희원과 바람의 대상이었다고 하는 것이 타당한 판단이겠다.

김윤식 같은 전후 세대의 시선으로 보자면, 극복 대상으로 주어져 있는 일본은 근대 정부 수립 시점으로 치면 무려 팔십 년이나 앞서 있는 나라로서, 2차대전 후의 신생독립국이나 다름없는 한국과는 비교 대상일 수가 없다. 그런데도 식민지 본국으로서 한국의 근대문학 형성에 지대한 역할을 행사했으니 외면할 수도 없는 처지다. 그런 일본의 근대문학사를 힐끗거리면서 살아내야 했던 처지로 치자면, 1936년생 김윤식 역시 1892년생 이광수와 다를 바 없다고 해야 하겠다.

따라서 핵심적인 파토스의 차원에서 보자면『이광수와 그의 시대』는 김윤식 자신의 자서전과 다르지 않다. 다음 세 가지 점에서 그렇다. 첫째, 근대화를 향해 나아가고자 하는 세대의 일원이라는 점. 둘째, 그러면서도 그 매체가 문학이기 때문에 어쩔 수 없는 윤리적 역설을 통과해야 한다는 점. 그리고 셋째, 실존적 차원에서의 고아의식이 내재해 있다는 점이다. 다만, 세번째 항목에는 이론의 여지가 있을 수 있겠다. 이광수는 조실부모한 고아이지만, 김윤식은 고아가 아니기 때문이다. 하지만 중요한 것은 고아냐 아니냐가 아니라 의식 차원의 고아 상태이다. 김윤식은 1936년 병자년 윤삼월에 태어난 자신을 "고아 아닌 고아"라고 규정했다.

윤달에 태어난 아이에게도 생일이 있을 수 있을까. 19년 만에 한 번 돌아오는 생일을 가진 아이를 두고도 '생일 있는 아이'라 불러도 될까. 고아 아닌 고아, 고아일 수도 아닐 수도 없는 이 아이를 뭐라 부르면 적절할까. 후설을 들먹이며 시건방지게도 '생활세계' 운운했거니와, 이 고아 아닌 본관 안동 김씨 부민공파 후손은 윤달인 덕분에 어떤 점괘에도 머뭇거림이 동반되었다.[17]

고아의식에서 중요한 것은 고아 상태를 어떤 시선으로 바라보고 있느냐이다. 평북 정주 출신의 고아 소년 이광수를 포착하는, "안동 김씨 부민공파 후손" 김윤식의 시선 역시 마찬가지이다. 그는 이광수의 삶과 글쓰기를, 새로운 아버지를 찾아 헤매는 식민지의 한 청년의 모습으로 재현해냈다. 그런 그의 책에 투영되어 있는 것은, 제대로 된 고아 상태를 향한 동경과 열망(이것은 물론 김윤식의 것이다)이다. 윤달에 태어나 "고아 아닌 고아"라고 스스로를 규정하는 김윤식의 태

---

17) 김윤식, 『내가 살아온 20세기 문학과 사상』, 100쪽.

도 역시 그러하며, 근대 초기 문인들을 대상으로 한 그의 평전 시리즈, 염상섭과 김동인, 이상, 임화 등의 책에 정서적 핵심으로 놓여 있는 고아의식 역시 그런 맥락이다.

여기에서 고아의식을 향한 동경은 근대성과 문학에 대한 열망으로 표현되어 있거니와, 그것은 근대 초기 문학사의 성좌를 이루는 사람들의 것이며 또한 동시에 그것을 발견해낸 김윤식 자신의 것이기도 하다. 이런 점에서 보자면, 문학을 하겠다고 나선 근대의 자식들이 지닌 공통분모와도 같은 것이 곧 고아의식이라 할 수 있는 셈이다.

이런 까닭에, 김윤식에게 고아상태란 의지가지없는 불쌍한 처지가 아니라 오히려 그 어떤 구속으로부터도 자유로운 상태,[18] 곧 모든 전통을 부정하는 근대성의 새로운 주체이기 위해 필수적이고, 또한 동시에 근대문학의 주체이기 위해 필요한 조건이 된다. 고아의식은 문학인이 되기 위한 정신적 자질과 또한 독창성의 조건으로 재규정되는 것이다. 이런 점에서 보자면 "고아에의 길"이라는 말은, 이상하면서도 전혀 이상하지 않은, 어떤 면에서는 오히려 당연하다고 해야 할 표현인 셈이다. 근대성 일반과 맞서 있는 문학적 근대성의 윤리적 지위가 그와 같은 역설을 낳는다.

사십대 중반에 이른 1936년생 김윤식이, 이미 세상을 떠난 1892년생 이광수의 삶을 바라보면서 이와 같은 역설에 도달한 이유 역시 자명해 보인다. 이광수를 향한 김윤식이 눈길이, 근대문학이라는 렌즈, 자기 목적적 속성을 지닌 근대 예술의 렌즈를 통과한 것이기 때문이다. 증상 속에 포착된 김윤식의 시선은 곧 근대문학 자체가 지닌 역

---

18) 김윤식은 "이 엄청난 고아의식(해방감)의 압력"이라고 쓴다. 같은 책, 99쪽.

설, 근대성의 마스터 서사인 발전 서사와 한몸이면서 또한 동시에 그
것에 대한 반성 기제로서 그 서사에 역행할 수밖에 없는, 근대문학 고
유의 윤리적 지위를 보여주고 있는 것이다.

5. 증상 2: 악마와의 잘못된 계약

김윤식의 저작에서 발견되는 또하나의 증상은 그의 자서전에 등장
한다. 문학적 글쓰기라는 그의 선택과 연관되어 있다. 김윤식이 대학
에 간 것은 "글을 쓰기 위해서"[19]라고 했다. 그것은 곧 문학을 하는
것, 소설이나 시를 쓰는 것을 뜻한다. 문학이 그에게는 청년기가 되도
록 치유되지 않는 열병과도 같은 것이었다고, 사범대학을 선택한 것
에는, "밥벌이로 교원 노릇을 하고, 글쓰기로 입신하리라는 얄팍한
계산"[20]이 있었노라고 썼다. 그러나 대학에서 마주친 현실은 그런 계
산과는 전혀 무관했고 그래서 학문을 하게 되었다고 했다. 그러니까
소설가가 되고 싶었으나 뜻대로 되지 않아서 학문을 하고 비평가가
되었다는 것이다.

그러나 이런 말을 그대로 받아들이기는 힘들다. 소설가나 시인이
되지 못해 비평가가 되었다는 식의 이야기는 그의 술회가 아니더라
도 흔히 들을 수 있는 말이다. 그러나 소설가나 시인이 되는 일 자체
는 어려울 것이 없다. 글을 아는 사람이라면 형식에 맞춰 쓰면 되는
일이다. 어려운 것이 있다면 김소월이나 박완서가 되는 일이다. 그 반
대로, 학자나 비평가가 되는 일 역시 마찬가지다. 여기에서도 진짜 어
려운 것은 따로 있다. 김윤식이 되는 일, 기계가 되는 일이 곧 그것이

---

19) 같은 책, 370쪽.

20) 같은 쪽.

다. 그것은 단순히 재능의 문제가 아니다. 주관적인 관점에서는 욕망이나 의지의 문제이고, 객관적인 관점에서 보자면 운명의 문제이다. 종국적으로는, 진정성의 지점을 향해 나아간다는 점에서 윤리의 문제라고 해야 할 것이다.

앞에서 『파우스트』와 연관되었다고 말한 두번째 증상은, 바로 이와 같은 그의 선택과 깊은 관련을 맺고 있다. 그의 자서전 열일곱 개장 중 열다섯번째 장에 등장한다. 장 제목이 의미심장하게도 '악마와의 결탁 전말'이다. 전체 논리를 만들어내는 틀이 문제인데, 대표적으로 다음과 같은 대목을 예시할 수 있다.

자, 지금부터 군에게 내가 살아온 회색의 세계, 악마와 결탁한 것으로 볼 수밖에 없는 학문의 세계를 말할 기회가 왔다. 이 악마스러운 행보를 군에게는 물론 그 누구에게도, 심지어 나 자신에게조차 그럴듯하게, 조리 있게, 혹은 납득할 만하게 얘기할 자신이 내겐 없을 뿐 아니라 그렇게 함이 무의미하기까지 하다고 여겨진다. '그대는 겁낼 필요가 없다. 파우스트는 끝내 구원당했으니까'라고 누군가 말한다 해도 사정은 마찬가지다. 어째서인가. 일목요연한 해답이 주어진다. 파우스트적 충동, 파우스트적 노력, 파우스트적 신앙, 요컨대 파우스트적 인간일 수 없는 '나'인 까닭이다. '노력하는 한 방황한다'라는 파우스트적 노력을 나는 감당했던가. 트로이성의 10년에 걸친 전쟁의 원인 제공자이자[인―인용자] 헬렌을 되살려 그와 결혼하여 세계 인류 구원을 위해 노력하는 저 파우스트적 인간의 위대성을 내가 과연 엿볼 수 있었던가. 어림도 없는 일. 그렇지만 군이 알아둘 것은 내겐 선택의 여지가 없었다는 사실이다. 내면, 학문의 세계, 회색에로의 진입은 어쩌면 포플러 숲 강변 소년이 누나의 교과서에 홀려 밤마다 꾼 꿈의 세계 그것의 연장선상이었는지도 모를 일이다.[21]

김윤식이 '악마와의 결탁 전말'에서 들려주는 이야기는 문리대 대학원에 들어가 석사논문을 쓰던 시절의 것이다. 그는 자신의 결정을 악마와 결탁의 산물이라고 썼다. 여기에서 악마란 『파우스트』에 나오는 메피스토펠레스를 말하거니와, 이 장에서 그가 말하는 이야기의 골격은 매우 선명하다. 악마와의 계약을 맺고 저 음울한 회색 지대, 학문의 세계 속으로 진입했다는 것이다. 이상하지 않은가.

김윤식의 이 이야기가 흥미로운 것은 그가 괴테의 『파우스트』를 정반대로 뒤집어놓고 있기 때문이다. 괴테의 드라마 『파우스트』가 아니더라도, 독일의 실존 인물이었던 파우스트 이야기의 핵심은, 오랜 시간 학문에 정진하여 모든 것을 다 익혔다고 생각하는 한 거장이 문득 회의에 빠져 악마와 계약을 맺는다는 것, 악마의 도움으로 젊은 몸을 얻어 아름다운 처녀가 있는 삶의 열락 속으로 뛰어든다는 것이다. 괴테의 『파우스트』에는 그 이후의 삶을 다룬 2부가 보태져 있으나, 그것은 늙은 괴테의 이상일 뿐이어서 전통적인 파우스트 이야기의 핵심이라고 하기는 힘들다. 따라서 이런 파우스트의 이야기라면 김윤식 자신의 서사와는 정반대된다. 김윤식의 서사는, 병역 의무를 마치고 캠퍼스에 돌아온 문학청년이 악마와 계약을 맺고 음울하기 짝이 없는 논리의 세계로 들어간다는 것이기 때문이다.

요컨대 청년 김윤식이 선택한 것은, 아름다운 사랑과 삶의 열락이

---

21) 같은 책, 514쪽.

있는 청년의 세계가 아니라 그 반대로 저 암울한 회색의 세계이다. 시간이 정지해버려 늙음의 세계라 할 수조차 없는 곳으로 들어가는 것이라면, 쾌락이 아니라 그것의 포기를 향해 가는 것이다. 누군가와 계약이 필요하다면, 그것은 악마와의 계약이 아니라 사후의 보상을 약속하는 천사와의 계약이어야 할 것이다. 그러니 이것을 어떻게 이해해야 할까.

이 지점에서 지적되어야 할 것은, 괴테의 『파우스트』 자체가 지니고 있는 아이러니이다. 그것은 "여보게, 이론이란 모두 회색빛이고, 푸르른 것은 오직 인생의 황금나무뿐이라네"[22]라는 유명한 구절에, 그리고 또한 전통적인 내용을 담은 1부와 늙은 괴테의 이념이 녹아 있는 2부 사이의 간극에 있다. 이 점을 고려한다면, 파우스트와 김윤식 사이의 거리는 그렇게 크지 않을 수도 있다.

학문같이 의미 없는 것은 버리고 삶의 기쁨을 누리라는 저 유명한 유혹의 말을 한 존재는 물론 사탄이라 불려온(파우스트에게 젊은 몸을 만들어주는 마녀가 그를 바로 그 이름으로 부른다) 메피스토펠레스이다. 그리고 듣는 사람은 파우스트가 아니라 그의 명성을 듣고 가르침을 얻기 위해 찾아온 젊은 학생이다. 메피스토펠레스가 마치 자기가 파우스트인 것처럼 가장하고, 그 순진한 학생을 놀려먹기 위해 들려주는 냉소적인 말이 곧 회색 운운하는 명제이다. 그러니까 모든 이론은 회색이라는 말 자체에 이미 아이러니가 배어 있는 것이다.

메피스토펠레스가 자기 진짜 신분을 감추고 마치 대학자 파우스트인 것처럼 하는 말이니 그것은 진실일 수가 없다. 그러면서도, 파우

---

22) 요한 볼프강 폰 괴테, 『파우스트 1』, 이인웅 옮김, 문학동네, 2009, 126~127쪽.

스트 자신이 그 말을 행동으로 보여주고 있으니 진실이 아닐 수도 없다. 여기에 더하여 레닌은 바로 그 명제를 볼셰비키의 행동 강령으로 제시하기도 했다. 현 정세 분석이나 이론 따지기는 그만하고 행동해야 한다는 맥락이었다. 이성과 행위의 대립 속에 놓여 있는 아이러니는, 『자본론』의 마르크스도 일본 작가 아리시마 다케오도 주목할 수밖에 없었던 유서 깊은 것이기도 하다. 그러니 아이러니라 하더라도 단순한 아이러니가 아닌 것이다.

물론 파우스트가 선택한 황금나무의 길이, 고작 한 어린 여성을 유혹하여 직계 존비속 살해라는 광기의 범죄 속으로 끌어들이는 일이라 한다면, 오십대에 접어든 대학자 파우스트가 자기 학문 세계 전체를 담보로 맡기고 선택하기에는 너무나 천박하고 한심한 것이 아닐 수 없다. 늙고 원숙한 괴테의 사려는 바로 이 대목에 개입한다. 제1부가 완성된 지 이십여 년 후 덧붙여지는 제2부의 이야기가 바로 그것이다. 비탄에 잠겨 있던 파우스트가 마침내 정신을 차려 한 나라를 제대로 운영하고 전쟁에서 승리하며, 나아가 사탄의 힘을 빌려 새로운 이상 세계를 건설한다는 것이 그 내용이다.

김윤식이 위의 인용문에서 "파우스트적인 노력"이나 "파우스트적인 인간의 위대성"이라고 했을 때, 그것은 일탈 이전의 학자 파우스트나 일탈중인 파우스트가 아니라 제2부의 파우스트의 세계, 즉 사탄의 힘을 빌린 파우스트가 위정자가 되어 세계를 상대로 자기 뜻을 펼치는 것에 해당한다. 초자연적 위력을 주어졌을 때 당신은 무엇을 하겠냐는 질문에 대해, 문인일 뿐 아니라 바이마르 공국의 행정가이기도 했던 괴테가 칠십대에 이르러 내놓은 답은, 나라를 제대로 다스리고 새로운 이상 세계를 건설하는 것이었던 셈이다. 그리고 그것은

『당신들의 천국』(1976)의 이청준이 만들어놓은 대답과 다르지 않았던 셈이다. 그 정도는 되어야 한 사람의 큰 학자가 평생 추구했던 학문의 세계와 대등한 가치를 지닌다고 할 수 있을 것이며, 그런 일이라면 '치국평천하'라는 이상을 말했던 고대 중국인이든, 19세기 독일인이든 혹은 20세기 한국인이든 간에, 그 누구라도 인정하지 않을 수 없는 것이다.

그렇다면 제대하고 복학한 청년 김윤식이 악마와의 계약을 맺고 학문의 세계에 들어섰다고 말하는 것은 어떨까. 물론 그런 말을 하는 사람은 1950년대의 청년이 아니라, 그로부터 이미 오십 년 가까이 지나 대학에서 퇴직한 후 자기 삶을 되돌아보는 육십대 후반의 김윤식이다. 이제 와서 보니, 자기가 그런 삶을 선택한 것은 악마와의 계약이 아닐 수 없었다는 것이겠다. 그렇다면 무슨 계약을 어떻게 맺었다는 것인가.

괴테의 파우스트가 메피스토펠레스와 맺은 계약의 핵심은, 이승에서 자기가 원하는 것을 하게 해주고 그것이 흡족하다면, 저승에서는 동일한 것을 메피스토펠레스에게 해준다는 것이다. '내가 원하는 것을 할 수 있게 하라', 그것이 계약의 핵심이거니와, 한 발 더 들어가자면 '나로 하여금 욕망하게 하라'라는 명제가 그 안에 있다. 욕망의 대상이 무엇인지는 상관없다. 그 자리에 무엇이 들어서건 그건 이미 자명한 것이기 때문이다. 청년 김윤식의 경우라고 해서 다를 것이 없다. 그가 자기도 모르는 사이에 악마와 계약을 맺었다면, 그 나머지 일은 자기 욕망을 향해 나아가는 것이다. 악마가 재능이 되어 그로 하여금 자기 욕망을 실현할 수 있게 도왔을 것이다. 그 욕망의 내용이 무엇인지는 물을 필요가 없다. 지금 우리 앞에는 그가 써낸 200여 권의 책 더미가 산적해 있기 때문이다.

원숙한 학자 파우스트가 오랫동안 추구해온 학문의 세계를 포기한 것은, 반짝거리며 빛나는 삶의 기쁨을 위해서였다. 그렇다면 청년 김윤식의 선택은 어떤 것이었을까. 물론 파우스트의 경우와는 정반대였다고, 한 젊은 청년이 음울한 회색 지대로 가기 위해 반짝거리는 인생의 기쁨을 포기했다고 말하기는 힘들다. 그가 포기한 것은 보통 사람들이 말하는 '인생의 기쁨'일 뿐이라고, 오히려 그에게는 저 '음울한 회색 지대'를 향해 가는 것이 그 어떤 것과도 바꿀 수 없는 기쁨이자 욕망의 핵심이었다고 해야 한다.

김윤식의 용어를 빌리자면 근대성의 세계, 헤겔주의의 세계, 냉정한 논리와 빈틈없는 사실의 세계, 일본을 거쳐 서유럽으로 이어지는 거대한 근대성의 행로가 학문이라는 이름으로 장대하고 우람하게 그 앞에 펼쳐져 있었다고 해야 할 것이다. 그것이 다른 무엇과도 비교할 수 없을 정도로 번쩍거리고 있었다는 것, 그러니까 메피스토펠레스는 이론의 세계를 회색이라고 말했지만, 청년 김윤식에게는 회색이 아니라 눈부신 은빛이었다는 것, 삶이라는 황금나무의 아름다움을 오히려 압도해버리는 휘황한 백금의 광채로 그 앞에 놓여 있었다는 것, 한 청년의 눈을 멀게 할 만큼 강렬한 매력을 지니고 있었다는 것, 그것이야말로 그의 욕망의 핵심 대상이었다는 것, 이렇게 말하는 것이 오히려 사실에 가까울 것이다.

문제는 욕망의 원인이자 대상이었던 것이 하필 한국의 근대문학이었다는 것이다. 김윤식의 세대가 받아들인 근대성의 핵심에서 작동하는 것은 발전 서사이다. '저개발국'에 태어난 자존심 드높고 사명감 넘치는 청년들이라면, 세계의 시선을 스포트라이트로 삼아 국가 발전을 도모하는 장으로 나가야 했을 것이다. 그런데 김윤식이 선택한 것은 이청준과 마찬가지로 '하필 문학'이었고, 이청준보다 한 발 더 나아가 문학에 대한 논리적 글쓰기였다. 그들이 원하는 것은 자기가 속해 있는 나라에서 보게 될 문학의 발전이다. 그러나 역설적이게도 근대문학은 발전이 아니라 그것의 반대를 향해, 실패와 몰락을 향해 가게 설정되어 있는 제도이다. 그것이 없다면 문학은 생존주의 근대의 전쟁터에서 자신의 존립을 지탱할 윤리적 발판을 잃고 만다. 그것이 문제이다.

그러니까 전후 세대 김윤식이 근대문학의 핵심을 향해 가는 길이란, 몰락과 실패의 서사를 향해 가는 길이기도 했던 셈이다. 좀더 정확하게는, '실패와 몰락'의 발전을 위해 가는 길이었던 셈이다. 그러니 어떻게 그 길을 예찬할 수 있을까. 그것이 대단한 것이라고 어떻게 자화자찬할 수 있을까. 그것은 뭔가를 아는 사람으로서는 차마 할 수 없는 수준의 것이 아닐 수 없다.

이런 관점에서 본다면, 저 육십대 후반의 김윤식이 문학을 선택한 자신의 젊은 날을 회고하면서, 악마의 꼬임에 빠진 것이라고 아이러니를 구사하는 것은 당연한 일이겠다. 그의 입이 무슨 말을 내뱉건, 그의 진심은 이미 그의 행위가 보여준다. 게다가 그전에 이미 그는 다음과 같이 덧붙인 적이 있다. "인간으로 태어나서 다행이었다고. 문학을 했기에 그나마 다행이었다고."[23] 물론 이 말 또한 아이러니가 아닐 수 없다.

---

23) 김윤식, 「갈 수 있고, 가야 할 길, 가버린 길」, 43쪽.

6. 기계-되기, "실패한 헤겔주의자"의 윤리

김윤식의 저술에 나타난 주목할 만한 두 개의 증상에 대해 말했거니와, 김윤식이라는 한 사람의 생애와 저술을 하나의 텍스트로 바라볼 때 가장 두드러지는 증상은 예외적인 작업량이라 해야 할 것이다.

물론 많이 썼다는 것이 반드시 기릴 만한 일은 아니다. 양과 질이 꼭 비례하는 것도 아니고, 분야에 따라서는 집중력을 발휘하여 특별한 질적 성취를 이뤄낸 것이 더 중요할 수도 있다. 또 갈수록 물량주의가 팽배해가는 것이 세태이고 보면 양적 우월성이라는 것은 오히려 세태 영합적인 것으로까지 보일 수도 있다. 단순히 중립적으로 말하더라도, 어느 분야에나 한눈팔지 않고 자기 일에 몰두하는 일벌레들은 있기 마련이고, 그도 그런 사람들 중 하나라고 하면 그뿐일 수도 있다.

그런데 많은 사람들에게 김윤식이라는 존재는, 양과 질에 관한 저런 식의 논란을 넘어설 만큼 거대하게 다가온다는 점에서 문제적이다. 그가 남긴 책의 분량이 매우 예외적이기 때문이다. 그가 써낸 200여 권의 책은, 단순한 산수로도 사십 년 동안 매년 다섯 권씩 써야 가능한 분량이다. '매년 다섯 권'도, '사십 년 꾸준히'도 보통 사람으로서는 넘보기 어려운 수준이다. 그래서 묻게 된다. 그는 왜 그토록 많은 책을 써야 했을까. 그 어떤 강박이 작동했던 것은 아닐까. 그렇다면 그런 강박을 만들어낸 힘은 무엇일까.

질문이 이와 같다면, 그것은 예외적인 양적 크기 자체가 아니라 그 크기가 지닌 의미에 관한 물음이 된다. 예외적 양적 크기는 김윤식이라는 존재를 하나의 증상으로 만들고, 그 의미에 대한 질문은 윤리적인 것이 된다. 그것은 한 사람의 삶의 방식에 관한 문제이기 때문이다. 증상 자체의 시선으로 보자면 그 윤리성은 실존적 차원에 존재하거니와, 그것을 들여다보는 사람의 입장에서는 이중으로 윤리적이다. 대상의 윤리성을 포착하는 시선의 윤리가 작동하는 까닭이다.

그는 2005년의 자서전에서, 대학 2학년 때 군대를 도피처로 선택한 것에 대해 다음과 같이 썼다. 그 스스로 물었다. 고향에 돌아가지 않은 채 왜 갑작스레 군 입대를 선택했던가. 이에 대한 대답이다.

이 물음에 이 대학생이 잘 대답할 수 있을까. 없다. 그도 모르기 때문이다. 다만 그때 모종의 징후로 뭔가 느껴졌을 따름인데, 그것을 오늘의 말로 표현한다면 어떻게 될까. '부끄러움'이라 부른다면 어떠할까. 좌우간 뭔가 '부끄러움'이라 할 수 있는 그런 감정이 그의 귀향길을 막았다. 쪽빛 제비꽃을 대할 낯이 없었다. 까마귀와 메뚜기를 마주할 명분이 없었다. 자연의 큰 사랑에 대한 부끄러움이란 무엇인가. 이것이 대학 2학년짜리 청년이 던진 화두였다. 사람에 대한 부끄러움이 아니라는 사실, 이것이 평생 이 대학 2학년짜리의 화두로 자리잡힌 줄을 그는 까맣게 모르고 있었다. 이 부끄러움이 자연에의 한없는 그리움으로 작동하면서 죄의식을 낳았다는 것. 이 죄의식이 사람과의 교섭이나 사랑이나 그리움으로 향하기를 물리치게 한 원동력이었음을 군에게 설명하고 싶다. 이른바 이중구속Double Bound Business의 족쇄에 걸린 것이었다.

부끄러움과 죄의식 그 한가운데 놓인 경계선이 내가 설 자리였음에랴. 그것은 갈 데 없는 회색의 세계였다. 학문, 기호, 활자의 세계가 그것이다. 헤겔을 공부하며 매개항 찾기에 그토록 애썼으면서도 끝내 내가 헤겔주의자로 되지 못한 이유도 이와 무관하지 않다. 실패

한 헤겔주의자, 부끄러움과 죄의식 사이의 변증법에 실패한 자의 말로라고나 할까. 내 생애란.[24]

고향을 떠날 수밖에 없었고 고향으로 돌아갈 수 없는 사람의 마음을 그는 죄의식과 부끄러움으로 표현했다. 앞에서도 언급했듯이, 근대의 자식들은 어떤 방식으로건 고향을 떠날 수밖에 없고, 또한 아무리 애를 쓴다고 해도 고향으로 돌아갈 수가 없다. 근대의 고아들에게 고향은 이미 존재하지 않는 곳이기 때문이다.

일반적으로 말해서, 죄의식이란 이미 저질러버린 행위와 연관되어 있고, 부끄러움은 목표를 채우지 못한 자신의 현재 상태로 인한 것이다. 고아의식의 소유자들에게 죄의식은 고향을 떠난(혹은 고향으로부터 추방당한) 후 돌아가지 않음 때문이고, 부끄러움은 고향으로 돌아갈 자격이 없다고 느끼는 마음의 상태에 해당한다. 돌아가자니 부끄럽고, 그냥 있자니 죄스럽다는 것이다. 이것을 두고 김윤식은 이러지도 저러지도 못하는 이중구속의 상태라고 말하고 있다.

또한 그는 이 같은 이중구속 상태에서 발견한 탈출구가 곧 헤겔주의라고 했다. 그것은 양자택일의 상황으로부터 벗어날 수 있는 길이면서, 또한 대학 속에 숨어서 세상으로 나가지 않는 것을 선택할 수 있는 길이기도 했다. 그런데 문제는 그것이 자기 고향을 부정함으로써 성립하는 근대문학의 세계였다는 점에 있다. 부끄러움과 죄의식의 이중구속에서 벗어나지 못하는 것, 스스로를 헤겔주의자 되기에 실패했다고 말하게 되는 것은 그 때문이다. 물론 여기에서 고려되어

---

24) 김윤식, 『내가 살아온 20세기 문학과 사상』, 421~422쪽.

야 할 것은, 실패 운운하는 것은 김윤식 특유의 위악적 표현일 수 있다는 점이다. 이런 점을 감안한 채로 한 발 더 나아가자면, 실패한 헤겔주의자야말로 진짜 헤겔주의자라고 말할 수 있어야 한다.

김윤식이 말하는 양자택일로부터의 벗어남이란, 세번째 항목을 찾음으로써 이루어지는 것이 아니다. 양자택일 이외의 세번째 항목이란 어디에도 존재하지 않는 것이기 때문이다. 그러니 세번째 항목을 찾는 노력은 실패할 수밖에 없다. 양자택일의 두 항목 사이에서 끝없이 진동하는 상태, 두 항목의 상호 얽힘을 스스로의 힘으로 지탱해내는 것, 바로 그런 지탱의 상태 자체가 그토록 찾고자 하는 세번째 항목임을 깨닫는 것이야말로 이중구속의 탈출구이다.

헤겔주의의 용어로 말하자면, 대립항을 일치시키는 데 실패하는 것이야말로 일치를 향해 나아가고자 하는 정신을 유지시키는 힘의 원천이자, 진정한 무한성으로 나아가는 동력이 된다. 진정한 무한성으로서의 절대성이란, 저 너머의 초월적 영역에 존재하는 것이 아니라 그런 움직임 자체에 있음을 깨닫게 된 사람들의 유대와 마음속에 있는 까닭이다.

김윤식의 경우는 여기에, 한국의 전후 세대로서 자신이 선택한 근대문학이라는 독특한 대상의 속성이 덧붙여진다. 중요한 것은 근대문학 일반이 아니라, 20세기 후반 한국의 현실에서 예각화된 근대문학의 속성이다. 바로 그 특수한 장소에서, 또 한번 죄의식과 부끄러움 사이의 상호 얽힘과 이중구속의 에너지가 격렬하게 분출한다.

한국의 정신사에서 부끄러움은 발전 서사의 원동력이자, 김윤식 세대만이 아니라 산업화와 민주화의 길을 걸어온 20세기 후반 이후로 네이션 전체를 움직이게 한 정신이며 현실적 위력이다. 이에 비해 죄의식은 근대문학 자체의 윤리가 지니고 있는 특성, 근대 공리주의의 몰윤리성 속에 자기 자신을 던져버린 사람들이 느끼는 유형·무형의 윤리적 정동이다. 근대적 현실의 기율이 발전 서사에 바탕한다면, 문학은 그 반대편에 실패와 몰락의 서사를 자기 고유의 에너지로 지니고 있다.

물론 근대문학은 그 자체가, 두 개의 거대한 서사가 맞부딪치는 매우 뜨거운 접점에 놓여 있다. 그것은 정치와 윤리의 이율배반이 만들어지는 지점이기도 하다. 특히 19세기 이후 격렬하게 형성된 근대성은 그 자체가 발전 서사를 바탕으로 삼는다.[25] 이 경우 발전은 한 개인의 내면적 성장 같은 것이 아니라 주체 영역의 제한 없는 확장이라는 점에서, 경제적 영토적 권력적 성장에 가깝다. 17세기 이래로 현재에 이르기까지 세계 경제 전체는 지속적으로 발전해왔다. 세계적 성장축의 중심점이 바뀌기는 했지만 발전의 경향성이라는 것 자체는 바뀌지 않는다. 긍정적으로 느껴지는 변화로서의 발전이 자연스러운 생활의 감각이 되는 것, 그것이 곧 근대인의 시간과 역사 감각에 핵심으로 존재한다.

그것이 근대적 마음의 원점이라면, 문학은 그와 같은 원점으로부

---

25) 근대가 형성된 이후로 세계 경제가 발전한다는 것은 자명한 것으로 간주되곤 한다. 이런 생각에는 실제로 이루어진 경제 발전이 그 바탕을 이룬다. 이 점은 특히 1820년 이후로 현저하게 나타난다. 거시경제 지표에 따르면 세계 경제 전체의 발전은 기원년부터 10세기까지는 완만했다. 1인당 소득은 천년 동안 50퍼센트 증가에 그쳤다. 1000년부터 1998년까지 두번째 천 년 동안의 발전은 인구 22배, 1인당 소득 13배이다. 특히 1820년 이후로 폭발적 발전을 보인다. 이 시기에, 서구 및 그 파생 지역(북아메리카, 호주, 뉴질랜드) 및 일본의 발전은, 그 밖의 지역에 비해 발전 속도가 4배에 달하여, 1인당 소득의 증가는 19배에 이른다. Angus Maddison, *The World Economy*, OECD Publishing, 2006, p. 19.

터 이탈하는 순간 만들어진다. 그런 마음을 담아내는 장치로서 존재하는 문학의 근대성은 몰락(이탈, 탈향)의 서사를 자신의 핵심으로 한다. 성장의 서사 속에서는 문학적인 것이 깃들 여지가 없는 것이다. 자기 자신을 돌아보는 것, 자기 세계의 문제성에 대해 눈을 뜨는 것은 몰락의 경험 속에서이다. 허방에 빠진 자신을 발견했을 때에야 비로소 주체는 자기가 몰락의 서사선 위에 있었다는 사실을, 자기 자신만이 그것을 알지 못했다는 사실을, 그리고 이제야 깨닫게 되었다는 사실을 느끼게 된다. 근대 세계에서 문학은 바로 그 순간 시작된다.

그러니까 발전 서사의 입장에서 보자면, 문학은 동경이나 유혹이나 혹은 안타까움의 대상일 수는 있어도 결코 지향해야 할 목표 지점은 될 수 없다. 문학의 매력 속에서 흡충 식물이 지닌 아름다움, 독사나 독버섯의 윤택한 색채를 발견하는 것이 지극히 정상적이다. 몰락의 서사에 입각한 근대문학의 윤리적 역설은, 자기 시대의 핵심 서사인 발전 서사에 격렬하게 반발하면서도 결국은 그 힘에 자신의 신체를 내줄 수밖에 없다는 것이다. 그러니 그것을 발견한 사람에게 근대문학은 역설의 색채까지 띠어 한층 더 빛나지 않을 수 없다.

바로 그 매력이 문학청년 김윤식을 근대문학 연구의 세계로 이끌었다고 해야 할 것이다. 그러나 근대성의 논리를 익히며 그가 깨닫게 된 것은 자기가 함정에 빠졌다는 사실이다. 문학의 세계에서 빛을 발하는 것은 발전의 논리가 아니라 몰락의 윤리이기 때문이다. 그에게 헤겔주의는 그 함정으로부터 빠져나올 수 있는 밧줄처럼 다가왔다고 해야 하겠다. 그러나 문제는 헤겔주의라는 밧줄이 환상에 불과한 것이었다는 점이다. 그것이 환상에 불과함을 아는 순간 진짜 밧줄이, 진짜 헤겔주의가, '실패한 헤겔주의'가 나타난다.

발전 서사가 만들어내는 부끄러움과, 몰락 서사가 깨우쳐주는 죄의식 사이에서 진동하고 있는 자기 자신의 신체, 격렬하게 잡아당기는 양쪽의 힘을 버텨냄으로써 만들어지는 쓰기-기계의 실존이야말로 바로 그 진짜 밧줄이 아닐 수 없다. 탈출구는 물론이고 탈출구 밖의 세계도 존재하지 않는 것, 자기 자신이 갇혀 있는 함정이야말로 세계 전체임을 깨닫는 것, 그것이 곧 구원의 밧줄이 되는 것이다.

그가 그것을 깨달았는지, 혹은 그런 깨달음을 입 밖으로 말했는지 같은 것은 하나도 중요하지 않다. 시간을 겪어내며 그의 신체가 보여준 행위의 결과, 그의 신체가 시간 위에 남겨둔 흔적들이 우리 앞에 역력하게 놓여 있기 때문이다.

7. 근대문학의 함정 속에서 기계 되기

앞에서 나는, 평가하지 않는 비평과 적통을 만들지 않는 문학사 연구가 김윤식의 특징이라고 했다. "실패한 헤겔주의자"의 관점에서 보자면 그것은 당연한 일이 아닐 수 없다. 평가하기나 적통 만들기란 함정 바깥의 세계를 전제할 때에나 가능한 것들이기 때문이다. 그렇다면 그의 글쓰기가 원하는 것은 무엇일까. 곧바로 이것이라고 말할 수는 없겠지만, 지금까지 살펴온 바에 따라, 선택 가능한 것들의 목록에서 제거해볼 수는 있겠다.

김윤식의 글이 원하는 것이 토론은 아니다. 그것은 취향을 정련하여 공중 앞에 드러내는 일이 중요했던 시대의 산물일 뿐이다. 김윤식에게 문학비평이란 문학을 작품으로 향유함으로써 취향 정치를 실천하는 것도, 그것을 통해 미래를 향해 나아가야 할 길을 찾거나 주체(인류 혹은 네이션)에게 주어진 역사적 사명을 다하는 것도 아니다.

그렇다면 무엇이 남을까. 다만 하나 분명한 것은, 그의 글쓰기가 그 자신으로 하여금, 무언가를 찾아 헤매는 사람으로 만드는 행위라는 점이다. 무엇을 찾는가. 헤겔이라면 시대정신이라고, 모든 현실적인 것 속에 깃들어 있는 이성이라고 답할 것이다. 발터 벤야민도 그와 유사하게, 작품이란 평가의 대상이 아니라 그로부터 진리내용을 찾는 매개체일 뿐이라고 말할 것이다. 그러니까 셰익스피어나 칼데론 같은 대작가의 걸작이 아니라 독일 바로크의 못난 작품들을 분석 대상으로 읽는 것이 의미 있는 일이라고 할 것이다. "실패한 헤겔주의자" 김윤식 역시 마찬가지라 해야 할까. 그는 헤겔과 동갑내기인 영국 시인, 워즈워스의 언어를 빌려 이렇게 말했다.

한때 그토록 휘황했던 빛이/영영 내 눈에서 사라졌을지라도/들판의 빛남, 꽃의 영화로움의 한때를 송두리째 되돌릴 수 없다 해도/우리는 슬퍼 말지니라. 그 뒤에 남아 있는/힘을 찾을 수 있기에.

감추어진 힘이란 무엇일까요. 제멋대로 해석해봅니다. 연구자로, 비평가로 제가 매순간 최선을 다해 성실했다면 그것이 사라져 없어진 것이 아니라 어딘가에 남아서 힘이 되어 시방 저녁놀 빛, 몽매함에 놓인 제게 되돌아오고 있지 않겠는가. 제가 그토록 갈망하는 표현자의 세계에로 나아가게끔 힘이 되어 밀어주고 있지 않겠는가. 여기까지 이르면 저는 말해야 합니다. 인간으로 태어나서 다행이었다고. 문학을 했기에 그나마 다행이었다고. 예언자가 없더라도 이제는 고유한 죽음을 죽을 수 있을 것도 같다고.[26]

그는 자기 몸을 글쓰는 기계로 만들었다. 기계는 마음이 없으나, 기계가 된 사람의 몸은 마음이 없을 수 없다. 그런 기계-사람의 마음 속에서 으뜸가는 것은 삶에 대한 경멸이자 문학에 대한 경멸이라 해야 할 것이다. 그렇지 않았다면 구태여 기계가 되어야 할 이유가 없었을 것이기 때문이다. 그런데 기계가 된 김윤식은 바로 그 경멸의 한가운데로 기꺼이 들어감으로써 경멸스러운 문학의 일부가 된다. 그것이야말로 삶과 문학에 대한 진짜 사랑이 아닐 수 없다.

　　위대하고 존경스러운 것을 사랑하는 것은 쉽고도 쉬운 일이다. 경멸의 대상을 사랑하는 것이야말로 진짜 사랑, 진짜 윤리이다.

　　스스로 헤겔주의자임을 자각한 사람에게 시간은 거대하고 촘촘한 꼬챙이와도 같다. 존재하는 모든 것들이 시간 꼬챙이의 꿸질 속에서 비비 꼬이며 사위어간다. 제아무리 날고 기는 존재라도, 촘촘하고 유연하게 공간을 장악하고 있는 시간의 꼬챙이를 피할 수는 없다. 그렇다면 남은 유일한 방법은 자기 몸의 통각을 죽이는 일이겠다. 김윤식에게 그것은 시간 꼬챙이의 꿸질과 누빔질을 아무렇지도 않게 받아내는 몸이 되는 것, 쓰기-기계가 되는 것이다. 연평균 다섯 권 분량을 사십 년 동안 쓰기, 문체나 문장 같은 것 신경쓰지 않고 아무렇게나 써버리기, 다른 사람의 시선 고려하지 않고 중언부언하기, 다시 쓰기 귀찮으면 이미 쓴 것 활용하기. 이 거대한 자폐적 글쓰기, 거대한 마조히즘의 극장이 그 기계를 통해 만들어진다.

　　김윤식이라는 쓰기-기계는 자기가 산출해낸 글을 통해 말한다. 나의 글쓰기가 원하는 것이 무엇이냐고? 그것은 쓰는 것 자체이다. 그

---

26) 김윤식, 「갈 수 있고, 가야 할 길, 가버린 길」, 43쪽.

결과로 나온 문장들은 모두 헛소리일 뿐이다. 내가 놀지도 쉬지도 않고 글을 썼다고? 내겐 글을 쓰는 것이 노는 것이었고 쉬는 것이었다.

그것이 곧 근대문학이라는 함정에 갇힌 존재의 기계-되기가 보여준 고유한 모습이다. 경멸의 마음과 몸으로 표현된 사랑 사이에서 매우 특별한 형태로 구현된 글쓰기의 윤리, 충동의 수준에서 작동하는 윤리의 모습이다.

(2019)

재난, 재앙, 파국
—기체 근대와 동아시아 서사

1. 코로나19 감염증 사태 일 년

코로나19 감염증으로 인해 발생한 세계적 재난이 이제 일 년이 지났습니다. 2021년 2월 1일 현재, 전 세계 확진자 수는 약 1억 명, 사망자 수는 약 200만 명을 넘어섰습니다. 확인된 감염자 수만으로도 세계 인구의 약 80분의 1에 해당합니다. 한국에서도 첫 확진자가 나온 이후로 일 년이 지났고, 3차에 걸친 확산을 경험했으며 현재 3차 확산의 한복판에 있습니다. 백신과 치료제가 나오고 있는 중이지만, 세계적 확산의 폭이 매우 넓고 새롭게 변종 바이러스가 출현하고 있는 탓에, 이번 사태가 언제 끝나게 될지 아직은 정확하게 예측하기 어려운 상황입니다.

이번 사태는 세계 모든 사람들이 직면해 있는 시련이고 불행입니다. 나라마다 차이는 있지만, 이번 사태로 인해 세계 모든 사람들의 일상이 파괴되었다는 것, 그리고 어느 순간 갑자기 바뀌어버린 생활 세계의 모습에 당황하고 있다는 것은 어김없는 사실이겠습니다. 인

문학자들로 하여금 재난에 대해 말하게 한 직접적 요인은, 바로 이 같은 코로나19 사태라고 해야 하겠습니다. 그래서 묻게 됩니다. 이런 재난 상황에 인문학은 어떻게 개입할 수 있을까.

2. 인문학-사람 앞의 재난

인문학은 말 그대로 인간에 관한 학문입니다. 물론 인문학을 정의하고자 한다면, 이 문장은 매우 불충분합니다. 인문학의 속성 하나를 지적한 것에 불과할 뿐이죠. 그렇다고 해서, 학문이라는 유를 설정하고 종차를 나누는 식으로 인문학의 논리적 정의를 따지는 것은 이 자리에 적절한 것 같지 않네요. 그것은 자연과학과 사회과학을 배제함으로써 인문학을 정의하는 방식이기 때문에, 문학/역사/철학 같은 특정 영역이 아니라 인문학이라는 포괄적 지칭을 쓸 때의 뜻과 맞지 않습니다. 특히 지금과 같이, 재난이라는 단어 옆에 인문학이 놓인다면 더욱 그렇습니다. 범박하게, 인문학이란 오랜 시간 축적되어온 사람들의 집단적 경험에 대한 생각과 표현이라고 말하는 쪽이, 이런 자리에 어울려 보입니다. 인문학이 생겨난 취지를 고려한다면 좀더 좁혀 말할 수 있겠습니다. 인문학이란 사람됨에 관한 학문이라고요.

어떻든 인문학이라는 단어에서 분명한 것은 그 안에 사람이 전제되어 있다는 점입니다. 그 사람에 관해 말하는 것, 혹은 그 사람의 시선으로 보고 듣고 말하는 것이 곧 인문학이라는 점에서 그러합니다. 그 사람을 인문학-사람이라 지칭해보겠습니다. 이런 특성이 있겠네요.

인문학-사람은 보편적이면서 동시에 구체적입니다. 특정 상황에 구속된 존재가 아니라는 점에서 보편적이고, 그러면서도 동시에 특정 상황 속으로 들어가 시선과 발언을 제공할 수 있어야 한다는 점에서 구체적입니다. 어떤 국적이나 인종이나 성별에도 구속되지 않는다는 점에서 보편적이지만, 또한 그 어떤 국적과 인종과 성별도 지닐 수 있다는 점에서 구체적입니다. 특정한 인격체로 고정될 수 없지만, 그래서 또한 그 어떤 인격체로도 스스로를 드러낼 수 있는 존재입니다. 생각하고 판단하는 주체이면서 또한 관찰의 대상이기도 합니다. 이런 점에서 인문학-사람은 차라리 사람이라기보다는 어떤 인격체도 들어설 수 있는 사람의 자리라고 함이 더 적절할 수도 있겠습니다. 사람의 이데아라고 해야겠네요. 인문학-사람은 그런 점에서 무엇보다도 윤리적입니다.

인문학-사람이 입을 열어, 자기 안에 축적되어온 시간과 사건에 대해, 그 경험에 대한 견해를 밝힐 때 인문학의 영역이 생겨납니다. 인문학자의 일이란 바로 그 영역으로 들어가 인문학-사람과 접촉하는 일이겠습니다. 그 사람과 대화를 나누고 그의 말을 듣고 받아 적는 일, 그것을 자기 언어로 옮겨 적는 일, 그 사람을 관찰하고 분석하고, 또 그 사람의 시선이 되어 세상을 보고 상상하고 생각하는 일이 곧 인문학자의 작업이겠습니다. 인문학-사람에 관한 스토리텔러가 곧 인문학자인 셈이지요.

인문학-사람에게 재난에 대해 물어보면 어떤 말을 할까요. 우리가 가장 먼저 듣게 되는 것은, 아마도 말은 아닐 것 같습니다. 신음소리, 한숨 소리, 비명소리 같은 것이 먼저 들려오지 않을까요. 바이러스에 감염되어 고통받는 몸에서 흘러나오는 신음소리, 봉쇄된 경제의 흐름 속에서 재정적 타격을 받은 사람들의 한숨 소리, 그리고 제대로 작동하지 않는 거버넌스에 대한 분노의 목소리들이 있을 것입니다.

재난은 그로 인해 고통받는 사람들이 있어 비로소 재난이 됩니다.

땅이 갈라지고 해일이 몰아친다고 해도, 그 영향권 안에 사람이 없다면 아무런 문제가 아닙니다. 사람들이 안전한 곳에 있다면, 격렬한 자연현상은 재난이 아니라 자연이 펼쳐놓는 굉장한 장관일 것입니다. 46억 년 전 지구가 태어난 후, 6억 년 동안을 명왕누대Hadean Eon라 부르더군요. 아무런 생명체도 존재할 수 없었던, 이제 갓 고체로 엉기기 시작한 뜨거운 행성을 하데스의 나라, 곧 지옥이라고 부르는 것은 거기에 사람의 눈이 투입되었기 때문입니다. 어떤 생명체도 존재할 수 없어 아무도 고통받을 수 없는데도, 그곳을 지옥이라 부르는 사람의 눈, 그것은 이미 인문학-사람의 눈입니다.

재난은 대개 외부로부터 밀려오지만, 그것이 진짜 재난이 되는 것은 그 힘이 내부에서 터져나올 때입니다. 대형 재난이 만들어내는 비상사태는 보통 때 잘 보이지 않던 것들을 보여줍니다. 한 사회의 실제 주권자가 누구인지, 해당 사회의 핵심 증상이 무엇인지를 드러내줍니다. 현재의 상황을 보아도 그렇습니다. 3차의 코로나19 확산 과정을 겪으며 사회적 증상의 존재를 확인하게 되는 것은, 한국이나 세계나 마찬가지입니다. 재난을 재앙으로 만드는 것은 언제나 불완전한 거버넌스입니다. 넷플릭스 드라마 〈스위트홈〉(2020)이 표현하는 비틀린 욕망의 알레고리가 이를 보여줍니다. 곳에 따라 양상은 다릅니다. 어떤 곳에서는 정치인들의 이해타산과 특정 집단의 이기주의가, 또다른 곳에서는 관료들의 무능함이, 사람들의 올바른 판단력을 흐리게 하여 공동체의 안위를 위협합니다.

감염을 막을 수 있는 방법이 무엇인지는 이제 누구나 압니다. 오랜 시간 동안 봉쇄 상태를 유지하면서 비접촉 생활을 하면 끝입니다. 그러나 문제는 그럴 수가 없다는 것이죠. 봉쇄는 사람들의 접촉만이 아니라 경제의 흐름을 차단해버립니다. 경제가 괴멸 상태에 이르면 그로 인해 생겨날 불행과 고통의 양은, 감염병 사태가 초래한 고통의 양을 훨씬 능가할뿐더러 현재 우리의 역량이 감당할 수 없는 수준이 될 수도 있습니다. 우리가 사는 세상이 기체 근대의 특징을 지녀 더욱 그러합니다.

3. 기체 근대의 재난

바우만은 액체 근대liquid modernity라는 표현을 썼지만, 이제 세계는 액체 단계를 넘어 기체가 되고 있는 중입니다. 액체 근대라는 말에서 우리가 곧바로 떠올릴 수 있는 단어는 유동성market liquidity입니다. 그것은 금융자본주의의 시선에 포획된 자산의 개념이고, 이제는 유동성이라는 단어 자체가 화폐와 동의어로 사용됩니다. 유동성, 즉 액체가 된 경제적 부는, 인체 내부를 순환해야 스스로를 유지할 수 있는 혈액과도 같습니다. 흐름이 끊기면 인체 자체가 괴사해버립니다. 코로나19 사태가 우리에게 제시하는 문제의 곤란함은 유동성의 흐름을 중단시키지 않으면서 병의 확산을 통제해야 한다는 점에 있습니다.

현재의 우리는, 광범위로 지구화된 세계에 살고 있습니다. 1990년대 이후로 지구화의 속도는 급격한 상승 곡선을 만들어냈습니다. 세계 유일 체제가 된 자본주의가 가속기의 페달을 밟아왔던 것이지요. 이런 흐름 속에서 액체 근대는 이제 기체 근대가 되고 있습니다. 지금 제가 쓰는 기체 근대라는 말은 무엇보다도 글로벌 금융자본주의 세계에서 현저해진 생활세계의 양상을 뜻합니다.

산업자본주의는 전통사회의 화폐였던 고체(금과 은)를 액체(유동성)로 만들었습니다. 공장을 돌려 물건을 만들게 하는 것은 광산에서 채굴해 온 금속덩어리가 아니라 은행과 시장이 공급하는 유동성입니다. 「공산당 선언」의 저자들이 말한 대로 모든 단단한 것들이 녹아내렸습니다. 고체를 액체로 만든 근대화의 열원이 사라진 것이 아니라면 그다음 순서로 무슨 일이 벌어질지는 명확한 것이겠습니다. 액체는 기화되겠지요. 광범위한 지구화와 더불어 기체 근대의 양상들이 본격화되는 것입니다.

기체가 된 가치의 모습을 상징하는 것은 머니 게임이 벌어지는 주식 시장 현황판의 숫자들이겠습니다. 가상 화폐, 환율, 주택 시장 등의 가치를 나타내는 다양한 숫자들이 주가 시세 현황판 옆에 나란히 늘어섭니다. 변화하는 정치경제적 상황에 따라, 천문학적 단위의 화폐 액수가 허공으로 증발하고, 어느 순간 양자 도약한 듯 나타나기도 합니다. 마술처럼 사라지고 기적처럼 생겨납니다. 사람들이 좌절하고 환호합니다. 물론 이런 양상은 액체 근대 시대로부터 시작된 것이지만, 그것이 지구적 규모로 생활세계의 표준이 된 것은 기체 근대 시대가 시작된 후의 일이겠습니다.

기체도 액체처럼 흐름이 있지요. 하지만 기체의 흐름은 액체의 흐름에 비해 훨씬 더 돌발적이고 비약적입니다. 액체 근대의 흐름은 연속성의 기하학으로 표현될 수 있지만, 기체 근대의 흐름은 불연속성과 파열의 물리학에 어울립니다. 지폐를 매개로 만들어지는 시장에서의 연결이나, 피켓을 든 사람들이 만들어내는 광장에서의 연대가 액체 근대의 소산이라면, 기체 근대의 사회적 장은 SNS가 구축해낸 허공 속의 네트워크 속에서 만들어집니다. 그곳은 새로운 시대의 정치의 장이자 시민 교육이 이뤄지는 장소이기도 합니다.

이런 식의 논리에 의거한다면, 재난 역시 고체/액체/기체로 구분해볼 수 있겠네요. 땅이 갈라지는 지진이 고체 재난이라면, 그로 인해 해안으로 몰려드는 지진해일은 액체 재난입니다. 그러나 진정으로 공포스러운 것은 쓰나미가 파괴한 핵발전소에서 방사능 유출 사고가 발생하는 것입니다. 그것이 우리 시대의 진정한 재난, 기체 재난입니다. 이제는 우리 모두 체감하고 있듯이 기후가 변하고 있습니다. 빙하와 만년설이 녹아 없어지고 있다고 합니다. 지구가 더워진 탓이라고 합니다. 지구에 다가올 가장 큰 재난의 원천이 온실가스일 것이라는 점은 이제 상식이 되었습니다.

코로나 바이러스는 비말을 통해 전파됩니다. 기체 근대의 국경은, 지도 위에 표시된 영토의 경계가 아니라 국제공항 출입국 관리 창구의 선 위에 존재합니다. 공중으로 전파된 바이러스는 눈에 보이지 않는 생화학무기처럼 우리 숨통을 직격합니다. 그것은 고도화된 금융자본의 작동 방식과 유사합니다.

헤지펀드로 대표되는 새로운 시대의 금융자본은 어떤 유용성도 생산하지 않은 채로 잉여를 만들어냅니다. 그렇게 생산된 잉여는 비유컨대, 신체의 자기 유지 기능과 무관하게 작동하는 쾌락과도 같습니다. 물론 자본이 추구하는 것은 이익이며, 이 점에서는 산업자본도 금융자본과 마찬가지죠. 그런데 산업자본은 자신에게는 잉여를 만들어냄과 동시에 소비자들에게는 상품들을 남깁니다. 산업자본에게는 이익 창출의 매개물에 불과한 것이지만, 소비자들에게 상품은 만족을 주는 물건입니다. 유용성이라는 매개 없이 직접적으로 이익을 만들어내는 방식은 소화기관을 통하지 않고 쾌락 물질을 뇌로 직접 공급하는 것과도 같습니다. 중독이 일반화되면 그 자체가 재난이 될 수도 있습니다.

체액을 통해 감염되는 HIV바이러스가 액체 근대의 상징이라면, 비행기를 타고 퍼져나간 코로나 바이러스는 기체 근대의 상징입니다. 기체 근대성의 세계에서는, 함께 친밀성을 나누는 것만이 아니라 함께 숨쉬는 것 자체가 위험한 행위입니다.

재난을 재앙으로 받아들이기 위해서는 공동체가 있어야 하고, 절대성의 시선이 있어야 합니다. 기체 근대 시대의 재난은 쉽게 지구 차원의 재앙이 될 수 있습니다. 지구 차원의 재난을 국지적인 재난이 아니라 지구 전체의 대재앙으로 받아들이게 되는 것은, 인류가 세계 공화국의 정신적 시민권자가 될 때입니다.

4. 재난과 재앙: 「오이디푸스 왕」과 『데카메론』

재난disaster 옆에는 재앙apocalypse이나 파국catastrophe 등의 단어가 있습니다. 죄의식이나 책임의 문제와 결합될 때 재난은 재앙이 됩니다. 우연한 자연재해가 아니라 사회적인 것이 될 때 재난은 재앙이 됩니다. 또한 미래에 대한 전망과 결합할 때 재난은 파국이 됩니다. 파국은 국면을 뜻하는 말이기에 연극적인 속성을 지니고 있습니다. 파국 이후가 있지요. 또한 파국은 미래의 것이기 때문에 상상력으로만 존재합니다.

많은 문화권의 고대인들은 재난을 재앙으로 파악했습니다. 이는 여러 나라의 문헌과 인류학자들의 보고서에 나타납니다. 소포클레스의 「오이디푸스 왕」도 그중 하나입니다. 여기에서 역병의 존재는 잘 보이지 않습니다. 테바이의 왕 오이디푸스의 운명이 지닌 괴이함과 또한 프로이트에 의해 정식화된 오이디푸스 시나리오가 워낙 유명한 탓입니다. 오이디푸스의 비극에서 문제가 드러나게 되는 것은 테바이 왕국을 습격한 역병 때문입니다. 역병이 없었더라면 오이디푸스의 숨겨진 내력은 드러나지 않았을 것이고, 아무도 몰랐다면 아무런 문제도 생겨나지 않았을 것입니다. 재난이 있다면 거기에는 반드시 책임져야 할 사람이 있다는 것, 그것이 곧 재앙이라는 개념에 설정된 틀입니다.

한 공동체가 져야 할 책임의 엄중함에 비하면, 그 책임을 요구하는 존재가 누구인지는 중요하지 않습니다. 신이건 하늘이건 자연이건 모두 마찬가지입니다. 이들은 모두 윤리의 반사판 역할만을 합니다. 지은 대로 거두리라. 소돔과 고모라에 불벼락을 내리는 하느님과 천사들의 포악성도 인간의 심성이 지닌 포악성의 반영일 뿐입니다.

신의 분노를 표현하는 역병은, 생명체를 직격하는 번갯불에 비하면 좀더 진화한 형태의 재앙입니다. 번갯불이 신화적인 것이라면 역병은 이미 계몽의 산물입니다. 사람들이 스스로 알아서 판단하고 대처해야 합니다. 번갯불이나 신의 화살은 특정인을 노리지만, 역병은 공동체 전체의 안전을 위협합니다. 누군가 책임을 져야 한다면 그 공동체를 대표하는 사람이어야 합니다.

테바이의 왕 오이디푸스는 스핑크스라는 공포스러운 자연으로부터 왕국의 신민들을 해방시킨 영웅입니다. 이야기 자체로 보자면, 자기가 손쓸 수 없었던 운명에 대해 왜 오이디푸스가 책임져야 하는지, 또한 신들은 자기들이 준 운명에 대해 왜 오이디푸스에게 책임을 묻는지 납득하기 어렵습니다. 그럼에도 왕이었던 오이디푸스는 우스꽝스러운 신의 요구에 대해 책임을 지고자 합니다.

누가 오이디푸스에게 책임을 묻는가. 답은 제우스 하느님이 아니라, 전성기 아테네 제국의 시민이자 펠로폰네소스전쟁 때의 장군이었던 소포클레스라고 해야 합니다. 소포클레스라는 극작가 안에는 그의 극을 극장에 올리게 한 아테네의 부자들이 있고, 그리고 극장에서 소포클레스의 극에 공감했던 시민들이 존재합니다. 그의 비극에 등장하는 전설 시대 테바이의 왕 오이디푸스는 그보다 천 년 뒤에 올 아테네 시민들의 요구에 미리 따랐던 셈입니다.

소포클레스는 장로로 구성된 코러스를 통해, "오만은 폭군을 낳는 법…… 정의의 여신을 두려워하지 않고, 신상神像들을 어려워하지 않고 행동이나 말에서 교만의 길을 걷는 자가 있다면, 불운한 교만 때문에 사악한 운명이 그를 잡아갈지어다"[1]라고 말하게 했습니다.

그러나 여기에는 명백한 두 개의 억지가 있습니다. 첫째, 오이디푸스가 오만했기 때문에 사악한 운명에 끌려간 것이 아니라, 그런 운명을 부여받았기 때문에 오만한 행동(아버지를 죽인 것이 오만한 행동이라면)을 했다고 함이 사실에 부합합니다. 둘째, 친부 살해나 근친상간의 윤리적 대가를 누군가 치러야 한다면, 그것은 불가피한 운명의 마리오네트였던 오이디푸스가 아니라(그는 자신의 운명을 피하기 위해 최선을 다했지요), 그런 사태를 만들어낸 존재들(치명적 지식을 알려준 아폴론 혹은 델피의 무녀, 그리고 이런 운명을 만들어낸 여신)이어야 합니다. 요컨대 소포클레스의 저 말은, 페르시아전쟁과 펠로폰네소스전쟁 사이에서 국운의 최전성기를 누리던 제국 아테네의 정치가들을 향한 것이어야 말이 됩니다. 소포클레스와 나이가 비슷한 아테네의 정치 지도자 페리클레스가 사망한 것도 역병 때문입니다.

그로부터 이천 년 후에 나온 『데카메론』에서는 매우 다른 모습의

---

1) 소포클레스, 『소포클레스 비극 전집』, 천병희 옮김, 숲, 2008, 63~64쪽.

역병이 전개됩니다. 여기에서 역병은 한 도시를 습격한 큰 규모의 재난일 뿐입니다. 1348년 여름, 피렌체에 역병이 돌아 사람들이 죽어갑니다. 열 명의 귀족 남녀가 교외로 피난을 가서 생활하며 들려주는 백 개의 이야기가 곧 『데카메론』입니다. 책의 서두에는 처참한 역병의 현장이 묘사되어 있습니다. "하층 계급과 대다수 중산 계급은 상황이 훨씬 더 비참했습니다. (……) 그들은 한집에 모여 살거나 서로 가까이에 살았기 때문에 매일 수천 명씩 감염됐습니다. 모두가 간호는커녕 작은 도움도 받지 못하고 죽어 갔지요. 길거리에는 밤낮없이 수많은 시신이 나뒹굴었고 집 안에는 더 많았습니다. 시체 썩는 냄새가 풍겨 오면 그제야 이웃이 죽었다는 걸 알게 되는 형편이었지요. 모두가 죽었습니다. 하나도 남김없이 말입니다"[2]와 같은 방식입니다. 그런데 이 죽음의 풍경으로부터 불과 2마일 떨어져 있는 교외에서는 에로스와 욕망으로 가득차 있는 이야기가 펼쳐집니다. 타락한 종교인들과 악당과 사기꾼들, 사랑을 찾아 헤매는 사람들의 이야기는 여름 한낮에, 태양이 뜨거울 때 펼쳐집니다. 매우 현저한 아이러니의 무대가 아닐 수 없습니다.

그런데 어떻게 이런 일이 가능했을까. 헤겔적 절대성의 체현자, 시민이 없기 때문이라고 해야 합니다. 「오이디푸스 왕」에는 있으나 『데카메론』에는 빠져 있는 것이 무엇인지는 매우 분명합니다. 사람들을 응징하는 신, 그리고 사람들의 마음속에서 자리잡고 있는 죄의식입니다. 공동체와 책임감이라고 해도 같은 말이 됩니다.

『데카메론』의 세계에는 물론 성직자와 교회가 있습니다. 그러나

2) 조반니 보카치오, 『데카메론 1』, 박상진 옮김, 민음사, 2012, 29쪽.

탐욕의 전당이 된 교회와 사악한 권력자가 된 성직자들의 세계에는 결코 존재할 수 없는 것, 그것은 곧 절대자로서의 신입니다. 절대성의 신성한 형태가 신이라면, 세속 세계의 절대성은 시민입니다. 『데카메론』의 세계에는, 체면(명예라는 말로 번역됩니다)을 챙기고 욕망을 좇는 개인들은 있어도 공동체를 존중하고 공동의 가치 체계를 옹위하려 하는 시민들은 존재하지 않습니다. 시민이 없는 곳에 재난은 있어도 재앙은 있을 수 없습니다. 말을 바꿀 수도 있겠습니다. 한 공동체가 감당할 수 없는 대형 재난은 시민들을 해체하여 개인으로 만든다고. 그곳에서 만들어지는 것은 홉스적인 자연 상태, 생존주의가 지배하는 동물의 왕국이겠습니다.

『데카메론』에 초두에 등장하는 첫번째 에피소드가 그 세계의 정신적 향도 역할을 합니다. 목숨 걸고 신을 능욕하는 악당, 체파렐로의 이야기가 그것입니다. 신을 능욕하는 데 자기 목숨을 건다는 것은 그야말로 대단한 일이 아닐 수 없습니다. 악당 체파렐로는 세상의 모든 나쁜 짓을 한몸에 체현한 존재입니다. 그런 그가 병으로 세상을 떠날 때가 되었습니다. 숨을 거두기 직전에 허위로 고백성사를 합니다. 천하제일 악당이 자기 삶의 마무리로 마지막 나쁜 짓을 하는 것이지요. 가짜 고백성사란 순진한 사제를 농락하는 것일 뿐만 아니라, 그것을 바라보는 무력한 신을 조롱하는 것이기도 합니다. 그러니까 초절적 악당의 마지막 악행은 하느님을 모욕하는 것입니다.

악당의 가짜 고백을 들은 명망 있는 사제는 감동하여 그를 성인으로 추존합니다. 여기까지는, 매우 특이하지만 있을 수 있는 일입니다. 천하의 사기꾼 악당과 선량한 바보 사제의 조합은 그리 낯설지 않지요. 이 이야기의 치명적 아이러니는 그다음 순간에 등장합니다.

『데카메론』의 세계가 보여주는 놀라움이기도 합니다. 바로 그 악당-성인을 통해, 그러니까 성인으로 잘못 추존된 악당을 통해 사람들이 기적을 경험한다는 것입니다.

악당으로 살았으니 끝까지 악당으로 죽겠다는 체파렐로의 태도는 칸트적인 의미의 윤리성을 보여주는 예입니다. 이것 자체도 물론 대단하지만 그렇게까지 특이한 일이라 할 수는 없습니다. 그런 속성은 자존심 강한 악당들의 특징 일반이라 할 수 있으며, 모차르트의 〈돈 조반니〉에서 그렇듯 다른 곳에도 그런 예들은 종종 있으니까요.

체파렐로의 이야기에서 아이러니가 빛을 발하는 대목은, 그런 악당을 통해서도 기적이 만들진다는 설정입니다. 기적은 신이 만드는 것이라고 『데카메론』의 화자는 말하지만, 표면에 있는 공식적인 종교성을 벗겨내고 나면 중요한 것은, 초자연적 힘의 발현으로서의 기적 그 자체입니다. 『데카메론』의 저자와 독자들은 과연 기적의 존재를 믿었던 것일까. 믿었거나 혹은 가능한 일로 생각했다면, 어떻게 이런 식의 기적이 가능하다고 생각할 수 있을까. 조롱의 대상이 된 신이 천하제일 악당을 통해 기적을 행하게 했다고? 신은 모르고 그랬거나, 혹은 알고도 어쩔 수 없어서 그랬거나, 혹은 알면서도 인간이 이해할 수 없는 수수께끼 같은 마음으로 그랬거나? 혹은 신의 존재와 무관하게 기적은 사람들의 마음이 만들어낸다고 생각했던 것일까. 아니면 그저 『데카메론』의 저자와 독자들이 합세하여 지금 무력한 신을 조롱하고 있는 것일까. 이 모든 의문들이 아이러니의 공간 속에 깃들어 있습니다.

『데카메론』의 세계에서 가장 뚜렷한 존재는 해적입니다. 해적이야말로 주체의 원형에 해당합니다. 무역에 실패하여 재산을 잃은 상인은 아무렇지도 않게 약탈자로서 해적이 됩니다. 또 피사의 판사는 모나코의 해적에게 아내를 뺏기고도 아무런 힘을 쓰지 못합니다. 오히려 해적을 찾아가 아내를 돌려달라고 애원을 합니다. 홉스의 자연 상태state of nature가 펼쳐져 있는 탓입니다. "위대한 코먼웰스가 형성되기 전까지는 해적이나 산적이 되는 것을 조금 불명예스럽게 생각하지 않았다. 오히려 합법적인 일로 여겼"3)다고 홉스는 씁니다. 이 경우 해적은 자유로운 개인의 상징, 곧 공동체 없는 개인의 상징입니다.

해적이 강자가 아니라 범죄자로 규정되는 것은 코먼웰스, 곧 국가 공동체가 등장하면서부터입니다. 이 경우 국가라는 공동체는 『데카메론』이 보여주는 자연 국가nature-state(자연 상태라는 말을, 운을 맞추기 위해 이렇게 번역할 수도 있겠습니다)도 욕망 국가desire-state도 아닙니다. 탈인격화된 절대성으로서의 헌법과 그것을 지키고자 하는 시민의 의지가 만들어낸 국가, 곧 국민 국가nation-state입니다. 자연 국가(즉 자연 상태)로부터 사람들의 공동체로서 국가가 등장할 때, 비로소 개인은 시민이 됩니다. 그리고 욕망하는 개인을 대신하여 시민이 등장할 때, 재난은 재앙이 됩니다. 시민이 아닌 개인에게는 재난만이 있을 뿐입니다.

코로나19 감염병 사태 속에서 확인하게 되는 것은, 우리가 지금 살고 있는 세계의 현실은 『데카메론』이 아니라 「오이디푸스 왕」의 세계와 유사하다는 것입니다. 물론 지구 공화국 시민에게 재앙은 아직 닥쳐오지 않은 상태입니다. 뭔가 손에 잡히는 것이 있다면 다가올 대재앙의 시나리오로서 파국의 상상력일 것입니다.

---

3) 토머스 홉스, 『리바이어던—교회국가 및 시민국가의 재료와 형태 및 권력 1』, 진석용 옮김, 나남, 2008, 131쪽.

5. 파국, 동아시아의 근대성

백여 년 전 동아시아에서 나왔던 소설들 속에 일그러진 마음들이 있습니다. 그들은 모두 근대성이라는 큰 흐름에 타격을 받은 사람들입니다. 여기에서 근대성은 재난이고 재앙이면서 또한 파국이기도 합니다.

시마자키 도손의 장편 『집』(1910)과 『신생』(1918)과 『동틀 무렵』(1943)에 등장하는 아버지는 피해망상에 시달리다 죽음에 이릅니다. 동일한 모티프가 여러 작품에서 거듭되는 것은 실제로 도손의 아버지에게 일어났던 일이기 때문입니다. 에도시대 지사였던 도손의 부친은 일본 동해안에 나타난, 미국의 제독이 몰고 온 '검은 배'의 공포로 인해 피해망상에 빠집니다. 발작 상태에서 방화를 하고 마을에 문제를 일으키자 사람들에게 감금당하고 그런 채로 죽음에 이르게 됩니다. 서양 배와 함께 나타난 근대성이 도손의 부친을 죽음으로 몰아간 셈입니다.

이 시기 중국 문학에 등장하는 피해망상 역시 매우 현저한 것입니다. 중국 근대문학의 기원점을 이루는 작품에 등장하는 핵심 모티프이기 때문입니다. 루쉰의 등단작 「광인일기」(1918)에 등장하는 유명한 이야기이지요. 중국에 오랜 식인 풍속이 있었음을 문득 깨닫고 공포에 떠는 피해망상자 청년으로 인해 생겨나는 서사입니다.

그런데 두 개의 피해망상은 묘한 대칭을 이룹니다. 두려움의 원천이, 일본의 경우는 국가의 외부에 있고 중국의 경우는 내부에 있습니다. 외부의 침략자들이 문제라면 필요한 것은 내부의 단결이고, 내부의 부패와 악습이 문제라면 필요한 것은 혁명과 개혁이겠습니다.

여기에 과대망상 하나를 추가할 수 있겠습니다. 염상섭의 단편 「표본실의 청개구리」(1921)에 등장하는 한 남성이 있습니다. 개인적 불행과 국가적 불행이 겹쳐진 탓에 충격을 받고 실성한 남성은 일약 웅혼한 동도서기東道西器론의 대중 연설가가 됩니다. 물론 청중은 아무도 없는 것이나 다름없지만 스스로를 세계 평화 운동의 주창자로 자처하는 이 남성의 기상만은 하늘을 찌르는 기세입니다.

이 세 작가의 문학작품들은 한 시대의 마음이 선택한 각국의 고전들입니다. 여기에 등장하는 망상자들을 특별한 존재로 만드는 것은 그들을 바라보는 시선의 존재 때문입니다. 각각의 인물들이 지닌 특이성은 각국의 특성을 보여주는 증상들입니다. 메이지 유신을 통해 근대화에 성공한 일본, 안팎으로 두 개의 전쟁을 치러야 했던 중국, 그리고 국권을 잃고 식민지로 전락한 한국의 구도가 있고, 그 구도가 만들어내는 고유한 정동들이 있습니다. 문학작품들 자체가 한 시대의 고유성을 드러내는 증상임을 알게 합니다.

광인들을 바라보는 시선에 관해 말하자면, 이 셋은 각국의 차이와 무관하게 모두 파국의 상상력에 기초해 있습니다. 다가올 파국이기도 하고 때로는 지나간 파국이기도 합니다. 그들은 모두 이미 근대성의 디스토피아를 살아가는 사람들입니다.

동아시아에서 근대화의 모델을 가장 먼저 만들어낸 것은 일본의 경우입니다. 메이지 유신에서 태평양전쟁에 이르는 일본의 근대화 과정은 라캉의 용어법으로 말하자면, 강박적인 '대학 담론'과 폭주하는 '히스테리 담론' 사이에서 벌어진 요동과 같습니다.[4] 혹은 근대화를 향한 에너지가 강박에서 히스테리를 거쳐 파국에 이르렀다고 할

---

4) 자세한 것은 졸고, 「강박과 히스테리 사이, 메이지 유신과 동아시아의 근대성: 시마자키 도손, 루쉰, 염상섭」(『일본비평』 제19호, 2018) 참조.

수 있겠습니다. 메이지 근대화는 '대학 담론'의 틀 속에서 이루어집니다. 태평양전쟁을 목전에 두고 '근대성의 초극'에 대해 논의했던 일본 지식인들의 생각은 '히스테리 담론'의 구조를 지닙니다. '귀축미영鬼畜米英'을 물리치고 '대동아공영권'을 건설하자는 일본 파시즘의 기치는 새로운 '주인 담론'의 모습을 지닙니다.

외부자로서 다가왔던 근대성의 문제라면 일본에만 해당하는 것일 수는 없습니다. 거대한 역사적 타자와 맞닥뜨려 마음이 찢어진 것으로 보자면, 근대로의 전환기 동아시아 전체가 예외일 수 없다고 해야 할 것입니다.

그로부터 한 세기 반이 넘는 시간이 흘렀습니다. 현재 우리는 코로나19 사태의 한복판을 지나고 있는 중입니다. 파국이 지나면 극장의 막이 내립니다. 불이 켜지면 새로운 세상이 보일 것입니다. 파국의 틀에서 보자면 중요한 것은, 라캉의 저 담론의 틀에 자리잡은 숨겨진 것의 시선으로, 왼쪽 분모 자리에 있는 진실의 시선으로 바라보는 것이겠습니다.[5]

처음 거기에는 두려움에 떨고 있는 불쌍한 주체의 모습이 숨겨져 있습니다. 배우겠다는 일념으로 나아가는 사람들의 밑자리에는 확고한 주인 기표가 버티고 있습니다. 그리고 주체의 인내가 한계에 도달했을 때, 그리하여 억압에 분노하던 주체가 전면에 자기 자신을 드러냈을 때, 그 밑에는 누구도 알 수 없는 이상한 모습의 욕망 혹은 신념이 멀뚱거리고 있습니다.

---

5) 라캉의 담론 모형은 네 요소로 이루어진다. 왼쪽에 있는 것이 주동자와 진실, 오른쪽에 있는 것이 피동자와 생산물이다. 도식으로 표현하자면 다음과 같다. '주동자/진실→타자(피동자)/생산물' 여기에서 화살표는 말이 건너가는 방향을 가리킨다.

6. 재난 앞의 인/문학

감추어진 진실의 눈으로 보면 새롭게 열리는 세상이 있습니다. 어떤 요소가 그 자리에 들어서느냐보다, 그 자리 자체가 지닌 힘이 훨씬 중요합니다. 진실은 감추어지고 억압되었을 때 비로소 생겨나고 그런 자리라야 제 기능을 하는 것이기 때문입니다. 드러나 있으면 사실일 뿐 구태여 진실이라는 말을 쓸 이유가 없는 것이지요. 그래서 바로 그 숨겨진 진실의 자리는 인문학—사람의 자리라 할 수도 있겠습니다.

진실의 자리에 있는 인문학—사람은 예민한 울림판과도 같아서, 먼저 느끼고 깊이 공감하는 존재의 자리입니다. 김수영의 유명한 시로 말하자면, 바람보다 먼저 눕고 먼저 일어나는 풀의 자리라 할까요. 그런 인문학—사람의 마음을 들여다보고 재현하고 성찰하는 일이 곧 인문 세계 사람들이 해야 하는 일이겠습니다. 그러할 때 우리는 재난이 파국으로 전화되는 것을 막을 수 있을 것입니다.

재난당한 사람들만이 감당해야 할 단순한 사고로 방치하는 것은 재난을 파국으로 만드는 일입니다. 재난을 개별자들에게 닥친 불행한 사건이 아니라 공동체 전체가 감당하고 책임져야 할 사회적 재난으로 받아들일 때, 즉 재난이 공동체의 재앙임을 직시하여 각자가 감당해야 할 책임의 양을 나누고 서로에게 부과할 때 우리는 비로소 파국이 초래할 공동체의 비극으로부터 조금 더 멀어질 수 있을 것입니다. 그것 또한 재난 앞의 인/문학에게 주어진 일이겠습니다.

(2021)

인물, 서사, 담론
—문학이 생산하는 앎

1. 문학이 생산하는 앎

문학은 무엇을 재현하는가. 글쓴이가 지니고 있던 어떤 의도라고 말하는 정도로는 부족하다. 의도라는 것 자체가 명확하게 특정하기 어렵기 때문이다. 애초의 의도는 나중에 가서야, 그것도 여러 번의 확인 과정을 거쳐서 알게 되는 것이 상례이다. 게다가 애초의 의도는 재현 과정에서 비틀리지 않을 수 없다. 재현의 매체(특정 언어, 장르, 관습 등)가 지닌 고유의 물질성이 개입하여, 변형과 왜곡을 만들어내기 때문이다.

문학이 생산하는 앎이란, 텍스트가 하나의 결과로서 독자에게서 만들어내는 수준의 앎이다. 여기에서 앎이라는 말은 지식·지혜·진실 진리를 모두 포괄한다. 그러니까 그 앎이란 머리만의 앎이 아니고, 가슴이나 몸의 앎일 수도 있다. 또한 그 앎은 텍스트와 독자의 만남 속에서 만들어진 것이기에, 실체에 바탕을 둔 것이면서 동시에 주관적이다.

문학작품은 언어로 만들어졌지만 기본적으로 예술적 감흥을 자기 기조로 삼는다. 예술 일반이 그렇듯이, 감흥이 인도해가는 앎의 세계는 느낌의 바탕 위에서 만들어진 것이어서 외연이 반듯한 사실들을 대상으로 한 것과 같은 명료함을 지니기 힘들다. 그렇다면 문학이 생산하는 앎에 대해 어떻게 접근해야 할까. 그 앎은 어떻게 개념적으로 포착될 수 있을까.

이 글은 이와 같은 질문에 대한 답의 일단을 도출해보기 위해 마련되었다. 문학이 생산하는 앎의 고유성에 접근하기 위해 선택한 글감은, 인물과 서사와 담론이라는 세 개의 기제이다.[1] 이 기제들의 작동방식이 지닌 독특성을 규명하기 위해, 이야기를 만들어내는 두 가지 대표적인 양식인 역사와 소설의 대조라는 틀이 마련된다. 이런 대조를 통해 소설이라는 서사 장르의 특성과 담론적 지향점이 도출되거니와, 소설이라는 장르 속에서 이 기제들이 작동하는 과정은 문학 텍스트의 앎이 생산되는 과정과 크게 다르지 않다.

문학이 생산하는 앎이란, 문학 텍스트에서 사람들이 찾아내는 앎(여기에는 자기 텍스트의 독자로서 작가 자신도 포함된다)과 다르지 않으며, 그러므로 텍스트 읽기가 생산하는 앎(문학 연구가 생산하는 앎도 그 일부이다)과도 다르지 않다.

먼저, 역사와 구분되는 문학적 재현의 특수성을 살핀 후, 좀더 구체적으로 인물과 서사와 담론이 작동하는 방식과 지향점을 분석하고, 20세기 초반 일본에서 나온 고바야시 다키지의 소설 『게공선』을

---

1) 본래 이 기획은, 인물/서사/담론/정동의 네 항목으로 구성되었으나, 분량이 지나치게 길어져 여기에서는 세 개의 항목으로 한정한다. 정동에 관한 부분은 별도로 다룰 예정이다.

예시하는 순서로 논의가 진행될 것이다. 이런 과정을 거쳐 종국적으로 말하고자 하는 것은 문학 텍스트 읽기의 의미에 관한 것이다.

본격적 논의에 앞서, 문제 제기의 맥락에 대해 다음 두 가지를 지적해두고 싶다.

첫째, 미디어 환경의 변화와 함께 진행되어온 문학의 위상 변화가, 새로운 방식의 연구와 발상을 요구하고 있다는 점이다. 전통적 문학연구에서 이론이라는 말은, 소설론이나 시론 같은 문예학 이론을 뜻했다. 그러나 이제 문학연구에 사용되는 이론이라는 단어는 인문학과 사회과학에서 일반적으로 통하는 지적 담론을 뜻한다.[2] 아리스토텔레스의 『시학』이 아니라 플라톤의 『국가』가, 이론의 영역에서 우선적으로 호출되고 있는 것이 현재의 실정이다. 문학사와 비평의 위상 변화 역시 마찬가지이다. 지적인 예술로서 문학이 누려왔던 특권적 지위가 점차 사라지며 생겨난 변화들이다.

둘째, 문학 텍스트는 특정 저자가 만들어낸 것이면서 또한 동시에 한 시대와 집단의 마음이 만들어낸 것이라는 점이 강조되어야 한다. 특히 고전적 작품들은, 단일한 의도나 재현 의지의 산물이 아니라, 텍스트의 수용자 집단이 함께 만들어낸 결과이며, 독서 공동체의 역사가 새겨져 있는 대상이다. 작가의 마음속에 있던 원래의 의도 같은 것은, 결과로서 드러난 텍스트를 통해 어디까지나 사후적으로 추정될

---

2) 2010년 독일에서 나온 『문학이론입문』의 내용(미학, 해석학, 구조주의, 해체주의, 담론분석의 다섯 단락으로 되어 있다)은 이런 실정을 잘 보여준다. 한국에서 문학이론 입문서로 많이 읽힌 이글턴의 『문학이론입문』에서도 사정은 크게 다르지 않았다. 위의 내용에 영문학과 정신분석학이 추가되어 있는 정도이다. 아힘 가이젠한스뤼케, 『문학이론 입문—해석학에서 문화과학으로』, 박배형 외 옮김, 서울대학교출판부, 2016; 테리 이글턴, 『문학이론입문』, 김명환 외 옮김, 창작과비평사, 1986.

수 있을 뿐이다. 그에 대한 작가 자신의 직접 진술이 있다고 해도 사정은 다르지 않다. 그런 진술까지도 사후적인 것으로 이해되어야 한다. 이런 시선으로 문학 텍스트에 대해 접근하는 일이란, 텍스트의 생산과 수용에 관련되는 여러 겹의 층위를 살펴보는 것이며, 또한 그와 같은 중층 결정이 어떻게 각각의 요인들에게 영향을 미치고 있는지를 따져 묻는 것이기도 하다.

2. 문학적 재현: 역사 밖의 역사, 문학 밖의 문학

'문학을 통해 보는 역사'와 같은 형태의 접근 방법은 다음과 같은 질문에 직면하곤 한다. 문학작품이란 특정인의 경험과 상상력에 의해 만들어진 것인데, 그것을 통한 접근 결과가 어떻게 역사적 실재나 진리의 지위를 가질 수 있을까. 실재나 진리라는 표현이 과도하다면 객관성이라는 정도로 수정할 수 있겠거니와, 요컨대 한 시대의 객관적 실상을 파악하는 통로로서 문학작품이 적절한 매체인지에 대한 의문이 제기되곤 한다는 것이다. 이러한 질문이 제기되는 이유는 자명해 보인다. 역사란 객관적인 것이어야 하는데, 문학작품은 주관성의 산물이라서 어울리지 않는다는 것이겠다.

여기에 대해서는 몇 가지 반박과 답변이 있을 수 있다. 그중에서도 가장 근본적인 것은, 역사적 실재성의 존재나 의미 자체에 대한 반문이다. 특정 접근 방식이 결과로서 예상하는, 이른바 역사적 실재나 진리 혹은 객관성이 무엇을 뜻하며, 혹은 그런 것이 과연 존재할 수 있는가, 하는 질문이 곧 그것이다. 이러한 반문은, 사실에 관한 서사로서의 역사 서술 자체에 대한 근본적 회의이기 때문에, 비유하자면 크기를 불문하고 어떤 대상도 베어버릴 수 있는 지나치게 크고 날카로운 칼과도 같다. 이 칼에 걸리면, 문학 텍스트는 물론이고 역사 텍스트 역시 같은 운명이 된다. 재현을 통해 만들어지는 서사라는 점에서는 마찬가지이기 때문이다.

이런 위험으로부터 비켜서고자 한다면, 역사적 실재성의 개념을 조정하는 것이 일책일 수 있다. 즉, 역사라는 이름으로 재현하고자 하는 것이 서사인 한, 그것은 겉으로 드러난 사실만이 아니라 그것을 둘러싸고 있는 생활세계의 맥락을 포함할 수밖에 없다고 주장하는 것이다. 다시 말하면, 이상적 수준의 객관성이 아니라 상호주관성의 세계를 역사적 서사의 바탕으로 삼는 것이다. 사람들의 생활세계를 대상으로 하는 서사의 바탕은, 분명하게 산정될 수 있는 사실들만이 아니라 그 너머의 세계도 포함한다. 이를테면 특정 시대 사람들의 생각이나 마음, 느낌과 감정 같은 것들이 있으며, 그리고 그것을 바라보는 사람의 시선도 거기에 부가된다. 제대로 된 역사 서술의 바탕이라고 한다면, 단순한 사실들의 덩어리가 아니라 사람들이 받아들인 사건 속 자리잡은 사실들이어야 한다는 것이다.

역사성의 개념을 그와 같이 조정한다면, '문학을 통해 보는 역사'와 같은 인식틀이 자리를 잡을 만한 여지가 생겨나게 된다. 문학작품을 통해 특정 시대 사람들의 집단적 마음에 접근하는 연구의 가능성이 생겨나는 것이다. 그러나 이것 역시 그리 시원한 대답이 되기는 어렵다. 현재, 특정 사안에 대한 사람들의 마음을 측정하기 위해 가장 우선시되는 방법이 무엇인지는 자명하다. 여론조사나 사회조사 같은 방법들, 혹은 빅 데이터 시대가 열리면서 새롭게 대두한 데이터 마이닝 등의 접근법 등이 그것이다. 문학작품을 통해 역사에 접근한다는 것은, 이런 방법을 사용할 수 없는 시대 사람들의 마음을 잡아내기 위함이라 할 수 있을까. 그렇게 말할 수는 있겠으나, 그럼에도 이것 역시 애초의 비판적 시선에 대해 유효한 대답이 되기는 어려워 보인다. 문학작품을 통한 접근이라는 것이, 객관적 접근이 어려운 시대를 대상으로 할 때에나 방편적으로 운용될 수 있는 것이라는 말이기 때문이다. 즉, 검증하기 어렵고 신뢰성이 떨어져서 결국 딜레탕트적일 수밖에 없는, 이현령비현령의 사실을 늘어놓는 것에 불과하지 않으냐는 생각이 그 곁에 있기 때문이다.

이런 난점들에도 불구하고, 문학작품이 한 시대의 역사에 접근하기 위한 유용한 통로일 수 있다는 생각이 지속되는 것은 어떤 이유 때문일까.[3] 이런 생각들은 유용함이나 효과의 문제를 따지기 이전에, 그 자체가 이미 좀더 근본적인 차원의 문제 설정에 입각한 것으로 받아들여야 할 듯싶다. 여기에서는, 개별적 문학작품 낱낱이 포착해내는 세계의 고유성과, 또한 그러한 세계에 대한 앎을 추구하는 것으로서 문학 연구가 지니는 의미가 좀더 큰 문제가 될 수 있겠다. 다루는 대상의 사실성이나 그것을 재현하는 방식의 주관성 같은 것보다 좀더 근본적인 차원을 문제삼아야 한다는 것이다.

단적으로 말하자면, 허구를 통해서만 입증되는 사실성, 혹은 주관성을 거치지 않고서는 도달할 수 없는 객관성과 같이, 논리적 역설이 얽혀 있는 차원이 곧 그것이다. 문학적 재현 방식의 특수성과 그 의미에 대한 연구가 이루어질 수 있는 것도 그런 차원에서의 일이겠다.

문학적 재현의 특수성은, 역사 서술이 이상적인 것으로 전제하고

---

3) 예를 들어, 2019년 5월 25일에 열린 한국현대소설학회 55차 학술 대회의 주제는 '평범 혹은 예외, 인물(군)을 통해 보는 한국현대사의 문제적 장(면)들'이었다. 이 글의 일부는 그 학회에서 발표되었다.

있는, 투명한 사건 재현 방식과는 다를 수밖에 없다. 그럼에도 문학적 재현 방식이 지닌 역설은, 허구라는 프레임을 통한 두 번 꼬임의 방식으로 오히려 진실에 도달할 수 있다는 점이다. 그것은, 사실의 바깥에 있음으로써 오히려 사실의 핵심을 재현하는 방식이라 할 수도 있겠다.

역사 서술이 재현해낸 세계가 한 번 꼬인 세계(재현의 형식 자체가 지닐 수밖에 없는 꼬임의 결과)라면, 문학 텍스트가 포착한 세계는 한 번 더 꼬인 세계(재현의 꼬임에 허구성 혹은 문학성의 꼬임이 더해진 결과)이다. 이런 점에서, 문학 텍스트가 포착한 세계는 역사에 속해 있으면서(그 작가와 작품이 역사의 일부이므로) 또한 역사 밖에 있는 것(문학적 가공을 거친, 사실 밖의 것이므로)이다. 문학 텍스트 속에 등장하는 서사는 현실 세계의 서사를 다시 본다는 의미에서 일종의 메타 서사이며 또한 두 번 꼬임으로서의 메타 역사라 할 수 있다. 문학작품이 만들어낸 서사는 역사(허구가 아니라 사실이라고 사람들에게 받아들여지는 것)가 아니므로 역사 서술의 바깥에 있고, 그럼에도 독서 공동체가 선택한 특정 텍스트는 그 시대 역사의 핵심을 드러낸다는 점에서 역사라는 텍스트 형성에 참여한다. 문학 텍스트 속의 세계가 역사 바깥에서 역사의 핵심을 기록한다고 말할 수 있는 것은 그런 까닭이다.

문학 생산의 진정한 주체로서, 작가와 독자를 포함하는 독서 공동체가 지칭되어야 하는 것은, 문학 텍스트 자체가 이미 그 안에 수용자(혹은 분석자)가 포함됨으로써 만들어진다는 사실을 강조하기 위함이다. 문학이 역사 밖에 있는 역사와 같은 것이라면, 분석적 읽기를 통해 새롭게 생겨나는 문학 텍스트는 문학 밖에 있는 문학이라고 해야 할 것이다. 예가 예외가 되고, 예외가 다시 예가 되는 아이러니의 세계가, 문학적 표상하기라는 모습으로 그 바탕에 놓여 있다. 문학적 재현 방식의 특수성이 힘을 쓰는 것은 바로 그러한 지점에서이다.

3. 특이점으로서의 인물: 예와 예외의 일치

이와 같은 문제의식으로 문학작품 속에 등장하는 인물들을 바라보면, 일단 이런 질문들이 가능하겠다. 그들이 한 시대의 삶을 대표하는 인물이라고 할 수 있을까. 특정 시대나 특정 지역 혹은 특정 계급의 고유성을 표상한다고 할 수 있을까. 만약 그렇지 않다면, 가공(架空 혹은 加工)의 존재인 그들을 들여다보는 일은 어떤 의미를 지닐까. 그런 접근이 한 시대의 삶에 대해 어떤 지식을 생산할 수 있을까. 혹은 보편적 인간 삶에 대한 어떤 진리를 말할 수 있을까. 그런 접근 방법이 만들어내는 앎은, 사람들이 문학 연구를 통해 획득하고자 하는 앎의 영역과 어떤 관계가 있을까.

문학작품이 한 시대의 평균적이거나 표준적인 삶을 그린다고 말하는 것은 곤란해 보인다. 특히 근대문학의 경우는 더욱 그렇다. 근대문학 창작자는 기명의 개인 주체를 기본으로 하며, 문학이라는 예술형식이 추구하는 가치의 핵심에 있는 것은 독창성이다. 여기에서 중요한 것은 사람들의 삶이 지닌 일상성과 평범함 너머의 것을 포착해내는 일이다. 그것은 남다른 사람의 삶일 수도, 평범해 보이는 삶의 남다른 측면일 수도 있다. 물론 문학적 시선의 대상이 된다고 해서 평범한 삶이 갑자기 특별한 것으로 바뀔 수는 없다. 평범한 삶은 그대로 평범할 뿐이다. 그러나 문학의 프레임 안으로 들어오는 순간 그 평범함은 단순한 평범함이 아닌 것이다. 평범함이 난데없이 특별함으로 뒤바뀌는 것이 아니라, 문학이라는 프레임에 포착됨으로써 주목의 대상이 되는 평범함, 그러니까 특별한 평범함이 되는 것이다.

잘 알려져 있는 바와 같이, 문학이 추구하는 독특함은 대상의 속성에 기인하는 것이 아니라 대상을 포착하는 방식의 특성으로 인해 구현된다. 그 자체가 특별한 대상이든 혹은 문학적 시선으로 인해 특별하게 된 대상이든 간에, 문학작품에 표현된 어떤 삶의 형상이 한 시대의 평균적인 삶을 보여준다고 말하기는 어렵다. 물론 평균적인 삶이 무엇인지를 규정하는 것 자체가 쉽지 않다. 해당 시대 사회적 지표들의 평균치를 대는 것만으로는 부족하다. 평균적인 것이 그러하니 반대로 비범한 것 역시 마찬가지이다. 그럼에도 불구하고 문학 속의 삶을 놓고 평균적이 아니라고 하는 것, 즉 비범하다고 하는 것은 가능할뿐더러 당연한 것이기도 하다. 그래야 문학적 시선의 대상이 되기 때문이다. 설사 그것이 사람들에게 평균적으로 느껴지는 삶이라 하더라도, 문학적 표상 관계에 의해 포착된 평균성은 이내 평균 이하이거나 혹은 이상이 되어버린다. 문학작품 속의 평균적 삶은, 그것이 그 안에 있는 것으로 드러나는 순간 이미 평균적 삶일 수 없는 것이다. 위에서 언급한 대로, 그것은 문학작품이라는 특별한 프레임 속의 평균적 삶이기 때문이다.

문학작품이 만들어낸 인물의 경우도 마찬가지다. 이를테면 돈키호테를 17세기 초반 카스티야 왕국 라만차 지방을 대표하는 평균적인 인물이거나, 혹은 그 시대 집단을 대표하는 예라고 할 수는 없다. 오히려 예외적인 인물이라 함이 더 적절할 것이다. 그런데 역설적인 것은 돈키호테처럼 예외적인 인물이 오히려, 스페인 바로크시대의 정신을 대표하는 상징이 된다는 점이다. 이 점은 『춘향전』의 주인공과 조선 후기를 견주어도 마찬가지가 된다. 돈키호테나 춘향이 한 시대의 평균적이거나 표준적인 인물일 수는 없지만, 그 인물이 체현하고 있는 정신적 자질, 그리고 그의 삶과 행동의 운명이 한 시대의 대표자로 표상되는 것 또한 분명한 사실이다.

한 인물이 지니고 있는 이와 같은 표상 관계의 문제는 단지 문학작품에 등장하는 허구적 인물에만 해당하는 것일 수는 없다. 실존 인물을 다루는 역사의 영역에서도 마찬가지이기 때문이다. 같은 또래 혹은 동갑내기들인 나폴레옹, 헤겔, 워즈워스, 베토벤 등이 근대성과 맺는 표상 관계나, 혹은 이순신과 세종대왕이 조선과 맺는 표상 관계를 떠올려보자. 나폴레옹이 근대성의 대표자이고 세종이 조선 왕의 대표자라 한다면, 이들은 표준이나 평균으로서가 아니라 그들이 지닌 출중함과 남다름을 통해서, 즉 예로서가 아니라 오히려 예외로서 그렇게 할 뿐이다. 역설적이지만 정확하게 말하자면 그들은 모두 예외적인 예들인 것이다.

이 지점에서 강조되어야 할 것은 두 가지이다. 첫째는 예외가 곧바로 예가 되는 역설 자체, 즉 전체의 경계 바깥에 있는 예외가 바로 그 바깥에서 전체를 대표하게 되는 독특한 양상이다. 둘째는 그러한 역설의 작동 방식 자체가 문학적 재현의 방식이라는 점이다. 그러니까 어떤 사람이 이순신이라는 인물로 조선의 정신을 대표하고자 한다면, 그는 이미 역사 서술이 아니라 문학적 재현 방식을 취하고 있다는 것이다. 이런 방식으로 역사를 서술하고자 한다면(예를 들면, 단재 신채호처럼), 그는 이미 문학적인 방식으로 역사를 쓰고 있다고 해야 할 것이다.

위에서 거명한 역사적 인물들은 한 시대의 예외적인 인물이면서(평균적인 인물이 아니라는 점에서) 동시에 한 시대와 한 집단의 대표적 상징이 되는 인물들이다. 이와 같은 표상 방식에서는 예외except와 예example가 일치한다는 독특한 역설이 벌어지거니와,[4] 이러한 역설을 두고 문학적 서사 고유의 재현 방식이라 할 수 있음은 무엇 때문인가.

이상적 수준에서 볼 때, 역사 서술이 지향점으로 삼는 것은 사실에 입각한 객관적 재현이다(결과가 그렇다는 것은 물론 아니다). 역사를 서술하는 사람의 관점이 없을 수는 없으나, 그것은 흡사 갑각류의 껍질과 같아서 그 안으로 들어가면 보이지 않는 골조와도 같다. 관점과 방향성은 전체의 틀을 잡아주는 껍질과 같은 것으로 존재하고 있으되, 그 내부를 채우는 것은 불편부당한 시선으로 포착된 사실들의 인과적 연쇄여야 한다. 내부에 있는 사건의 시선으로 보자면, 사건들을 배치하는 관점은 신의 뜻처럼 세계를 주관하되 보이지 않는 투명한 것으로 존재해야 한다. 즉, 역사를 서술하는 주체의 시선은 자기를 드러내지 않은 채로, 사건 바깥의 보이지 않는 곳에 있어야 하는 것이다.

이와는 반대로, 문학 서사의 재현 방식 속에서 주체의 시선은 자기 존재를 감추어야 할 이유가 없다. 물론 같은 문학작품이라 하더라도 작가나 작품마다 차이가 있어, 그 안에서 보자면 시선이 스스로를 드러내는 방식은 다양한 층위를 이루고 있다. 「창세기」의 신처럼 스스로를 직접 드러내는 경우에서부터, 장세니스트들의 숨은 신처럼 자

---

4) 예와 예외의 상관성에 대해서는 아감벤의 논리가 주밀하다. 그는 '배제인 포함'으로서의 예외와 '포함인 배제'로서의 예의, 대칭적이면서도 상관적인 관계에 주목했다. 이와 같은 논리의 바탕에는 그가 명시적으로 밝히고 있지는 않지만 라캉이 언급했던 외밀함(ex-timacy)의 논리가 있는 것으로 보인다. 라캉의 논리로부터 영향을 받았을 수도 있고, 아감벤과 라캉이 모두 함께 '대립자의 일치'라는 헤겔 논리학의 도식에 바탕을 두어서 생긴 결과일 수도 있겠다. 조르조 아감벤, 『호모 사케르—주권 권력과 벌거벗은 생명』(박진우 옮김, 새물결, 2008)의 1장, 특히 66~68쪽 참조.

기 모습을 철저하게 감추고 있는 방식까지 다양하다. 그럼에도 그와 같은 문학적 재현의 방식에 역사를 맞세워놓는다면 그 차이는 분명해진다. 골조가 밖에 있고 그 내부를 균질한 살이 채우고 있는 갑각류와, 균질하지 않은 살이 뼈를 감싸고 있는 척추동물의 차이와 같다고 비유할 수 있겠다. 문학적 서사의 경우라면, 서술 방식 자체가 허구성과 주관성을 전제한 것이므로 공평하거나 투명한 시선을 지녀야 할 이유가 없다. 물론 역사 서술 방식을 본떠서 그런 시선을 지니는 것도 가능하지만, 그런 선택조차도 문학적 서사 양식 자체의 본성이라고 해야 할 것이다.

예와 예외의 일치(이것을 '대립자의 일치'라 할 수도 있겠다)라는 관점에서 보자면, 위의 표상 관계 속에서 돈키호테와 나폴레옹은 모두 예외적이면서 동시에 핵심적인 예에 해당하는 인물이라 할 수 있겠다. 어떤 한 요소가 전체를, 전체 밖에서(예외이므로) 대표한다(예가 된다)는 발상은 수학적 벤다이어그램으로 표현하는 것은 불가능하다. 2차원 평면 위의 그림으로는 포함과 배제가 동시에 이루어지는 것은 논리적으로 모순이 된다. 그러나 그것을 3차원 입방체의 단면으로 상정한다면 그림으로 표현될 수도 있다. 상아나 무소뿔처럼 U자형으로 휘어진 원뿔을 횡단면으로 절단할 때, 그 절단면은 하나의 원(전체)과 그로부터 분리되어 있는 점(예외)으로 만들어질 수 있다(이 둘은 지구와 달처럼 분리되어 있을 수도 있고, 혹부리 영감의 혹처럼 연접한 채로 돌출해 있을 수도 있다). 2차원 절단면에서 전체 바깥에 있는 예외 지점(즉, 벤다이어그램에서 집합 A와 그 밖에 있는 점 p)은, 3차원에서는 휘어진 원뿔의 몸통과 꼭짓점에 해당한다. 그러므로, 몸통과 이어져 있는 예외 지점으로서의 꼭짓점은 원뿔의 시작점이라 할 수도 있겠고, 죽순의 끄트머리와 같은 것이라서 생장점이라 할 수도 있겠다.

이처럼 전체 밖에서 전체를 표상하는 것, 곧 예외를 통해 핵심적인 예를 제공하는 것이야말로 문학이 한 시대의 마음을 잡아내는 특유의 방식이라고 할 수 있겠다. 나폴레옹이나 베토벤은 역사적으로 실존했던 인물들인데 어떻게 그렇게 말할 수 있느냐는 반문은 이제 큰 문제가 되지 않는다. 여기에서 중요한 것은 실제 인물인지 허구의 인물인지 여부가 아니다. 한 예외적인 인물이, 그 인물이 속한다고 간주되는(예외적인 인물이 그 집단에 속한다는 것 자체가 역설적이다) 집단의 상징이 되는 것 자체가 문학적 표상 방식이라 할 수 있기 때문이다. 그러니까 인물이 실제인지 허구인지보다 중요한 것은, 그 인물이 체현하고 있는 집단적 마음의 힘(의지나 소망, 충동, 기대 같은)이 어떤 것인지, 그리고 그 표상 방식이 어떠한지를 따져 묻는 것이다. 그럼에도 나폴레옹과 프랑스혁명의 표상 관계는 문학이 아니라 역사에 속한 것이라고 누군가 주장한다면, 당신이 말하는 역사성은 이미 그 자체로 문학적인 것(표상 관계가 전제하는 알레고리적 힘)이라는, 곧 사실성의 관계 너머에 있는 표상 관계를 체현하고 있다는 반박이 준비되어 있음을 상기시켜주어야 하겠다.

문학 텍스트가 제대로 조탁해낸 인물들은 집단적 정동의 힘을 내장하고 있지만, 독자들에게 수용되는 과정을 통해 또 몇 겹의 정동의 힘을 충전하게 된다. 그와 같은 방식으로 문학작품은 표준적인 인물(나라 잃고도 제 살기 바쁜 1910년대의 한국인) 속에서 표준적이지 않은 면(그런 상황에서 억지로라도 민족의 희망을 찾으려 하는 『무정』의 이형식)을 찾아내거나, 혹은 예외적인 인물(걸출한 전쟁 영웅 이순신)

속에서 예외적이지 않은 면(삶의 허망함과 마음속 두려움에 직면해 있는, 『칼의 노래』의 주인공인 늙은 남자 군인)을 보여준다.

문학적 인물이라는 특이점 속에서는 상반된 것의 일치가 이루어진다. 그런 일치가 아이러니의 공간을 만들고, 그와 같은 공간이 있기 때문에, 특별히 거론하여 이야기할 만한 어떤 것이 생겨난다. 바로 그 같은 '이야기할 만함'이 곧 문학성의 다른 이름이며, 독자들의 독서 경험이 거기에 참여함으로써, 한 소설 안에 있는 특이점으로서의 인물은 한 시대 독서 공동체가 공유하는 특이점으로 거듭난다. 고전적 문학작품의 유서 깊은 인물들은 그와 같은 특이점으로 존재한다. 그런 인물들을 품음으로써 문학작품은 저마다 하나씩의 특이점이 된다. 그런 서사의 집합체가 문학사라면, 그것은 통시적 서사체의 표준적 전형인 역사와 나란히 가면서도 그 안에 귀속될 수는 없다. 그것이 역사라면 예외성들의 역사이며 역사 밖의 역사이기 때문이다.

문학작품이 역사를 기록한다면, 거기에 기록되는 것은 특정 사건이나 인물이 아니라 한 시대에 형성된 정동이라고 해야 한다. 독서 공동체 속에서 한 작품이 수용되는 것이 이러하기에, 문학작품 속의 인물이 만들어내는 선은 사건이나 행적의 연쇄가 아니라 정동의 연쇄가 된다. 시간의 흐름과 나란히 가는 역사가 굵고 매끈한 동아줄과 같다면, 문학사는 수많은 특이점들을 제 몸 여기저기에 뿔처럼 달고 있는 울퉁불퉁한 진흙덩어리와도 같다.

4. 인물/서사, 조각/소조

인물과 서사는 이야기를 만들어내는 두 축이다. 이야기가 만들어지는 과정에서 인물과 서사가 작동하는 방식은, 구조주의 언어 이론에서 계열체/통합체의 두 축을 작동시키는 선택/결합의 방식을 연상케 한다.[5] 소쉬르와 야콥슨 등의 틀에 따르면, 계열체에서 단어가 선택되고, 선택된 단어들이 통합체에서 하나로 결합함으로써 문장이 만들어진다. 이야기를 만드는 축 역시 이와 유사하게 설명될 수 있다. 인물들이 선택되고 그들 사이에서 벌어진 사건들이 연쇄를 이룸으로써 서사가 만들어진다는 점에서 그러하다. 문장과 달리 서사는, 시간의 진행선을 따라 수평축을 이루는 결합의 선(곧 서사의 선)이 하나가 아니라 여럿이 겹쳐져 있다는 점이다.

그런데 여기에서 문제삼고자 하는 것은 이야기가 형성되는 이 같은 양상 이전에, 인물과 서사라는 두 요소 각각이 지닌 작동 원리이고, 또한 그 둘이 보여주는 현저한 상반성이다. 단순하게 말하자면, 인물이 만들어지는 것은 빼기의 방식을 통해서이고, 서사는 더하기의 방식을 통해 형성된다.

이야기를 만드는 소설가의 경우를 상정한다면, 아마도 가장 먼저 있게 된 것은 작가의 마음속에 있는 어떤 추상적인 덩어리로서의 느낌과 의지이겠다. 무언가를 이야기하고자 하는 매우 다층의 욕망이 얽혀 있는 가운데, 특정한 이야기를 만들고 싶다는 단초나 모티프 같은 것이 그 핵심에 자리하고 있겠다. 소설 창작 과정이란 이 추상적인 덩어리가 점차 구체적 인물과 사건으로 형상을 갖추는 것이다. 바로 이런 점에서 소설쓰기란 형상화 작업으로서의 조소彫塑로 유비될 수 있다. 추상적 덩어리가 어떤 형태로든 제 나름의 틀을 가진 모양으로 드러나게 된다는 점에서 그러하다.

---

5) 페르디낭 드 소쉬르, 『일반언어학 강의』, 최승언 옮김, 민음사, 2006, 2부 5장; 로만 야콥슨, 『문학 속의 언어학』, 신문수 편역, 문학과지성사, 1989, 96쪽.

여기에서 주목해야 할 것은, 조소(즉, 조형)가 두 가지 서로 다른 방식의 형상화 기제를 포함하고 있다는 점이다. 깎아내기로서의 조각彫刻과 덧붙이기로서의 소조塑造가 그것이다. 이 두 방식은 곧바로 인물과 서사라는 두 기제로 연결될 수 있다. 빼기와 더하기라는 작동 원리가 동일하다는 점에서 그러하다. 요컨대 한 사람에게 소설쓰기가 자기 안에 있는 어떤 정동에 대한 미메시스라면, 이것은 곧 상반된 두 가지 방식의 조형 기제를 일련의 과정으로 포함한다고 할 수 있는 셈이다. 빼기로서의 인물 만들기(곧, 조각)와 더하기로서의 서사 만들기(곧, 소조)가 그것이다. 인물은 조각 과정을 통해서 정교해지고, 서사는 소조 과정을 통해 살이 붙어 투실투실해진다.

소설 속에서 인물들의 성격은 단번에 생겨나는 것이 아니다. 책이 펼쳐지면 처음 등장하는 것은 늙은 남자나 젊은 여자 같은 추상적인 덩어리일 뿐이다. 시간이 흐르고 사건이 진행됨에 따라 각각의 개성을 가진 인물로 구체화된다. 이런 과정은 일단 책을 읽는 독자의 입장에서 바라본 것이지만, 소설을 쓰는 작가의 입장에서도 크게 다를 수는 없다. 작가가 쓰는 과정 역시, 자기 마음속에 존재하는 추상적 의지를 독해하는 과정이기도 하기 때문이다. 소설 독해의 이 같은 과정은, 작가나 독자의 마음속에서 벌어지는 일이라 다소 추상적으로 느껴질 수 있으나, 조각가가 돌덩이 속에서 인물을 뽑아내는 과정은 이와 반대로 구체적이고 직접적이다. 추상적인 돌덩어리에서 불필요한 부분을 쳐내고 세부를 정교하게 다듬어냄으로써 특정한 형상을 만들어가는 작업이 눈앞에서 펼쳐지기 때문이다.

조각처럼 물질적인 것은 아니지만, 동일한 방식을 통해 특정한 형상이 만들어진다는 점에서 소설의 인물화의 과정 역시 조각과 다르지 않다. 소설가를 조각가로 비유한다면, 소설가의 시선은 조각가의 정과 망치에 해당한다. 소설가가 많이 자주 쳐다볼수록 그 시선 앞에 있는 인물은 정교하고 섬세해진다. 그러니까 소설가의 시선은 레이저빔과도 같다고 할 수 있겠다. 시선이 많이 닿을수록 인물의 모습은 구체적이 된다. 가장 많이 바라보는 것은 그 만큼 그 대상을 사랑하기 때문이라고 해도 좋겠다.

이와는 반대로, 인물과 사건을 배열함으로써 서사를 만들어내는 일은 소조에 해당한다. 소조란 뼈대를 만들고 흙을 이겨 덧붙임으로써 형상을 만드는 일이다. 돌덩어리를 쳐내는 조각과 정반대로, 이어붙일 수 있는 재료를 잇대고 덧붙이는 방식이다. 소조의 방식을 염두에 둔다면, 인물들도 진흙덩어리이고 그들이 만들어내는 사건들 역시 그 위에 덧씌워지는 일련의 진흙덩어리들이라고 해야 한다. 경우에 따라서는 새로운 흙덩어리가 중간에 덧붙여지기도 하고, 때로는 급조된 새로운 뼈대가 잇대어질 수도 있다. 미리 정해진 뼈대 위에서 행해지는, 이와 같은 덧씌우기와 이어붙이기가 줄거리 만들기의 핵심적 기제이다.

삶이 그렇듯이 서사도 언제나 애초의 계획대로 진행되는 법은 없다. 예상 밖의 우연과 섭동이 개입하여 쉽게 갈 수 있는 길을 에돌아가는 것, 그것이 서사문학의 주인공들에게 주어진 운명이다. 정해진 길을 걸어 아무런 문제 없이 목적지에 도달한 사람에게는 특별한 이야깃거리가 있기 어렵다. 그런 경우는 행로 자체가 사람들의 예상과 짐작을 벗어나지 않기 때문이다. 그와는 달리, 정해진 길에서 벗어나 에움길을 가야 했던 사람들의 이야기, 그들이 치러내야 했던 모험과 거기에 수반되는 위험, 그것을 감당해야 했던 마음의 드라마야말로 서사문학의 핵심인 것이다. 우회로에서 그들이 보인 해찰과 해태, 혹은 허겁지겁 길을 가느라 지나쳐버린 풍경들이 오랜 후에 일깨워주는 회한과 안타까움, 이런 요소들은 본질적으로 서정의 영역에 속하거니와, 그것 역시 에움길에서 벌어진 사건들 속에 삽입되곤 한다. 본디 장편 서사문학으로서의 소설이란 다양한 장르 복합의 산물이기 때문이다.

소설쓰기가 조형 작업으로서의 조소에 유비될 수 있음은 이와 같은 까닭이다. 물론 이런 과정이 소설쓰기에 국한되는 것일 수는 없다. 소설과 역사를 포함하여 이야기 만들기 자체가, 그 기제라는 점에서 보자면, 조각과 소조라는 두 과정의 결합으로 이루어진다고 할 수 있겠다. 앞에서 언급했던 선택/결합이라는 측면에서 보자면, 조각 과정은 그 자체가 선택 과정이라 할 수 있겠다. 정교화됨에 따라 특정 인물로 구체화되는 형상은 그 자체가 다른 옵션들을 배제한 결과이며, 그런 행위 자체가 다양한 옵션들 속에서 특정한 하나를 선택하는 과정과 다르지 않기 때문이다.

이야기 속에서 한 인물이 자기 고유의 성격을 갖추게 되는 과정은 서사의 진행 과정과 연동되어 있음도 지적해두어야 하겠다. 그것이 조각과 구분되는 이야기 문학의 속성이다. 인물의 성격이 구현되는 것은 구체적 사건을 통해서이다. 이것은 곧 서사의 진행 속에서 이루어진다는 말과 같다. 조각가 앞에 있는 돌덩어리는 제 자리에서 정과 망치를 받아 구체적 형상으로 만들어지지만, 소설 속의 돌덩어리는 서사의 진행선이라는 레일 위를 달려가며, 사건이라는 맞바람을 맞아 구체적 성격으로 조탁된다. 그 돌덩이가 애초의 자리에 움직이지 않고 있었다고 한다면, 사건이라는 강렬한 힘이 멀리서부터 날아와 정과 망치의 구실을 했다고 할 수 있겠다. 사건의 연쇄(서사)는 그것을 만들어낼 인물들이 있어야 가능해지지만, 인물들은 사건을 통과하면서 각자의 개성을 부여받는다. 그것은 문장의 흐름 속에서 각 단어의 의미가 그러하듯이, 외부와의 접촉이 축적됨으로써 사후적으로 만들어지는 과정이라 할 수 있겠다.

5. 텍스트의 증상: 역사와 소설의 차이

이야기 만들기라는 층위에서 보자면, 인물과 사건이 지닌 서로 다른 원리의 결합으로 만들어진다는 점에서 역사와 소설은 구분되지 않는다. 그럼에도 인물과 서사 각각이 지닌 기본적인 동력 자체의 차이를 고려한다면, 이 두 기제가 지닌 원리의 수준에서 역사와 소설은 구분될 수 있다. 앞에서 논의해왔던 방식으로 말하자면, 역사는 빼기, 소설은 더하기의 방식을 취한다. 한 걸음 더 나아간다면, 역사는 시의 상태를 향해 간다고 해도 좋겠다. 소설이 산문적이라 함은 너무나 당연한 말이겠다. 역사라는 시는 한 명의 인물로 집중되고, 소설이라는 산문의 세계는 특정 인물보다는 그로 인해 벌어진 사건에 더 관심을 기울인다. 소설에서 인물이 부각되는 것은, 어떤 고유명사로서라기보다 어떤 사건이나 정동의 대표자이자 주체로서 그러할 뿐이다.

역사 서술에서 중요한 것은 이야기 자체가 지닌 방향성이다. 쓰는 사람의 입장에서 인물과 사건들을 보는 관점이 곧 그것이다. 우리는 그것을 역사관(혹은 사관)이라 부른다. 역사 서술을 빼기의 방식이라 할 수 있는 것은, 그 과정에서 역사관이 실제로 행사하는 선택 기능의 중요성 때문이다. 축적된 시간덩어리 속에 파묻혀 있는 수많은 사건과 인물들 속에서, '역사적 가치를 지닌' 어떤 특별한 것들을 추려내고(즉, 그렇지 않은 것들을 덜어내고) 그 추려진 사건들의 연쇄를 만들어내는 것이 역사 서술의 일반적 방식이다.

그러니까 역사의 서사는, 명시적이건 아니건 간에, 시작과 끝이 분명한 하나의 전체를 염두에 두지 않을 수 없다(특정 부분을 주목하는 경우라면, 전체의 어느 한 토막을 떼어내 이야기하는 것이다). 기독교의 서사에서 모습을 보이는 방식이 그 대표적인 예일 것이다. 창세에서 종말에 이르는 하나의 매끈한 전체가, 무정형의 시간 덩이로부터 추려진다. 그럼으로써 창세 이전의 카오스나 무한대의 시공간 같은 치명적 무한성(이를테면 헤겔의 악무한)이 배제된다. 역사 서술을 조각 작업과 같은 빼기의 방식, 혹은 덜어냄으로써 추려내기의 방식이라 함은 이런 이유 때문이다.

이와 반대되는 것이, 근대적 서사문학을 대표하는 장편소설의 서사이다. 장편소설이 지닌 서사 복합체로서의 성격은 이미 잘 알려진 것이기 때문에 이 자리에서 크게 강조할 필요는 없겠다. 역사 서술에서는 인과가 중요하며, 각각의 사건들은 인과적 질서에 따라 유기적으로 결합된다. 그러나 소설에서는 사건들 사이의 인과적 연결망이 그렇게 견고하지는 않다. 예를 들자면, 장편소설의 초기 형태인 『돈키호테』나 『빌헬름 마이스터의 수업시대』 같은 소설 속에는 다양한 인물들의 에피소드가 독립된 형태로 삽입되어 있다. 한둘을 빼낸다고 해도 상관없는 다양한 이야기들이 하나로 결합되어 있는 것이 곧 장편소설인 셈이다. 이런 속성에 관한 한, 고전적 장편소설만이 아니라 그 어떤 장편소설도 예외가 없다고 할 정도라서, 그 자체가 장편소설의 특성이라 할 수 있다. 장편소설의 볼륨이 채워지기 위해 다양한 서사와 서정과 드라마가 동원되어야 함은 당연한 이치이다. 소설이 지닌 서사 복합체로서의 이 같은 속성 자체가, 제작 기제라는 차원에서 보자면 더하기의 방식으로 간주될 수 있다.

역사와 소설은 모두 이야기의 형태를 지니지만, 역사는 사실과 인과의 논리를 바탕으로 삼아 직진하고, 소설은 흥미로운 지점을 향해 가는 정동의 흐름이 사건과 사람들을 포섭하며 우회한다.

물론 역사와 소설의 차이를 대별하는 가장 중요한 형식 기준은 사실성 여부이다. 바로 이 점 때문에, 텍스트를 읽어야 할 서로 다른 포인트가 생겨난다. 특히 소설 텍스트 읽기에서 중요한 지점으로 등장하는 증상의 문제가 곧 그것이다.

소설은 기본적으로 허구적 서사체로 간주되고 통용된다. 진짜 허구인지 아닌지는 그다지 중요하지 않다. 여기에서 중요하게 다뤄져야 할 것은 소설이 공인된 허구의 매체라는 형식으로 통용된다는 점이다. 그러니까 한 사람이 실제로 있었던 일을 쓴다고 해도 소설이라는 프레임 자체로 들어가는 순간 그것은 허구적인 것이 된다. 실제 사실에 입각한 것이라 해도, 혹은 작가가 전적으로 진실을 쓴 것이라고 주장해도 허구이다. 실제 사실을 썼다고 해도, 소설인 이상 다분히 윤색과 과장이 있을 수밖에 없는 것으로 받아들여진다는 것이다. 요컨대 허구적 장르로서의 소설은 작가의 체험을 바탕으로 한다고 해도, 윤색과 과장이 허용된 이상 어디까지나 사람의 손에 의해서 만들어진 인공물로 간주된다는 것이다.

따라서 소설의 서사는 그 자체가 자연스러운 것일 수는 없다. 비틀리고 일그러진 데가 있을 수밖에 없다. 역사와는 달리 소설은 사람이 만든 것이기 때문이다. 실제로 비틀어진 것이 아니라 인공의 산물이기 때문에 비틀린 것으로 보인다고 해도 마찬가지다. 그런 점에서 소설과 역사의 차이는 인공과 자연의 차이에 상응한다. 바로 이런 이유로 인해, 역사에는 증상이 있을 수 없고 반대로 소설에는 증상이 필연적이다. 이것이 강조되어야 하는 이유는, 텍스트 분석 차원에 증상 읽기가 지니는 중요성 때문이다.

자연과 인공의 차이로 증상의 유무를 논하는 근거는, 증상이라는 말 자체의 규정에서 자연스럽게 도출된다. 증상은 정상에서 벗어난 신체의 상태를 뜻한다. 자연에는 설령 이상해 보이는 것들이 있다 해도 그것을 증상적인 것이라 할 수 없다. 이상함조차 자연의 일부이기 때문이다. 자연적인 것은 그 자체가 정상적인 것으로 간주되므로, 여기에서는 이상함도 정상성의 일부인 것이다. 심해어의 모양을 보고 이상하다고 말하는 것은 그것을 이상하다고 느끼는 사람의 감각 때문일 뿐이다. 어떤 자연현상을 증상적이라 말할 때는 거기에 인공이 투입되었을 때이다. 사람들이 초래한 기후변화로 인해 녹아내린 북극 빙하 같은 것이 그런 예이다. 인공에 의해 변형된 자연은 이미 자연적인 것이 아니기 때문이다. 인간도 물론 자연의 일부이지만, 그런 시선은 이미 자연사natural history의 시선으로서 인간의 차원을 넘어서 있는 것이다.

역사에 증상이 없다는 것은 이런 까닭이다(물론, 역사에 대한 재현으로서의 역사 서술은 또다른 문제이다). 증상적인 역사 서술이라면, 그것은 나쁘거나 해로운 역사에 그치는 것이 아니라 역사 자체가 아닌 것이다. 왜곡된 역사는 가짜 역사이며, 가짜 역사는 곧 역사라는 개념을 벗어나는 것이어서 역사가 아닌 것이다. 소설은 그와 반대이다. 저급하거나 해로운 소설, 나쁜 소설은 있어도 가짜 소설이 있을 수 없다. 소설은 본래 그 자체가 가짜이기 때문이다. 오히려 제대로 된 가짜일수록 더 훌륭한 소설일 가능성이 크다.

역사는 사태가 끝난 후에 사건을 바라보는 사후적 시선으로 이루어진다. 역사는 사람의 일을 다루지만, 그것을 바라보는 자연 필연성의 시선이 바탕을 이룬다. 역사에는 가정이 있을 수 없다는 잠언 역시 이런 뜻으로 통용되곤 한다. 역사를 바라보는 시선은 역사 바깥에 있으며, 그 시선으로 보자면 역사는 자기 원리에 따라(그러니까 그 시선과는 무관하게) 이루어진 것이다. 그 안에서 발버둥치고 피땀 흘렸던 사람들의 의지와 행위를 바라보는 시선은, 자기가 만든 세계의 비참을 바라보면서도 거기에 개입할 수 없어 안타까워하는 이신론적인 신의 시선과도 유사하다. 이 경우 신은 세계가 움직이는 원리라서 감정 같은 것을 가질 수 없겠지만, 설사 그 원리가 감정을 가진다 해도 원리 자체를 벗어나서 기적이나 은총을 만들어낼 수는 없다. 원리 자체가 자기 한계에 갇혀 있는 셈이다. 누군가 역사 속에서 증상을 찾는다면, 그것은 역사 그 자체가 아니라, 그것을 편집하여 서술하는 사람의 시선에 있다고 해야 할 것이다.

반대로, 인공적 서사체로서 소설에 증상은 필연적이다. 역사란 바라보는 사람과 무관한 객관적 존재로 가정되는 것(실제로 그런지 여부와는 상관없다)이어서, 객관성의 이상이 적용되는 대상이다. 소설은 사람이 만든 것이므로, 아무리 정교하게 제작되었다 해도 완벽하게 자연스러운 것일 수는 없다. 하지만 소설 텍스트에 비틀리고 구겨진 곳이 없을 수 없음이 오히려 당연한 일이다. 심지 굳고 의지가 강한 『무정』(1919)의 여주인공 '박영채'는 어이없게도 한심하고 이상한 사람들에 의해 능욕을 당한다. 어릴 적부터 세파에 단련된 여성 박영채가 왜 그런 험한 꼴을 보아야 했을까. 왜 하필 부일 귀족과 매판 지식인에게 그런 꼴을 당해야 했을까. 이광수는 왜 그런 험한 사건을, 당시 한국 유일의 한글 신문에, 그것도 1면에 연재되는 소설 한복판에 배치했을까. 이런 질문이 제기되는 순간 그 사건은 소설의 증상이 된다.

증상이 발현되는 지점은 텍스트의 특이점이 된다. 바로 그 증상 속에서 텍스트는 자신의 내부를, 심층을 노출시킨다. 텍스트의 증상은 텍스트 표면에 노출되어 있는 내부이면서, 또한 그 자체가 내부와 외부 세계를 연결하는 문과도 같다. 심층 세계로 가는 문으로서의 텍스트의 증상은 작가가 아니라 독자가 발견한다. 어떤 소설가가 자기 소설에서 증상을 찾아냈다면, 그는 이미 소설가가 아니라 독자인 것이다.

6. 계몽과 수다

인물-빼기와 서사-더하기로 역사와 소설을 구분하는 것은, 앞에서 언급했듯이 문학 장르 안에서라면 시와 소설의 구조적 차이로 연장될 수 있다. 군더더기를 쳐내버리고 핵심을 향해 나아가는 것이 서정 장르의 핵심이다. 이런 점에서 시는 역사와 상응하는 면이 있다. 둘 모두, 자기 서사 안에서 의미의 위계가 동심원의 구조로 배열될 수 있다는 점에서 그러하다. 그 반대편에 소설이 있음은 지당한 것이라 해야 하겠다. 소설의 구성에서 의미의 위계는 탈중심화되어 있다. 이런저런 패관잡설을 끌어모아 흥미로운 이야기를 만들어내는 것이, 소설이라는 장르 발생의 핵심 기제라는 점을 첨언해두어도 좋겠다.

글쓰기의 형태가 지닌 구조적 속성을 감안할 때, 역사와 소설의 차이를 좀더 분명하게 드러내줄 수 있는 요소는 담론의 구성 방식과 지향성이다. 발화 방식의 차이나 혹은 담론 형태의 차이에 대한 질문 앞에서 곧바로 떠올릴 수 있는 것은, '엄격하고 과묵한 역사가' 대 '다변의 분방한 소설가'라는 대조적 이미지이다. 물론 이런 심상은 통속적인 것이지만, 이런 경우의 통속성은 여러 층위에서 형성된 경험의 적층으로 이루어진 것인 한에서, 그 자체가 두 글쓰기 형태의 존재 방식과 지향성에 대한 장르적 답변일 수 있다. 이런 점에서 역사라는 단어가 지닌 엄격함은 모든 것을 차착 없이 확인하고 진행하는 네모반듯한 학자나 교사와 연결되고, 소설의 분방한 이미지는 방탕한 예술가와 고뇌하는 지식인 글쟁이의 모습 사이로 연장될 수 있음은 당연한 것이라 하겠다.

따라서 두 개의 양식이 만들어내는 문장들의 존재 이유와 지향점에 대한 대답도 어렵지 않게 도출될 수 있겠다. 역사를 이루는 문장들의 기본적 지향점은 사람들을 가르치고 깨우치기 위함이다. 『춘추』나 헤로도토스의 『역사』 같은 고대의 역사서에서 볼 수 있듯이, 역사가의 문장을 만들어내는 기본 동력은 공동체의 기억을 보존하고 물려주고자 함이다. 이념화된 적통의 바탕 위에서 자기 나라의 역사를 편수한 공자의 『춘추』의 경우는 말할 것도 없거니와, 헤로도토스의 『역사』 역시, 그 외연은 다를지라도 공동체를 위한 기억 보존의 사명에 입각해 있다는 점에서는 다르지 않다. 역사가는 기본적으로 사실을 밝히고 수집하는 사람이지만, 담론의 구성이 내포한 힘은 사실 수집하고 기록해야 하는 이유이다. 역사 그 자체가 교사라는 것, 사람들은 역사를 통해 교훈을 얻는다는 명제는 어느 시대 어느 지역에서나 일반적이다. '역사는 삶의 스승'이라는 키케로의 표현이 그것을 보여준다.[6] 한 공동체에서 그 교사의 지위와 가르치는 내용은 그때그때 달라질 수는 있어도, 역사가 교사라는 사실 자체는 현재까지 여일하다고 해야 하겠다. 이런 점에서 역사 담론의 기본 형식은 깨우침, 즉 계몽으로 규정될 수 있다.

그렇다면 소설 담론의 기본 형식은 어떻게 설정될 수 있을까. 소설문학이라 통칭된다 하더라도 패관잡설이라는 초기의 양식과 전성기 소설문학이 지닌 예술성의 수준은 다를 수밖에 없다. 『데카메론』에 담겨 있는 백 편의 이야기가 동일한 예술적 수준이라 할 수 없고, 『돈키호테』에서 산초 판사가 재판관이 되어 해결하는 세 가지 난제의 수준 역시 현저한 편차가 있다. 그럼에도 이들의 이야기가 향하고 있는 기본적인 지향점이 흥미를 얻는 데 있음은 크게 다르지 않다고 해야 할 것이다.

물론 흥미로움 그 자체도 수준이 달라서 저급한 것과 세련된 것 사이는 천양지판이라 할 정도이다. 그럼에도 소설의 담론이 어떤 방식으로든 독자의 흥미를 동력으로 구성된다는 점에 큰 이론의 여지가 있기는 어렵다. 이인로의 『파한집破閑集』(1260)은 시화詩話를 중심으로 엮인 책이지만, 제목 자체는 소설 담론의 지향성을 그대로 보여준다. 공식적인 겸손함이 포함된 표현이긴 하지만, '파한'이라는 제목에서 무엇보다도 우선적인 것은 심심파적이며, 거기에서 얻게 되는 교훈이나 지혜 같은 덕목은 어디까지나 부산물일 뿐이다. 이런 점에서 소설 담론의 기본 형식은, 권태와 무료함 혹은 어색함의 공간으로부터 분출되는 언어로 규정될 수 있겠다. 그 언어를 어떻게 명명할까. 다른 것을 지시하기 위해서 발화된 것이 아니라, 무슨 말을 하는

---

6) 라인하르트 코젤렉, 『지나간 미래』, 한철 옮김, 문학동네, 1998, 46쪽.

지와 무관하게 발화 행위 자체가 자기 근거가 되는 언어, 곧 언어의 사회적 성격이 그 자체로 응결된 담론, 곧 수다라고 이름 붙일 수 있지 않을까.

역사가 담론 세계의 필수품이라면 소설은 여흥이자 잉여에 해당한다. 필수품은 생존에 관계되지만, 잉여는 삶의 의미를 만들어준다. 계몽과 수다라는 상이한 담론 형식의 의미도 마찬가지이다. 물론 이 틀은 기본적인 것일 뿐이어서, 그와 정반대되는 지향성이 포착될 수도 있으며, 그런 예들이 각각의 담론 양식 안에서 특별한 주목의 대상이 될 수도 있다.

흥미로운 대상으로서의 일상사를 추적해가는 역사 서술의 예도 그러하거니와, 특히 20세기 후반 한국소설의 전성기에 출현한 대하소설들을 예시할 수 있겠다. 박경리의 『토지』와 황석영의 『장길산』을 위시하여, 조정래의 『태백산맥』, 김원일의 『겨울 골짜기』, 임철우의 『봄날』 같은 매우 긴 분량의 소설들은, 한 공동체가 지키고 보존해야 할 기억의 자리에 스스로를 위치시키고 있다. 이것은 소설이 역사의 일을 수행하고 있다는 매우 역설적인 장면을 만든다. 20세기 한국사가 지닌 윤리적 역동성과 독특한 이념 지형의 산물로서, 이 같은 양상들은 시대적 상황에 따라 수다가 얼마나 진지해질 수 있는지, 그리하여 수다가 단순한 수다에 그치는 것이 아니라 심지어는 어떻게 광장의 웅변이 될 수 있는지를 보여주는 예인 셈이다.

소설가든 역사가든 직업적으로 글을 쓰는 사람들이다. 그런 한에서, 그들의 글을 이끄는 근본적인 힘은 글쓰기 자체가 지닌 고유한 충동이다. 그러나 두 개의 서로 다른 담론의 특성에 대해 말하는 것은, 바탕에 놓인 힘이 서로 다른 지향점을 향해 나아가는 방식에 관한 것이다. 각각의 본성과 상이함에 관해 좀더 깊이 들어가고자 한다면, 담론 구성의 차이를 통해 성차sexuation에 접근한 라캉의 생각이 도움이 된다. 여기에서 성차란 물론 남녀 간의 성별에 관한 것이지만, 그 차이란 생물학적인 것이 아니라 사람들이 모여 사는 세상 속에서 다양한 방식으로 소통하며 형성된다는 점에서 상징적인 것, 곧 언어적인 것이다. 예를 들어 여성이란, 신체적 특징이나 염색체로 확인될 수 있는 것이 아니라, "말하는 존재의 여성적 부분"[7]을 뜻한다.

언어를 매개로 사회를 이루어 사는 존재들이 각각을 남성과 여성으로 주체화하는 방식에 대해, 라캉은 기호논리학의 코드를 이용해서 담론의 차이로 표현한다.[8]

여기에서 담론의 차이란 사유 방식과 사회적 수행 방식의 차이기도 하거니와, 둘은 이렇게 구분된다. 남성 담론은 전체/예외의 방식이고, 여성 담론은 하나하나씩/비-전체의 방식이다. 전자는 전체를 먼저 설정하고 거기에 해당하지 않는 것들을 예외 처리하는 방식이

---

7) Jacques Lacan, *Seminar XX, Encore—On Feminine Sexuality, the Limits of Love and Knowledge*, translated by Bruce Fink, New York: W. W. Norton&Co., 1998, p. 80.

8) 라캉의 성차 구분과 그에 따른 담론의 차이에 대해서는 라캉의 『세미나 20』에 상세하다. 담론의 차이와 소설이 연결되는 논리에 대해서는, 졸고 「불안과 서사, 우리 시대 마음의 삶에 대하여」, 『미메시스의 힘』(문학동네, 2013) 2장에 써두었다.

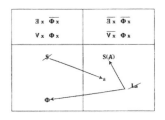

고, 후자는 전체를 설정하지 않은 채 개별 항목들을 낱낱이 지목하면서 나아가는, 그럼에 따라 전체를 규정하는 선이 유동하며 변화하는 방식이다. 남성 담론의 화자는 스스로를 예외자의 입장에 놓고 전체에 대해 발언한다. 반면에 여성 담론의 화자는 구체적 대상들에 대해 하나하나 언급함으로써 말을 이어나간다. 여기에는 정해진 전체가 없으므로 예외도 없다. 구체적 대상들이 들러붙는 순간 전체의 경계가 달라지고, 나아가 그런 유동성이 전체라는 규정 자체를 의미 없는 것으로 만든다.

전체와 예외를 만들어내는 남성 담론은 계몽 담론의 틀이고, 역사 서술이 지닌 지향성과 상응한다. 남기고 전해야 할 이야기로서 역사 담론이 상정하는 기본 청자는 공적 청중(공동체의 구성원, 후손, 학생)이며, 그런 점에서 계몽적이다. 반대로 사건과 에피소드 속에 파묻혀 끝없는 연쇄를 이어나가는 것이 소설 담론의 기본 틀이며, 이것은 사건과 인물을 하나하나씩 늘어놓으며 말을 이어가는 여성 담론의 방식에 상응한다. 이것은 일상적 수다에서 그 전형을 보인다. 수다가 전제하는 청자는 사적 청중(친구, 가족)이다. 역사/연설은 학생을 만들고, 소설/수다는 친구를 만든다.

계몽 담론의 특성이 매우 특이한 모습으로 드러나 있는 것은 근대 초기 동아시아 계몽주의자들의 경우이다. 그들은 자국과 자국민들의 모습을 비판하고, 그것을 토대로 새로운 미래에 대한 전망을 제시한다. 이런 경우 흔히 등장하는 것이 '국민'을 집단 주체로 하는 전칭판단들이다. 이를테면, 우리 조선인들은 게으르다, 우리 일본인들은 거짓이 많다, 우리 중국인들은 자기 이익만 챙긴다 같은 방식이다.[9] 이런 발화 방식에서 특징적인 것은, 전칭판단인데도 발화자 자신이 예외 처리되어 있다는 점이다. 그 말을 하는 나는 게으르지 않고, 나는 정직하고, 나는 공익을 앞세운다는 전제가 깔려 있는 것이다. 말하자면 발화자는 자국인이면서 동시에 그 바깥에 있는 사람, 곧 외국인, 곧 근대성의 발원지에 있는 사람, 곧 서구인(혹은 아-서구인)이 되는 것이다.

왜 이런 현상이 나타났는지는, 이들 모두 외국인의 시선으로 자국인을 바라보고 있다는 점을 감안한다면 어렵지 않게 이해할 수 있다. 일본에 유학했던 이광수와 루쉰은 근대화된 일본인의 시선으로 자국인들을 바라보았고, 또 '난학蘭學'과 '영학英學'을 통해 생각을 키웠던 후쿠자와 유키치는 근대성의 기원점에 있는 네덜란드와 영국 사람의 시선으로 에도시대 일본을 바라보고 있는 것이다. 실제로 유학을 했는지 여부나, 혹은 어디에서 유학을 했는지는 중요하지 않다. 중요한 것은 그들이 외부자의 시선으로 자기 공동체를 바라보고 있다는 점

---

9) 이 주장들은 각각, 이광수, 후쿠자와 유키치, 루쉰의 생각에 근거한 것이다. 이광수의 조선인 비판은 논설과 소설 등에서 많이 볼 수 있다. 대표적인 것으로 「민족개조론」을 들어둔다. 일본인의 거짓과 속임수에 대한 후쿠자와의 비판은 『학문을 권함』 4장의 내용이 대표적이다. 루쉰의 자국인 비판은 그의 첫 소설집 『외침』의 서문의 환등기 에피소드가 가장 대표적인 예로 거론될 수 있겠다. 이런 구체적 예가 아니더라도, 민족이나 국가 차원의 자기비판에 임하는 계몽적 지식인들이 말하는 방식은, 근대 초기 동아시아의 어디에서나 크게 다르지 않다. 게으름, 거짓, 사익 추구 등의 술어들은 자본제적 근대성이 그 이전의 시대를 규정하는 대표적 악덕들이다. 후쿠자와 유키치의, "일본의 국민은 옛적부터 전제정치에 괴롭힘을 당해온 결과, 자기의 속생각을 입으로 말할 수 없게 되었다. 그들은 오로지 정부를 속여 일신의 안전을 꾀하고, 관리를 속여 죄에서 벗어날 것만을 생각한다. 그 때문에 거짓과 속임수가 처세의 필요수단이 되었고, 부정직이 일상의 습관이 되어 있다. 이를 부끄러워하는 자도 없으려니와 이상히 여기는 자도 없다. 양심에 부끄럽다는 따위의 정신은 조금도 없는 것이다. 하물며 국가를 생각한다는 것이 있을 리가 없다"(『학문을 권함』, 엄창준 외 옮김, 지안사, 1993, 64쪽)와 같은 구절은, 이광수나 루쉰의 말이 되어도 이상할 것이 없다.

이다. 이와 같은 점은 한중일을 막론하고 근대로의 이행기 동아시아에서 일반적으로 보이는 양상이다. 그것은 근대성을 외부자의 도래로 경험할 수밖에 없었던 역사적 정황의 산물이며, 또한 저항할 수 없는 힘으로 다가왔던 근대성 자체의 위력을 보여주는 것이기도 하다. 이 점은 『사회계약론』(1762)의 루소를 곁에 세워놓으면 좀더 분명해진다.

"인간은 자유롭게 태어나 어디에서나 쇠사슬에 묶여 있다"[10]라는 『사회계약론』의 첫 문장은 전칭판단이지만, 이 문장의 화자 루소는 자신을 예외 처리하지 않고 있다. 예외 처리할 수가 없는 구조의 문장이기 때문이다. 이 문장에서 예외 처리가 된 존재가 있다면 그것은 신일 뿐이다. 루소에게는 본받아야 할 어떤 타자가 자기 앞에 존재하지 않으니, 스스로를 예외 처리할 공간 자체가 없는 것이다. 그러니 루소에게는 자기가 서 있는 자리가 인류의 최전선이며, 그는 지금 어떤 나라 국민의 대표자가 아니라 보편적 세계시민의 대표로서 발언하고 있는 것이다. 그것이 그로 하여금 저와 같은 전칭판단의 문장을 쓰게 한 힘이다. 물론 루소는 제네바 공화국의 시민으로서 나라의 미래를 위한 제언을 하고 있는 중이지만, 여기에서 중요한 것은 본받아야 할 외부의 존재가 그에게는 없는 상태라는 점이다. 그러므로 그가 서 있는 자리는, 미래를 보고 온 선지자나 다른 사람들이 모르는 지식을 전수받은 교사의 자리 같은 것일 수가 없다. 그냥 자기 자리에서 자기세계의 모순에 대한 성찰을 통해 도출해낸 앎의 세계가 그의 배후에 있을 뿐이다. 그러므로 그가 서 있는 자리를 명명한다면 교사가 아니

---

10) 장-자크 루소, 『사회계약론』, 김영욱 옮김, 후마니타스, 2018, 11쪽.

라 오히려 투사-시민의 자리라고 해야 할 것이다.

하지만 해일처럼 밀어닥친 근대성의 힘을 맞닥뜨려야 했던 동아시아의 경우는 다를 수밖에 없다. 근대성의 도래는 흡사 엄청난 위력의 신들이 무장을 한 채 밀어닥친 것과 다름없어서 사람의 넋을 빼놓는 것이기도 했다.[11] 신학문을 하는 학생으로서 그들의 세계를 접하는 일은 마치 의지의 시간 속에서 미래 세계를 미리 경험하는 것과도 같다. 그것을 경험하고 자기 나라로 돌아온 유학생들의 존재는 그 자체가, 현재 시간의 하늘을 가르며 타임머신을 타고 날아드는 시간여행자들과도 같다. 그들은 말뜻 그대로 선지자들이다. 무슨 일을 하건 그 일의 선구자가 되고, 그들이 미래로 나아가고자 하는 한 사회의 지도자이자 교사가 된다. 문제가 생겨나는 것은, 그들의 자기 영역의 지적 축적이라는 틀을 벗어나, 자기 공동체 전체를 상대로 전칭판단의 담론들을 내뱉기 시작할 때이다. 태생적 내부자라는 존재와 경험적 외부자라는 의식 사이에서 생겨난 자기모순을 어떤 방식으로건 처리하지 않을 수 없는 것이다.

잘 알려진 것처럼, 루쉰은 서양 학문의 위력에 감탄한 후 의학을 택했다. 아버지를 죽음에 빠트린 전통 의학의 비과학성을 목도한 까닭이었다. 그리고 다시 의학을 버리고 문학을 택했다. 자기 나라에 필

---

11) 시마자키 도손은 『집』 『신생』 『동틀 무렵』 등의 장편에서, 이양선의 출현으로 인해 광증에 빠져 불행하게 사망한 전통적 지사 아버지를 그렸다. 이광수의 장편 『개척자』와 염상섭의 중편 「표본실의 청개구리」에 등장하는, 신학문에 접한 이후 광인이 된 사람들의 경우도 그런 예에 해당하겠다. 이에 대한 좀더 자세한 내용은, 졸고 「강박과 히스테리 사이, 메이지 유신과 동아시아의 근대성: 시마자키 도손, 루쉰, 염상섭」(『일본비평』 제19호, 2018) 및 『사랑의 문법—이광수, 염상섭, 이상』(민음사, 2004) 2장에 있다.

요한 것은 의술이 아니라 오히려 마음을 바로잡는 일이라는, 곧 국민으로서의 자각 때문이라고 했다. 그랬던 그가 후발 근대성의 계몽 담론이 지닌 자기모순을 깨닫게 된 것은 바로 그 계몽의 자리에서였다. 모순의 해결을 위해 루쉰은 교사의 자리를 포기했다. 그는 실제로 학교를 떠났고, 그 자신이 만들어낸 운명의 선을 따라 잡문이라는 전투적 글쓰기를 향해 나아갔다.[12]

후발 근대성의 모범적인 성공 케이스이기에, 후쿠자와 유키치는 교사의 자리를 벗어나야 할 이유가 없었다. 오히려 그는 내부와 외부 사이의 자기모순을 확장하여 내부 공간 전체를 외부적인 것으로 채우고자 했다. 발화자 개인의 예외성을 확장하여 일본이라는 국가 전체를 예외적인 것으로 만들고자 했다는 것이다. 일본이 아시아를 벗어나 유럽이 되어야 한다는 '탈아입구脫亞入歐'의 구호가 곧 그 상징이다. 요컨대 일본이라는 국가 전체가 동아시아 세계의 지도자이자 교사가 되어야 한다고 주장했던 셈이다. 그 길이 어디로 이어져 있는지는 그 이후 2차대전에 이르는 동아시아 역사가 보여주는 것이기도 하다.

그렇다면 이광수는 어땠을까. 루쉰처럼 두 개의 싸움이 벌어지는 전장의 한복판에 있었던 것도 아니고, 또한 후쿠자와 유키치처럼 근대화에 성공한 집안의 자식도 아닌 존재는 어떤 길을 가야 했을까. 식민지라는 포로수용소에서 몸과 마음이 갈린 채로 살아야 했던 그는 소설도 계몽도 포기하려 하지 않았다. 그러나 그는 제대로 된 전사의 길은 물론이고 진정한 교사의 길도 갈 수 없었다. 수용소에 갇힌 포로의 처지로, 식민지의 계몽이 지닌 자기 예외화의 역설로부터 벗어날

---

12) 이에 대한 상세한 사정은 다음 글에 있다. 졸고, 「계몽의 불안―루쉰과 이광수의 경우」, 『한국현대문학연구』 제51집, 2017.

수 없었던 탓이라 해야 할 것이다. 그의 글이 자기모순과 역설로 가득 차 있는 것은 당연한 것이다. 그로테스크한 열정으로 가득한 그의 소설은 기이한 역설과 다양한 증상들의 전시장과도 같다.

'역사-인물-빼기-계몽' 쪽에 있는 것은 옳음에 대한 의지이자 욕망이다. 정사와 적서를 구분하는 역사-계몽의 방식은, 뿌리와 줄기와 가지를 구분하는 수목 모델tree model을 논리적 바탕으로 삼는다. 이에 반해, '문학-서사-더하기-수다' 쪽에서 작동하는 것은 들뢰즈에 의해 특칭된 리좀 모델rhizome model이다. 감자 줄기처럼 땅속 보이지 않는 곳에서 어디로 뻗어나가는지 모르고 이어져나가는 충동의 흐름이 소설을 지탱한다. 체계 지향적인 계몽적 연설가의 욕망이 한편에 있다면, 자기가 무슨 말을 하는지도 모르고 신들린 듯 이야기를 이어나가는 수다꾼의 충동이 반대편에 있는 셈이다.

7. 고바야시 다키지의 『게공선』의 경우

대조적 조형 방식의 상충이 이루어지는 특이한 예를 들어보자. 소설은 소설인데, 흡사 역사처럼 구성되어 있는 것이 인상적이다. 그런데 그런 구성 자체가, 오늘날의 관점에서 보자면, 흡사 인상파나 터너의 그림 같은 효과를 빚어내서 기묘한 미학적 울림을 만들어낸다. 하나의 소설 속에서 역사와 소설이 스스로를 포기하지 않고 버팀으로써 만들어진, 그 자체로 증상적인 텍스트라 하지 않을 수 없다. 고바야시 다키지의 중편 「게공선」(1929)이 그것이다. 고바야시는 경찰에 체포되어 고문 끝에 살해당함으로써 유명해진 소설가이기도 하거니와, 「게공선」은 당시 일본의 프롤레타리아문학을 대표하는 소설이기도 하다.

「게공선」은 오호츠크해에서 게를 잡아 통조림을 만드는 공장선(하쓰코호)에서 벌어지는 파업 사태를 다룬다. 당시 일본에서 이런 유형의 배는 선박이지만 공장선으로 분류되어 항해법의 적용을 받지 않고, 또 공장이 아니라 선박이기 때문에 공장법으로부터도 자유롭다. 그래서 공장선은 노동자들을 그야말로 짐승 수준으로 착취하는 장소가 된다. 줄거리는 간단하게 요약될 수 있다. 가혹한 노동 조건에 견디기 힘든 선상 노동자들이 결국 파업을 하고, 일본 해군의 구축함이 개입하여 노동자 대표들을 체포하는 것으로 파업은 실패하지만, 그것이 노동운동의 새로운 시작점이 된다는 것이다.

인물과 서사를 다루는 대목에서 이 소설을 예시하는 것은, 다름아니라 「게공선」이 지니고 있는 독특한 인물 묘사 때문이다. 공장선인 하쓰코호에는 사백여 명이 승선해 있는데, 이들은 모두 수부, 어부, 잡부, 화부, 급사, 선두船頭 등으로 구분되고, 또 그 위로는 회사를 대리하는 감독, 선장, 잡부장 등의 임원들이 있다. 그런데 이들의 대부분은 이름이 밝혀지지 않은 존재들이다. 전부가 아니라 대부분이라 함은 두 명의 예외가 있기 때문이다. 이 배에서 암흑의 핵심이라 할 수 있는 감독 '아사카와', 그리고 가혹한 조건에서 병사한 노동자 '야마다'(각기병으로 사망한다. 그의 죽음이 파업의 도화선이 된다)이다. 야마다는 죽어서야 비로소 이름을 얻게 되기 때문에, 살아 있는 사람으로 고유명사가 밝혀져 있는 인물은 단 한 사람이다. 이 공장선의 총책임자로서, 선장조차 그의 명령에 복종해야 하고 또다른 게공선(지치부호)에서 날아온 구조 신호(공장선들은 모두 낡은 선박으로 만들어진다)를 외면하여 425명의 목숨이 수장되는 것을 방치하는[13], 그러니까 이 소설에 등장하는 최고의 악당, 권총을 들고 선원과 노동자들을 협박하는 아사카와뿐이다. 물론 파업 준비가 진행되면서부터는 몇몇 인물들의 별명이 등장한다. 그러나 소설이 보여주는 인물들의 특성이나 성격에 대한 관심은 그런 정도에 그칠 뿐이다.

따라서 「게공선」에서 제대로 된 성격을 지닌 유일한 인물은 아사카와 감독이고, 그 나머지는 투명 인간이거나 얼굴에 베일을 덮어쓰고 있는 사람들처럼 표정 없는 존재들이라 할 수 있겠다. 그들을 분간하게 하는 것은 그들이 걸치고 있는 의상의 힘이다. 사백여 명의 선원들은 어부·수부·잡부·급사 등으로 구분되고 어부는 또 농부 출신의 어부, 온갖 잡역을 겪어온 어부, 학생 출신의 어부 등으로 구분된다. 이와 같은 인물의 형상화 방식은 단지 인물의 유형만을 보여줄 뿐이어서, 거기에서 한 인물이 지닌 성격으로서의 얼굴이나 표정을 찾는 것은 불가능하다.

요컨대 인물들에게 고유명사를 허용하지 않은 고바야시는 인물상을 만들면서도 세부의 조탁을 포기한 셈이다. 그는 돌덩이를 크게 쳐내어 사람 형상만 만든 채로 더이상 나가지 않았고, 그런 추상적 덩어리만으로 서사를 만들었다. 그러니까 그는 그 자신의 끌과 망치에 저항하는 재료의 물질성과 맞닥뜨리려 하지 않았던 셈인데, 이런 그의 작업 방식에서 우리는 다음 두 가지 맥락을 읽을 수 있다.

인물 만들기의 조탁 과정을 생략한 채 줄거리의 소조로 직행하는 방식은, 소조가 지닌 리좀성을 제거하고자 한 결과라고, 그러니까 이미 매끈한 서사체로 주어진 결론을 향한 의지 혹은 목적의식의 힘이 강력하여 그의 발걸음을 성큼거리게 한 탓이라 할 수 있겠다. 그 결

---

13) 고바야시 다키지, 『게공선』, 양희진 옮김, 문파랑, 2008, 38쪽.

과로 그가 만들어낸 서사는 소설보다는 역사에 가깝다. 인물과 사건이 인과론적 연쇄에 따라 도달점을 향해 배열되어 있다는 점에서 그러하다. 소설이라면 마땅히 있음직한 디테일도 배제되어버리고, 그럼으로써 서사는 그 자체가 하나의 문장이나 한 단락의 담론처럼 부각된다. 물론 이러한 모습은 「게공선」이 장편소설이 아니기 때문에 가능한 일이거니와, 이것은 유사한 창작 의도의 산물이면서도 인물들을 조탁해낸, 강경애의 장편 『인간문제』(1934)를 그 옆에 세워놓는 정도로 충분할 것이다.

그런데 역설적이게도, 「게공선」이라는 1920년대 일본의 정치적 전위 소설은 그 결과로 추상 소설이라는 매우 독특한 형태의 미학적 전위성을 지니게 된다. 물론 이 소설의 인물들이 보여주는 것은, 조각가가 조각을 중단한 탓에 아직 개개인의 형상이 그로부터 빠져나오지 못한 채 갇혀 있는 거대한 바윗덩어리 같은 모습이다. '전형적 상황, 전형적 인물, 치밀한 디테일'을 리얼리즘의 규범으로 삼았던 19세기 엥겔스의 시선[14]으로 보자면, 「게공선」이라는 작품은 제대로 된 형상화에 실패한 작품으로 간주될 것이다. 인물들이 추상적인 유형성 속에 갇혀버림으로써, 마땅히 취해야 할 구체성도 역사적 전형성도 획득하지 못한 탓이다. 인물들이 지닌 개성이 제대로 구현되지 않았으니, 이들에 의해 만들어질 사건도 추상적일 수밖에 없다. 구체성이 없는 인물과 사건 위에서는 사건들의 연쇄가 지니는 방향성도 현실적인 것으로 존재할 수가 없는 것이다.

---

14) 만프레트 클림, 『맑스·엥겔스 문학예술론 1』, 조만영 외 옮김, 돌베개, 1990, 163쪽. 엥겔스의 이 구절은 "현실주의란 세부의 충실함 이외에도 전형적 상황에서의 전형적 성격들의 충실한 재현"이라고 번역되어 있다.

그런데 오늘날의 관점에서 보자면, 역설적으로 바로 그 추상성이 오히려 이 소설의 미학적 강점이 되기도 한다. 인물들의 구체인 모습을 흐리게 함으로써, 시대적 환부와 상황의 악마성 그 자체가 전경으로 부각되어, 마치 특정 사건 자체가 하나의 인물처럼 시대적 성격을 지니게 되기 때문이다. 또한 그런 묘사를 가능케 했던 작가 의식과, 그런 의식을 실천에 옮겼던 작가의 불행한 운명이 상징하는 시대적 절박성은, 그와 같은 서사를 감싸는 독특한 분위기를 이룬다. 이것은 한 텍스트에 축적된 역사적 시간이 위력을 발휘하는 경우라 하겠다.

　이 소설에 등장하는 유일한 구체성은 감독 아사카와라는 악의 형상과 그로 인해 펼쳐지는 세계의 비참이다. 그를 제외한 다른 모든 인물들은 추상적이고, 그들이 북쪽 바다 공장선 위에서 하는 노동 역시 추상적이다. 이런 것들은 모두 하나의 구체적 행위를 위한 것이라고 해야 할 수도 있다. 그만큼 아사카와가 노동자를 상대로 저지르는 악행은 구체적이고 섬세하기 때문이다. 이런 양상을 보면, 「게공선」이라는 소설이 가장 사랑하는 인물이 누구인지는 자명해진다. 무당은 괴물을 사랑하고, 미메시스는 증상을 사랑한다. 사람의 손길이 가장 자주 도달하는 대상이 증상의 소재처인 것은, 환부가 환자의 리비도 집중libidinal cathexis을 유도하는 것과 마찬가지다. 이런 경우 증상은 특정 작가의 존재이유가 된다. 그것은 환부가 의사의 존재이유인 것과 마찬가지다. 시대적이라 할 사악함만이 구체적이 되는데, 역사와 문학이라는 서로 다른 힘이 엇갈리면서 만들어진 것이 바로 그와 같은 인물의 구체성이라 할 수 있겠다.

8. 문학 연구가 생산하는 앎

문학은 자기 고유의 기제들을 통해 세계를 재현한다. 세계는 자연의 산물이지만, 재현된 세계는 자신의 증상을 드러낸다. 문학 텍스트가 인공의 산물이기 때문이기도 하지만, 그런 텍스트들의 집합명사로서 문학은 그 자체가 자기 시대의 증상이기 때문이기도 하다. 증상이 신체의 비정상성을 드러내듯이, 문학은 한 시대의 신체 내부에서 작동하는, 잘 보이지 않는 힘의 존재를 드러내준다. 세계를 재현하는 기제로서의 문학이 어떤 앎을 생산한다면, 그것은 바로 그 힘에 대한 앎이라고 해야 할 것이다.

그 앎은 그것을 바라보는 사람이 처해 있는 상황이나 입장에 따라 다양한 이름으로 불릴 수 있을 것이다. 지식, 진실, 지혜, 진리 등이 모두 그것에 해당할 것이다. 거기에는 문학이라는 기제 자체에 대한 앎도, 문학이 한 시대 한 사회 속에서 담아내온 정동에 대한 앎과 함께 존재한다. 그 정동의 일부로 참여하여 스스로를 정동 공동체의 일부로 만들어냈던 사람들의 마음의 삶이 또한 거기에 있음은 강조할 필요 없겠다.

여기에서 강조되어야 할 것은 바로 그 문학의 앎이 독서 공동체에 의해, 즉 그것을 접하고 생각하는 사람들에 의해, 그리고 그 생각을 또다른 재현의 매체를 통해 표현하는 사람들에 의해 생산된다는 점이다. 문학 연구도 그것의 일부이거니와, 이렇게 보자면, 두 번 꼬임의 세계를 스캔하고 증상을 통해 그 내부로 들어가는 또다른 한 번의 꼬임에 대한 충실성, 즉 미메시스에 대한 미메시스의 충실성이야말로 문학 연구가 지녀야 할 윤리의 핵심일 것이다.

역사가 공동체적 기억의 기록이라면, 문학은 한 공동체의 마음의 기록이다. 오랜 시간에 걸쳐 이루어진 정동들로 이루어진 마음의 삶이 곧 문학이 생산하는 앎의 바탕이며, 또한 그 앎에 접근하고자 하는 사람들이 읽어내야 할 대상이라는 말을 사족으로 덧붙여두자.

(2020)

2부

관조의 춤사위

—복거일의 『한가로운 걱정들을 직업적으로 하는 사내의 하루』에
관한 몇 가지 생각

1.

복거일의 장편소설 『한가로운 걱정들을 직업적으로 하는 사내의
하루』[1]는 먼 나라에서 날아온 편지와도 같았다. 한 번도 가보지 못한,
그 존재는 알고 있으나 그에 관한 제대로 된 이야기를 들어본 적 없
는, 까마득히 먼 나라에서 온 편지. 생각해보니, 그런 느낌은 아마도
이 책을 읽던 무렵, 지구 반대편에서 날아온 한 친구의 소식 때문이
지 않을까도 싶었다. 아직 삼십대인데 앞머리가 훤한 친구가 아버지
가 되었다고, 머리숱이 많은 건강한 남자아이가 태어났다고 너스레
를 떨면서 신생아의 사진과 함께 이메일을 보내왔다. 젊음과 탄생과
삶에 관한 이야기는 익숙한데, 그 반대편에 관한 이야기는 그렇지 않
다. 복거일의 이 책은 죽음과 늙음에 관한 이야기이다. 관조적이기 힘
든 대목에서 출현한 관조적 시선이 소설을 기묘한 분위기로 이끈다.

---

1) 복거일, 『한가로운 걱정들을 직업적으로 하는 사내의 하루』, 문학동네, 2014. 이하
『한가로운 걱정들』로 약칭하고 인용시 본문에 쪽수만 밝힌다.

그것만으로도 예사롭지 않지만 이 책은 여기서 한 발 더 나아간다.

소설의 주인공은 자기 직업을 과학소설가(그냥 소설가가 아니라 과학소설가이다)라고 생각하는 늙은 남자 '현이립'이다. 삼 년 전 암 진단을 받았으나 항암 치료를 받지 않겠다고 결심했다. 아내와 딸이 만류했지만 결국 그는 자기 결심을 행동으로 옮겼다. 아직 써야 할 것들이 많은데, 항암 치료를 받게 되면 쓰는 일 자체가 어려워질 것이라 판단했기 때문이다. 요컨대 그는 삶과 삶의 이유 사이에서 후자를 택한 셈인데, 그런 상태로 삼 년의 시간을 보냈다. 병원에 가지 않으니 암이 얼마나 진행되었는지 정확하게 알지는 못하지만, 자신의 체중 변화를 보면서 아마도 마지막 단계에 도달했으리라 짐작하고 있는 중이다. 그런 그가 어느 하루 산보길에 올랐다. 홍제천을 따라 한강으로 나갔다 강변에 조성된 공원을 돌아오는 코스이다.『한가로운 걱정들』은 주인공 현이립이 그 산보길에서 보고 느끼고 생각한 것들이다. 그러니까 이제 내년을 기약하기 어려운, 혹은 그렇다고 스스로 느끼고 있는 어떤 칠십 줄의 남자가 바라보는 세상의 풍경이 이 책인 셈이다.

그런데 문제는 이 소설의 주인공이 현이립이라는 점이다. 그는 작가 복거일의 자전적 소설들,『높은 땅 낮은 이야기』(문학과지성사, 1988)와『보이지 않는 손』(문학과지성사, 2006)에서 등장했던 인물이며, 작가 자신이 이 책을 포함한 세 편을 현이립 삼부작이라고 부르고 있기도 하다. 그러니까 현이립은 단순한 등장인물이 아니라 작가 복거일의 분신이라 할 만한데, 그런 인물의 이야기가 앞의 두 소설처럼 군대 이야기나 혹은 소설의 저작권을 둘러싼 재판 이야기라면 몰라도, 그 자신의 죽음과 관련된 것이라면 이것은 심각한 것이 아닌가. 그렇다면 복거일은 지금 죽음을 목전에 둔 상태에서 유서와도 같은 이야기를 하고 있다는 것인가. 그렇게 읽으라는 것인가. 이런 생각에 이르게 되면 이 책이 지니고 있는 무게감이 한층 더 커진다.

2.

죽음이 임박해 있다고 느끼는 사람에게 세상 풍경은 그것이 어떤 것일지라도 예사로울 수가 없다. 죽음에 대한 생생한 의식은 세계와 일상의 진부한 외관 위에 광채와 생기를 부여한다. 아무리 사소하고 일상적인 것일지라도 그것이 마지막이라고 생각한다면 사소함의 외피 속에 감추어져 있던 특별함이 드러나게 된다. 여기에 안타까움과 절실함, 애탐 같은 매우 농도 짙은 감정들이 동반되는 것은 당연한 일이다. 그리고 그 시선에 감정이입할 수 있다면, 우리는 일상 속에 깃든 매우 비일상적인 모습들을 발견할 수 있게 될 것이며, 또한 그것을 일깨워주는 목소리에 공명할 수 있을 것이다.

하지만 죽음이 삶의 풍경에 부여하는 광채와 생기가 지속적인 것이 되기는 어렵다. 그것을 만드는 힘이 다른 것이 아니라 죽음이고, 또 그 죽음도 다른 사람의 것이 아니라 자기 자신의 것이기 때문이다. 그래서 그런 광채가 이내 절망이나 비장의 색조로 변모하는 것도 당연한 일이다. 그것이 지상에서의 마지막 경험일지도 모른다고 생각한다면 그럴 수밖에 없다. 그러나 이 소설의 관점, 곧 운명과의 존재를 건 싸움이 아니라 그 운명에 관한 지적 통찰을 겨냥하고 있는 시선으로 보자면, 그 같은 비장감의 출현 역시 일시적인 것이라고 해야 할 것이다. 절망적인 상황에 처해 있다 하더라도 그것이 지적으로 포착되고 그 결과 돌이킬 수 없는 것으로 인정되는 순간, 절망의 날카로운 모서리는 무디어지고, 비장은 비애라 할 만한 옅은 형태가 된다.

그것은 관조의 시선이 탄생하는 순간이기도 하다.

1) 내년에도 내후년에도 여기 나오시기를, 내년에는 여기 나오지 못할 사람의 권위로 그는 축복을 한다. 문득 눈앞이 흐려진다. 얼마나 고마운가, 축복이 전혀 힘들지 않다는 것은. 그저 마음만 열리면 축복은 축복으로 온다는 것은. 문득 손을 들어 하구로 가는 갈매기들에게 손짓한다. 열심히 살 것. 오래 살 것. 이 자리 있는 모든 것들이, 속잎 돋는 갈대도 물오른 버들도 무더기로 돋는 토끼풀도 보는 이 없이 세어버린 냉이도 저 작은 흰나비도 모두 축복을 받아야 하느니, 내년 봄엔 이 자리에 서지 못할 자의 권위로 축복하느니, 모두 오래 살기를. 모두 한껏 즐기기를.(112~113쪽)

2) 저만큼 세거리가 나온다. 오른쪽 길을 고르면, '노을공원'을 거쳐 집으로 돌아가게 된다. 왼쪽 길을 고르면, 좀더 멀리 갈 수 있다. 다시 이 길에 나오기 어려우리라는 생각에 그는 성큼 왼쪽 길을 고른다. '이것도 이번이 마지막이다'라는 생각은 모든 일들에, 아주 하찮은 일들에까지, 비장함의 빛깔을 살짝 입힌다.(161쪽)

이 두 인용문이 보여주듯이, 이 소설에서 지배적인 것은 매우 엷은 감정이 동반된 관조적 태도이다. 정서의 덩어리가 바탕에 있으되 관조적 시선을 통해 세절되고 걸러져서 엷고 묽어진다. 이런 점에서 볼 때, 항암 치료를 거절해버린 현이립의 행위는 그 자체가 이미 관조의 실천이었다고 해야 할 것이다. 그것은 자기 몸속에서 움직이고 있는 죽음의 존재를 가감 없이 받아들이는 것이다. 그런 상태가 되면,

자신을 바라보는 시선은 이미 자신의 죽음으로부터 빠져나와 그것을 바라보고 있는 사람의 것이 된다. 여기에서 한 발 더 나아가 그것을 자전적 소설의 형태로 써내는 행위란 그 관조를 다시 한번 관조하는 것, 그러니까 이중의 관조에 해당할 것이다. 2)에서 화자의 시선은 무거운 감정의 비장한 세계를 안에서 바라보고 있는 사람이 아니라 이미 그 세계 밖에서 그것을 바라보고 있는 사람의 것이다.

관조란 기본적으로 자기 힘만으로 대항할 수 없는 세계의 필연성 앞에서 주체가 취하게 되는 태도이다. 내가 만든 세계이지만 나 자신이 그 필연성의 일부가 되어 그 세계의 불행에 개입할 수 없는, 세계라는 거대한 시계를 만들고 풀리지 않는 태엽을 감아놓은 채 그 운행을 바라보고 있는 조물주의 태도 같은 것이다. 이런 신의 시선과 자신을 일치시키는 순간, 세계 안에 있는 주체의 비장함은 이내 가볍게 솟아올라 비애의 수준으로 재정립된다.

이 소설을 감싸고 있는 것은 이와 같은 관조의 시선이다. 이 시선에 휩싸이는 순간 세계는 자기가 놓여 있는 자리에서 살짝 떠올라 자기 밑자리를 드러낸다. 그것은 삶의 의미로부터 삶 그 자체가 분리되는 순간이며, 우연이 지배하는 삶의 무의미성과 동시에 그 무의미함이 필연적이고 운명적인 것이라는 사실이 드러나는 순간이기도 하다. 자기 자신과의 불일치가 폭로되어버린 세계의 시선으로 보자면 그런 상태는 불편할 수밖에 없다. 작가는 조금 먼 거리에서 그 모습을 지켜봄으로써, 세계의 불편한 마음을 슬쩍 엷어지게 만든다. 현이립이 이 책에서 자주 구사하는 진화생물학의 개념들과 우주의 탄생과 소멸에 관한 이야기들, 그리고 계통발생의 역사에서 보자면 매우 어린 종인 현생인류의 탄생과 소멸을 바라보는 거시적인 시선 등이 그런 거리 두기를 위한 기제들이다.

그런 거시적 담론 장치들은 자기 자신과의 불일치로 인해 괴로워하는 사람들의 삶과 세계를 위로해준다. 그것은 저승이나 내세를 믿지 않은 채, 혹은 종교에 의지하지 않은 채, 삶의 의미의 분리를 겪어낼 수 있게 만드는 힘이기도 하다. 그것을 그는 지식인다운 태도라고 생각하고 있다.

이내 생각할 수 있는 것은 죽음을 바로 앞에 두고서 사람이 종교에 귀의하는 것이다. 다른 사람들이 그렇게 하는 것은 충분히 이해할 수 있지만, 지식인인 그의 경우엔 지적 일체성이 허물어진다는 문제가 있다. 두려움과 고통에 압도된 자신이 종교에 귀의하는 모습을 떠올린다. 실감이 나지 않는다. 그가 뒤늦게 죽음의 문턱에서 종교에 귀의하는 일은 없을 것이다.(134쪽)

과학소설가로 자처하는 현이립이 자기 자신을 소설가라기보다는 지식인으로서 정립하고자 하는 태도 자체도 흥미로운 것이지만, 이 소설이 보여주는 죽음에 대한 초연함과 함께 놓일 때 이런 태도의 스토아적 결연함은 더욱 두드러진다. 하지만 사리를 살펴보면 이것은 당연한 것일 수도 있겠다. 시공간을 초월해 있는 우주적 필연성이 한 개인의 차원으로 옮겨가면 숙명의 형태가 된다. 그러니까 거꾸로, 한 개인이 자신의 운명을 불가피한 것으로 받아들이는 일이란 우주적 필연성을 받아들이는 일에 다름아니며, 그런 필연성은 곧 지적인 방식으로 포착된 절대성에 다름아니다. 그와 같은 절대성은 종교적 상징체계에서와 같이 어떤 구체적 형태로의 인격화를 필요로 하지 않는다. 그렇게 할 수도 없을뿐더러, 설사 그렇게 한다고 해도 달라질 것은 하나도 없기 때문이다. 여기에서 문제는, 논리적 추론과 금욕적 태도를 통해 저 비인격적 절대자의 감정 없는 신체를 받아들이고 난 후에 남겨질 공허감이다. 이를테면, 산보길에서 지나치는 젊은이와 군대식 경례로 인사를 나눈 후,

> 우리는 모두 전우들이다. 냉혹한 우주의 질서를 거스르는, 결코 물러서지 않는 열역학제2법칙의 군대에게 유격 전술로 대항하는 '생명의 군대'다.(149쪽)

라고 말하는 대목과 같은 가벼운 위트 속에조차 깃들어 있는 허망함을 어떻게 처리할 것인가 하는 것이다. 아무리 강력한 '생명의 군대'라 한들, 엔트로피의 법칙이 지니고 있는 저 거대한 힘에 비하면 그것은 저거노트Juggernaut에 저항하는 사마귀 신세임은 당연할 것이기 때문이다.

삶의 근본적 허망함에 관한 이런 질문 앞에서, 스스로를 근대적 주체로 자임하는 사람들이라면 그 누구라도 머뭇거리지 않을 수 없다. 물론 대답은 단 하나이다. 지적으로 정서적으로 스스로를 단련하여 견디고 버티는 것. 그것 말고는 다른 대답이 있을 수 없다. 백여 년 전, 학자가 될 사람들 앞에 서 있던 막스 베버도 같은 말을 했다. 그것이 견디기 어려우면 교회의 넓고 따스한 품으로 돌아가라고. 달리 방법이 없다는 것이다. 돌아갈 수 없으면 견딜 수밖에 없지만 그것이 어려운 것은 당연한 일이고, 그런 견딤의 지난함으로 인해, 금욕과 견인堅忍에 관한 수전노적인 태도, 탐욕적 금욕acquisitive asceticism이라는 기

업가적 태도가 뒤따라나오는 것 또한 필연적이다.

더욱이 여기에서 문제가 되는 또하나의 사실은, 절대성으로 나아가는 방법이 믿음을 통한 비약 같은 것이 아니라, 근대과학이라는 경험적 지식의 축적을 통해서라는 점이다. 경험적 지식의 체계는 근대 세계에서 최고의 유효성을 증명받고 있는 것이지만, 그러나 불행한 것은, 그 지식의 체계 자체가 완전성과 전체성을 보장하지 못하는 것으로 설정되어 있다는 점이다. 그러니까 경험적 지식은 그 어떤 절대성도 자기 안에 품을 수 없게 구조화되어 있어서, 그것을 통해 절대성에 도달하고자 한다면, 절대성이 존재하지 않는다는 사실에 대한 믿음, 이를테면 무신론에 대한 확고한 신앙이라 할 만한 태도가 있어야 한다. 그것은 절대성이 존재하지 않는다는 사실에 대한 절대적 믿음이라 할 만한 것인데, 그런 표현 자체가 지니고 있는 기괴한 외관, 이를테면 '믿음 없음에 관한 믿음'과도 같은 역설적인 외관은 너무나 자명한 것이다. 하지만 좀더 큰 문제는 그런 기이한 외관이 단순한 껍데기가 아니라, 현재 우리 삶의 내적 질서로서의 근대성이 지닌 가장 내밀한 특성이 겉으로 드러난 모습이라는 점이다. 『한가로운 걱정들』에서 어떤 외설적이라 할 만한 지점들이 포착된다면 그것은 그가 바로 이 기괴한 근대성의 평면 위에서 쓰고 생각하고 또 그 생각의 지도들을 만들고 있기 때문이다.

『한가로운 걱정들』에서 가장 현저한 특성으로서의 관조란, 근대성이 지닌 이런 기괴함과 외설성이 신사적인 언어를 만났을 때 만들어지는 미학적 태도이다. 그것은 죽음을 아주 가까이에서 느끼고 있는 현이립이라는 인물의 시선에 의해 구현됨으로써 매우 생생하게 드러난다. 게다가 그 현이립의 상황이 작가 복거일과 겹쳐지면 그 생생함은 잔근육까지 보일 정도에 이른다. 어떤 독자의 입장에서든 그런 것이 예사로운 경험일 수는 없다.

3.

산보길에 나선 현이립은 감탄하고 행복해할 뿐 아니라, 걱정하고 투덜거리고 힐끗거린다. 아마도 그것이, 복거일의 『한가로운 걱정들』이 자서전이 아니라 소설인 이유일 것이다. 사적인 것과 공적인 것 사이에서 근대성의 발명품으로 출현한 소설은, 사적인 것들을 끊임없이 공적 공간으로 옮겨놓는 일을 담당해왔다. 공적 담론의 공간에서 제 자리를 지닐 수 없었던 것들이 소설의 이런 작업을 통해 공적 공간으로 진출했다. 공적 대의와 정의, 당위, 이성 같은 당당한 것들의 반대편에 숨어 있는 것들, 혹은 그런 당당한 것들의 밑바탕에 도사리고 있는 것들, 연애 감정이나 분노, 증오 같은 비이성적이고 정의롭지도 않은 것들, 그 시대의 공적 담론에 의해 외설적이라 규정된 것들이 표현될 수 있는 매체가 곧 소설이었다. 다음과 같은 대목은 이 책이 자서전이 아니라 소설임을 주장하는 전형적인 장면이겠다.

문득 아이를 갖고 싶은 마음이 솟는다. 기름진 밭에 씨를 뿌리듯, 젊은 여인을 얻어 씨를 뿌리는 자신의 모습이 떠오른다. 몸속으로 저릿한 무엇이 흐르고 아랫도리가 뿌듯해진다. 그도 모르게 고개를 들어 산책로를 걷는 사람들을 살핀다. 젊은 여인들이 이내 눈에 들어온다. 남자들은 흥미롭지 않은 풍경의 한 부분이고, 나이든 여인들은 자동적으로 걸러내고 아직 아이를 가질 수 있는 여인들만 이내 눈에 들어온다.

새삼 신기하다. 많은 사람들을 일별하면서, 관심의 대상인 젊은 여인들만 눈에 쏙쏙 들어온다는 것은 늘 경이롭게 다가온다. 유성생식을 하는 종들의 개체들은 모두 적합한 배우자를 찾는 일에 능숙하도록 진화했다는 설명이 이내 떠오른다. 그래도 신기하기는 마찬가지다. 이어 좀 겸연쩍어진다, 칠십 늙은이가 젊은 여인들이 눈길 한 번 주지 않을 모습을 하고서 젊은 여인들만 용케 골라낸다는 사실이. 그래도 아랫도리를 따스하게 하는 기운이 적잖이 고맙다.(58~59쪽)

아무리 칠십이 된 말기 암환자라 하더라도 이런 생각을 못할 까닭은 없다. 그것이 자연이다. 하지만 이런 생각을 입 밖으로 내보내는 일, 게다가 그것을 글로 써서 표현하는 일은 자연스럽지 않다. 하지만 이런 것을 가능하게 하는 것이 소설의 형식이다. 소설의 언어는 공적 형식을 지니고 있는 사적 언어, 그러니까 사적이라고 공식적으로 규정된 것이다. 소설이니까 못할 말이 없다. 진짜가 아니고 소설이니까, 연설이나 논설이나 논문이 아니라 소설이니까, 내가 하는 말이 아니라 작중인물이 하는 말이니까, 밑바닥의 언어도 가능하고 어떤 상스러운 생각도 못할 것이 없다. 소설이니까, 갈 데까지 가보는 것이다. 공적으로 보장된 그런 자유로움 속에서, 자기 언어와 생각의 구극으로 가보게 하는 것이 소설이라는 매체의 속성이다. 물론 그렇다고 해서, 가면의 생각과 행위에 대해 가면 뒤의 얼굴이 전적으로 자유로울 수는 없다. 가면을 만들고 혹은 그 가면을 선택한 책임은 그 뒤에 감추어진 얼굴의 몫이다. 하지만 그런 정도는, 정색하고 정면으로 박두해오는 책임에 비하면 그저 스쳐가는 정도이다. 소설의 형식이 지니고 있는 자유로움과 근본적 성찰성을 제약할 수준은 아닌 것이다.

과학소설가라는 직업을 선택한 것에 대해 자부심을 지니고 있는 현이립은 사회의 다양한 문제들에 대해 매우 적극적으로 발언해왔다. 그리고 그 점에 대해 지니고 있는 자부심도 대단하다. 현이립의 자기규정은 현저한 두 측면을 보여준다. 그는 자신을 경제적 자유주의자로 규정하며, 그의 생각의 많은 부분을 진화생물학적 틀에 의지하고 있다. 또한 동시에 그는 무엇보다도 앎을 사랑하는 사람이고, 또 자신이 작가라는 사실에 대해 윤리적 자부심을 지니고 있다. 현존하는 지식들을 섭렵하여 지도를 만들고 그것에 바탕하여 이야기를 꾸미는 사람인 것이다. 그러니까 현이립의 자기규정은 이 둘 사이에, 경제적 자유주의자와 지식지도 제작자 겸 작가 사이 어디쯤에 존재하고 있다. 그런데 문제는 이 두 개의 규정이 충돌을 빚을 수 있다는 점이다.

경제적 자유주의는 현재 현실적 이념의 최-우세종으로서, 이미 세계 전체를 지배하고 있는 룰이기도 하다. 그럼에도 그것을 지지한다는 것 혹은 그것을 지지한다고 말하는 것은 어떨까. 위선 없음을 실천한다는 점에서 정직한 태도일 수 있겠지만 정직의 개인적 실천이 사회윤리로 연결될 수 있는지에 대해서는 의문의 여지가 많다. 일상적 실천이라는 측면에서 보았을 때, 그 세계에 살고 있는 사람이라면 누구나 근본적으로는 경제적 자유주의자일 것이기 때문이다. 게다가 진화생물학의 틀이 그렇듯, 그것은 어디까지나 서술적인 차원에서 사실일 수는 있지만 그것이 곧바로 당위적 차원에서 작동하는 진리일 수는 없다. 이를테면, 강자가 살아남는다는 서술은 다음 두 개의 명제로 연결될 수 있다. 첫째, 살아남기 위해서는 강자가 되어야 한다는 것, 둘째, 강자니까 살아남아야 한다는 것. 진화론적 사실에 대한 서술이 첫번째 행동강령으로 이어지는 것은 가능한 일이지만, 그것이 두번째 명제로 이어지는 것은 곤란한 일이다. 사실판단과 당위적 명제가 뒤섞여버리는 곤란을 초래하기 때문이다. 현이립이 생각하는 경제적 자유주의의 함의가 혹시나 뒤의 것처럼 해석된다면 곤란한 일이다. 이 점에 대해서 그는 매우 성찰적이다. 그것은 거의 본능에 가깝다. 소설 속에 등장하는 한 에피소드를 보자.

> 언젠가 그가 술김에 자랑을 했었다, 앞일을 잘 내다본다고. 그랬더니, 한 친구가 이내 받았다, 그렇게 앞일을 잘 보면서, 아직도 셋집에서 사느냐고.(185쪽)

술자리에서 죽마고우 격인 대학 동창의 입에서 나온, 웃어넘길 수도 있는 말이지만 그럴 수 없었다는 것이 문제였다. 이 말을 했던 친구는 재벌 기업의 높은 지위에 있는 사람으로, 총수를 대신하여 횡령죄로 감옥살이까지 해야 했고, 그 덕에 지금도 현직에 머물면서 부유한 생활을 누리고 있다. 그런 그가 왜 가난한 소설가 현이립을 야유했는가. 단지 술자리에서 제 자랑을 하는 친구가 보기 싫어서? 뭔가 좀더 깊은 이유가 있었을 것이다. 친구의 이런 반응에 분노와 배신감을 느낀 현이립은 그 이유에 대해 생각한다.

> 생각해보니, 그의 잘못도 있었다. 언젠가 그 친구에게 "돈을 버는데 무슨 큰 재능이 필요하냐?"고 얘기한 적이 있었다. 어쩌다 실수로 속마음을, 보다 정확하게 얘기하면 '한가로운' 걱정들을 직업적으로 하는 지식인의 오만과 편견을, 내비친 것이었는데, 아마도 그때 그

친구가 속이 상한 듯했다.(185쪽)

그러나 과연 이것으로 다일까. 경제 외적 강제로부터 완벽하게 자유로운 시장을 이상으로 삼는 것이 경제적 자유주의자라면, 현실적 차원의 충성도에 있어서 현이립은 재벌 기업에서 시장의 지배자가 되기 위해 분투하는 그 친구를 능가할 수는 없다. 행동의 차원에서 보자면 그 친구가 훨씬 더 투철한 시장주의자라는 것은 자명한 일이다. 어쩌면 그 친구는 이미 알고 있었던 것이 아닐까. 돈 벌기를 무시하는 말을 무심코 내뱉은 현이립이, 그 자신은 시장주의자라고 주장하고 있지만, 실천적인 차원에서는 전혀 그렇지 않다는 것을. 우주적 차원의 진리에 대해 입맛 당겨하고, 시공을 넘어서는 원리와 질서에 대해 호기심을 지니고 있는 현이립의 모습을 보자. 다른 사람들 앞에서 그런 현자의 태도를 보이는 현이립의 행위 자체가 이미 그 자체로 시장주의자들에 대한 하나의 비웃음이 아닌가. 현실적 이해관계 속에서 생각하고 행위해야 하는 사람들에 대한, 그러니까 실천적 시장주의자들에 대한 비웃음이 아닌가. 그러니까 현이립은 그 스스로 경제적 자유주의자라고 말하고 있지만 그것은 어디까지나 의식적인 수준에서의 주장일 뿐이고, 오히려 실천적 수준에서는, 그러니까 무의식의 수준에서는 반시장주의자라고 해야 하는 것이 아닌가. 어쩌면 현이립의 친구는 본능적으로 이미 그것을 알고 있었던 것이 아닌가. 현이립은 자기와 같은 세계에 속한 사람이 아니라는 것을.

이 일화에서 또하나 중요한 것은, 현이립이 친구의 야유를 뼈아프게 느꼈다는 점이다. 그것은 그가 자기 자신을 경제적 자유주의자로 규정해왔기 때문이다.

그러나 객관적 평가는 시장의 평가뿐이다. 그리고 그가 한 일들에 대한 시장의 평가는 호의적이지 않았다. 그의 아이디어들은 널리 팔리지 않았고 그는 여전히 가난하다. 시장을 높이 여기는 경제적 자유주의자에게 가난하다는 사실은 보기보다 심각한 비판인 것이다. 그래서 그 친구의 독 묻은 야유는 꽤나 아팠다.(186쪽)

하지만 그 아픔은 타격이 강했기 때문이 아니라 급소를 가격당했기 때문이라 해야 한다. 만약 경제적 자유주의자라는 자기규정이 아니라면, 책의 판매 부수나 시장 같은 것은 무시해버리면 그만이다. 물론 책을 팔아야 하는 사람의 입장에서 전적으로 그럴 수는 없겠지만, 시장을 무시하는 사람에게 빈약한 판매고가 치명적일 이유는 없다. 오히려 이해받지 못하는 뛰어난 재능의 역설적인 고고함과 청빈의 이상을 앞세우며, 물질적 부의 체계와 시장의 값싼 취향을 통박할 수도 있다. 설사 거기에 약간의 위선적인 요소가 섞일 수는 있겠지만 그런 정도는 비판의 열도로 헤쳐나갈 수 있다.

그래서 문제는 경제적 자유주의자라는 자기규정이다. 여기에서 경제적 부는 시장에서 보이지 않는 손의 선택에 의한 결과이고, 따라서 높은 판매고가 물질적 풍요만을 뜻하는 것이 아님은 물론이다. 게다가 그런 물질적 수준의 부는 지식지도 제작자 현이립이 원하는 궁극적인 목표가 아님 또한 명백하다. 그런데도 가난하다는 야유가 그에게 타격이 될 수 있는 것은 무엇 때문인가. 그에게 돈은 물질적 풍요의 지표만이 아니라 사회적 인정의 지표, 사회적 인정에 대해 시장이 제공하는 유일한 객관적 지표이기 때문이다.

그는 과학소설가이자 지식인으로서 우주적 차원의 지식을 생산하지만, 그러나 그런 지식이 쓸모없는 것이라는 말을 들었을 때, 그러니까 "대책을 내놓지 못하는 지식이 과연 얼마나 소용이 있는가"라는 질문을 들었을 때, 그가 "문득 몸에서 힘이 빠져나가는 느낌이 든다"고 한 것은, 그의 주장대로 그런 질문이 "셀 수 없을 만큼 많이 받은 질문"(82쪽)이기 때문만은 아닐 것이다. 베를린 훔볼트 대학의 본관 일층에 금박으로 새겨져 있는 마르크스의 포이어바흐에 관한 열한번째 테제는 이렇다. "지금껏 철학자들은 다양하게 세계를 해석해왔다. 그러나 이제 중요한 것은 세계를 변혁하는 일이다." 그런데 본관 이층의 회랑에 걸려 있는 사진들은 그 대학에 적을 두었던 사람으로 노벨상을 받은 사람들, 아인슈타인이나 막스 플랑크 같은 사람들이다. 극작가 몸젠 한 사람을 제외하면 그들 모두가 과학 분야의 수상자들이다. 오늘날의 관점에서 보자면, 역설적이게도 그들이야말로 '세상을 바꾸는 철학자'들이다. 현이립은 그런 지식의 생산자가 아니다. 그의 가난이 문제가 된다면 그것은 가난이 물질적 빈곤을 뜻하기 때문이 아니라 사회적 영향력의 부정적 지표이기 때문이다. 많은 사람들이 현이립이 생산한 지식을 사기 위해 돈을 지불하지 않았다는 사실이 문제가 되는 것이다. 가난하게 산다는 야유는 그래서 그에게 타격일 수 있다. 다만 그가 자신을 경제적 자유주의자라고 생각하는 한에서.

그런데 그가 받은 정신적 충격이 정말 그 때문이었을까. 혹은, 그가 충격을 받았던 것이 맞기나 한 걸까. 그가 받았던 충격이 있다면, 그것은 경제적 자유주의자로서가 아니라 지식인-작가로서의 자부심을 향해 타격이 가해졌기 때문은 아닐까. 혹은, 그가 충격을 받아야 한다고 의식적으로 생각하고 있었던 것은 아닐까.

현이립의 저 에피소드를 향해 이런 질문을 하게 되는 것은 다음과 같은 작가의 윤리가 이 소설의 앞머리에서 너무나 태연하게 버티고 있기 때문이다.

> 삶은 비정하다. 자연은 사라진 것들을 기억하지 않는다. 누구도 사라진 것들을 슬퍼하지 않는다.
> '작가를 빼놓고는……' 속으로 덧붙이고서, 그는 턱을 쓰다듬는다.
> 사라진 것들을 기억하고 아쉬워하는 것은 이 험한 세상을 살아가는 데 도움이 되지 않는 일이다. 그러나 그는 자신이 그렇게 삶에 도움이 되지 않는 일을 직업적으로 하는 작가라는 사실이 뿌듯하다. 태어날 뻔했으나 끝내 태어나지 못한 것들, 사라진 것들, 사라질 것들─경쟁에서 진 그들을 기억하고 아쉬워하는 것은, 따지고 보면, 대단한 일이다. 오직 사람만이 그 일을 할 수 있다. 그래서 그것은 더할 나위 없이 인간적이다.
> 이제 그도 곧 사라질 것들에 속한다. 자신에게 고개를 끄덕여 보이고서, 그는 성큼 길을 건넌다.(18~19쪽)

이럴 때 소설가 현이립은 가장 그답다. 우주를 향해, 턱을 쓰다듬으며 돌아올 수 없는 길을 떠나는 늙은 소년, 늙은 어린 왕자.

4.

스스로를 지식인 혹은 현자라고 생각하는 사람에게 가장 큰 취약점은 오만이다. 현이립 역시 마찬가지이다. 작가로서의 자부심은 오만의 다른 이름이기도 하거니와, 그런 오만이 없었다면 부자 친구의 말 같은 것은 아무것도 아니었을 것이다. 쓸모없는 지식을 무엇하러 만드느냐는 질문에 몸을 떨지 않아도 되었을 것이다.

책에서 종종 드러나는 현이립의 이런 정치적 견해, "매사에서 북한 정권을 옹호하고 대변하는 극좌정당을 지지하는 것이 '진보적'이라고 여기는 작가들이 점점 늘어난다"(177쪽)와 같은 문장에도 나는 쉽게 동의하기 어렵다. 이것은 사실판단의 외관을 지니고 있는 문장이지만, 이 문장이 지시하는 전체적인 사실에서부터 시작하여 단어 하나하나(옹호, 대변, 극좌정당, 지지), 그리고 그 단어들의 결합으로 만들어지는 구절들에 이르기까지, 사실과 가치에 대한 판단의 다양한 영역에서 따지고 톺아보아야 할 것이 적지 않다. 이를테면 그런 옹호와 대변이 정말 있기는 한가, 옹호와 대변이 있다면 그것의 대상이 한반도의 평화나 민족이나 재통합 같은 것이 아니라 북한이 맞는가, 북한을 옹호한다면 그것은 '극좌정당'이기 때문인가 등등. 그런데도 현이립은 이런 논리적 과제들을 너무 수월하게 통과해버린다. 무엇 때문일까. 지식에 관한 그의 갈망이 분석적이라기보다는 통합적이기 때문일까, 그가 스스로를 지식에 관한 지도 제작자라 생각하기 때문은 아닐까, 혹은 지식인으로서의 자기규정이라는 형식 자체에 내재해 있는 그 어떤 오만 때문인 것은 아닐까.

그런 오만이 아름다울 때가 있다. 그것은 자부로 가득찬 오만한 시선이 자기 자신을 향할 때이다.

쓸모없는 지식들을 추구하고 '한가로운' 걱정들을 하고. 하긴 그것이 그가 누린 특권이었다. 스스로 지식인이 되기를 열망한 사람들만이, 이 우주의 지도제작자들만이, 누리는, 누구도 물려주거나 건네줄 수 없는 특권이었다.(200~201쪽)

와 같은 대목, 그리고

그의 얼굴에 성취감이 잔잔한 웃음으로 배어나온다. 내년 봄을 기약할 수 없는 사내가 이 우주의 나이인 137억 년의 10억 곱절의 10억 곱절이 되는 세월 뒤에 나올 일을 걱정하는 것이다. 한가로움도 그만하면, 성취라 할 수 있다.(201쪽)

이런 자리에 설 때, 그러니까 우주와 원리를 향한 현이립의 시선이 곧바로 다른 존재들이 아니라 자기 자신을 통과해서 다른 대상들을 향할 때, 이 과학소설가의 오만과 허영과 자부는 윤리적 성찰의 빛이 된다. 현이립은 죽음을 지척에서 느끼고 있는 사람이다. 이럴 때 생명에 관한 감수성은 최고도로 예민해지고, 그것은 죽음과도 같은 거대한 필연성에 마주설 수 있을 법한, 그 어떤 거대한 수레바퀴도 밟아 없앨 수 없는, 사마귀가 아니라 반딧불이 같은, 작지만 유연하게 반짝거리는 성찰의 계기를 보여준다. 이를테면 다음과 같은 구절들이다.

이 흐리고 냄새나는 시내에 얼마나 많은 목숨들이 사는가. 모든 목숨들이 있어야 할 곳에 있다는 것이 얼마나 신기한가. 얼마나 고마운가, 끊임없이 무질서로 가는 이 우주에서 열역학제2법칙을 문득 거슬러 질서를 이룬 생명체가 태어난다는 것은. 하나의 목숨이 태어나려면 얼마나 많은 잠재적 목숨들이 기회를 잃고 스러져야 하는가.

잠재적 세상에서 실재하는 세상으로 문득 나온 목숨마다 기적이다. 목숨마다 둘레에 많은 유령들이 감돈다. 목숨마다 그 유령들에게 책임이 있다, 잘살아갈 책임이, 못살면 잘살려고 노력할 책임이. 그 태어나지 못한 유령들이 허무로 가는 공간을 가득 채워서 자신들을 대표한 목숨을 살길로 인도한다. 냇가를 떠도는 유령들에게 미안하다는 말이라도 건네고 싶은 충동이 인다.(62쪽)

5.

이광수보다 한 살 많은 일본 소설가 구메 마사오久米正雄는 1925년에 한 평론에서, 자기 자신의 진실에 대해 쓰는 것이 중요하다고, 『전쟁과 평화』나 『죄와 벌』 『보바리 부인』 같은 작품들도 모두 대단한 것은 맞지만 그래봐야 "위대한 통속소설"일 뿐이지 않으냐고 했다. 자기 안에 있는 진실에 도달하는 것이 중요하지 않으냐는 것이었다. 그런데 문제는 그런 진실이 있느냐 하는 것이다. 의식만 해도 수많은 층위가 있고, 게다가 내가 책임질 수 없는 무의식의 영역까지 있다. 어떤 것이 정말로 내가 원했던 것이고, 어떤 것이 진정으로 나 자신에 해당되는가. 이런 질문 앞에 서면 진실이나 진정성에 관한 탐구나 질문은 매우 취약해진다.

그럼에도, 스물일곱에 세상을 떠난 이상이 남긴 「종생기」나, 혹은 다섯 번의 자살 시도 끝에 서른아홉에 세상을 떠난 다자이 오사무의 『인간 실격』 같은 소설이 독자들에게 남다른 감흥을 준다면, 그것은 그들의 실존의 무게가 죽음이라는 매우 진지한 언어의 형태로 덧붙여져 있기 때문이다. 그래서 「종생기」에서 오쟁이 진 남자를 연기하는 주인공 이상의 우스꽝스러운 모습도, 또 세상의 익살 광대를 자처하다 혈담을 토하는 폐인이 되어가는 『인간 실격』의 요조의 모습도, 심상하게 바라볼 수는 없게 된다. 그것은 현실과 그것을 토대로 만들어진 소설 사이의 긴장이 소설 속으로 다시 기입되었기 때문일 것이다. 그 과정에 독자들의 앎이 개입한다는 것은 두말할 필요가 없다.

그러니까 조금 심하게 말한다면, 이상의 진술처럼 사람은 결국 양파와 같은 것이라서 속이란 단지 겉이 아닌 것일 뿐이며, 주어진 배역과 연기술 너머의 진짜 자기 모습은 존재하지 않는 것인지도 모른다. 그러나 문제는 우리의 일상 속에서, 남들에게 보여주기 위해 가식을 떠는 연기는 쉽게 의식하곤 하면서도 막상 자기 자신에게 원초적으로 주어진, 그러니까 자기 자신이라는 배역을 연기하는 모습은 쉽게 알아차리기 어렵다는 사실이다.

『한가로운 걱정들』의 주인공 현이립에게 박두한 죽음, 좀더 정확하게 말하자면 암 진단을 받은 그가 자신에게 박두했다고 느끼게 된 죽음은 그런 모습을 바라보게 해주었다. 죽음이 생생해지자 삶이 부르르 떨었고, 모든 것이 자기가 있던 자리에서 일제히 한 뼘쯤 떠올랐다. 그리고 죽음을 잊은 채 자기 자신을 연기하고 있던 어떤 배우의 모습이 비로소 보이기 시작했다. 그 떨림 속에서 현이립은 얼마 남지 않은 지상의 삶을 경이로운 눈으로 바라보고 있으나, 따지고 보면 진정으로 경이로운 것은 죽을 운명이면서도 전혀 죽음을 의식하지 못하고 살아가는 우리 자신의 모습이다.

갑자기 다가선 죽음은 정상적 삶을 불가능하게 만들었다. 이립은 아득해진 마음으로 깨달았다, 자신의 모든 꿈들과 계획들이 자신이 아주 늙은 나이까지 살리라는 가정에 바탕을 두었음을. 그 근본적 가정이 발밑에서 빠져나가면서, 그는 넘어지지 않으려고 발버둥쳤다. 자신의 삶이 최악의 경우를 맞았는데, 바뀐 것이 없는 듯 일상적 행위들을 그대로 한다는 것이 영 서툴렀다. 자신이 하는 일들이 무대 위의 연기처럼 느껴졌고 자신의 입에서 나온 말들은 대사처럼 들렸다.(22쪽)

여기에서 현이립은 자기 자신을 연기하는 자기 자신을 바라보고 있는 중이다. 그런 모습이 예민한 감도로 포착될 수 있는 것은 오로지 생생해진 죽음 탓이다. 현이립에게도 복거일에게도 독자에게도 이 소설은 일단 그런 전율의 장이 된 것으로 족한 것이 아닌가 싶다. 죽음으로 인해 생생해진 삶의 떨림이 여기 있으니 여기에서 멈추자. 복거일이 펼쳐 보이는 관조의 춤사위를 눈으로 따라가며 우리도 일단은 그 전율을 느끼는 정도에서 멈추어두어야 하겠다.

(2014)

2019년 가을, 은희경에 대해 말한다는 것

누군가 이렇게 물을 수도 있겠습니다. 이 청명한 가을날에 왜 작가 은희경에 대해 말해야 하는가. 이렇게 쓰고 보니, 질문이 매우 이상해 보이는군요. 천하의 은희경에게 이 무슨 무례한 질문인가. 한국문학 의 애독자라면 이렇게 생각할 수도 있겠습니다. 그럼에도 그냥 가겠 습니다. 그것이 제가 답해야 할 진짜 질문일 수 있겠다는 생각이 들기 때문입니다. 여러 가지 의미에서 그렇습니다.

일단 이렇게 반문해볼까요. 그렇다면 무슨 이야기가 가을 날씨와 어울릴까요. 다양한 화두가 나올 수 있겠으나, 아마도 삶 그 자체라고 해야 하겠습니다. 삶의 이런저런 세목이 아니라 삶 자체. 이는 좀 추 상적인 말이지만 그게 왜 가을과 어울린다는 것인지는 누구나 직감 할 수 있지요. 물론 계절 이름으로서의 가을이란, 시간의 커다란 흐름 에 대한 인위적 절단을 지칭하는 제유적 표현의 하나라고 한다면, 의 미의 위상이라는 점에서는 다른 계절, 이를테면 겨울이나 봄과 크게 다르지 않을 것입니다. 그럼에도 각각의 계절은 자기 느낌의 고유성이 있지요. 가을도 마찬가지고요. 간단없는 흐름으로서의 자연과 절단으로서의 인위라는 서늘한 대조가 계절 이름의 바탕에 있지요. 거기에, 기온과 습도와 색채와 색조로 사람들에게 다가오는 가을 고유의 질감이 덧씌워집니다. 특히 한국에 사는 사람들에게는 가을이라는 단어가 환기하는 관조적인 분위기가 있습니다. 어떨까요. 그것이라면 소설이라는 장르와 잘 어울릴 수 있지 않을까요. 등단 이십오 년차에 여덟번째 장편소설 『빛의 과거』[1]를 낸 은희경이라는 작가라면 좀더 그렇다고 해야 하지 않을까요.

은희경 대 플라톤

말을 꺼내놓고 보니, 은희경의 소설쓰기가 곧 만 이십오 년을 맞는군요. 아직 이십오 년밖에 안 됐나 싶은 생각이 들어 다시 헤아려보니 틀림이 없네요. 제 개인이 겪는 시대착오일 듯도 싶지만, 그보다는 그 시간 동안 은희경이라는 작가가 이뤄낸 우람함 때문일 듯하네요. 어쨌거나 은희경에 대해 말하는데 첫번째 화두가 '은희경 대 플라톤'이라면 조금은 생뚱맞을 수도 있겠습니다. 두 사람의 나이 차는 물경 이천 년을 넘습니다. 게다가 플라톤이라면 화이트헤드가 유럽 철학의 조상이라는 투로 지칭했던 그 사람 아닙니까. 유럽 철학이라는 것 자체가 플라톤에 대한 일련의 각주에 불과하다고 그는 썼지요. 그런 그를 은희경과 맞세우고자 한다? 이유가 없지 않지요. 플라톤은 매

---

1) 여덟 편의 장편 목록은 다음과 같다. 『새의 선물』(문학동네, 1995), 『마지막 춤은 나와 함께』(문학동네, 1998), 『그것은 꿈이었을까』(현대문학, 1999), 『마이너리그』(창비, 2001), 『비밀과 거짓말』(문학동네, 2005), 『소년을 위로해줘』(문학동네, 2010), 『태연한 인생』(창비, 2012), 『빛의 과거』(문학과지성사, 2019). 이하 인용시 본문에 쪽수만 밝힌다.

우 격렬한 이상주의자입니다. 철학 자체가 그렇고, 그가 자기 스승 소크라테스를 등장인물로 내세워 그려냈던 이상적인 나라의 모습 또한 그렇습니다. 사유재산은 물론이고 가족조차 인정하지 않았지요.

그러니까 그런 플라톤을 은희경에 맞세워놓은 당신은, 은희경이 그런 이상주의와 거리가 멀다고 말하는 것인가? 그렇게 묻는다면, 당연히 그렇다고 해야 할 것입니다. 당연하다고? 시시콜콜 삶의 시속時俗을 다루는 소설가가 현실주의자일 수는 있어도 플라톤주의자일 수 없다는 수준의 말인가? 그렇다면 하나 마나 한 소리 같은데, 그런 이야기를 무엇 때문에 앞세워놓은 것인가?

그러나 이런 반문은 약간 성급해 보입니다. 일차적으로 그것은 너무 일반적인 진술이기 때문입니다. 소설가라고 해서 다 그럴 수는 없지요. 게다가 소설가의 이념과 그가 쓴 소설은 다릅니다. 소설이라는 장르 자체가 지니고 있는 고유의 동력이 있지요. 그것은 매우 자주 작가 자신의 생각이나 의도를 넘어서곤 하지요. 말이 길어질 테니 그 문제는 이쯤에서 각설하고, 제가 당연하다고 한 것은 일차적으로 그렇다는 것입니다. 저는 거기에서 한 발 더 나아갈 생각입니다. 은희경이야말로 플라톤적 이상주의의 진짜 모습을 보여주고 있다고 주장할 예정입니다.

무슨 소리인가, 두 사람이 서로 반대가 되는 것이 아니고? 당연하다더니, 한 입으로 두말하겠다는 것인가?

그렇습니다. 두말하겠습니다. 어쩌면 거기에서 또 한 발 더 나아가 세 말을 하게 될지도 모르겠습니다만, 어떻든 은희경이야말로 진짜 플라톤주의자라고 주장할 것입니다. 삶에 대한 애착과 성실성이라는 점에서 그러합니다. 물론 그 삶은 이데아의 세계 같은 어떤 이상 속의 것이 아니라 현실적인 삶을 말합니다. 겉으로는 쿨하고 매인 데 없이 시원시원해 보이지만, 속으로는 아등바등 악착같이, 주어진 삶을 투철하고 성실하게 살아내는 사람들의 모습이 은희경의 세계 속에 있습니다. 쿨해 보이고자 해서 겉으로는 그런 척을 하지 않을 뿐이지요. 다른 누가 아니라 은희경이라는 작가 자신이 그런 대표적 인물입니다. 그가 소설을 쓰며 보낸 이십오 년이 얼마나 격렬한 시간이었는지는, 그가 펴낸 여덟 권의 장편소설에 실린 작가의 말들을 보면 짐작할 수 있게 됩니다.

물론 거듭 강조하지만, 말이 문제는 아닙니다. 사람들의 행동과 그 결과에서 드러나는 성실성이야말로 장편소설이 장르적인 형태로 수행하는 부정적 이상주의라 해야 할 것입니다. 어떤 말을 하는지와 무관하게, 은희경의 인물들이 수행적 차원에서 보여주는 플라톤주의라는 겁니다. 그리고 바로 그런 요소가, 은희경이라는 작가를 낳은 1990년대 정신의 핵심이라고 주장할 예정입니다. 일상성의 윤리화, 혹은 윤리가 된 일상이라 할 수도 있겠네요. 그런 것이야말로 동굴의 비유라는 유치한 이야기 속에 있는 플라톤주의 말고, 진짜 플라톤주의일 것입니다. 그 정도는 되어야 화이트헤드의 말처럼 유럽 철학 전체를 이끌어온 힘이라 할 수 있지 않겠습니까.

따뜻한 냉소

도대체 당신이 말하는 플라톤주의가 무엇인지 그게 왜 은희경과 연관하여 문제가 되는지 알 수가 없는데, 어쨌거나 그런 건 내 알 바 아니로되, 은희경의 작품을 삶에 대한 애착이나 사랑과 연관시켜 말하는 것은 어폐가 있는 것이 아닌가? 오히려 은희경의 작품은 그 반대편에 있다고 해야 하지 않는가? 게다가 이것도 저것도 모두 플라톤 주의라면 그건 하나 마나 한 소리가 아닌가?

은희경을 따라 읽어온 독자들이라면 이렇게 생각할지도 모르겠습니다. 이런 반문 또한 당연해 보입니다. 『새의 선물』 이후로 은희경이라는 작가 하면 바로 따라 나오는 말이 냉소라는 단어였지요. 실제로 그의 주요 인물들이 그런 모습을 보였으니까요. 하지만 여기에서 강조되어야 할 것은, 언어 차원의 냉소와 냉소의 실천은 매우 다르다는 점입니다. 은희경의 냉소는 말과 생각의 차원에서 작동하고 있지요. 그리고 그 냉소는 소설마다 조금씩 다르기는 하지만, 주변 사람들의 사랑과 살핌을 받는 사람의 것입니다. 또 냉소라는 것 자체가 자기 세계에서 나름 '성공'한 사람에게나 어울리는 것이기도 하지요. 어떻든 은희경의 인물들이 보여주는 냉소는 세계에 심각한 균열을 불러일으킬 만한 것이 아니라는 것입니다.

이런 점에서 은희경의 인물들은 냉소적이라 하기는 조금 지나치고, 이지적이라 하는 편이 좀더 적당해 보입니다. 실제로 그의 여덟 편의 장편소설에 등장하는 주요 인물들의 현저한 특징이 그렇습니다. 많이 배우고 못 배우고를 떠나서 사람과 삶을 대하는 태도가 그렇다는 것이지요. 냉소적인 인식을 보여주는 인물들은 물론 거기에서 한 발 더 나아갑니다. 단순히 이지적일 뿐 아니라 삶에 대한 경멸이나 무시의 태도를 보인다는 점에서 그렇지요. 그런데 그 말을 곧이곧대로 들어야 할까요.

그의 출세작 『새의 선물』을 예로 들어보십시다. 유명한 구절이 있지요. "삶도 그런 것이다. 어이없고 하찮은 우연이 삶을 이끌어간다. 그러니 뜻을 캐내려고 애쓰지 마라. 삶은 농담인 것이다."(363쪽) 이 문장은 열두 살 난 깜찍한 여주인공 '진희'의 대사로 잘 알려져 있지요. 진희가 이 말을 한 것은 자기가 동경하고 사랑했던 하모니카 소리가 엉뚱한 오해에서 비롯된 것임을 확인하고 난 다음의 일입니다. 저 멀리 제방 위에서 멋지게 하모니카를 불어 자기를 매혹시켰던 사람은, 서울에서 온 젊고 멋진 대학생이 아니라 더러운 낯빛의 중늙은이였다는 것을 알게 된 것이지요. 여기에서 더럽다는 표현은 물론 진희의 것입니다.

삶이 농담 같은 것이라는 말은 열두 살 난 소녀 진희에게 어울리는 말은 아닙니다. 나이에 비하면 그와 같은 진술은 조숙해도 너무 조숙하지요. 그러나 바로 그런 당돌한 조숙함이 이 인물과 소설의 매력이기도 했지요. 그리고 어떤 생각이나 통찰의 주체는 나이가 아니라 사건이 만들어냅니다. 얼마나 살았냐가 아니라 어떤 일을 얼마나 깊이 겪었냐가 중요하지요. 물론 타고난 기질도 중요하고요. 그러니까 진희의 저런 태도에 대해 개연성 운운하는 것도 너무 나간 말이겠지요. 그럴 만한 사건이 있다면 생각이 만들어지는 것은 얼마든 가능한 일이지요. 다만 열두 살 소녀가 구사하는 세련되고 지적인 언어는 다른 차원의 소설적 의장일 것입니다.

잘 알려져 있듯이, 『새의 선물』은 은희경 작가의 출세작일 뿐 아니라, 1990년대 한국소설을 대표하는 작품 중 하나입니다. 한 시대를 대표하는 작품은 최소한 세 박자가 맞아떨어져야 나올 수 있습니다. 작가의 개성과 작품 자체의 고유성, 그리고 그 시대의 정신이지요. 이런 점을 고려한다면, 『새의 선물』에 등장하는 저 신기한 인물, 당돌한 소녀 악동을 바라보는 눈이 더욱 유심하지 않을 수 없지요. 그럴 때 드러나는 것이 바로 열두 살 진희의 세계에서 보이는 균열과 불일치입니다. 말과 행동 사이의 균열. 그것이 은희경 세계 고유의 아이러니의 공간을 만들어냅니다.

진희가 탐침이 되어 재현해내는 1969년 시골 소읍의 세계는 기묘하게 뒤틀려 있습니다. 세계의 따뜻함과 시선의 차가움이 결합되어 있는 모양새입니다. 세계에서 벌어지는 일들이란 그 시절 여느 시골 읍내에서 벌어질 수 있는 정도의 일들입니다. 사람들은 연애하고 사랑에 빠지고 배신하고 돈을 훔쳐 달아나고 죽고 하지요. 경우에 따라 매우 극적이고 심지어 비극적일 수 있는 사건들이 담겨 있지만, 전체를 감싸안고 있는 분위기는 온화하고 따뜻합니다. 그것은 진희의 외할머니가 그 장소의 중심에 있기 때문입니다. 집주인인 외할머니와 너무 감상적인 처녀라서 철부지 같지만 마음 따뜻한 이모, 그리고 1969년에 무려 서울대 학생인 외삼촌으로 구성된 버젓한 집주인 일가가 있어서, 이 세계에서 빼어난 어린 공주 격인 진희가 마음껏 자신의 매력을 뽐낼 수 있습니다. 요컨대 동네에서 벌어진 사건들을 바라보고 재구성하는 열두 살 진희의 시선이 냉정하고 싸늘할 수 있는 것은, 외할머니와 그 소유의 집이라는, 정서의 중심이 있기 때문이라는 것입니다. 그렇게 단단한 보호막이 있으니 어떤 대단한 사건이 일어나도, 세상이 아무리 비틀어져 있어도, 진희에게는 그저 찻잔 속의 태풍일 뿐이지요.

그래서 진희의 자칭 냉소는, 역설적이기는 하지만 따뜻한 냉소 혹은 귀여운 냉소라고 해야 할 것입니다. 『새의 선물』의 세계에서 두드러지는 것은 냉소라기보다는 오히려 아이러니라고 해야 하겠습니다. 그리고 그 밑에는 비애가 깔려 있지요. 세계의 거대한 균열을 깨달아버린 귀여운 냉소주의자가 몸으로 느끼고 있는 것, 그러니까 아직 의식의 문지방을 넘어서지는 못했지만 몸으로 느껴 알고 있는 것이 곧 비애입니다.

그러니까 냉소는 차가워야 되는데, 제대로 차갑지 못한 냉소라서 슬프다는 말인가? 당신은 대체 무슨 말을 하는 것인가?

아이러니의 비애

『새의 선물』은 1995년에 그로부터 이십육 년 전의 세계를 잡아내고자 했지요. 현재의 독자는 그와 유사한 느낌으로 이십사 년 전에 나온 『새의 선물』을 바라보게 됩니다. 어느 쪽이건 그런 시간의 이격 자체가 품고 있는 시대착오가 있습니다. 다름과 같음이 교직되는 기묘한 느낌이 생겨납니다. 과거의 대상을 바라볼 때는 이미 결과와 미래를 알고 있는 존재의 시선이 됩니다. 또한 그 안으로 들어가 대상의 실상에 대해 성찰할 때는 그때나 지금이나 다르지 않다는 자각이 솟아납니다. 앞의 것이 신의 시선이라면, 뒤의 것은 그 시선을 맞받는 인간의 것입니다. 맞받는 시선이기 때문에 거기에는 맞받음이 만들어내는 고유의 저항값과 파토스가 있을 수밖에 없지요. '그래서 뭐?'라는 식의 성찰적 항변이 그것입니다. 거기에는 몇 겹의 꼬임과 엇나감이 있을 수밖에 없어요.

『새의 선물』의 주인공 진희의 시선 역시 마찬가지입니다. 열두 살 진희의 진술의 바탕에는 서른일곱 살 진희의 성숙한 시선이 있지요. 물론 독자들도 그것을 직감적으로 압니다. 그럼에도 둘이 섞여 만들어내는 아이러니와 위트의 세계를 즐기고 있기 때문에 이내 두번째 시선은 의식하지 못하게 됩니다.

그런데 여기에서 반드시 적시되어야 할 것은 그 비틀린 세계에 비애가 깔려 있다는 사실입니다. 그냥 슬픔이라고 표현해도 좋겠네요. 그것은 기본적으로 두 개의 시선이 서로 맞서 만들어내는 자기반영적 분위기 때문이라 해야 합니다. 위에서 저는 두 시선의 섞임이 아이러니의 공간을 만들어낸다고 했습니다. 그런데 그것은, 열두 살 진희의 세계에서는 이채롭고 매력적일 수 있어도, 거꾸로 서른일곱 살 진희의 세계에서라면 그럴 수가 없어요. 뒤의 것은, 흡사 평범한 사람이 되어버린 옛날 신동의 모습과도 같습니다. 이십오 년 일찍 조숙한 진희는 매력적이지만, 거꾸로 성숙한 진희는 그 이십오 년 동안 성장했다고 할 만한 게 별반 없기 때문이지요. 『마지막 춤은 나와 함께』의 여주인공에게서 진희 같은 매력을 찾을 수는 없지 않습니까. 희망도 꿈도 없이 꾸역꾸역 살아가는 것이니 말입니다. 그것이 대단할 수도, 혹은 경탄스럽게 다가올 수는 있어도 매력적일 수는 없지요.

어린 냉소주의자는 매력적이지만, 나이든 냉소주의자는 그럴 수 없다는 말입니다. 『태연한 인생』에서 냉소의 제왕으로 등장하는 남성 소설가가 매력적인가요. 제대로 늙지도 못한 냉소주의자의 모습은 오히려 우울하고 비감스러워 처참하기까지 합니다. 『빛의 과거』에서 보듯이, 나이든 인물들에게서 돋보이는 매력은 단호함이 아니라 너그러움입니다. 물론 『새의 선물』에서도 나이든 진희의 냉소가 열두 살 진희의 세계로 투사되지 않을 수 없습니다. 소설의 화자가 나이든 진희이기 때문입니다. 그럼에도 냉소가 지닌 불편한 에너지는, 열두 살 소녀의 세계가 지닌 맑은 힘에 걸러져 매력적으로 중화되지요. 그럼에도 남는 비애는 무엇 때문일까. 그것은 두번째 시선을 만들어내는 자기반영적 힘의 산물, 세계에 이격과 균열을 초래하는 아이러니자체의 산물이라고 해야 할 것입니다. 『새의 선물』의 서사로 말하자면, 과거를 바라보는 회고의 시선 자체가 비애의 원천이라고 해야 하겠습니다.

1990년대적 증상으로서의 가족 서사

그러나 『새의 선물』의 세계를 잘 기억하고 있는 독자라면 이렇게 반문할 것입니다. 『새의 선물』에 기본적으로 애조나 비애가 서려 있다는 것은 사실이다. 그러나 그것은 당신이 말하는 저렇게 복잡한 자기반영성인지 뭔지 때문이 아니라, 어린 진희의 가슴 아픈 가족관계 때문이 아닌가? 진희는 우울증으로 자살해버린 엄마와 행방을 모르는 아버지의 자식이 아닌가?

게다가 그 아버지가 소설의 말미에 장엄하게 등장하지요. 사랑하는 남자도 사라지고 든든한 외삼촌도 군대 가버려 기이한 모녀 삼대만이 남아 있는 집에, 아버지는 귀환하는 왕처럼 등장합니다. 철없는 이모가 갑자기 성숙한 여성으로 변신하여 말합니다. "진희야, 네 아버지야."(380쪽) 아버지의 존재는 이모만이 아니라 진희 자신도 소녀에서 여성으로 만들지요. 초경을 치름으로써 가임 여성의 몸이 되는 것이 일차적 성숙이라면, 아버지의 등장은 진희의 어른 되기를 다시 한번 확인시켜줍니다. 일반적으로 그렇다는 것이 아니고, 소설 속에서 아버지의 등장과 진희의 성숙이 그렇게 배치되어 있다는 것입니다. 물론 어머니의 상처는 여전히 모호한 분위기와 은유 속에, 어른들의 비밀스러운 대화 속에 남아 있지요.

그런데 바로 이런 가족 서사야말로 『새의 선물』이 지닌 증상적인 지점, 그러니까 1995년이라는 시대성이 드러나는 특성이라 해야 하지 않을까 합니다. 한 시대가 만들어놓은 의장이 소설 속으로 슬쩍 들어와버린 격이지요. 격렬했던 1980년대가 지나고 환멸의 공간을 거쳐 새로운 시대에 돌입했던 때입니다. 문학도 탈이념화의 길을 가고 있었습니다. 사회 전체가 그러하니 그렇게 되지 않을 도리가 없지요. 이념이나 정치적 박해나 정당성의 문제가 뒤로 빠지며 다른 차원의 적대가 생겨나기 시작했지요. 미시정치와 젠더 정치 같은 문제들이 대두했지요. 사회적 불평등과 보편적 인권이 초점이 되자, 비판적 시선의 대상이 되는 국가 혹은 권력은 박해자 권력─국가에서 부당한 관리자 권력─국가로 옮겨갔습니다. 바로 그 이행의 지점에 놓여 있는 것이 『새의 선물』입니다. 1980년대를 사로잡고 있었던 정치적 열정에서 오이디푸스 시나리오는 크게 위력을 발휘했지요. 무엇보다도 분단 체제라는 것이 남북 양쪽에서 압도적 무게로 자리잡고 있었기 때문입니다. 상처 입은 정신으로서의 아버지, 찢어진 신체이자 동강난 국토로서의 어머니, 그리고 지켜야 할 유서와 전통의 원천인 조국, 그러니까 할아버지와 아버지와 어머니라는 가족관계가 그대로 네이션의 상징체계가 되었지요.

요컨대 저는 지금, 『새의 선물』에 등장하는 부모의 형상이 사실은 1980년대적 소설쓰기의 의장이라고 주장하고 있는 것입니다. 그것이 여전히 『새의 선물』의 세계 속으로 비집고 들어와 있다는 것이지요. 소설 전체로 보자면 부모 세대의 비밀이 외삽적인 위치에 있기 때문입니다. 말하자면 투사이자 핑계라는 것이지요. 그렇다면 진희가 느끼는 슬픔이나 비애도 가식이라는 것인가? 그럴 수는 없지요. 진희는 자기 슬픔에 대해 이러쿵저러쿵 말할 사람이 아닙니다. 진희는 단지 눈물을 흘릴 뿐입니다. 언어로 재현된 슬픔은 거짓일 수 있어도 눈물은 신체적 사실입니다. 하모니카의 비밀을 발견하고 인생은 농담이라고 말하는 대목에서도 진희는 눈물을 흘립니다. 엉엉 울지만, 우는 것이 아니라 자기 눈에서 흐르는 눈물을 발견한다거나 혹은 울고 있는 자기 자신을 본다고 함이 더 정확한 표현일 것입니다. 말과 행동 사이의 커다란 거리와 격차도 그렇지만, 정말로 냉소적인 사람이라면 그냥 피식 웃어야 마땅한 일입니다. 인생이 농담인데 그런 정도야 웃어넘길 일이지요. 그런데 진희의 눈에서는 눈물이 나는 것이지요. 그러니 말이나 몸 중에 어느 하나는 거짓일 수밖에 없지요.

그러나 이 지점에서 말이 거짓이고 몸이 진실이라고 하는 것은 조금 성급합니다. 슬픔 없는 눈물도, 눈물 없는 슬픔도 있을 수 있기 때문이지요. 진희가 느끼는 비애가 거짓이 아니라면 무엇 때문인가. 최소한 그것이 자살한 엄마나 부재하는 아빠 때문이 아니라는 것은 분명하다고 해야 합니다. 그러니까 작가 자신이 마련해놓은 설정이 위에서 말한 것처럼 투사에 불과한 것이라 한다면, 그러면서도 진희의 눈물 자체가 지닌 진정성은 인정한다면, 그렇다면 그것의 근원은 무엇일까. 이 질문에 대해 답해야 하겠지요. 소음도 냄새도 스트레스도 기형적인 뇌혈관도 원인이 아닐 수 있지만, 어쨌거나 두통의 존재는 분명한 사실이니까요. 바로 그 자리에, 좀더 근본적인 차원의 비애를 위치시켜놓고 싶군요. 스피노자의 비애라는 말로요. 그것이 은희경의 소설세계를 이루는 근본적 바탕이라고요.

수사학의 비애

플라톤을 끌고 오더니, 이제는 스피노자인가? 이렇게 힐난하는 분들께는, 마음에 안 드시면 그런 이름들은 그냥 지워버리셔도 좋겠다고 말씀드리고 싶네요. 알 만한 이름들이니 그냥 둬두시면 더 좋겠고요. 스피노자의 자리에 존재론적이라는 단어를 놓아도 좋겠습니다. 골치 아픈 이야기는 미뤄두겠습니다. 어쨌거나 골치 아픈 건 마찬가지인가요? 방향을 조금 바꿔서 가보겠습니다.

어떤 사람이 제게 말하더군요. 은희경은 수사학 없이는 글을 쓰지 못하는 사람이라고요. 무슨 말일까? 말 자체로 보자면 맞는 말인데, 생각해보면 너무 당연한 말입니다. 그것은 안경 없이는 볼 수 없다는 수준, 좀더 나아가면 귀 없이는 들을 수 없다는 수준입니다. 이 수준에서라면, 수사학이 따로 있는 것이 아니라 언어 자체가 수사학이라 해야 하겠습니다. 작가란 언어 없이는 존재할 수 없지요. 그래서 저는 그 말을, 은희경이 세련되고 맛깔나게 글을 쓰는 작가라는 말로 이해했습니다.

그런데 비유도 아니고 수사학이라고 했나요? 수사학은 을들의 것입니다. 을이란 말할 것도 없이 갑을관계의 을을 뜻합니다. 갑은 수사학을 익히거나 구사할 이유가 없습니다. 아이러니, 위트, 패러디, 풍자, 유머 같은 것들, 은유나 제유나 억양법 같은 것들. 힘을 가진 사람은 그런 에두르기나 비틀기 같은 기법을 사용해야 할 이유가 없지요. 힘이 있는 사람은 그냥 생각나는 대로 말하면 그뿐입니다. 말을 잘해야 할 이유가 없어요. 혼자만 알아듣게 중얼거려도 그만입니다. 뭐라 지껄이든 그것을 알아듣고 해석하는 것은 을의 일입니다. 게다가 절대적 힘을 가진 존재의 화법은 단순할 수밖에 없어요. 직설법에 명령형입니다. 타자를 의식하거나 배려해야 할 이유가 없어요. 그 자신이 절대타자이기 때문입니다.

모든 수사학과 웅변술은 명령과 욕설을 내뱉을 수 없는 처지의 산물입니다. 상대를 배려하거나 두려워하거나 존중하거나, 혹은 그런 척하거나 간에, 어떤 경우이든 타자를 의식한다는 것은 이미 지고 들어가는 것입니다. 좀더 넓은 의미에서, 그러니까 모든 언어는 그 자체가 수사학이라는 수준에서 말을 해도 마찬가지입니다. 절대 위력자는 말을 잘해야 할 이유가 없을 뿐 아니라, 아예 말을 해야 할 이유가 없지요. 그냥 눈빛이나 표정으로 충분합니다. 그마저도 필요 없다면, 절대 위력이니 말없이 하고 싶은 대로 하면 그만입니다. 언어도단의 세계에 사는 존재인 셈이지요.

이런 점에서 보자면 수사학은 그 자체가 비애의 기반 위에 만들어진 것이라 하겠습니다. 그것은 이야기꾼의 비애이기도 하고, 좀더 넓게는 모든 글쟁이들의 비애이기도 합니다. 스피노자와 같은 시대를 살았던 어떤 수학자처럼, 내가 중요한 진리를 발견했으나 여백이 부족해 자세히 쓰지는 않는다고 말할 수 있다면 얼마나 멋질까요. 생각은 좀 있는데, 시간도 없고 종이도 부족해서 나 그만 쓰겠다, 궁금하면 생각들 해보시거나 아님 말고! 이렇게 쓰고 보니, 정말 멋지군요. 이런 멋짐에는 세계 전체를 왕따시켜버리는 호쾌함이 있습니다. 그것은 신의 자리에 올라서는 것과 다름없지요.

수사학은 기본적으로 타자를 설득하려는 의지의 산물입니다. 그 타자에는 청자로서의 자기 자신까지 포함됩니다. 야유의 수사학이나 조롱과 고발, 아첨의 수사학이라고 해도 마찬가지입니다. 말을 듣는 사람을 설득하거나, 혹은 그 장면에 참여해 있거나 장차 참여하게 될 제삼자를 설득하고자 합니다. 그들의 마음을 움직이고자 하는 것이지요. 요새 유행하는 표현으로 하자면 공감이라고 할까요. 그러니까 모든 수사학은 공감의 수사학입니다.

사람들은 누구나 공감을 필요로 합니다. 누구의 공감이냐가 물론 중요하지만, 보통 사람들에게 공감의 양은 다다익선일 것입니다. 그것이 사회 속에서는 대단한 가치가 되고, 가치는 곧 수익 창출로 연결됩니다. 직접적으로 돈이 되지는 않더라도 내가 만든 공감이 나 개인의 능력치를 높이고 사회적 인정으로 연결될 것입니다. 그 나머지 번잡스럽고 입에 올리기 싫은 일들은 다른 사람들이 알아서 할 테지요. 이것이 우리가 살고 있는 세상의 기본 모델입니다. 이 세계의 시민으로 사는 한 이 기본 모델에서 크게 벗어날 수는 없는 일이지요.

은희경의 세계에서 압도적인 것으로서의 아이러니는,『새의 선물』의 진희가 즐겨 사용했던 화법이자 세계관이기도 했지요. 아이러니가 특정 대상으로 향해 나아가는 것을 냉소라고 한다면, 그런 식의 화법은 무엇보다도『태연한 인생』에서 가장 두드러지죠. 이런 식의 아이러니는 언어적 수사에 해당하므로 반어反語라고 하는 것이 좋겠네요. 상대적으로 은희경의 세계 속에서 이런 화법이 가장 적게 구사되는 것이『비밀과 거짓말』이 아닐까 싶군요.『새의 선물』이후 십 년 만에 나온 이 소설은 분위기가 정통 리얼리즘 소설 같은 느낌이라, 은희경의 놀라운 변신이라는 인상도 주었지요. 그럼에도 여전히 은희경은 은희경입니다. 선대가 남긴 비밀스러운 사랑과 출생의 비밀이 서사적 아이러니로, 마치 인생이라는 달 표면에 남겨진 얼룩처럼 너무도 커다랗게 버티고 있지요. 그런 천연덕스러운 비밀로부터 초점을 물려, 흠 없이 밝은 둥근 보름달처럼 보이게 하는 것이 거짓말의 힘입니다. 은희경의 세계에 따르면, 그것이 보통 사람들의 삶이라는 것이지요.

앞에서 지적했듯이『새의 선물』에는 진희가 보여준 '슬픔 없는 눈물'이 있었지요. 예스러운 표현을 빌리자면 '환부 없는 동통'이라 해야 할까요. 조숙하다기보다는 어른스럽다고 해야 할 진희의 성격 때문이라고 할 수도 있겠지요. 소녀의 어른스러움은 작품 전체의 안정감을 만들어주는 것이기도 했고, 또한 일상 속에 존재해야 할 윤리적 감각의 기준점이기도 했습니다. 그러니까 진희의 세계에 잠재해 있는 비애는, 진희의 특수한 가족관계가 아니더라도 진희라는 인물 자체가 지닌 특성으로 설명할 수도 있겠네요. 하지만 이것만 가지고는 부족해 보입니다. 그것은 『새의 선물』만이 아니라 은희경의 소설 전체에 깔려 있는 것이기 때문입니다. 그에 따르면, 세상은 비밀로 만들어진 성채 같은 곳입니다. '모두에 대한 비밀' 같은 것은 없습니다. 따지고 들면 비밀은 언제나 단 한 사람을 향한 것입니다. 그 비밀은 거짓말이 있어야 유지됩니다. 그러니 거짓말 역시 단 한 사람을 향한 것이지요. 그 사실을 깨달아버린 사람이 있다면 어떻게 되나요? 그에게는 이제 비밀이 아닌 세상은 존재하지 않지요. 그리고 어떤 말도 거짓말이 아닌 말은 없습니다. 거짓말이었거나 거짓말이거나 혹은 장차 거짓말이 될 것입니다.

열두 살 난 여자아이가 혼자 울고 있어요. 그 어른스러운 아이의 눈에서 흐르는 눈물이란 무엇 때문일까. 애매모호하지만 근원적 상실감 때문이라고 표현해볼까요. 그러니까 진희는 자기가 알고 있는 세계 너머에서 오는 어떤 신호를 감지해낸 것이지요. 자기가 투명하다고 생각했던 세계가 그렇지 않다는 것을 느끼게 된 것이지요. 그것을 의식했다는 것과는 다른 차원입니다. 중요한 것은 느낌이라는 것이지요. 요새 유행하는 말로 정동이라고 해도 좋겠네요. 몸이 아는 것이니까요. 그것은 불안과 공허감을 만들어내지요. 근원적 상실감이라는 무딘 표현은 그걸 지칭하고자 한 것이었네요. 어떤 대책도 없고 또 돌이킬 수도 없어서 '근원적'이고, 한때 있었고 또 마땅히 있어야 하는데 없다고 느끼고 있어 '상실감'입니다. 그것이 있어 세상은 비틀리고 일그러지지만, 또한 그것 없이는 삶이 무의미해집니다. 그러니 그런 세상에서 태연한 인생이 되기란 애당초 글러버린 일이지요. 이런 점에서 보자면 은희경이 포착하는 아이러니는 수사학이라기보다는 오히려 세계관의 차원이라 해야 할 것입니다. 그것이 은희경만의 것일 수 없음 또한 물론입니다.

속지 않는 소설가? 비평가?

은희경의 소설들을 읽고 나면 자연스럽게 이런 생각을 하게 됩니다. 은희경은 소설가보다는 오히려 비평가에 가깝다 해야 하지 않을까. 그것은 그의 주요 인물들이 만들어내는 인상 때문입니다. 앞에서 언급해왔듯이, 그들은 지적이고 세련된 사람들입니다. 그들은 세상을 보는 사람들이고, 또 자주 그들은 세상을 내려다보는 사람들입니다. 좀더 정확하게 말하자면 내려다보는 포즈를 취한 채로 세상을 바라보는 사람들입니다. 열두 살 진희도 그랬고, 특히 일곱번째 장편 『태연한 인생』의 남자 주인공 '요셉'이 대표적인 인물이 아닐까 합니다. 작중 직업이 작가인데도 그랬습니다.

소설가라면 세상을 내려다보아서는 곤란합니다. 세상과 눈을 맞추는 존재, 세상의 목소리를 듣는 존재, 그런 것이 작가에게 주어진 자리일 것입니다. 세상을 내려다보는 일은 비평가에게 어울립니다. 무엇인들 양에 차지 않는다는 표정으로 얼굴 찌푸리면서 대상을 향해 말없이 눈길을 던지는 것, 중속衆俗을 비웃으며 너희들이 예술을 아느냐는 태도로 대상을 응시하는 것, 그런 것은 아주 '쿨한' 비평가의 자세입니다. 이 세계에서 중요한 것은 앎입니다. '보다'라는 동사와 연관되어 있는 명사는 '앎'입니다. 그렇다면 '하다' 동사와 연관된 명사는 무엇일까요. 어쨌거나 비평가라면 모름지기 나는 너희가 모르는 것을 알고 있다는 태도를 취해야 하겠지요.

말도 안 되는 소리를 하지 말라고요? 아, 그렇군요. 제가 지금 말도 안 되는 소리를 늘어놓고 있었군요. 두 가지 점에서 그렇습니다. 일단, 작가와 비평가를 저렇게 나누는 것 자체가 진부한 통념이지요. 작가는 무당이고 비평가는 지식인이라는 식의 나눔이 바보 같습니다. 글을 쓰는 사람, 혹은 무언가 이야기를 하는 사람은 저 양극이 만들어내는 스펙트럼 사이 어딘가에 있을 것입니다. 그 양극을 소설가적인 것과 비평가적인 것으로 구분하는 것까지는 대충 수용해줄 수 있겠습니다. 두번째 문제는 비평가의 태도 운운한 대목입니다. 대상을 제대로 보기 위해서는 일단 그 대상과 눈높이를 맞춰야 합니다. 비평가라고 다를 바 없지요. 올라가거나 내려가는 것은 그다음 일입니다.

하지만 저 말이 안 되는 이야기들 중에서, 은희경의 세계에서 압도적인 것이 '보다'라는 동사라는 것은 말이 되지 않을까요. 은희경의 인물들은 움직이고 사건을 만드는 사람들이라기보다는 바라보고 무언가를 알게 되는 사람들에 가깝습니다. 그의 인물들은 자주 대상을 바라봅니다. 그냥 보는 것이 아니라 이마를 찡그리거나 미간에 힘을 주고 바라봅니다. 응시하는 것이죠. 때로는 포즈이기도 하고, 때로는 인물 자체의 습관이기도 합니다. 봄으로써 앎에 접근하고 그리하여 비밀을 알게 되는 사람들, 혹은 바라보고 사랑에 빠지고 사랑에 빠진 자기 자신을 응시하는 사람들입니다. 보고 판단하고 평가하는 사람들입니다. 그래서 은희경의 소설 속에는 거울이 많습니다. 최근의 장편 『빛의 과거』가 대표적이겠습니다. 여러 겹의 거울을 세움으로써 과거의 사건들을 이렇게 저렇게 들여다보게 합니다. 그런 거울들이 없으면 존립 불가능한 것이 은희경의 세계입니다.

보는 사람은 앎에 주린 사람이기도 하지만 사랑에 빠진 사람이기도 합니다. 사랑에 빠진 사람을 알아차리기는 어렵지 않습니다. 가장 많이 보는 사람이 가장 많이 사랑하는 사람입니다. 시대의 풍속이 바탕에 깔리고, 인물들의 수사학이 작동하기 시작하면 이제 은희경의 소설은 출발합니다. 수사학이 없는 사랑은 불가능한 사랑입니다. 연애 없이는 사랑이 불가능한 것이지요.

『태연한 인생』의 마흔일곱 살 남성 작가 요셉은 십 년 전, 뜨겁게 사랑에 빠졌다가 아무런 말도 없이 갑자기 떠나버린 여성 '류'를 못 잊어합니다. 왜 자기를 떠났는지 모르는 것을 못 견뎌합니다. 물론 그는 알고 있습니다. 그 사실을 모르는 척하고 있을 뿐이지요. 다른 누가 아니라 자기 자신에게 말입니다. 혹은 그 사실을 아는 자기 자신을 못 견뎌할 수도 있습니다. 그래서 그는 다시 만난 그때 그 사람의 뒷모습을 멀쩡히 쳐다보면서도 붙잡지 못합니다. 말을 건네지 못합니다. 그런 무모한 짓을 하기에 요셉은 너무 지적인 사람입니다. '속지 않는 자들이 길을 잃는다'는 라캉의 역설이 말을 한다고 할까요. 라캉의 그 말이 과연 합당한 말인가요. 거기에서 한 발 더 나아가야 하는 것은 아닐까요.

길이라고 해서 어느 것이나 길은 아니지 않습니까. 우리가 경험칙으로 아는 것이 있습니다. 사람들이 찾는 진짜 길은 길을 잃었을 때 나타납니다. 방황이 없는 사람 앞의 태연한 길은 길이 아닌 것이지요. 그러니까 속아야 하는 것이 아니라, 속지 말아야 하지요. 그것도 그냥 속지 않는 것이 아니라 결사적으로 성실하게, 최선을 다해 속지 말아야 합니다. 그것이 진정으로 '속은' 사람의 태도입니다. 그리고 바로 그것이 앎에 대한 우리들의 태도여야 합니다. 여기에서 우리라 함은 보통 사람들을 지칭하는 것입니다만, 우리는 어떤 이유로든 앎의 문턱에서 멈춰서는 안 되는 거지요.

구원 같은 것은 없을 수도 있어요. 그러나 냉소적인 사람들, 불가지론자들을 아름답고 대단하게 만드는 것은 성실성입니다. 아이러니는 새로운 세상을 보게 합니다. 그리하여 그 앞에 선 인간을 깊게 만들지요. 다른 세상을 보았으니 깊이가 없을 수 없지요. 깊은 인간은 너그럽습니다. 까칠하게 굴어도 너그러울 수밖에 없지요. 다른 것도 아니고 소설이라면, 바로 그런 사람들의 미덕을 담아내도 좋겠지요.

플라톤주의자 은희경

열두 살이었던 강진희양이 스무 살이 되어 대학엘 갔군요. 대학 일학년 때 실연을 하여 힘든 시간을 보냈군요. 알고 보니 뒤통수를 친 친구가 있었어요. 그 친구 때문에 연애가 깨져버린 거지요. 오랜 시간이 지난 후에 그 사실을 알게 되었어요. 그런데 또 알고 보니 뒤통수를 친 것은 자기 자신이었을 수도 있네요. 의식하고 그런 것은 아니라고요? 그렇게 생각하고 싶은 거겠죠. 그래야 마음이 편하니까. 어쨌거나 그로부터 사십여 년이 흘렀어요. 이제 어쩌겠어요? 어차피 상처는 주고받았고, 또 그게 아니더라도 친구는 친구인 것이죠. 한때 친구였다고 해서 꼭 나중에도 친구일 필요는 물론 없지요. 어쨌거나 그런 과정에서 누군가에게 상처받고, 나도 누군가에게 상처를 주지요. 일부러 그러기도 하고 의식하지 못한 채 그러기도 해요. 그리고 상처 준 사람들을 용서하지요. 사과받지 않았는데 용서하기도 해요. 그까짓 것 하면서. 용서하지 않으면 자기 자신이 힘들기도 해요.

우리는 대체 얼마나 많은 사람들에게 얼마나 많은 용서를 받았을 까요. 우리 자신도 모르는 채 말이에요. 『빛의 과거』를 읽으며 그런 생각을 하게 되는 것이지요.

플라톤은 올바르게 살아야 한다고 말합니다. 그 반대편에는 다른 사람들에게 올바르다는 말을 듣게끔 살아야 한다고 말하는 사람이 있습니다. 플라톤의 책으로 말하자면, 한쪽은 소크라테스, 그리고 반대편은 트라시마코스입니다. 한 사람은 매우 유명한 사람입니다. 플라톤의 책이니 누구의 발언권이 클지는 두말할 나위가 없습니다.

그럼에도 이 둘 사이의 대립은 그리 만만한 것이 아닙니다. 올바름에 관하여 주관적 확신을 앞세우면 전투적인 성자가 될 수도 있지만 거꾸로 세상을 망치는 확신에 찬 미친 범죄자가 될 수도 있어요. 반대로 타인의 시선을 의식한다면, 눈치꾼에 기회주의자 속물이 될 수도 있지만, 반대로 타인의 의견을 존중하는 균형 잡힌 민주주의자가 될 수도 있습니다. 플라톤이 둘 중 누구 편을 드는지는 말할 것도 없지요. 그는 자기 스승 소크라테스를 주인공으로 내세워 올바르게 살아야 함을 역설합니다. 그러나 그것은 주장만 가능할 뿐 논증은 불가능한 명제이지요. 결국 소크라테스가 내세우는 것은 협박입니다. 살아생전에 나쁜 짓을 하면 죽어서 그 열 배로 돌려받는다고, 소설 같은 이야기를 꾸며내어 거짓말을 늘어놓습니다. 내세를 내세운 협박인 것입니다. 어쩌자고 플라톤은 그런 책을 쓴 것일까.

유명한 동굴의 비유도 그 책에 나오지요. 동굴에 죄수들이 횡렬로 묶여 있어요. 고개를 돌리지 못하고 앞만 보게 묶여 있어요. 그 뒤에서 빛이 나오고 그림자가 눈앞의 스크린에 비쳐지죠. 동굴에서 태어난 죄수들은 그게 진짜 세상이라고 알며 산다는 것이죠. 말이 되나요? 그 사람들은 뭘 먹고 살지? 그 음식도 그림자라는 것인가? 너무나 말이 안 되는 비유라서 기가 찹니다. 영화 〈매트릭스〉(1999) 정도는 되어야 말이 되지요. 그래도 플라톤은 소크라테스의 입을 통해 끝까지 주장합니다. 가짜와 헛것들에 속지 말고 이데아의 세계를 향해 나아가야 한다고요. 그러면서 협박까지 하는 것입니다. 올바르게 살지 않으면 죽은 후에 죽음보다 더한 고통을 치를지도 모른다고요. 플라톤이 사람들을 움직였다면 아마도 그 집요함 때문이 아닐까요.

이제 세상이 너무 평면이 되어버렸지요. 어떻게 해야 하나요. 세상을 구겨 굴곡을 만들어내야 하나요. 이토록 무겁고 매끈한 세상을 번쩍 들어올릴 수 있는 것은 은유의 힘이지요.

길을 잃은 사람만이 진짜 길을 찾듯이, 못 볼 꼴을 본 사람들이라야 볼 수 없는 것들을 봅니다. 왜 은희경이 플라톤주의자인지에 대해서는 주어진 지면이 이미 넘쳐 생략하겠습니다. 혹시라도 이 문장을 읽으신 호방하신 독자께, 아직 가을이 남아 있기를 바랍니다.

(2019)

스피노자의 비애
─다소곳한 이야기꾼 정소현에 관하여

1. 플롯 예술가의 세번째 시선

정소현 소설만이 지니고 있는 독특한 분위기가 있다. 그것은 강렬한 정념과 서늘한 시선이 뒤섞여 있는, 상반된 정서가 어우러져 만들어내는 기묘한 역설의 분위기이다. 그런 분위기는 그의 단편소설들 각각에서 느껴지는 것이기도 하지만 함께 모아놓고 보면 좀더 분명하게 부각된다. 그의 첫 소설집 『실수하는 인간』[1]에는 등단 이후 사 년 동안 발표된 여덟 편의 단편이 실려 있다. 사 년에 걸친 책이니 시작과 끝에 변화가 없을 리 없다. 그럼에도 이들이 공유하고 있는 요소가 있는데, 그건 바로 삶의 실감이 희미한 사람들의 이야기라는 점이다. 실감이 적은 이야기 속에서는 무슨 일이라도 벌어질 수 있다. 사람이 책이 되기도 하고, 때로는 유령이 출몰하기도 한다. 그러니까 정소현의 소설에는 디테일의 현실성 같은 것은 중요하지 않다는 말이

---

1) 정소현, 『실수하는 인간』, 문학과지성사, 2012. 이하 인용시 본문에 쪽수만 밝힌다. 이 책은 『너를 닮은 사람』(문학과지성사, 2021)으로 재출간되었다.

겠는데, 그렇다고 해서 정소현의 소설들이 전적으로 환상소설의 틀을 지니고 있다는 것은 아니다. 그와는 반대로 그의 소설은 기본적으로 당대 현실의 시공간에 입각해 있다. 그런 바탕 위에서 탈현실의 계기들은 어떤 서사적 비약의 순간으로 그 현실성 속에 슬쩍 삽입되어 있다. 현실성의 평면 위에 태연하게 자리잡고 있는 그런 순간들은 마치 숨겨진 크레바스와 같아서, 빠지고 나서야 비로소 거기에 탈현실의 심연이 있었음을 알게 해준다.

정소현의 소설이 지니고 있는 이런 구도는, 사건의 현실성이 아니라 그것을 바라보는 시선과 그로 인해 생겨나는 경험이 중요한 것임을 일깨워준다. 이야기가 중요한 것이 아니라 그 이야기가 어떤 시선에 의해 포착되는지가 중요하다는 것이다. 사건이 투명한 관찰자의 시선에 의해 포착된 객관적인 것이라면, 경험은 특정한 질감을 지닌 시선과 정서에 의해 포획된 주관적인 것이다. 따라서 사건이 재현의 대상이라면 경험은 표현의 대상이다. 이야기가 표현의 대상이 된다면 탈현실성이 서사 내부로 틈입해 들어오는 것은 매우 쉬운 일이다. 표현의 대상으로서의 경험은 주체의 느낌을 그 핵심으로 삼고 있기 때문이다. 느낌을 서사적으로 표현하는 일이란 시간을 포획하는 일에 상응한다. 느낌 속에는 기묘한 고요가 있다. 그것은 시간의 정지 상태가 만들어내는 효과이기 때문이다. 그런 효과를 서사적으로 구사할 수 있는 작가라면 그는 이미 대단한 이야기꾼이다. 이야기 자체보다 그것을 전달하는 방식이 훨씬 중요하다는 것, 오히려 전달 방식의 독특함이 새로운 이야기를 만들어낼 수도 있다는 것을 알고 있는 소설가라면, 그는 플롯의 예술가가 된다.

플롯 예술가로서의 소설가가 종국에 당면하게 되는 것은 시간의 질서이다. 시간의 중요성은 소설 밖의 사람들에게도 물론 똑같이 적용된다. 딸보다 어린 엄마가 등장하는 것은 실제 삶에서는 있을 수 없다. 엄마가 딸이 되고 딸이 엄마가 되는 역전의 순간은 매우 특별한 주관적 경험으로, 치매 걸린 엄마와 간병하는 딸과의 관계와 같은 것으로 존재할 수 있을 뿐이다. 하지만 플롯의 예술을 구사할 수 있는 소설에서는 경우가 다르다. 시간을 접어 주름을 만든다면 엄마와 딸의 역전을 현재 사건으로 만들어놓을 수 있다. 「돌아오다」와 같은 단편이 그런 예이다. 이 소설 속에서는 딸과 엄마 사이에서 역전된 시간이 현재의 생생한 질감으로 부감된다. 환각이건 상상이건 초현실의 세계이건 간에, 서른다섯 살의 딸이 스무 살 난 엄마를 동생처럼 살펴주는 역설적인 순간들이 현재 시간 속에서 그려지고 있는 것이다. 그것은 주름 잡힌 시간이 만들어낸 마법의 순간이다.

일상을 바라보는 평범하고 투명한 시선이 기본적인 것이라면, 플롯의 마법으로 인해 전도된 세계를 포착해내는 시선은 그것과는 다르다. 이를 두번째 시선이라 할 수 있겠다. 임신한 어린 엄마를 보살피고 있는 나이든 딸의 시선이 그것인데, 그 두번째 시선을 바라보고 있는 세번째 시선의 자리가 있다. 그것은 작가가 자신을 위해 마련해놓은(혹은 그렇다고 사람들이 생각하는) 자리이면서 동시에 그 소설을 읽는 모든 독자들이 결국은 서게 될 자리, 즉 시간의 주름이 펴지고 마법이 풀리는 순간 서게 될 자리이다. 첫번째가 일상의 시선이고 두번째가 마법의 시선이라면, 세번째는 탈마법의 시선이다. 그러니까 이 시선의 자리는 시간이 접히기 이전의 자리, 즉 일상의 시선의 자리이면서 동시에, 주름이 접혔다 다시 펴진 자리, 즉 주름진 시간의 경험을 통해 매우 특별한 마법의 순간을 맛보고 난 후 어쩔 수 없이 다시 돌아오게 된, 탈마법으로서의 일상의 자리이기도 하다. 그러므로 이 둘은 서로 모순적인 관계이다. 첫번째와 세번째는 같은 자리이면서 또한 같은 자리가 아니다. 헤겔식으로 말하자면 부정의 부정이 이루어진 자리, 객관성과 주관성의 균열 속에서 생겨난 절대성의 자리이다.

플롯 예술가 정소현은 우리를 바로 그 세번째 시선의 자리에 서게 한다. 어떤 독자라도 일단 그 자리에 서면 삶을 통찰하는 시선을 지니게 된다. 삶을 끝까지, 어떤 정념의 바닥까지 맛보아버린 사람이 지니게 되는 시선이다. 그런 깨달음은 사람을 성숙성의 세계로 인도한다. 물론 유한자로서의 인간이 지녀야 할 종국적인 지혜는 자기 존재의 실상에 대한 절실한 깨달음이다. 쿠자누스의 말을 빌려 '무지의 지 docta ignorantia'라 해도 좋겠다. 머리가 아니라 감각으로, 마음으로 그 양태와 운명을 받아들이는 것이다. 그런 경험은 사람의 시선을 고양시킨다. 그래서 획득하게 되는 것이 탈마법의 시선이라면 그것은 현자의 시선이라 해도 좋겠다. 그것이 정소현의 소설 속에서 서늘한 분위기와 그늘을 만든다. 그것은 그가 플롯의 예술가, 솜씨 좋은 이야기꾼이었기에 가능한 일이 아니었을까.

2. 시간의 슬픔, 스피노자의 비애

정소현의 소설은 일견 다소곳해 보이지만 그것은 대개 시작만 그러할 뿐이다. 그 안에는 어떤 강렬한 순간이 내장되어 있다. 그런 강렬함이 때로는 점입가경에 이르기도 하지만 그것을 미리 안다고 해도 도리가 없다. 정소현의 이야기가 일단 흐름을 타면 독자는 작가가 끌어가는 곳으로 갈 수밖에 없다. 그곳에는 힘센 정념들이 독자를 기다리고 있다. 「너를 닮은 사람」처럼 꼬여버린 삶의 회한, 복수심과 참회로 얼룩진 마음일 수도 있고, 「돌아오다」처럼 특이한 운명 속에서 만들어진 가족 간의 애증일 수도 있다. 이런 정념들은 시간성 위에 자리잡을 때 좀더 강렬하게 표현되거니와, 정소현 소설의 저류를 이루고 있는 서늘함은 그 강렬함이 정점을 넘어선 뒤에서야 드러난다. 환멸의 비애와 같은 것이라 할 수도 있겠으나, 그것은 현실적인 비애나 쓸쓸한 회한보다는 맑고 옅은 감정이라서 그냥 '슬픔'이라는 단어가 더 어울릴 수도 있겠다.

짙고 강한 정념은 너무 무거워서 오래 안고 갈 수가 없다. 어떤 방식으로건 부려놓아야 한다. 많은 사람들이 불가피하게 감당할 수밖에 없는 것, 감내할 수밖에 없어 평생 지고 가야 하는 정념은 옅고 가볍다. 사람들이 견딜 만한 것이어야 하기 때문이다. 하지만 어느 순간 삶이 하나의 전체로 조감될 때면 그것은 모이고 덧쌓인 구름처럼 매우 짙고 강한 슬픔이 되기도 한다. 아마도 그런 슬픔이라면 그 앞에 스피노자의 이름을 덧붙여놓을 수도 있겠다. 자기가 만든 세계에 개입할 수 없는, 그러면서도 그 세계의 고통을 내려다보아야 하는 절대자의 깊은 고뇌가 한편에 있고, 다른 한편에는 종국적인 구원의 가능성 혹은 희망의 원리에 대한 신뢰를 철회하지 않은 채 완주의 결심으로 높은 곳을 바라보는 주체의 의지가 있다. 스피노자적 슬픔은 이 두 개의 시선이 마주치는 곳에서 만들어진다. 그것은 삶의 의지를 불태우는 인간 주체의 것일 수도 없고, 또한 고작해야 슬픔일 뿐이니 완전체인 신의 것일 수 없음 또한 당연하다. 그런 슬픔이란 신의 자리에 자기 눈을 박아 넣은 인간의 것, 정념을 지닌 채 신의 자리에까지 시선을 고양시켜버린 인간의 몫이라고 해야 할 것이다. 세상사를 꿰뚫어 알고 있는 신의 눈으로 자기를 바라보고 있는 사람의 마음이 곧 그 슬픔이겠다. 신의 눈이 될 수 있는 사람이라면 그는 또한 현자에 다름 아닐 것이다. 그러니 그런 슬픔이란 세번째 탈마법의 시선에 의해 포착될 수 있는 것이기도 하다.

그래서 여기에서도 중요한 것은 시간에 대한 감수성이다. 플롯 예술가로서의 뛰어난 이야기꾼이 시간에 대한 예민한 감수성을 지녀야 한다는 것은 말할 것도 없다. 플롯 예술이란 시간을 접고 펴고 하면서 시간의 평면 위에 새로운 주름과 봉합선을 만드는 일이기 때문이다. 정소현의 소설들은 그가 시간과의 거래에 매우 능숙한 솜씨를 지니고 있음을 보여준다. 그가 애용하는 것은 반전 플롯이라 지칭되는 기법이다. 시작은 언제나 평범하다. 도서관에 간다거나, 식당에 들어간다거나, 혹은 어떤 도시로 여행을 간다거나 하는 등의 범상한 일상의 풍경들이 소설 앞에 놓인다. 하지만 이야기가 흐름을 타고 나아가기 시작하면 무언가 풀려나온다. 대개는 과거의 사연이나 비밀이되, 때로 그것은 매우 치명적이어서 한 사람의 실존을 위협할 수 있는 것이기도 하다. 반전이란, 이런 비밀들이 갑작스럽게 풀려나오거나 덮여 있던 과거가 한꺼번에 주르륵 펼쳐지는 것을 지칭한다.

이런 반전 플롯과 일인칭 화자의 독백은 잘 어울리는 짝이다. 비인칭 화자의 시선은 신의 것이어서 아무것도 숨길 수가 없다. 무언가 숨겼다면 그것은 게임의 룰을 어긴 것이다. 하지만 일인칭 화자의 시선은 인간의 것이어서 많은 비밀을 숨길 수 있다. 정소현의 소설들을 시간순으로 늘어놓으면, 현재로 올수록 신뢰할 수 없는 일인칭 화자들의 양상이 현저해진다. 독자들로 하여금 치매 노인의 환각 속으로 들어갔다가 나오게 하는, 가장 최근작인 「지나간 미래」의 경우가 상징적인 예일 것이다. 일인칭 화자가 신뢰를 잃는다는 것은, 비유컨대 카메라가 흔들리는 것과도 같다. 독자가 의지하는 것은 오로지 카메라가 제공하는 정보일 뿐이므로, 카메라가 흔들리면 세계 전체가 흔들린다. 사건이 터져나오지만 어디까지가 사실인지 짐작하기 어렵고 혹시 우리가 비정상적인 사람의 마음속에 들어와 있는 것은 아닌가 하는 의심을 하게 된다. 그 순간 우리는, 질적으로 다른 시선의 주체가 되었던 경험을 통해 우리 삶을 바라보는 타자의 시선을 획득하게 된다. 우리 앞의 세계가 자명하지 않다는 것은 생각해보면 자명한 일인데도 일상 속에서 우리는 그것을 잊고 산다. 바로 그 일상적 망각을 일깨워주는 것이 타자의 시선이 남긴 선물이자 플롯 예술의 효과이다.

플롯 예술가로서의 정소현의 모습은 「지나간 미래」 「너를 닮은 사람」 「돌아오다」 등에서 매우 현저하지만 사실상 그의 소설 전체에 스며 있다고 말해도 좋을 것이다. 그의 소설 전체가 시간과 연관된 어떤 서사적 비약의 계기를 품고 있다는 점에서 그러하다. 정념과 플롯이 긴밀하게 연관되어 있는 「너를 닮은 사람」의 예를 들어보자.

이 소설은 중학생 딸아이가 교사에게 폭행을 당한 엄마의 시선으로 서술된다. 소설의 초두에 형성되는 이와 같은 피해와 가해의 관계는, 서사가 진행됨에 따라 두 차례에 걸쳐 역전된다. 특목고 진학을 준비하던 착한 중학생 딸아이가 미술 교사에게 끔찍한 폭행을 당했다. 체벌 따위의 말을 쓸 수 없을 정도로 끔찍한 폭행이었다. 정신적 충격을 받은 딸은 그로 인해 특목고 입시를 망치게 되었다. 미술 교사를 만난 엄마는 분노했다. 자기 딸의 됨됨이를 뻔히 아는 터인데, 미술 교사는 자기가 저지른 폭행에 대해 제대로 사과하려 하지 않았기 때문이다. 고작해야 지나친 행동이 미안하다는 수준이었다. 결국 미술 교사가 교단을 떠나게 되는 것으로 사태는 일단락된다. 여기까지가 일 단계이다. 있어서는 안 될, 그러나 종종 발생하곤 하는 일이 벌어진 정도이다.

두번째 이야기는 해직당한 미술 교사가 여자의 집을 지속적으로 방문하는 것으로 시작된다. 표면적으로는 가해자인 여교사가 피해자인 학부모에게 용서를 구하기 위해 집을 방문하는 것으로 되어 있다. 두 사람이 만나서 말을 나누기 시작하자 새로운 이야기가 펼쳐진다. 열네 살 차이가 나는 이 두 여자가 십오륙 년 전에 서로 아는 사이였다는 것, 단순히 아는 정도가 아니라 깊은 친분을 쌓았던 사이였다는 것이다. 가난한 미대생이었던 여교사에게 부잣집 젊은 댁이었던 일인칭 화자가 얼마나 좋은 후원자였는지, 또 일인칭 화자는 젊은 미대생과 그의 남자친구로 인해 어떤 새로운 삶을 살게 되었는지에 대한 지난 이야기들이 전개된다. 이런 이야기가 배경에서 드러나기 시작하면서 가해자 여교사의 부도덕함이 더욱 두드러진다. 옛 은인의 딸에게 모진 폭행을 한 사람이 되는 것이다.

그러나 바로 그다음 순간 첫번째 역전이 일어난다. 젊은 미대생에게는 장래를 약속한 남자친구가 있었다. 그 역시 가난하지만 능력 있는 화가 지망생이었다. 부잣집 젊은 댁은 후원자로서 이 가난한 연인들의 결혼을 반대했었다. 둘 모두 생활력이 없어 걱정스러웠기 때문이었다. 그런데 그보다 더 심각한 문제가 생긴다. 가난한 미술학도 청년과 부잣집 젊은 댁이 사랑에 빠지게 된 것이다. 둘은 결국 떳떳하게 드러낼 수 없는 사런邪戀의 늪에 빠졌다. 결혼을 앞둔 남자는 연인을 버려둔 채 젊은 댁에게 도망쳐왔고, 혼자 독일로 유학을 와 있던 젊은 댁도 그를 받아들였다. 그들은 짧게 행복했고 비참한 결말을 맞게 된다. 청년은 그 사랑에 모든 것을 걸었다고 했지만 그는 가진 것이 없으므로 잃을 것도 없다. 하지만 잃을 것이 너무 많은 젊은 댁은 도망치듯 혼자서 늪을 빠져나간다. 그리고 십 년이 넘는 시간이 흘러, 행복했던 시절 청년과 함께 키웠던 딸아이(아이의 아빠가 청년인지 남편인지는 밝혀져 있지 않다)가 어느덧 중학생이 되었다. 여자와 아이를 잃고 독일에 홀로 남겨진 청년은 객사했지만, 도망쳐 잠적한 젊은 댁은 아무것도 알 수 없었다. 그런데 자기 딸을 폭행한 여교사가 바로 이 사실을 들고서 일인칭 화자 앞에, 그러니까 한때의 후원자이자 동시에 약혼자를 가로채간 파렴치한 앞에 부채의 청산을 요구하는 사람으로서 등장해 있는 것이다. 그러니까 이 여교사는 근 이십 년 가까운 시간 너머에서 날아온 메신저이자, 또한 자기 삶이 비틀려버린 것에 대해 대가를 요구하는 초자아인 셈이다. 여기에 이르면 둘 사이의 피해와 가해 관계는 완전히 역전된다.

이러한 관계는 소설의 말미에서 다시 한번 뒤집어진다. 첫번째 역전까지는 있을 수 있는 일이다. 그러나 이 두번째의 역전은 정소현적인 것이라 할 만하다. 부채의 청산을 요구받은 일인칭 화자는 생각한다. 이 상황이 과연 사실인가. 자기 마음속에 있던 죄책감이 불러온 환각이 아닌가. 복수를 위해 자기를 찾아온 여자는 십여 년 전 자기가 사준 외투를 아직도 입고 있다고, 옷을 갈아입지도 않은 채 매일 자기를 방문하고 있다고, 그러므로 이것은 실제가 아니라 자기 죄책감이 불러온 환각일 뿐이라고 주장한다. 소설의 일인칭 화자는 우리가 사태에 접근할 수 있는 유일한 카메라이다. 그러므로 그 카메라가 그렇게 주장한다면 우리 역시 혹시나 그렇지 않은가 하고 주의를 기울일 수밖에 없다. 마침내 이 카메라는 죄책감이라는 환각을 없애버리겠다고 작정한다. 여교사는 모든 사실을 남편에게 털어놓으라고 했다. 그렇지 않으면 그 모든 과거사를 자기가 알리겠다고 협박했다. 돌아서 집을 나간 그 환각을, 이 분노한 일인칭 카메라는 자동차로 들이받아버린다. 설사 환각이 아니라 진짜라 하더라도, 이 여자에게는 할말이 많다. 사과를 하기 위해 자기 집을 찾아온 여교사를 태워주고자 했을 뿐이었다고, 그리고 원인 모를 급발진 사고는 언제고 있을 수 있는 것이라고.

그러니까 이 세번째 단계에 이르면 가해와 피해의 구분은 의미가 없어진다. 두 사람 모두 가해자이면서 동시에 피해자이다. 이것은 단지 시선의 문제만이 아니라 사실의 문제이기도 하다. 그래서 절대적이다. 자기 선택에 대한 책임과 상대에 대한 용서라는 윤리적 주체의 정교한 공간이 아니라 분노와 두려움, 불안과 전율이 휘감겨 있는 정념의 카오스가 이 단계를 규정한다. 소설을 읽은 사람들은 그러니까 매우 뜨거운 정념들이 뒤섞여 있는 한 여성의 내면 속에 들어가 있었던 셈이다. 그런데 그 시선의 바깥에서 보자면 어떤 일이 벌어졌는가.

여중생을 폭행한 여교사가 있었고, 그래서 교단을 떠난 그 여교사가 당한 불의의 교통사고가 있었을 뿐이다. 그것이 객관성의 차원이다. 그리고 독자들이 들어가 있던 일인칭 카메라의 세계, 즉 두 번의 역전이 펼쳐졌던 세계는 주관성의 차원이다. 그런데 일인칭 카메라가 자기 임무를 끝내는 순간, 그 지독했던 정념들의 세계를 벗어나며 독자들은 문득 깨닫게 된다. 이 난폭한 드라마는 저 창 너머에서 펼쳐지고 있을 뿐이고, 자기들은 창 안의 구경꾼 자리에서 꼼짝할 수 없이 그 장면들을 지켜보고 있었음을. 그리고 그 순간 우리의 허약한 안도

감을 압박하면서 다가오는 거대한 힘이 있다. 그것을 절대성의 차원이라 할 수 있을 것인데, 그 핵심에는 어떤 깨달음이 있다. 창 너머에서 펼쳐지고 있는 세계의 비참은, 어떤 특정한 이유가 있어서가 아니라 정념을 지닌 유한한 존재로서의 인간이기에 어쩔 수 없이 감당해야 하는 운명이라는 사실, 그러니까 우리도 그 비참으로부터 예외가 아니라는 사실이 그것이다.

우리가 세계의 비참을 바라보며 그것을 냉정한 구경꾼의 눈으로 보지 못하고 있다면, 그 시선 끝에 무언가 맺히거나 구겨진 마음이 묻어 있다면, 우리가 그런 깨달음을 체득하기도 전에 이미 우리의 시선은 깨달음을 실천하고 있었기 때문일 것이다. 그 마음을 일컬어 '스피노자의 비애'라 불러도 좋겠다. 그것은 세계에 개입할 수 없는 신의 자리에까지 자기 시선을 올려버린 사람의 마음이자, 세번째 시선의 주체만이 담지할 수 있는 것이다.

3. 카이로스의 순간, 유령의 공간

정소현의 첫 소설집에서 보이는 플롯 예술가로서의 모습은 특히 시간을 다룰 때 빛을 발한다. 소설 자체가 시간의 주름이 만들어낸 착각과 환상, 몽환 같은 것들을 다루는 경우도 있고, 잃어버린 시간들이 주요한 모티프로 작동하는 경우도 있다. 「지나간 미래」와 「돌아오다」 같은 경우가 전자에, 「폐쇄되는 도시」 「빛나는 상처」 같은 경우가 후자에 속한다. 이 소설집에 국한해서 말한다면, 정소현은 후자에서 전자로 옮겨가는 모습을 보여주고 있다.

시간의 주름 속에서 터져나오는 카이로스의 빛은 단편소설과 잘 어울리는 짝이다. 정소현 특유의 표현적 계기를 제거한 채 단순하게 말한다면, 「지나간 미래」는 치매에 걸린 노인이 아들의 죽음을 지켜보는 비참한 이야기이고, 「돌아오다」는 유일한 가족인 외할머니의 죽음을 맞는 손녀가 얼굴도 못 본 엄마를 그리워하는 이야기이다. 이 앙상하고 강파른 이야기의 골격은 시간을 접고 휘는 플롯 예술의 개입에 의해 매우 다른 모습으로 변신한다. 그리고 이 과정을 통해 새로이 탄생하는 이야기들은 유령의 공간을 만들어낸다. 그것은 일상의 진부한 시간 속으로 영원의 시간이 개입하는 순간, 그럼으로써 일상이 영원이 되는 순간의 일이다. 여기에서 문제가 되는 것은 시간의 고유한 속성이자 신비함이다.

공간과는 달리 시간은 자기 표상을 지닐 수 없다. 그래서 칸트는 시간을 일컬어 내적 직관의 형식이라고 말했다. 그것이 사람들에게 신비롭게 다가오는 시간의 힘의 원천일 것이다. 공간은 객관적인 것으로 직관할 수 있다. 모든 물건들을 치워버린다 해도 공간 자체는 남는다. 하지만 시간은 경우가 다르다. 움직이는 시곗바늘이나 솟는 해나 떨어지는 낙엽이나, 시간의 흐름을 나타내는 것은 모두 공간 표상에 기댄 것뿐이다. 모든 것들을 치워버린 후에도 남는 공간은 직관적으로 떠올릴 수 있지만, 어떤 외적 표상도 없는 순수 시간은 떠올리기 힘들다. 그런 점에서 시간 표상은 오히려 물질에 의존적이다. 물질의 노후와 이동 등의 도움을 받지 않고서는 스스로를 나타낼 수 없기 때문이다. 그럼에도 시간의 흐름에는 주체가 개입할 수 있는 영역이 없다. 공간 이동은 가역적이지만 시간 이동은 불가역적이다. 공간 이동에서 움직이는 것은 공간이 아니라 주체 혹은 물체이다. 하지만 시간의 이동에서 움직이는 것은 물체가 아니라 거대한 시간의 흐름 그 자체이다. 움직인다고 하기보다는 관통한다거나 작동한다고 해야 옳을 것이다. 그러므로 시간은, 그것을 부릴 수 있는 존재가 있지 않은 한 불가역적이다.

　시간은 이처럼 내적 직관의 주관적인 형식을 지니고 있으면서, 주체가 개입할 수 없는 거대한 흐름으로 나타난다. 시간은 사람들의 인식과 만날 때 최소한 세 가지 양태의 표상을 지닐 수 있거니와 이 점은 그리스 사람들의 생각 속에서 표현된 바 있다. 『고백록』의 아우구스티누스는, 사람들은 모두 시간에 대해 알고 있고 시간에 대해 말하곤 하지만, 막상 시간이 무엇이냐는 질문 앞에서는 말문이 막히게 된다고 했다. 알고는 있으면서도 설명할 수 없는 것이 시간이라고 그는 썼다. 그가 시간의 이런 속성에 대해 말한 것은 창조론을 변호하기 위해서였다. 신은 세계를 창조하기 전에 무엇을 하고 있었느냐는 비판에 대해, 피조물이 없다면 시간도 있을 수 없다는 논리로 반박했다. 세상과 존재가 없으면 시간도 있을 수 없다는 것이었다.

　아우구스티누스의 이런 생각 속에는 세 가지 형태의 시간이 있다. 영원이라는 신의 시간, 모든 피조물들을 산산조각으로 만들며 흐르는 인간의 시간, 그리고 유한자와 신이 하나가 되는 사랑의 시간이 그것이다. 이 셋은 그리스인들이 지니고 있었던 세 개의 시간에 대한 생각을 반영하고 있다. 영원한 시간은 아이온이고, 모든 존재들을 사위게 하며 일정한 속도로 진행하는 분절적인 시간은 크로노스이다. 아이온은 플라톤적 이데아의 순정한 세계 속에 존재하는 시간임에 비해, 크로노스는 그것의 현상 형태로서 유한적인 존재들을 통해 자기 힘을 표현하는 현실적인 시간이다. 그런데 바로 그 크로노스의 기계적인 흐름을 가르고 나타나는 아이온의 시간이 있다. 그들은 그것을 '카이로스'라고 불렀다.

시간의 움직임은 흔히 강물의 흐름으로 비유되곤 한다. 사람들의 마음속에서 시간의 흐름은 제각각이지만, 그럼에도 사람들은 시간이 누구에게나 공평한 강물과도 같음 또한 알고 있다. 모든 것을 삼켜버리는 그리스신화 속의 괴물 신 크로노스는 차별을 두지 않는다. 크로노스의 발걸음 같은 강물의 길은 돌아올 수 없는 길이지만, 강물도 결국 어디엔가 도달하게 되어 있다. 그곳이 아이온의 바다이다. 강과 바다의 상상력에 의지해온 사유라면, 다시 바다가 강물의 시원이 되는 과정을 떠올릴 수 있다. 그런 상상력이 헬레니즘과 힌두이즘 속의 순환적 시간관이 되는 것은 매우 자연스러운 일이다.

순환의 질서라는 틀은 끝없이 진행하는 무한 직선의 공포를 제거했지만, 폐곡선이 된 시간의 흐름은 사람들을 질식시킨다. 순환 역시 또다른 무한에 다름 아니기 때문이다. 무한성을 제어하지 않는다면 크로노스의 힘이 지니고 있는 허무주의와 공포를 제거할 수는 없다. 모든 존재를 먹어치우는 시간은, 낭만적인 강물의 흐름보다는 좀더 스산한 풍경으로 표상될 수 있다. 예를 들자면 숲이 사막이 되어가는 과정, 나무가 삭아 모래와 먼지가 되는 과정을 고속으로 재생할 때 느껴지는 스산함 같은 것이 그것이다. 이런 스산함이야말로 시간을 크로노스로 의인화했던 그리스인들이 느꼈던 시간에 대한 공포와 절망감이었을 것이다. 그러니까 이런 크로노스의 흐름을 가르며 나타나는 카이로스의 순간이란 존재의 사막화를 정지시키는 어떤 희원의 순간의 표상일 것이다.

정소현의 소설 속에는 카이로스의 순간들이 극적으로 표현되어 있다. 「돌아오다」와 「지나간 미래」 같은 소설의 경우가 대표적이다. 「돌아오다」는 서른다섯 살의 한 여성이 겪는 놀라운 체험에 관한 이야기이다. 부모를 알지 못한 채 외할머니 손에서 자라난 일인칭 화자의 바람은 한시바삐 독립생활을 하는 것이었다. 외할머니는 일찍 남편을 여의고 남매를 홀로 키워낸 지적이고 세련된 동양 자수 전문가였다. 그 자식들은 모두 사라지고 외손녀 하나만 남았다. 이 손녀의 시선으로 서술되는 이야기이기에, 외국으로 나갔다는 그 잘난 남매, 그러니까 화자에게는 외삼촌과 엄마가 될 그 사람들이 어디에서 무엇을 하느라 연락이 없는지 알 수가 없다. 모든 비밀은 할머니만이 틀어쥐고 있을 뿐이다. 세련된 할머니는 유일한 가족인 외손녀를, 당신의 잘난 자식들과 비교하며 구박덩어리 취급을 했었다. 손녀가 집 바깥으로 나가는 것을 철저하게 차단하여 제대로 된 직장생활까지 못 하게 했다. 그러면서 지켜온 것이 외할머니의 아버지 때부터 물려온 일본식 목조 이층집 한 채였다. 손녀는 외할머니의 기이한 행동을 이해하지 못하면서도 유일한 가족으로서 그런 할머니의 모습을 받아들였고, 그 곁에서 가구처럼 살아왔다. 그 사이 할머니는 녹내장으로 앞을 못 보는 처지가 되었고 시력 때문에 일을 하지 못하게 된 지도 어느덧 십 년째이다. 그리고 손녀는 이제 서른다섯 살이 되었다. 자존심 강한 할머니는 여전히 손녀를 구박덩어리 취급을 하며 자신이 실명했다는 사실을 인정하려 들지 않았다. 하지만 그 세련된 할머니에게도 인생의 마지막 순간이 다가오고 있다.

손녀와 외할머니 말고도 집에 들어와 있는 또 한 사람이 있다. 대문 옆에 기대앉아 있던 임신한 스무 살의 여자 '윤옥'이 그이다. 손녀는 갈 데 없는 윤옥을 집안에 거두어 할머니 몰래 보살폈다. 윤옥은 출산 예정 두 달을 앞두고 엄마 집을 찾아왔으나 찾을 수가 없었다고 했다. 앞 못 보는 할머니와 구박덩어리 외손녀 그리고 그 사이에 끼어든 유령 같은 존재 윤옥의 기묘한 동거가 시작되었고, 그러던 어느 날 갑자기 할머니가 세상을 떴다. 세련되고 자존심 강한 성품처럼 깔끔하고 돌연한 종신이었다. 엄마와 외삼촌은 행방을 모르니 알릴 수가 없고 다른 가족도 없어 장례식장은 손녀와 집안에 있던 윤옥 둘이서만 지켜야 했다. 그리고 이제는 윤옥이 떠날 차례가 되었다. 손녀는 어린 임산부 윤옥을 가족처럼 생각하고 출산 준비를 해주었지만, 장례식이 끝난 후 윤옥은 갑자기 신경이 날카로워져 피해망상 증세를 보이기 시작했다. 윤옥은 이전에도 이국에서 객사한 오빠와 무서운 어머니, 불행하게 죽은 아버지에 대해 말한 적이 있었는데 이제는 불현듯 생각난 것처럼 죽은 딸과 자기를 괴롭히는 남자에 대해 말하기 시작했다. 그 이야기를 하며 울음을 터뜨리기도 했다. 택배 직원이 바로 그 사람이라고 자기를 찾아온 거라고 주장했다. 겁에 질린 듯 방에 틀어박혀 있던 윤옥은 어느 날 밤 말도 없이 사라져버렸다. 그러니까 소설의 이야기가 전개되는 짧은 순간 동안, 이 소설의 화자는 두 사람을 떠나보낸 셈이다.

그런데 떠난 이 두 사람은 무언가를 남겼다. 할머니는 정원이 있는 집을 남겼고, 윤옥은 짐 가방 속에 앨범을 남겼다. 윤옥의 죽은 딸 사진이 담긴 앨범이었다. 실종신고를 하려고 짐 가방을 뒤지던 화자는 아기 수첩 앨범을 넘기며 차츰 그 사진의 주인공의 정체를 알게 된다. 이 장면은 다음과 같이 묘사되었다.

아기는 행복한 얼굴로 웃고 있다. 나는 뒤로 넘길 때마다 가슴이 미어지는 것 같았다. 사진 속 아기는 점점 낯익은 얼굴로 자라나고 있었다. 마지막 장의 사진을 보기 전에 이미 나는 알고 있었다. 그 아기는 나였다. 내가 할머니에게 왔을 무렵 찍은 사진과 같은 얼굴이었다. 아기 수첩을 펼쳤다. 거기에는 열 달 동안 윤옥이 받은 진료가 기록되어 있었고, 아기의 출생일, 예방접종 내역이 적혀 있었다. 아기의 출생일은 1975년 5월 3일, 내 생일과 같았다. 나는 무섭고도 슬펐다. 내 기억인지 아니면 그녀에게 이야기를 들어서인지, 엄마와 버스를 타고 여기저기 떠돌던 추억과 불길 밖으로 나를 내보내려 안간힘을 쓰던 엄마의 손이 떠올랐다. 이렇게 빨리 떠날 줄 알았다면 사진이라도 찍어둘걸, 하는 생각이 들었다. 그래도 내 손에는 윤옥이 준 금반지 하나가 남아 있었다. 나는 윤옥의 얼굴을 기억해보려 했는데 자꾸만 할머니의 얼굴과 내 얼굴이 겹쳐 바로 어제 보았던 얼굴인데도 아주 아련한 옛사람처럼 희미하게 떠올랐다. 할머니 말 속의 냉정한 엄마가 아닌 윤옥이 내 엄마라 다행이었다. 나는 젊은 나이에 사랑했던 딸을 두고 가야 했던 엄마가 가여워 견딜 수가 없었다. 나는 마치 엄마가 지금 운명하기라도 한 것처럼 울었다.(「돌아오다」, 182쪽)

이런 장면을 어떻게 이해할 수 있을까. 죽은 엄마의 유령이 윤옥의 모습으로 찾아왔었다는 것인가. 혹은 마지막 남은 할머니를 잃은 일인칭 화자의 환각이었다고 이해해야 하는 것일까. 어쨌거나 윤옥과 엄마를 겹쳐놓으면 할머니가 왜 그렇게 손녀에게 모질게 굴었는지, 외국으로 떠났다는 잘난 외삼촌과 엄마가 왜 그렇게 소식이 없는지, 왜 할머니는 그들에 대해 말하려 하지 않았는지 등에 대해 이해할 수 있게 된다. 그렇다면 많은 것이 소연해지지 않았는가. 이 모던한 대명천지에 유령 이야기를 써놓고서, 그것을 실화라고 주장할 수는 있을 지언정 소설이라고 주장하기는 어려울 것이다. 소설은 있었던 일이 아니라 합리적으로 가능한 일을 그리는 것이기 때문이다. 그래서 정소현이 선택한 것은 일인칭 시점이다. 그러니까 흡사 유령 이야기처럼 보이는 이 이야기는 다만 한 여성, 불행했던 내력의 집안에서 마지막 남은 후손인 서른다섯 살 여성의 시점으로 포착된 한 죽음에 관한 이야기일 뿐이다. 그것도 자기를 키워준 외할머니의 죽음을 맞은 한 여성의 마음을 그려내고 있는 이야기일 뿐이다. 그렇다면 얼마든지 많은 서사적 가능성의 영역이 생기는 게 아닌가. 소설의 세계가 한 사람의 마음속의 세계라면 무슨 일이든, 유령의 출현만이 아니라 그 어떤 환상적인 일도 일어날 수 있게 되는 것이다.

그러니까 이 소설의 경우도 세 단계의 이야기가 중첩되어 있는 셈이다. 첫째는 객관적인 이야기, 일인칭 화자가 맞은 할머니의 죽음에 관한 이야기이다. 외형상으로 보자면 그 이상의 어떤 이야기도 없다. 둘째는 마법의 환상이 펼쳐지는 주관성의 영역이다. 소설은 바로 이 영역에서 활성화된다. 소설의 화자는 이 영역에서 할머니에게 말없이 저항했고, 어린 엄마를 만나 비로소 자기 기원의 비밀과 엄마의 행방을 알게 되었다. 그것은 엄마의 죽음을 알게 되었다는 것과 마찬가지이다. 그러니까 이 이야기 속에서 화자는 할머니의 죽음을 맞음으로써 비로소 엄마의 죽음도 맞게 된 것이다. 비록 엄마의 죽음은 삼십여 년 전에 이루어진 것이기는 했으나 이제야 비로소 상징계의 영역에 등재된 셈이다. 물론 이것은 전적으로 주인공의 주관성의 영역에서 이루어지는 이야기이다. 셋째는 절대성의 영역이다. 실제로 이루어진 것은 할머니의 죽음뿐이다. 엄마는 이미 죽어 있었으므로 다시 죽을 수는 없는 것이다. 그럼에도 분명해진 것은 지금까지 소설의 화자가 엄마와 함께, 죽었으면서 죽지 않았던 엄마와 함께 살고 있었다는 것, 그러므로 그가 살고 있던 곳은 유령의 공간이었다는 사실이다. 할머니는 그 집을 떠나지 않으려 했고 재개발의 요구 속에서도 집을 지켰다. 손녀에게도 절대 집을 팔아서는 안 된다고 당부했었다. 할머니를 싫어했던 손녀는 할머니가 세상을 떠나면 그 집을 팔아버리겠다고 작심했었다. 하지만 절대성의 영역에 들어선 손녀에게라면 어떨까. 앨범 속의 존재가 자기 자신임을 확인하고 엄마와 마음으로 이별을 한 다음, 소설의 말미에서 소설의 화자는 집을 지키겠다고 결심하고 있다. 그곳은 유령의 공간임을 그도 알았기 때문일 것이다.

하지만 할머니처럼 자기도 그 집을 지키겠다고 생각하는 것은 그가 아직 유령의 공간을 맛본 지 얼마 되지 않았기 때문일 것이다. 그가 한번 더 정신을 차리고 본다면 우리 삶의 영역이, 우리가 사는 공간 전체가 이미 유령의 공간임을 알게 될 것이다. 그것이 절대성의 차원이다. 집을 팔지 않고 지키는 것은 절대성의 한 조각을 움켜쥐는 것이지만, 설사 집을 팔아버린다 해도 사정은 달라지지 않는다. 자기가 사는 세계가 절대적 세계이고 또한 그 자신이 걸어다니는 절대성이기 때문이다. 할머니는 이미 그것을 알고 있었을 것이다. 하지만 손녀가 그것을 알지 못한다는 사실은 명백했으므로 집을 팔지 말라는 할머니의 요구는 다만 손녀의 깨달음을 위한 것이었을 뿐이다. 그것을 알고 나면 집은 언젠가는 허물어질 먼지 더미일 뿐이고 세상의 모든 공간이 카이로스의 틈입을 기다리고 있는 유령의 공간임을 발견하게 될 것이다.

카이로스의 순간이 왔다고 해서 삶이 끝나는 것은 아니다. 그는 이미 유령의 공간 속에서 자기보다 나이 어린 엄마를 만났다. 그것은 진부하게 진행하던 크로노스의 흐름을 가르고 돌입해온 아이온의 시간, 밝혀지지 않은 자기 기원과 가족애의 표상을 향한 안타까운 희원이 실현되는 순간, 즉 카이로스의 순간이었다. 그래서 그 순간은 유령적인 것, 혹은 환각일 수밖에 없다. 그 순간 이후에도 삶은 어김없이 진행되어야 하고 또 진행될 수밖에 없다. 완전한 충족의 순간은 다만 환각이었을 뿐이고, 또한 환각으로라도 그 충족의 순간이 존재함을 확인했으니 그것은 새로운 존재의 이유를 발견한 것과 다름없다. 걸어다니는 절대성에게는 그것으로 족할 것이다. 정소현의 플롯 예술이 그것을 보여주고 있다.

4. 이야기꾼 정소현

정소현의 소설에 등장하는 대표적인 캐릭터는 버림받은 사람이다. 진짜로 버림을 받았건 아니건 간에 그들은 버림을 받았다고 느끼고 있다. 그것이 중요하다. 버림받은 사람은 또한 무언가를 기다리는 사람이기도 하다. 그들이 기다리는 순간이 무엇인지는 말하지 않아도 알 수 있다. 카이로스의 순간이 그것일 것이다. 하지만 그 순간은 보통 사람의 현실 속에서는 실현될 수 없는 것이다. 사람을 움직이는 것은 채워지지 않은 희원의 마음이다. 채워지면 끝이다. 크로노스 같은 기계가 되기 때문이다. 정소현의 반전 플롯이 움직이기 시작하는 것은 그런 흐름 속에서이다. 이 점은 그의 등단작 「양장 제본서 전기」에서부터 가장 최근의 소설인 「지나간 미래」까지 이어지고 있는 것이기도 한데, 특히 버림받은 두 젊은 남녀의 이야기를 다루고 있는 「폐쇄되는 도시」의 경우가 대표적이다.

「폐쇄되는 도시」의 여주인공 '삼'은 자기가 유괴당했다고 생각했지만 사실은 버려진 것이었음을 희미하게 깨닫는다. 그것은 자기 삶의 비밀을 밝혀주는 첫번째 반전의 순간이다. 하지만 그에게는 두번째 반전의 순간이 기다리고 있다. 플롯의 예술가 정소현의 소설이기 때문에 이런 다소곳한 반전은 당연한 것이다. 자신의 어린 날을 향해 찾아간 삼 앞에 놓여 있는 것은 수많은 버림받은 존재들, 철거를 기다리는 도시에서 버림받은 채 내버려진 노인들이다. 그리고 그 노인들을 '수거'하는 것을 업으로 삼고 있는, 버림받은 시절의 친구이자 또다른 버려진 존재인 남자 주인공 '복'이 그 곁에 있다. 삼이 복에게 느끼는 마음은 이중적이다. "나는 네가 정말 싫었어, 그건 지금도 마찬가지야. 그녀의 말에 그는 금방 가볍게 대꾸했다. 나도 마찬가지야. 나도 내가 싫어. 그러니까 우리는 동지야. 그녀는 복이 편안하게 느껴졌다. 유일하게 자신의 과오를 알고 있는 사람이자 공범이었다"(135쪽)와 같은 장면에서 표현되고 있듯이 그것은 편안한 혐오감이다. 그것은 많은 사람들이 느끼는 자기 자신에 대한 감정이기도 하다. 그러니 버림받은 존재들이 삼이나 복만은 아니며, 또한 철거되는 도시에 버려진 노인들만이라고 지칭할 수도 없다.

세 명의 버림받은 사람이 함께 서로를 부르며 어두운 철거 예정 지대를 걸어오는 이 소설의 마지막 장면은 「돌아오다」의 화자가 집을 지키겠다는 결의를 다지는 마지막 장면과 상응한다. 그곳에서 빛나고 있는 것은 버림받은 존재들 사이의 유대감이다. 자기를 버린 존재가 부모이건 세계이건 운명이건 간에 사정은 마찬가지이다. 「빛나는 상처」의 두 젊은 남녀가 느끼는 유대감도 마찬가지이다. 그들이 유대하는 순간, 혹은 깨닫는 순간, 버림받은 것은 그들이 아니라 오히려 그들을 버린 세계가 된다. 그것이야말로 세상과 사람들을 바라보는 정소현의 기본적인 시각일 듯싶다.

정소현은 뛰어난 이야기꾼이다. 물론 소설가에게 이야기꾼이라는 표현은 당연한 것이다. 뛰어난 소설가치고 뛰어난 이야기꾼이 아닌 경우는 드물기 때문이다. 문제는 어떤 스타일의 이야기꾼이냐 하는 것이다. 현하의 달변으로 도도하게 좌중을 압도하는 장엄한 이야기꾼에서부터, 일상적인 세목들을 맛깔스럽게 늘어놓는 수다꾼, 농담꾼과 재담가, 그리고 눌변의 더듬거림으로도 삶의 질감을 건져올리는 감동의 이야기꾼까지 다양한 스펙트럼이 있다. 하지만 이런 다양함에도 불구하고 이야기꾼이 지닐 수밖에 없는 기본적인 시선이 있다. 그것을 일컬어 세계를 바라보는 스피노자적 시선이라 칭해도 좋겠다. 세계와 사태의 시말을 알고 있는 현자의 시선이되, 거기에는 자기가 만든 세계이면서도 그 비참에 개입할 수 없는 조물주의 고뇌가 서려 있다. 이야기꾼의 시선이란 기본적으로 세상으로부터 한 발짝 떨어져 있는 사람의 것이다. 설사 자기 자신의 이야기라 할지라도 이야기하는 사람의 시선은 이야기가 완료된 지점에 놓여 있어야 한다. 이야기 자체로부터 한 발짝 떨어져 있어야 이야기가 가능해진다. 싸움터의 한가운데 있는 전사는 이야기를 할 짬과 겨를이 없다. 구경꾼이든 전사든 간에 싸움이 끝나야 이야기가 시작된다. 그럼에도 불구하고 강조되어야 할 것이 있다. 그 싸움의 한복판에서 직접 피와 땀을 흘렸던 사람의 시선이 될 수 있는 사람, 그 자리에 자기 눈을 끼워넣을 수 있는 사람만이 진짜 이야기꾼이 될 수 있다는 사실이다.

정소현의 소설은 이제 첫 책을 낸 작가의 이력처럼 다소곳해 보인다. 하지만 외관만이 그러할 뿐, 막상 소설의 세계 속으로 진입하면 이야기가 달라진다. 이 다소곳한 이야기꾼의 소설 속에는 도처에 지

뢰와 크레바스가 도사리고 있다. 정소현 특유의 플롯 예술을 통해 이 함정들을 엮어가는 그의 솜씨는 심원한 삶의 표정을 보여준다. 정소현은 그것이 삶의 실상이라고 말하고 있는 듯싶다. 정소현의 마법을 제대로 맛본 독자로서 나도 그 판단에 동의하지 않을 수 없다.

(2013)

박화성, 목포 여성의 글쓰기

1. 소설쓰기를 향한 한 여성의 의지

작가 박화성의 삶과 글쓰기에서 보이는 특이한 점은 소설쓰기를 향한 매우 강렬한 의지가 그 한복판에 자리잡고 있다는 사실이다. 소설가에게 소설쓰기의 의지라면 일견 당연해 보일 수도 있다. 그래서 이런 반문이 나올 수 있다. 소설가에게 소설쓰기를 향한 의지가 있다는 것이 무엇이 특이할까.

그러나 맥락을 따져보면 사정이 그리 단순하지만은 않다. 전집 20권으로 엮인 박화성이라는 텍스트[1]는, 무엇보다도 1904년에 태어나 한국 땅을 살아간 한 여성의 삶과 작업의 결과라는 점에서 그러하다. 박화성의 의지가 지닌 특이함이 제대로 간취되기 위해서는, 적어도 두

---

1) 박화성, 『박화성 문학전집』 전 20권, 서정자 엮음, 푸른사상, 2004. 이 글에서는 『백화』(전집1), 『눈보라의 운하·기행문』(전집14), 『단편집 1』(전집16), 『햇볕 나리는 뜨락·평론·기타』(전집18), 『추억의 파문』(전집19), 『순간과 영원 사이』(전집20)를 주로 다룬다. 이하 인용시 전집과 번호로 약칭하며 쪽수만 밝힌다.

개의 시대착오가 극복되어야 한다는 것이다. 한 세기 분량의 시간과 그리고 그사이에 바뀌어버린 글쓰기에 관한 젠더 감수성의 낙차가 곧 그것이다. 이들은 기본적으로 20세기 한국의 역사가 지닌 독특성과 결합되어 있다.

21세기도 이십여 년이 지난 것이 현재 시점이다. 1921년의 박화성은 18세의 나이로 전남 영광에서 교사 생활을 하며 습작을 하고 있었다. 사 년이 지나 1925년이 되면 「추석전야」라는 단편소설로 등단을 할 것이다. 학교에 함께 근무했던 시인 조운이 박화성의 원고를 이광수에게 전달한 결과이다. 박화성의 첫 장편 『백화』가 연재되는 것을 보기 위해서는 아직 십일 년을 기다려야 한다. 그사이 박화성은 일본 유학을 가고, '자유결혼'을 하고, 두 아이의 엄마가 될 것이다.

이런 진술에 대해, 그래서 뭐가 어쨌다는 것인가, 라는 반문이 떠오른다면 아직도 시대착오가 극복되지 않았다고 해야 한다. 그 시대착오를 넘어 안으로 들어간다면, 문학에 소양이 깊은 한 여성이 자기 삶의 분기점에서, 두만강 너머 용정이 아니라 목포를 선택하는 모습을 확인하게 될 것이다. 박화성의 눈앞에 국경을 사이에 두고 대치해 있던 양자택일의 두 항목은 뜨거운 열망 대 단단한 의지이다. 그 선택의 결과가 지금 우리 앞에 있는 박화성 전집 20권이다. 일단 시대착오 속으로 들어가보자.

2. 근대문학 백 년, 새로운 배치 속의 박화성

2021년 현재의 관점으로 볼 때, 한국 문단에서 작가라는 단어의 대표 성별이 무엇인지를 묻는다면 이제는 당연히 여성이라고 답해야 할 것이다. 매년 등단하는 소설가의 성별 분포가 그러하고 주목을 받는 신인 작가들의 성별 분포 역시 여성이 압도적이다.[2] 현재 시점에서 매우 자명해 보이는 이런 양상은, 그러나 그 흐름이 형성되기 시작한 지 불과 삼십여 년밖에 되지 않은 것이라는 점, 1987년 체제 속에서 배양된 시대정신의 문화적 표현이라는 점을 상기하지 않으면 안 된다. 여성 작가가 '여류 작가'라는 특별한 호칭으로 불렸던 백 년 전 시대는 말할 것도 없거니와, 불과 삼십여 년 전까지만 하더라도 한국 문학의 주류를 이루는 것이 남성 작가들이었음은 구태여 강조할 필요가 없다.

이런 관점에서 한국 근대문학사 백 년을 놓고 본다면, 앞의 칠십 년과 뒤의 삼십 년 사이가 크게 대별된다. 그 분기점을 87년 체제의 성립이라고 해도 크게 무리는 없어 보인다. 정상 국가의 수립과 함께 생겨난 새로운 시대정신의 출발점이 바로 그때라고 할 수 있기 때문이다. 제6공화국 헌법의 수립을 분기점으로 해서, 민주적 헌정 질서의 수립을 목표로 집중되어 있던 사회변혁의 힘이 분열하기 시작했음은 주지하는 바와 같다. 다양한 형태의 미시 정치와 문화 정치의 흐름이 만들어졌으며, 과거의 집권 세력과 유사하게 중앙집권적 형태를 지녔던 저항의 에너지는 새로운 영역과 목표들 속으로 흘러가면서 탈이념 정치와 새로운 윤리 정치의 시대가 생성되었다.

계급 정치에서 젠더 정치 혹은 성 정치로의 이행이야말로 1990년대 이후로 지난 삼십여 년 동안 축적된 변화의 상징적 표상이겠다. 인

---

2) 예를 들어, 등단 십 년 차 이내의 작가를 대상으로 매년 7인을 선정하여 시상해온 '문학동네 젊은작가상'의 지난 십일 년 동안의 목록을 보면 사정이 소연해진다. 첫해였던 2010년의 경우만 해도 남녀의 비율이 3대 4였지만 2021년은 7명 전체가 여성이다. 해마다 조금씩 차이가 나더라도 여성 작가가 압도적이 되어가는 것은 지난 십 년간의 전체적인 추세이다.

간 해방과 사회적 올바름이라는 근대성의 이상이 바뀔 수는 없는 것이지만, 그것을 실현하기 위한 주요 매체가 달라졌다는 것이다. 중심화되어 있던 갈등과 적대가 분산되고 다양화되었으며, 공동체의 이상을 향한 윤리적 에너지도 그와 흐름을 같이하게 되었다. 한국 근대문학 백 년의 역사에서, 앞의 칠십 년과 뒤의 삼십 년 사이에 적지 않은 간극을 말할 수 있는 것도, 그와 같은 큰 흐름의 변화를 염두에 둔 탓이다. 문학 자체만이 아니라 문학을 바라보는 관점 역시 그 간극 사이에서 크게 변화했던 까닭이다.

앞의 칠십 년의 관점에서 볼 때 주인공의 자리를 차지하는 것이 무엇인지는 매우 자명해 보인다. 네이션이 바로 그 주인공이라고 해야 할 것이다. 네이션 자리에 공적 대의라는 말을 바꾸어 넣어도 좋겠다. 물론 이 말은, 그 시절 사람들의 실제 삶이 그러했다는 것이 아니라, 그 시대 전체를 이끌어온 정신적 추력의 성격이 그렇게 규정된다는 것을 뜻한다. 이런 문제를 제기되어야 하는 것은 말할 것도 없이, 문학이라는 매체가 바로 그와 같은 정신적 힘과 매우 밀접한 관계를 지니기 때문이다.

이를테면 이런 질문을 떠올려보자. 나라와 민족을 지키는 일이 가족을 지키는 일보다 중요하다고 말할 수 있을까. 물론 현실에서라면 이런 질문은 엄마냐 아빠냐 같은 바보 같은 양자택일이 아닐 수 없다. 또 지키는 것이 무엇이고 어떻게 지키느냐가 중요하다는 진지한 반문도 있겠다. 그러나 이런 엉성한 질문을 감당해야 하는 것이 문학의 몫이다. 앞의 칠십 년의 관점, 즉 네이션이 주인공인 문학의 관점에서라면 답은 자명하지 않을 수 없다. 그런 힘을 표상하는 것이 문학이라는 매체의 기본 속성이었기 대문이다. 그러나 뒤의 삼십 년, 탈

이념 정치와 함께 공적 대의의 몸체가 흩어져버린 상태에서라면 대답은 쉽지 않다. 내 나라를 지키는 것보다 내 자식을 지키는 것이 덜 중요하다는 말이냐는 항변에 대해, 반박하기 쉽지 않을 뿐 아니라 오히려 그런 항변에 수긍하는 쪽이 더욱 힙한 감각으로 다가오고 있는 것, 그것이 지금의 현실이기 때문이다.

물론 이런 식의 이분법도, 이분법 자체가 그렇듯이 매우 거친 것으로 다가올 수 있다. 그럼에도 여기에서 문제가 되고 있는 것이 문학이라는 매체라면 사정은 다를 수 있다. 민족주의라는 이름으로 한때 귀하게 대접받았던 내셔널리즘이, 물론 국제정치적 현실 속에서는 여전히 강력한 힘으로 작동하고 있지만, 이념과 상상의 세계인 문학에서는 더이상 그 이전의 위력을 확보할 수 없게 된 것이 또 새로운 시대정신의 현실이 된 탓이다. 지난 삼십여 년 동안 우리에게서 문학에 대한 인식의 바탕 역시 점차 바뀌어왔다. 문학이라는 매체의 존재 의미가 공적 대의(이것은 네이션 차원의 문제를 다룬다는 의미이며, 국민국가라는 특정한 현실이 그것을 대표한다)에서 사적 욕망(이것은 한 개인의 차원이며 오히려 국적과 성별을 불문한 보편적인 인간의 문제에 해당한다)의 표현자로 이행해온 것은 자연스러울 수밖에 없다.

그런데 여기에서 놓쳐서는 안 될 점은, 중요하지 않은 작은 문제라고 해서 혹은 사적 욕망의 수준이라는 이유로 배제되었던 것들이, 담론의 배치와 맥락이 달라지면 새로운 수준의 공적 대의로 부각된다는 사실이다. 공적/사적 영역의 변증법이라고 해도 좋겠다. 네이션 내부의 시선으로 보자면 개인의 문제는 사적인 것이고 국가의 문제가 공적인 것이지만, 네이션의 외부에서 보자면 오히려 사정은 그 반대가 된다. 네이션은 특수한 집단의 이익의 문제이고, 사적이라 폄하

되었던 개인의 욕망이 오히려 윤리나 이념의 보편적 차원이 되는 것이다.

박화성이라는 이름의 텍스트에서 우리가 보아야 할 것이 단지 전집 20권의 활자 더미만이 아니라 함은 바로 이러한 점을 염두에 둔 탓이다. 그 밑에 있는 한 여성의 삶, 1904년 목포에서 태어나 85세를 일기로 세상을 떠난 작가이고, 세 아이의 어머니이자 오남매의 막내딸이었던 한 여성의 삶이어야 할 것이다. 그 삶이란 최소한 세 개의 켜를 이루고 있다.

가장 바탕에 있는 것은 20세기 한국이라는 독특한 역사적 경험을 지닌 세대의 삶이다. 대한제국 신민으로 출생하여 망국민으로 청년 시절을 보냈고, 전쟁과 분단 및 정치적 혼란의 와중에서 중장년기를 겪어내야 했던 세대의 삶이 곧 그것이다. 그리고 둘째는 지식인이자 예술가로서의 삶, 셋째는 여성으로서의 삶이다. 박화성이라는 텍스트 속에서 움직이고 있는 소설쓰기를 향한, 약간은 기이해 보이기도 하는 의지를 살펴야 하는 것은, 그것이 바로 이 세 켜로 구성된 삶의 결과이며 이제는 새로운 맥락과 배치 속에서 다시 음미되어야 할 것이기 때문이다.

3. 1920년대의 여성 작가, 이 악물고 쓰다.

박화성의 글쓰기에서 보이는 가장 뚜렷한 특징이 의지라고 했는데, 의지는 마음의 에너지가 지속적으로 투여된 결과라는 점에서 순간적인 열망과는 다르다. 또한 의지는 신체적 움직임의 결과라는 점에서 마음속에만 존재하는 열망과는 다른 수준의 것이다. 열망이 마음 밖으로 나와 몸을 움직이기 시작할 때, 몸체를 갖춘 열망이 자기 힘의 자취를 자기 자신에게 증명할 수 있을 때 비로소 발현되는 것이 의지이기 때문이다. 작가 박화성의 삶과 글을 두고 소설과 문학을 향한 의지에 대해 말할 수 있는 것은, 일차적으로, 그가 손가락을 움직여 만들어낸 20권 분량의 활자 더미가 지금 우리 앞에 놓여 있기 때문이다.

하지만 글쓰기의 의지에 대해 말하기 위해서는 박화성이 써낸 글의 분량을 적시하는 것만으로 충분치는 않다. 소설쓰기를 향한 의지가 스스로를 구현하기 위해서는 손가락의 움직임은 필수적이지만, 손가락의 힘만으로 충분한 것은 물론 아니기 때문이다. 손가락이 움직일 방이 있어야 하고 그 방을 유지할 힘이 있어야 한다. 여성이건 남성이건 소설쓰기에 필요한 것은, 버지니아 울프가 말한 것처럼 '자기만의 방'과 '돈'이다.[3]

그것은 지금도 마찬가지지만 백 년 전, 1920년대의 여성에게는 더욱더 그러할 수밖에 없다. 그리고 이 점에 관한 한, 영국이나 조선이나 사정이 다르지 않다. 이십대의 박화성이 첫 장편 『백화』의 원고를 완성하느라 손가락이 곪아 터졌을 때, 사십대의 버지니아 울프는 케임브리지대학의 여학생들 앞에서 여성과 소설에 대해 강연을 하고 있었다. 하찮은 문제인 것 같지만 본질적인 것이 바로 그 둘, 돈과 방이라고 했다. 자물쇠를 채울 수 있는 자기만의 방과 생활비에 해당하는 연간 500파운드의 돈, 유독 소설 쓰는 여성에게 그것이 강조되어야 하는 까닭도 자명할 수밖에 없다. 20세기 전반기의 평범한 여성에게는 확보하기 어려운 것이었기 때문이다.

---

3) 버지니아 울프, 『자기만의 방』, 이미애 옮김, 민음사, 2006, 10쪽.

여성 주체가 지닌 글쓰기의 의지에 대해 말한다면, 그러나 여기에서 한 발 더 나아가야 한다. 작가가 되고자 하는 여성을 가로막는, 경제적 장벽 너머에 있는 더 거대한 장벽이 있기 때문이다. 문자를 다루는 일이나 수준 높은 지적 작업에서 여성을 배제해왔던 사회적 통념이 그것이다. 그런데 이런 장벽들이야말로 의지를 만들어내는 최고의 원천이 된다. 의지란 장벽들을 타넘는 순간 만들어지는 것이므로, 거꾸로 말하면 끊기지 않는 장애물들의 존재야말로 의지를 만들어내는 동력이 된다는 것이다.

박화성 전집 20권이 독자에게 주는 가장 압도적인 느낌이 쓰기를 향한 결연한 의지인 것은 기본적으로 이런 까닭이다. 순간의 불꽃 같은 열망과는 달리, 이어지는 시간의 지속성 속에서 스스로를 구현해내야 비로소 존재할 수 있는 것의 의지이다. 한 번쯤 소설을 써보거나 그로 인해 한때의 명성을 얻는 것은 뜻을 품은 지식인 여성이라면 그렇게까지 어렵다고 할 수는 없다. 그러나 한 생애를 내리닫이로 써내는 것은, 그것도 대한제국 신민으로 태어난 1904년생 여성이 그런 일을 수행해내는 것은 쉬운 것일 수 없다.

넉넉한 집안의 막내딸로 태어난 영특한 소녀, 어머니를 따라 젖먹이 때부터 교회에 나갔고, 5세에 천자를 떼고 학당에서 언제나 만점을 받아 교회와 학당에서 신동 소리를 듣던, 학교에 들어가서는 소설책에 흠뻑 빠져 11세 때 소설을 쓰기까지 했던 소녀가 박화성이다.[4] 일찍부터 재능을 발휘한 소녀였기에 약관의 나이로 단편 「추석전야」를 『조선문단』에 발표한 것은 있을 수 있는 일이다.

---

4) 박화성의 이력은 전집14 및 전집 말미의 연보에 의거했다.

하지만 묵직한 중편 「하수도 공사」를 29세의 나이로 『동광』에 발표한 것부터는 예사롭지 않다. 곤란해진 형편으로 인해 학업을 중단해야 했던데다, 결혼을 하고 두 아이의 엄마가 된 것이야 그렇다고 해도, 남편 옥바라지와 아이들 양육까지 한 몸으로 열 일을 해야 하는 처지에서 나온 것이기 때문이다. 이것은 단순한 취미의 수준이라 할 수 없다. 단단한 결기가 그 안에 있는 것이다.

이런 상황에서, 전작으로 쓴 장편소설 『백화』를 동아일보에 오 개월에 걸쳐 연재한 것은 단연 이채로운 것이 아닐 수 없다. 아직 이십대의 여성이, 춘원이 편집국장으로 있던 당대 조선의 대표 매체 동아일보에 장편소설을 연재하는 일이란 누구의 눈에도 놀라운 일이 아닐 수 없다. 박화성은 여성일 뿐 아니라 아직 제대로 된 작가 대접을 못 받는 신인이고, 게다가 그 장편이라는 것이 역사소설이기 때문이다. 역사소설을 연재했다는 것은, 문자 활동 중에서도 가장 남성적인 영역에 젊은 여성이 끼어들었다는 뜻이다. 박화성은 그때의 일을 다음과 같이 회고했다.

그때 나는 동경에 가서 학교에 입학하여 그 어렵고 꽤 까다로운 영문학과의 학과를 공부하면서도 『백화』의 구상을 하여 3, 4년 동안에 완성하였고, 그것은 자그만치 다섯 번이나 수정을 하여서 장지 손가락에 큰 못이 생겨 곪을 만큼 몇몇 천 장석을 쓰고 또 쓰고 하였는데, 거기에 「시풍초」라는 노래를 오빠가 많이 지도해 준 인연으로 『백화』는 오빠의 작품이라는 소문까지 났었던 것이다.(「처녀작을 쓰던 무렵」, 전집19, 315쪽)

이 간결한 문장은 당시로부터 약 사십 년의 시간적 이격이 만들어 낸 것이다. 그럼에도 장편을 쓰던 당시의 어려움이 생생하게 다가오는 것은, 손가락에 박힌 못과 곪은 상처가 시간을 타지 않는 결정처럼 남아 있기 때문이다. 그러나 이보다 치명적인 상처는 슬쩍 흘려져 있는 것을 놓칠 수는 없다. 마지막 문장에 덧붙여진 구절, "오빠의 작품이라는 소문"이 곧 그것이다.

장편소설을 완성해내기 위해 필요한 물리적 노력(여기에는 갑작스럽게 진행된 결혼과 출산 육아 등과 이에 따르는 경제적 곤궁도 포함된다)이 결코 작은 것은 아니다. 그러나 작가로서 가장 견디기 힘들기로는 자기 작품이 자기 것이 아니라는 헛소문보다 더한 것은 있기 어렵다. 게다가 그 바탕에 깔려 있는 것이, 젊은 여성이 장편 역사소설을 썼을 리가 없다는 편견이고 보면, "주변은 없고 성미 꼿꼿한 나"(전집14, 111쪽)로 스스로를 표현하는 박화성으로서는 그런 수모가 인내력의 한계를 넘어서는 것이 아닐 수 없겠다. 그럼에도 저런 정도의 표현으로 넘어갈 수 있는 것은 그 글의 필자가 이미 육십대의 박화성이기 때문이다.

그러나 그 시간을 거슬러 다시 1929년의 시점으로 돌아가면 그럴수가 없다. 『백화』가 박화성의 작품이 아니라 함은 단지 항간의 소문같은 것이 아니라, 공개적인 모멸로 다가왔기 때문이다. 당시 유일한좌파 잡지사였던 『비판』사에서 자매지로 나온 『여인』지의 가십난에그런 이야기가 실렸다. 사회주의 이념의 동조자였던 박화성에게, 동지들의 잡지에 자기 책이 언명되었는데, 그것도 작품에 대한 비평이나 비판이 아니라 가십이었다. 박화성은 다음과 같이 반응했다.

첫째로 "『백화』가 제민의 작품인데 화성이 자기의 작품인 체하여 허예에 만족한다"는 이 내용은 만일 이씨가 말씀대로 목포양반이었으면 덜된 사실을 적기 전에(극도의 감정적 험담만을 하려고 작정한 분이지마는) 화성을 붙들고 몇 마디를 물어만 보셨다면 완전한 사실을 말씀하면서 철저한 험담을 하실 터인데 짐작을 잘못 짚으시고 말았으니 딱하실 수밖에……

(……)

또 한 가지 한심한 것은 아무리 조선이 좁다기로 장편소설 한 편이 신문지상에 연재된다고 그것이 최고영예? 일약 일류 여류문사? 아리따운 명예? 등등이 될 것인가? 아무리 농담이라 할지라도 되풀이하여 여러 번 하면 진담이 될 뻔도 하는 것이니 이상의 문구 등이 거듭 내 눈에 띠이게 될 때 나는 눈살을 찌푸리지 않을 수 없다. 그리고 화성이 일류문사인 척하고 어깨를 으쓱거리고 다닐 것이라 추상하신 이씨의 심리를 헤아릴 때 "내 마음으로 남의 마음을 헤라린다"는 격으로 듣기에도 구역이 나는 야비한 심리를 통탄하지 않을 수 없다.(「소설 『백화』에 대하여—『여인』지 10월호를 읽고」 전집18, 206~208쪽)

여기에 생생한 것은 여성이기 때문에 받아야 하는 수모에 대한 분노이다. 갑자기 출세한 것처럼 보이는 신인 작가라거나, 혹은 작품 자체가 지니고 있는 흠결이나 부족한 완성도로 인해 받아야 하는 비판 같은 것에 비하면, 이런 모멸감에 대한 분노는 수준이 다를 수밖에 없다. 역사 지식이 일천한 여성이 무슨 역사소설이냐는 것이기 때문이다.

그러나 바로 이와 같은 분노야말로 앞에서 언급했듯이, 박화성이라는 한 여성을 작가로 만들어낸 또 하나의 동력이라고 해야 할 것이다. 등단하던 시기에 받았던 이런 수모에, 그리고 왕성한 활동을 하던 시기에 남편으로부터 받았던 비정상적인 대접이 겹쳐진다. 박화성을 세계적 작가로 만들겠다며 청혼했던 남편[5]이었으나 그로부터 이십여 년이 지나, 사업에 실패하고 병석에 누운 몸이 된 남편은 아내에게 비수와 같은 말을 던진다.

그 무렵에는 아빠가 잠이 들어야만 건넌방 구석에 숨어서 소설을 쓰는데, 번번이 어떻게나 울었던지 내 눈은 언제나 부어 있었던 것이다.

"아아, 이럴 때 이 눈물에 색깔이 있다면 내 눈물은 꼭 핏빛일 거야."

나는 쓰다가 말고 긴 탄식을 하면서 손수건으로 눈물을 닦아 보았다. 그러나 애달프게도 눈물은 제 빛을 내지 못했던 것이다.

아버지가 입원하자 엎친 데 덮친다고 승세마저 별 데가 다 아프다고만 해서 여기저기 각 병원에 데리고 다니며 진찰을 받자니 쓴 한숨이 터질 때가 많았다.

"여자란 아내라거나 어미라거나 그런 책임만이라도 감당하기 어려운데, 주제에 소설을 쓴다니 천만부당하지 않느냐?"

그러나 여성의 임무가 내 천직이라면 소설을 쓴다는 것, 즉 창작이란 '박화성'이라는 특정한 간의 천직일 것이다. 다만 여자인 까닭에 피할 수 없는 천직이 두 개가 거듭 내 등에 지워진 것이 아니겠는

5) 전집14, 204쪽.

가.(전집14, 307쪽)

이십여 년을 격해 있는 이 두 장면 사이에 박화성의 글쓰기가 있다고 하면 어떨까. 너무나 자연스럽게, 이를 악물고 쓰고 있는 한 여성 작가의 모습이 떠오르지 않을 수 없다.

4. 『백화』, 평양 명기의 박치기

박화성의 첫 장편이자 출세작 『백화』가 독특하게 다가오는 것은, 역사소설이라는 점도 그러하지만 무엇보다도 소설의 배경이 고려 말기 우왕 시절이라는 점이다. 광복 이전의 한국문학사를 바라보는 사람들에게 작가 박화성이 지닌 기본적인 이미지는 당대 현실에 충실했던 경향 문학적인 색채를 지닌 작가라는 것이다. 그런 박화성이 역사소설을 썼다면, 자기 시대의 전사前史에 해당되는 시기, 그러니까 조선 후기라거나 대한제국 시대를 다뤘어야 그 이미지에 부합하는 것이겠다. 그런 무대라야 역사의식을 펼칠 수 있는 것이다. 그런데 신돈이 농단하고 위화도 회군이 이뤄지는 고려시대라면 어떨까. 역사소설이라기보다는 오히려 판타지 문학에 가까워지는 것이 아닐까.

실제로 『백화』라는 소설 자체의 구성이 그런 모습을 지니고 있다. 역사적 실증과 크게 상관없다는 점에서 판타지인데, 그런데 철저하게 이념적인 형태의 판타지라는 점이 또한 독특하다. 문제는 그 이념이 무엇이냐 하는 것이다. 물론 그 대답은 단순할 수밖에 없다. 작가의 이름이 박화성이기 때문이다.

박화성이 『백화』를 구상할 때를 회고하며, "내가 '백화'라는 주인공을 찾아 그를 앉힐 시대와 그와 반려될 인물을 물색하고 있을 때

「존 키츠」에 대한 논문을 써야 했다"(전집14, 148쪽)라고 썼던 것에서 짐작할 수 있듯이, 박화성의 『백화』에서 문제가 되는 것은 시대적 배경 같은 것이 아니다. 이 사실이 강조되어야 하는 것은, 장편 『백화』의 관심은 오로지 '백화'라는 한 여성 인물에 집중되어 있다는 점이 주목되어야 하기 때문이다. 고난에 빠진, 아름답고 재능 있는 여성 백화가 어떤 삶을 살았을까. 험난한 일이 휘몰아칠 때 백화는 어떤 선택과 어떤 행동을 할까. 그리고 그에게 어울리는 배필은 누가 될 것인가. 이런 문제가 소설에서 핵심으로 부각되어 있는 것이다.

백화는 고려 말기 혼란한 정국에서 왕에게 충간을 하다가 죽게 된 충신의 딸이다. 이런저런 곤경을 거쳐 평양의 기생이 된다. 절세가인에 뛰어난 음곡 솜씨를 갖추게 된 백화라서 그를 탐내는 많은 사람들에 둘러싸여 있다. 그런 가운데서도 백화가 기다리는 것은 어릴 적 아버지가 배필로 정해준 공자 '왕서룡'이다. 아버지의 말 때문이 아니라, 지적 수준이나 인품과 인물이 백화에게 어울리는 존재이기 때문이다. 사라진 왕서룡이 나타나기를 기다리며 돈 많은 사람들과 힘 센 사람들의 손길로부터 스스로를 지켜내는 것이 곧 백화의 일인 것이다.

이런 설정이라면 어떨까. 소설이 지닌 볼륨에 비해 지나치게 단순하다 싶을 정도로 소박한 서사의 얼개와, 주요 인물들의 설정에 개입해 있는 클리셰들이 눈에 뜨이지 않을 수 없다. 기생을 주인공으로 했던 조선 후기의 애정소설에서 흔하게 등장했던 발상법이기 때문이다. 물론 문제는 설정이 아니라 전개이지만, 그런 설정을 변형하여 획시기적인 작품을 만들어낸 이광수의 『무정』이 너무나 밝은 선례로 버티고 있다. 그런데 1932년에 다시 『무정』의 박영채와 유사한 설정이라고? 대체 박화성은 무슨 이야기를 하고 싶은 것일까.

이런 눈으로 『백화』를 바라보면 단연 우뚝한 장면이 있다.

죽을 힘을 다하여 빠져나오려고 애를 쓰던 백화는 이 기회를 타서 최후의 힘을 내어 오른편으로 빠져나오며, 왼팔로 방바닥을 힘껏 괴고 몸을 비스듬이 일으켰다.

김장자는 다시 덤빈다. 백화는 들어오는 김장자의 눈과 코를 어울러 목표로 삼고 오른편 이마로 힘껏 들어받았다. 사내는 "어!" 하는 소리를 지르고 쓰러지고, 백화도 그 자리에 엎드려버렸다.

맞은편 방에서 혼자 재미를 보던 황파는 깜짝 놀라, 황망히 문을 박차고 뛰어나와 문고리를 벗기고 들어왔다. 그러고 어멈을 부른다. 아범도 뛰어왔다가, 다시 돌쳐 나간다. 아범의 보고로 초옥도 달려왔다.

피투성이가 된 두 남녀를 각각 떼어놓고, 우선 씻기며 주무르고, 일변 물을 끓여온다, 마시운다, 그들은 정신없이 날뛰었다.

초옥이는 뛰어오자 마자, 백화에게 달려들어 팔다리를 주무르며, 흑흑 느껴가면서 몹시도 운다. 급한 속에서도 황파는 울고 있는 초옥이가 어찌 밉든지 소리를 버럭 지른다.

"이년! 울려거든 나가거라. 방정맞게 울기는 왜 울어. 초상났느냐? 어린년이 청승맞게 울기는. 못된년 같으니"

여전히 초옥이는 파랗게 질려 백화의 얼굴을 내려다보면서 입술을 깨물어가며 느낀다. 눈물은 백화의 얼굴에 비오듯 떨어진다.(전집 1, 120쪽)

어쩌면 이와 같은 장면이야말로 박화성으로 하여금 백화의 이야기를 만들게 한 힘이 아니었을까. 보이는 바와 같이, 백화를 탐했던 북부 조선 최고의 부자 김장자가, 기생 어멈 '황파'와 짜고 백화를 겁탈하려 했다가 실패하는 모습을 담고 있는 장면이다. 주어를 바꾸어, 기생 백화가 김장자의 성폭행을 막아내는 장면이라 함이 더 적절하겠다. 그러니 이 장면이 인상적인 이유는 자명하지 않은가.

평양 기생 출신인 『무정』의 박영채는 유사한 장면에서 겁탈을 당했고 그로 인해 자살의 길을 떠났다. 다른 많은 사람들의 설득으로 마음을 바꾸기는 했으나, 치유되지 못한 상처는 박영채의 마음속에 남아 그 자신도 자각하지 못하는 원한이 되었다. 『무정』의 인물들이 보여준 계몽의 여로는 바로 그 박영채의 원한을 딛고 만들어진 것이다. 이광수의 세계가 제공하는 어떤 것으로도 그 상처는 결코 치유될 수 없는 것임은 그 이후의 이광수의 소설들이 보여준다. 상처는 여성의 몸에 난 것인데, 이광수 세계의 남성들이 제공하는 약은 남성–네이션의 정신에나 들을 법한 것이었기 때문이다.[6]

그 이전으로 가면 어떨까. 『춘향전』은 여성의 입장에서 보자면 오히려 이광수의 『무정』보다 더 나은 출구를 제공한다. 현실이 아니라 환상이기 때문이라고 해야 할 것이지만, 여주인공들은 그런 험한 꼴을 보지 않는다. 『춘향전』과 『채봉감별곡』 등의 여주인공들은 이와 유사한 곤경에서 모두 훌륭한 남성들이 구원자로 등장하여 봉변을 모면하는 것이다. 그 소설을 읽는 독자들의 집단적 열망이 만들어낸 해피엔딩의 구성이라 해야 할 것이다.

이런 두 개의 틀을 밑그림으로 놓고 보면 『백화』의 독특함이 좀더

6) 죄의식과 부끄러움 너머의 원한에 대해서는 다음에 간략하게 기술해두었다. 졸저, 『죄의식과 부끄러움—현대소설 백년, 한국인의 마음을 본다』, 나무나무출판사, 2017, 456쪽 이하 참조.

분명해진다. 백화가 김장자의 마수를 벗어나는 것은 다른 누구의 도움을 통해서도 아니다. 게다가 흔히 여성적이라고 폄하되곤 하는 위계나 속임수 같은 것들을 통해서도 아니다. 백화의 백화다움을 지켜내는 것은 백화의 비분강개한 마음, 그리고 박치기이다. 평양 제일의 명기 백화의 박치기!

백화는 또하나의 곤경에 처해야 한다. 이번에는 부자 정도가 아니라 지존의 왕이다. 고려의 우왕이 백화를 탐내서 날을 잡고 기다린다. 부자라면 모르되 왕은, 게다가 예를 갖추어 백화를 기다리는 왕은 박치기로 해결될 수 있는 존재가 아니다. 두번째, 왕과의 대결에서 백화가 내거는 것은 목숨이다. 도리가 없을 때 백화는 거리낌 없이 강물에 몸을 던진다.

"나는 죽으면 죽었지 존경할 수 없는 자와 결혼할 수는 없어."(전집16, 87쪽)

이 문장은 『백화』가 아니라 같은 해에 발표된 중편 「하수도 공사」의 여주인공, 목포에 사는 17세 처녀, 포목상의 딸 '최용희'가 하는 말이다. 권력가 대학생 아들로부터 청혼이 들어왔을 때의 반응이었다. 이보다 앞서 최용희가 하는 말은 이렇다. "나는 그렇게 사랑 없는 결혼은 할 수 없어요."(전집16, 85쪽) 이 두 문장이야말로 『백화』의 세계 전체를 진동케 하는 문장이다.

여기에서 사랑이나 존경이라는 단어가 포함된 두 문장은 번역을 필요로 한다. 그 뜻은 이렇게 번역된다. 내 배필은 내가 결정한다, 내 결혼 상대는 내가 고른다, 나는 내가 마음에 드는 사람과 삶을 함께

할 것이다. 이 문장들은, 평양 명기 백화의 평양 박치기가 외치는 문장들이기도 하다. 왕과도 맞설 만큼 기개 높은 고려 시대의 기생, 주체로서 사는 여성의 모습을 그려내기 위해 박화성이 선택한 설정의 근거가 바로 그 문장들인 셈이다.

죽음은 모든 약자들의 마지막 무기라서 신기할 것이 없다. 그러나 박치기! 그것은, 여성 주체를 향해 나아갔던 박화성의 결기가 두툼한 분량의 장편 한가운데 박아놓은 다이아몬드라고 해도 좋을 것이다.

이광수의 『무정』에서 박영채가 감내해야 했던 고통은 서사 전체를 추동해내기 위해 불가피한 고리가 된다. 그럼에도 박영채가 겁탈당하는 사건은 서사의 전체 흐름에서 비껴나 있다. 『무정』의 주인공은 박영채가 아니라, 그 사건으로 인해 해방된 남성 이형식이기 때문이다.

그러나 『백화』의 주인공은 왕서룡이 아니라 백화이다. 내가 주인공이라고, 내가 주체라고 외치는 자리에 놓여 있는 것이 백화의 박치기라면, 그것은 또한 『백화』가 『무정』과 『춘향전』의 멱살을 양손에 쥐고 19세기와 20세기의 우물 밖으로 끌어당기고 있는 장면이라 할 수도 있지 않을까.

5. 『북국의 여명』, 삶과 소설 사이

박화성의 세계에 없는 것은 원한이다. 슬픔과 분노는 있어도 원한은 없다. 이유는 자명하다. 여성이 주체이기 때문이다. 슬픔이나 분노와는 달리, 원한은 자기 심정을 정면으로 응시할 수 없는 존재, 비-주체의 것이기 때문이다. 즉, 분노는 자기 매체를 지닌 주인의 것이지만, 원한은 자기 자신을 표현할 길 없는 노예의 것이다. 분노하면 주인이 되고, 분노가 있는 곳에 원한은 있을 수 없다.

박화성의 여성 주인공들은 자기가 해야 할 일을 하는 사람들이다. 좌절은 있어도 포기는 없다는 식의 단단함이 박화성 초기 세계의 인물들이 보여주는 기본 성격이다. 이런 점은 등단작인 「추석전야」나 박화성 본인이 등단작이라고 생각하고 싶어하는 제2의 등단작 「하수도 공사」, 그리고 두 편의 장편 『백화』와 『북국의 여명』 등에서 여일하게 나타난다. 그러니까 소설의 중심에 자리잡고 있는 여성 인물들이 보여주는 단단함의 원천이 무엇인지도 자명하겠다. 박화성이라는 작가 자신이 그 중심에 있지 않을 수 없다.

「추석전야」와 「하수도 공사」는 모두 목포를 배경으로 한다. 「추석전야」는 남편이 죽은 후 시모와 어린 남매를 부양해야 하는 한 기혼 여성의 가난한 삶을 그린다. 방적 공장에 다니며 생활비를 벌어야 하는 것이 주인공의 삶이라 경제적인 문제 때문에 생겨나는 삶의 곤란은 당연한 것이다. 여기에 더해지는 것이, 나이 어린 여공을 상대로 성추행을 일삼는 일본인 공장 감독에 대한 분노이다. 물론 박화성의 인물들은 이런 대목에서 주눅들거나 참고 넘어가는 법이 없다. 이들의 정신적 골격을 대표하는 인물이 백화이다. 한 나라의 남성 지존에게도 버티고 저항했던 인물이 개성 출신의 평양 기생 백화가 아닌가.

「하수도 공사」는 중편 분량이다. 스틸 사진 같은 「추석전야」와는 달리, 움직이는 서사가 등장한다. 목포에서 실업자 대책으로 내놓은, 유달산록의 관급 하수도 공사에서 노동자들의 임금을 가로채는 일본인 중간 관리자가 문제가 된다. 여기에 분노한 노동자들이 삼백 명이다. 사건과 서사의 규모가 클 수밖에 없다. 이들의 대표자로 등장하는 뜻있는 청년이 목수 아들 '서동권'이고, 이 사건을 바라보는 인물은 포목상의 딸 '최용희'이다. 서로 사랑하는 두 사람의 성격 역시 백화와 다름이 없다. 불의에 대한 항거라는 점에서도, 사랑과 결혼에 대해 17세의 여성이 보여주는 여성 주체로서의 의지도, 모든 것이 확고하고 단단하다. 분노할 수 있는 주체들이기 때문이다. 이들은 모두 고난은 알지만 절망은 모르는 세계의 인물들인 것이다.

박화성의 세계가 보여주는 인물과 서사의 원형을 찾아볼 수 있는 것이, 그의 두번째 장편 『북국의 여명』(1935)이다. 이태준의 『불멸의 함성』에 뒤이어 조선중앙일보에 연재되었다. 『백화』 이후로 삼 년 만이거니와, 이런 지면 자체가 그사이에 확고해진 박화성의 작가로서의 위상을 보여주는 것이기도 하다. 연재의 말에서, "한 여자의 파란 많은 반생을 여러분 앞에 소개하려 합니다"(전집2, 24쪽)라고 썼다. 소설 전체를 거칠게 요약하자면, 지식인 여성 '백효순'이 일본 유학을 하며 남자를 만나 결혼하고 만주로 떠나는 이야기다. 더 줄이자면, 한 여성 지식인의 선택에 관한 이야기이다.

뒤늦은 나이에 여학교에 다시 들어가 학업을 마치고, 일본 유학을 결행하는 여성 백효순의 삶을 둘러싸고 있는 것은 1920년대 중후반, 신간회와 근우회 성립을 중심으로 형성된 조선 지식청년 사회의 활력 있는 분위기이다. 신동 소리를 듣던 영특한 여성 백효순은, 변경된 학제 탓에 뒤늦게 일 년의 여자고등보통학교 생활을 하고 일본으로 간다. 이 과정에서 만나게 된 젊은 여성들의 서로 다른 삶과, 그리고 결혼과 사상 문제를 둘러싼 백효순 자신의 선택이 소설의 육체를 이룬다. 백효순의 동급생들이었던 네 여성이 가는 길은 매우 다르다. 첩살이에서부터 유학파 교수 부인, 그리고 이념의 투사에 이르기까지. 그런데 이 여성들이 가는 길은 그들이 어떤 남성을 반려로 선택했는지 혹은 선택해야 했는지에 따라 결정적으로 좌우된다. 주인공 백효순의 경우는 어떨까.

소설 전체를 가로지르는 것이 주인공 백효순의 삶이라는 점을 감안한다면, 그 친구들의 이력과 생애는 시대적 분위기와 함께 하나의 배경이라고 생각해야 할 것이다. 그럼에도 이제 삼십대에 이른 박화성이라는 여성 지식인이 주체로서의 여성의 삶을 어떻게 바라보았는지를 따져 묻는다면 이 문제가 가벼운 것일 수는 없다. 남자를 선택하는 것이 자기 삶을 선택하는 것과 다르지 않다는 사실이, 대부분의 당대 여성들이 처해 있던 기본적인 현실이었기 때문이다. 그리고 이 점에 관한 한 박화성도 예외라고 할 수는 없겠다. 요컨대 소설에서 백효순의 선택은 그 결과에 상관없이, 박화성을 포함한 이 여성 인물들 모두를 대표하는 것이라고 해도 좋겠다.

이런 점이 특히 강조되어야 하는 것은 『북국의 여명』의 줄거리가 매우 현저하게 자전적이기 때문이다. 주인공 백효순은 박화성의 본명 박경순과 유사할 뿐 아니라, 삶 자체가 거의 그대로 옮겨졌다고 해도 좋을 수준이다. 이러한 점은 박화성의 갑년에 나온 자서전 『눈보라의 운하』와 비교하면 단번에 드러난다. 태어나고 자라난 환경과 유학에 이르는 과정, 그리고 결혼 상대를 고르는 일이 다르지 않다. 두꺼운 볼륨을 가진 『북국의 여명』 쪽이 좀더 섬세한 묘사력을 보여주는 점에서 차이가 나는 정도이다.

여유 있는 집안에서 자란 영특한 박화성(혹은 백효순)이 학업을 제대로 이어가지 못한 것은 부친의 외도 때문이다. 다른 여성과 살림을 차린 부친과 의절 수준이 되었고, 박화성의 형제들은 경제적으로 힘들어졌다. 오빠를 유학시키기 위해 박화성이 취업 전선에 나섰고, 오빠가 학업을 마친 후에는 박화성의 차례가 되었지만, 오빠 박제민이 체포되는 바람에 박화성의 뒷바라지를 할 수 없는 처지가 되었다는 이야기들이다. 박화성은 후원자의 도움을 받아 일본 유학을 떠나고 그 후원자와 약혼을 하게 되었으나, 마음이 움직이는 진짜 상대를 만나 파혼하고 이른바 '자유결혼'을 한다. 그런데 이번에는 남편이 체포당해서 감옥에 간힌다. 가족의 반대를 무릅쓰고 결혼한 젊은이들에게 무슨 일이 벌어지는가.

아마도 가장 지독한 장면은, 겨울 눈폭풍에 들창이 떨어지고 벽과 천장의 흙이 쏟아져서 여주인공이 두 아이와 함께 깔리는 장면일 것이다. 남편의 옥바라지를 하면서 노모와 함께 두 아이를 거둬야 했던 시절, 십 개월짜리 영아를 목욕시키고 있을 때였다. 이 장면은, 문체는 다르지만 소설과 자서전에 함께 실려 있다. 실제로 있었던 장면이라는 것이다. 정신을 잃었다가, 사태를 어느 정도 수습하고 난 다음의 장면이다.

이따금씩 졸다가 눈을 번쩍 뜨면 반자의 찢어진 곳으로 컴컴한 흙 천장이 두려운 것을 감추고 있는 듯 무섭게 보이고 종이가 벗겨진 흙 벽은 폐허의 방을 암시하는 듯 처참하게 보였다.

"아아 꿈 같은 현실이다."

하고 부르짖을 때 그의 눈에는 눈물의 이슬이 맺혔다. 그러나 다음 순간

"이게 무슨 감상적인 못난 짓이냐? 나는 준호 씨의 아내로써 이 고초를 겪는 것은 아니다. 적어도 그의 한 동지로서 그의 어린 가족을 보호하여야 하는 책임을 이행하는 것이며 그가 옥중에서 xx의 보수를 받을 때 나는 집안에서 그와 같은 수난을 겪는 것이다. 오냐 이

보다 더 험한 모든 괴롬아 오려거든 오너라. 내 뼈가 가루가 될 때까지 나는, 나는 싸워서 이길 터이다."(전집2, 453쪽)

우리는 이미 『백화』의 모습을 확인했기 때문에, 백효순이 보여주는 이런 정도의 강인함은 그다지 낯설지 않다. 백화건 백효순이건 상관없이, 의지의 단단함이야말로 박화성 세계의 인물들의 핵심적 정신 골조이기 때문이다.

그런데 여기에서 주목되어야 할 것은 그 단단한 의지가 드러나는 방식이다. 바로 이 지점에서, 백효순이 표상하는 소설의 세계와 박경순의 실제 삶이 구분되기 때문이다. 『북국의 여명』의 주인공 백효순은 조선을 떠나 만주로 간다. 형기를 마치고 출옥한 남편은 전향을 해버렸고, 마음의 의지였던 오빠 역시 마찬가지 길을 걸었다. 홀로 자기 길을 놓치지 않으려는 백효순이 조선을 떠나는 것은, 남편만이 아니라 두 아이와 노모까지 버리는 것이다. 그것이 소설의 마무리이거니와, 소설 주인공 백효순이 보여준 결연함과 의지라면 그런 엔딩이 그리 이상해 보이지 않는다.

그런데 박경순, 즉 목포에 있던 소설가 박화성의 경우는 어땠을까. 자서전에 드러나 있는 사실로 보면 박화성의 선택은 백효순과 정반대의 방식이다. 두만강 건너 용정으로 간 것은 출옥한 남편 김국진이고, 박화성은 두 아이와 함께 노모 곁에 남는다. 남편 김국진은 가족 대신 이념과 동지들을 택했고, 박화성은 그 반대를 택했다. 남편이 있는 국경 너머의 용정을 그리워하면서도[7] 몸은 노모와 어린아이들 곁

---

7) 전집20에 수록된 「용정이 그립다」는 1935년 12월 23일 목포에서 쓴 것으로 되어 있다. 이때는 『북국의 여명』(1935. 4. 1~12. 4) 연재가 끝난 직후이다.

에 남는다는 것이 박화성의 선택이었다. 목포에 남아 소설을 쓰고, 그 원고료로 아이들을 건사하는 삶이 박화성이 선택한 것이다.

역설적이게도, 목포에 남은 박화성이 쓴 소설이 곧 『북국의 여명』, 가족을 버리고 민족적 혹은 이념적 대의를 따라 두만강을 건너 북국으로 떠나는 여성 주인공 백효순의 이야기이다. 소설의 주인공 백효순의 모습에 대해, 우리는 당연하게도 결연한 의지의 선택이라고 말할 수 있다. 반대로 목포에 남아 소설을 쓰고 아이를 키우는 박경순의 선택은 어떨까. 그것 역시 또다른 의지의 산물이라고 해야 할까. 아니면 포기와 좌절의 결과라고, 꺾인 의지의 모습이라고 해야 할까.

근대문학사 백 년 중 앞의 칠십 년의 관점이라면, 그 모습을 두고 좌절이라고 말할 수 있을지도 모르겠다. 그 역사의 주인공은 문학 속에 있는 네이션이니까. 그러나 뒤의 삼십 년의 관점이라면 그렇게 말하기 힘들어 보인다. 그 이유는 자명하겠다. 두만강을 건너간 백효순이 박화성의 마음이라면, 아이들 곁에 남아 소설을 쓰며 생계를 해결하는 박경순은 박화성의 몸이다. 의지가 종국적으로 자신을 드러내는 것은 정신이나 마음이 아니라 몸의 차원이기 때문이다. 게다가 어떤 넋이 자기 몸을 비웃을 수 있을까.

6. 용정과 목포 사이에서 읽기

박화성의 삶을 하나의 텍스트로 본다면, 삼십대 중반에 맞이한 용정과 목포 사이의 분기점은 증상적이다. 양자택일일 수밖에 없었다는 점에서 그러하다. 자기 삶의 방식을 스스로의 힘으로 선택하고자 했던 한 여성 앞에 남과 북의 두 도시가 있었던 셈이다. 한쪽에는 스스로 선택한 남편과 이념과 동지들, 반대편에는 두 아이와 노모가 있다.

그러나 이런 이항대립에 문제가 있는 것은, 노모와 함께 아이들을 데리고 용정으로 가는 제3의 선택지를 배제한 것이기 때문이 아니다. 여기에 빠져 있는 것이 있기 때문이다. 박화성의 삶을 추동해냈던 힘으로서의 소설쓰기가 곧 그것이다. 목포에 남는 것은 단지 노모와 아이들 곁에 남는 것일 뿐 아니라, 소설쓰기 곁에 남는 것을 뜻한다. 어미 되기와 자식 노릇하기가 함께 하는 것이니, 그것은 소설 쓰는 삶이라고 해야 마땅하겠다.

출옥한 남편이 있는 곳, 두만강 너머 용정으로 가기 위해서는 노모만이 아니라 소설가의 삶을 포기해야 한다. 용정과 해란강은 무엇보다도 이념과 혁명, 투쟁의 장소이기 때문이다. 몸 가벼운 시인의 삶이라면 오히려 그곳이 적절한 장소일 수도 있다. 시는 정오의 형식이기 때문이다. 그러나 그런 삶은, 이미 가운뎃손가락에 못이 박히고 곪아터지는 경험을 하며 장편소설을 써낸 작가, 그리고 용정을 그리워하는 장편소설을 신문에 연재하고 있는 작가에게 가능한 선택지이기는 힘들다. 소설을 쓴다는 것은 자기만의 방과 책상이 있어야 가능한 일이다. 『백화』와 『북국의 여명』을 남긴 작가 박화성에게 소설을 포기하는 일이란 자기 고유의 삶을 포기하는 것에 다름 아니기 때문이다.

장편소설은 황혼의 형식이다. 이야기가 잉태되기 위해서는 그늘이 있어야 한다. 박화성에게는 노모와 아이들이 있는 목포가 바로 그 그늘의 장소이다. 고강도의 열정이 아니라 저강도의 의지에 어울리는 장소이기도 하다. 그곳에서 만들어지는 것은 소설이라는 이름의 문자 더미이고 그 결과가 20권의 전집으로 남게 되었다.

누군가 그 책들 속에서 마음만이 아니라 몸의 흔적을 읽어내려 한다면, 책에 수록되어 있는 것들은 소설이 아니라고 말하게 될지도 모른다. 한 여성 소설가의 삶이 기록된 역사라고, 더 정확하게는 작가 박화성의 삶이 만들어낸 자연사의 흔적이라 말하고 싶을 것이기 때문이다. 그렇게 읽는다면—소설의 내용 같은 것이야 무슨 상관일까—꾸역꾸역 배밀이로 소설을 써온, 한 단단한 의지의 신체 위에 남겨진 시간의 무늬들이 생생해진다고 주장하게 될 것이다.

(2021)

한글세대 이청준의 미션

1. 문학사적 전환기의 표상

글쓰기를 자기 삶의 방식으로 선택하는 것은 작가의 일이지만, 작가가 한 시대의 표상이 되는 것은 그 자신의 의지와는 별개의 것이다. 거기에는 모종의 우연이 작동한다고 해야 할 것이다. 어떤 세상에나 글을 잘 쓰는 사람은 적지 않고, 사람들에게 들려줄 만한 이야기를 간직한 사람은 넘쳐난다. 그러나 그 사람들 중 어떤 사람은 작가가 되고, 그중 또 어떤 사람은 한 시대를 대표하는 서사의 창작자가 된다. 그것은 그들이 원해서라기보다는 시대의 마음이 그들을 선택했기 때문이라 해야 할 것이다.

그런 선택 과정은, 한 사람에게는 우연처럼 다가오는 것이지만 문학사의 차원에서는 필연적이고, 그래서 종국적으로 그 작가에게는 운명이 되는 것이다. 역사라는 시선으로 보자면 그렇다는 것이다. 나라 잃은 시대의 작가 이광수가 조실부모한 고아 출신이었다는 것도, 시대적 궁핍을 집단적으로 헤쳐 나와야 했던 세대의 대표자 이청준이 궁벽한 마을의 극빈층 출신이라는 것도 그와 같은 운명의 소산이라 할 수 있다.

이청준은 4·19 세대를 대표하는 작가로 지칭되어왔다. 대학 동기들인 김승옥, 김현 등과 함께 하나의 동아리가 묶여 한글세대라는 이름으로 불리기도 했다. 일제강점기에 일본어로 교육받았던 선배들과는 달리, 이들은 광복 이후에 취학하여 한글과 한국어로 학교 교육을 받은 세대라는 점을 강조하는 말이었다. 학교에서 배운 국어 교과서가 한국어였는지 일본어였는지도 물론 중요하지만 문학사적 관점에서 좀더 중요한 것은 언어의 문제를 포함하여 이들이 급격한 전환점에 놓여 있던 세대였다는 점이다. 한국의 근대문학사 백 년이라는 척도를 적용할 때, 이들이 놓여 있는 자리 자체가 그야말로 획기적인 것이라 할 만하다는 것이다. 일제강점기에서 시작하여 광복과 한국전쟁으로 이어져오는 흐름이 일단락되고, 북한과는 구분되는 남한 고유의 문학적 흐름이 생겨나는 전환점, 즉, 분단 상황으로 인해 절반만 남은 기성 문학(김동리, 서정주, 조연현으로 대표되는)과는 매우 다른 방식으로 정위된, 새로운 문학적 흐름이 본격화되는 지점에 그들이 놓여 있기 때문이다.

이청준이라는 한 작가의 문학을 언급하는 자리에서 그를 한 세대의 일원으로 지칭하는 것은 일차적으로 한국문학사에서 그의 세대가 지니고 있는 획기기성 때문이다. 이광수에서 시작되어 현재에 이르는 한국 근대소설 백 년의 역사에서, 물리적 시간으로 보자면 이청준과 그의 세대는 정확하게 중간 지점에 놓여 있다. 물론 이러한 요소는 시간이 지남에 따라 바뀌어갈 것이므로 그리 대단한 것이라고 하기는 어렵다. 이청준과 그의 세대를 근대문학사 백 년의 허리와 같다고 할 때 강조되어야 할 것은, 문학의 흐름이 크게 휘어지는 하나의 전환기의 표상이 그들의 문학에 의해 형성되고 있다는 점이다. 이청준 문학의 경우 그 같은 문제성을 두 가지로 적시할 수 있겠다. 첫째, 문학의 재-계몽화를 통해 새로운 이상주의의 출발점을 보여준다는 점. 둘째, 부끄러움이라는 새로운 주체 형성의 힘을 내포하고 있다는 점.

2. 단식, 문학의 재-계몽화

한반도의 분단 이후로 문학은 국토와 마찬가지로 반쪽만 남게 되었다. 무엇이 남고 무엇이 사라졌는가. 문학사적 관점에서 보자면, 사회주의나 공산주의라고 지칭될 만한 한쪽의 이념이 사라지고 그 반대되는 것이 살아남았다고 하는 것은 핵심을 짚은 말이라 하기 힘들다. 분단으로 인해 만들어진 문학사적 구도는, 이념의 절반이 사라진 것이 아니라 이념 자체의 사라짐이라고 혹은 문학의 자기 이념화라고 해야 할 사태이다. 달리 표현하자면 문학의 탈-계몽화라고도 할 수 있으며, 문학 자체가 지닌 이상주의적 경향의 상실이라 할 수도 있겠다.

물론 문학의 근대성 자체에 관해 말하자면, 문학이 탈-계몽화되어 문학의 존재 자체가 이념이 되는 지점을 향해 나아가는 것은 매우 정상적인 행로라 할 수 있겠다. 가치 영역의 분화와 그에 따르는 가치 영역의 자립화는 문화적 차원의 근대성이 지닌 가장 큰 동력 중 하나이며, 문학이 자기 목적적이 되는 것은 그런 힘의 발현이기 때문이다. 그럼에도 그와 같은 기본 방향성과 함께 강조되어야 할 또하나의 것은, 근대성이 문학에게 부여한 또하나의 중요한 임무가 계몽이라는 사실이다. 이와 같은 양상은 특히 근대로의 급격한 전환기에 두드러지거니와, 변방에서 근대화의 발걸음을 내딛기 시작한 나라의 경우는 더욱 그러하다. 근대화에 실패하고 식민지가 된 한국의 경우는 특히 그런 예의 한 전형을 보여준다고 해야 할 것이다. 19세기 말에서 시작하여 애국 계몽기와 국권 상실 시대를 거쳐 해방 공간으로 이어져오는 문학사의 흐름 속에서, 사회적 매체로서의 문학에게 가장 우선적으로 부여된 과업이 계몽이라는 공적 과제였음에 큰 이론의 여지가 있기 어렵다.

20세기 후반, 한국전쟁과 분단 고착 이후 생겨난 문학적 환경의 변화는, 무엇보다도 이와 같은 계몽의 흐름이 중단되었다는 점에서 특징적이다. 이념적 대립의 와중에서 사회주의 이념에 맞서고자 했던 문학이 제거해버린 것은 사회주의가 아니라 문학의 계몽적 기능이라 해야 하는 것은 그런 연유 때문이다. 이 점은 문학의 존재 그 자체의 의미와 중요성을 강조했던 김동리의 주장에서 잘 드러나고 있거니와, 문학적 순수성을 으뜸으로 삼는 김동리의 '본령정계의 문학'이라는 표현이 그것의 대표적 표상이다. 여기에서 문학적 순수성이란 일체의 비-문학적인 것을 제거함으로써 남게 되는 것을 뜻한다. 따라서 그것은 필연적으로 문학의 반-계몽적 차원에 도달할 수밖에 없다. 문학 그 자체가 목적이 되는 한에 있어서, 사회적 요구로서의 계몽이란 그 내용에 무관하게 문학을 도구화하는 어떤 힘으로 간주될 수밖에 없기 때문이다.

이청준과 그의 세대 문인들이 맞닥뜨렸던 것이 바로 이와 같은, 정치적 격변에 의해 만들어진 문학적 정황이다. 그러니까 급격한 전환기의 문인으로서 그들이 수행해야 했던 것도 무엇인지는 자명해진다. 단적으로 말하자면 문학에 새로운 형태의 이상주의를 도입하는 것, 문학의 재-계몽화가 곧 그것이겠다.

여기에서 중요한 것은 무엇에 대한 계몽이냐가 아니다. 계몽의 내용 자체는 언제나 정해져 있다. 인간 해방이 그 핵심에 놓여 있으며, 좀더 추상적으로는 주체의 자유라고 할 수도 있다. 그와 같은 모토가 각국의 정치적 사회적 현실과 마주치면서 구체적인 목표들로 변형되거니와 그럼에도 그 세목은 크게 다를 이치가 없다. 이청준이 수행한 문학의 재-계몽화에서도 중요한 것은 계몽의 구체적 내용성이 아니라 계몽의 형식을 취하는 것 자체이다. 그런 형식을 취하는 자체가 내용이라고 해야 할 것이다.

예술이면서 동시에 지적 담론이라는 문학의 특수한 지위가 바로 그 장소에서 말을 한다. 계몽의 형식을 취할 때 문학은 비로소 예술성과 사회성이라는 두 개의 상이한 장을 하나로 결합시키고 그럼으로써 현실적 담론으로서의 중요성을 인정받는 매체일 수 있게 된다. 이념 대립과 분단이라는 정치적 현실로 인해, 자신의 대립자를 잃고 무기력 속에 빠져든 것이 그들 앞에 놓인 문학의 현실이었다. 그런 문학에 다시 활력을 불어넣는 것, 그것이 곧 이청준과 한글세대 문인들에게 주어진 임무였다고 할 수 있겠다.

이와 같은 시선으로 본다면, 출발점에 선 이청준의 문학에서 매우 인상적으로 드러나는 몇 개의 의미심장한 모티프를 발견할 수 있다. 1960년대 중반 집필된 『씌어지지 않은 자서전』과 『조율사』 같은 그의 초기 장편에서 공히 드러나고 있는 '단식'이라는 모티프를 그 대표적인 것으로 들 수 있다. 단식은 그와 연관되는 또다른 모티프들과 연관된다. 허기, 쾌감, 4·19, 한일협정 반대 시위 그리고 이청준의 문학에서 매우 특화된 상징인 전짓불 등이 그것이다.

『씌어지지 않은 자서전』은 열흘 동안 한 젊은이의 내면에서 벌어지는 자기 심문의 방식을 그려내는 소설이다. 여기에서 가장 눈에 두드러지는 두 단어는 '쑥스러움'과 '단식'이다. 잡지사 기자인 주인공은 그 자신의 표현을 빌리자면 "그 '4·19와 5·16 세대'"[1]로서, 청년기에 두 개의 격변을 겪고 1964년 한일협정 반대 투쟁에 나섰던 세대의 일원이다. 그들이 협정 반대 투쟁에서 최후로 동원할 수밖에 없었던 수단이 곧 단식이었다. 그가 다방에서 만나는 특이한 청년 왕씨 역시 현재 단식중인 인물로, 1964년의 투쟁에서 단식을 결행했던 세대의 일원임이 암시된다. 말하자면 단식이란 1960년대의 정치적 상황과 그에 대한 청년적 저항의 상징이라 할 터인데, 그런데 그것이 왜 그렇게까지 주목할 만한 것인가.

이청준의 소설 속에서 단식은 청년 세대가 지닌 정치적 저항 수단이지만, 그것은 또한 한 개인이 지닌 내밀한 상처와 연관되어 있는 것이기도 하다. 한 사람의 내밀한 경험과 연관된 것이되, 그 경험이 단지 한 개인의 특수성에 속하는 것이 아니라는 점에서 또한 특이한 형태의 시대성을 지닌다고 해야 한다. 궁핍과 가난의 문제가 곧 그것이다. 주인공 청년이 발견하는 것은 "허기―, 허기진 사람의 얼굴―, 강한 공복감을 느끼면서 그것을 이상한 쾌감으로 견디고 있는 사람의 얼굴"(『씌어지지 않은 자서전』, 19쪽)이다. 그 얼굴은 그가 다방에서 발견한 다른 사람의 얼굴이지만, 그가 그런 얼굴의 실상을 포착할 수 있는 것은 그것이 바로 자기 자신의 얼굴이기 때문이다. 태평양전쟁 당시, 점심을 먹을 수 없던 시절을 겪으면서 허기를 통증이 아니라

---

1) 이청준, 『씌어지지 않은 자서전』, 문학과지성사, 2014, 139쪽. 이하 인용시 본문에 쪽수만 밝힌다.

쾌감으로 바꾸어버린 것이 곧 어린 날의 그 자신이었기 때문이다. 그리고 물질적 궁핍으로 인한 허기는 고학을 해야 했던 대학 시절에까지 연장된다. 한 가난한 청년이 어린 시절부터 감내해야 했던 허기를 고통이 아니라 쾌감으로 즐기는 것, 그리고 정치적 저항의 상징으로 단식은 한 사람의 내면 속에서 겹쳐진다. 이 둘의 겹침은, 개인적인 것이 정치적인 것과 만나 사회적인 것이 되는 과정을 보여준다.

쾌감으로서의 허기란 이미 그 자체가 몸이 된 견인주의의 발현이다. 가난은 어쩔 수 없는 조건이다. 그래서 허기도 어쩔 수가 없다. 불가피한 고통을 단순히 인내하는 것이 아니라 오히려 쾌감으로 받아들이는 것에는 그 어떤 주체성의 과잉이 존재한다. 허기를 향한 의지로서의 단식은 바로 그 과잉의 자리에 있다. 허기 즐기기와 단식 결행하기가 지닌 의미는 반대로 짐승처럼 먹기를 맞세울 때 좀더 선명해진다. 그와 같은 장면은 같은 세대 작가 윤흥길의 평판작 「아홉 켤레의 구두로 남은 사내」의 몇 장면에서 매우 두드러지게 표현된다. 이 둘을 맞세워놓으면 다음과 같다.

1) 퇴근해서 집으로 돌아가는 길이었다. (……) 내 아이만 유난히 얼굴이 희었다. 다른 애들이 지나치게 까만 탓인지도 모른다. 특히 그 중에서도 고물장수의 아들은 방금 굴뚝 속에서 기어나온 꼴이었다. 동준이가 고물장수 아들에게 뭐라고 소리쳤다. 그러자 깜장이 그 아이가 땅바닥에 양팔을 짚고 개구리처럼 폴짝폴짝 뛰기 시작했다. 동준이가 그애 앞에다 뭘 던졌다. 그러고 보니 동준이녀석은 쿠킨지 뭔지 하는 과자상자를 가슴에 끌어안고 있었다. 고물장수 아들이 땅에 떨어진 과자를 입으로 물어 올리더니 흙도 안 떨고는 그대로 아삭

아삭 씹어먹었다. 먹는 일이 끝나자 고물장수 아들은 하얗게 이빨을 드러내며 웃고는 다시 스타아팅 블록에 들어선 것 같은 자세를 취했다.[2]

2) 저것 좀 보라고 청년이 갑자기 소리칩디다. 그렇잖아도 난 이미 보고 있었는데요. 빗속에서 사람들이 경찰하고 한참 대결하는 중이었죠. 최루탄에 투석으로 맞서고 있었어요. (……) 삼륜차 한 대가 어쩌다 길을 잘못 들어 가지고는 그만 소용돌이 속에 파묻힌 거예요. 데몰 피해서 빠져나갈 방도를 찾느라고 요리조리 함부로 대가리를 디밀다가 그만 뒤집혀서 벌렁 나자빠져 버렸어요. 누렇게 익은 참외가 와그르르 쏟아지더니 길바닥으로 구릅디다. 경찰을 상대하던 군중들이 돌멩이질을 딱 멈추더니 참외 쪽으로 벌떼처럼 달라붙습디다. 한 차분이나 되는 참외가 눈깜짝할 새 동이 나 버립디다. 진흙탕에 떨어진 것까지 줏어서는 어적어적 깨물어 먹는 거예요.(같은 글, 184~185쪽)

3) 그런데 그런 연날리기 재미도 늘상 그 아침녘뿐 오정이 가까워오면 서서히 배가 고파오기 시작했다. 그러나 나는 그 시절 거의 한 번도 점심 끼니로 그 허기를 채워본 기억이 없다. 나는 연실을 붙잡고 몇 번이고 담 너머로 어머니가 먹을 것을 좀 준비해놓고 나를 불러들여주지 않을까 귀를 기울이곤 하였다. 그러나 어머니는 한 번도 나를 불러주지 않았다. (……) 그런데 다행히도 오정 때가 훨씬 지나

---

2) 윤흥길, 『아홉 켤레의 구두로 남은 사내』, 문학과지성사, 1977. 169쪽. 이하 인용시 본문에 쪽수만 밝힌다.

고 나면 웬일인지 그 허기가 거짓말처럼 사라지고 머릿속이 말똥말똥 맑아오며 몸까지 다시 가벼워졌다. (……) 나는 어느 때부턴가 그 허기를—, 그 허기로부터 시작된 뱃속의 통증을 이상한 쾌감으로 즐기게끔 되어갔다. 그리고 그런 은밀한 쾌감을 맛보면서 그 이상한 쾌감에 관해 내 연과 무척도 많은 이야기를 하였다. (『썩어지지 않은 자서전』, 22~24쪽)

4) 하여튼 그런 일도 있고 해서 나는 그 전짓불이 별나게 두려웠어요. 무엇보다도 그 불빛 뒤에 선 사람의 얼굴이 보이지 않는 게 그랬지요. 하지만 수위 아저씨의 전짓불빛은 바로 그 창턱 밑에 엎드려 숨어 있는 나를 한 번도 찾아내질 못했어요. 그래 그 전짓불이 지나가고 나면 나는 그제서야 마음 놓고 내 책상 잠자리 위로 올라가 어두운 창문을 통해 바깥 하늘의 별들을 바라보며 차분히 그 시장기를 즐기기 시작하는 거였지요……(같은 글, 123쪽)

1)과 2)에서 윤흥길이 윤리적 포르노그래피가 된 게걸스럽게 먹기를 포착해낸다면,[3] 3)과 4)에서 이청준은 스토아 현인의 수준에 도달한 허기 참기를 그려낸다. 심지어 3)은 미취학 아동의 수준이기조차 하다. 이들의 예에서 무엇보다 선명하게 드러나는 것은 궁핍한 시대의 주체가 되기 위해 요구되는 윤리의 최저 수준이다. 이청준과 그의 세대가 스스로의 문학에 부과한 무엇보다도 우선적인 과업이 그것이

---

3) 윤흥길의 소설에서, 참외 먹는 장면의 이물스러움을 상기시켜준 것은 2016년 1학기 서울대 비교문학 협동과정의 한 수업에서 제출된 정다연 학생의 과제문 「食, 먹는다는 것의 죄악감─윤흥길의 텍스트 속 '먹는 것'에 대하여」이다.

라고, 그것이 곧 문학의 재-계몽화라고 한다면 어떨까. 물질적·정신적 곤핍의 시대에 주체됨의 정신성을 고양하는 것, 짐승스러움을 배제하고자 하는 것, 정치·사회적 압제를 한 개인의 수준에서 포착하고 고발하는 것 등이 그 세목이 될 것이다. 그 가운데에서 무엇보다 우뚝한 것은 부끄러움을 아는 인간의 모습이다. 한쪽에서는 그 최저 수준이 허물어져 있는 모습을, 다른 한쪽은 그것을 지키기 위해 몸의 감각까지 길들이고 있는 모습을 그려내는 것이 위의 인용문들인 것이다.

3. 부끄러움의 문학

이청준과 그의 세대 문학이 포착해낸 무엇보다도 중요한 것은 새로운 주체의 형상이다. 앞의 네 인용문으로 말하자면, 부끄러움을 아는 인간의 모습이 곧 그것이다. 부끄러움을 아는 사람이라면 그저 전통적 의미에서의 윤리적 주체라는 것일 텐데, 그것이 그렇게 대단한 것인가. 이 질문에 대한 대답 역시 그와 상반되는 것을 맞세워놓아야 좀더 분명해진다.

근대소설 백 년이 만들어낸 틀로써 말하자면, 이청준과 그의 세대는 주체 형성의 기제가 죄의식에서 부끄러움으로 거대한 전환이 이루어지는 지점에 놓여 있다고 할 수 있다. 그리고 그 부끄러움이 끝나는 자리에는 원한이 있다.[4] 부끄러움의 주체는 말하자면 죄의식과 원한 사이에 놓여 있는 셈인데, 한편에서는 한국 근대사의 특수성이 말을 하고 다른 한편에서는 자본제적 근대성 일반의 일그러진 마음이

---

4) 이에 대해서는, 졸저 『죄의식과 부끄러움─현대소설 백년, 한국인의 마음을 본다』 (나무나무출판사, 2017)에서 길게 썼다.

도사리고 있다.

죄의식을 통한 주체 형성의 모습을 가장 극적으로 표현하고 있는 것은 이광수의 문학이다. 그의 문학은 기괴하게 일그러진 죄의식의 형상으로 가득차 있다. 죄의식 자체가 음습한 것이라서 이미 한 번의 비틀림이 존재하는데, 일그러진 죄의식이라면 두 번 비틀려 있다는 것이다.

해야 할 것을 제대로 하지 못한 사람의 마음이 부끄러움이라면, 죄의식은 해서는 안 될 짓을 한 사람의 마음이다. 그래서 부끄러움은 자아 이상ego-ideal에, 그리고 죄의식은 초자아superego에 연결된다. 부끄러움이 열등감과 유사하다면, 죄의식은 배신자의 불안에 가깝다. 식민지 근대주의자들의 경우는 어떨까. 그들을 속박하고 있는 것은 이중 구속의 상태이다. 이미 일방통행로에 접어든 근대주의자이기에 조선이 표상하는 전통 세계로 돌아갈 수가 없다. 하지만 그들이 접어든 근대주의의 길은 제 나라를 망국 상태에 빠트린 일본제국주의가 선점하고 있다. 그 길에서 벗어나지 않는 것만으로도 그들은 이미 배신자의 위상을 벗어나기 힘들다. 과거에 저지른 배신이라면 죄의식과 참회로 보충할 수 있겠으나, 자기도 모르는 사이에 배신의 길에 들어서 있음을 깨닫게 된 사람, 그럼에도 그 길을 갈 수밖에 없다고 생각하는 사람이라면 단순한 죄의식만으로는 부족하다. 이광수의 일그러진 죄의식의 세계는 그런 마음의 구조 속에서 만들어진다. 정작 책임져야 할 것에는 책임지지 않고, 엉뚱한 책임을 지겠다고 나서는 매우 특이한 주체들의 모습이 그의 텍스트 속을 채우고 있음은 그 때문이다.

이광수를 옆에 세울 때 이청준의 문학에서 무엇보다 선명한 것은,

「키 작은 자유인」에서 가장 현저하게 모습을 보이는 부끄러움의 주체이다. 죄의식의 주체가 과거를 바라보는 사람이라면, 부끄러움의 주체의 시선은 미래를 향해 있다. 앞에서 지적한 바와 같이, 이청준의 초기 장편 『씌어지지 않은 자서전』의 초두에 등장하는 매우 특이한 단어 중 하나가 "쑥스러움"이다. 이 단어는 소설의 주인공이 자주 가는 다방의 분위기를 표현하는 것이지만, 그것은 그 소설의 세계 전체로, 또한 그것이 부끄러움의 다른 표현이라고 한다면 이청준 문학 전체로 확장할 수 있다. 한국전쟁에 대해서도 피해자가 아니라 스스로 가해자의 자리에, 즉 무언가를 책임져야 할 사람의 자리에 서고자 하는 모습을 다루는 소설들(「병신과 머저리」「가해자의 얼굴」)도 윤리적 차원에서 보자면 부끄러움의 주체와 맥을 같이 한다. 자기가 져야 할 책임의 자리를 명확하게 하고, 그 자리를 향해 나아가고자 한다는 점에서 그러하다.

　이청준 옆에 세우기에 이광수가 너무 멀리 있는 존재라면, 이청준보다 스무 살쯤 많은 장용학과 손창섭을 그 옆에 세워둘 수도 있겠다. 이미 식민지가 된 땅에서 태어나 일본어로 공식 교육을 받고 자랐던 이 세대에게 이광수와 같은 형태의 죄의식은 존재하기 어렵다. 그들이 되찾은 모국어를 사용하여, 그것도 한국전쟁이라는 거대한 사건 후에 내놓은 문학은 그야말로 정신적 패닉 상태의 한 정점을 보여준다. 죄는 있으되 죄의식은 없는 사람들의 모습, 누구도 책임질 수 없는 거대한 비극적 사건 앞에서 황망해하는 사람들의 모습이 그 대표적인 예이다. 장용학과 손창섭의 세계에서 부끄러움 같은 것은 사치스러운 물건이다.

　사람들이 겪었던 공황장애의 현장을 천천히 둘러보고 주체됨의 최저한도를 설정한 것이 최인훈의 『광장』이라면, 그것은 당연하게도 장용학보다는 이청준과 훨씬 더 가까운 거리에 있다고 해야 할 것이다. 이청준은 민족 단위에서 벌어지고 또한 새로운 국가의 영역에서 개진되는 사건들을 한 개인의 마음으로 번역해낸다. 그 한복판에 부끄러움이 있다. 그것이 그의 문학에서는 주체 형성의 핵심 기제가 된다.

이청준 문학의 중심에 놓여 있는 것은, 부끄럽지 않은 세상을 향해 나아가고자 하는 사람들의 마음이다. 5·16 예찬으로 읽힐 수도 있는 장편 『당신들의 천국』이 이청준의 대표작일 수 있는 것은, 이 소설의 주인공이 보여주는 정신적 기축이 이청준의 다른 인물들과 동일하기 때문이다. 다른 누가 아니라 스스로에게 부끄럽지 않은 사람이 되고 싶다는, 혹은 부끄럽지 않은 세상에서 살고 싶다는 열망이 이청준 문학의 정신적 핵자이다. 그 열망을 문학적 언어로 표현해내는 것, 문학적 글쓰기가 한글세대 이청준을 선택했을 때 그에게 부여해준 미션이 곧 그것일 것이다.

4. 부끄러움과 원한

부끄러움의 주체는 스스로 성공한 사람이 되고 열등감을 극복했다고 생각할 때 비로소 또하나의 낯선 마음, 새로운 시대와 새로운 주체성의 밑바닥에서 움직이고 있는 일그러진 마음을 만나게 된다. 원한이 자신을 드러내는 일은 단식 같은 방식과는 다를 수밖에 없다. 원한은 의식이 아니라 무의식의 차원이기 때문이다.

단식은 의지의 발현으로서, 스스로를 통제할 수 있다고 생각하는 주체의 의식을 바탕으로 한다. 이와 대조되는 것이, 1990년대 이후 신경숙과 한강의 소설에서 등장했던 거식증이다. 단식과는 달리 거식은 마음이 아니라 몸의 차원에서, 의식이 아니라 무의식의 차원에서 작동하는 증상이다. 이제하의 단편 「초식」의 주인공이 보여주는 '초식 행위'가 이청준의 단식과 마찬가지로 의지의 발현이라면, 신경숙과 한강의 거식증과 함께하고 있는 것은 몸의 차원에서 작동하는 비-육식 혹은 비-먹기이다. 그런 점에서 단식은 초식과 연결되고, 채식은 거식과 이어진다.

부끄러움과 달리 원한은 자신의 표현 매체로서 마음이 아니라 몸의 차원을 요구한다. 단식과 초식이 근대화의 수준에서 작동하는 요소임에 비해, 채식과 거식은 탈/근대성의 수준에서, 곧 근대화에 대한 반성이 행해지는 수준에서 구현되는 증상들이다. 후자를 감당하고 있는 것이 곧 신경숙과 한강이거니와, 그것은 몸의 차원의 증상들을 드러내는 것이며 원한의 주체를 포착해내는 것이다.

이것은 물론 이청준의 세대가 감당할 수 있는 것이 아니다. 한글세대 이청준의 미션은 부끄러움의 주체를 형상화하는 것이며, 이청준의 세대에게 주체가 감당해야 하는 부끄러움은 종종 경악이나 분노 같은 공적 감정과 함께 있다. 김승옥의 '극기'와 이청준의 '단식', 이제하의 '초식' 등의 이상행동의 바탕에 놓여 있는 것이 바로 그것이다. 그것은 한 세대가 감당해야 했던 역사의 증상이거니와, 한 개인의 차원에서 말하자면, 부끄러움의 주체를 형상화함으로써 이청준은 자신의 미션을 완수했다고 말해야 하겠다.

(2018)

3부

순하고 맑은 서사의 힘
—최은영의 『쇼코의 미소』

1.

이 책의 표제작 「쇼코의 미소」는 최은영 작가의 등단작이자 제5회 젊은작가상 수상작이기도 하다. 이런 점에서 「쇼코의 미소」는 작가에게 매우 각별한 작품일 것이다. 거기에 비길 수는 없겠지만, 나 역시 「쇼코의 미소」에 대해 남다른 느낌을 지니고 있다. 「쇼코의 미소」가 수상작으로 결정되었을 때 나는 심사위원 중의 한 명이었고, 또 그 작품을 통해 작가 최은영을 알게 되었기 때문이다.

물론 그런 인연 자체는 언제든 있을 수 있는 일로 그렇게까지 특필할 만한 것이 아니다. 젊은작가상으로 말하더라도, 작가 최은영은 7인의 수상자 중 한 명이었고, 나는 또 6인의 본심 심사위원 중 한 명이었을 뿐이다. 그럼에도, 최은영 작가의 첫 소설집이 나오는 마당에 이런 이야기를 꺼내는 것은, 당시 젊은작가상 심사에서 「쇼코의 미소」로부터 받은 강렬한 인상 때문이다. 그 인상의 일단에 대해 말함으로써 이 글을 시작해볼까 한다. 미리 말하자면, 그 작품 「쇼코의 미소」

는 이 책 『쇼코의 미소』 전체의 축도였다. 물론 이런 사실을 그때는 알기 어려웠지만.

2.

2014년의 젊은작가상 심사에서 「쇼코의 미소」는 일단, 발표된 지 얼마 안 된 신인의 등단작이 수상작으로 선정되었다는 점에서 사람들에게 특별한 인상을 주었다. 심사를 진행하던 심사위원들에게도 사정은 마찬가지였다. 젊은작가상은 그 전해에 발표된 신인 작가들의 중단편을 대상으로 하여 연초에 심사를 진행한다. 2014년 1월에 진행되었던 심사 당시 최은영 작가는, 세상에 나온 지 아직 한 계절이 지나지 않았고 또 발표한 소설도 오직 등단작 한 편밖에 없는, 그야말로 '따끈따끈한' 신인이었던 셈이다. 그런 작가의 작품이 수상작이 되었다는 것은 누구에게나 인상적이지 않을 수 없었다. 물론 이런 경우가 전례없는 일은 아니어서, 바로 직전 해인 2013년, 제4회 젊은작가상 대상을 받은 김종옥 작가의 단편 「거리의 마술사」도 신춘문예 당선작, 즉 그의 등단작이었다. 이것은 등단 십 년 이내의 작가를 대상으로 하는, 말 그대로 '젊은' 작가상이기에 가능한 것이겠지만. 어떻든, 유사한 예가 없었던 것은 아니지만 등단작인 「쇼코의 미소」가 발표된 지 채 두 달이 지나지 않아 수상작으로 결정된 것은 누구에게나 특별한 모습으로 다가올 수밖에 없었다.

심사 과정에서 또하나 인상적이었던 것은 「쇼코의 미소」에 대한 심사위원들의 반응이었다. 그런 반응들은 대개 심사평에 반영되어 있지만 그중에도 도드라졌던 것은 임철우 작가의 다음과 같은 언급이었다. "최은영의 「쇼코의 미소」는 소설이 주는 감동이란 무엇인가를 나로 하여금 새삼 생각해보게 만들었다. 모처럼 만나본, 작가의 진정성과 뜨거운 가슴을 확인할 수 있었던 감동적인 소설이었다."[1] 신형철 평론가의, "'진실하다'라는 느낌을 주고 읽는 이의 마음을 움직인다"(337쪽)라는 심사평 역시 이런 반응의 또다른 표현으로 다가왔거니와, 나 역시 「쇼코의 미소」를 읽으며 마음이 움직였던 대목이 있었다. 서울의 원룸에서 혼자 사는 손녀를 할아버지가 찾아왔다 돌아가는 일련의 장면들, 그러니까 비를 맞으며 돌아가는 할아버지에게 우산을 받쳐주고 싶은데 고장난 우산이라 제대로 펼쳐지지 않았다든지, 나중에야 할아버지의 진심을 알게 되는 장면 같은 대목들에서였다. 하지만 조손간에서 펼쳐지는 이런 정서의 드라마는 그 자체로 감정이 뭉클거리지 않을 수 없어 자칫 소설을 망칠 수 있는데도, 그런 감정을 스스럼없이 드러내면서도 서사가 잘 버텨내고 있어 신통하다 싶었다. 신인의 등단작인데도 그럴 수 있다는 것이 대단해 보였고, 또 심사평에도 그렇게 썼다.

그러니까 나는 지금 「쇼코의 미소」가 뛰어난 소설이라는 말을 하고 있는 것인가. 여러 사람이 지지해서 상을 받은 소설이니까 작품이 좋다는 것은 당연한 말이 아닌가. 물론 대강은 그렇지만 그게 다는 아니다.

앞에서 나는 심사위원들의 반응이 인상적이었다고 썼는데, 그것은 심사위원의 반응이라서 그랬다는 것은 아니다. 심사위원이라 해서 대단한 존재일 수 없음은 당연한 말이다. 보통 독자들에 비해 조금 더 많이 읽어왔고, 또 책임을 맡았으니 매우 꼼꼼하게 읽을 수밖에 없

---

1) 황정은 외, 『2014 제5회 젊은작가상 수상작품집』, 문학동네, 2014, 342쪽. 이하 인용시 본문에 쪽수만 밝힌다.

는 독자가 심사위원이다. 그런 사람들에 의해 선정된 것이니 일단 독자들의 좋은 반응을 받았음에 틀림없지만, 그렇다고 해도 독자들의 입에서 감동이라는 단어를 이끌어낼 수 있는 것은 쉬운 일이 아니다. 「쇼코의 미소」가 내게 인상적이었던 것은, 심사위원이라는 좀 유별난 독자들에게서 감동적이라는 흔치 않은 반응을 이끌어낸 소설이었다는 점 때문이었다.

그런 게 그렇게 특별한 것이냐고 묻는다면 그렇다고 대답할 수밖에 없겠다. 작품에 대한 찬사는 직접적인 것에서부터 우회적인 것까지 다양하지만, 그중에서도 감동적이라거나 마음을 움직이게 했다는 말은 좀 특별한 지위를 지닌다. 그것은 말하자면 어떤 작품이 독자의 마음에 와닿았다는 뜻인데, 따지고 보면 그런 뜻에서의 감동받음이란 모든 예술이 지향하는 종국적인 것이 아닐 수 없다. 어떤 방식으로건, 결국 수용자의 마음에 다가가고 공감하게 만들고 그리하여 그 마음을 움직이게 하는 것이란, 현저하게 자기 충족적인 계기도 있으므로 예술의 전부라고까지 할 수는 없겠지만 최소한 예술작품의 절반 이상의 존재 이유 혹은 핵심에 해당하는 것이겠기 때문이다. 따라서 감동적이라는 말은 어떤 작품에 대한 상찬의 말 중에서도 최상급의 것이며, 그것도 『백년여관』(2004)의 작가에게 그런 찬사를 듣는 것은 쉬운 일은 아니다. 인상적이지 않을 수 없던 장면이었다.

「쇼코의 미소」가 주었던 특별한 인상은 여기에 또하나가 추가된다. 그것은 조금은 특이하다고 해야 할 작풍과 관련이 된다. 심사를 했던 하성란 작가는 이에 대해 이렇게 썼다.

이 소설의 미덕은 바로 이 작품이 이 작가의 등단작이라는 데 있을지도 모른다. 그 나이의 작가라면, 첫 소설이라면, 소설을 쓰기 위해 습작을 해온 작가라면, 작가는 아마도 심사위원의 시선을 빼앗을 만한 소재와 문장으로 소설 도입부부터 공을 들였을 것이다. 그런데 이 소설은 아무런 기교도 없이 마치 주인공의 일기장을 보여주듯 담담하게 흘러갈 뿐이다. 조금은 싱겁다 생각했는데 어느새 그 담담함에 매료되고 말았다.(347쪽)

이런 평가라면 물론 칭찬이기는 하지만 그렇게 단순하지만은 않다. 등단을 원하는 예비 작가라면 누구나 자기가 지닌 기량을 보여주고 싶어하기 마련인데, 이 작가는 그러지 않았다는 것이고 그것이 미덕으로 보였다고 했다. 그것이 미덕으로 보였던 것은 말할 것도 없이 「쇼코의 미소」라는 작품에 대한 호의가 있었기 때문에 가능한 말이다. 그러나 신인에게서 발견되는 기교 없는 담백함이라면 그 자체로는 양날의 칼일 수 있다. 기교란 종국적으로는 치워버려야 할 사다리 같은 것이라서 어떤 단계에 도달하면 불필요한 것일 수 있다. 그러나 신인들에게도 그렇다고 말하기는 쉽지 않기 때문이다.

예술이란 기본적으로 기술적 숙련과 도야를 통해 높은 단계에 도달하게 되는 것이다. 그러므로 야심 있는 신인들이라면 그 자신이 상당한 수준에 도달했음을 증명하고 싶어하는 것이 당연할 터이다. 더욱이 등용문을 통과하는 일과 관련이 되어 있다면 그런 점에 신경쓰지 않을 수 없다. 소재나 문체나 기법 같은 것들, 통칭하여 이른바 감각의 새로움이라 할 만한 것들을 보여주기 위해 애쓰는 게 당연하다는 것이다. 그런데 그런 점에 무신경해 보이는 신인이라면 어떻게 보아야 할까. 그런 점에 신경쓰지 않으면서도 호감을 얻어낼 수 있는 신인이라면 그건 정말로 대단한 수준이거나 혹은 어쩌다가 한번 얻어 걸린 경우일 수도 있다. 그러니까 그럴 만한 능력이 없을 수도 있는 것이다. 물론 어느 쪽이건 간에 「쇼코의 미소」라는 작품에 대한 평가가 달라지지는 않겠지만, 한 신인 작가가 지닌 앞으로의 가능성에 대한 것이라면 평가는 전혀 달라질 수도 있다.

최은영 작가가 한 권의 책을 내는 시점이니 이제는 좀더 분명하게 말할 수 있겠으나, 「쇼코의 미소」라는 등단작 한 편만 놓고 봤을 때는 어느 쪽이라고 분명하게 말하기는 어려워 보였다. 「쇼코의 미소」에 대해, "요즘 보기 드문 정통적인 단편의 미덕"을 지니고 있으며, "서사는 언뜻 보면 교과서적인 틀을 벗어나지 못하는 듯하다. 그러나 조근조근 타박타박 꾸준히 이야기를 이어나가는, 신인답지 않은 힘은 어떤 새로운 감각의 소설보다 드물고 소중하다"(327쪽)라고 썼던 권여선 작가의 심사평에서도 그런 애매함 같은 것을 볼 수 있다. '새롭지 않은 좋은 소설'이라는 일종의 아이러니가 놓여 있다.

어떤 장르에서건 현대 예술에서 가장 으뜸가는 평가 기준은 참신함이다. 남과는 달라야 한다는 것, 자기만의 개성과 독창성이 있어야 한다는 것이다. 최악의 경우는 어디서 많이 본 것 같다거나 다른 사람을 흉내냈다는 평가이다. 전통적 미학에서 가장 중요한 척도였던 아름다움과 추함 같은 것은 문제가 안 된다. 진부한 아름다움은 추함이 아니라 그 이하이고, 참신한 추함은 아름다움이 아니라 그 이상이다. 그것이 전통적인 것과는 구별되는 현대적인 미의식이며, 비단 예술만이 아니라 상품이나 아이디어를 비롯, 일상적인 생활 감각의 수준에서도 통용되는 감각적 평가의 기준이다. 참신함이야말로 우리가 사는 감각세계의 으뜸가는 척도인 것이다.

서사의 감각도 기본적으로는 이와 마찬가지라 해야 할 것이다. 우리 주변에는 수많은 이야깃거리가 있지만, 문제는 어떤 이야기를 골라 어떻게 표현하느냐이다. 한 작가나 작품의 수준은 그런 차원에서 결정된다. 그런데 문제는 이런 감각이라는 것이 유행처럼 유동적이고 수시로 변화한다는 점이다. 낡음은 참신함의 반대말이지만 복고는 구식이라도 참신함일 수 있다. 일 년 단위로 변화하는 패션이 이런 감각의 최첨단에 있다면, 감각적 유동성이라는 점에서 소설은 그 반대편에 있다고 해야 할 것이다. 서사예술에서 감지되는 감수성의 변화가 포착 가능한 것이 되려면 어느 정도의 시간이 필요할까. 아마도 최소 십 년 단위 정도는 잡아야 하지 않을까. 우리가 고전이라고 칭할 만한 작품들의 경우는 오십 년이나 좀 심하게는 백 년 단위라고 해도 좋을 것이다. 소설이라는 장르 자체가 매우 큰 덩치를 지니고 있어서 느리고 둔하게 변하며, 그 때문에 감수성의 변화를 예민하게 반영하는 매체라 하기는 어렵기 때문일 것이다.

이런 사정에도 불구하고, 「쇼코의 미소」를 통해 최은영 작가가 만들어낸 앞서와 같은 반응들, 정통적이랄지 기교 없는 싱거움 같은 평가는 인상적이라 하지 않을 수 없다. 좀더 정확하게 말하자면, 그런 평가를 받으면서도 그의 소설이 수상작이 되었다는 것, 그뿐 아니라 심지어는 감동적이라는 소리까지 들었다는 점이라 해야 하겠다. 수사를 걷어내고 나쁜 쪽으로 말하자면, 정통적이라는 것은 진부하다는 말이고, 기교가 없다는 것은 미숙하다는 말이다. 그러니까 진부하고 미숙한데도 감동적이라고? 그건 참 대단한 일이 아닐 수 없다. 이렇게 말하고 보니, 어쩌면 감동이란 세련됨이나 참신함을 통해서가 아니라, 진부함과 미숙함을 통해서만 다가오는 것일지도 모르겠다는 생각이 든다. 어떻든 간에, 「쇼코의 미소」가 만들어낸 풍경은 그 자체가 참 대단한 일이 아닐 수 없다.

지금 생각해보면, 최은영 작가가 진설해놓은 서사의 바탕에 놓여 있는 어떤 힘, 권여선 작가가 "꾸준히 이야기를 이어나가는, 신인답지 않은 힘"이라고 표현했던 동력이 있어서 그런 결과가 가능했던 것이겠지만, 그런 힘은 당시에는 분명하게 말하기는 힘든 것이었고 한 권의 책을 내는 이 시점에야 좀더 분명해지는 것이라 하겠다.

3.

중편 「쇼코의 미소」는 삼 년 가까운 시간이 지나 이제 단행본 『쇼코의 미소』[2]가 되었다. 이 책 전체를 통해 가장 두드러져 보이는 것은 서사를 감싸고 있는 순하고 맑은 힘이다. 그 힘은 이를테면 열기라기보다는 온기에 가까워서 힘보다는 기운이라고 함이 좀더 적절할 수도 있겠지만, 비유하자면 그 힘은 추운 겨울에 따뜻한 실내로 들어갔을 때 갑작스럽게 몰려오는 온기와도 같다. 힘은 힘이되 누구도 해칠 수 없어 보이는 부드럽고 따뜻한 힘, 압도적이지만 위압적이지는 않은 힘이다. 책 전체를 한 호흡에 읽는다면 누구라도 그런 힘을 느낄 수 있을 것이다.

그런 힘은 기본적으로 서사의 결 자체로부터 비롯되는 것인데, 좀더 직접적으로는 최은영 작가가 만들어낸 인물들의 성격에서 기인하는 면이 많아 보인다. 그들은 대체로 희미하고 조용한 사람들이고, 삶 속에 있을 수밖에 없는 우울과 슬픔 속에서도 서로 간의 유대와 공감

---

2) 최은영, 『쇼코의 미소』, 문학동네, 2016. 이하 인용시 본문에 쪽수만 밝힌다.

의 끈을 놓지 않으며 무엇보다도 정감의 깊이를 지니고 있는 사람들이다. 그들의 이야기가 한데 모이니 그것이 힘으로 느껴진다는 말이다. 그러니까 최은영 작가는 이들의 이야기를 통해, 거칠고 단단한 것만이 아니라 순하고 맑은 것도 힘이 될 수 있음을 보여주고 있는 셈이다.

이런 생각을 지니고 소설 안으로 조금 들어가면, 최은영 작가의 소설이 바탕하고 있는 핵심적인 정감을 어렵지 않게 찾아볼 수 있다. 인물들 사이의 정서적 공감을 통해 만들어지는 유대감이 그것이다. 이런 유대감은 가족들이나 여성 인물들 사이에서 잘 표현되는데, 사적 친밀성의 형태로 만들어지고 있다는 점에서 그 자체로 여성적인 것이라 하겠다. 물론 정서나 유대감에 대해 성차를 구분하는 것은 지나친 것일 수도 있겠지만, 논리와 정의에 입각하여 어떤 대의를 앞세우는 강력하고 전투적인 유대와, 우연한 계기에 사람들 사이에서 만들어지는 정서적 공감 및 그것의 지속으로서의 유대 정도를 구분할 수 있겠다.

정서적 공감을 통한 유대의 형성은 이 책에 실린 거의 모든 소설들에서 중심적인 것으로 표현된다. 때로 그것은 「한지와 영주」에서처럼 중심인물들 사이에서 부정적이거나 혹은 공감 형성의 정점에 도달하지 못한 상태로 드러나기도 하지만, 이런 예외적인 경우에서조차도 서사의 초점은 여전히 사람들 사이의 공감과 유대에 놓여 있다. 그러니까 그 정점에 도달하지 못한 경우는 있을 수 있으나 그런 초점이 만들어지지 않은 서사는 없다고 해도 좋을 정도이다. 그래서 좀 강하게 말한다면, 최은영의 세계에서 단 하나의 가치 있는 것이 바로 그 공감의 유대라 해도 좋을 것이다. 기쁨이건 슬픔이건 간에, 마음을 나눈 사람들이 함께하는 것, 서로에게 기대고 기댐을 받는 것, 최은영의 세계에서 중요한 것은 오직 그것뿐이라 해도 크게 지나친 말은 아닐 것이다.

앞에서 「쇼코의 미소」가 심사 당시에 불러일으켰던 특별한 반응들에 대해 언급했지만, 그런 반응을 만들어낸 힘의 상당 부분은, 이런 관점에서 보자면 이 작품이 지닌 정서적 중량감 때문이라 해야 하지 않을까 싶다. 「쇼코의 미소」에 자리하고 있는 그런 중량감은, 인물들 사이의 공감과 유대의 선이 몇 겹으로 겹쳐짐으로써 만들어진다. 그것은 기댐과 기댐 받음의 변증법이라 할 수 있을 터인데, 이런 점에 대해 조금 자세히 말해보자.

「쇼코의 미소」는 중편이지만 서사의 틀 자체는 장편의 구성을 지니고 있다. 고등학교 일학년 때 한국의 자매학교에 방문한 일본인 여학생 '쇼코'와 한국측 파트너 '소유'가 어른이 되어가는 동안 때론 엇갈리고 때론 함께하며 공유했던 시간들이 서사의 기본 틀이다. 여기에 각자의 할아버지가 합세한다. 두 여학생은 모두 아버지가 없는 가정의 딸로서 할아버지와 특별한 정서적 유대를 지니고 있다. 두 여학생이 알고 지냈던 십삼 년여의 시간은 모두 각자의 할아버지와 이별하는 시간이기도 했다. 소설은 소유의 시선으로 기술되므로, 소유와 그 할아버지 사이의 관계라는 선이 훨씬 더 부각되어 있으나, 쇼코와 그 조부가 지니고 있는 관계의 드라마도 만만치가 않다. 마음의 기댐과 기댐 받음 사이에서 만들어지는 전도의 드라마가 그 핵심에 자리 잡고 있기 때문이다.

쇼코와 조부 사이에서 만들어지는 드라마의 개요는 이러하다. 예쁘고 똑똑한 쇼코는 할아버지의 지나친 사랑을 못 견뎌해 빨리 고향을 떠나 도쿄로 가고 싶어한다. 소유에게는, 조부가 자기를 여자친구처럼 생각하는 것이 견디기 힘들다고까지 했다. 그런 쇼코였지만 도쿄의 명문 대학에 합격하고도 결국 고향을 떠나지 못하고, 고향에서 대학을 나와 그 지역 병원의 물리치료사가 된다. 할아버지의 병이 문제였다고, 병든 할아버지 옆에 있어줘야 할 사람이 쇼코였기 때문이라고 했다. 그러나 그 안을 들여다보면 오히려 치명적인 상태였던 것은 우울증에 시달리다 자살 시도까지 한 쇼코였고, 신부전증을 앓고 있던 할아버지가 쇼코의 생명을 부지해주었다는 사실이 성숙해진 쇼코의 편지에 의해 밝혀진다. 그러니까 자기에게 너무 기대는 할아버지를 못 견디겠다고 했던 쇼코였지만, 사실은 그 반대였다는 것, 세계의 우울 속에 내던져진 소녀의 목숨을 지탱해주었던 것은 늙고 병든 육신을 지닌 조부였다는 것이다. 이것이 소설을 관류하는 드라마의 첫번째 층위이다.

두번째 층위는 소유와 그 할아버지와의 관계 속에서 펼쳐진다. 아버지는 일찍 세상을 뜨고 소유는 어머니와 외조부로 이루어진 가정에서 성장했다. 그런데 그 외조부는 쉰 살에 돈 버는 일에서 떠나와 둔세의 삶을 사는 사람이다. 대단한 철학이 있어서가 아니라, 물려받은 가게를 운영하다 마음을 다쳐서 세상으로부터 도망쳐나온 경우이다. 할아버지는 상처한 후 사십여 년 동안을 홀아비로 지냈다. 자기처럼 홀로된 딸과 또 그 딸의 딸과 함께. 그는 자기 마음을 잘 표현하지 않는 무뚝뚝하고 퉁명스럽기까지 한 노인이었다. 그런 외조부의 손녀인 소유는 서울에 있는 대학으로 진학해서 영화감독의 꿈을 가지고 혼자 객지생활을 한다. 이런 조손 사이의 대화가 이루어지는 것은 쇼코 때문이었다. 일본어를 할 수 있는 외조부는 쇼코가 그 집에 머물고 간 이후로 쇼코와 펜팔 친구가 된다. 자신의 손녀에게는 무뚝뚝한 사람이었던 할아버지가 손녀의 외국인 친구와는 친구가 된 것이다. 일본으로 돌아간 다음 쇼코는 소유에게는 영어로, 소유의 외조부에게는 일본어로 편지를 보낸다. 소유에게는 그런 할아버지의 모습 자체가 놀랍기도 했다. 퉁명스럽고 말이 없던 할아버지가 쇼코에게 속내를 털어놓는 것을 확인하게 되면 착잡한 심정이 들 정도였다. 그랬던 할아버지가 이제 세상을 떠나게 된다. 영화를 만드는 일이 뜻대로 되지 않고 자기가 만든 단편영화에 대한 평가도 좋지 않아 우울한 삶을 사는, 이제는 서른이 된 손녀가, 자기를 사랑하고 자기 삶을 인정해주었던 할아버지의 속마음을 접하게 된다. 쇼코와 주고받았던 할아버지의 편지를 통해서.

이렇게 보면, 열일곱 살 때 만나 서른 살의 여성으로 성장해가는 두 인물의 삶이 현해탄을 사이에 두고 도플갱어처럼 서로를 마주보고 있는 셈이다. 소설의 기저에 놓여 있는 것은 조손간의 마음속에서 펼쳐지는 이같은 두 개의 드라마이지만, 여기에 또하나의 드라마가 겹쳐진다. 두 여성 간에 만들어지는 공감과 유대의 드라마가 그것이다. 그것이 세번째 층위이다.

동갑내기 소유와 쇼코는 공통점이 많았다. 비슷한 풍경의 지방 소도시에서, 아버지 없이 할아버지와 함께 사는 집의 형태가 그러했다. 이들은 십삼 년여에 걸쳐 세 번 만나게 된다. 고등학교 시절에는 쇼코가 한국을 방문했고, 쇼코와의 편지 왕래가 끊긴 후인 대학 시절에는 소유가 쇼코의 집을 찾았다. 그리고 두 할아버지가 모두 세상을 떠나고 난 다음에는 쇼코가 다시 소유를 찾아 한국에 온다. 소유의 시선으로 보자면, 한국에 왔던 고등학생 쇼코는 부러움의 대상이었지만, 소식이 끊긴 후 어렵게 일본까지 찾아가서 보게 된 대학생 쇼코는 나약하고 병자 같은 모습이었다. 처음 만났을 때는 예의바르고 어른스럽다고 느꼈던 쇼코의 미소가, 육 년여의 시간이 흐르자 비겁하고 나약한 것으로 바뀌어 있다고 소유는 느꼈었다. 그 미소가 다시 자기 모습을 찾기까지 또다시 그만큼의 시간이 지나야 했다. 서른이 되어 다시 만난 소유와 쇼코는 이제 정신적으로 자립한 성인으로 서로를 느낀다. 그들은 모두 할아버지를 떠나보냈고 그래서 쇼코는 소유에게, "우린 이제 혼자네"(63쪽)라고 말한다.

이 표현이 지니고 있는 역설을, 양재훈 평론가는 소유의 마음속에서 이루어지는 쇼코에 대한 전이의 양상을 꼼꼼하게 적시한 후, "'이제 혼자'라는 쇼코의 말의 주어는 술어와 모순되는 '우리'였다"[3]라고 적절하게 지적해주었다. 역설적이지만 그런 역설을 각각의 방식으로 감당하는 것이 성숙한 유대의 모습일 것이다. 그런 수준에서라면 전이와 역-전이는 수시로 교차하는 것이라고 해야 할 것이다. 그것은 기댐과 기댐 받음이 수시로 교차하는 것, 즉 서로 기댐의 수준에서 마음의 흐름이 수시로 방향을 바꾸며 진동하는 모양새를 뜻한다. 둘 사이에 완벽한 일치란 존재할 수 없으니 정서의 낙차와 흐름은 불가피하다. 그러나 그 낙차란 언제든 역전될 수 있는 것이며, 또한 물매 자체가 크지 않아 그 마음의 흐름도 스스로가 통제할 수 있는 수준이 된다.

「쇼코의 미소」가 지니고 있는 중량감은 이렇듯 최소 세 겹으로 겹쳐진, 정서의 흐름이 만들어내는 드라마의 풍부함에 기인하는 것이

---

3) 양재훈, 「그들은 다시 만나야 한다」, 최은영, 「쇼코의 미소」 해설, 『2014 제5회 젊은 작가상 수상작품집』, 317쪽.

라 할 수 있을 터인데, 그것은 이 소설을 포함하여 일곱 편의 작품으로 구성되어 있는 이 책 전체로 보더라도 마찬가지가 아닐까 싶다. 어떤 소설을 택하더라도 그 안에는 공감이 만들어내는 따뜻한 유대의 풍경들이 자리잡고 있다. 그러니 이런 사람들의 이야기를 쓴 작가의 시선이 세월호 사건으로까지 확장되는 것은 너무나 당연한 일이겠다. 「미카엘라」와 「비밀」의 경우가 그러하거니와, 여기에서도 눈에 뜨이는 것은 최은영 작가가 그 소재를 다루는 방식이다. 「미카엘라」의 예를 들어보자.

「미카엘라」는 한국을 찾은 교황의 미사에 참석하기 위해 서울에 올라온 한 중년 여성과 그 딸의 이야기이다. 서울에서 대학을 나와 직장생활을 하며 혼자 사는 딸이 있고, 모처럼 서울에 온 엄마가 있다. 무슨 일이 벌어질까.

엄마는 지방에서 미용실을 하며 가장 노릇을 해온 처지이고, 딸은 딸대로 혼자 힘으로 서울생활을 버텨내고 있는 당차고 똑똑한 여성이다. 아버지로 말하자면 일찍이 노동운동에 투신했다 몸과 마음을 다쳐 가장 노릇을 제대로 해내지 못한 처지였다. 직장생활 하느라 바쁜 딸에게 방해가 되고 싶지 않은 엄마와, 또 그런 엄마를 못마땅해하면서도 엄마의 전화를 기다리던 딸이 서로 연락이 되지 않는다. 딸은 엄마를 기다렸지만, 딸에게 부담을 주고 싶지 않았던 엄마는 결국 찜질방을 선택했고 그곳에서 팔십 노인 한 사람을 만나게 된다. 두 사람은 찜질방에서의 거친 잠자리와 이후의 아침식사에서 서로를 챙겨 마음을 나누게 된다. 그러고 엄마는 노인을 따라가게 되는데, 그곳이 광화문의 세월호 시위 현장이었다. 찜질방에서 만난 노인의 손녀도 아니고, 그 노인의 친구의 손녀가 세월호 사건으로 세상을 떴다는 것이다. 그래서 노인의 친구는 넋이 나갔고, 노인은 그 넋이 나간 친구를 찾아 광화문으로 간다고 했다. 엄마는 또 그 노인을 따라 광화문으로 가는 것이다. 그리고 엄마를 기다리던 딸은 또 텔레비전에서 본 엄마의 흔적을 찾아 광화문으로 간다.

여기에서, 세월호 사건으로 죽은 소녀와 직장생활 하는 딸의 별칭이 모두 가톨릭식으로 미카엘라라는 것은 서사의 단순한 의장에 불과하다. 사랑과 그로 인한 상실의 아픔(그것이 실현된 것이건 잠재적인 것이건)이 전체를 감싸고 있으니, 나이든 사람이면 누구든 엄마이고 어린 사람이면 누구든 딸이다. 그리고 손녀이고 할머니이다. 그리고 그들은 서로의 흔적을 찾아, 그리고 공감의 흐름이 만들어내는 물길을 따라 모두 한곳에 모인다. 그것이 최은영식 마음의 풍경의 한 전형이라고 해도 좋겠다.

4.

최은영의 세계가 지니고 있는 또하나의 측면은 거친 남자 어른들을 위한 자리가 존재하지 않는다는 점이다. 그런 사람들이 등장하지 않는 것은 아니지만 유대의 장소에 자리잡지는 못한다. 이런 점은 소설에 등장하는 인물들의 구성에서 어렵지 않게 찾아볼 수 있다. 「쇼코의 미소」에서 보자면, 홀로된 외조부와 엄마, 그리고 외손녀이자 딸인 여성으로 구성되는 아버지 없는 삼대 가족의 모습이 대표적이고, 앞에서 언급한 「미카엘라」와 그리고 「언니, 나의 작은, 순애 언니」의 경우에도 씩씩해야 할 남자는 감옥에 있거나 출옥 후에 제대로 된 남자 구실을 못하는 것으로 설정되어 있다.

이런 남자들 혹은 아버지의 자리를 대신하는 것이 「쇼코의 미소」

에서 현저하게 드러나듯이 조손간의 정서적 유대감이다. 인물들이 수행하는 성역할이라는 점에서가 아니라, 소설 속에서 차지하는 정서의 비중이라는 점에서 그러하다. 여기에서 조손간이란 「쇼코의 미소」의 경우에는 손녀와 할아버지이고, 「미카엘라」나 「비밀」의 경우는 손녀와 할머니인데, 손녀를 기준으로 보자면 할아버지와 할머니의 성별을 나누는 것은 별반 의미 없어 보인다. 「쇼코의 미소」의 외조부는 사실상 외조모에 해당한다. 외조부가 세상을 떠나기 전 세 식구가 한방에서 자면서 주인공의 외조부와 모친이 나누는 대화는 부녀라기보다는 모녀간의 대화라 해야 적당해 보인다. 물론 외조모의 자리에 외조부가 있다는 것이 서사적 미감으로 보자면 비틀린 매력 포인트라 할 터인데, 그런 차원에서가 아니라 인물들이 나누는 정서라는 점에서 보자면 여성적인 것이 놓여야 할 자리라는 것이다. 요컨대 이런 점을 감안한다면, 최은영의 세계에서 아버지의 자리를 대신하고 있는 것이 할머니라고 해도 좋을 것으로 보인다.

이 자리에서 이런 사실을 강조하는 까닭은, 성차를 지닌 정서가 최은영의 소설이 지니고 있는 매우 현저한 특성을 대변하고 있기 때문이다. 그것을 앞에서는 순하고 맑은 힘이라고 표현했거니와, 이 책 전체에서 가장 전형적인 모습으로 떠오르는 페르소나는, 조부모에게 사랑을 많이 받고 자라난 착한 여성의 형상이다. 그냥 착한 것이 아니라 고집스럽게 착한 사람, 억세고 강한 것을 견뎌내지 못한다는 점에서 통념적인 의미에서의 남성적인 것을 거부하고 반대로 여성적인 정서의 유대를 강하게 당겨 안는, 집요하고 독하게 착한 사람이다.

이 책에서 상대적으로 특이한 소설은 「한지와 영주」인데, 이 소설의 중심인물은 한국의 대학원생 여성 '영주'와 케냐의 수의사 남성

'한지'이다. 둘은 프랑스의 수도원에서 자원봉사자로 만나 석 달 동안을 함께 지냈다. 마음이 통하는 사이였고, 게다가 둘은 서로를 좋아했지만 맺어지지 못한 채 미워하는 사람처럼 헤어진다. 무슨 일이 있었는지는 서사의 표면에 드러나 있지 않으므로 알 수가 없다. 한국과 케냐 사이의 거리가 만들어낸 현실적인 문제 때문이었을 것이라 짐작만 할 수 있을 뿐이지만, 그럼에도 이 둘의 이야기를 규정하고 있는 가장 현저한 정서는, 한지가 지니고 있는 탁월한 공감 능력이고, 그것이 만들어내는 따뜻하고 온화한 분위기이다. 한지에 대해 자폐적이거나 사람을 깊게 사귀지 못한다는 등의 이야기가 있었지만 그것은 다른 사람들이 말하는 것일 뿐이다. 한지가 어떤 사람인지는 그 스스로가 영주에게 들려준 두 개의 이야기가 대표적으로 보여준다. 아픈 몸으로 태어나 평생 누워서 생활해야 하는 동생을 돌보는 이야기가 그 하나이고, 어미를 잃고 사람 손에서 자라났다 야생으로 돌아가는 코뿔소들과 나누었던 정서적 교감에 관한 이야기가 다른 하나이다. 이 이야기가 규정하는 한지가 지닌 정서의 성별은, 구태여 나누자면 남성이 아니라 여성에 속한다.

이와는 반대로 정서의 성차가 매우 직접적으로 표현되고 있는 것이 「먼 곳에서 온 노래」의 경우이겠다. 이 단편은 국문과를 나와서 소설을 쓰는 여성 '소은'이, 이제는 죽은 대학 시절의 선배 '미진'을 그리워하는 이야기이다. 둘은 대학 시절 노래패 활동을 같이했던 사이로 삼 년 동안을 함께 살았다. 이 둘이 가까워지게 된 계기는 화자인 소은이 일학년 때 벌어진 사건 때문이었다. 사연은 이렇다. 02학번 소은이 새내기였을 때 동아리 홈커밍데이에, 사회에 진출한 1980~90년대 학번의 선배들을 만나게 된다. 그 자리에서 선배들이 후배들을 질

타하는데 그 핵심에 새내기 소은이 있다. 기자가 된 95학번 여자 선
배가 이렇게 말한다.

"그러게 말이에요, 형. 우리 학교 여자애들 보셨어요? 계집애들처
럼 몰려다니면서 선배보고 오빠라고 하질 않나. 우리 노래패도 단단
하게 이끌어줄 남자애들이 안 들어와서 결국 이렇게 된 것 같아요.
나도 여자지만 여자애들, 뭉칠 줄도 모르고 도무지 조직이라는 걸 이
해 못하잖아요." 그 말을 끝낸 기자 선배가 나를 쏘아봤다. "소은이
라고 했나?" 내가 고개를 끄덕이자 그녀가 말을 이었다. "너도, 우리
후배라면 그런 여성적인 태도는 좀 버려야 할 것 같다? 말투도 그렇
고 옷차림도 그렇고…… 나도 여자지만, 사회에 나와보면 참 융화가
안 되는 여자들이 많아. 툭하면 삐지고, 불평불만에. 남자들은 안 그
러거든. 우리 대학 여자들이 좋다는 게 뭐야. 제3의 성이잖아. 여자
지만 다른 여자들의 열등함은 지양해야지. 네 선배니까 말해주는 거
지 누가 너한테 이런 말 해주겠니? 이렇게 말해주는 사람 없으면 사
회 나가서 욕먹는다, 너."(197쪽)

이런 말을 하는 선배는 여성이지만, 이 여성이 대변하는 정서는 케
냐의 청년 한지의 경우와는 반대로 남성의 것이다. 그러니까 코뿔소
를 돌보는 한지가 여자-남성이라면 이 말을 하는 김연숙은 남자-여
성이다. 이런 식의 폭력에 대해 직접적 비난의 대상이 되었던 새내기
소은은 저항감을 느끼지 않을 수 없고, 소은의 그런 마음을 대변해주
었던 사람이 그가 그리워하는 미진이다. 선배 미진은 이 거칠기 짝이
없는 남자-여성에게 이렇게 말한다.

"김연숙씨나 잘하세요. 여자인 게 그렇게 부끄럽고 괴로운 일이었어요? 여자들은 감정적이고, 분란 일으키고, 이기적이어서 조직 배반하기 쉽고, 여자의 적은 여자고. 그런 자기부정이 김연숙씨가 말하는 건강함이었습니까? 여자 후배들 앞에서 부끄러운 줄 아세요." 그렇게 말하는 선배의 목소리는 심하게 떨리고 있었다. 선배는 떨리는 손으로 가방을 들고 나갔다. 나도 부랴부랴 책가방을 메고 선배를 따랐다.(199쪽)

뒤따라간 소은은 미진이 눈물을 흘리고 있음을 확인하게 된다. 미진이 눈물을 흘리고 있는 것은 무엇 때문일까. 이것 역시 텍스트의 표면에는 나와 있지 않지만, 아마도 잠시 동안이나마 유체 이탈을 하여 거칠고 탁한 몸속으로 빙의 여행을 했었기 때문이라고 해야 하지 않을까. 그 거칠고 탁한 기운을 이기지 못해서, 목소리가 떨리고 손이 떨리고 마침내는 눈물이 터져나왔던 것이라 해야 하지 않을까. 최소한 최은영이라는 작가가 만들어놓은 세계 속에서는 그렇다고 해야 하지 않을까.

5.
최은영 작가가 만든 서사의 바탕에 놓여 있는 것은 우울증의 세계이다. 특히 젊은 여성들의 경우가 그러하다. 쇼코도 그렇고 소유도 그렇고, 미진도 소은도, 실연당하고 느닷없이 반년 넘게 이국에서 수도원 생활을 하는 스물일곱 살의 지질학과 대학원생 영주도 마찬가지이다. 정도의 차이는 조금씩 있을지라도 그들은 모두 우울증의 세계에서 살아가고, 더러는 「비밀」에서 기간제 교사를 하다가 숨진 '지민' 처럼 절망적인 경우도 있다. 지금 우리 앞의 세계가 그러하니, 소설이라고 다를 이치가 없다.

그런데도 『쇼코의 미소』를 한 호흡에 읽고 난 후 마음이 따뜻해지는 것을 느끼며 나는 좀 신기해했다. 절망도 우울도 사람의 삶인 한 불가피한 것임은 누구나 알고 있으므로 새삼 강조할 필요가 없다. 중요한 것은 그것을 아는 것이 아니라 마음으로 받아들이는 것이다. 최은영 작가가 만들어놓은 순하고 맑은 정감의 나라에서는 그것이 좀더 쉬웠던 것일까. 그래서 내 마음이 따뜻해졌던 것일까 싶기도 하다. 어쩌면 탁월한 공감력이 있어 날 선 마음들이 잘 감싸였기 때문일지도 모르겠다.

물론 현실을 사는 우리에게 좀더 중요한 것은 절망이나 우울의 불가피함을 받아들이는 것이 아니라 현실의 불행을 완화할 방법을 찾는 것이겠지만, 이 책을 읽는 동안 그것은 일단 나중으로 미뤄두어도 좋겠다. 우선 「씬짜오, 씬짜오」에 나오는 베트남의 '호 아저씨'처럼 순순하게 받아들이고, 다른 사람들의 아픔을 내 것으로 느끼는 사람들의 모습을 바라보면서 그들과 마음을 함께하는 정도로 일단은 족하지 않을까 싶다. 그 대상이 무엇이건 간에, 공감이야말로 모든 것의 출발점일 것이기 때문이다.

지적인 것이 아니라 정서적인 것을 통한 공감력이 포스트 계몽 시대에 유효한 새로운 계몽의 양식일 수 있으리라는 말은, 이 책을 다 읽은 독자들을 위한 사족으로 달아두고 글을 맺자.

(2016)

신진기예 백수린의 작가적 가능성
―백수린의 『폴링 인 폴』

1. 백수린 소설의 특징들

우리는 왜 소설을 읽고 쓰는가. 이런 질문은 너무 커서 새삼스럽지만, 작가 탄생의 흔적이 깃들어 있는 신인 작가의 첫 책 앞에서라면 꼭 그렇지도 않다. 이 작가는 대체 어떤 생각으로 이야기와 문장을 만들어내는 것일까. 우리에게 무슨 말을 하고 싶은 것일까. 이런 생각으로 책을 들여다보면 예사롭지 않은 장면들이 포착되곤 한다. 그런 장면들은 우리로 하여금 한 사람이 작가로서 가지게 된 손금과 그것의 운명을 짐작하게 하지만, 여기에서 좀더 나아가는 경우라면 그 작가를 통해 드러나는 우리 시대정신의 천공과 별자리를 확인하게 하는 지표가 되기도 한다.

이제 첫 책을 내는 소설가 백수린의 경우는 어떨까. 『폴링 인 폴』[1]에는 등단작과 표제작을 포함하여, 최근 삼 년여 사이에 발표된 아홉

---

1) 백수린, 『폴링 인 폴』, 문학동네, 2014. 이하 인용시 본문에 쪽수만 밝힌다.

편의 단편소설이 실려 있다. 이들을 함께 놓고 보면, 가장 눈에 두드러지는 것은 아홉 편의 작품들이 지니고 있는 서사적 다양성이다. 여기에는 소재적인 다양함과 서사 구성 기법의 다채로움이 함께 어우러져 있다. 「거짓말 연습」이나 「폴링 인 폴」 「자전거 도둑」같이 정통적이라 할 단편들이 바탕에 있는 가운데, 「유령이 출몰할 때」와 「감자의 실종」 등에서는 알레고리적 구성이, 그리고 「밤의 수족관」에서는 망상에 빠진 화자를 통한 반전 플롯이 서사의 중요한 틀로 구사되고 있으며, 「꽃 피는 밤이 오면」에서는 고용 불안의 시대상과 호흡을 같이하는 사회성이 서사의 골간을 이루고 있다. 백수린의 소설들이 보여주는 이런 모습은 일차적으로, 작가 백수린이 지니고 있는 신예다운 패기와 활력의 소산이라 해야 할 것이다. 그것은 마치 자기 영토를 획정劃定하고 또 한 발 나아가 새롭게 확장하기 위해 땅을 다지고 여기저기에 말뚝을 박는 개척민의 태도와도 흡사해 보인다. 신예 작가가 보여주는, 제대로 된 소설을 향한 이런 패기와 기세라면 독자로서는 얼마든 환영할 일이 아닐 수 없다.

　백수린의 소설들이 보여주는 또하나의 특징은 언어에 대한 예민한 감각이다. 이것은 일차적으로 소재의 차원에 드러난다. 수록 소설의 많은 부분이 언어 일반에 대한 문제의식과 결합되어 있다. 외국 유학이나 외국어를 배우는 상황(「거짓말 연습」 「폴링 인 폴」 「부드럽고 그윽하게 그이가 웃음짓네」)과 실어증이나 언어적 혼란(「감자의 실종」 「꽃 피는 밤이 오면」) 등이 소설 속에서 중요한 장치나 상황으로 등장하고 있다. 이 작품들에서 언어는 그 자체로 주목할 만한 요소이기도 하고 혹은 소통 불능의 상황을 표현하기 위한 서사적 장치로서 소환된 것이기도 하다. 언어와 소통이라는 요소에 대한 이 같은 관심은, 소설을 쓰는 작가에게는 그 자체로 의미 있는 것이 아닐 수 없다. 소설이라는 매체 자체가 언어적 소통의 한 방식이기 때문이며, 이런 점에서, 백수린의 소설이 보여주는 언어에 대한 문제의식과 감수성이 단지 소재의 차원에 머물지 않는 것은 당연한 일이겠다.

이를테면 그의 소설은 매우 촘촘하게 직조된 직물 같은 느낌으로 다가온다. 이런 특성 역시 언어에 대한 그의 관심과 무관할 수는 없겠다. 소설이 직물이라면 문장은 실이다. 서사라는 직물의 결이 촘촘하다는 것은, 문장과 단위 서사 자체 및 그 결합체의 밀도가 높다는 것을 뜻한다. 많은 경우 백수린의 소설들은, 여러 겹의 시선에 의해 만들어지는 성찰성을 서사 구성과 문장의 기본적인 속성으로 지니고 있다. 세상사를 바라보는 그의 눈이 단순하지가 않은 것이다. 물론 단순성의 매력이 그 반대항으로 존재하고 있으므로 이런 것이 반드시 좋은 것만은 아니지만, 이런 성찰성이 지니고 있는 기본적인 중요성은 강조되어야 할 필요가 있다. 성찰성은 무엇보다도 서사에 균형 감각과 안정감을 부여한다는 점에서 그러하다. 단순함은 매력적일 수 있지만 자칫하면 위태로워진다. 반면에 서사와 문장의 안정감은 자칫 지루해질 위험도 없지 않으나, 독자에게는 무엇보다 작가에 대한 신뢰의 표지가 된다는 점에서 큰 미덕이다. 더욱이 신인에게서 이런 미덕을 발견하는 것은 쉬운 일이 아니다. 이제 첫 책을 내는 백수린에게 이 모든 것들은 아직 가능성일 뿐이지만, 일단은 그런 가능성을 보여주는 정도만으로도 대단한 일이 아닐 수 없다.

이 글에서는 백수린의 등단작과 『폴링 인 폴』의 표제작을 중심으로 작가로서의 관심의 향배가 어떻게 표현되고 있는지 또 그것은 어떤 가능성과 의미를 지니고 있는지에 대해 살펴볼 것이다. 그런 정도가, 매우 많은 가능성을 자기 앞에 지니고 있는 한 신인 작가의 첫 소설집을 읽는 자리에 합당한 일이 아닐까 싶다.

2. 두 편의 등단작: 백수린의 서사적 동력과 지향점

백수린은 특이하게도 등단작이 둘이다. 공식적인 등단작은 2011년 경향신문 신춘문예 당선작인 「거짓말 연습」이다. 그런데 백수린은 그보다 반년 전 『자음과모음』 2010년 가을호에 「유령이 출몰할 때」(발표 당시 제목은 「그것에 유령이 출몰했다」)를 발표한 바 있다. 「유령이 출몰할 때」는 일종의 추천 발표작이었던 셈인데, 이 두 편을 나란히 놓고 보면 출발점에 서 있는 작가의 모습이 그려진다. 「유령이 출몰할 때」는 소설쓰기의 기본 동력이 어디에 있는지를, 또한 「거짓말 연습」은 그의 소설쓰기가 바탕하고 있는 서사술의 기본 형태를 보여준다. 이런 진술은 물론 이 두 편만이 아니라 소설집에 실린 아홉 편의 단편 전체를 염두에 두었을 때 가능한 것이다. 두 편의 소설을 조금 상세하게 들여다보자.

「유령이 출몰할 때」의 서사적 얼개는, 낙방을 거듭하는 한 고시생 청년이 대학 시절의 추억을 찾아 한 여자 선배를 찾아가는 이야기이다. 여기에서 인상적인 것은 그 선배가 운영하고 있는 '카르페디엠'이라는 이름을 가진 카페의 존재이다. 그런데 소설은 도입부부터 초현실적인 설정으로 시작된다. 카페가 있는 K구역은 비상이 걸려 있는 상태인데, 이유인즉 유령이 출현하여 한 지역이 쑥대밭이 되었다는 것이다. 그 이후로 K구역은 지하철도 무정차로 통과할 지경이 되었다고 했다. 그런데 카르페디엠이라는 카페는 K구역에서 유령의 습격을 받지 않은 유일한 가게라는 것이다. 그러나 유령이라 했는가?

그것도 한 사람에게 조용히 나타난 것도 아니고 한 구역을 쑥대밭으로 만들 만큼 위력적인 모습으로 등장한 유령이라고? 그러니까 이런 설정은 이 소설을 알레고리로 읽어달라는 표지이겠다.

그런데 아무리 알레고리라 하지만 고시 낙방생 청년은 왜 그렇게 위험한 곳을 찾아간다는 말인가. 이유가 없을 수 없다. 표면적으로는 그 카페를 혼자서 지키고 있다고 전해지는 매력적인 'J선배' 때문이다. 여자를 만나러 가는 것이라면, 설사 목숨을 거는 것일지라도 이해할 수 있는 일이다. 남자들이 뭔가 일상적인 움직임의 선에서 벗어날 때 그 뒤에는 매우 자주 여자가 있기 마련이다. 이 경우 여자란 엄마일 수도 딸이나 애인일 수도 있다. 물론 이런 여성들의 존재는, 사회적 인정의 대행자로서 부성적 존재가 그렇듯 그 자신만을 위한 환상일 뿐이다. 그러니까 그런 존재로 상정된 여성의 입장에서 보자면 그것은 당혹스러운 일이 아닐 수 없다. 그 환상의 바깥에 서 있는 여성은 이렇게 생각할 것이다. 당신은 나를 위해 분투한다고 하지만 당신이 그토록 성공에 몰두하는 것과 나는 아무런 상관이 없다고. 반면에, 자기가 만든 환상 속에서 움직이고 있는 남성 주체의 입장에서 보자면 그 여성적 존재는 삶의 이유에 해당한다. 부성적 존재로부터 수여되는 인정도 결국은 그것을 위해 존재하는 것이어서, 그 지점을 향해 나아가고자 하는 의지는 필사적이지 않을 수 없다. 자기 존재의 의미가 걸린 문제이기 때문이다.

물론 남성 주체들은 자기 마음속의 이런 모습을 잘 알지 못한다. 그것을 알아채버린다면 그것은 진짜 문제가 된다. 환상이 깨지고 현실적 삶의 무의미성이 전면에 등장할 것이기 때문이다. 그래서 설사 그런 모습이 어떤 순간 슬쩍 엿보인다 해도, 잠시 내가 정상이 아니었다거나 마음에 문제가 생긴 것이라는 식으로 회피해버리는 것이 상례이다. 그러니 이렇게 본다면, 실패한 청년 하나가 과거에 짝사랑한 여인을 찾아가는 그림은 충분히 이해할 만한 것이 아닌가. 그것은 일종의 귀향과도 같은 것으로서, 만약 그가 고시에 합격했더라면 그런 귀향의 제의 같은 것은 없었을 것이다.

이런 점에서 볼 때, 이 소설에서 J선배의 상징적 지위는 자명해 보인다. 그가 과거에 많은 청년들의 흠모를 받던 매력적인 여성이라는 것은 당연할 것이다. 중요한 것은 그 매력의 원천인데, 주인공에 따르면 그것은 사람 자체가 지니고 있는 기묘한 부조화 때문이다. 여기에서 부조화란 자기들과도 또한 선배 세대와도 다른, 그 둘이 교직되어 있는 상태의 기묘한 느낌을 뜻한다고 했다. 이것은 좀더 단순하게 말하자면, 선배 세대라 지칭되는 운동권도 또 자기들이 대표하는 취업권도 아닌 상태를 뜻하는 것이다. 그런 분위기의 인물을 놓고 운동권이라거나 리버럴이라거나 하는 이름으로 부를 수 있으되, 여기에서 핵심은 그 어떤 특정한 이름을 갖는 것이 아니라 취업권이라는 이름을 갖지 않는 것이다.

그러니까 운동권이 되는 것이 아니라 비-취업권이 되는 것이 중요하다는 것이다. 그것은 그 사람이 벌레나 기계나 좀비가 아니라는 것을 뜻한다. 최소한, 고시 준비생으로서 '극렬 취업권'에 속해 있는 화자에게는 그러하다. 따라서 그런 선배를, 게다가 한때 흠모와 짝사랑의 대상이었던 여성을 찾아가는 주인공의 모습은, 좀비 되기에조차 실패한 예비 좀비가 비-좀비의 세계를 찾아가는 모양새가 아닐 수 없다. 그 여정의 핵심에 놓여 있는 J선배와 카르페디엠이라는 카페가 어떤 의미를 지니는지는 그러므로 자명한 것이겠다. 그가 기억하는 카페의 모습은 이렇게 묘사되어 있다.

> 그 옛날, 축제의 마지막 날 밤에도 카르페디엠의 카운터 위에는 촛불이 밝혀져 있었다. 푸른 봄밤. 가로등 불빛을 받은 목련은 알전구를 품기라도 한 것처럼 탐스럽게 빛났다. 우리는 노래를 부르고, 술을 마시고, 자작시를 한 구절씩 돌려 읽고, 누군가에게 고백을 하고, 또 누군가에게 차였다. 한껏 부풀었던 마음 따위가 쉽사리 출렁였다. 시위는 이국에 대한 풍문처럼 낯설었고, 취업 준비는 부역행위처럼 간주되던 그 밤, 우리에게 충만한 것이라고는 오로지 감수성뿐이었다.(215쪽)

이해관계와 수지 타산으로부터 자유롭던 상태의 기억은, 특히 모더니티의 세계 속에서는 인간됨의 고향과도 같은 것이다. 실제로 그런 것이 있을 수 있는지는 중요하지 않다. 중요한 것은, 인간됨의 고향이 어김없이 기억의 형태로, 그러니까 사라져버린 과거의 것으로서 기억된다는 점이다. 사람에 따라 청년기의 것일 수도 유년의 경험일 수도 있으되, 어른의 세계에 진입해 있는 사람에게 그것은 어느 날 갑자기 왈칵 쏟아지곤 하는 그리움의 대상이 아닐 수 없다. 이 소설의 주인공이 폐허가 된 K구역으로 찾아가 옛날의 그 카페를 찾았을 때의 마음도 그러했다.

> 폐허 속에 비교적 온전한 모습을 유지하고 있는 카르페디엠을 보자 무엇인가가 울컥 내 안에서 치솟았다. 카르페디엠이 이런 난리에도 정말 살아남아 있구나, 하는 데서 기인한 애잔함과 J선배는 여기

에서 무엇을 하고 있는 거야, 하는 막연한 분노. 그리고 내가 이곳에서 길을 잃지 않았구나, 하는 안도감이 뒤섞인 무엇인가였다.(206쪽)

이렇게 보면, 카르페디엠이 있는 K구역, 그러니까 아마도 대학촌쯤일 것으로 추정되는 지역을 폐허화해버린 유령이 무엇인지도 분명해진다. 지난 십여 년 동안 대학을 황무지로 만든 것은 경제 위기와 청년 실업으로 대표되는 현실적 정황 이외에 다른 것이기는 힘들다. 그런 위기 상황이 청년들의 마음을 유체 이탈시켰고 그리하여 그 젊은 동네를 유령 천국으로 만들어버렸다는 것이겠다. 그렇다면 이 것은 역설적인 것이 아닌가. 그 동네를 폐허화한 것이 유령이라 했지만, 그 유령의 정체가 저와 같다면 고시 준비생인 주인공 자신이 이미 유령이 아닌가. 그러니까 이 소설의 서사적 얼개는, 한 유령이 자기 정체도 모르는 채 유령들을 무서워하며 유령의 소굴로 들어가고 있는 형국인 셈이다.

작가 백수린은 카페의 이름을, '카르페디엠Carpe diem'이라는 호라티우스의 유명한 시구절에서 따왔다. '현재를 잡아라'라고 직역되는 이 말은 미래에 대한 헛된 욕심을 버리고 현재에 충실하라는 뜻이지만, 구체적 쓰임에 있어서는 매우 상반된 의미를 함께 지닐 수 있다. 안분지족의 수동적 태도에서부터 우리에게 내일은 없다는 식의 격렬한 행동주의까지 다양한 스펙트럼이 그 안에 포함될 수 있기 때문이다. 그것은 호라티우스의 이 특정한 구절만이 아니라 윤리적 지혜의 형식을 지닌, 즉 구체적으로 내용화할 수 없는 말 자체가 지닌 특성이기도 하거니와, 백수린은 자신의 데뷔작에서 이 윤리적 명제를 유령의 소굴 한가운데, 유령들조차 건드리지 않는 어떤 것으로 우뚝 세워놓았던 셈이다. 그리고 그곳을 찾아간 예비 유령과 유령들의 마녀가 촛불을 켜놓고 보내는 고즈넉한 저녁의 풍경을 우리에게 보여주었다. 백수린에게는 그런 풍경이야말로 소설쓰기나 문학하기 혹은 비-취업권의 마음으로 살아가기의 요체가 아니었을까. 요컨대 그 풍경의 핵심에 놓여 있는 카르페디엠이라는 카페는 인상적인 것이 아닐 수 없다. 그것은 이 신인 작가가 품고 있는 소설쓰기의 지향점을 매우 강하게 암시하고 있기 때문이다.

「유령이 출몰할 때」가 이렇듯, 소설쓰기에 임하는 백수린의 정신적 동력의 소재처를 보여준다면, 또하나의 등단작 「거짓말 연습」은 제목 자체가 암시하듯이 소설쓰기의 방법적 요체와 지향점을 좀더 구체적으로 현시해주고 있는 것으로 보인다. 「거짓말 연습」에서 백수린은 주인공의 입을 빌려 이렇게 말했다.

  너네 별거한다며? 유학을 결심하기 전, 오랜만에 만난 친구의 입에서 흘러나온 문장이 떠올랐다. 그녀는 아무 일도 아니라는 듯 음식을 입안으로 밀어넣으며 그렇게 말했다. 그녀의 볼이 금방이라도 터질 듯 부풀어올랐다. 누구에게 들었어? 같은 말은 의미가 없었다. 남편이 바람을 피웠대. 누군가는 또다른 누군가에게 그렇게 전했을 수도 있을 것이다. 뭐, 그것은 모두 사실이었다. 결혼하면 언제나 서로에게 무엇에 관해서든 솔직하게 말하자, 고 청혼했던 그는 함께 산 지 삼 년 되던 해에 내게 솔직하게 말했다. 다른 여자와 잤어. 그러므로, 친구들이 하는 말은 모두 사실이었다. 그러나 그들이 내뱉는 문장들은 어쩌면 그렇게 상투적이었을까. 한두 문장으로 요약한 타인의 삶이 얼마나 진부해질 수 있는가를 나는 그때 처음 알았다. 그와

나 사이에 있었던 무수한 시간들이, 기억들이, 몸짓들이, 지극히 통속적인 한 문장으로 완결되었다. 나는 소음 속에서 입을 굳게 닫았다.(190쪽)

여기에서 두드러지는 것은 "한두 문장으로 요약한 타인의 삶이 얼마나 진부해질 수 있는가를 나는 그때 처음으로 알았다"와 같은 문장이다. 그것은 단순히 요약의 문제만이 아니라 대상을 포획하는 틀로서 언어 자체가 지니고 있는 폭력적인 속성을 드러내주고 있다.

이 소설의 주인공 여성은 유학을 위해 프랑스의 한 도시에서 육 개월 예정으로 어학연수를 하고 있는 중이었다. 최종 목적지는 다른 곳이기에 거기에서 만난 사람들은 대개가 잠시 스쳐가는 사이에 불과했다. 그런 주인공에게 다른 사람들과의 소통은 이중으로 뒤틀려 있다. 익숙하지 않은 외국어로 인해 제대로 된 소통을 할 수 없는 외적 상황이 그 하나이고, 좀더 근본적인 차원에 존재하는 내적 소통 불능의 상황이 다른 하나이다. 외국어를 잘 구사할 수 없어서 생겨나는 문제는 실력을 키움으로써 해소할 수 있다.

하지만 언어 구사력과 무관하게 내적 상황에서 발생하는 소통 불능은 좀더 근본적인 문제이다. 이런 상황에 어떻게 대처해야 할까. 이에 대한 대답은 쉬울 리가 없다. 삶을 사는 일 자체가 그 대답이라 해야 할 만큼 크고 근본적인 문제이기 때문이다. 백수린은 이런 문제를 안고 있는 사람들의 모습을 자주 그려낸다. 위의 인용문에서처럼, 그의 인물들은 이런 상황 속에서 자주 입을 닫아버린다. 이 소설의 주인공에게 그것은 현명한 처사였거니와, 백수린의 인물들이 보여주는 입 닫기의 방식은 다양하다. 이를테면 칩거하거나 실어증에 걸리거나 망상의 세계로 나아가거나 등이다.

백수린의 「거짓말 연습」이 인상적인 것은, 언어로 인해 생겨난 소통 불능의 상황을 적절하게 서사적으로 제시하고 있다는 점이다. 위의 인용문에서 소설의 주인공이 직면해야 했던 것은, 요약하는 말과 요약될 수 없는 삶의 불일치라는 존재론적 상황이다. 언어를 통해 소통하는 우리는 종종, 당신을 사랑한다는 말만으로는 표현할 수 없는 것, 우리는 별거한다거나 혹은 나는 이혼했다는 말 등으로 표현될 수 없는 그 이상의 무언가가 있음을 느끼곤 한다. 그런데 말로 재현되는 사실 너머에 말 이상이 있음을 확인하기 위해서는 일단 말이 있어야 한다. 누군가의 입에서 말이 밖으로 나와야 그 말의 나머지가 확인될 수 있기 때문이다. 물론 일상적으로 사용되는 언어 속에서 이런 순간을 확인하게 되는 것은 자주 있는 일이 아니다.

하지만 우리가 구사하는 말이 외국어라면 어떨까. 너무나 친숙하여 말의 나머지까지 익숙하게 된 모국어가 아니라, 내 마음을 번역하고 상대의 말을 번역하여 그 마음을 읽어야 하는 처지라면, 단어 선택 하나에까지 집중하지 않을 수 없는 상태라면 어떨까. 이런 때라면, 말이 머리에 떠올라 입술 바깥으로 소리가 되어 나오는 순간 그 말에 실릴 수 없는 내 마음속의 나머지와, 또한 말이 소리가 되어 날아가면서 채 담아가지 못한 찌꺼기들이 선명하게 보이는 것이 아닌가. 아직 외국어를 배우는 초심자로서 단순한 언어만으로 외국 생활을 할 수밖에 없었던 「거짓말 연습」의 작중화자는 이런 생각을 했다.

어디서 왔니, 왜 왔니, 무슨 일을 하니? 이곳에 온 이래로 내게 돌아오는 질문은 늘 비슷한 것들뿐이었다. 어쩌면 그것은 내가 이국의 언어로 할 수 있는 말이 적었기 때문일 것이다. 그래서 표현되지 않는 수많은 이야기의 부스러기들이 언제나 내 안을 둥둥, 떠다녔다. 그것을 눈치채는 사람은 아무도 없었다. 나는 지칠 때까지 걷다가 멈춘 채 카페나 레스토랑 안에서 웃으며 이야기하는 한 무리의 사람들을 한참 들여다보았다. 그러고 있노라면 발아되지 못한 말의 씨앗들이 천천히 내 안에서 번져가는 느낌이 들었다.(188~189쪽)

이런 생각을 소설이라는 형식으로 포착해내고 있는 작가 백수린에게 소설이란 이런 마음들, "언제나 내 안을 둥둥 떠다"니는 "표현되지 않는 수많은 이야기의 부스러기들"을 표현하는 도구라 할 수 있지 않을까. 이렇게 읽고 싶은 유혹을 느낄 만큼, 백수린은 이 소설에서 소설쓰기에 대한 상징으로 읽힐 만한 몇몇 장면들을 배치해놓았다. 상황에 따라 적절하게 거짓말을 지어내는 주인공 어머니의 모습도 그러하지만 대표적인 예를 들자면 다음과 같은 구절들이다.

  1) 전화를 했어요. 친정에 머물던 기간까지 합하면 그와 떨어져 산 지 이 년 가까이 되어갈 무렵이었어요. 우리 이혼하자. 내 말에 남편은 아무 대답을 하지 않았어요. 끊고 나니까 우습더라고요. 휴대폰 액정에 4월 1일 저녁 다섯시 반이라고 찍혀 있었거든요. 한국은 만우절이 지나갔겠구나, 하고 깨달으니 뭔가 상징적이라는 생각이 들었어요. 바로 그 순간, 그는 진실을 말하는 날에, 나는 거짓을 말하는 날에 서 있다는 것이 말이에요.(191쪽)

  2) 한국에서 학생이었어요? 아니요. 애인이 있어요? 없어요. 나는

내가 느끼는 미묘한 감정들을, 사소한 차이들을 결코 제대로 전달할 수 없으리라는 것을 알았다. 그러나 그것이 여기, 우리의 대화에서는 문제가 되지 않았다. 우리가 하는 말이 참인지 거짓인지는 더이상 중요하지 않았다. 이곳에 진실한 것이 하나라도 존재했다면 그것은 다만 우리가 끊임없이 서로에게 말을 건네고 있는 행위, 그것뿐이었을 것이다.(195쪽)

1)에서 우연히 거짓과 진실 사이에 놓이게 된 주인공의 말은 그 자체가 소설의 지위와 상응한다. 허구와 진실 사이에 놓여 있다는 점에서 그러하다. 게다가 허구와 진실 사이의 경계에 놓여 있는 이 같은 역설적인 성격에 대해 말하자면, 그것은 비단 이혼하자는 주인공의 특별한 말만이 아니라 말 그 자체가 지니고 있는 지위이기도 하다. 일상적인 소통에서 한 층만 헤집고 들어가도 모든 말은 그 자신과의 불일치를 드러내는 신뢰할 수 없는 매체가 된다. 거기에서 한 층을 더 파고들면 그 불완전성에도 불구하고 소통의 매체로서 언어에 의존할 수밖에 없는 인간의 운명이 불가피한 것으로 버티고 있다. 그러므로 이 차원에서 중요한 것은 진실이냐 아니냐를 따지는 것이 아니라, 2)에서처럼 말이라는 행위 자체에 집중하는 것이다. 한 사람의 입술을 빠져나간 말이, 고막을 통해 그것을 받아들인 사람에게서 어떤 효과를 발휘하는지의 문제에 주목하는 것이 그것이다.

여기에서 중요한 것은 언어 이전의 진실이 있는지 여부나 그 진실이 언어에 의해 제대로 가감 없이 전달되는지의 여부 등이 아니다. 이런 생각에 따르면, 먼저 의미가 있고 그것을 전달하기 위해 말이 동원되는 것이 아니라, 무엇보다 우선하여 행위로서의 말이 있고, 말이 상대방에게 일으킨 효과와 그로 인해 말을 한 사람에게서 생겨나는 반영적 효과에 의해 말의 의미가 양쪽에서 각각 생산되는 모양새가 된다. 그러니까 일단 말을 하는 것, 그것이 어떤 말이건 간에 일단 말을 내지르는 것이 중요하다. 그것이 없다면 소통이 없음은 물론이고 소통 불능도 없기 때문이다.

위의 인용문 2)에 바로 뒤잇는 대목이 거짓말하는 엄마의 이야기이다.

> 왠지 엄마 생각이 났다. 그러고 보면 기억할 수 없는 아주 먼 옛날, 거짓말을 내게 처음 가르쳐준 사람도 엄마였다. 날 때부터 곁에 없던 아버지에 대해 물을 때마다 엄마는 새로운 이야기를 지어 들려주었다. 이야기 속에서 아버지는 부잣집 막내아들이었다가 먼바다로 떠나는 선원이었다가 공장에 위장취업했던 운동권 학생이었다. 매번 바뀌는 엄마의 거짓말 때문에 나는 진짜 아버지가 누구인지 알 수 없었다. (……) 엄마는 이 세계가 그럴듯한 거짓말들에 의해서 견고히 다져질 수 있다는 것을 나에게 알려주려 했던 것이었는지도 몰랐다. 처음으로 엄마를 이해할 수 있을 것도 같았다. 어쩌면 거짓말이야말로 엄마가 나에게 가르쳐주려 했던 가장 건전한 소통방식이었는지도.(195~196쪽)

이처럼 언어의 수행성에 대한 테제로 귀결되는 「거짓말 연습」의 서사적 성찰이 믿음직스럽게 다가오는 것은 위와 같은 단편적인 구절 때문이 아니라, 소설집의 소설 전체가 지니고 있는 서사적 활기 때문이다. 언어의 한계에 직면하여 백수린의 인물들은 종종 입을 닫거나 혹은 매우 왜곡된 소리를 내곤 하지만 그것은 어디까지나 그다음 단계로 나아가는 계기일 뿐이다. 이 소설의 주인공이 상대에게 이해되지 않는 언어인 한국어를 써서 소통을 하듯이, 말문이 막힌 사람들은 또다른 방식의 소통 수단을 찾아낸다.「폴링 인 폴」에서처럼 새롭게 말문이 터진 사람들도 있고, 또 다양한 방식의 정신적 증상들의 모습으로 드러나기도 한다. 이들의 모습이 만들어내는 서사적 활기는 아무렇게나 확보될 수 있는 것은 아니다. 단순히 패기나 열정만으로 될 수 있는 것은 아니라는 말이다. 이런 판단은 백수린의 두 편의 등단작이 이미 미메시스에 임하는 작가의 조밀한 사유의 편린과 흔적을 넉넉하게 보여주고 있어 가능한 것이다.

3. 백수린의 소설에 나타난 서사적 성찰성

이렇게 두 편의 등단작을 들여다보고 나면, 그후로 백수린이 보여준 소설적 행보와 추이를 이해할 수 있게 된다. 그의 서사에 기본항으로 놓여 있는 인물들은 제대로 된 소통의 길을 찾지 못하여 말문이 닫혀 있는 사람들이다. 이런 상태에서 그들이 추구하는 새로운 말문 트기의 다양한 방식들이 있다. 백수린의 소설 속에서 다수는 새로운 소통의 방식을 찾는 데 실패하며, 그들의 실패는 여러 형태의 병리적 증상으로 나타난다. 그런 점에서 백수린의 소설들은 소통 실패에서 생겨난 병리적 증상들의 집합처로 읽히기도 한다.

그런데 한발 물러서서 생각해보면 어쩌면 그런 증상이야말로 우리 삶의 본원적 상태라고 할 수 있는 것이 아닌가. 오히려 정상성이라는 것이 그런 증상들을 감싸고 있는 껍데기에 불과한 것이 아닌가. 다시 말해, 정상적인 것이라고 간주되고 있는 것들도 한 발만 안으로 들어가보면 우리가 증상이라 할 만한 것들로 가득차 있는 것이 아닌가. 그러니까 백수린이 포착해내는 일그러진 마음의 모습들은 오히려 일그러져 있어 우리 삶의 실상을 드러내주는 일종의 왜상anamorphosis 같은 것이라 해야 하지 않을까. 물론 모든 사람들의 삶이 그렇듯, 일그러져 있는 것 또한 백수린의 소설만이 아니고, 어떤 예술작품도 모두 나름으로 일그러져 있다. 그러니 일그러져 비정상인 것이 아니라 일그러짐 자체가 정상적인 것이다. 따라서 문제는 그런 일그러짐의 정도이겠다. 그러니까 진실을 드러내기 위한 일그러짐은 당연한 것이되, 어느 정도까지 혹은 어떤 방식으로 일그러지는지가 문제가 된다는 것이다.

이런 관점에서 보자면, 수록작 중에서는 「폴링 인 폴」 같은 경우가 가장 왜곡률이 적은 경우에 해당할 것이며 그 반대편에는 기이한 실어증의 양상을 우의적으로 다루고 있는 「감자의 실종」이나 「꽃 피는 밤이 오면」 등이, 그리고 그 극단에는 중증 망상자의 이야기를 다룬 「밤의 수족관」이 있다.

「폴링 인 폴」은 아버지와 아들 사이의 소통의 문제를 다루고 있으면서도, 그것을 안타깝게 바라보는 또하나의 시선을 배치함으로써 겹의 구조를 취하고 있다. 이 두 개의 이야기는 각각만 놓고 보면, 하나는 부자간의 갈등이 극복되는 이야기이고 다른 하나는 연하남을 짝사랑하는 연상녀의 이야기이니 특별하달 것은 없다. 그런데 이 둘이 겹쳐지면 둘 사이에서 서사적 탄력감과 윤기가 생겨난다. 그것은 백수린이 자주 보여주는 서사적 성찰성의 힘이기도 하다. 「폴링 인 폴」의 경우를 좀더 살펴보자.

내화로 등장하는 것은 재미 교포 아들과 아버지의 이야기이다. 한국어를 잘 모르는 재미 교포 청년과 영어를 잘 모르는 그 아버지가 있다. 둘 사이에는 당연히 소통의 문제가 있을 수밖에 없다. 이십대 중반인 '폴'은 한국어를 배우기 위해 아버지의 나라인 한국에 왔다. 그의 부모는 1970년대에 미국으로 이민 가서 시카고에 성공적으로 자리잡은 이민자들이다. 미국에서 성공하기를 바랐던 아버지는 폴에게 영어만 쓰도록 했고, 그래서 한국어를 배우지 못한 폴과 영어에 서툰 아버지 사이에는 소통의 장벽이 생겼다. 물론 언어 문제가 아니더라도 사춘기의 아들과 아버지 사이에 소통의 문제는 있기 마련이다. 이런 문제를 해소하기 위해서는 아들과 아버지가 각자 자기 고유의 자리를 자각해야 한다. 그런데 여기에서는 문제가 하나 더 생겼다. 한국어를 배우러 서울에 왔던 폴은 일본에서 온 '유리꼬'와 사랑에 빠졌고 그것이 문제가 되었다. 1970년대 한국의 정서를 지니고 있는 아버지는 며느릿감으로 한국 여성을 원한다. 이제 어떤 일이 벌어질 것인가. 아버지와 아들이 서로 힘겨루기를 하는 양상이니 세 가지 결과가 가능할 것이다. 백수린은 그중에서 가장 표준적이라 할 자리를 찾아간다. 아들을 만나러 한국에 온 아버지가, 지난 세월 동안 변해버린 고국과 고향의 모습을 확인하고, 그 과정에서 일본인 며느릿감을 받아들인다는 결말이 그것이다.

그런데 이런 결말의 서사라면 너무 평범하지 않은가. 소설에서 폴의 부자 이야기가 본격화되는 것은 중반 이후의 일이며, 서사의 출발점에서 전경에 등장하는 것은 삼십대 중반의 나이에 '모태 솔로'인 한국어 교사의 시점이다. 여섯 살 연하의 매력적인 남성 폴을 바라보는 이 여성의 안쓰러운 시선이 폴의 이야기와 겹쳐 짜이고, 여기에 언어교육과 관련된 다채로운 에피소드들이 들어섬으로써, 내화의 평이

함은 오히려 소설 전체의 서사적 안정감으로 전화된다. 소설의 화자는 점점 폴의 매력에 빠져들어가지만, 폴에게서 돌아오는 것은 손윗사람에 대한 인간적인 호감일 뿐이다. 나아가 폴은 일본에서 온 유리꼬와 사랑에 빠졌고 아버지를 설득하여 결혼하고자 한다. 여성 화자는 자기를 믿고 의지하는 폴의 기대를 저버릴 수 없어, 억지춘향 격으로 폴의 연애 상담자 노릇까지 해야 하는 처지가 된다. 누구에게나 이런 사태는 괴로운 일이 아닐 수 없다. 하지만 달리 도리가 없어 그런 역할을 충실히 해내야 하는 여성의 마음이 소설에 전면화되어 있다. 이루어지기 힘든 짝사랑을 하는, 늙지도 젊지도 않은 한 여성의 마음이 독자들의 눈앞에 펼쳐지고 있는 모양새이다.

그렇다면 어떤가. 두 개의 고민이 나란히 서로를 마주보면서 서사 속에 부감되어 있는 형국이 아닌가. 이렇게 두 개의 고민이 서로 얽혀 독자 앞에 놓이는 순간, 이 두 개의 고민으로부터 사라져버리는 것이 있다. 고민 자체의 격렬함이 그것이다. 고민의 강도로 보자면, 이민자 부자간의 갈등이나 혹은 자기가 사랑하는 남자의 연애 상담이나 해주어야 하는 삼십대 여성의 고민이나, 어느 쪽도 모자란다고 할 수가 없다. 둘 중 어느 것이든 소설 속에서 하나만 등장한다면 매우 격렬한 굴곡의 드라마가 될 수 있는 것들이다. 그런데 이 둘이 나란히 놓여 있는 정경은 어떤가. 이 둘이 서로를 마주보는 순간, 그러니까 좀더 정확하게는 삼십대 여성의 속내에서 자기 고민과 폴의 고민이 병치되는 순간, 고민들은 자기들이 혼자가 아니라는 사실을 깨닫게 된다. 남의 불행이 자기에게 위안이 되기는 사람이나 고민이나 마찬가지이다. 자기 존재의 유일성을 상실하는 순간 고민은 누구에게나 있을 수 있는 어떤 것이 되고, 또한 고민이 평범해지는 순간 그 고민을 안고 있는 주체는 성숙함에 도달한다. 그러니까 이 소설의 화자가 지니고 있는 안정감은 본디 그 자신의 것이라기보다는 오히려 폴이 어려운 문제를 자기 앞에 들이밀고 나옴으로써 비롯된 것이라고 해야 한다. 고민에 빠진 주체가 자기만이 아님을 폴이 확인시켜주었다고 해도 좋을 것이다.

이런 맥락에서 강조되어야 할 것은 이 두 개의 시선을 마주 세움으로써 백수린이 성취한 서사적 안정감이다. 이런 안정감이 백수린의 소설을 지탱하고 있는 정서적 토대인 것으로 보인다. 토대가 든든하니 다양한 요소들이 그 위에서 뛰놀 수 있다. 마지막으로 간단하게, 백수린이 주목해온 서사소와 자주 구사하는 서사술에 대해 적시해보자.

『폴링 인 폴』에는 고용 불안과 청년 취업난이라는 사회적 현실을 백수린 특유의 방식으로 포착해내는 소설들이 있다. 「꽃 피는 밤이 오면」과 「자전거 도둑」 등이 그것이다. 「꽃 피는 밤이 오면」에서 자동차 회사에 근무하던 한 남성은 어느 날 갑자기 의식을 잃고 쓰러진 후 실어증에 걸린다. 그 앞에는 제대로 보상받지 못한 동료의 죽음과, 일인 시위로 동료의 억울함을 지속적으로 상기시켜주었던 그 동료의 아내가 있었다. 지방대 출신으로 대기업에 입사했을 때의 기개는 이미 사라져버렸고, 아이도 갖지 못한 채 경제 불황 속에서 구조 조정의 압박감에 시달리는 한 심약한 젊은 가장이 이런 그림 위로 부각된다. 백수린은 이 남자의 모습을, 고통에 대한 동물들의 공감 능력에 대한 다큐 프로그램을 위해 일하는 아내의 시선으로 포착하게 했다. 겹의 구조로 둘을 맞세워놓은 셈이다.

또 「자전거 도둑」은 세 사람의 자유직업자 여성들이 집세 절약을 위해 한집에 거주하면서 생겨나는 이야기를 다루고 있다. 그중 한 여성에게, 정규직으로 회사를 다니는 버젓한 남자친구가 생겨나면서부터 문제가 생겼다. 셋이 함께 불행의 공동체에 있을 때는 아무 문제가 없었지만, 그로부터 탈출하는 사람이 생겨나는 것은 나머지 둘로서는 견디기 힘들다. 이로 인해 유발되는 질투심과 그런 마음이 만들어낸, 사소하고 어찌 보면 귀엽고 어찌 보면 기이한 행동들이 소설의 육체를 이룬다. 시대의 우울을 다루면서도 극단으로 몰아가지 않는 것은 백수린이 마련한 겹의 구조와 그로부터 비롯되는 서사적 성찰성 때문이다. 물론 그런 구조를 취하는 것 자체가 그의 성향이라 할 수도 있을 것이다.

백수린은 단편소설 쓰는 것을 매우 즐거워하는 것처럼 보인다. 단편소설이란 작은 창의 프레임으로 세계를 포착해내는 일이다. 그것은 제한된 창틀 바깥의 세계에 대해서는 면책특권을 확보할 수 있으므로 책임의 범위가 좁다. 그뿐 아니라 그런 작은 틀의 구조가 지니고 있는 특성을 적극적으로 구사함으로써 시적인 효과를 만들어낼 수도 있다. 특히 소설이 지니고 있는 활자 매체 고유의 프레임 효과(대부분의 시각예술은 하나의 장면을 한꺼번에 보여줄 수밖에 없지만 소설은 그것을 단어의 순차적인 연결을 통해 제시해야 한다. 그것은 흡사 매우 느린 프린터로 인쇄되는 스틸사진을 눈앞에서 보는 것과 유사한 효과를 낳는다. 이것을 활자 매체의 프레임 효과라 부를 수 있겠다)와 결합되면 단편소설이라는 작은 창은 매우 특이하거나 유머러스한 세계를 포착해낼 수 있다.

개와 감자가 교체되어버린다는, 있기 어려운 언어적 혼란을 소재로 하여 이야기를 야금야금 풀어나가는 「감자의 실종」, 그리고 자기가 유명한 스타의 숨겨진 아내라고 착각하고 있는 망상에 빠진 화자를 동원함으로써 반전 플롯을 만들어내는 「밤의 수족관」 같은 작품이 그런 예일 것이다.

4. 신진기예 백수린

지금까지 백수린의 등단작과 표제작을 중심으로 하여, 그의 소설이 지니고 있는 특성과 미덕들을 살펴보았다. 서사적 다양성과 언어에 대한 예민한 감각, 그리고 서사적 안정성의 원천으로서의 성찰성 등이 그런 덕목들이다. 당연한 말이겠지만 이런 미덕들이 백수린만의 것이라 할 수는 없다. 좋은 소설을 쓰는 작가들이 왕왕 지니곤 하는 것들이기 때문이다. 그러나 말을 뒤집어, 첫 소설집에서 이런 미덕을 보여준 백수린에게서 좋은 작가의 가능성을 발견한다고 말하는 것은 큰 과장이 아닐 것이다. 더욱이 그런 방식으로 항목화할 수 없는 열정과 강한 지향성이 촘촘한 서사의 결을 이루고 있는 모습을 그의 '등단작들'에서 확인할 수 있었던 것도 반가운 일이 아닐 수 없다.

백수린은 지금껏 보여준 모습으로 보자면, 자기만의 특이한 세계를 향해 집중하고 달음질치는 스타일이라기보다는, 오히려 안정적인 보조와 감각으로 자기 세계를 부풀려가는 정통적인 스타일의 작가에 가까워 보인다. 피라미드가 높아지기 위해서는 넓은 땅이 있어야 하고, 독창성이라는 미덕도 충실한 기본기의 축적을 통해서만 실현될 수 있음을 우리는 왕왕 잊어버리곤 한다. 그 도야의 시간들을 어떻게 버텨내는지가 문제일 터인데, 백수린이 이 소설집에서 보여주고 있는 서사를 향한 열정이라면 그것을 위한 밑불이 되기에 부족함이 없을 것으로 보인다. 그런 가능성의 일단을 확인시켜준 것만으로도 한 국문학의 독자에게 백수린의 등장은 기쁜 일이거니와, 신예 작가라

는 이름으로 불릴 때 그런 기대가 함께 있음을 그 역시 잊지 말아주었
으면 한다.

(2014)

무서운 사랑의 미메시스
─이승우의『사랑이 한 일』

1. 이승우의 아브라함

이승우 작가의『사랑이 한 일』[1]을 읽는다. 구약「창세기」를 다룬 단편 다섯이 모여 있다. 긴장감이 돈다. 이승우 작가의 연작이라도 흥미로울 텐데, 그가 다룬 이야기가 구약의「창세기」라면 더더욱 예사로울 수가 없다. 그런데 책장을 여니 한 발 더 나아간 느낌이다.「창세기」중에서도 아브라함 일가의 이야기가 펼쳐진다. 진검승부의 서늘한 기운이 밀려온다. 아브라함을 다루는 소설이라면, 이승우가 지금 키르케고르와 정면으로 대결하겠다는 것인가. 아니면 그는 혹시 더 큰 씨름을 하겠다는 것일까.

소설은 아브라함 삼대의 이야기, 다섯 편으로 구성되어 있다. 소돔 이야기로 시작해서 이삭 이야기를 거쳐 야곱 이야기로 끝난다.「소돔의 하룻밤」이 출발점이다. 왜 소돔 이야기로 시작한 걸까. 소설 속

---

1) 이승우,『사랑이 한 일』, 문학동네, 2020. 이하 인용시 본문에 쪽수만 밝힌다.

으로 들어가면 답이 나온다. 하지만 너무 쉽게 나온 답은 틀린 답이기 쉽다. 이 소설을 읽던 내 경우도 그랬다. 답은 아주 뒤에 왔다. 물론 문제가 잘못될 가능성은 언제 어디에나 있다. 또 답에 관해 말하자면, 답은 언제나 가까운 곳에 있지만 그걸 보고도 답인 줄 모른다는 것이 문제이다.

2. 소돔의 문제성

「소돔의 하룻밤」이 책의 첫 자리를 차지한 것도 그렇지만, 이 첫번째 단편에서 인상적인 것은 문체의 독특함이다. 반복되는 문장이 통주저음을 깔아주고, 그 베이스 위로 논리적 변증의 선율이 채워나간다. 이런 문체가 소설에 등장하는 것은 그 자체가 쉽지 않은 일이다. 이야기를 들려주기 위함이라기보다는, 무언가를 따지고 톺아내고 주장하는 데 유용한 문체이기 때문이다. 이 문체는 특정 대상에 대한 비판이나 예찬에 어울리거니와, 어느 쪽이든 그 바탕에 있는 것은 논리의 힘이다. 예를 들자면, 자기 시대를 격렬하게 비판하며 고대적인 것을 찬양했던 19세기 니체의 경우가 있고, 무엇보다도 아브라함의 기적에 대해 논리적 송가를 바친 키르케고르의 예가 우뚝하다. 20세기로 치자면 욕망을 예찬하는, 들뢰즈·가타리의 짧은 산문이 예시될 수 있을까.

물론 소설이라는 장르 자체의 본성을 고려하면, 이런 문체가 소설과 어울리지 않는다고 하는 것도 이상한 말일 수 있다. 어떤 형태의 글쓰기도 포용하는 것이 소설이라는 장르 자체의 톨레랑스이기 때문이다. 좀 특별하다고 말하는 정도로 충분할 것이다. 문제는 다른 데 있을 수 있다. 문체 자체가 아니라, 그 문체가 내용과 어울리지 않는 점이 문제가 아닐까. 논리적 변증이란 기본적으로 전투적인 문체인데, 여기에서 작가가 맞서 싸우려 하는 것은 무엇일까. 「소돔의 하룻밤」에서 전개되는 논리적 변증은, 소돔 일화에 대한 윤리적 핵심을 우회한다는 느낌을 준다. 내용 있는 무언가를 실제로 따지는 일보다는, 구약의 일그러진 세계로 독자들을 인도해 들이는 일에 힘을 쏟는 듯한 모양새이다. 첫번째 에피소드이기 때문에 그럴 수 있겠다고 생각하면서도 고개가 갸웃거려진다. 이런 경우라면, 작가의 싸움이 아니라, 작품의 싸움에 대해 살펴야 하는 것일까.

일단, 첫번째 에피소드로 인해 생겨난 이 두 개의 질문은, 소설 전체의 구도를 감안하면 답을 찾을 수 있을 듯하다. 물론 그 답이란 일차적인 것일 뿐이다. 첫째로, 아브라함 서사라는 수준에서 본다면, 소돔 이야기가 첫머리에 온 까닭은 어렵지 않게 말할 수 있다. 하느님이 소돔과 고모라를 멸하려 천사들과 함께 세상에 온 것은 아브라함이 아흔아홉 살 때의 일이다. 그때 아브라함은 아내 사라의 몸에서 아이가 태어날 것이라는 하느님의 고지를 받았고, 소돔은 멸망했고, 그 이듬해 이삭이 태어난다. 천사들의 도움으로, 가족과 함께 소돔에서 빠져나온 롯은 아브라함의 조카이다. 그냥 조카가 아니라, 신의 계시를 받고 메소포타미아의 고향땅을 떠나올 때 아브라함과 동행했던 동지격이다. 그래서 아브라함은 롯과 그의 가족들이 잡혀갔을 때 그들을 구하기 위해 군사를 일으키기도 했었다. 요컨대 소돔 이야기는 아브라함 일가와 무관한 이야기가 아니라는 것이다.

그리고 뒤잇는 「하갈의 노래」와 「사랑이 한 일」은 아브라함과 두 아들 이야기이고, 마지막 두 편 「허기와 탐식」 「야곱의 사다리」는 아브라함 손자들의 이야기이다. 그러니 소돔 이야기가 앞에 온들 그리

이상할 것은 없다고 하겠다. 게다가 착한 사람 아브라함은 하느님께 애원했었다. 올바른 사람 오십 명이 있다면, 마흔다섯 명이 있다면, 정말 죄송하지만 마흔 명, 서른 명, 스무 명, 열 명이 있다면, 어쩌시겠습니까. 아브라함의 애원은 열 명 이하로 내려가지는 않았고, 소돔과 고모라는 파괴되었다. 아브라함과 그 직계가 직접 당한 일은 아니지만, 여호와와 아브라함의 품성을 드러내 보여주고 또한 이삭의 잉태라는 기적이 예언되는 에피소드들이 소돔 이야기에 포함되어 있는 셈이다. 게다가 소돔 이야기 자체는 구약의 시선이 지닌 몰윤리성이 함축되어 있어 문제가 되는 것이기도 하다.

둘째, 「소돔의 하룻밤」을 다룬 문체의 독특성이 야기한 의문은, 세 번째 단편 「사랑이 한 일」을 읽는 순간 해결의 실마리를 찾는다. 동일한 문체가 여기에서 다시 등장하기 때문이다. 다섯 편의 단편 전체를 살펴보면 변증적 문체가 구사된 것은 이 두 편뿐임을 알게 된다. 나머지 세 편은 일반적인 서사 스타일이다. 그런데 이 두 편으로 말하더라도, 똑같은 문체지만 실제로 수행하는 기능이라는 점에서는 둘 사이의 차이가 두드러진다. 논리적 변증이, 첫 편에서는 요설의 효과로 디테일의 빈자리를 채워내는 데 비해, 세번째 단편 「사랑이 한 일」에서는 서사를 전개하고 논리적 격정을 추동해내는 데 위력을 발휘한다. 특히 후자에서는 에피소드의 구성 자체가 아브라함 서사의 윤리적 중핵을 겨누고 있거니와, 변증적 문체가 여기에 크게 기여하고 있다. 그렇다면, 이것은 좀 다른 이야기가 되는 게 아닌가.

3. 아브라함의 기적

책의 한복판에 있는 세번째 단편 「사랑이 한 일」은, 서사의 흐름에서도 정점의 자리를 차지하고 있다. 아브라함의 일생 가운데 가장 중요한 사건이 기록되어 있기 때문이다. 게다가 그 사건은 단지 아브라함에게만 중요한 사건인 것이 아니라, 그를 진정한 믿음의 조상으로 만드는 기적이어서, 구약의 믿음 체계에서 이념의 최고봉에 해당하는 사건이다. 아브라함이 자기 아들 이삭을 제물로 바치는 과정에서 벌어진 이야기가 곧 그것이다. 윤리와 믿음의 차원에서 몇 겹의 역설이 생겨나는 사건이라서 주목의 대상이 되지 않을 수 없는데, 더욱 문제적인 것은 그 사건을 기술하기 위해 이승우가 선택한 문체와 시선이다.

아브라함에게 이삭이라는 아들은 그 존재 자체가 기적의 증표이다. 하느님의 예언에 따라 아브라함이 백 살 때 보게 된 아들이기 때문이다. 그 아들이 예언된 것은 소돔과 고모라 사람들이 불타 죽는 시점에서이기도 했다. 아브라함을 선택한 절대적 은총의 상징이자 또한 거대한 위력의 증거가 곧 이삭인 셈이다. 그런데 아브라함은 그런 아들을 번제의 제물로 바치라는 하느님의 명령을 받았다. 번제의 제물은 몸을 갈라 마주보게 늘어놓곤 하니, 이제 그는 아들의 배를 가르고 아들의 몸이 타는 냄새를 맡아야 한다는 것이다. 하느님의 명령도, 그 명령에 순종하는 아브라함의 태도도 그로테스크하지 않을 수 없다.

대의를 위해 자식을 바친 경우라면 물론 적지 않은 예들이 있다. 국운을 건 전쟁에서 희생 제물이 필요하면 사령관은 제 자식을 희생하곤 했다. 트로이 원정길에 나선 그리스 연합군의 대장 아가멤논은 딸 이피게네이아를 신의 제물로 바쳤고, 신라 장군 품일은 전쟁의 승리를 위해 아들 관창을 사지로 내몰아 죽게 만들었다. 이들의 경우는 각각의 실상과 무관하게, 이른바 공적 대의를 위한 희생이었다. 명분 있는 죽음이었다는 것이다. 그런데 아브라함은 무엇을 위해 아들을 죽이려 했나. 이 질문에 답하기는 쉽지 않다. 하느님의 명령에 순종하기 위함인가. 왜 무조건 순종인가. 말을 안 들으면 응징하는 무서운 존재라서? 하느님이 준 축복의 언약을 실현하기 위해? 그 자체가 축복인 아들을 죽이면서 축복의 실현이라면 말이 될까. 게다가 그 축복이라는 것이 하늘의 별처럼 자손이 번성하게 해주겠다는 것이지 않은가. 후손의 번창은 바로 그 아들을 통해 약속된 것인데, 언약의 실현을 위해 그를 죽이는 것이 말이 되나.

어찌 인간이 하느님의 뜻을 제대로 알겠느냐고 사람들은 말한다. 이런 역설과 부조리를 넘어서야 비로소 믿음의 차원이 열린다고. 그것이 키르케고르가 아브라함을 믿음의 영웅이라고 소리 높여 외친 근거이기도 하다. 세속의 눈으로 보자면 아브라함은 직계비속 살인미수범이지만, 그와 같은 법적 윤리적 시련을 넘어 믿음의 세계로 나아감으로써 그는 세 종교, 유대교와 기독교, 이슬람교의 조상이 되었다. 더욱이 한국어 신약의 첫머리는 아브라함의 이름으로 시작된다. 「마태복음」에 나온 예수 그리스도의 족보를 보자면, 아브라함이 시조이고 다윗이 중시조 격이 된다. 아브라함의 위치가 그러하다. 그냥 조상도 아니고 믿음의 조상이다. 「사랑이 한 일」의 경우도, 논리 자체는 여기에서 크게 벗어나지 않는 것이 아닐까. 처음 읽을 땐 그래 보였다.

그런 첫인상으로 말한다면, 이렇게 말할 수 있겠다. 소설의 첫머리에 온 소돔 이야기는, 바로 이 절정을 위해 마련된 서막이라고, 그래서 절정의 서사와 동일한 문체로 쓰인 것이라고. 말하자면 소돔의 문체는 독자들을 위한 일종의 문체 연습으로 마련된 것이라고, 혹은 저 그로테스크한 아브라함의 행적을 소리 높여 찬양했던 키르케고르에 대한 오마주일 수도 있겠다고, 등등.

4. 두 개의 의문

그럼에도 이런 판단에 여전히 미진함이 남는 것은, 충분히 풀리지 않은 의문이 있기 때문이다. 두 가지 점에서 그러하다. 우선, 소돔 이야기가 지니는 몰윤리성의 충격이 해소되지 않는다는 점이다. 아브라함의 행적 가운데 가장 중요한 사건이 아들을 신에게 바치는 것이었다면, 대홍수 이야기와 함께 구약의 세계에서 가장 중요한 위치에 있는 사건이 소돔과 고모라의 멸망 이야기일 것이다. 둘 모두 인간을 상대로 하여, 여호와 하느님이 제대로 자기 실력을 행사한 사적들이다. 한 번은 물로 또 한번은 유황불로, 이것저것 가리지 않고 세계 전체를 휩쓸어버렸다. 노아와 롯은 그 전체로부터의 예외자들이었다. 그 절대적 분노의 가공할 만한 위력을 지켜본 사람의 입장에 서면, 특히 그 무차별적 분노의 대상이 된 사람의 시선으로 보면, 이런 사태는 경악할 만한 일이 아닐 수 없다. 공포와 두려움으로 사지가 떨릴 일이다.

논리적 변증의 문체가 소돔 이야기를 만난다면, 신앙과 윤리 사이에 놓인 이 문제를 회피할 수 있을까. 그 무시무시한 하느님께 자애를 청했던 아브라함은, 왜 의인의 숫자를 헤아리며 열 명 밑으로는 내려가지 않았나. 아홉 정도는 죄 없이 죽어도 상관없다는 말인가. 롯의 아내가 저지른 실수는 그 자리에서 소금기둥이 될 만큼 치명적이었나. 죄 없는 한 사람을 죽이는 것은 인류 전체를 죽이는 것이라는 말도 있는데, 설마 단 한 명의 '의인'도 없었을까. 작가는 변증적 문체로 소돔을 다루면서도 이 문제를 우회해버렸다. 무엇 때문일까.

또하나의 의문은, 번제의 기적을 다룬 「사랑이 한 일」의 화자가 이삭으로 설정되었다는 점과 연관된다. 나는 이 사실의 중요성을 그다음 단편, 「허기와 탐식」을 읽으면서 깨닫게 된다. 게다가 일인칭 화자 이삭의 독백이 사랑이라는 단어와 연관되어 있다. 아버지 손에 죽을 뻔했던 아들이 살아남은 후에 스스로 묻고 답한다. 무엇 때문에 아버지는 그랬을까. 소설의 통주저음은 반복한다. "그것은 사랑 때문에 일어난 일이다." 이 문장은 소설의 첫머리에 나와서 새로운 의미 단락이 시작될 때마다 반복된다. 사랑 때문이다! 그런데 사랑 때문이라고? 누구에 대한, 누구의 사랑이라는 말인가. 그 사랑은 어떤 사랑인가. 자연스럽게 흘러나오는 이런 질문들에 직면하게 된다. 이 의문문들을 응시하다보면 새로운 질문이 솟아난다. 혹시 이승우가 벌이고자 하는 씨름 상대가 사랑이 아닐까. 그렇다면 여기에서부터 소설은 다시 시작되는 것이 아닌가.

아브라함이 아니라 이삭의 시선으로, 그러니까 영문도 모르는 채 번제의 희생양이 될 뻔했던 사람의 시선으로 사태를 바라본다는 것은 예삿일이 아니다. 그것은 불벼락을 맞는 사람의 시선으로 소돔의 이야기를 바라보는 것과 다르지 않다. 그런 시선이라면, 구약의 서사가 절대로 허용할 수 없는 것이다. 그것은 흡사 「욥기」에서 신과 사탄의 내기에 걸려 무고하게 죽어버린 욥의 가족들에게 마이크를 주는 일과도 같기 때문이다. 그런다고 해도 하느님의 무시무시한 위력은 꿈쩍하지 않겠지만, 공의로운 아버지 하느님은 존재할 수 없게 되는 것이다. 그런데 세번째 단편 「사랑이 한 일」에서 이승우는 그런 일을 해버린 셈이 아닌가. 이 점이 좀더 분명하게 드러나는 것은 「허기와 탐식」에서 늙은 이삭과 두 아들 이야기가 등장하면서부터이다.

5. 소설이 시작되다

네번째 단편 「허기와 탐식」은 늙은 이삭과 두 아들 이야기이다. 이삭은 가부장의 권리를 장남인 에서에게 주고자 했으나 뜻을 이루는데 실패한다는 것이 그 골자이다. 늙고 눈이 멀어 판단이 흐려진 이삭이, 부인 리브가와 둘째 야곱의 속임수에 넘어간 탓이다. 이 이야기를 다루는 작가는 허구의 도입에 매우 적극적이어서, 이제야 비로소 소설이 시작되는 듯한 느낌을 준다. 물론 그것이 착각에 불과할 뿐이었음을 나는 나중에 깨닫게 된다. 소설은 이미 시작되어 있었다. 네번째 단편이 대단한 존재감으로 인해 새삼 그것을 깨우쳐주었을 뿐이다. 늙은 이삭의 처량한 이야기가 흘러나오자, 그 앞에 있던 세 개의 단편들도 일제히 꿈틀거리며 머리를 쳐들기 시작했다고나 할까. 사랑과 편애의 문제가 그 핵심에 있거니와, 거기에는 아브라함 서사 전체를 뒤흔들 만한 파괴력이 내장되어 있다. 그 힘은 믿음에 맞서는 문학의 힘, 디테일을 갖춘 서사로서 미메시스의 힘에서 비롯된다.

구약의 관점에서 볼 때, 이삭의 쌍둥이 아들 이야기에서 핵심은, 둘째 야곱이 아버지를 속여 가부장의 권리를 가로채는 사건에 있다. 자기 욕망에 순수한 야곱이 잘못을 저지르고, 참회를 통해 적통을 잇는다는 것이 골간이다. 그러나 이승우의 「허기와 탐식」이 주목하는 지점은 다른 데 있다. 소설은 묻는다. 아버지 이삭은 왜 맏아들 에서를 편애했는가.

둘째 아들 야곱은 집에 있기 좋아하는 내성적인 성품임에 비해, 맏아들 에서는 바깥으로 나도는 활달한 사냥꾼에 솜씨 좋은 들짐승 요리사이다. 이삭은 에서를 사랑했지만, 유대 가부장의 적통은 야곱에게 이어진다. 구약의 결과가 보여주는 논리로 말하자면, 경쟁에서 승리하는 사람은 언제나 유목민이다. 카인 같은 농사꾼, 롯 같은 도시 거주민, 이스마엘이나 에서 같은 사냥꾼 들은 적통 경쟁에서 패배한다. 그 반대편에 있는 유목민들, 아벨과 아브라함, 이삭, 야곱이 하느님의 선택을 받는다. 그리고 그들의 대부분이 유대 민족의 적통이 된다. 이것은 이미 실현된 사건들의 연쇄이며 굳어진 역사여서 이론의 여지가 없다. 소설이 개입한다면 적통에서 벗어난 사람들의 이야기가 될 것이다. 아벨이 아니라 카인의 이야기 같은 것이 그런 예일 것이다. 그런데 여기에서 보이는 이승우의 스탠스는 절묘하다. 적통으로 선택받았음에도 자기 자신의 선택에서는 실패하는 편애의 주체, 이삭에 주목한다는 점에서 그러하다.

「허기와 탐식」에서 이승우가 제시하는 이삭 이야기의 경개는 이러하다(아브라함이 아니라 이삭의 이야기라는 점에 주의하자). 이삭이 맏아들 에서를 사랑한 이유는, 자기가 받은 상처와 그 상처가 찾아낸 위로 방식 때문이었다는 것이다. 상처는 바로 앞 편에서 벌어진 사건, 곧 아버지 아브라함이 자기를 제사의 제물로 바치려 했던 사건으로 인한 것이다. 까닭을 모르는 채로(코란에서는 이삭이 아니라 이스마엘이 번제의 제물이 된다. 이스마엘은 하느님의 요구가 있었다는 아버지의 말을 듣고 기꺼이 제단에 오른다는 점에서 구약과 다르다), 가장 신뢰했던 아버지의 칼날에 죽을 뻔했던 경험이 그에게는 지울 수 없는 상처가 되었다. 그것이 정신적 외상이 되었고 그로 인해 고통을 받았다. 모리아산에서 살아남아 홀로 밤을 새우고 내려올 때 그에게 떠오른 것은 자기가 젖뗄 무렵 쫓겨났다던 이복형 이스마엘의 모습이었다.

이삭은 사냥꾼이 되었다는 형을 찾아 나섰고, 형의 장막에서 형이 잡아준 들짐승의 살을 먹었다. 그것이 그에게 위로가 되었다. 늙어서까지 남아 있는 이삭의 허기는, 치유되지 않은 채 남아 있는 외상적 사건의 증상이다. 그런 이삭에게, 사냥꾼이 된 맏아들 에서는 이복형 이스마엘의 또다른 모습에 다름 아니다. 맏아들 에서가 잡아온 들짐승 요리가 여전히 이삭에게는 위로가 되는 것이다. 그러니 맏아들 에서를 사랑하지 않을 수 없었다. 요컨대 이삭의 편애는 이유가 있다는 것이다.

이승우에 의해 이 같은 이삭의 내면이 펼쳐지면, 19세기 활동사진 같았던 구약의 이야기가 갑자기 입체영화로 변모한다. 그것을 바라보는 사람들 또한, 모리아산에서의 번제 사건을 다룬 「사랑이 한 일」과 이스마엘과 그 모친이 쫓겨나는 「하갈의 노래」를 다시 돌아보지 않을 수 없게 된다. 둘 모두 독백으로 구성되어 있다. 두번째 단편에서는 아들과 함께 쫓겨가는 하갈이 화자가 되고, 세번째 단편에서는 모리아산에서 살아남은 이삭이 스스로에게 말을 한다. 이 이야기 속에서 아브라함이라는 고유명사는 등장하지 않는다. 이삭에게는 아버지로, 하갈에게는 삼인칭 대명사 '그'로 등장할 뿐이다. 그들은 묻는다. 왜 당신은 내게 이런 짓을 했는가. 그 질문은 아브라함에 대한 질문이자 그의 주인인 여호와 하느님에 대한 질문이기도 하다.

「사랑이 한 일」에서 이삭이 반복하는 대답이 있다. 앞에서 언급했듯이, "그것은 사랑 때문에 일어난 일이다"라는 문장이 그것이다. 이 문장을 이삭은 직계비속 살인미수범인 자기 아버지, 아브라함의 목소리로 듣는다. 그것은 이삭이 그 자신에게 반복하는 말이기도 하다. 그런데 누가 누구를 사랑했기 때문이라는 것인가. 말할 것도 없이 내가 너를 사랑했기 때문이라는 대답이 돌아온다. 이삭과 아브라함과 여호와 하느님 중에, 이삭은 오직 사랑의 대상일 뿐이다. 사랑의 주체는 아브라함과 여호와이다. 그들은 물론 사랑의 대상이기도 하다. 그러니까 아브라함과 그의 하느님은 서로 사랑하고 사랑받는다. 그리고 그들은 이삭에게 사랑을 준다. 그러나 이삭은 주체가 아니라 대상일 뿐이다. 오로지 사랑을 받기만 할 뿐이다. 그래서 이삭에게는 입이 없어야 한다. 주체가 아닌 자는 질문할 권리가 없는 것이다. 구약의 이삭이 그러했다.

그런데 이승우는 그런 이삭에게 입을 달아주었다. 그 입은 구약에 없는 입이다. 그뿐 아니다. 이삭보다 먼저 하갈에게 이승우는 입을 달아주었다. 입이 생긴 자들은 묻는다. 하갈도 이삭도 묻고 또 묻는다. 당신은 내게 왜 이러는가. 「사랑이 한 일」의 이삭은 묻는다. 왜 내가 사랑을 받아야 하는가. 왜 내가 죽었어야 하는가. 그리고 그는 그 대답을 아버지의 목소리로 듣는다. 사랑 때문이다. 그리고 그 옆에는 탄식인 듯 따라붙는 문장이 있다. "사랑은 참으로 무서운 것이다."(102쪽) 하지만 어떻게 사랑이 무서운 것일까. 진짜 무서운 것은 사랑이 아니라 다른 데 있다고 해야 하지 않을까. 어쩌면 아브라함도 이삭도 너무 무서워, 진짜 무서운 그 대상을 제대로 거론할 수 없었던 것은 아닐까.

6. 신의 편애, 인간의 사랑

제 손으로 제 자식의 살아 있는 몸을 가르는 일이 어떻게 가능할까. 더욱이 아무런 대의도 없고 까닭도 없이 그런 일을 하는 것이 가능한 일일까. 「사랑이 한 일」에서 이삭이 찾은 대답은 사랑 때문이었다. 그러나 그것은 대답을 찾지 못했다는 말과 다르지 않다. 이 경우 사랑이라는 말은 아무런 뜻이 없는 말이기 때문이다. 어떻게 전지전능한 신이, 자기가 사랑하는 존재에게 그런 가혹한 시련을 줄 수 있을까.

무서운 하느님의 뜻은 알 수가 없다. 어쨌든 분명한 것은 아버지 아브라함이 아들 이삭을 끔찍하게 사랑한다는 것이다. 그것은 누구나 안다. 제삼자적 시선으로 이 사건을 보면 어떤 그림이 그려질까. 아브라함 부자를 둘러싼 일련의 사건은, 어떤 스토커에 의해 자행된 매우 특이한 형태의 인질극이라 해야 하겠다. 여기에서 인질은 이삭이 아니라 하느님의 언약이다. 그런데 그 언약은 이삭의 몸속에 새겨져 있다. 그래서 이삭은 인질이 아니면서 또한 인질이기도 하다. 아브라함이 어쩔 줄 몰라 하는 것은 당연한 일이다.

경악할 만한 위력을 지닌 무서운 스토커가 있고, 그 스토커의 기이한 요구에 순종하지 않을 수 없는 아버지가 있다. 그리고 그 뒤에는, 까닭 모르고 그 사건에 휘말렸다가, 가까스로 목숨을 건진 후 이 사태를 바라보는 아들이 있다. 이 이해할 수 없는 사태에 대해 아들이 묻는다. 그리고 스스로 답을 얻는다. 아버지가 나를 사랑했기 때문이고, 스토커가 아버지를 사랑했기 때문이라는 것이다. 그런데 그런 사랑이 과연 사랑일 수 있을까. 스토커의 사랑은 오히려 저주가 아닌가. 게다가 아브라함은 정말 하느님을 사랑한 것일까. 저항할 수 없는 위력에 순치된 것이 아닐까.

그러나 이런 생각은 옳지 않다고, 주체가 되는 것은 어렵지만, 믿음의 주체가 되는 것은 더욱 어렵다고 사람들은 말한다. 외부의 명령에 고분고분 복종하는 존재를 두고 주체라고 하지는 않는다. 자신의 판단에 따라 책임 있는 행동을 하는 것이 주체의 자세이다. 주체가 되기 위해 때로는 권위자의 요구를 거절하고, 때로는 범법자가 되기도 해야 한다. 그런데 신앙의 주체는 여기에서 한 발 더 나아가야 한다고 사람들은 말한다. 범법자가 되는 것을 감내하는 것이 아니라, 오히려 범법이라는 개념 자체를 넘어서 가는 것, 자기 판단이나 위반이나 저항 같은 것이 아니라 오히려 절대적 복종을 통해 도달하는 것이 신앙에서 주체의 자리라고. 믿음은 합리적이지도 윤리적이지도 않다고, 그래서 믿음이라고. 합리적이라면 자기 지성에 대한 믿음일 뿐이고, 윤리적이라면 자기 도덕적 판단력에 대한 믿음일 뿐이라고. 그것과 구분되는 기이한 차원에 믿음이 있다고.

「사랑이 한 일」에서 이삭의 독백이 보여주는 것이 그와 같은 그림이다. 그것은 일찍이 19세기의 키르케고르가 보여주었고, 21세기의 지젝이 다시 강조했던 그림이기도 하다. 불가능한 요구를 가능한 것으로 만들겠다는 것, 사랑은 무서운 것이지만 그 무서움을 오히려 사랑하겠다는 이삭의 결의가 그것이었다.

그런데 「허기와 탐식」에서는 전혀 다른 그림이 펼쳐진다. 여기에는 두 개의 사랑이 맞서 있다. 가부장권을 두고 에서와 야곱이 맞서 있으니, 사랑이라기보다는 두 개의 편애가 맞서 있다고 해야 할까. 신의 편애와 인간의 사랑이라 함이 더 적절할 수도 있겠다. 본디 모자란 존재인지라 인간의 사랑이 특정 대상으로 향하는 것은 어쩔 수 없다. 인간의 사랑은 그 자체가 편애이다. 그러나 완전성의 존재인 신의 사랑은 그럴 수 없다. 햇볕처럼 차별 없이 땅 위에 쏟아져야 하는 것이 신의 사랑이다. 신이 특정한 누군가를 사랑한다면 그것은 편애일 수밖에 없다. 야곱을 향한 신의 사랑은, 달빛이 특정 강물 한곳에만 쏟아지는 것처럼 기이한 편애가 아닐 수 없다.

그러니까 에서를 선택한 늙은 이삭은, 하느님의 편애에 맞서 인간

의 사랑을 내세운 셈이 된다. 물론 그는 패배할 것이다. 그걸 알면서
도 이삭이 맏아들 에서에게 적통을 물려주겠다고 작심하는 순간, 이
삭은 적통의 계승자이면서도 정신적으로는 그 적통의 흐름으로부터
벗어나버린다. 그럼으로써 이삭은 자기 자신이 아니라 이복형 이스
마엘이 되고, 더 나아가 카인이 된다. 이삭이 카인과 구분되는 점은
항변의 내용일 뿐이겠다. 아벨을 죽인 카인의 행위가 자신을 선택하
지 않은 하느님에 대한 항변이라면, 야곱이 아니라 에서를 선택한 이
삭은 하느님을 향해 이렇게 항변하고 있다. 왜 하필 나인가. 그것은
스토커를 향한 항변에 다름 아니다.

그러니까 이 지점에 서면 「사랑이 한 일」에서 펼쳐진 이삭의 다짐,
곧 불가능한 요구 속에 갇혀버린 타자의 부족한 사랑을 자신의 사랑
으로 채우겠노라던 이삭의 의지는 헛것이 되어버린다. 작가 이승우
는, 그날 밤 홀로 남은 산정에서 이삭이 하느님의 목소리를 들었다는
것을 우리에게 알려주었다. 무슨 말이었을까. "내가 알아들은 말은
아주 조금밖에 되지 않는다"(122쪽)라고 하니, 더 물을 수는 없겠다.

7. 감동적인, 역겨운

「창세기」의 기본 원리가 사랑이라면, 그 사랑은 「사랑이 한 일」에
서 이승우가 말하는 것처럼 무서운 사랑이다. 구약의 원리에 따를
때, 사랑은 주는 기술이 아니라 받는 기술이어야 한다. 저 높은 곳에
서 은혜가 다가오면 저항하지 말고 받아야 한다. 받는 것은 상대를 주
는 사람으로 만든다. 많이 받을수록 주는 사람의 위력은 더 높아진
다. 현세 기복 종교의 신들이 지닌 본성이 곧 그것이다. 은총을 받는
사람들이 번성하고 번영할수록 하느님의 영광은 더 크고 높아진다.

은총과 영광의 교환에 조건이 달려 있음은 물론이다. 은총과 영광의 양이 비례하듯이, 사람에게 주어진 복의 분량과 신에 대한 믿음의 강도도 비례한다.

그런데 아브라함은 여기에서 한 발 더 나아간다. 믿음의 조상 아브라함은 좋은 것만이 아니라 나쁜 것까지 두말 않고 받음으로써, 은총과 영광 사이 등가교환의 질서를 파괴해버린다. 그럼으로써 아브라함은 조건 달린 현세 기복의 신성의 위에 조건 없는 믿음의 얼굴을 씌워놓는다. 놀라운 일이 아닐 수 없다. 「창세기」는 하느님의 편애가 승리한 역사인데, 아브라함의 무조건적 복종이 있어 그 편애가 사랑이 될 근거를 확보하기 때문이다.

「사랑이 한 일」에서 이승우가 말하듯이, 아브라함이 하느님에게 이삭의 목숨을 바치는 것은 논리적으로 불가능한 일이다. 그런 행위 자체가, 이삭을 통해 아브라함의 자손을 번성케 하리라는 하느님의 언약을 정면으로 부정하는 것이기 때문이다. 하느님의 자기부정이 되는 것이다. 이에 대해 신약의 「히브리서」는, 아브라함이 부활을 믿었기 때문에 거리낌없이 제 자식의 몸에 칼을 겨눌 수 있었다고 했다. 그러나 그런 논리는 아브라함의 행위를 오히려 하찮게 만드는 것이라 해야 할 것이다. 죽은 몸의 부활에 대한 확신이 있다면, 아들의 목숨을 요구하고 바치는 행위는 그저 여호와와 아브라함이 서로 짜고 벌인 한 판의 연극일 뿐이기 때문이다. 서로를 위한 것이건 제삼자를 향한 것이건, 알고 한 연극이라면 그것을 대단한 일이라고 해야 할 이유가 사라져버린다. 오히려 경멸스러운 짓이 된다.

이런 지점에 오면 묻지 않을 수 없게 된다. 그런데 대체 어쩌다 이런 그림들이 만들어진 것일까. 「창세기」의 차원에서 보자면, 신의 고독이 문제라고 해야 하지 않을까. '홀로 충만하신 분'이 무슨 연유로 세상과 사람들을 만들어서 못 볼 꼴을 보고, 또 못 들을 소리까지 들어야 할까. 인간과 세계를 사랑했기 때문이라는 말은,「사랑이 한 일」에서 이삭의 대답이 그랬듯이 어디까지나 인류의 자기중심적인 해석일 뿐이다. 객관적으로 보자면, 자족적 신성의 버그나 일탈이라고밖에 달리 할말이 없어 보인다. 그로 인해 생긴 틈을 메워내는 것이 그리스도의 존재 이유이기도 하거니와, 이는 구약 세계 바깥의 이야기가 된다.

소설의 차원에서라면 어떤 답을 내놓을 수 있을까. 하늘의 별들 때문이라 해야 하지 않을까. 밤하늘에서 아름답게 빛을 발하는 무수한 별들, 고개를 들어 그 별들을 응시하지 않을 수 없게 생긴 사람들, 이 둘 사이의 관계가 문제라면 문제일 것이다.

아브라함도 이삭도 야곱도 별을 보았다. 아브라함은 하느님의 말씀 속에서 별을 보았다. 하늘의 별처럼 많은 자손을 보장해준 하느님의 언약이 곧 그것이다. 천국이 아니라 바로 내가 사는 이 땅에서 나와 후손들이 복 받을 것이다. 권세와 존경과 영화를 누릴 것이다. 하지만 그렇게 별 바라기를 하는 아브라함의 모습을 우리는 위대한 것으로 기릴 수는 없는 일이다. 저런 정도가 믿음의 원천이라면, 비록 우리 자신이 그가 바라본 그 많은 별들 중 하나라 해도, 후손으로서 존중하거나 감사할 수는 있어도 그 자체로 위대한 것이라고 기릴 수는 없기 때문이다.

이삭과 야곱이 본 별은 조금 다르다. 이승우는 모리아산에서 살아남은 이삭이 홀로 하늘의 별을 보고 하느님의 말씀을 들은 것으로 설정해두었다. 또 제가 저지른 짓이 무서워 도망친 야곱이 베델 벌판에서 노숙하면서 바라보게 된 것이 하늘의 별들이다. 별들이 발하는 찬란한 빛의 아름다움과 무한성이 뿜어내는 신비로움 앞에서는 어떤 논리적 변설도 힘을 쓰기 어렵다. 놀랍고도 아름다운 무한성이 생생하게 내 눈앞에서 빛을 발하는데, 그래서 내가 입다물지 못하고 하늘을 바라보는데, 그 어떤 언어가 힘을 쓸 수 있을까. 이삭이 홀로 산정에서 하느님의 소리를 들으면서도 제대로 이해할 수 없었던 것도 그 때문일 것이다.

그런데 둘 중에서도 야곱이 바라본 밤하늘이 압권인 것은, 거기에서 그가 본 환각 같은 꿈이 있기 때문이다. 그의 환상 속에서 순차적으로 병치되는 두 개의 장면이 있다. 바벨탑과 하늘의 문이 그것이다. 에로스와 아가페의 상징으로서 그 둘의 대조가 의미하는 바는 자명하다. 높은 곳에 오르고자 하는 인간 의지의 헛됨은 배경일 뿐이다. 하느님의 은총이 내려오는 하늘의 문이 그 반대편에 있고, 그 문이 열려 사다리가 지상으로 이어진다. 탑과 사다리는 모두 지상과 천상을 연결하는 것이지만 방향은 정반대이다. 야곱의 사다리는 천상에서 지상으로 내려온다. 천사들이 오르내리며 하느님의 일을 한다. 그 아름다운 장면의 한복판에 하느님의 음성이 있다. "나는 너의 할아버지 아브라함과 너의 아버지 이삭의 하나님 여호와다."(200~201쪽) 아브라함이 드디어 제대로 된 고유명사로 등장하는 유일한 장면이기도 하다. 그 하느님이 말한다. "너와 함께하겠다. 네가 어디로 가든지 너를 지키겠다."(202쪽)

이 장면이야말로 소설의 대단원이라 해야 할까. 죄를 짓고 도망치듯 집을 빠져나온 야곱의 입장이 된다면, 놀랍고도 감동적인 장면이 아닐 수 없겠다. 집안의 하느님이 현몽하여 한심한 인간을 평생 지켜주겠다고 하시니, 제가 원하지도 않았는데 문득 찾아와 이토록 커다란 선물을 주시니, 감격으로 가슴에서 뜨거운 불이 솟고 눈물이 터져 나오는 것이 당연할 것이다.

그러나 그 감동은 야곱의 가슴속에서만 살아 있을 수 있다는 것이 문제이다. 그의 기억 속에서는 감동이지만 그 바깥을 나온다면 어떤 일이 벌어질까. 누구에게 그 내용을 전할 것이며, 누구의 공감을 얻을 수 있을까. 야곱과 같은 마음을 가진 사람에게는 그 경험이 보석 같은 것일 수 있겠다. 야곱 일화에서 드러나는 절대자의 사랑은, 사람으로서는 헤아릴 수도 종잡을 수도 없는 자의적인 것이다. 그러니 야곱의 감동과 깨달음은 다른 사람들의 부러움을 살 수는 있어도 같은 수준의 공감을 얻기는 힘들다. 그것은 흡사 악마의 지갑 속에 든 보석과 같다. 지갑 속에 있을 때는 보석이지만, 다른 사람에게 꺼내놓으면 빛을 잃어버린다. 돌덩이로 변해버린다면 다행한 일이지만, 그것도 아니라서 문제이다.

8. 소돔의 사다리

이승우는 「창세기」에 담긴 정통의 선을 크게 벗어나지 않은 채로 아브라함 일가 삼대의 이야기의 윤리적 핵심을 재현해놓았다. 사건에 카메라를 들이대고 시선에 인격을 부여하면, 또 그 시선으로 디테일을 포착하게 하면, 앙상한 줄거리뿐인 서사가 살아 움직이기 시작한다. 재현된 서사가 자기 길을 가기 시작하면, 원래의 서사와 재현된 서사가 겹쳐지면서 둘 사이에 간극이 생겨나고, 그 간극으로부터 세 번째 텍스트의 언어가 흘러나온다. 그것을 무엇이라 부를까. 진리라고 하면 너무 거세고, 진실이라 부르는 것은 너무 소박하다. 그냥 또

다른 앎이라고 불러두는 것이 좋겠다. 미메시스를 통해 문학이 생산하는 또다른 앎이다.

작가는 작품에 사랑이라는 이름을 붙였으나, 정작 작품이 기록하고 있는 것은 편애의 역사이다. 그것은 작가 이승우가 미메시스의 충직한 장인이기에 생겨난 일이겠다. 그 덕에 우리는 새로운 사유의 세계로 갈 수 있는 통로 하나를 얻는다.

편애의 서사를 사랑의 역사로 읽는다면, 그것은 신의 편애가 자기 것이라 생각하는 사람의 일이겠다. 한 사람이 속마음으로 그렇게 생각하는 것은 그저 부러워할 일이지만, 한 집단이 똘똘 뭉쳐 그렇게 주장하고 나선다면, 우리는 악마의 지갑 속에 있던 보석이 돌덩이가 아니라 오물덩이로 변하는 모습을 보아야 한다. 그것은 역겨운 일이 아닐 수 없다. 사랑은 편애일 수밖에 없지 않으냐고, 그것이 현실이 아니냐고 변명하지는 말자. 사람이 아니라 하느님의 사랑을 말하는 자리이다. 게다가 지금 우리에게는, 하늘 문이 열려 사다리를 타고 내려오는 조상신의 은총 말고도, 마구간에서 시작하여 사람들의 마음을 타고 전 세계로 퍼져나간 놀라운 사랑이 있기 때문이다.

당대의 헤겔주의자들에 맞서 아브라함의 기적을 예찬한 키르케고르의 글은 그 자신의 마음속에 기록된 것으로 읽어야 하겠다. 일기와 같은 것이니, 누구도 손대기 어렵다는 수준이어야 한다. 그가 비판한 헤겔 뒤에는 바울이 있으되, 아브라함의 할례가 아니라 마음의 할례가 중요하다고 했던 바울 「로마서」의 말은, 편애의 담장을 허무는 쇠망치 같은 것이다. 그 망치가 허문 담장이 어찌 편애뿐일까. 그가 허문 담장은 소돔의 성벽이기도 하다.

담장이 있는 곳은 어디나 소돔이다. 무리 지어 작당하고 울타리를 쳐서 배척하고, 올바름과 가치와 은총을 독점하는 사람들이 있는 곳이 곧 소돔이다. 오늘날 그들은 내가 원하지 않는 것을 주겠다고, 줄 테니 어서 받으라고 한다. 그들은 자기가 무슨 짓을 하는지 모른다. 그렇게 주는 것은 절대자만이 가능한 일이고, 그러는 그들은 감히 신을 참칭하고 있다. 그것이 죄라면, 상대의 것을 뺏겠다고 하는 것보다 무거운 죄다. 그들은 자기들이 지은 큰 집의 하늘 위에 사다리와 문이 있다고, 하늘 문이 열릴 것이라고 소리친다. 문이 없는 하늘이 어디 있으랴. 그들의 말처럼 소돔의 하늘 위에도 문과 사다리가 있었다. 하늘 문이 열리고 그 사다리를 타고 내려올 것이 무엇인지를 모를 뿐이다.

야곱은 별이 빛나는 벌판에 홀로 있었다. 벌판에 홀로 있는 사람에게라면 편애와 사랑의 구분 같은 것이 있을 수 없다. 뭔가 있다면 천지간에 충만한 사랑일 뿐이다. 제 몸뿐이니 무서운 사랑 같은 것도 있을 수 없겠다. 홀로 있는 자가 아름답다. 미메시스의 장인이 그것을 상기시켜준다.

소설가 이승우는 단지 구약 이야기를 따라갔을 뿐인데, 어느덧 다른 앎의 세계가 펼쳐진다. 소설의 장인이 보여준 미메시스의 힘이다.

(2020)

이 집요한 능청꾼의 세계
―성석제의『이 인간이 정말』

1. 어처구니의 다른 사회성

성석제의 작가 이력이 이제 이십 년을 넘어가고 있다. 그가 처음
『그곳에는 어처구니들이 산다』라는 책을 들고 나왔던 것은 1994년,
그리고 단편소설이라 지칭되는 물건을 처음 독자에게 선보인 것은
1995년의 일이었다. 그의 등장이 돋보였던 것은 그의 책이 지니고 있
는 이채로움에 있었다. 단순한 산문집도 아니고 엽편소설들 같기도
하고 더러는 단편소설이라 할 정도의 분량의 작품도 없지 않아서 뭐
라고 규정하기 어려운 책이었다. 하지만 그 책이 지니고 있던 독특함
은 단순히 그런 형식 때문만은 아니었다. 이 점은 그후 성석제라는 작
가가 본격적으로 소설들을 써내면서 좀더 명확해졌는데, 그 책에서
진정으로 성석제적인 개성이라 해야 할 것은 그의 글쓰기가 만들어
내고 있는 매우 특별한 분위기였다. 우습고 짧은 이야기들이 안개처
럼 뿜어낸 느슨하고 나른한 분위기가 그것이었다. 물론 그런 분위기
는 성석제가 선택한 소화笑話의 형식 자체가 지니고 있는 것이라고도

할 수 있겠으나 이 경우에도 중요한 것은 그가 그런 형식을 선택했다는 사실 자체이겠다.

그의 등장을 전후한 맥락 속에서 특별히 주목할 만한 점은, 그가 만들어낸 웃기는 이야기들 속에 공격성이 존재하지 않는다는 사실이다. 물론 여기에서 말하는 공격성은 웃음 자체가 지니고 있는 공격성을 뜻하는 것은 아니다. 그런 공격성이란 웃음을 양식화하는 한 보유할 수밖에 없는 것이기 때문이다. 그렇다면 그의 이야기 속에 존재하지 않는 것으로서의 공격성이란 무엇을 뜻하는 것인가. 1970~80년대 김지하의 「오적」(1970)과 이문구의 『우리 동네』(1981) 등에서 정점에 도달했던 사회적 비판의식이 그것이다. 그러니까 1990년대에 들어 새롭게 등장한 성석제의 웃음 속에는 그때까지 풍자라 지칭되어왔던 정치적 감각이 존재하지 않았던 셈인데, 이 점은 20세기의 한국문학사를 염두에 둔다면 두고두고 곱씹을 만한 대목이 아닐 수 없다. 그것은 성석제라는 한 작가의 특성이기 이전에, 21세기로의 전환기 한국사회와 맥을 같이하는 시대적 감수성의 변화를 보여주는 것이기 때문이다.

성석제의 텍스트 속에서 표현되는 사회적 공격성의 결여가 곧바로 사회성의 결여로 연결되는 것은 아니라는 점 또한 강조되어야 하겠다. 성석제의 이야기가 택한 것은 사회성으로부터의 이탈이 아니라 다른 사회성이었다고 해야 한다. 한국문학 속에서 1970년대와 1980년대를 풍미했던 정치적 풍자라는 양식이 점차 힘을 잃어가고 그 자리에 성석제식의 웃음이 등장하는 것은, 1990년대에 접어들면서 한국사회가 탈냉전 시대로 진입하는 것과 맥을 같이한다. 현실 사회주의의 몰락과 함께 자본주의는 세계를 지배하는 유일한 체제가 되었고, 자본의 외부를 상상할 수 있는 대안적 사유의 현실적 거점이 자리를 잡기 힘들어졌다. 한국에서 초국적 자본의 위력을 실감나게 보여주었던 사건, 그것이 단지 숫자나 개념에만 불과한 것이 아니라 한 나라의 경제와 그 안에서 살아가는 모든 사람들의 살림살이에 매우 구체적이고 강력한 영향력을 행사할 수 있다는 것을 보여주었던 사건은 다름 아닌 1997년의 외환 위기였다. 냉전 시대와는 달리 자본주의가 어떤 이념의 형태가 아니라 구체적인 삶의 모습으로, 대출이자와 환율, 생활 물가, 집값 같은 매우 현실적인 위력으로 다가왔던 것이다. 그것은 우리의 삶이 세계 체제로서의 자본주의적 현실 속에 출구도 퇴로도 없이 갇혀 있다는 사실을 깨닫게 해주기에 충분했다.

그런 세계 앞에서 문학은 어떤 자세를 취해야 하는가. 성석제의 웃음은 그런 자세의 하나를 보여주고 있었던 셈인데, 이 점은 물론 시간이 좀더 지나고 난 다음에야 소연해지는 성격의 것이기도 했다. 대안적 사유의 거점이 존재하지 않는 곳에서, 또는 세계의 바깥을 사유하기 힘들어진 상황에서, 풍자가 여전히 존립할 수 있다면 그것은 자기 풍자의 형태일 수밖에 없다는 점을 성석제의 웃기는 이야기가 보여주고 있었던 것이다. 그런 점에서, 성석제가 형상화해낸 웃음은 탈-사회성이 아니라 또다른 사회성으로의 전환이었던 셈이다. 그것은 한국이 이제, 1970~80년대에 직면해야 했던 제3세계적 특수성이 아니라, 세계 체제로 군림하는 자본주의와 정면으로 마주하게 되었다는 사실을 반영하고 있다. 그것은 출구 없는 자본주의 세계 체제의 미로 속에서, 들뢰즈의 '탈주'라는 말이 1990년대 한국에서 큰 호응을 얻었던 것과 같은 맥락을 지니고 있다. 요컨대 1990년대 중반 성석제가 들고 나온 특이한 서사물들, 게으르고 나른하고 어처구니없는 이야기들은 감수성의 시대적 변화를 다른 무엇보다 일찍 보여주고 있었던 셈이다.

2. 시선의 보충이 만들어내는 풍경들

성석제가 지난 이십 년간 보여주었던 한결같은 모습도 이런 점에서 당연해 보인다. 그의 이야기들이 부각해온 것은 말 그대로 어처구니없는 존재들이다. 그것은 사람일 수도 있고 상황일 수도 있다. 이번 소설집 『이 인간이 정말』[1]에 실려 있는 작품들로 말하자면, 한 특이한 사기꾼 동창생의 모습을 그린 「홀린 영혼」은 전자에 해당하고 반복되는 자동차 사고와 보험 처리의 상황을 다룬 「론도」는 후자에 해당한다. 이런 어처구니없음이 비슷한 템포와 어조로 한 작가에 의해 이십 년 가까이 지속된다는 것은 쉬운 일이 아니다. 다른 것은 다 젖혀두더라도 이런 한결같음은 그 자체로 주목할 만하다. 또한 이런 시선으로 성석제의 세계를 바라본다면, 그의 세계의 특성들이 어떤 역설적인 모습으로 전도되는 것을 목도할 수 있을 것이다. 어처구니없는 세계의 실없음과 나른함이 단정한 실없음과 견결한 나른함으로 변신하는 것을.

성석제의 인물들이 지니고 있는 어처구니없음은 자본주의가 요구하는 합리적인 비즈니스맨의 품성과는 정반대의 영역에 놓여 있다는 점에서 특징적이다. 자본주의가 요구하는 품성이 무엇인지는 자명하다. 줄 것 주고 받을 것 받는 교환의 합리성이 그 한복판에 있다. 이상적인 형태의 교환이라면 물론 두 당사자가 모두 교환을 통해 제 나름

---

1) 성석제, 『이 인간이 정말』, 문학동네, 2013. 이하 인용시 본문에 쪽수만 밝힌다.

의 이득을 보는 것이다. 폭력을 통해 일방의 손해를 강요한다든지 위계나 거짓을 통해 한쪽이 일방적으로 이익을 취하는 것은 교환의 윤리에 어긋난다. 둘 사이의 저울추가 평형상태에 이를 때까지 협상과 타협을 통해 나아가는 것이 상인들의 기율이다. 이 과정에서 반드시 배제되어야 할 것은 폭력이다. 폭력이 행사되는 것은 오직 자기 자신을 배제하기 위해서이다. 이 점이 중세와 구분되는 근대 부르주아 사회의 에토스이기도 하다.

신분제 사회에서 폭력은 계급 간의 위계를 재확인하고 과시하는 절차일 수 있어서, 주기적으로 행사되고 경우에 따라서는 권장되기도 한다. 하지만 근대 자본주의 사회에서 공공연한 폭력성은 배제되어야 할 첫번째 대상이다. 못 참고 때리는 쪽보다는 참고 맞는 쪽이 이득을 보게 되어 있다. 경제적으로도 사회적으로도 그러하다. 그래서 싸움이 벌어지면 말한다. "어, 때려? 돈 많으면 한번 때려봐!" "어, 때렸어? 파출소 가자. 진단서도 끊고!" 경제적 이득 따위를 상관하지 않는 사람이라면 그냥 때리고 감옥에 가는 것을 선택할 것이다. 우리는 그런 사람을 철딱서니나 건달이라고 부르거니와, 성석제가 사랑하는 인물로서의 건달은 근대를 살아가는 중세인들이며 근대성의 외부자, 탈근대성의 구현자들이다.

물론 자본주의 사회라고 하여 계급간의 위계나 폭력이 사라질 수는 없다. 다만 그것은 공공연한 것이어서는 곤란하다. 반드시 은폐되고 위장된 것이라야 폭력은 자본주의의 질서에서 살아남을 수 있다. 그러니까 세상이 바뀌어도 사람들 사이에서 힘의 위계와 그것에 따른 폭력성이 사라질 수 없다면, 말하자면 근대 자본주의 사회로 접어들면서 사라진 것은 폭력성이 아니라 그것의 외재성이라 해야 할 것이다.

성석제의 인물들은 이런 점에서 자본주의의 덕성과는 매우 다른 지점에 놓여 있다. 그들은 타협의 균형점에서 한 발 더 나아가거나 한 발 덜 간다. 적절한 지점에서 멈추는 법이 없다. 그들은 갈 데까지 가는 인물들, 폭력을 행사하고 사취하고 대놓고 거짓말하고 능청을 떨고 과장하는 인물들이다. 이런 성격들은 성석제가 지난 이십 년 동안 즐겨 그려온 개성들, 시골 건달로 대표되는 인물들이 보여주는 특징이기도 하다. 그럼에도 이들이 보여주는 특이한 점은, 자본주의적 덕성의 세계로부터 한 발쯤만 더 가고 덜 갈 뿐, 그것의 인력권으로부터 완전히 벗어나버린 것은 아니라는 사실이다. 그러니까 그들은 그로부터 벗어나 있으면서 또한 동시에 그곳을 인력의 중심으로 삼고 있어, 흡사 행성들처럼 자본제적 덕성의 주변을 맴돌고 있다고 표현해도 좋겠다.

이런 점에서 그들은 성석제가 즐겨 호출하는 지방 읍내(이를테면 은척 같은 곳) 같은 장소와 매우 잘 어울리는 사람들이다. 지방의 읍내란 도시와 시골이 교차하는 곳으로서 인공과 자연, 근대와 비-근대의 점이지대 같은 곳이다. 그러니까 도시 속의 비-도시성이자 동시에 시골 안의 비-시골성이 구현되고 있는 곳이기도 하다. 이런 점에서 보자면 그의 장편 『왕을 찾아서』(웅진출판, 1996; 신판 문학동네, 2011)의 주인공 '마사오'나 단편 「조동관 약전」(1997)의 주인공 같은 인물들이야말로 장소성과 성격이 겹쳐진다는 점에서 가장 전형적인 성석제적 주인공이라 할 수 있을 것이다.

이와 같은 반-자본제적이라 할 인물들, 그러니까 앞뒤 가리지 않은 채 제가 하고자 하는 일을 감행하고, 그런 한에서 크건 작건 이해

득실에 구애되지 않는, 비합리적이고 탈법적이고 바보같이 우스꽝스럽고 굉장하고 그래서 존경스럽고 혹은 매력적인 인물들은 반드시 그 반대되는 시선에 의해 포착됨으로써 자기 의미를 획득한다. 『이 인간이 정말』에 실린 단편의 예를 들자면 「찬미讚美」 같은 경우가 대표적이다. 이 이야기 속에서 전설적인 '공주'로 등장하는 여성 인물은 객관적 위력이라는 점에서 보자면, 그가 이전에 그려낸 전설적인 깡패 마사오나 '조동관'보다 덜할지도 모른다. 「찬미」의 여주인공 '이민주'는 어린 시절 학교의 남자아이들을 설레게 만든 미모의 소유자였고, 또 영락한 집안의 장녀 노릇을 하며 남동생들을 뒷바라지한 정도가 객관적인 공훈에 해당한다. 그러니 시골의 건달 남성 주인공들이 보여준 기록될 만한 무훈에 비하면 대단하다고 할 수는 없다. 하지만 중요한 것은 그런 객관적인 데이터가 아니다. 비유하자면 그들은 자기 아름다움의 발견자를 기다리는 자연과도 같다. 중요한 것은 그들이 지니고 있는 객관적인 대단함이 아니라 그것을 누가 어떻게 받아들였는지이다.

「찬미」의 여주인공 이민주의 경우도 마찬가지이다. 이 소설의 화자, 그러니까 아름다운 여주인공 이민주를 어렸을 때부터 흠모했고 그러면서도 감히 어쩌지 못해, 자기의 공주가 아름답지 못한 인생 유전 속에서 영락해가는 모습을 수수방관할 수밖에 없었고, 그 영락한 공주가 밑바닥으로부터 일어나 당당한 중년의 모습으로 귀환하는 모습을 감회에 찬 눈길로 바라보고 있는 '서정우'가 소설의 화자로 있는 한, 이민주가 발하는 전설의 광휘는 그 어떤 남성 영웅보다 못할 수 없다. 이를테면 이민주가 청소년 공주였을 때 다음과 같이 묘사되었다.

어느 한 사람이 독점할 수 없는 아름다운 여자, 한때 읍내 부잣집의 공주 같은 딸이었다가 고아원에서 동생들과 함께 살고 있는 여고생, 누구에게도 기죽지 않고 어떤 소문에도 개의치 않고 당당하게 세상을 활보하는 청춘. 평범한 사내아이들이나 여자아이들은 민주를 보는 순간, 냄새를 맡고 목소리를 들으면 숭배의 감정을 가질 수밖에 없었다.(92쪽)

그리고 이 소설의 마지막 대목은 다음과 같은 문장들로 채워진다. "민주는 아름답다. 아름답다. 사무치게 아름답다. 네가 와줘서 기쁘다, 민주. 네가 돌아와 줘서, 우리는."(97쪽) 여기에서 소설의 화자 서정우가 감탄하고 있는 이민주는 이미 어린 여자도 젊은 여자도 아니다. 결혼한 지 이십 년 만에 이혼에 성공했고, 그사이 아들을 키워내 군대에 보냈고 또 계가 깨져 거액의 부채를 안고 도피 생활을 하다 체포되어 일 년 육 개월 감옥 생활을 버텨냈고 게다가 자살 시도에서 살아 나온, 그야말로 산전수전 다 겪은 중년의 여성이다. 그런 이민주에 대해 소설의 화자 서정우는 이민주를 숭배했던 남성들을 대표하여 이와 같은 최상급 감탄의 표현들을 구사하고 있는 것이다.

아름다움 때문에 전쟁의 빌미가 된 『일리아드』 헬레네의 경우도 그 아름다움은 십 년을 유지했을 뿐이다. 그런데 이민주의 경우는 삼십 년을 지탱하는 아름다움이다. 최소한 소설의 화자 서정우에게는 그러하다. 앞의 것이 서사시의 세계, 곧 시간의 힘이 작용하지 않는 표백된 동화의 세계라면, 서사시의 저 어린아이 같음을 세 배나 넘어서버린 성석제의 경우는 어떤가. 세 배나 더 서사시적인 것이라 해야 하는가. 물론 그것은 성석제식의 과장법이자 그 특유의 작법이라고 말해버릴 수도 있다. 하지만 그것만으로 충분치 않음은 두말할 나위가 없다. 우리는 나이든 이민주를 바라보는 서정우의 반응에 대해, 나이든 것은 이민주만이 아니지 않은가라고 반문할 수 있다. 어릴 적부터 이민주라는 공주를 보아온 서정우의 눈도 똑같이 나이가 들었다는 것이다. 어쩌면 서정우는 먼저 나이가 들어 뒤늦게 나이들어오는 이민주를 기다리고 있었는지도 모른다. 이민주가 중세의 영웅이라면 서정우는 근대의 속물이다. 자신의 속물성을 자각하고 있는 현명한 속물들이 원하는 것은 비활동성의 관찰자 자리이고, 하루 빨리 늙어서 영웅들의 뒤편으로 조용히 스러지는 것이다. 그러니까 영웅의 모습과 그것을 바라보는 속물의 시선은 잘 어울리는 짝이 아닐 수 없다.

이런 점에서 보자면, 성석제에 의해 표현되고 있는 세 곱의 서사시적 세계는 소설의 세계에 침잠했다 그 세계까지 이끌고 귀환한 서사시의 세계에 다름아니다. 성석제의 세계에서 시간의 강력한 힘은, 시간이 지나도 여전히 아름다운 주인공에 의해 슬쩍 인지의 영역 밖으로 사라진다. 그래서 흡사 시간의 힘을 타지 않는 서사시의 세계처럼 보이기도 한다. 하지만 그것으로 끝이 아님은 물론이다. 모든 아름다움을 사위게 만드는 시간의 힘은 한 번이 아니라 두 번 부정되고, 그럼으로써 드러나는 것은 시간의 힘 자체가 지니고 있는 아름다움이다. 좀더 정확하게는 시간의 힘이 작용할 때에만 아름다움이 생겨날 수 있다는 사실이다. 그것이야말로 진짜 아름다움의 세계라 해야 할 것이다.

서사시의 세계가 그리는 영원한 아름다움이란 마치 인공의 꽃과도 같아서 사람을 질리게 만든다. 사위어가고 있는 아름다움, 생기의 곡선의 정점을 넘어서면서 시들어 사라져갈 아름다움, 언젠가 흔적도 없이 사라져버릴 것으로서 우리에게 다가오는 향기야말로, 우리가 아름다움으로 인지하는 것들의 핵심에 놓여 있는 자질이다. 그러니까 모든 아름다움을 그 자신이게 만드는 것의 핵심에는 그 아름다움의 파괴자인 시간의 힘이 자리를 잡고 있는 것이며, 그 자신의 적대자를 품고 있지 않은 아름다움은 결코 아름다움일 수 없는 것이다. 그런 자리에 서서, '서사시-소설-세 곱 서사시'의 흐름을 염두에 둔다면, 서정우가 늙은 이민주를 바라보며 아름답다고, 사무치게 아름답다고 말하는 것을 이해할 수 있을 것이다. 적어도 성석제는 그렇다고 주장하는 셈이겠다.

성석제의 소설 속에서 영웅들은 이처럼 평범한 사람의 시선에 의해 보충됨으로써 영웅이 된다. 서정우의 시선이 없다면 이민주는 굴곡 많은 삶을 살아온 한 중년 여성에 불과하다. 이민주의 아름다움은 삼십 년이 넘은 시간 속에서, 그 시간의 축적에 의해, 그 시간을 관통함으로써 만들어지는 어떤 것이되, 그 시간을 함께 겪어온 사람의 시선이 있을 때에만 발견될 수 있는 것이다. 아름다움의 살해자인 시간이 없다면 아름다움 그 자체가 존재할 수 없다는 것은 근대적 미의식 자체가 지니고 있는 역설이다. 거기에서 유한성이 사라져버린다면, 시간 속에서 변화하는 대상이 제공하는 경험의 특이성도 사라지고, 종국에는 시들지 않고 썩지 않는 꽃이 지루한 영원성의 형상으로 남게 될 것이다. 영원성이 아름다움이 될 수 있는 것은 오로지 시간성의 보충을 통해서일 뿐이다. 어처구니들의 세계도 마찬가지이다. 성석제는 우리가 다만 가지고 있었을 뿐인 시선들을 끄집어내어 보충함으로써 이 '어처구니 영웅 괴물들'의 세계를 우리에게 보여준다.

뒤집어 말하면, 어처구니들이 만들어짐으로써 우리는 비로소 그것을 어처구니로 발견하는 우리의 남루한 시선의 존재를 확인하게 되는 것이기도 하다. 성석제가 그것을 의도했는지의 문제는 전혀 별개의 것이다.

3. 엉터리를 바라보는 시선의 이중성

성석제의 소설 속에서 시선의 보충은 영웅만이 아니라 엉터리들을 만들어내는 장치이기도 하다. 그의 작품 속에 영웅보다 엉터리들이 더 많은 것은 당연한 일이다. 세상의 이치가 그러하기 때문이다. 「남방」에서의 사업가 '박씨', 「홀린 영혼」의 '이주선', 「해설자」의 엉터리 자원봉사 유적 해설자 '김문일' 같은 인물들이 그런 경우이다. 이 엉터리들 역시 영웅과 마찬가지로 시간의 힘을 타지 않는 사람들이며, 그런 점에서 서사시적 세계의 인물들이다. 그리고 무엇보다도 영웅은 그 자체가 엉터리이기도 하다. 영웅과 엉터리들은 모두 어처구니없는 존재들, 그 크기나 위력이나 규모나 정도라는 점에서 사람들을 어이없게 만드는 존재들이기 때문이다. 엉터리이건 영웅이건, 사기꾼이건 놀라운 희생자이건 이 점에서는 마찬가지이다. 영웅과 엉터리는 그저 백지 한 장 차이에 불과하다. 그들은 모두 숭고한 대상이 될 수 있는 잠재력을 지니고 있다. 영웅과 엉터리는 어떤 시선이 어떤 모습으로 그들을 발견해주는지에 따라 달라질 뿐이다.

서사시적 인물들을 규정하고 있는 것은 일관성이다. 영웅들은 물론이고 엉터리들도 자기 모습 그대로 끝까지 간다. 「홀린 영혼」의 엉터리 사기꾼 이주선은 거짓말하고 과장하고 자기 과시를 일삼는 것에 관한 한 어려서부터 늙어서까지 시종여일하다. 「남방」의 화자 일행이 라오스 여행길에서 만난 자칭 사업가 박씨는 오토바이 한 대로 오지의 험한 지역까지 일행을 따라붙는다. 「해설자」의 엉터리 해설가도 마찬가지이다. 여기저기서 훔쳐온 내용을 가지고 자랑스러운 조상이라는 엄숙한 서사를 만들어낸다. 그에게 중요한 것은 그 엄숙하고 근엄한 자세를 유지하는 일 자체이다. 그것에 비하면 내용이 사실이냐 아니냐 하는 것, 내용 중에 자기모순이 있는지 없는지 같은 것은 아무런 중요성도 없다.

이런 인물들을 바라보는 성석제의 시선은 이중적이다. 그들이 보여주고 있는 엉터리 같은 행동에 대한 경멸감과 어이없음이 한편에 있다. 이것은 성석제가 아니라 정상적인 사람이라면 누구라도 그럴 수밖에 없다. 그런데 문제는 그 반대편에 놓여 있는 시선이다. 거기에는 어처구니없는 인물들이 견지하고 있는 집요함과 일관성에 대한 경탄이 있다. 이 시선에 따르면, 그들은 엉터리이고 사기꾼이지만 경탄스러운 엉터리들이다. 그들 각각의 행적은 경멸감을 불러일으키지만, 그 내용과 상관없이 견실하게 유지되는 형식은 경탄을 자아내는 것이다. 그런 일관성의 세계는 성석제의 서사가 즐겨 포착해내는 대상이며 동시에 성석제 특유의 개성이기도 하다.

여기 수록된 소설들로 말하자면, 「홀린 영혼」의 이주선은 「찬미」의 주인공 이민주의 대칭점에 해당한다. 이중적인 의미에서 그러하다. 이민주가 공주에 해당한다면, 귀공자의 용모에 부잣집 아들이었던 이주선은 왕자이다. 게다가 그 왕자는 보통 왕자가 아니라 엉터리 사기꾼 바람둥이 왕자이다. 그러니까 왕자 이주선은 공주 이민주의 반대편에 있을 뿐 아니라 대각선으로 반대편에 있기도 하다. 그리고 그 중앙점에는 이들을 왕족으로 등극시키는 시선의 주인공이 자리잡고 있다. 이민주를 공주로 만들어주었던 시종 서정우의 자리에는, 왕자의 초등학교 동창이자 그에게 총애를 입었던 소설의 화자 '오세호'가 놓여 있다. 공주의 아름다움을 홀린 듯이 바라보았던 시선의 주체와 마찬가지로, 한 사기꾼의 놀라운 변신담을 바라보고 있는 시선의 주체 역시 이중적인 태도를 지니고 있다. 늙은 공주를 아름답다고 하는 서정우의 말이 아이러니일 수밖에 없듯이, 늙은 사기꾼을 바라보는 친구 오세호의 눈길에도 경멸과 공감이 교차한다. 그곳에서 생겨나는 정서가 안쓰러움이다. 이주선은 명백하게 사기꾼이지만 그것을 공식적으로 인정하지 않은 채, 그의 과장과 거짓말과 너스레를 까발리지 않는 오세호의 친구로서의 태도가 그런 마음을 보여준다.

그런데 오세호는 왜 이 사기꾼에게 친구의 자리를 지키고 있는 것인가. 소설 내부의 논리로 말하자면 이유는 간단할 것이다. 초등학교 오학년이었던 오세호가 곤경에 처했을 때, 그를 도와주었던 사람이 동갑내기이면서도 훨씬 어른스러운 소년 이주선이었다. 그때 이주선은 사기꾼이기에는 너무 어렸기에 사기꾼 벼락부자 아들의 지위를 차지하고 있는 정도로 족해야 했다. 중고등학교와 군대를 거치는 동안 이주선은 귀여운 사기꾼에 방탕아, 거짓말쟁이가 되어갔고, 삼십대에는 북방외교라고 너스레를 치면서 러시아와 관련된 어두운 사업을 하기에 이르렀다. 그리고 그런 길을 따라 전형적인 사기꾼 기업가 기질을 발휘하며 많은 대형 소문들을 만들어냈다. 그런 이주선의 행적과 소문에 대해 오세호는 더러는 화를 내거나 짜증을 부리기도 했지만, 적어도 오세호를 향한 이주선의 호의는 어릴 때부터 커서까지 여일했다. 그런 이주선이기에, 오세호는 그 앞에서 친구의 자세를 취하지 않을 수 없다. 이주선이 자기의 유일한 친구라고, "지상과 현세, 우주에서 유일한 나의 친구여"(188쪽)라고 불러주었던 오세호였다. 이주선이 어떤 사람이건 간에, 자기에게 저런 호의를 보여준 사람에 대해 친구의 자리를 거부하는 것은 오세호가 아니더라도 누구에게나 쉬운 일은 아니다. 일차적으로는 이것이 질문에 대한 대답일 수 있겠다.

어이없는 사기꾼의 친구 자리를 유지하는 것은 오세호에게 난감한 상황을 초래하곤 한다. 이럴 때 오세호의 양가감정은 극단으로 치닫는다. 이를테면 소설의 마지막 장면은 이런 오세호의 아이로니컬한 마음을 적실하게 그려내주고 있다. 이주선의 부친상 소식을 듣고 오세호가 문상을 갔다. 강북에 있는 시립 영안실이었다. 그전까지 소문으로 들려왔던 이주선의 활약을 감안한다면 그가 문상을 가야 할 곳은 서민들이 이용하는 그런 곳이 아니라 좀더 버젓하거나 화려한 곳이어야 했다. 나이보다 훨씬 더 늙어버린 왕년의 귀공자 이주선이 매우 허름한 장례식장에서 가족도 없이 홀로 문상객을 맞고 있다. 그런데 더욱 기이한 것은 장례식장을 장식하고 있는 백 개가 넘는 조화 화환이다. 전직 대통령부터 대법원장과 총리, 외교부 장관 같은 유력자들의 직함과 이름이 거기에 달려 있다. 그 조화들은 모두 한집에서 제작된 것처럼 같은 크기에 같은 모양새였다. 그러니까 이것은 누가 보더라도 어이없는 허풍선이의 허술한 무대장치일 수밖에 없는데, 이런 상황에서 오세호가 취해야 할 적절한 행동은 무엇일까. 자기도 그 허술한 무대 속에서 배우가 될 것인가, 아니면 무대 바깥으로 나가버리거나 혹은 무대의 허구성을 폭로해버릴 것인가. 상반된 선택 사이에서 생겨나는 마음의 갈등이, 장례식장에 들어서면서 터져나온 오세호의 웃음과, 그러면서도 또다시 시작되는 이주선의 너스레를 조용히 들어주는 상반된 태도로 표현되고 있다.

이런 대목이라면 어떨까. 오세호가 이주선의 엉터리 연극판을 빠져나오지 못하는 것이 친구로서의 의리 때문만이라 할 수 있을까. 그것은 늙어버린 공주, 이제는 일본인 남성을 새로운 남편으로 맞아, 친구들에게 오글거리는 문자를 날리며 귀환하는 첫사랑 여성의 늙은 모습을 향해 사무치게 아름답다고 말해버리고 마는 서정우의 마음과 같은 것이라고 해야 하지 않을까. 그러니까 오세호가 이주선이 마련한 엉터리 같은 연극 무대에서 내려오지 않는 것은 그가 단지 친구이기 때문만이 아니라, 사기꾼 이주선의 휘황한 너스레가 지니고 있는 매력 때문이기도 하지 않을까 하는 것이다. 오세호는 정상적이고 평범한 생활인이다. 그들에게는, 또한 우리에게는 그런 평범한 삶을 사느라 포기해야 했던 것들이 있다. 그 포기한 것들의 자리에서 움직이고 있는 존재들이 엉터리 왕자 이주선이 아닌가. 사기꾼에 난봉꾼, 허풍선이, 떠돌이 들이 그런 자리에서 움직이고 있다. 그러니까 단정한 근대인들을 보고 이해관계에만 몰입해 있어 진짜 삶이 무엇인지 모르는 속물이라고, '최후의 인간'이라고 경멸했던 니체의 입장에서 보자면 오히려 이주선이야말로 진짜 삶을 사는 존재가 아닌가. 그러니까 '최후의 인간'의 입장에서 보자면 이주선과 같은 삶은 경멸과 타기의 대상이면서 동시에 동경과 우러름의 대상이기도 하다.

이 기묘한 이중감정이, 이주선을 바라보는 오세호의 마음속 그 가장 밑바탕에서 움직이고 있다. 그러니 이주선을 바라보는 오세호의 눈길에 스며 있는 정서는 그가 단지 이주선의 친구라서 그런 것만은 아닌 셈이다. 그리고 이와 같은 시선의 이중성에 관한 한, 이주선의 이야기를 들려주는 성석제도, 그리고 그것을 읽고 있는 독자들도 마찬가지 처지가 아닐 수 없다. 그런 이중성과 무관한 사람들이라면, 혹은 그렇게 자처하는 사람들이라면 성석제의 책을 읽고 있지는 않을 테니까.

4. 성석제의 불/건강성

이 소설집에는 교통사고에 관한 두 편의 이야기가 실려 있다. 좀더 정확하게는 교통사고에 관한 이야기(「론도」)와 교통사고가 나지 않은 이야기(「외투」)라고 해야 할 것이다.

「론도」에서 교통사고에 관한 이야기는, 매우 경미한 접촉사고에서 시작하여 보험 사기로 이어지고 마침내는 사람이 다치고 피가 흐르는 진짜 사고로 이어진다. 물론 마지막 이야기는 소설의 주인공이 겪은 것이 아니라 경찰서에서 목격한 이야기이지만 말이다. 사소한 접촉사고에 관한 이야기를 들으며 작가가 마련해놓은 서사의 선을 따라가다보면, 자동차 보유 대수가 전 인구의 절반에 육박해가는 한국의 현실 속에서 사람들이 한두 번쯤은 겪고 들었음직한 사건들을 만나게 된다. 여기에서 중요한 것은 매일 보도 매체를 장식하곤 하는 이런 사건들 자체가 아니라 사고에 당면한 사람들의 경험이다. 그것을 포착하는 것이, 성석제가 소설가로서의 자신에게 부여한 임무이기도 하다. 이 책의 첫 소설에서 성석제가 보여주는 이런 모습은, 당대 현실의 세태와 풍속에 대한 작가로서의 감수성을 보여주는 것이기도 하지만, 「론도」와 같은 단편이 새삼 일깨워주고 있는 점은 성석제의 고유한 작법, 너스레와 능청의 의미이다. 교통사고의 연쇄와 그로 인해 만들어지는 서사적 흐름의 점층적인 선은 어느 순간 갑자기 독자로 하여금 성석제식의 너스레와 능청의 존재를 깨닫게 한다. 그러니까 한번 가보자는 거지요? 그것이 독자들에게 배달된 작가의 초대장임을 알게 된다면, 그 사람은 이미 성석제의 독자가 되어 있는 것이다. 나도 그런 과정을 통해 그의 독자가 되었다.

성석제식의 작법과 아이러니를 전형적으로 보여주는 것은 「이 인간이 정말」이다. 젊지 않은 나이의 두 미혼 남녀가 품위 있는 식당에서 처음 만나는 저녁 자리이다. 서양식 코스 요리가 진행되는 동안 남자는 말을 하고 여자는 듣는다. 미혼 남녀가 서로에게 첫선 보이는 자리에서 해서는 안 될 이야기가 무엇인지를 남자는 잘 알고 있다. 그런데 남자는 바로 그 이야기를 늘어놓는다. 와규 스테이크 이야기에서 시작된 먹을거리에 관한 이야기는 육우가 양식되는 열악한 환경과 새우의 양식 환경, 광우병, 양계장의 비위생적 환경, 아메리카에서의 콩 생산업자들의 비윤리성 등으로 이어진다. 전문적인 지식과 윤리적 입장이 뒤섞인 이런 이야기는, 그 첫머리에서는 채식주의자나 동물 해방론자 혹은 생태주의자의 입장에서 나올 수 있는 정보와 발언이기 때문에 조금은 경건한 마음으로 들을 수 있다. 이야기를 듣는 여성이나 독자나 그 점은 마찬가지이다. 하지만 쉴 새 없이 이어지는 그런 이야기는 마침내 '이 인간이 정말!'이라는 느낌이 들게 한다. 틀린 이야기는 아니지만 상황에 맞지 않는 이야기이기 때문이다. 그리고 이 이야기가 중국 매춘 업계의 실상으로 이어지는 순간은 마침내 독자들로 하여금 작중의 여성 인물의 입장에 서게 한다. 맞선을 위해 나와 있는 상대를 고려하지 않고 눈앞에 보이는 모든 것들에 관한 수많은 정보를 쏟아내는 남자는, 그러니까 중얼거리는 입이며 말하는 충동의 화신이다. 그런 남자를 향해 홀로 남은 여자가 내뱉은 말은 "됐다 새끼야, 제발 그만 좀 해라"(125쪽)이다. 계몽의 서사로 시작된 성석제의 이야기가 자기모멸의 서사로 끝나고 있는 것이다.

그런데 바로 이 같은 점이 서사에 임하는 작가 성석제의 표준적인 감각이라고 하면 어떨까. 현실의 디테일에 관한 한 그는 계몽주의적 입장을 가질 수밖에 없다. 성석제의 화자는 사람들이 잘 알지 못하는 혹은 잘못 알고 있는 이야기를 들려주는 사람이니까. 하지만 이야기꾼으로서의 작가 성석제가 견딜 수 없는 것은 계몽주의적 발화의 방식, 그러니까 독자들보다 높은 자리에 서서 훈계하듯이 이야기를 늘어놓는 방식이다. 이런 점에서 보자면, 「이 인간이 정말」의 여자가 내뱉은 저 마지막 문장(이 문장은 소설의 제목과도 상관적이다)이 단순히 한 작중인물을 향한 것이 아님은 물론이다. 그것은 작가의 내부에서 꿈틀거리는 이야기하고자 하는 충동을 향한 것이기도 하고, 또한 말하는 사람이 지닐 수밖에 없는 계몽의 외관을 향한 것이기도 하며, 또한 소설의 화자(혹은 작중인물)를 향해 소설을 쓰고 있는 손의 주인인 성석제가 짐짓 내뱉음으로써 자기 자신을 그로부터 분리시키고자 하는 너스레의 상징이기도 하다. 이처럼 이중 삼중으로 만들어지는 아이러니의 거리감은 성석제의 소설 속에서 어렵지 않게 만나곤 하는 장치들이다. 바로 이런 서사적 감각이 그의 소설을 지난 이십 년 동안 건강하고 생동감 있게 만들어주었다고 하면 어떨까.

성석제는 많은 사람들을 어떤 단일한 열정 속으로 몰아넣는 선동가일 수는 없다. 그것은 아이러니를 아는 이야기꾼으로 차마 할 수 없는 짓이다. 그의 이야기는 반대로, 모여 있는 사람들로 하여금 저 혼자 킬킬거리게 하고, 미소 짓게 하고, 흩어지게 하고, 혹은 두셋씩 모여 앉아 뒷담화를 늘어놓게 할 것이다. 그것이 이야기꾼 성석제가 지니고 있는 불/건강함이다.

성석제 서사의 특징은 자주 독자들의 예상과 어긋난다는 점이다. 그것은 그가 지닌 작가로서의 유머 감각이면서 동시에 진지함이기도 하다. 이 소설집에 실린 짧은 이야기 「외투」도 그런 감각의 산물이다. 다른 일곱 작품을 읽으며 성석제의 독자가 된 사람이라면, 이 작품에서도 당연히 그와 비슷한 무언가를 기다리게 된다. 그런 독자들의 기대를 슬쩍 비틀어놓는 것이 성석제의 감각이다. 여기에서 그는, 아버지가 남긴 고전적인 외투가 운전을 한다는 엉뚱한 화소를 진지하게 끝까지 밀어붙여 환상소설 비슷한 진지한 분위기를 만들어내고 있다. 그런 식의 서사 속에서 어처구니없는 이야기들의 느슨함은 견결함으로, 실없음은 단정함으로 변한다. 성석제는 능청꾼이되 한두 번 정도의 실패에는 끄떡하지 않고 끝까지 밀어붙이는 집요한 능청꾼이다. 그런 점에서 성석제는 그가 만들어내는 어처구니없는 엉터리와 영웅들을 닮았다. 그는 냉정하고 싸늘한 시장 한복판을 소리 없이 누비고 다니는 쿨하고 깔끔한 낭만주의자이다. 그런 성석제를 읽고도 사랑하지 않을 수 있다면 그런 독자 또한 대단한 '어처구니'가 아닐 수 없다.

(2013)

이문구, 고유명사 문학
―이문구의 『공산토월』

1.

이문구라는 작가를 생각하면 가장 먼저 떠오르는 것은 문학이라는 단어이다. 이런 말은 좀 이상하게 들릴 수도 있다. 소설쓰기로 평생을 보냈던 사람에게 그건 너무나 당연한 말일 것이기 때문이다. 하지만 이문구가 연상시키는 문학이라는 단어는 경우가 조금 다르다. 그것은 소설이나 시 같은 장르들을 포괄하는 총칭으로서의 문학이 아니라, 그 안에 어떤 하위 종도 거느리지 않은, 어떤 틀이나 총체적인 이미지로서의 문학이다. 그것은 그러니까 집합적인 일반명사로서의 문학이 아니라 고유명사로서의 문학이라 지칭할 만한 어떤 것이다. 소설과 시와 희곡과 산문 등을 모두 빼내도 그 자리에 남아 있는 어떤 것으로서의 문학, 구체적 장르나 작품들이 들어서게 될 어떤 원초적인 자리로서의 문학.

일반명사로서의 문학은 단순히 기술적인 단어이지만, 고유명사로서의 문학은 윤리적 지위를 갖는다. 두 가지 의미에서 그러하다. 먼저, 텅 빈 자리로서의 문학은 구체적인 문학작품들 뒤에 가려 잘 보이지 않는, 하지만 무언가 구체적인 것으로 채워지기를 기다리면서 그 뒤의 음영의 자리에 어떤 기저와 같은 것으로 버티고 있는 문학이다. 그러니까 그것은 그 자리에 아무것도 없을 때는 스스로를 현시할 수 없다. 그 자리에 어떤 구체적인 작품이 들어설 때 비로소 그 채워지지 않은 잉여로서만 자신을 드러낼 수 있다. 그래서 고유명사로서의 문학은 그 존재 자체가, 그 위에 무언가 제대로 된 것이 들어와야 한다는 당위적 요구가 된다.

또한, 고유명사로서의 문학은 그 자체가 하나의 전체적인 이미지로서, 모든 현실적인 밥벌이의 수단들이나 실정적인 존재들이 지닐 수 없는 특이성의 분위기를 함유하고 있다. 물론 문학이라고 해서 한 사회가 지니고 있는 현실성과 실정성의 차원을 벗어날 수는 없다. 문학도 다른 가치의 영역과 마찬가지로 누군가에게는 밥벌이의 수단이고 또한 자기실현의 현실적인 도구이며 사회적 분업의 한 형태로 존재하는 실정적 제도의 하나이다. 하지만 고유명사로서의 문학은 그런 현실성과 실정성을 제거하고도 남는 어떤 것이다. 그것은 문학에 대해 사람들이 음으로 양으로 기대하고 요구하는 어떤 이상적인 상태, 일반명사로서의 문학 너머의 상태를 함축하고 있다. 그것은 문학을 하는 사람에게는 부당하거나 부담스러운 일일 수도 있지만, 문학 자신에게는 자랑이자 긍지의 상징일 수 있다.

작가 이문구를 두고 문학이라는 단어를 연상시키는, 그러니까 그 자체로 문학적인 인물이라 함은 이런 의미에서이다. 그가 살아온 삶의 이력이 그러하고, 고유명사로서의 문학의 체취를 온몸으로 뿜어내는 그의 작품들이 그러하다. 그는 1970년대와 1980년대를 거쳐오면서 상반된 정치적 지향을 지니고 있었던 두 단체, '민족문학작가회의(자유실천문인협의회)'와 '한국문인협회'에서 공히 핵심적인 위치에 있었다. 또한 그는 자신의 대표작들을 써내는 과정에서, 허구적 이야기라는 소설의 문법 바깥에서 소설을 썼고 그런 소설쓰기를 통해 소설이 있어야 할 자리에 대한 질문을 만들어냈다. 허구로서의 소설이라는 개념 자체가 휘어지면, 그 바탕에 놓여 있는 소설의 자리가 나타나고 그 자리를 채워줄 것으로 기대되는 또다른 개념들이 모습을 드러내는 것이다. 그러면서도 그는 소설의 문법 바깥으로 나가기 위해 그런 소설을 썼다기보다는, '관촌수필' 연작들이 보여주듯이 그 자신이 써야 할 이야기를 쓰다보니 어느 순간 소설 문법의 바깥에 있게 되었던 경우에 해당한다. 이런 점에서 보자면 그는 작가로서는 선택된 사람이자 행운아라 해야 한다. 그런 행운은 물론 그가 한 개인으로서 감당해야 했던 가족사적 불행과 한 세대의 일원으로서 치러야 했던 험난했던 역사적 체험을 대가로 한 것이므로, 의미 자체로 보자면 역설적인 것이 아닐 수 없다. 하지만 비슷한 경험을 했다고 해서 누구나 이문구가 되는 것은 아니고, 또 가족사의 아픔에 대해 쓴다고 해서 어느 것이나 『관촌수필』이 되는 것은 아님은 두말할 것이 없다.

이 책에 실려 있는 단편들은 그런 이문구의 모습을 보여주는 구체적인 예들이다. 소설이 아니라 스스로 수필이라고 주장하는 소설, 실명과 실제 사건들을 내세우면서 그 내용이 허구가 아니라 사실이라고 주장하는 소설, 그런데도 어떤 소설보다 소설적이 되고 문학적이 되는, 그리하여 소설적이라는 말의 의미를 재정의하게 하고 마침내는 문학이라는 이름의 대표적 상징이 되는 소설들이 여기에 있다. 그리고 작가 이문구는 그런 소설을 쓴 사람으로서 그 소설들 뒤편 어디쯤에 서 있다. 그의 소설 속에 자주 등장하는 인물들처럼 정이 깊고 속도 깊고 젠체하지 않는, 수더분하고 세상 물정에 어두워 보이면서도 세상 사는 이치에 관한 한 속깊은 문리를 지니고 있음을, 말이 아니라 행동으로 보여주는 인물로서.

2.

『공산토월』[1]에 실린 열 편의 단편은 각 시기별로 추려 뽑은 이문구의 대표작들이다. 가장 이른 「암소」(1970)와 가장 나중인 「장동리 싸리나무」(1995) 사이에는 이십오 년의 상거가 있다. 조금 젊어서 쓴 소설과 조금 늙어서 쓴 소설 사이에 차이가 나는 것은 당연한 일이다. 그럼에도 이문구의 소설들을 관통하고 있는 어떤 중심적인 힘이 있다. 그것을 여기에서 나는 고유명사로서의 문학 혹은 문학적인 것이라 부르고 있는 셈인데, 이 점은 이문구의 소설이 지니고 있는 두 가지 경향성을 겹쳐놓으면 좀더 분명하게 드러난다.

이문구의 소설이 보여주는 두 개의 경향성은, 단적으로 말하자면 『관촌수필』(1977)과 『우리 동네』(1981)의 대조에서 두드러진다. 둘은 모두 비슷한 시기에 쓰인 연작소설들로서, 전자는 자신의 가족사와 연관되어 있고 후자는 그가 잠시 몸담고 살았던 농촌 지역 사람들의 이야기이다. 그러니까 후자는 이문구가 허구적 이야기를 만드는 소설가로서 그리고 싶은 상황이나 인물들의 모습을 담고 있는 것임에 비해, 전자는 그가 쓰지 않을 수 없어 쓴다는 느낌을 주는 소설들, 운명의 인도에 의해 만날 수밖에 없었던 인물들과 처할 수밖에 없었

---

1) 이문구, 『공산토월』, 문학동네, 2014. 이하 인용시 본문에 쪽수만 밝힌다.

던 상황에 대해 토해내듯이 쓰인 것처럼 보이는 소설들이다.『공산토월』에서는 '관촌수필' 연작에 수록되었던 「일락서산」(1972), 「행운유수」(1973), 「녹수청산」(1973), 「공산토월」(1973), 그 부록격인 「명천유사」(1984) 그리고 「유자소전」(1991) 같은 작품이 전자에, 초기작인 「암소」를 비롯하여 「우리 동네 金氏」(1977) 「우리 동네 李氏」(1978) 등은 후자에 해당한다. 전자에서 두드러지는 것은 인물들이고 후자에서는 상황이다.

「암소」나 '우리 동네' 연작 같은 소설에서 현저한 것이 인물이 아니라 그들이 직면한 현실이라 함은 전자의 소설들에 비해 상대적으로 그렇다는 것이다. '우리 동네' 연작들 속에서도 다양한 표정을 가진 개성적인 인물들을 만날 수 있다. 그럼에도 전자의 소설에서 인물들 하나하나가 점유하고 있는 특이성에 비하면, 후자에서 부각되는 것은 인물 자체라기보다는 그런 개성을 만들어내는 현실적 상황이다. 예를 들어, 「암소」에서 소설 전면에 형상화되는 것은, 5·16 군사정부가 들어선 이후 시행된 농어촌 고리채 정리사업으로 인해 졸지에 사 년 동안의 새경을 날리게 된 한 머슴의 이야기이다. 또 「우리 동네 金氏」에서 멋진 피날레를 장식하는 것은 민방위 훈련장에서 벌어지는 부면장과 농투성이들의 대거리이고, 「우리 동네 李氏」의 경우에도, 증산을 위해 새로운 볍씨를 권장하는 영농교육장 강사와 그에 맞서 야유를 날리는 젊은 농민들 사이의 말씨름이 소설의 마지막 장면을 차지하고 있다. '우리 동네' 사람들에게 문제가 되는 것은 농사짓기 힘들어지는 사회적 상황이자 그것을 부채질하는 관치 위주의 농정 현실이다. 그러니까 이 소설들에서 중요하게 부각되는 것은 특정한 인물이 아니라 그들을 둘러싸고 있는 전체적 상황이자 현실이라는 것이다.

여기에는 권위주의 정치체제와 연관된 관료주의가 한편에 있고, 점차 해체와 몰락의 길을 걸어가는 농촌공동체의 모습이 다른 한편에 있다. 그런 현실이 사회 전체가 움직이는 추세이자 대세라서 어쩔 수 없다고 생각하는 사람의 체념이 그 바탕에 놓여 있다. 그럼에도 눈앞의 불합리에 대해서는 참아낼 수 없는 사람들이 그 위에서 움직거린다. 그들은 객관적인 전망 같은 것과는 무관하고 혹은 오히려 현실이 비관적이어서 더욱 활동적이기도 하다. 이런 정황 속에서 잉태되는 것이, 반골 기질을 지닌 이문구의 농민 인물들이 구사하는 너스레와 능청과 야유의 수사학이다. 이들의 말솜씨는 특히 관료들과의 대거리에서 유려하게 구사되곤 하는데, 그런 수사학은 이미, 경찰을 상대하는 「행운유수」의 옹점이의 말 속에서 흐드러진 모습으로 등장한 바도 있었거니와, 「우리 동네 金氏」에서 부면장의 관료주의를 향해 쏟아지는 다음과 같은 집단 야유와 능청이 그 진수를 여실하게 보여준다.

　　"천동면이 이렇게 촌인가…… 저런 딱헌 사람두 다 있으니. 나 보슈. 국가 시책으루, 미터법에 의하야 도량형 명칭 바뀐 지가 원젠디 연태까장 그것두 모르는겨. 당신이 시방 나를 놀려보겄다— 이게여?"
　　부면장은 당장 잡들이할 듯이 눈을 부라리며 언성을 높였다. 곁에 앉은 남병만이가 팔꿈치를 집적거리며 참으라고 했으나 김도 주눅들지 않고 앉은 채로 응수했다.
　　"내 말은 그렇게밖에 안 들리유. 저 핵교 교실 벽뙈기 좀 보슈. 뭐라고 써붙였유? 나라 사랑 국어 사랑…… 우리말을 쓰자는 것두 국가 시책이래유. 옛날버텀 공무원 말 다르구 농민들 말 다른 게 원칙인 게유. 천동면이 이렇게 촌인가…… 끙—"

부면장은 무슨 말이 나오는 것을 참는지 한참 동안 입술만 들먹거리더니 겨우 말머리를 찾은 것 같았다.

"도대체 당신 워디 사는 누구여? 뭣 허는 사람여?"

그러나 누군가가 뒤에서 큰 소리로 대답했다.

"그 사람두 높어유."

그 말이 떨어지기 전에 또다른 목소리가 곁들여졌다.

"놀미 부락 개발위원이구, 마을문고 후원회원이구……"

그러자 여기저기서 우루루 하고 아무나 한마디씩 뒙들이를 했다.

"부락 조심가족계획 추진위원이구……"

"부녀회 회원 남편이여."

"연료림 조성 대책위원이유."

"이장허구 친구여."(345~346쪽)

이렇게 쏟아지는 집단 야유는 결국 부면장의 항복 선언으로 끝난다. "예, 날도 더운디, 지루허시드래두 자리 흐트리지 마시구 담배나 피시며 쉬서유. 저 놀미 사는 높은 양반두 숭질 구만 부리시구 편히 쉬서유. 미안합니다"(346쪽)라고 부면장은 자신의 패배를 감치는 너스레를 떨고 사람들은 자기들의 승리에 박수를 보낸다. '김씨'가 촉발시킨 논란의 시발은 헥타르라는 새로운 도량형을 쓰는 문제이지만, 그것은 어디까지나 표면적인 것일 뿐이고 실제로 김씨가 '숭질부리고 있는 것'은 '민방위 훈련'으로 상징되는 우스꽝스러운 국가주의이자 관료주의라는 것, 그리고 그 너머 궁극의 지점에 놓여 있는, 농

심지어 수지 맞추기가 갈수록 힘들어지는 당대의 농촌 현실임은 김씨의 역성을 드는 수많은 농투성이들의 반응 속에서 확인되고 있는 것이다. 그러니까 이 세계에서는 김씨만이 아니라 누구라도 김씨의 역할 속에 들어올 수 있는 것이며, 그런 점에서 특정한 인물의 개성이 중요한 것은 아니게 된다.

이와는 반대로, 전자의 소설들에서 두드러지는 것은 상황이 아니라 그 상황 속에서 빚어진 인물들이다. 이문구의 세계를 대표하는 인물들이 이 부류의 소설에서 등장한다. 조부와 '옹점이' '대복이' '신석공' 등의 『관촌수필』의 인물들, 「유자소전」의 '유재필', 「명천유사」의 '최서방' 등이 그들이다. 이들이 작가(혹은 작중화자) 이문구와 나누는 교감은 매우 특별하다. 그들은 대개 혈족이거나 한솥밥을 먹었다는 점에서 식구들이거나 그에 준하는 사람들인 까닭이다. 게다가 이문구는 이들에 관한 이야기를 쓰면서 소설적 허구화라는 최소한의 형식적 시도를 하지 않았을뿐더러, 실명과 실제로 있었던 것으로 판단되는 사실들을 삽입함으로써 오히려 반대로 이 인물들이 실제 인물이고 이들과 연관된 일들이 실제로 있었던 일임을 강조했다. 이문구가 이 인물들과 나누었던 교감의 특별함에 비하면 소설의 형식 같은 것, 자기가 쓰는 이야기가 허구인지 아닌지 같은 것은 그에게 그다지 중요한 일이 아니었다는 것이다.

위에서 거명한 인물들은 모두 서로 다른 개성의 소유자들이다. 남녀노소가 다르고 신분이나 처지가 다르고 또 성향이나 기질이라 할 만한 것도 다채롭다. 어질고 착한 사람도 있고, 유머러스하거나 강퍅하거나 나쁜 짓을 일삼았던 사람도 있다. 하지만 이런 다양성에도 불구하고 이들이 공유하고 있는 성향이랄까 색조 같은 것이 있다. 다양한 외관과는 무관하게 모두 속정이 깊은 사람들이라는 점이 그것이다. 물론 이것은 이들 각각의 개성이라기보다는 오히려 작가 이문구와의 관계에서 생겨나는 것이라 해야 한다. 세상 사람 누구에게나 정서적으로 깊이 있게 반응하는 보살 같은 사람도 전혀 없지는 않겠지만, 정서적 울림의 깊이는 대하는 사람이 누구인지에 따라, 또 함께 나눈 경험이 어떠한지에 따라 달라지는 것이 보통의 경우이다. 이문구의 인물들이라고 해서 크게 다를 수는 없다. 이들이 모두 속정 깊은 사람으로 표현되는 것은, 그들 각각과 함께 나눈 매우 특별한 경험에 대해 쓰고 있는 사람, 즉 작가 이문구 때문이라고 해야 할 것이다. 그 인물들이 지니고 있는 동일한 색조는 그들의 것이라기보다는 오히려 그들에 대해 이야기하는 이문구의 개성이라고 해야 하리라는 것이다.

이를테면 「녹수청산」의 대복이는 좀도둑으로 시작해서 소도둑이 된 인물로, 객관적으로 좋은 사람이라고 하기는 어렵다. 하지만 그런 대복이도 작가 및 작가의 가족들과의 관계 속에 놓이면 속정 깊은 따뜻한 사람이 된다. 도둑질을 해서 교도소에 갔던 그의 경력은 오히려 그의 깊은 속내와 내면적 인간됨을 억양법적으로 강조해주는 장치가 되는 것이다. 요컨대 속정 깊은 인물들을 만들어내는 힘의 많은 부분은 인물들이 아니라 이문구의 편에 있는 것이다.

이문구의 인물들이 지니고 있는 이런 공통적인 색조는 물론 작가가 자신의 추억을 술회하기 때문에 생겨난 것, 즉 회상의 구조 자체가 지니고 있는 산물이라고 할 수도 있다. 과거를 바라보는 시선이 지니고 있는 안타까움, 흘러버린 시간의 양이 만들어내는 아련한 거리감, 그 시간이 만들어낸 운명과 그것을 바라보는 사람의 회한이 빚어내는 특유의 서정적 분위기는 물론 회상의 서사 구조 자체가 지니는 고유한 것이라 할 수 있다. 하지만 중요한 것은 회상이라는 형식의 그와 같은 작동 방식이 아니라 작가 이문구가 하필 그런 형식을 선택했다는 사실 자체이다.

이 책에도 두 편이 실려 있거니와 그의 연작소설 『우리 동네』는 『관촌수필』과 함께 그의 걸작 중의 하나이다. 여기에 실려 있는 소설은 그가 경기도 화성군 향남면에 이주해 살면서 직접 농사를 짓던 경험에 바탕을 두고 있다. 그는 이주한 작가로서가 아니라 동네 젊은 농군들 속에 섞여 계원의 한 사람으로 거기에서 1977년부터 삼 년 반을 살았다. 그곳을 다시 떠나올 때의 경험을 그는 십여 년이 흐른 뒤 이렇게 썼다.

계원들은 우리가 서울로 이사하는 것을 막지 못하는 대신에 뜻있는 선물을 하기로 의논하였고, 내가 우렁이를 좋아하던 일이 생각나자 송별연에 우렁이회를 내놓기로 말이 된 것이었다. 자고 나면 서리가 허열 때였다. 그러므로 우렁이를 잡으려면 천생 저수지의 수문을 열고 물을 모두 뺀 다음 저수지 바닥의 뻘밭을 뒤지는 수밖에 없었다. 그들은 그러기로 작정하였다. 그리하여 전날 저녁부터 수문을 열어 밤새도록 물을 뺐었고, 먼동이 후여할 때부터 여럿이 뻘밭에 들어가 추위를 무릅쓰고 더듬어서 그 많은 우렁이를 장만한 것이었다.

고개를 넘어 저수지에 가서 수문을 열고, 물이 빠질 때까지 자지 않고 기다리고, 물이 어지간히 빠지자 물속에 들어가서 뻘밭을 뒤지고, 우렁이 자루를 지고 와서 씻고, 씻은 것을 삶고, 삶은 것을 일일 바늘로 까고, 깐 것을 다시 씻어서 양념에 무치고 하는 동안, 대체 몇 사람이 밤공기에 떨고, 찬물에 떨고, 젖은 옷에 떨고 했을 것인가. 지

금도 그 생각을 하면 가슴이 멘다.(「우리 동네 시대」, 『마음의 얼룩』이
문구 전집 18, 랜덤하우스중앙, 2005, 296~297쪽)

그의 뛰어난 소설에 자주 등장하는 것이 이 같은 경험들이다. 여
기에는 가슴을 먹먹하게 하는 정이 깊은 사람들이 한편에 있고, 다른
한편에는 그들로 인해 가슴이 메는 이문구가 있다. 위의 글은 이문구
가 향남에서의 생활에 대해 길게 회고한 산문이지만, 글의 성격이나
정서의 밀도 등을 고려한다면 『관촌수필』에 실린 연작소설들과 크게
다르지 않다. 물론 정서적 충일감으로 치자면 「공산토월」의 마지막
장면,

차에 시동이 걸리니 아우와 매부 품에 안긴 채 동자 없는 눈을 했
던 석공이, 택시 유리문 너머로 내가 어룽거리자 뜻밖에 턱으로 나를
부르는 시늉을 했다. 나는 다시 택시 문을 열었다. 이젠 준비해두었
던 말로 고별 인사를 하며 손을 내밀어 악수로 영결永訣해야 될 차례
였다. 내가 고개를 차 안으로 디밀며 입을 열려 하자, 석공이 먼저 꺼
져가는 음성으로,
"잘들 사는 걸 보구 죽으야 옳을 텐디, 이대루 죽어서 미안하
네…… 부디 잘들 살어……"
하며 움직여지지 않는 손으로 악수를 청했다. 나는 울었다.(311
쪽)

와 같은 대목은 이문구 문학 전체에서 하나의 정점을 이룬다. 물론 이
것은 한 사람의 죽음에 관한 것이라서 그 자체가 지닌 정서의 부하가

유다르다. 게다가 그것은 단지 신석공 한 사람의 죽음에만 국한된 것이 아니다. 그의 죽음이 함축하고 있는 육친들의 죽음, 이념 대립과 한국전쟁으로 인해 몰락해버린 집안의 내력, 그리고 무엇보다도 거인과도 같았던 아버지의 기억을 둘러싼 오이디푸스적 긴장감이 이 이야기를 휩싸고 있다. "나는 울었다"라는 평지돌출의 탈절제된 문장이 이 이야기에 내포되어 있는 정서적 긴장을 역설적으로 시의 차원으로 만들고 있거니와, 이 대목은 그의 가족사로 대표되는 한국 현대사의 비극과 한 착한 사람의 운명이 교차하는 가운데, 바로 그 교차점에 작가 이문구의 정서가 강하게 응결되어 있다는 점에서 그의 문학의 정서적 정점이라 할 만하다.

이에 비하면 산문 「우리 동네 시대」의 경우는 서사의 질량감이라는 수준에서 보자면 현격하게 차이가 난다. 그 어떤 극적 사건이나 드라마가 없다는 점에서 그러하다. 단순하게 말하자면 삼 년 반 동안 정들었던 사람들과 작별하는 일 정도인 것이다. 그러나 주체가 느끼는 정서적 충일성이라는 점에서 보자면 「우리 동네 시대」라는 산문의 경우가 「공산토월」이라는 소설과 질적으로 다르다고 하기는 어렵다. 밖에서 다가오는 사건이 아니라 그것을 대하는 주체의 태도가 문제가 되는 한에서 그러하다. 요컨대 독자들에게 중요하게 다가오는 것은 어떤 일이 벌어졌는지가 아니라 그런 일들의 반대편에 놓여 있는 매우 감도 높은 정서적 울림판, 이문구라는 작가의 감수성이라는 것이다.

우리가 작가 이문구에게서 문학이라는 고유명사를 발견하고 그것의 윤리적 지위를 강조했을 때 그 바탕에 놓여 있는 것은 이문구의 이런 감수성이다. 그것이야말로 진정으로 이문구적인 것이라 할 수 있을 터인데, 그것은 단순히 감수성의 차원에만 머물지 않고 좀더 근본적인 지점을 상기시켜준다. 한 사람의 감수성이라는 것이 자신의 전 작품을 관통하고 있는 힘과도 같은 것일진대, 모든 작품들이 하나로 집적되면 그로부터 그가 생각했던 사람됨의 이상에 대한 어떤 모형이 도출된다. 그리고 바로 그 모형의 관점에서 보자면 이문구의 소설이 지니고 있는 두 개의 경향성은 자연스레 하나로 겹쳐진다.

1) 그녀는 그만큼 입이 걸고 성질도 사나웠지만 늘 시원시원하고 엉뚱한 데가 있었으며 의뭉스럽기도 따를 자가 없었다. 육덕 좋은 허우대나 하고 곱게 쪽집은 눈썹과 사철 발그레하게 피어 있던 얼굴이며, 그녀는 안팎 모가비 총각들에게 선망의 대상이었다. 남다른 눈썰미로 한 번 보면 못 내는 시늉이 없었고, 손속 또한 유별났으니 애써 가르친 바가 없어도 음식 맛깔과 바느질 솜씨는 어머니도 나무랄 수 없음을 진작에 선언한 정도였다.

동냥을 주면 종구라기가 넘치고 개밥을 주어도 구유가 좁게 손이 컸다.

"저것이 저리 손이 크니 시집가면 대번 시에미 눈 밖에 나리……"

어머니의 걱정처럼 그녀는 오종종하거나 소갈머리 오죽잖은 짓을 가장 싫어했고, 남의 억울한 일에는 팔뚝을 걷어붙이고 나서서 뒤들어 싸워주며, 부지런하려 들기로도 남보다 뒤처짐이 없었던 것이다. 대소간에 대사가 있을 때마다 그녀가 징발됐던 것도 남의 집 뒷수쇄에 뛰어난 능력을 보였음이니, 온갖 일의 들무새요 안머슴이었던 것이다.(125쪽)

2) 계원들은 일에 매우 부지런하고 일마다 몹시 성실한 농부였으

며 그것이 제 고장에서 내쳐 붙박이로 남아 있게 된 큰 이유의 하나
였다. 우리도 한번 살아볼 날이 있겠지 하는 소박한 희망을 놓지 않
았고, 그날이 있기까지 어떡해서든지 살아보려고 애쓰는 착실하고
건강한 농부요, 똑똑하고 경위 있는 청년들이었다. 따라서 이 나무랄
데 없는 이웃들과 허물없는 사이로 지낸다는 것은, 사방이 꼭꼭 막
힌 유신시대에 어쩌면 유일하게 트여 있던 숨통이었는지도 모를 일
이었다. 또 하루하루를 되도록이면 이웃과 한 무리가 되어서 소일하
고자 했던 것도 대개가 그런 까닭이었는지 몰랐다.(「우리 동네 시대」,
297쪽)

3) 내가 술을 먹어도 보통으로 먹는 술이 아니라는 것. 어디서나
두루춘풍에 무골호인처럼 물렁한 사람이라는 것. 담배와 커피에 인
이 박인 사람이라는 것. 말수가 적고 숫기가 없으며, 생전 가도 노래
하는 법을 못 보고 스포츠에 무관심이라는 것. 내외가 검소하여 모양
낼 줄을 모르며, 새우젓이고 개고기고 모든 음식을 가리지 않되 입맛
은 경기비렝이(경기도 비렁뱅이―입이 분수없이 높다는 뜻)로 미각이
발달한 사람이라는 것. 부화장에 나온 갓 깬 병아리를 일백 마리씩
사다가 길러도 도중에 한 마리도 실패하지 않고 오롯이 기를 정도로
보기보다 찬찬한 성격이라는 것. 그리고 특히 농사가 직업인 사람 못
지않게 농사일에 익숙하다는 것. 기타 생략.(같은 글, 285쪽)

인용문 1)은 이문구의 소설을 통틀어 가장 인상 깊은 인물이라 할
만한 옹점이에 관한 것이다. 그가 만년에 발표한 「장동리 싸리나무」
에 등장하는 '끝예'의 모습 속에서도 옹점이의 모습이 배어나온다.

옹점이의 인물됨에 대해 말하는 대목에서의 핵심은 일 잘하고 인정 있으며 남들에게 의리를 지킨다는 점이다. 그런데 그런 점에서 보자면 「유자소전」의 유재필도 마찬가지이고, 좀 넓게 보자면 「녹수청산」의 대복이나 「공산토월」의 신석공도, 그리고 『우리 동네』에 등장하는 능청스러운 반골 기질의 농민들도 모두 마찬가지로 남자 옹점이라 할 만하다. 2)는 그가 화성군 향남면의 사람들을 회상하면서 기술한 것으로서, "똑똑하고 경위 있는" "착실하고 건강한" 사람들이라는 점에서, 소설 속의 인물만이 아니라 그 모델의 경우 역시 마찬가지 모습을 하고 있다. 그리고 무엇보다도 3)에서 보이는 이문구의 자기 기술이 그런 옹점이의 모습의 한 원형으로 존재하고 있다. 그가 자기 자랑처럼 쓰고 있는, 술 담배 많이 하고 농사 잘 짓는다는 등이 지식인-작가로서의 자화자찬거리일 수 없음(그러므로 이중적인 자화자찬일 수는 있지만 그렇게 보면 자기에 대한 어떤 글쓰기도 자화자찬일 수밖에 없다)은 명백할 것이다. 요컨대 그는 자기 인물 속에서 스스로의 자아-이상들을 만나고 있었던 셈이지만, 또 말의 순서를 바꾸면 그런 인물들을 만남으로써 작가 이문구라는 인물로 성장했던 것이라 할 수도 있다. 이는 어느 쪽이든 무관할 것이나 여기에서 중요한 것은 속정 깊고 의리 있는, 혹은 성실하고 대범하고 경우 바른 사람이라는 이문구적인 인물의 한 모형이 그의 작품 한가운데 자리잡고 있다는 것이다.

이문구가 그려낸 종국적인 것으로서 사람됨의 매트릭스는 많은 단어로 번역될 수 있다. 진국스럽고 도탑고 진득하고 의리 있고 촌스럽고 무디고 허접하고 시속에 따르지 않고 뻗대고 의뭉스럽고 등등. 그러나 중요한 것은 이러한 단어들이 모두 외양에 불과하다는 것, 그러므로 경우에 따라서는 그 반대 이미지로 대체될 수조차 있음을 아는 것이다. 이기는 편이 아니라 지는 편에 서는 것, 대의에 따르면서도 생색내지 않고, 대열에서 이탈하지 않으면서도 선두가 아니라 중간쯤에 서서 그로 인해 생기는 이익을 자기 몫으로 챙기지 않는 것, 그럼에도 사적인 것을 공적인 것보다 아래로 두지 않는 것, 이런 사람됨을 이문구적이라 불러도 좋을 것이다. 지나친 과장이 아니냐고? 이문구의 작품들을 따라 읽어온 사람이라면, 혹은 생전의 그의 활동과 그 의미에 대해 아는 사람이라면 이런 진술을 과장으로 받아들일 사람은 많지 않을 것이다.

3.

그의 마지막 소설집에 실린 단편 「장동리 싸리나무」에서 인상적인 것은, "나 역시 저냥 저랬던겨. 저냥 물에 뜨는 물마냥 살아온겨. 못나게, 지지리도 못나게"[2]라는 말뭉치를 둘러싸고 만들어지는 독특한 분위기이다. 이 소설은 '하석귀'라는 퇴역 공무원을 주인공으로 내세웠으나 소설에 묘사되는 주인공의 내면은 서울 생활을 접고 낙향한 소설가 이문구의 것에 매우 가깝다. "그가 어려서 살았던 갈머리의 뒷동산을 동네 사람들은 으레 부웡산이니 부엉잇재니 뷩재라고들 일렀다"(같은 글, 164쪽)와 같은 구절은, 허구가 아니라 사실임을 내세우면서 쓴 소설 「일락서산」의 내용과 겹치고 있어, 작가 이문구와 주인공 하석귀의 심정 사이의 거리가 매우 가까울뿐더러 그것을 작가 자신이 애써 감추려 하지 않았음을 알 수 있다. 『관촌수필』 등에서 그

---

2) 이문구, 『내 몸은 너무 오래 서 있거나 걸어왔다』, 문학동네, 2000, 157쪽.

가 사실임을 앞세우며 소설을 쓸 수 있었던 것은 그것이 자기 이야기라기보다는 자기가 그리워하고 좋아하는 사람들의 이야기였기 때문이다. 이번에는 자기 이야기를 정면으로 다루는 마당이라서 이것을 실화라고 주장할 수는 없고 하석귀라는 퇴역 공무원의 페르소나에 의지해야 했다. 그런 것이 이문구의 기질이자 성향이다.

이런 과정을 통해 만들어진 성찰의 마당에서 이문구가 한숨처럼 토해놓은 것이 바로 저 말뭉치들이다. 헛것을 보면서 헛것처럼 지지리도 못나게 살아왔다는 내용의 말뭉치는 소설 초두와 중간과 마지막에, 세 번에 걸쳐 반복되고 있다. 그 사이를 채우고 있는 것은 낙향한 저수지 주변의 아름다운 자연 풍경과 마을 노인들의 유머러스한 이야기, 그리고 끝예의 애장터 이야기로 대표되는 유년의 기억들이다. 그러니까 가장 겉면에 은퇴한 사람의 고적한 내면이 있다면, 그 밑에는 공동체의 정취, 그러니까 늙어버린 '우리 동네' 사람들의 이야기가 있고 그보다 한 단 더 밑에 있는 것이 유년의 기억들이다. 이렇게 보면, 이문구의 세계에서 가장 바탕에 놓여 있는 것은 『관촌수필』의 세계, 옹점이 혹은 끝예로 대표되는 의리 있고 당찬 여성의 세계라 해도 좋을 것이다. 그 여성성이, 먹거리에서조차 반상의 구분을 엄격하게 했던 조부와, 또한 현실에 치이면서도 지킬 것은 지켰던 신석공은 물론이고, 대복이와 최서방과 유재필까지 포괄하고 있다고 한다면 어떨까. 그들이 모두 옹점이였다고, 커다란 대의 같은 것은 알지 못하지만 자기가 지켜야 할 사람들 사이의 도리만은 끝내 지켜내는 인물이었다고 한다면 어떨까.

이문구의 삶과 문학 전체를 놓고 볼 때 가장 의아하게 생각되는 것은 그가 왜 아버지와 형들의 이야기를 정면으로 쓰지 않았느냐는 것이다. 자료에 따르면, 한국전쟁이 발발하던 해, 남로당 보령군 총책이었던 그의 아버지와 두 형이 목숨을 잃었다고 되어 있다. 김시습에 대해서는 장편을 쓰면서 왜 정작 자신의 가족사에 대해서는 쓰지 않았을까. 『관촌수필』에 삽화적으로 등장하는 이야기 정도가 전부일 뿐 그는 한 번도 아버지의 삶과 죽음을 정면으로 다루지 않았던 것이다. 물론 이문구는 이에 대해 다음과 같이 쓰기도 했다.

> 나는 내 집안 이야기의 소설화에 의무감까지 느끼고 있지만 진작에 스스로 포기한 지가 오래다. 자칫하면 본의 아니게 이른바 분단문학이니 통일문학이니 민족문학이니 하는 투의 유행 상표가 붙을 우려뿐 아니라, 남의 아류로 보이기가 십상이기 때문이다. 나는 또 오륙 년간 막노동판에서의 인생 경력이 있지만 이를 소설화할 계획도 일찌감치 걷어치웠다. 역시 노동문학이니 현장문학이니 하는 상표와 아류 취급에 대한 우려 탓이었다. 다시 말하여 남이 이미 손을 댄 것은, 아무리 익숙한 체험과 넉넉한 자료와 치밀한 구상이 있더라도 미련 없이 버린다는 것이다.(「작가와 개성」, 『마음의 얼룩』, 324~325쪽)

하지만 이런 정도의 해명으로는 부족해 보인다. 작가로서의 개성을 추구하기 위해, 그러니까 좌익이었던 아버지의 이야기를 쓴 김원일이나 이문열 등과는 다른 길을 가기 위해, 비명에 숨겨간 아버지와 형들의 이야기를 쓰지 않았다는 것인가. 이것은 변명이라 해야 하지 않을까. 오히려 사실은 그가 옹점이였기 때문이라 해야 하지 않을까. 사실은 그가 옹점이의 애인이자 옹점이의 아들이자 옹점이 자신이었기 때문이라고, 사실은 그가 당찬 행동력과 깊은 속정을 지닌 여성이었기 때문에, 아버지를 죽음으로 몰아간 이념의 세계에 대해, 저 수컷적으로 달아오른 과잉 인정 투쟁의 세계에 대해서는 다룰 수 없었던 것이라 해야 했던 것은 아닐까. 그런 세계는 옹점이가 잘 알지 못하는 세계이기 때문이라고 했어야 하지 않을까. 소설에 대해 이렇게 말하고 있는 쪽이 훨씬 이문구스럽고 문학적이다.

나는 소설에 대하여 이렇다 할 이론이 없다. 작가는 되도록이면 자기가 아는 동네에 대해 이야기를 하는 것이 하기도 낫고 듣기에도 나으리라고 생각하지만, 이 생각도 혼자만 하고 있지는 않을 것이니 이 역시 주장은 아닌 셈이다.(「아는 동네하고 모르는 동네」, 같은 책, 244쪽)

이문구는 옹점이들과 함께 있을 때 가장 빛난다. 한번 아니면 아닌 것이 옹점이의 고집이다. 「장동리 싸리나무」의 은퇴한 공무원 하석귀는 밤의 저수지에서 헛것을 보았고, 그것을 깨닫고 난 후 장탄식을 날렸다. 그런 헛것을 보고 살아온 것이 자기 인생이었노라고. 이문구는 하석귀의 몸이 되어 그런 탄식을 세 번에 걸쳐 반복해놓았다. 중요한 것은 그가 무엇을 잘못 보고 살아왔는지 혹은 잘못 생각했었는지 같은 것이 아니다. 후회나 회한으로 가득찬 것이 인생이기는 누구에게나 마찬가지이기 때문이다. 헛것을 봤다는 것도 대단한 것이 아니다. 누구나 헛것을 본다. 중요한 것은 그 헛것이 그 사람을 어떤 자리로 이끌었는지의 문제이다. 회한에 젖는 것도 대단한 것이 아니다. 그것 역시 삶의 어떤 때가 되면 누구나 하게 되는 것이기 때문이다.

그러나 다른 것도 아니고 필생의 깨달음과 회한의 순간을 사투리로 기록한다는 것, 아버지의 언어인 표준어가 아니라 조부와 신석공과 옹점이의 언어인 방언으로 기록한다는 것, 그것은 대단한 일이라 아니할 수 없다. 그것이 바로 이문구적인 것이다. 소설을 쓰다보면 좀 잘된 것도 있고 안된 것도 있기 마련이다. 아무리 대단하고 정교하고 감동적인 허구의 세계를 만들어냈다 하더라도 허구는 허구일 뿐이다. 예술의 세계 그 자체보다 중요한 것은 그 속에 새겨져 있는, 그것을 만들어낸 사람의 정신, 한 사람이 소설쓰기라는 행위를 통해 보여주는, 혹은 문학하기라는 실천의 영역을 통해 보여주는 정신의 폭이자 높이다. 우리가 이문구를 고유명사 문학이라고 부른다면 바로 그런 점 때문이다.

　이문구의 소설들이 가장 좋은 문학 중의 하나라는 주장에 대해 그렇지 않다는 반박이 있을 수도 있다. 세상에는 너무나 많은 사람들이 있으니까. 하지만 우리가 좋은 의미로 문학적이라는 말을 쓸 때, 그 안에 들어 있는 가장 좋은 의미의 한 단면을 이문구와 그의 작품들이 지니고 있다는 점 정도는 반박의 가능성이 없는 진술이라고, 백 보쯤 양보한 상태로 주장해도 좋지 않을까 싶다. 그의 소설들이 서로 얽히며 만들어내는 맥락들 속에서 우리는 그런 주장의 근거를 확인하고 있는 중이다.

(2014)

4부

2022년 여름, 'K-' 시대와 한국문학

1. 한국 문화의 비상

2022년 여름, 한국 문화의 비상이 눈부시군요. 여기에서 비상이라 함은, 물론 비상非常이 아니라 비상飛翔이지요. 최근 한국의 대중문화가 만들어낸 성과는 K-팝이나 K-드라마 같은 개별 분야를 넘어, K-콘텐츠나 K-컬처라는 신조어를 만들어내고 있는 수준까지 진행되고 있군요. 게다가 이런 흐름은 한국이라는 나라 자체와 생활 문화 전반에 대한 관심으로 이어지고 있어, 바야흐로 'K-' 시대가 열려가고 있다 해도 그리 지나친 말은 아니겠습니다.

물론 이런 진술에 대해, 지나친 '국뽕' 의식의 산물이 아니냐는 반문도 있을 수 있겠습니다. 또한 국제사회에서 그동안 한국이 차지하던 관심의 수준이 낮고 부정적이었던 탓에 상대적으로 그렇게 보이는 것이라 할 수도 있겠습니다.

실제로 세계적 매체의 국제 뉴스에서 취급되던 한국이라는 나라 자체는, 북한의 미사일이나 역사적으로는 한국전쟁 같은 안 좋은 소재와 연관되곤 했지요. 또한 동아시아를 바라보는 외부적 시선을 보더라도, 한국은 중국과 일본이라는 동아시아 두 거인 사이에 끼여 있어 흐리마리한 존재라는 것이 표준적인 틀이라 하겠습니다. 그래서 한국에 대한 최근의 스포트라이트가 상대적으로 두드러져 보이는 측면도 있겠습니다. 약간의 긍정적 관심도 대단해 보인다는 것이죠.

그럼에도 한국의 대중문화사라는 관점에서 보자면, 기념비적이라 할 만한 사건들이 최근 들어 속출한 것은 어김없는 사실이 아닐 수 없습니다. 가장 먼저 들어야 할 것이 보이 그룹 BTS라 해야겠군요. 2022년 봄까지 6년 연속 미국 빌보드 음악상을 수상했다는 사실이 대단찮게 느껴질 정도여서, BTS는 이미 존재 자체가 사건이라 해야겠습니다. 그리고 넷플릭스 드라마 〈오징어 게임〉(2021)이 역대 시청 시간 1위를 기록하며 국제적 신드롬을 만들어낸 일, 그리고 봉준호 감독의 영화 〈기생충〉(2019)이 비영어권 영화로서 사상 최초로 미국 아카데미 작품상을 수상한 일 등이 함께 거론될 수 있겠네요.

이 셋은 최근 들어 너무나 많이 회자되었던 사건들이고, 각각이 지닌 의미 역시 작지 않지요. 그럼에도 한국 문화 전체의 관점에서 본다면, 이 개별 사건들보다 좀더 현저해 보이는 것이 있습니다. 눈부시다 함은 그런 점을 두고 할 수 있는 말인데, 이런 사건들이 예외적이거나 일회적인 것이 아니라 하나의 커다란 흐름 속에서 생겨난 것으로 다가온다는 사실이 곧 그것입니다. 그래서 각각의 사건들은 흡사 빙산의 일각처럼, 음악과 영상을 포함한 한국 엔터테인먼트 산업이 지닌 역량 전체의 표현으로 보인다는 것이지요.

한두 번은 예외적일 수 있지만, 반복되는 사건들의 행렬은 어떤 흐름의 필연성과 방향성을 보여주곤 합니다. 이를테면 〈오징어 게임〉이후로도 또 다른 한국산 드라마와 영상물들이, 넷플릭스와 같은 글로벌 OTT에서 상위권을 차지하고 또한 국제적 화제가 되고 있는 모습이 그 대표적인 예라 하겠습니다. 새로운 K-팝 그룹이 족출하는 대중음악계와 국제 영화제에서 연속 수상을 하고 한국 출신 감독과 연기자들이 국제적 화제가 되고 있는 영화계의 현실도 이런 흐름에서는 마찬가지이고, 또한 한국식 플랫폼과 함께 해외로 나간 한국 웹툰과 웹소설 등도 같은 흐름을 타고 있는 것으로 보입니다.

이렇게 보면 자연스럽게 생겨나는 질문이 있습니다. 대체 어쩌다 이런 일이 벌어졌을까. 물론 한국의 문화 산업 자체가 지니고 있는 역량 때문이라 함은 당연한 대답이겠지요. 그러나 그것만으로 제대로 된 답이 될 수 없음 또한 당연해 보입니다. 문화와 예술은 흔히 꽃으로 비유되기도 하지만, 그 같은 비유의 연장에서 말한다면 꽃의 아름다움과 향기는 뿌리와 줄기의 힘이 있어야 가능한 것이기 때문입니다. 이런 점에 착안한다면, 한국 문화의 현재 상태를 만들어낸 몇 가지 맥락들을 살펴볼 수 있겠습니다. 한국문학의 최근 동향과 문학성의 향배 역시 그런 흐름과 무관할 수는 없겠습니다.

2. 코로나19와 'K-' 시대

코로나19 감염병 사태가 발생하던 초기에도 그러하였지만, 만 삼년을 향해 가고 있는 지금 무엇보다 뚜렷해진 것은, 지구상의 모든 나라가 하나로 연결되어 있다는 사실입니다. 세계화 혹은 지구화라는 단어가 유행하기 시작한 것은 이미 오래전의 일이지요. 미국 중심의 세계 체제를 뜻하는 것이 곧 지구화이기도 했습니다. 초연결 시대로 접어들면서 지구는 점점 좁아지고 있습니다. 이번의 팬데믹 사태는 그 사실을 여실하게 확인시켜주었습니다. 감염병으로 인해 나라 사이의 교통이 차단되자 오히려 뚜렷하게 드러났던 것이 곧 국제적 교통로와 교통량의 존재였지요.

숙주의 국적을 가리지 않는 바이러스는 제트기와 같은 속도로 전파되어, 감염병 사태가 세계적 수준의 재난으로 확장되기까지 그리 긴 시간이 걸리지 않았지요. 지구 전체가 감염병 방어라는 동일한 과제를 부여받게 되고, 그럼으로써 팬데믹이라는 사태 자체가 한 나라 거버넌스의 수준을 보여주는 공통의 플랫폼이 되었습니다. 어떻게 효율적으로 대처하고 어떻게 자국민들의 피해를 최소화하는지에 대한 성적표를, 모든 나라들이 실시간으로 받아들게 된 것입니다. 감염병 환자들의 치명률과 사망률, 백신 접종률 등만이 아니라 각종 경제 지표들, 그리고 의료 관리의 체계나 효율성, 통계 관리의 신뢰도 등이 드러나게 됨으로써 각국의 역량이 백일하에 드러나게 된 셈입니다.

팬데믹 상황에서 한국의 대처 모델이 받아온 긍정 평가는, 한국 문화에 대한 관심을 넘어서는 면도 있어 보입니다. 어떤 면에서는 'K-' 시대의 발흥과 코로나19 감염병 사태가 동시적인 현상으로 보이기도 했지요. 이것은 단순히 두 현상이 시간적으로 중첩되어 있다는 것만은 아닙니다. 둘의 겹침 자체가 우연으로 보이지 않았다는 뜻입니다. 코로나19 바이러스의 창궐이 한국 대중문화의 흥기와 인과적으로 연관성을 가진다는 말은 물론 아니지요.

특정 문화에 대한 애호와 존중은 기본적으로 그것을 산출한 사람과 나라에 대한 호감을 바탕으로 합니다. 또한 거꾸로, 특정 국가나 사람들에 대한 애호가 그들이 누리는 문화로 이어지기도 합니다. 팬데믹 시대를 거쳐오면서 한국은 세계적 재난에 임했던 여러 나라들 사이에서 국제적 총아가 되었습니다. 발병 초기부터 현재까지 질병과 환자 관리에 효율적으로 대처함으로써 사회 경제적 피해를 최소화해왔기 때문입니다. 올해 6월 불룸버그 통신이 산출한 코로나 회복력 지수에서 한국이 1위에 올라 있는 것[1]도 그런 평가의 한 지표라 하겠습니다. 국제적 거버넌스 비교의 플랫폼이었던 팬데믹 사태는, 그러니까 한국에 대한 국제적 호감 상승의 플랫폼이기도 했던 셈입니다.

물론 한국에 대한 국제적 인식 변화가 곧바로 한국 문화에 대한 관심으로 이어졌다고 말하는 것은 논리의 비약이지요. 그러나 한국에 대한 국제적 호감도의 상승이 이미 진행되던 한국 문화 열기에 또 다른 연료를 제공할 수 있었다고 하는 것은 그리 지나친 말은 아니겠습니다.

팬데믹 사태가 없었다고 해도, BTS는 BTS일 것이고 블랙핑크는 블랙핑크일 것입니다. 이창동·홍상수·박찬욱·봉준호 감독들의 영화도 역시 그러할 것입니다. 이십여 년 전 한류를 만들어냈던 한국 드라마의 역량은 적지 않은 시간을 진화하면서 이제는 울창한 숲과 거대한 늪을 이루고 있는 모양새입니다. 팬데믹이나 그로 인해 영향력이 커진 넷플릭스 같은 매체가 없었다 해도, 그렇게 온축된 힘이라면 어떤 식으로건 국제적인 형태로 표현될 수밖에 없었을 것입니다. 지구화된 세계 자체가 수많은 연결망을 통해 이미 플랫폼 역할을 하고 있기 때문입니다.

---

1) "The Best and Worst Places to Be as World Enters Next Covid Phase", Bloomsberg, 2020. 11. 24(Last Updated 2022. 6. 29). https://www.bloomberg.com/graphics/covid-resilience-ranking/

그럼에도 팬데믹이 만들어낸 한국에 대한 인식 변화와 한국 문화에 대한 관심 사이의 상호 연관성을 지적하는 것은 그것이 만들어낸 다음 두 가지 반향 때문입니다.

우선 지적해야 할 것은, 바로 그 인식과 관심의 복합이 한국산 대중문화에 대한 메타-인정, 즉 팬덤이나 열광에 대한 인정을 만들어낸다는 점입니다. 나는 그것을 좋아하거나 즐기지는 않지만, 당신들이 그것을 좋아하는 데는 이유가 있어 보이고 그것을 나는 인정한다는 태도가 곧 그것입니다. 대중문화에 대한 취향은 연령대나 성별이나 세대에 따라 성층화되곤 합니다. 이를테면 한 세대가 다른 세대의 팬덤 현상을 바라보면서 인정하느냐 하지 않느냐는, 그 대상이 감성 세계 일반의 시민권을 확보하는 데 매우 중요한 역할을 합니다. 한국 문화에 대한 열기 역시 마찬가지이겠습니다. 팬데믹 사태를 통해 확인된 한국에 대한 국제적 인식 변화는, 이를테면 한국 문화에 대한 젊은 세대의 열기를 기성세대가 동참할 수는 없더라도 수긍할 수는 있는 것으로 만들어준다는 것이지요. 그와 같은 양상은 특정 문화의 전파와 수용에 있어 질적 변화의 계기가 될 수 있겠습니다.

또하나는 한국인들 자신에게 만들어낸 반향입니다. '눈을 떠보니 선진국이 돼 있었다'[2]라는 한 칼럼 제목에 많은 사람들이 공감할 수 있었던 것이 대표적인 예일 것입니다. "한국의 코로나 확진자는 2021년 1월 7일 현재 6만 7천358명인데, 같은 기간 영국은 죽은 사람 숫자가 7만 8천508명이다. 미국은 2천170만여 명의 확진자에, 사망자는 36만 5천여 명, 2차대전 때 죽은 미군 숫자보다도 많다"라는 문장

---

2) 박태웅, 「눈을 떠보니 선진국이 돼 있었다」, 아이뉴스24, 2021. 1. 11. https://www.inews24.com/view/1333621

이 그 칼럼의 초두에 있습니다. 전혀 예상하지도 못했던 국가적 자부심이, 팬데믹 사태로 인해 한밤의 도적처럼 들이닥친 셈이지요. 미국이나 영국을 '선진국'이라고 우러러보았던 사람들이라면 팬데믹으로 인해 벌어진 이런 모습이 이해할 수 없는 것으로 다가왔을 것입니다.

　그런데 감염병 방역과 대처에서 한국 정부가 거둔 성과도 성과지만, 그보다 더 중요한 것은 따로 있지요. 한국이 감염병 대처의 모델을 스스로 만들어냈다는 점이 그것입니다. 팬데믹 초기에 한국은 대량으로 환자가 발생했던 국가여서 국제적 스포트라이트가 비춰졌지요. 백신과 치료제가 없는 상태에서, 한국 정부는 검사/추적/격리라는 초기 감염병 대책의 표준 모델을 만들어냈고 이를 위한, 드라이브 스루 검사 같은 멋진 디테일들을 확보했지요. 그것이 국제적 화제가 되었고, 역병으로 인해 혼란스러운 여러 나라들에서 좇아가야 할 전범이 되었습니다. K-방역이라는 이름이 생겨났던 것도 그런 때문이죠.

　말하자면 위기에 대처하는 국가 차원의 거버넌스가 'K-' 대열에 합류한 셈인데, 한국이라는 나라가 외부에 의존하지 않은 채 스스로 모델을 만들어냈다는 자부심은 얼마 전에 있었던 한 정치적 사건을 상기시키는 것이기도 했습니다. 시민들의 적극적인 정치 참여와 이에 따른 민주적 절차를 통해서, 혼란도 유혈도 없이 대통령을 파면시켰던 2016~17년의 촛불집회가 곧 그것입니다. 자기가 속한 공동체가 역사적으로 유례없는 일을 했다는 점에서 그러합니다.

　자기 힘으로 세계의 표준 모델을 만드는 일이란 남들 따라 하기에 바빴던 나라 사람들에게는 비할 데 없는 자부심의 근거가 됩니다. 물론 그런 정도로 자부심 같은 것이 생겨나지 않는 수준이 되는 것, 자부심이라는 단어에 대한 의식조차 없는 상태가 되는 것이야말로 진정한 자부심의 모습이겠으나, 아직 그런 수준을 논할 수 있는 단계는 아니지요.

요컨대 비상사태가 벌어지자 공동체의 진짜 주인이 누구인지, 진짜 힘이 어디에 있는지, 자기 공동체가 어떻게 작동하고 있는지를 다수의 한국인들이 확인하게 되었던 셈입니다. 2021년 말에 개봉한 할리우드의 종말론 영화 〈마더/안드로이드〉를 본 한국인이라면 기묘한 감정을 느끼지 않을 수 없었겠습니다. 기계인간들의 반란으로 미국이 폐허가 되었고, 살아남은 주인공들이 가고자 하는 곳이 한국으로 설정되어 있기 때문입니다. 게다가 거기 나온 한국이라는 고유명사는 북한의 이미지와 겹쳐져 있는, 매우 독특하게 개념적인 것이기에 더욱 그러합니다.

3. 한국 드라마와 민주주의

변화는 어느 날 갑자기 자기 모습을 드러내지만, 그 속을 들여다보면 어떤 변화도 난데없지는 않은 법이지요. 〈기생충〉의 아카데미 수상과 〈오징어 게임〉 신드롬이라는 사건 역시 마찬가지라 해야 하겠습니다. 이런 사건들은 그 자체가 놀라운 것이었지요. 놀라움에 뒤이어 현격한 격세지감을 느낀 것은 제가 속한 세대라면 당연한 일이겠습니다. '외화'의 반대말로 '방화'라 불렸던 한국 영화는 한때 싸구려 문화의 대명사였기 때문입니다. TV에서 방영되는 드라마도 그런 취급을 받았지요. 1996년, 한국 영화에 대한 사전 심의가 철폐되기 이전의 일이었음은 물론입니다.

베를린대학교의 설립자 훔볼트는 대학과 학문의 필수 조건으로 자유를 손꼽았거니와, 자유는 학문만이 아니라 문화의 융성에 필수적인 것이기도 합니다. 영화와 대중음악의 사전 검열이 폐지된 1996년은 그런 점에서 한국 문화사에서 기념비적인 해이기도 합니다. 그로부터 사반세기가 넘어선 시점입니다. 이제 한국의 드라마와 영화는 예술성이라는 점에서도 사전 검열 시대 수준의 반대 극점에 있는 것으로 보입니다. 그러니까 〈오징어 게임〉은 수없는 봉우리들이 늘어서 있는 산맥의 연봉 중에 다만 한 봉우리라고 하는 것이 합당한 생각이겠습니다.

세대나 성별로 보자면, 제가 속해 있는 오륙십대 남성은 아마도 드라마 시청으로부터 매우 멀리 있는 계층이 아닐까 합니다. 이따금씩, 중년 남성들이 드라마를 본다는 것 자체가 뉴스거리가 되곤 했던 것이 그런 증좌이겠습니다. 저 역시 그 세대의 일원으로서 드라마 시청과는 상당히 거리가 있던 사람이지만, 최근 화제가 되었던 〈오징어 게임〉과 〈괴물〉(2021) 〈지금 우리 학교는〉(2022) 〈킹덤〉(2019) 〈스위트홈〉(2020) 등의 넷플릭스 드라마를 시청해왔습니다. 화젯거리에 동참하기 위해 의무적인 느낌으로 그랬던 것이 아니고, 자발적으로 화면을 열고 즐겼던 쪽에 속합니다. 문화 상품의 소비자로서 저는 이미 한국산 드라마에 대한 기본적 신뢰가 확보된 상태이기 때문입니다. 기대하고 누리고 음미하는 수준입니다.

한국 드라마를 보게 된 것은 팬데믹 이전, 〈나의 아저씨〉(2018)라는 드라마를 보고 소감을 좀 말해달라는 한 동료의 요청 때문이었습니다. 당신이 평론가라니, 당신의 평가가 궁금하다는 식의 조금은 점잖은 권유였지요. 몇 번에 나눠서 본 16부작 〈나의 아저씨〉는 매우 잘 만들어진 드라마더군요. 극본과 연출, 배우들의 연기 등이 흠잡을 데 없다는 생각이었습니다. 극화를 위한 과장 같은 것은 드라마라는 장르적 특성으로 이해했습니다. 제가 특별히 평가에 너그러운 것이 아니라, 다른 누구라도 그렇게 느끼지 않을까 합니다. 드라마 보는 일 자체에 흥미를 느끼느냐 아니냐는 물론 다른 문제이겠지요. 새삼스러운 일이지만, 저로서는 한국 드라마의 수준을 확인하게 된 순간이기도 했습니다.

〈나의 아저씨〉에서 인상적이었던 것은 드라마의 핵심에 놓여 있는 도청이라는 극적 장치입니다. 한 여성이 한 남성의 목소리를 몰래 듣습니다. 도청은 당연히 불법적인 것이고, 또한 드라마 안에서도 범죄를 위한 것이라서 극적 긴장을 만들어내지요. 그러면서도 도청은 한 사람의 숨겨진 내면을 드러내준다는 점에서, 편지나 일기와 같이 진정성을 드러내는 서사적 장치 역할도 하지요. 범죄적 성격이 사라진 도청은, 그러니까 우연히 듣게 된 어떤 사람의 숨겨진 목소리는 진정성의 한 극점에 해당합니다. 서정시를 읽는 경험의 바탕에 있는 것이 바로 그것, 독백과 도청의 형식이기도 하지요.[3] 혼자 중얼거리는 시인, 그것을 우연히 듣게 된 독자라는 틀은 우리 시대의 서정시가 소통되는 근간에 해당합니다. 게다가 진정성을 드러내고 추구하는 일이란 문화적 근대성의 기본 형식이기도 합니다. 문학적 근대성의 근간을 이루는 것이라 해도 좋겠습니다.

〈나의 아저씨〉에서의 사람들의 진정성에 다가가는 일은, 도청과 같은 범죄적인 방식의 부산물로 획득됩니다. 그런 점에서 도청이라는 장치는 극적 긴장과 동시에 선악이 뒤섞이는 아이러니를 지니게 되지요. 사내 정치의 역학 관계가 만들어내는 음모와 반격의 드라마,

3) 졸저, 『아첨의 영웅주의—최남선과 이광수』, 소명출판, 2011, 243쪽.

또한 지위 상승에 대한 다양한 열망과 좌절들이 그 위에 펼쳐집니다. 그리고 이 모든 것들을 감싸고 있는 햇빛과 달빛이 있습니다. 가장 큰 현실적 위력의 소유자인 회사 소유주가 한편에 있고, 다른 편에는 가장 깊은 정감의 소유자인 모성의 신들이 있어 두 개의 정서적 중심을 이룹니다. 하나는 올바름으로 다른 하나는 따뜻함으로, 아름다운 공동체의 정서를 만들어내는 것이지요. 이런 구도는 작위적인 것이라 할 수도 있겠습니다. 그러나 그것 역시 희랍 드라마에 등장하는 데우스 엑스 마키나와 같이 장르의 문법으로 이해해줄 수 있지 않을까 합니다.

〈나의 아저씨〉가 제게는 한국 드라마의 존재와 가치를 발견하게 한 계기가 되었으나, 그것은 말 그대로 계기일 뿐이었습니다. 그 이전부터 이어져왔고 지금까지 계속되고 있는, 명작으로 지칭되는 한국 드라마의 다양한 세계는, 울창한 숲이나 거대한 늪이라 표현해도 좋은 수준으로 보였습니다. 극본이 만들어낸 서사의 줄기도 극적 디테일도, 그리고 그것을 재현하는 배우들의 연기도 훌륭하더군요. 전성기 아테네에서 만들어진 드라마들의 행렬을 연상시켰다면 너무 지나친 표현일까요. 그렇다면 한국 드라마들을 한번 보시라고 권해드리고 싶군요. 이미 한국 드라마를 보고 계시다면 거꾸로, 매우 유명하지만 잘 읽히지는 않는 아테네 비극들을 한번 읽어보시라고 권해드려야겠네요.

드라마의 기본 기능은 사람들의 희로애락을 표현하여 사람들의 공감을 이끌어내는 것이지만, 한 공동체가 공유할 수 있는 올바름의 감각을 도야하는 것 또한 대중적 형식으로서 드라마가 수행하는 중요한 기능이기도 합니다. 드라마에 교육이나 계몽적 효과를 기대하는 것은 그런 까닭이지요. 그런데 드라마를 중심으로 말한다면, 표현의 자유를 존중하는 주권자의 존재야말로 뛰어난 드라마를 만들어내는 중요한 원천의 하나라 해야 하겠습니다. 무슨 말이건 거리낌없이 할 수 있어야 제대로 된 드라마가 가능해지기 때문입니다. 그 주권자가 절대왕정기의 왕일 수도 혹은 민주정하의 시민들일 수도 있겠으나, 지금 여기에선, B.C. 5세기 아테네와 함께 21세기 한국의 예를 들어도 되지 않을까 하는 생각입니다.

민주주의는 자칫하면 나락으로 떨어질 수 있는 위태롭고 불안정한 체제입니다. 힘있고 욕심 많은 사람들, 그리고 사람들을 그릇 인도할 수 있는 이상한 사람들이 도처에 버티고 있기 때문입니다. 그래서 민주주의의 행보는 휘청거리는 갈지자걸음이 오히려 정상입니다. 이런 사정은 이천오백여 년 전 페리클레스 시대와 현재 한국의 상황이 별반 다르지 않습니다. 하지만 그런 불안정성을 연료로 자기 유지의 동력을 확보하는 것이 곧 민주주의 체제의 본성이기도 합니다. 민주주의는 자본주의와 마찬가지로 체제의 위기를 자기 본질로 지니고 있다는 것이지요. 위기에 무심해져서 주권자 대중의 관심과 참여가 사라지면 민주주의도 생명을 다하게 되는 것을 우리는 잘 알고 있습니다.

그래서 대중의 침묵은 민주주의에게 독약과도 같습니다. 민주주의 체제를 지탱하는 핵심 기제는 대화와 토론의 언어이기 때문입니다. 민주주의가 건강하면 말이 많고 시끄러울 수밖에 없습니다. 드라마 경연이 이뤄지는 아테네의 극장은 직접적이고 또한 우회적인 정치적 언어의 장이기도 했습니다. 소포클레스의 언어는 동료 시민들을 향한 것이지만, 그보다 두 살 많은 정치 지도자 페리클레스가 그 시민들 안에 포함되어 있음은 너무나 당연한 것입니다. 그리고 소포클레스 자신이 펠레폰네소스전쟁에 사령관으로 참전한 이력의 소유자이기도 했지요. 풍자와 해학에 입각한 희극의 언어는 말할 것도 없지만, 비극의 언어 역시 민주주의 정치의 언어이기도 했다는 것이지요.

세상에 언어의 성찬이 펼쳐지니, 그 세계를 재현하는 매체들에게 민주주의 사회는 황금어장이 아닐 수 없습니다. 한국의 사회적 성숙이 드라마의 수준 상승을 이뤄냈다고 함은 조금 지나칠 수도 있겠습니다. 그러나 멋진 드라마를 만들어내는 문화적 역량이 한국사회 전체의 성숙성과 나란히 가고 있다고 하는 것은 큰 무리가 없어 보입니다. 그러니까 K-드라마와 한국사회는 성숙성을 향해 가는 동반자인 셈이네요.

4. 'K-' 시대의 문학

한국문학에 관한 국제적 관심 역시 다른 분야와 마찬가지로 질적 변화를 겪고 있는 중입니다. 물론 영상이나 음악 분야에 비하면, 문학의 경우는 언어라는 벽이 훨씬 높은 장애물일 수밖에 없습니다. 영화의 자막처럼 어렵지 않게 건너뛸 수 있는 1인치의 장벽 같은 것이 아니라, 문학에게는 언어가 벽 그 자체이기 때문이지요.

그럼에도 한국문학에 대한 국제적 관심이 새로운 단계에 접어들었다고 할 것은, 한국문학에 관한 소구의 벡터가 바뀐 탓입니다. 한국문학이 국가 홍보의 대상이었던 시절에서 벗어나, 이제는 해외의 관심이 자국의 출판 시장을 위해 한국문학을 호출하게 되었습니다. 신경숙 작가의 『엄마를 부탁해』, 한강 작가의 『채식주의자』 같은 경우가 이런 흐름을 보여주는 상징적인 예이겠습니다.[4] 『채식주의자』의 영역본이 맨부커 상을 받았을 때, 제 동료는 한 기자의 질문에 대해 이렇게 답하더군요. 맨부커 상의 담당자들이 이제 작품 보는 눈이 생긴 것 같다고. 노벨문학상 같은 것을 향한 해바라기가 아직도 여전한 상황이라서, 이런 태도는 제게 매우 흡족해 보였습니다.

한국문학은 지난 백여 년 동안 험로를 걸어왔습니다. 때로는 비명을 내지르기도 했었지요. 민주주의 체제와 드라마의 상관성에 대해 말했지만, 드라마의 자리에 문학이 들어가면 관계가 좀더 역동적이 됩니다. 문학은 엔터테인먼트 산업에 비하면 상대적으로 몸이 가벼운 존재입니다. 반민주적 압제는 드라마의 숨통을 조이지만, 몸이 가벼운 문학에게는 오히려 양질의 자양일 수 있습니다. 실제로 지난 백여 년간 한국문학은 역사와 정치가 만들어낸 질곡을 오히려 도약판으로 삼아 근력을 키워왔습니다. 그 백여 년을 두 토막으로 나눈다면, 시민혁명 이후 새로운 헌법이 만들어진 1987년에서부터 투표를 통한 실질적 정권 교체가 이루어진 1997년까지의 10년이 중요한 전환점이 될 것입니다.

전반부의 문학에서 강조되었던 것이 한국이 거쳐온 역사적 특수성이라면, 후반부에서는 사정이 달라집니다. 한국 특유의 역사성이 감수성과 정서의 차원에서 엷어지기 시작합니다. 그 여백을 새로운 상상력이 채워나가는 식이지요. '한국문학'이라는 단어를 놓고 보자면,

---

4) 『엄마를 부탁해』는 2011년 4월에 미국 시장에 나왔고 곧장 뉴욕 타임스 베스트셀러에 올랐다. 이후 41개국으로 판권이 팔렸다. 『채식주의자』는 2016년 맨부커 국제상을 수상했다. 『엄마를 부탁해』에 관해서는 문일완, 「〔해외로 간 한국문학 특집〕한국문학을 부탁해—출판 저작권 에이전트 이구용」, 『월간 채널예스』 2021년 4월호 참조 (https://ch.yes24.com/Article/View/44548). 지난 십 년 동안 해외에서 수상하거나 화제에 오른 한국문학 작품 목록은 정다운·문일완 「〔해외로 간 한국문학 특집〕어제와 내일 사이의 K-LIT」, 같은 책(https://ch.yes24.com/Article/View/44548) 참조.

'한국적인 문학'에서 '한국인의 문학'으로 혹은 '한국에서 생산된 한국어 문학'으로 변해왔다고 해도 좋겠습니다.[5] 이런 이행 속에서 한국문학은 이미 세계문학이 되어 있었다고 해야 할 것입니다. 세계를 보는 감각 자체가 이미 그러했던 것이지요. 세계문학에 대한 열등감을 고백하면서 한국문학도 어서 발전해서 당당한 세계문학의 일원이 되어야 한다고 했던, 1972년 한국의 한 원로 평론가의 시선으로 보자면[6] 오늘날의 문학은 격세지감 수준을 훨씬 넘어서는 것이라 하겠습니다.

이런 흐름 속에서 최근의 문학적 동향을 보면, 가장 두드러지는 것은 문학의 스펙트럼 자체가 확장되었다는 점이 아닐까 합니다. 문학성의 개념적 재배치가 이뤄지고 있다고 해도 좋겠네요. 지난 세기 한국 문학 안에서 선연했던 엘리트적인 것과 대중적인 것의 경계가 이제는 현저하게 옅어졌습니다. 서브 장르의 경계는 분명하지만 그들 사이의 서열은 사라지고 있습니다. 초연결 시대로 접어들면서 이동의 속도는 빨라지고 그에 따라 지구는 점점 굴곡 없이 평평해지고 있는 중입니다. 취향과 감각의 경계 역시 낮아지고 허물어져 서로 뒤섞이며 혼종화되고 있는 중입니다.

문학도 다른 재현의 양식들이 그렇듯이 자기 앞의 현실세계 속에서 서사를 뽑아내지요. 사람들이 모여 만들어지는 현실세계는 장차 노래나 이야기가 될 수 있는 다양한 서사를 축장하고 있습니다. 각

---

5) 이재용은 최근 10여 년 사이에 일어난 한국문학에 대한 국제적 관심의 변화 추이에 대해 기술하면서, "'한국'문학에서 한국'문학'으로"라는 표현을 썼다. 이재용, 「'형태적 돌연변이'의 세계적 생존을 위하여」 『작가들』 2021년 겨울호, 139쪽.
6) 백철, 「민족문학의 오늘과 내일」, 『세대』 1972년 6월호, 135쪽.

각의 장르들은 동일한 세계를 재현의 대상으로 하면서도 자기 방식의 고유한 왜곡률을 지녀 서로 구분됩니다. 대중을 상대해야 하는 드라마에 비하면, 소설이 만들어내는 그림은 상대적으로 어두운 색채를 지니는 것이 상례였습니다. 그런 편이 피차에 안전한 선택이었던 탓입니다. 그러나 현재의 한국문학이 보여주는 스펙트럼의 다양성은 이제는 더이상 그렇지 않다고 말하는 듯합니다. 드라마도 소설도 마찬가지입니다. 상반된 색조가 서로 섞이고 있습니다. 그 한복판에 산업성과 문학성을 아울러 갖춘 웹툰이 있다고 해야 할까요.

이런 스펙트럼 상에서 김호연 작가의 장편 『불편한 편의점』(나무옆의자, 2021)이 한쪽 극단에 있다면, 그 반대편에는 이우연 작가의 장편 『악착같은 장미들』(아르테, 2022) 같은 경우를 발견할 수 있겠습니다. 한쪽은 사람들이 원하는 희망적이고 따뜻한 이야기를 들려주고, 반대쪽은 작가 자신 안에서 쏟아져나오는 악몽을 활자로 채록해냅니다. 한쪽은 그 자체가 현재의 드라마와 흡사한 서사를 지니고 있는 반면에, 다른 쪽은 웹툰이라면 모를까 실사 영상으로 만드는 것 자체가 매우 어려워 보입니다.

물론 이런 구도는 어느 시대에나 있는 것이라 해야 하겠지요. 지금 우리 시대가 지난 시대와 구분된다면, 그 양극단을 대하는 태도라는 점에서 그러할 것입니다. 두 방식의 차이를, 옳고 그름의 프레임 없이 그 자체로 인정해주는 것이 이제는 자연스러운 태도가 되었다는 것입니다. 어느덧 문학성을 규정하는 마음이 바뀌어 있는 것이죠.

김금희 작가의 장편 『경애의 마음』(창비, 2018) 같은 경우는 이 다양한 스펙트럼의 중간 어디쯤에 있다고 해야 하겠습니다. 이 작품이 경탄스러운 것은 서사가 지닌 다층성 때문입니다. 생존과 대의는 인간 삶에 필요한 두 개의 필수 요소입니다. 생존하지 못하면 삶은 사라집니다. 또한 살아야 할 이유가 없으면 생존을 위한 분투가 불가능해집니다. 『경애의 마음』이 그려내는 것은 이 둘이 겹쳐지는 지점입니다.

점차 가중되는 고용 불안의 시대에, 마음 없는 생존 기계와 같은 태도는 생존 자체를 위한 훌륭한 동력이 됩니다. 미싱 회사에 다니는 삼십대의 주인공 경애씨는 그런 씩씩한 태도를 사랑하지요. 누구라도 그런 태도를 사랑하지 않을 수 없습니다. 절대 빈곤이 사라졌다지만 그 자리를 차지한 것은 날로 심해지는 자산 규모의 양극화입니다. 기업주나 건물주는 지주가 되고, 고용인과 자영업자들은 소작농 신세가 됩니다. 『경애의 마음』이 그려내고 있는 것은, 이런 마음의 세계를 살아가는 생존 기계들의, 공백처럼 보이는 마음입니다. 게다가 경애씨의 마음에는 자기 자신도 개입되어 있는, 사회적 재난으로 인한 친구의 죽음이라는 트라우마가 잠복해 있습니다. 소설의 전면에는 생존 기계들의 애틋한 연애 감정과 추억과 지긋지긋할 수밖에 없는 각자도생의 일상이 펼쳐집니다. 그런데 그 밑에는 경애씨의 트라우마에 깃들어 있는 묵직한 분노의 음성이 깔려 있습니다.

하지만 『경애의 마음』의 진짜 매력은 그 둘 너머를 그린다는 점, 생존과 대의 너머를 그려내고 있다는 점입니다. 이 소설의 작가에게 신뢰감을 느낀다면 바로 그런 점 때문이 아닐까 합니다. 속된 현실에 대한 분노 너머에 있는 것, 이루지 못한 사랑의 안타까움 너머에 있는 것, 그것은 그 두 마음 밑에 달려 있는 스산함입니다. 존재론적 갈증이라고 표현할 수 있는 그 마음은 작은 디테일들 속에서, 예를 들면, 젊은 경애씨가 꾸벅꾸벅 졸다가 "비디오테이프가 탁, 하고 돌아가 멈추면 잠에서 확 깨곤 했다. 그러면 이상하게 허무해지고 세상 모든 일에 신물이 나곤 했다"⁷⁾와 같은 회상 대목들 속에서 모습을 드러내기도 하지만, 주로는, 희미해지고 느슨해진 사람들과의 관계를 표현하는 서사적 배치와 문체를 통해 표현됩니다.

이와 같은 세 겹의 구조, 한 개인의 실존과 사회적 정의와 그리고 인간 일반의 존재론적 문제를 겹의 형식으로 풀어낼 수 있는 작가, 한 사태의 여러 모습을 함께 볼 수 있는 시선의 존재는 귀한 대접을 받아야 마땅할 것입니다.

두 개의 회사 이야기, 『경애의 마음』과 드라마 〈나의 아저씨〉는 같은 해에 나왔군요. 둘을 비교해보는 것도 양식적 차이를 드러낸다는 점에서 흥미로울 것이나, 이미 주어진 지면이 많이 넘쳐 간략하게 한 가지 점만 지적해두고 싶습니다.

드라마에는 있기 쉬우나 문학에는 없기 쉬운 것, 즉 서사의 경로 의존성에 대해 말해두어야 하겠습니다. 커다란 초기 투자 자본과 무거운 하드웨어를 가진 드라마는 한번 이루어진 성공의 틀을 벗어나기가 쉽지 않습니다. 현재 한국 드라마가 상승기의 힘을 지니고 있다고 할 수 있는 것은, 아직 그런 경로 의존성이 드러나고 있지 않기 때문입니다. 공식이 만들어지면 전성기는 사라지고 쇠락이 시작됩니다. 문학은 몸이 가볍기에 사람들이 잘 다니지 않는 길을 가보는 게 상대적으로 어렵지 않지요. 길이 많으면 그 앞에 있는 한 개인으로서는 난감하고 힘든 일이겠으나, 집합적인 수준에서 말한다면 분명한 사실이 있습니다. 다양성은 독창성의 원천이 된다는 것입니다.

---

7) 김금희, 『경애의 마음』, 창비, 2018, 108쪽.

5. 문학, 클리나멘의 저장고

'K-' 시대 한국문학에 대해서도 긍정적 가능성에 대해 말할 수 있는 것은 현재의 문학이 지니고 있는 다양성 때문입니다. 글을 마무리하며, 젊은 작가들의 최근 몇몇 작품들을 거론해볼 수 있겠습니다.

박상영 작가의 장편『일차원이 되고 싶어』(문학동네, 2021)와 임솔아 작가의 장편『최선의 삶』(문학동네, 2015)은 서로 다른 방식으로 격렬한 성장의 서사를 보여주네요. 어른이 되는 것도 쉽지 않지만, 더 어려운 것은 어른으로 살아가는 것이 아닐까 합니다. 장류진 작가의 장편『달까지 가자』(창비, 2021)와 정세랑 작가의 장편『시선으로부터』(문학동네, 2020)의 명랑성은 이미 승자가 되어 있는 낭만주의의 위력을 보여주네요. 명랑성은 주인의 감수성이지만, 거꾸로 명랑성을 선택함으로써 이미 벌써 주인이 될 수도 있지요. 이들은 모두 힘이 센 작가들입니다.

이서수 작가의 장편『헬프 미 시스터』(은행나무, 2022)는 1970~80년 대식 산동네 이야기의 21세기 버전으로 보입니다. 플랫폼 노동자의 고된 삶은 육체를 잠식하지만, 전망 없는 미래를 향한 불안은 영혼을 갉아먹지요. 이 소설에 김혜진 작가의『너라는 생활』(문학동네, 2020)이 겹쳐지는 것은 그 때문입니다. 상처에 취약한 영혼들과 공격적인 세상의 모습이 한 쌍으로 얽혀 있네요. 이인칭 소설인데도 자기 심문의 형식이 아니라 외부 세계를 향한 비판이라는 점이 특이하지요. 이른바 수난의 한국사가 여성의 눈으로 소환되면 어떤 식의 공감의 영역이 생겨나는지를, 최은영 작가의 장편『밝은 밤』(문학동네, 2021)이 보여주네요. 역사보다 가족사보다 중요한 것은 개인 간의 공감임을, 그것이 설사 얼굴도 모르는 증조모와 증손녀 사이의 것이라도 그러하다는 것을 그려냅니다. 이들은 모두 우리 시대 마음의 현실에 예민하게 반응하는 사람들입니다.

문학이 클리셰 되기의 위험으로부터 멀리 있는 것은, 문화 산업의 서사가 지닌 경로 의존성으로부터 상대적으로 자유롭기 때문입니다. 쿠팡플레이 드라마 〈안나〉(2022)와 그 원작, 정한아 작가의 『친밀한 이방인』(문학동네, 2017)을 견주면 어렵지 않게 드러날 것입니다. 드라마가 지니는 대중적 서사의 형식이 이미 존재하는 올바름의 감각을 재현한다면, 상대적으로 몸이 가벼운 문학은 그 감각 자체에 대해 의문을 제기할 수 있지요.

글을 쓰고자 하는 원초적 에너지를 축장하고 있는 문학은 자유와 함께 고독의 보존자이기도 합니다. 죽음의 보존자라고 해도 좋겠네요. 죽음은 미메시스와 비판과 공감의 에너지 너머에 있는 힘이거니와 그것이 곧 문학적 글쓰기의 밑바탕에 있는 힘이기도 하지요.

시류와 함께 가면서 또한 시류로부터 어긋나고, 어긋남으로써 종국적으로 사람의 삶과 함께 가게 되는 것이 문학적 글쓰기의 운명입니다. 수많은 우연들이 부딪쳐 파열하면서 만들어내는 거대하고 불가피한 흐름, 그것이 곧 운명이지요. 그런 점에서 문학적 글쓰기와 그것이 만들어내는 틈과 주름은 클리나멘, 우리 삶이 지닌 돌발적 에너지의 저장고가 됩니다. 현재의 문학이 만들어내고 있는 그 틈과 주름들이야말로 'K-' 시대 한국문학의 가능성이라고 해야 하지 않을까 합니다.

(2022)

루카치 『소설의 이론』 세 번 읽기

1.

루카치의 『소설의 이론』(2016)이 나온 지 올해로 백 년이 되었다고 한다. 헤아려보니 과연 그렇다. 헤아리지 않더라도 그런 사실이 틀릴 리는 없지 않은가. 그런데도 따져보게 되는 것은 그 사실이 적잖이 생 광스럽기 때문이다. 조금은 시대착오적인 느낌도 없지 않다. 이 책이 나온 지 아직 백 년밖에 되지 않았다는 것인가. 작년, 아인슈타인의 일반상대성이론이 발표된 지 백 년이라고 했을 때는 벌써 그렇게 되 었나 싶었는데, 루카치의 『소설의 이론』이 백 년이라는 것은 적잖이 낯설다. 느낌으로는 훨씬 더 오래된 책인 듯싶다. 한 이백 년쯤 된 책 이라고 한다면 내 스스로 수긍할 수 있을까.

물론 이치를 따지면 그럴 수는 없는 일이다. 루카치는 1885년생이 고 『소설의 이론』은 그가 스물아홉 살 때, 1차대전이 한창이던 유럽 에서 출간되었다. 무엇보다 이 책은, 저자 스스로 밝히기를 도스토옙 스키를 위한 서론 격으로 저술되었다고 했다. 플로베르와 동갑인 도

스토옙스키는 1821년생이니 루카치보다 쉰 살가량이 많고, 또 이 둘은 루카치의 『소설의 이론』에서 매우 중요한 포인트로 다뤄지고 있다. 플로베르의 경우는 『감정교육』이라는 작품 자체가 중요한 논거가 되고, 도스토옙스키는 이 책 전체의 보이지 않는 중심 역할을 한다. 그러니까 『소설의 이론』은 어떻게 해도 이백 년 전으로 올라갈 수는 없는 셈이다. 그런데도 내 마음은 자꾸 이 책이 나온 시간을 그쯤으로 끌어올리고 싶어한다. 그래서 나 자신에게 묻는다. 당신은 이 책을 혹시, 헤겔이 자신의 주요 저작들을 썼던 시대로 끌어올리고 싶어하는 것인가. 그러니까 내 마음은 이 책을, 루카치가 아니라 헤겔이 썼다고 생각하고 싶어하는 것일까. 그럴 수는 있겠다 싶다. 루카치가 아니라 헤겔이 쓴 『소설의 이론』? 그럴 수 없음을 알면서도 나는 그건 말이 된다고 생각하는 것이다.

어쩌면, 무시간적인 책처럼 느껴진다고 하는 편이 좀더 정확할 수도 있겠다. '이제야 백 년?'이라 했지만, 곰곰이 생각해보면 그것과 '벌써 백 년?' 중에 어느 쪽이 더 정확한지 알 수가 없다. 환갑잔치 같은 느낌으로 100주년 운운하는 시간 매김 자체가 이 책에는 어색하게 느껴진다고 하면 어떨까. 그런가? 그렇다면 이 책이 그렇게 특별하고 대단하다는 것인가. 이런 반문에 대해서도, 선뜻 그렇지 않다고 말하기도 어려워 보인다. 나 자신이 지닌 특별한 기억 때문이라고 말하면 어떨까. 약간은 그렇지만 그것으로도 충분치는 않다. 한 세대의 기억에 관한 것이라고 말한다면 조금 난폭한 것일지도 모르겠으나, 어쨌거나 『소설의 이론』이 아니라 루카치라는 인물이라면 그럴 수 있어 보인다.

루카치는 20세기를 대표하는 마르크스주의 미학자이고, 특히 한국에서는 한두 사람이나 전공이 아니라 한 세대의 사유에 영향을 미쳤던 인물임에 이론의 여지가 없다. 1970~80년대 한국에서 지식인들에게 그가 행사했던 영향력의 크기는, 그의 저술이 제대로 번역될 수 없었다는 사실과 극단적인 대조를 이룬다. 그러나 루카치가 아니라 『소설의 이론』이라는 책이 그렇다고 말하기는 어려워 보인다. 마르크스주의자로서의 루카치가 쓴 책들, 이를테면 『역사와 계급의식』(1923)이나 『청년 헤겔』(1948), 『이성의 파괴』(1954) 같은 책들이 더 중요한 것으로 취급되었다고 하는 것이 옳지 않을까 싶다. 이 책들에 비하면 『소설의 이론』은, 일단 다루고 있는 대상의 범용성에서 차이가 나는 것이기도 하다.

하지만 이 모든 사정에도 불구하고 내게 중요했던 것은 루카치가 아니라 바로 이 책, 『소설의 이론』이었다. 내게 그 책은 이중의 망명객이었고, 이중의 혁명가였다. 금지된 것 속의 외피에 감싸여 있던 진정으로 금지되어야 했던 것. 물론 이런 사실은 처음 읽었던 때가 아니라 한참 나중에 가서야 내 스스로에게 분명해진다. 이 글은 그런 경험에 관한 이야기이고 『소설의 이론』이라는 책을 세 번 읽었던 한 문학도의 경험에 관한 이야기이다

2.

내가 이 책을 처음 접하게 된 것은 학부 때였다. 책과의 만남 자체가 좀 특별했다. 당시 루카치의 책은 금서였기 때문이다. 책이 금지되었다기보다는 사람이 금지되었다고 함이 더 정확하겠다. 당시 루카치라는 이름은, 좌경 세력을 척결하기 위해 불온 좌경 사상을 씻어내야 한다는 식의 일간신문 기사에 단골로 나오는 이름이었다. 모택동

이나 마르쿠제 등의 이름이 그의 이름 옆에 있었다. 이들의 생각에 세뇌된 불순한 좌경 세력이 우리의 자유를 위협한다는 것인데, 말하자면 자유를 지키기 위해 자유를 반납해야 한다는 비-논리가 부끄러운 줄 모르고 통용되던 시절이었다. 금지된 지식들을 천연덕스럽게 유통시키는 대학생들을 질타했던 당시의 한 신문 기사는 그런 지식의 유통이 복사기 때문이라고 했다. "좌경 서적 한 권은 어느새 수백 권의 책으로 변한다"[1]라고. 좌경 서적이 당시 '불온간행물'이라는 정부의 공식 용어에 의해 감금되었던 책들을 뜻한다면, 수백 권이라는 표현은 어쩌면 너무 겸손한 말일 듯싶다. 갇혀 있던 책들을 감옥으로부터 탈출시키고 싶었던 사람들에게 복사기는 은총의 기계였고, 나 역시 바로 복사기의 우박 같은 축복을 받았던 세대의 일원이다. 당시 내가 만난 금서들은 모두 복사기를 타고 내게 왔다. 우리들에게 복사기는 천국(혹은 지옥)으로 가는 사다리였던 셈이다.

그런 우스꽝스러운 시절에 내가 갖게 된 루카치의 『소설의 이론』은 영어 번역판 복사본이었다. 영어 번역판 증손 복사본이라는 것이 좀더 정확한 표현이겠다. 원본은 사회대 어느 교수 연구실에서 흘러나온 것이라고 했다. 그 책을 준 사람도 받아든 사람도 원본이 어느 방에서 나온 것인지를 말하려 하거나 알려 하지 않았다. 그런 정도는 '불온간행물' 유통에 참여하는 사람들의 당연한 예의였다. 연구실 조교의 손을 통해 복사된 것이 아들본이고, 그것을 다시 복사한 것이 손자본, 한번 더 복사한 것이 증손본이다. 복사기의 성능이 좋지 않던 시절이라 증손본은 활자가 흐렸다. 다행히 나는 얼마 후에 손자본을

---

1) 특별취재반, 「대학·좌경 서적」, 경향신문 3면, 1983. 12. 6.

얻을 수 있었다. 학부생 주제에 손자본을 가질 수 있었던 것은 꽤나 버젓한 일이었다. 첫번째 복사본인 아들본은 페이지의 홀짝이 바뀌어 책을 펼치면 홀수 페이지가 왼쪽으로 간다. 이것을 다시 복사한 손자본은 또 한번 홀짝이 바뀌어, 보통 책처럼 홀수 페이지가 오른쪽에 있게 된다. 그러니까 손자본을 지녔다는 것은, 원본과 거의 흡사한 상당히 버젓한 책을 지니게 되었다는 뜻이다. 아들본보다 활자의 선명함은 떨어지지만 못 읽을 것은 아니고, 좀 비뚤어지긴 했어도 원본과 같은 형태의 책이 손자본이다. 그러니까 원본에 가장 가까운 복사본인 손자본을 나는 확보할 수 있었던 것이다.

그래서 그 책을 얻게 되어 행복했던가. 별로 그랬던 것 같지는 않다고, 루카치나 '소설의 이론' 같은 것은 별로 관심이 없었고 금서라서 약간 호기심이 있었을 뿐이라고 시크하게 말하고 싶지만, 이런 마음은 어디까지나 삼십여 년의 시간이 내 흐려진 기억 속에서 구사하는 억양법일 뿐이다. 나는 그때, 글을 쓰면서 살게 될지도 모르겠다는 생각을 어렴풋이나마 하고 있던 평범한 국문과 학생이었지만, 그런 내게도 루카치의 『소설의 이론』은, 고수가 되는 길을 일러줄 전설적인 비급 같은 책으로 느껴졌다. 당시에 그 책을 대하는 분위기가 그랬다는 것이다. 내가 비록 강호의 협객도 아니고, 또 무예의 고수가 되고자 마음먹었던 사람도 아니었지만, 일단 그런 레벨의 책을 마주하는데 두근거리고 설레는 마음이 없을 수는 없는 일이었다. 조금 과장하자면, 타의에 의해 만나지 못했던 운명적인 연인을 이제야 만나게 되었다는 느낌에 가까웠다고나 할까. 그것은 단순히 금지된 지식과의 만남이 주는 두근거림과는 조금 유다른 것이었다. 만나야 할 사람, 어차피 만나게 되어 있는 사람을 이제야 만난다는 그런 느낌은,

김지하의 『오적』이나 신동엽의 『금강』 같은 금서들, 그리고 김민기나 한대수의 음악들을 접했을 때 이미 맛보았던 것이기도 했다. 처음인데도 이미 알고 있는 사람이었고, 눈빛을 스치는 것만으로도 이미 마음이 통했다는 느낌이었다.

물론 그것이 어이없이 착각이었음을 깨닫는 데는 그리 오랜 시간이 걸리지 않았다. 물론 이것은 루카치의 책을 두고 하는 말이다. 모든 비급이 그렇듯이 루카치의 『소설의 이론』은 무엇보다도, 어렵고 이해하기 힘든 책이었다. 내용이 어렵기 때문이라기보다는 이 책이 영어로 옮겨진 번역판이기 때문이라고 생각하고 싶었다. 그렇게 생각하는 것이 스스로에게 위안이 됐다. 혼자였다면 아마도 중간에 포기했을 것이다. 명성 높은 책이기는 했지만, 직업적으로 학문을 하겠다는 결심이 있었던 것도 아닌 터에 그렇게 힘든 책을 애써 읽을 필요는 없었던 탓이다. 친구들과 함께 읽은 덕에 꾸역꾸역 다 읽기는 했지만, 여기에서 읽었다는 것은 내 눈의 초점이 책의 활자들을 한 번은 스치고 지나갔다는 것일 뿐이다. 물론 몇몇의 강렬한 인상 같은 것은 없을 수 없었다.

"The voyage is completed: the way begins"라는 영어 문장을 놓고 논란했던 것도 기억에 남아 있다. 소설이라는 형식의 외적 불안정성과 내적 형식을 논하는 대목에 나오는 문장인지라, '길이 시작되자 여행이 끝난다'는 것이 소설의 형식 형성에 대한 것이라는 주장과 그것이 아니라 소설 속에서 주인공의 여로에 관한 것이라는 주장이 맞섰다. 지금 생각하면 좀 우습지만, 여행이라는 단어가 voyage라고 되어 있으니 항해라고 해야 하는 것이 맞지 않느냐는 주장도 있었다. 항해가 끝나고 육지에서 길이 시작된다는 것이었다. 독일어본을 구할 수 없었던 탓에 생겨난 에피소드였다.

어쨌거나 우리들에게 『소설의 이론』은 어렵고 복잡하지만 뭔가 있어 보이는 책이라는 인상이 지배적이었다. 스타와의 만남은 종종 실망스러운 것일 수도 있지만, 그것이 스타 탓이라고 할 수는 없는 일이다.

3.

『소설의 이론』을 두번째로 만난 것은 제대하고 복학한 후였다. 이년 반의 시간이 지났을 뿐인데 그사이에 세상은 몰라보게 바뀌어 있었다. 1985년 봄과 1987년 여름의 차이는 하늘과 땅 차이에 가까웠다. 일단, 학교 건물 안에까지 들어와 있던 사복 경찰들의 모습이 보이지 않았고 캠퍼스는 해방구가 되어 있었다. 그리고 좌경 서적이라는 이름 속에 갇혀 있던 많은 책들이 감옥 밖으로 나와 있었다. 석방된 책도 있었고 탈옥한 책도 있었다. 루카치의 『소설의 이론』은 석방된 모양인지 버젓한 한국어 번역판이 출간되어 있었다. 반가운 마음에 그 책을 샀지만 읽은 것은 그뒤로 한참 후의 일이었다. 어쩌면 읽었는데도 기억을 못하는 것인지도 모르겠으나 어느 쪽이든 그 뜻은 마찬가지겠다. 1987년 이후에 내 또래들 입에 오르내리던 루카치는 이미 『소설의 이론』의 저자로서가 아니라 프롤레타리아 의식의 의미를 강조하는 『역사와 계급의식』의 루카치였다. 나는 그런 루카치를 이해할 수는 있었으나 그런 생각에 크게 공감이 가지는 않았다. 시인의 마음을 가지고 있던 스물일곱 살 복학생에게 더 공감이 되었던 것은 아도르노나 벤야민 같은 사람들의 책이었다. 그중에서도 아도르노를 만나게 된 것은 결정적이었다. 하버마스의 책 속에서 아도르노를 만난 순간 나도 공부를 하고 싶다는 생각을 했다. 그게 무슨 공부인지는 모르겠지만, 어쨌거나 그의 글과 같은 글을 쓰고 싶다는 생각을 하게 되었다.

내가 정색하고 『소설의 이론』을 펼쳐 든 것은, 어이없는 시간들이 순식간에 흐르고 약간의 곡절 끝에 국문과 대학원에 진학하고 난 이후의 일이었다. 베를린장벽이 무너지고 소비에트연방이 해체된 직후의 일이었다. 그사이에 해금된 루카치 책의 원본들을 이제는 도서관에서 빌려볼 수 있었다. 복 받은 복사기 세대답게 나는 『소설의 이론』 원본을 대출해서 복사했다. 대출한 책에는 '불온간행물 관리번호 3662번'이라는 붉은 도장과 검정 글씨가 수인 번호처럼 새겨져 있었다. 그 번호는 아직 내가 가진 복사본에 남아 있다(이 글을 쓰기 위해 당시 불온간행물 관리 대장 같은 것이 있었는지, 이 번호는 어떻게 매겨졌는지를 알고 싶어 도서관에 수소문했으나 보관된 문서도 없고 알 수도 없다는 답변이었다. 상세한 것을 알기 위해서는 국가기록원의 문공부 서류를 뒤져봐야 할 듯싶었다).

나는 반성완 교수가 번역한 한국어본 『소설의 이론』을 가운데 두고 그 양쪽에 영어본과 독일어본을 펼쳐놓은 채 한 줄씩 꼼꼼히 읽었다. 이번에는 혼자였지만, 천천히 완독했다. 어려운 것은 여전히 마찬가지였다. 그래도 직업 학생이 되겠다고 결심한 터였기에 이런 전설의 비급 같은 책을 소홀히 할 수는 없는 일이었다. 그 얇은 책 한 권을 읽는 데 나는 꽤 오랜 시간을 썼다. 물론 일부러 그런 것은 아니었지만, 어쨌거나 그 경험은 천천히 꼼꼼히 읽기의 위력을 새삼 상기시켜주었다. 그리고 첫번째 읽었을 때 알지 못했던 것들이 보이기 시작했다. 그사이에 나를 관통해간 칠 년여의 시간이 전혀 헛된 것은 아니었다는 생각에 기쁜 마음도 있었다. 이듬해 대학원의 동료들이 세미나 프로그램을 짜면서 그 책에 한 주를 배당하는 것을 보며, 그래도 될까 하는 생각을 했던 기억이 아직도 남아 있다.

그래서, 그런 비급을 정독하고 당신은 고수가 되었다는 것인가. 물론 그럴 수 없음은 당연한 일이다. 고수가 되는 길은 비급을 읽는 것만이 아니라 그것을 몸에 익혀야 하는 것이므로, 그렇다고 말하는 것은 바보 같은 짓이다. 하지만 주관적인 느낌으로만 말하자면 육십갑자의 내공을 얻은 것 같았다. 물론 느낌이 그랬다는 말이다.

그게 그다지도 대단한 책이었다는 것인가. 이번에는 바보 소리를 듣더라도 수긍할 수밖에 없다. 최소한 내게는 그랬다. 특히 책의 제1부는 모든 페이지가 압권이었다. 자자비점 구구관주라는 표현이 여기에 딱 들어맞을 정도여서 어느 한 페이지도 그냥 넘어갈 수가 없었다. 더러는 너무 시적인 표현들이 나와서 가끔은 피식거리기도 했다. 이를테면, "보다 심오한 정신의 소유자들은 그들 내부에서 흘러나오는 피를 보라색의 강철로 응고시켜 그것으로 갑옷을 만들려고 함으로써"[2]에 등장하는 피로 만든 보라색 강철 갑옷이나, "삶과 본질이라는 문제에 대한 비극의 대답은 더이상 자연스럽고 자명한 것으로 받아들여지지 않고, 하나의 기적으로서 또 그 깊이를 알 수 없는 심연 위에 놓여 있는 연약하면서도 확고한 무지개 다리처럼 보여지게 되는 것이다"(40쪽)에서의 연약하면서도 확고한 무지개 다리 같은 구절들이 그랬다. 이 글의 필자가 아직 청년임을 보여주는 것으로 보였다.

물론 살짝 과해 보이는 수사가 비웃음의 대상이 아니라 약간의 유보 섞인 공감을 불러일으키는 것은, 그것이 허공에 떠 있는 수사가 아

---

2) 게오르그 루카치, 『소설의 이론』, 반성완 옮김, 심설당, 1985, 33쪽. 이하 인용시 본문에 쪽수만 밝힌다.

니라 꿈틀거리고 있는 내공 위에서 자라난 것이기 때문이다. 이를테면 위의 '무지개 다리'라는 표현만 하더라도, 그리스 서사시와 비극적 세계관 사이의 핵심적인 차이에 대한 통찰에 바탕하고 있으며, 더욱이 그 다리가 끊어져버리면 바로 플라톤의 세계가 되고 그것이 곧 소설 즉 근대성의 세계에 다름 아니라는 것을 염두에 둔다면 무지개 다리는 단순한 수사가 아니라 그 자체로 적실한 표현이 된다. 근대에 사는 우리는 그것을 기연가미연가 하면서도 종래는 환영 취급을 하지만, 소포클레스의 세계 속에서 사람들의 영혼은 그 무지개 다리를 밟고 다녔던 셈이다. 실제로가 아니라, 비극이라는 양식 속에서.

이런 정도로 내공과 수사가 어우러진 구절들은 이 책 곳곳에 펼쳐져 있었다. 이를테면, "별이 빛나는 칸트의 하늘은 순수 인식이라는 어두운 밤에 더욱 더 빛나며, 또 칸트의 하늘은 단 한 사람의 고독한 방랑자에게도—새로운 세계에서 인간이 된다는 것은 고독해진다는 것을 의미한다—더이상 그가 가는 오솔길을 밝혀주지 못하고 있다"(41쪽)와 같은 문장이나, 서사 양식과 실제 삶의 차이에 대해 "유사 이래로 세상사의 무의미함과 슬픔의 양은 증가하지 않았고, 다만 위로의 노래만이 어떤 때는 더 커지기도 하고 어떤 때는 보다 약해지기도 했을 뿐"(31쪽)이라고 한 구절들은, 이 문장을 쓰고 있는 청년이 어디까지 들여다보았고 어느 지점까지 생각하고 있었는지를 짐작게 해주는 대목들이었다.

이 책이 바탕하고 있는 사유의 단단함으로 말하자면, 이 책의 첫 절에서 골라 뽑은 이런 대목들만이 아니라 책 전체를 들어야 할 것이다. 자자비점인 책이니 두말할 나위가 없다. 그중에서도 특히 제1부의 구도와 기술 방식은, 호메로스에서 시작하여 그로부터 약 사백 년

뒤인 소포클레스와 플라톤, 그리고 그로부터 약 천오백 년 뒤인 단테, 그로부터 약 사백 년 후인 세르반테스, 또 약 사백 년 후인 톨스토이에 이르기까지 이천팔백 년 유럽 문학의 등줄기를 꿰뚫고 있는 사람만이 만들고 구사할 수 있는 것이라 해야 할 것이다.

그러니까 그의 책을 천천히 읽어나가는 동안 내 앞에는 내가 천천히 읽어내야 할 책들의 목록과, 그 책들을 제대로 읽고 생각하기 위해 다지면서 읽어야 할 또다른 책들의 목록이 펼쳐지고 있었던 셈이다. 지금 생각해보면, 그의 책을 읽고 있던 늦깎이 대학원생의 나이는 그 책이 출간되었을 때의 저자의 나이와 같았다. 그런 사실을 그때의 그는 알고 있었는지 모르겠지만, 어쨌거나 그때의 그는 늦깎이들의 영원한 좌우명 정도는 느낌으로 알고 있었던 것 같다. 늦은 것은 문제가 아니다, 늦게까지 할 수 있으면 된다.

4.

『소설의 이론』을 세번째 읽은 것은 그로부터 또 비슷한 시간이 흐른 뒤, 대학에 자리를 잡고 난 다음의 일이다. 유서 깊은 대학에 신설된 문예창작학과의 이론 담당 교수 자리를 얻게 되었다. 학과에서 유일한 이론 담당이다 보니 창작 워크숍 과목을 제외한 모든 이론 과목이 내 차지였고 그중 하나가 '문학사회학'이었다. 창작을 하겠다는 학생들이었으므로 그들을 위해 골라낸 것이 바로 이 책이었다. 천천히 읽었던 책이었기 때문에 강의하는 데도 부담이 덜하지 않을까 하는 마음도 있었다. 그것이 오산이었음은 두말할 필요가 없다.

강의가 실패였음은 누구보다 내 자신이 잘 아는 것이다. 두번째 시간부터 헤맸던 것이 한 학기 동안 내리닫이였다. 내가 그 책을 천천히 읽었던 것은 맞지만, 그 책의 저자가 읽고 생각했던 책들을 제대로 읽지 않았다는 것이 문제였다. 글을 쓰는 것도 마찬가지지만, 제대로 된 강의를 하기 위해서는 그 대상을 자유롭게 다룰 수 있어야 한다. 내려다보기도 하고 이면을 들여다보기도 하고, 또 그 대상 자신도 모르는 대상에 대해 말할 수 있어야 한다. 그래야 강의하는 사람의 말과 생각에 흐름이 생긴다. 그런 흐름이 없는 강의는 하는 사람이나 듣는 사람이나 따분하거나 숨이 막힌다. 내가 루카치와 『소설의 이론』에 대해 그럴 수 없다는 것은 너무나 명백했다.

그래서 당신은 『소설의 이론』을 세번째로 다시 읽어야 했다는 것인가 묻는다면, 이번에도 그렇다고 대답하지 않을 수 없겠다. 세번째 독서의 대상은 이 책만이 아니라 이 책이 다루고 있는 책들 모두여야 했고, 이 책이 언급하지 않고 있는 책들과 또한 이 책이 놓친 책들도 포함되어야 했다. 그런 뜻에서 보자면, 이미 나는 그 책을 세번째로 읽고 있던 중이었다. 문제는 내가 그 사실을 선명하게 인식하지 못하고 있었고, 또한 그 독서를 제대로 하고 있지 않았다는 것이다. 물론 그 독서는 그 이후로 계속되었고 지금도 여전히 진행 중이다. 그러니까 나는 지금도 『소설의 이론』을 세번째 읽고 있는 중이라는 것인가.

위에서 나는 『소설의 이론』의 제1부가 특히 멋지다고 했고, 그 멋짐의 핵심은 오랜 시간의 산물들을 하나로 꿰고 있는 기술 방식에 있다고 했다. 호메로스에서 톨스토이에 이르는 과정이 하나의 틀로 설명되고 있는 것이다. 이런 기술 방식은 그보다 백 년 앞선 헤겔에게서, 그가 서른일곱 살에 간행한 첫 주저 『정신현상학』(1807)에서 모습을 보였던 것이다. 헤겔 역시 플라톤과 헬레니즘 시대의 철학에서부터 그 자신의 시대에 이르기까지 유럽 전체의 정신의 역사를, 매우 추상도를 높여 기술했다. 추상도를 높였다는 것은 그러니까 특정한 고유명사들을 지운 채, 일반명사나 집합명사를 사용하여 사상의 역사를 기술했다는 것이다. 루카치가 『소설의 이론』 제1부에서 사용한 것과 매우 유사한 방식이다. 고유명사 없이 일반적인 흐름과 그것들의 원리에 대해 말하는 방식이 그것이다.

『소설의 이론』이 어렵게 느껴졌다고 했지만, 이해하기 어렵기로 치면 『정신현상학』을 따라갈 수는 없다. 책의 볼륨감이 다르기 때문일 것이다. 하지만 이 두 책을 읽기 어렵게 만드는 핵심적인 장벽은 동일하다. 추상도를 높인 기술 방식, 개별적인 것이 아니라 보편적인 것에 대해 이야기하는 방식, 원리와 흐름에 대해 이야기하는 방식이 곧 그것이다. 독자 입장에서 보자면 구체적인 맥락을 모르더라도 상관없어야 하고 원리적으로 이해될 수 있어야 한다. 그러나 그것은 어디까지나 그렇게 주장되는 것일 뿐이지, 맥락을 모르면 무슨 소리인지 몰라 헤매기 십상이다. 그래서 어려울 수밖에 없다. 두꺼운 책이나 얇은 책이나 그 방식이라는 점에서는 마찬가지였던 셈이다.

그런데도 저자들이 이런 기술 방식을 택한 것은 무엇 때문인가. 체계에 대한 지향성이라 함이 그 답이겠다. 헤겔이나 루카치의 입장에서 보자면, 흩어져 있는 지식들은 그것들이 아무리 대단하고 또 스마트해 보인다 하더라도 꿰어지지 않은 진주일 뿐이다. 지식이라는 것은 어떤 것이든 파고들면 한이 없는 것이다. 이런 탐색 과정에서 어느 선까지 파고들어야 하고 또 어느 선에서 중지해야 하는지를 판단할 수 있게 해주는 것이 체계이다. 체계에 봉사하지 않는 세부들은 축소되거나 폐기되어야 한다. 체계에 대한 지향성이 대상에 관한 기술의 추상도를 높이고 종국적으로는 체계 자체의 추상도가 강화된다.

그리하여 멋진 거시적인 틀이 만들어진다. 『정신현상학』의 논리로 보자면, 감각에서 생겨난 의식이 자기의식이 되고, 이성을 거쳐 정신이 되는 과정이 그것이다. 그것은 사상의 역사이기도 하며 동시에 한 개인의 정신이 성장하는 과정이기도 하다. 이런 점에서 헤겔의 기술 방식은 이미 진화론의 기술적 틀을 선취하고 있다고 할 수 있다. 하나의 원리에 입각해서 대상 전체의 운동을 발생론적으로 기술한다는 점에서 그러하다.

『소설의 이론』에서 보자면, 이와 같은 기술 방식은 서사시에서 시작하여 비극과 철학을 거쳐 소설에 이르는 선을 만들어낸다. 그리고 그런 거시적 틀에 관한 설명이 이 책의 절반이다. 그것은 루카치의 손이 썼지만 헤겔의 언어를 사용한 것이어서, 지적 저작권을 따지자면 그 상당 부분이 헤겔에게 있다고 해야 할 것이다. 서정, 서사, 극이라는 세 장르의 내적 원리라든지, 부르주아의 서사시로서의 소설에 관한 규정 등이 그런 구체적인 예라 하겠지만, 무엇보다도 단편적인 지식의 나열이 아니라, 전체적인 체계와 원리 그리고 변화와 발전의 방향성을 잡아내고자 했다는 점이 헤겔식의 체계 지향성을 분명하게 보여주고 있다.

하지만 이와 같은 추상적 기술 방식의 허점 또한 분명하다. 거시적인 독해 방식이 지니는 폭력성이 그것이다. 여기에서 중요한 것은 대상을 절단함에 있어 수평을 유지하는 것이기 때문에, 그런 폭력성은 불가피한 면이 없지 않다. 거시적인 틀을 만들어내기 위한 양해 사항이 될 수 있다는 것이다. 그러나 그렇게 생략되거나 무시된 부분이 전체의 틀을 뒤흔들 정도의 것이라면 그것은 경우가 다르다. 그런 것은 쉬운 양해 사항이 될 수 없다.

이를테면, 『소설의 이론』이 만들어놓은 서사시-비극-철학의 발전 도식을 볼까. 이 도식은 물론 그리스 정신의 변화 과정을 설명하기 위한 것이다. 그런데 여기에서 소설이라는 근대적 서사의 양식은 세번째인 철학의 자리와 일치한다. 계몽된 세계라는 점, 즉 신들의 세계로 표상되는 절대적 초월성의 세계와 단절되어 있는 곳이라는 점에서 그러하다. 그러니까 신이 인간과 함께 드라마를 펼치는 서사시가 있고, 신과는 차단된 채 그 뜻만이 신탁이라는 무지개 다리를 통해 전달되는 비극의 세계가 있으며, 그리고 마지막에 신의 뜻으로부터 단절된 철학 즉 소설의 세계가 있는 것이다. 그리고 그 세계의 핵심에 놓여 있는 것은 '의미에 관한 부정적 신비주의로서의 아이러니'이다. 이 어려운 말은 신이 지상을 떠났지만 세계는 신의 뜻으로 가득함을 알게 된다는 뜻이다. 소설이 그것을 포착하는 장치라는 것이다.

　따라서 여기에서 중요한 것은 절대성과 인간 주체 사이에서 발생하는 아이러니이고, 이것이야말로 계몽된 세계에 고유한 것, 즉 소설적인 것이라 할 수 있다는 것이다. 그러나 아이스킬로스나 소포클레스가 만든 비극의 세계에 그런 아이러니가 일렁거린다면 어떻게 할 것인가. 단지 신이 신탁을 통해 운명을 배달하고 그것을 받아든 위대한 인간들은 속절없이 그 운명에 복종한다는 정도로 아테네의 비극들이 정리될 수 있을까.

　우리가 아는 그리스 비극들은 최절정기의 아테네에서 공연되었던 것들이고 많은 부분이 인멸하고 일부만 남아 있다. 그 오랜 시간을 살아남아 인구에 회자되는 대표적인 비극 작품들, 소포클레스의 「오이디푸스 왕」이나 아이스킬로스의 '오레스테이아 삼부작' 같은 것들을 보면 이상하다 싶은 것들이 있다. 사람으로서 범해서는 안 될 두 가지

죄, 존속살해와 근친상간을 저지르는 영웅 오이디푸스의 이야기는 아테네 북쪽에 있는 도시국가 테바이의 왕가의 것이고, 또한 역시 가족들 사이의 살인과 복수와 상간으로 얼룩져 있는 아가멤논과 오레스테스의 끔찍한 비극은 아테네 서쪽 펠로폰네소스반도에 있는 도시국가 아르고스 왕가의 이야기이다. 그리스 비극의 전성기는 아테네가 치렀던 두 개의 전쟁, 페르시아와의 전쟁과 스파르타와의 전쟁 사이에 놓여 있는 약 오십 년의 시기이다. 그러니까 이 시기는 아테네가 페르시아에게 승리한 이후이자 스파르타에게 패배하기 이전인 셈인데, 테바이와 아르고스는 페르시아와의 전쟁에서 아테네 편에 서지 않았던 대표적인 두 나라이다. 테바이는 페르시아에 항복했고, 아르고스는 아테네의 편에 서지 않고 중립을 지켰다.[3] 이런 정치적 지형 속에서 아테네 사람들이 만들어낸 비극을 바라본다면 어떨까.

아이스킬로스가 그려낸 오레스테스 가문의 비극은 아버지 아가멤논이 전쟁 후에 어머니 클리타임네스트라에게 살해당한 사건으로 시작되어 오레스테스가 어머니를 살해하는 것으로 귀결되지만, 이런 일이 벌어지게 된 집안의 내력 속에는 형제간에 벌어진 위계와 잔인함, 그리고 근친상간과 복수와 야심의 드라마가 내장되어 있다. 그런 이야기가 만들어내는 비극의 여정이 끝나는 것은 복수의 여신들에게 쫓기는 오레스테스가 아테네 시민들의 법정에 도달한 이후의 일이다. 이런 서사의 선은 그런가보다 하면 될 일이지만, 이런 극적 설정을 한 아이스킬로스가 바로 그 사태의 종결점인 아테네의 시민이자

---

3) 이에 관해 축적된 논의들은 다음 논문이 상세하다. 최혜영, 「아테네 비극의 정치적 함의와 페르시아 전쟁─오이디푸스 및 아가멤논 왕가의 비극을 중심으로」, 『서양고대사연구』 18호, 2006.

페르시아전쟁에 참전하여 부상을 입었던 이력의 소유자라는 점을 상기한다면 사태는 매우 달라질 수도 있다.

또, 소포클레스의 「콜로노스의 오이디푸스」의 예를 들어볼 수도 있겠다. 이 작품은 근친상간과 존속살해라는 불행한 운명 속에서, 제 손으로 제 눈을 찔러 자기 처벌을 한 오이디푸스가 죽어가는 장면을 다룬 이야기이다. 한 나라의 왕이었던 사람이 자기 나라에서 추방당하여 유리걸식을 해야 했다. 그는 과연 무슨 잘못을 했는가. 늙은 오이디푸스는 그 추악한 악행은 모두가 자기의 의지와는 상관없이, 오히려 그 자신의 선한 의지와는 반대로 이루어진 것이며 문제는 그에게 주어진 운명이었다고 한탄한다. 자기 손으로 자기 눈을 찌른 것은 너무나 성급한 짓이었다고 후회하기도 한다. 그럴 수 있는 일이다. 그런데 누구도 거두려 하지 않는 이 저주받은 늙은이에게 최후의 안식처를 제공하는 것은 아테네의 왕 테세우스이고, 최후의 안식처가 되는 콜로노스는 아테네의 지역 이름으로 소포클레스의 고향이다.

이 두 왕가의 이야기는 모두, 소포클레스가 비극을 썼던 시대보다 팔백여 년 전에 활약했던 영웅들의 이야기이니 그 실상이 어땠는지에 대해 정밀하게 알 수는 없겠지만, 분명한 것은 아테네 사람들에 의해 만들어진 비극에 등장하는 이런 대목들에서는 예사롭지 않은 아이러니의 기운들이 감지된다는 점이다. 요컨대, 비극이라는 텍스트에 대해 그 문면만이 아니라, 그것이 만들어지고 공연되었던 콘텍스트를 생각한다면 우리는 심장한 아이러니의 지점들을 포착할 수 있다. 페르시아 전쟁에서 승리한 이후 도시국가들의 맹주가 된 아테네에서, 그들에게 등을 돌렸던 나라 왕실의 가장 불행하고 비참했던 이야기들을 연극으로 공연하며 바라보고 있는 아테네 시민들의 시선을 상상해보자. 그것이 과연 유한자인 인간이 지닌 보편적 결함이라는 식으로만, 즉 휘브리스hybris나 하마르티아hamartia라는 전통적인 이해 방식으로만 처분될 수 있는 것일까. 물론 적성국이나 경쟁국 왕가의 이야기라 하더라도 결국은 같은 사람들 이야기이기 때문에 그런 면이 없다고 할 수는 없겠지만, 좀더 구체적인 정치적 정황을 고려한다면 그런 보편적 인간 이해의 바탕 위에서 넘실거리는 또다른 아이러니의 기운을 감지할 수 있는 것이 아닐까.

이런 것이 단순한 지적 호사라고 할 수 없는 것은, 다른 것도 아니고 아이러니의 문제라면 사태가 그리 단순하지 않기 때문이다. 『소설의 이론』이라는 책 전체를 통해 소설과 근대성을 규정하는 가장 중요한 개념 하나를 들으라면 그것이 곧 아이러니일 것이기 때문이다. 이런 대목이라면 체계 구성을 위한 양해 사항이라는 정도로 넘길 수는 없는 대목이라는 것이다. 요컨대 저 멋진 거시적인 틀이 포착할 수 없는 대목들, 거시적이기 때문에 포착할 수 없는 대목들이 『소설의 이론』이라는 책 곳곳에 놓여 있다고 한다면 어떨까. 그것은 흡사 반짝이는 별 뒤에서 침묵하고 있는 어두운 공간과도 같은 것이어서, 별만이 아니라 어둠까지 함께 보는 사람이 있다면, 『소설의 이론』이라는 책 자체가 멋진 아이러니라고 할 수도 있겠다.

5.

그러니까 당신은 아직도 『소설의 이론』을 세번째 읽고 있다는 것인가.

앞에서 밝히지는 않았지만, 이 책을 처음 읽었을 때 가장 인상적이었던 대목은, 아마도 누구에게나 그렇겠지만 이 책의 첫 문장이었다.

이 책의 두번째 한국어 번역자 김경식의 문장을 인용하자면 이렇다. "별이 총총한 하늘이 갈 수 있고 또 가야만 하는 길들의 지도인 시대, 별빛이 그 길들을 훤히 밝혀주는 시대는 복되도다."[4] 일단, 별이 등장하면 아득해진다. 별이 빛나는 밤하늘은, 근대가 수행해온 공간의 탈신비화 과정이 만들어낸 찌꺼기이자 공간 속에 자리잡고 있는 시간성의 얼룩이기 때문이다. 거기에는 단지 무한한 공간이 펼쳐져 있을 뿐 그 어떤 신비함도 없다는 것을 사람들은 잘 알고 있다. 하지만 문제는 그 찌꺼기와 얼룩이 아름답다는 것, 게다가 거기에는 무한 공간이 만들어내는 절대성의 향기까지 감돌고 있다는 점이다.

루카치는 서사시와 소설의 차이를 구분하면서 총체성이라는 말을 썼다. 그것은 헤겔의 용어로 말하자면 절대성이라고 해야 할 것이다. 둘 모두, 사라져버린 것이면서 또한 되찾아야 할 것을 지칭하고 있다는 점에서 동일한 위상을 지닌다. 근대성이 지배하는 세계 속에 그런 절대성은 존재하지 않는다. 그런 절대성의 거처는 미메시스 속에서 찾을 수 있다. 서사시가 동화의 세계라면 소설은 동화의 환상이 사라지면서 생겨난 환멸의 세계이다. 그런데 문제는 그 환멸 이후가 존재하고 있다는 점이다. 그것이 소설이라는 재현 양식, 미메시스의 효과이며 아도르노의 『미학이론』(1970)의 방식으로 말하자면 표현적 계기로서의 예술(현실 속에 존재하는 장르로서가 아니다)이 효과를 발휘하는 대목이다.

미메시스를 통해 존재하지 않는 것을 포착해내는 것은, 접신의 경험을 하거나 혹은 접신했다고 착각하거나 혹은 그렇다고 거짓말하

---

4) 게오르크 루카치, 『소설의 이론』, 김경식 옮김, 문예출판사, 2007, 27쪽.

거나 혹은 흉내내는 사람들, 그러니까 무당이나 광인이나 사기꾼 혹
은 예술가들의 일이다. 본래는 가짜이지만 효과는 진짜인 것처럼, 미
메시스로서의 예술이 만들어내는 위약 효과는 효력을 미친다는 점에
서 현실적이다. 그것은 환멸로 가득찬 세상을 복사해내는데, 그 복사
본 안에는 환멸 너머의 영역이 만들어지는 것이다. 요컨대 세 단계가
있는 셈이다. 첫번째로는 동화(혹은 서사시)가 표상하는 착각(혹은 환
영)의 아름답고 순결한 세계, 두번째로는 그런 착각이 깨지면서 만들
어진 더럽고 추한 소설의 세계, 그리고 이 두번째 세계가 다시 한번
반복되면서(사람들에 의해 향유되면서) 만들어진 세번째 세계가 있다.
이것이 위약 효과의 세계, 환멸 속에서 환멸 너머가 보이는 세계이
다. 그것이 헤겔적인 절대성의 세계이다.

　여기에서 한 발 더 나아가도 좋겠다. 위약 효과라고 생각했던 바로
그 미메시스의 결과가 사실은 진짜 약의 효과였다고 하면 어떨까. 그
러니까 위약 효과가 아니라 '진약' 효과였고 단지 그 흉내꾼—예술가
가 몰랐던 것은 그것이 가짜 약이 아니라 진짜 약이라는 사실이었다
고 한다면 어떨까. 물론 루카치라면 소설의 세계에서 그런 것은 불가
능하며, 그런 것은 어디까지나 동화나 목가의 세계에서나 가능하다
고 할 것이다. 하지만 우리가 사는 세계는 발자크가 그려내고자 했던
19세기의 프랑스가 아니라는 점을 상기하자. 21세기 글로벌 자본주
의가 만들어내는 세계는 다시 마술과 기적과 동화의 영역이 되었다.
동화가 자신의 본질을 감출 이유가 없듯이, 신체 없는 상품을 판매하
는 금융 산업은 자신의 투기적 본성을 감출 이유가 없다. 금융 파생상
품의 생산과 주식선물 투자가 선진 금융 기법으로 예찬되는 세계에
서 자본은, 사용가치의 생산이라는 환영 없이 곧바로 잉여가치를 향

해 나아간다. 이 자리에서는 절대자를 기휘하는 예의를 발휘하여 우리 입으로 신의 이름을 부르지는 말자. 다만 분명한 것은, 이제 신이 자신의 모습을 감추지 않는다는 점이다.

신이 자신의 모습을 감추지 않으니, 우리 시대 이야기의 주인공들은 삶의 의미를 찾아 헤매 다닐 이유가 없다. 신이 존재하는 세계의 인물들은 동화나 신화의 주인공일 수 있어도 소설의 주인공이기는 어렵다. 위약 효과 이야기를 했으니 우디 앨런 방식의 예를 들어보자. 편두통을 앓는 사람이 약을 먹고 통증이 없어졌다. 그런데 그 약은 진통제가 아니라 항우울제였다. 이것은 위약 효과인가. 그 사람이 앓고 있던 병은 편두통이 아니라 우울증이었다는 것이 제대로 된 답이겠다.

동화가 소설의 단계를 거치고 나면 진짜 동화의 세계가 펼쳐진다. 그것은 착각과 환멸 너머에 존재하는 기적의 세계이다. 이것 역시 세 단계로 정리될 수 있겠다. 첫째는 환영(착각 혹은 사기)으로서의 기적, 둘째는 직업적 마술로서의 반-기적, 그리고 마지막으로는 환멸 너머로 다가오는 기적으로서의 사랑의 마법. 이 세번째 기적은 하늘로부터 내려오는 기적이 아니라, 누구나 그 속을 살아가고 있으면서도 알지 못하는 삶의 양식으로서의 마법이자 기적이다.

처음 만났을 때 이 책은 금지된 책이었다. 우스꽝스럽게도 이 책의 저자가 나중에 마르크스주의자가 된 사람이었기 때문이다. 그런데 또 우스꽝스럽게도 내가 이 책을 보게 된 것은 금지된 책이었기 때문이다. 그러니까 국가는 내게 이 책을 권해준 셈이 되는가. 이 책을 금서로 정함으로 내게 일독을 권한 국가의 수준이 우스꽝스럽다고 생각했었지만, 이제 와 생각해보면 이 책은 금서가 되어 마땅한 책이었다. 마르크스주의보다 더 위험한 사상을 자기도 모르게 전파하고 있는 책이기 때문이다. 그러니까 1970년대 한국의 사상 단속자들은 자기도 모르게 위약 효과를 쓰고 있었던 셈이고, 그리고 그 위약 효과는 다른 사람이 아니라, 지난 이십 년 동안 이 책을 세번째 읽고 있는 나 자신에게서 발휘되고 있는 것이 아닌가. 참 대단한 위약 효과에, 참 대단한 『소설의 이론』이 아닐 수 없다.

(2016)

텍스트의 귀환
—『무정』『금색야차』『적과 흑』을 통해 본 텍스트 생산의 주체와 연구의 윤리

1. 귀환의 담론과 텍스트

'텍스트로의 귀환'과 '텍스트의 귀환' 사이에는 현격한 차이가 있다.[1] 둘은 귀환이라는 말이 만들어내는 선분 위에서 정반대 방향의 벡터를 지니고 있다. 전자에서 텍스트는 우리가 돌아가야 할 지향점의 위치에 있다. 귀환이라는 말이 지니고 있는 뜻을 감안하자면, 그곳은 우리가 생각이 없어 떠나왔으나 이제는 다시 복귀해야 할 당위적 장소라는 의미로 이해할 수 있겠다. 그러니 그곳은 우리가 본래 있었던 자리로서의 고향이라 해도 좋겠고, 우리 자신의 정체성의 발원지

---

1) 이 글은 2011년 1월 현대문학회 학술 대회를 위해 씌어졌다. 학술 대회의 운영진으로부터 주어진 주제는 '텍스트로의 귀환'이었으나, 이 글의 제목이 '텍스트의 귀환'이라고 정해지고 난 다음에서야 그 사실을 알게 되었다. 애초에 전파를 타고 내 귀로 건너온 말은 '텍스트로의 귀환'이었겠지만 그것이 내게는 '텍스트의 귀환'으로 들렸다. 정정할 수 있는 기회가 있었으나 그대로 두었다. 순간적인 착오로 인해 생겨난 두 개의 상반된 벡터에 대한 성찰이 한국문학 연구의 방향성에 관한 숙고로 이어질 수 있으리라는 생각, 그리고 '텍스트로의 귀환'이 완수된다면 그것은 '텍스트의 귀환'을 통해서일 것이라는 생각 때문이었다.

로서의 기원이라 해도 좋겠다. 이에 반해, 후자에서의 텍스트는 대상이 아니라 주체의 위상을 지니고 있다. 여기에서 귀환의 주어가 되는 텍스트는, 마땅히 있어야 할 곳을 불가피하게 떠나 있었으되 이제는 많은 이들의 시선 속에서 지금 여기로 돌아오고 있는 매우 특별한 존재이다. 추방당했던 왕이거나 석방된 포로거나 혹은 원혼이거나 영령이거나. 요컨대 이 둘은 고향으로서의 텍스트와 왕으로서의 텍스트로 구분해도 좋겠다.

그런데 여기에서 주목되어야 할 것은, 두 개의 서로 다른 귀환의 형태가 공히 귀환 자체의 불가능성을 그 배면에 깔고 있다는 점이다. 고향-텍스트로의 귀환은 당위적 요청의 형식을 지니고 있고, 왕-텍스트의 귀환은 목적이 달성될 수 없는 형식 속에서, 즉 끝없는 유예 속에서만 실현된다는 점에서 그러하다. 비유적으로 말하자면, 돌아가야 할 곳으로서의 고향은 이미 존재하지 않고, 돌아온 왕은 언제나, 우리가 기다렸던 그 왕이 아닌 것이다. 요컨대 당위적 요청과 반복적 불일치를 배경으로 만들어지는 이런 귀환의 구조를 귀환의 담론이라 한다면, 거기에는 반복적 요청을 만들어내는 필수적 요소로서 이 같은 불가능성의 지점이 존재할 수밖에 없는 것이다. 귀환의 담론은 기본적으로, 상실이나 분리 혹은 억압의 경험과 연관되어 있기 때문이다. 또한 귀환의 담론이 지니고 있는 당위적 성격은 전통과의 절연에 의해 형성되는 근대성의 서사를 배면으로 할 때 더욱 강화되며, 그런 점에서 낭만적 아이러니를 핵심적 파토스로 지닐 수밖에 없다. 그 담론에 포획된 것이 텍스트의 경우라 해서 다를 수는 없겠다. 귀환의 담론 속에 포획되어 있는 텍스트란, 그 자신의 실현 불가능성이라는 현실과 그럼에도 불구하고 거듭 제기되는 귀환의 당위적 요청이 교차하는 지점에 놓여 있는 어떤 것인 셈이다.

그런데 '텍스트로의 귀환'이라는 구절을 가지고 이 같은 귀환의 담론으로까지 끌고 가는 것은 좀 지나친 것이 아니냐는 반문도 있을 수 있다. 여기에서 텍스트란 문학 텍스트이고, 좀더 정확하게는 한국 근대문학 텍스트를 뜻한다. 따라서 '텍스트로의 귀환'이라는 구절은 단순히 텍스트 자체에 대한 충실성을 뜻하는 것이라 하는 정도로 충분하지 않으냐는 것이다. 그러나 이런 반문 속에서도 여전히 문제가 되는 것은 그것이 어떤 텍스트이고 어떤 충실성인가 하는 것이다.

물론 텍스트는 언제나 우리 앞에 객관적이고 구체적인 형태로, 글이나 책이나 혹은 데이터의 형태로 존재한다. 그럼에도 거기에 어떤 시선이 투입되고 또 어떤 의미가 그 안에서 발견되느냐에 따라 마술처럼 달라지는 것이 텍스트이기도 하다. 그런 점에서 독자의 시선 앞에 놓여 있는 텍스트는 고정불변의 실체라기보다는 하나의 가상이라 함이, 더 나아가서는 수많은 후보자들이 차지하고자 투쟁하는 하나의 텅 빈 공간이라 함이 더 적당할 것이다.

한 뭉치의 활자가 텍스트로서 우리 앞에 놓여 있다고 해보자. 그것은 최소한 두 번 이상의 전사轉寫 과정을 거친 것이다. 첫째는 쓴 사람의 생각이 문자화되는 과정, 둘째는 그것이 활자화되는 과정이다. 이것이 다른 책으로 옮겨지는 것(저널에서 단행본으로, 단행본에서 전집으로, 혹은 작가 자신의 수정본과 개정판으로)을 포함한다면 텍스트에 따라 몇 차례 이상의 전사 과정이 다시 부가된다. 초출본을 포함하여 많은 판본이 있을 경우 어떤 텍스트가 주인의 자리를 차지할 것인가. 그것은 독서의 공간에서 만들어지는 텍스트의 운명에 달려 있다. 어떤 특정한 판본을 정본으로 삼겠다는 작자 자신의 언명이 있었다 할

지라도, 그것은 어디까지나 작자의 바람일 뿐 텍스트의 운명과는 무관한 것이다. 여기에서는 작자의 발언도 여러 중요한 목소리 중 하나일 뿐 배타적 지위를 누릴 수는 없다. 작자의 손을 떠난 텍스트란 독자들과 만남 속에서, 다양한 이해와 해석과 수용의 공동체 속에서 조형되는 것이기 때문이다. 판본이 단 하나뿐인 텍스트라고 해도 사정은 마찬가지다. 텍스트 안에서 특정한 의미를 찾아낼 수 있는 시선의 존재 여부에 따라 하나의 동일한 텍스트가 전혀 다른 것이 될 수도 있고, 심지어는 투여되는 시선의 수만큼의 텍스트로 다층화될 수도 있다. 요컨대 여러 겹의 구조로 존재할 수밖에 없는 텍스트 자체의 본질이 문제가 된다는 것이다.

텍스트의 활자화에서 좀더 들어가 문자화 과정을 문제삼는다면 이야기는 훨씬 복잡해진다. 활자화 과정과는 달리 문자화 과정은 작자의 몸과 마음 사이에서 일어나는 일이다. 애초의 의도나 생각이 어떻게 문자의 형태로 정착되는지는 작가 자신도 판단하기 어려운 영역이기도 하다. 문자 체계가 사람의 생각을 그대로 반영하는 투명한 매체가 아니라는 것은, 언어와 무의식의 관계에 관한 라캉의 공헌 이후로 이제는 널리 알려진 사실이 되었다.[2] 아직 구체화되지 않은 미정형의 의도는 언어를 만나 의식화되는 과정에서 어떤 식으로든 굴절되고 변형된다. 이런 틀에 따르면, 의식화되는 것 자체가 이미 굴절이나 변형이라 해야 할 것이다. 그런 굴절과 변형 작용은 언어라는 매체 그리고 언어의 물질적 지주로서의 문자 체계가 지니고 있는 고유한

---

2) 라캉의 「무의식에서 문자가 갖는 권위 또는 프로이트 이후의 이성」 같은 글이 대표적이다. 이 글은 민승기의 번역으로 『욕망 이론』(자크 라캉, 권택영 엮음, 민승기 외 옮김, 문예출판사, 1994)에 실려 있다.

속성의 발현이다. 그래서 작자가 직접 자기 글의 의도나 의미에 대해 말한다 해도 그것이 다른 발언에 비해 질적으로 다른 것으로 간주될 수는 없다.

이를테면 이광수는 『무정』에 대해 박영채전(傳)으로 쓰기 시작한 것이라고 회고조로 말한 적이 있다.[3] 그렇다면 우리는 『무정』(1917)을 박영채전으로 읽어야 하는가. 이광수의 이 말은 시작이 그랬다는 것이므로 전적으로 그런 뜻이라 할 수도 없지만, 이광수의 말이 설사 그런 뜻이라 하더라도 그것은 어디까지나 그때의 이광수의 생각일 뿐이다. 이광수는 별생각 없이 그렇게 말했을 수도 있고, 또 당초의 의도가 정말 그랬을 수도 있고, 혹은 쓰고 나서도 여전히 진지한 태도로 그렇게 생각했을 수도 있다. 그러나 『무정』이라는 텍스트에 관한 한, 소설을 계획한 이광수와 그 원고를 쓴 손의 주인공 이광수, 그리고 그 소설의 저자로서 자신의 작품에 대해 코멘트하는 이광수는 서로 다른 인물이라고 해야 할 것이다. 우리가 특권을 부여할 수 있는 유일한 발언은 작자의 것이 아니라 텍스트 자체의 것이다.

그런데 텍스트 자체의 발언이라고 했는가. 그렇다면 텍스트 생산의 현실적 주체인 작자조차 넘어서 있는 어떤 것이 텍스트 안에 있다는 것인가. 이런 질문은 우리로 하여금 텍스트 생산의 진짜 주체가 무엇인지에 대해, 또한 우리가 지니고 있어야 할 충실성의 지향점으로서의 텍스트에 대해 질문하게 한다.

---

3) 이광수, 「다난한 인생 도정」, 『이광수 전집 8』, 삼중당, 1971/1973, 452쪽. 이런 구절을 근거로 하여 『무정』을 박영채전으로 읽어야 한다고 주장했던 연구자들도 있다.

2. 텍스트의 무의식

텍스트 생산의 진정한 주체에 대한 질문이, 텍스트의 생산자로서의 특정한 작자의 존재를 부정하는 것은 아니다. 이 질문이 제기하는 것은 다만 그 주체의 단일성과 동일성에 대한 의문이다. 텍스트가 존재할 수 있기 위해서는, 특정한 문자 체계를 끌어와 꾸역꾸역 문장을 만들어낸 손의 주인은 있어야 하고 또 있을 수밖에 없다. 그 손의 주인이 텍스트 생산의 물리적 주체이거니와, 그것을 부정한다는 것은 있을 수 없는 일이다. 여기에서 문제삼고자 하는 것은 그 손을 움직이게 한 힘이 무엇인가 하는 것이다. 텍스트 생산의 진정한 주체에 대한 질문은 그로부터 발원한다. 여기에는 다양한 대답이 있을 수 있겠다. 작자의 대뇌라는 냉소적 대답에서부터 작자의 성장 배경이나 트라우마, 작자가 속한 계급과 이념, 당대의 현실, 장르의 문법 혹은 시대정신이라는 추상적 대답까지. 텍스트 생산의 물리적 주체를 움직이게 한 다양한 요소들이 텍스트라는 모체를 둘러싸고 있는 것이다.

그러므로 텍스트 생산의 진정한 주체에 대한 접근은, 예를 들어 말하자면 무의식이나 시대정신에 대한 접근과도 흡사하다. 우리가 전제할 수 있는 것은 무언가가 있다는 사실뿐이며, 그 이상을 넘어서는 어떤 실체적이거나 객관적인 것을 가정할 수는 없다. 그런 것을 가정하는 일이란, 이를테면 시대정신이라는 개념에 대해, 어떤 거대한 힘이 있어 그것이 한 시대를 돌아다니면서 이것도 만들고 저것도 만든다는 식으로 생각하는 것과도 같이 실체론적 오류에 빠지게 된다. 미네르바의 올빼미는 저물 무렵에 날아오른다는 헤겔의 말처럼, 시대정신은 모든 사태가 종결된 이후라야 확인될 수 있는, 즉 구체적이고 객관적인 실체가 아니라 현상을 통해 그것의 존재를 추정해볼 수 있는 초월론적transzendental 존재이기 때문이다. 물론 신과 같은 절대적 실체로서의 시대정신이 존재할 수도 있다. 하지만 그렇다 하더라도 그것을 파악하고자 하는 우리는 신이 아니고 그래서 그것을 직접 확인할 수 있는 눈을 갖고 있지 못하다는 것이 문제이다. 감각으로도 추론으로도 확인할 수 없으므로 그런 절대적 실체는 인식론적 차원에서는 없는 것이나 마찬가지인 것이다.

감각적으로 확인할 수는 없지만 추론을 통해 확인할 수 있는 것을 칸트는 초월론적 대상이라고 불렀다. 초월론적 대상의 성립 과정은 사후적으로 이루어진다는 점에서 증상(결과와 현상)을 통해 정신적 외상(원인과 본질)에 다가가는 무의식의 확인 과정과 동일하다.[4] 텍

---

4) 칸트의 세계에서 초월론적이라는 말은 매우 특별한 위치를 차지하고 있다. 이는 칸트가 그 자신의 철학을 초월론적 철학(Transzendentalphilosophie)이라고 불렀다는 점에서 상징적으로 드러난다. 이데아의 세계를 상정하는 플라톤적인 이원론이 실체론적인 것이라면, 칸트가 상정한 물자체의 세계는 초월론적인 것이다. 우리가 감각과 경험을 통해 확인할 수는 없지만 그것이 없으면 사람의 경험 구조 자체가 불가능해짐을 추론을 통해서 알게 되는 어떤 것이 곧 초월론적인 것이다. 우리가 감지할 수 있는 것은 물론 현상들의 세계이며, 이 점에서 칸트는 플라톤과 동일하다. 그러나 플라톤은 현상들의 세계 너머에 어떤 진짜 세계가 실체로서 존재하고 있다고 생각했음에 비해, 칸트는 그 세계를 확인하는 것은 불가능하며 단지 우리가 지닌 이성적 능력을 통해 그 세계의 존재를 확인하게 된다고 생각했다는 점에서 차이가 난다. 사후적인 추론에 의해 접근할 수 있는 이런 존재들에 대해 칸트는 초월론적이라는 말을 썼다. 예를 들어 신이 있으되, 그것이 자명하고 구성적인 실체로서 다가온다면 그것은 초월적(transzendent) 존재이지만, 추론을 통해 그 존재의 자리를 확신하게 된다면 초월론적(transzendental) 존재이다. 이런 점에서 칸트의 초기 번역자 최재희는 'a priori/transzendental/transzendent'의 쌍을 '선천적/선험적/초월적'으로 옮겼다. 최근의 칸트 번역자 백종현은 이를 '선험적/초월적/초재적'으로 옮겼다. 이 삼항조에서 중요한 것은 뒤의 두 항목으로, 칸트가 특히 구분하여 강조하고자 했던 것이라는 점에서 두 번째 항목의 번역어가 핵심적이다. 백종현은 새로운 번역어를 제시한 이유에 대해 상세하게 기술하고 있지만, 그것을 '초월적'이라고 옮기는 것은 현재의 한국어의 어감을

스트가 생산됨에 있어, 겉으로 드러나 있지는 않지만 우리가 사후적으로 그 존재를 확인해볼 수 있는 다양한 초월론적 힘들이 여러 방향에서 생산에 개입하고 있다면, 우리는 그것을 텍스트의 무의식이라고 부를 수 있다. 무의식에 관한 프로이트와 라캉의 정의 자체가 이같은 사후적 확인의 구조 위에서 생겨난 것이기도 하거니와, 그런 의미에서의 무의식을 지니고 있는 텍스트라면 그것은 이미 작자의 생각과 의도를 전달하는 투명한 매체일 수는 없다. 텍스트의 무의식이라는 지평에서 보자면, 작자란 텍스트의 생산에 참여하는 요소에 불과하다고 해야 한다. 여기에서 한 발 더 나아가자면 작자란, 다양한 우연적 계기들 속에서 어떤 의도를 만들고 그것을 다시 두번째 우연의 구조 속에 투입해 넣음으로써 텍스트로 하여금 스스로를 구체화하게 하는 모종의 통로에 불과한 것이라 할 수도 있다. 이런 점을 염두에 둔다면, 텍스트의 생산과정이란 텍스트의 무의식의 생산과정이기도 하며 또한 텍스트의 주체의 생산과정이기도 하겠다.

텍스트의 생산에 참여하는 다양한 힘들을 간추려보자면, 최소한 다음과 같은 세 개의 요소가 지적되어야 하겠다. 작자의 의도, 장르의 문법, 당대의 현실. 이 세 요소는 각각 서로 다른 질서를 지니고 있는

고려할 때 문제가 있지 않은가 싶다. 예를 들어, 초월적 존재라고 한다면 이승 너머 저 어딘가에 있는 신이나 유령 같은 것을 뜻하는 플라톤적 어감에 가깝고, 이성적 추론을 통해 사후적으로 그 실재성이 추정되는 존재라는 칸트적 뜻을 지니기는 힘들다. '선험적'이라는 최재희의 번역어가 아프리오리의 번역어로 자주 쓰여 곤란했다면, 차라리 일본의 통례를 따라 '초월론적'이라고 인공적인 말로 옮기는 것이 어땠을까. '초월적'보다 길어 불편하지만 오해는 덜 불러일으킬 용어가 아닐까 싶다. 칸트의 '초월론적'이라는 개념은 『순수이성비판』 전체에서 고르게 검출되나 특히, 『순수이성비판』, 백종현 옮김, 아카넷, 2006, 538~557쪽에 간명하다. 새로운 번역어를 선택한 백종현의 생각은 『실천이성비판』, 백종현 옮김, 아카넷, 2002/2008, 526~534쪽에 실려 있다.

힘으로서, 서로가 서로에게 개입하여 제약하고 제약당하면서 스스로의 의지를 텍스트 속에 구현한다. 예를 들어 작자의 의도라는 입장에서 보자면, 어떤 특정 개인의 의도는 당대의 현실과 장르의 문법을 만나 그것들을 자기 안에 반영하고 재현해내며, 그럼으로써 스스로의 의지를 구현하고 그 과정 속에서 문법의 변형과 개진에 기여하며, 또한 그 스스로 외적 현실의 일부가 된다. 그리고 그 과정 속에서 자기 자신도 굴절되고 변형됨으로써 텍스트 속으로 완성되어 들어간다. 이러한 과정은 장르의 문법과 당대의 현실이라는 측면에서도 마찬가지이다. 텍스트 구성체의 입장에서 보자면 이 셋은 모두 자기 동력과 지향성을 지니고 있는 힘들이며, 글을 쓰는 손이 문자들을 연결시켜 문장을 만들어내는 동안 자기 고유의 동력의 실현을 위해 나아간다.

이런 세 요소의 상호 섭동 과정을 독자의 입장에서 보자면 어떨까. 가장 두드러져 보이는 것으로의 작자의 의도 자체가, 정작 한 발만 안쪽으로 들어가게 되면 용이하게 포착하기 어려운 대상으로 변한다는 점이 문제이겠다. 한 편의 문학작품을 놓고 대체 이 사람이 어떤 의도로 이런 글을 썼는지는 짐작할 수는 있지만 분명하게 확언하기는 어렵다. 작자 자신이 확인해준다 해도 사정은 마찬가지다. 작자가 진지하고 성실하게 말하고 있는지는 누구도 분명하게 확인할 수 없고, 또 작자가 진지하고 거짓 없이 진술하고자 한다 해도 자기 자신에 대한 오인이나 무의식에 대해서는 작자 자신도 책임질 수 없기 때문이다. 그래서 독자의 입장에서는 작자의 의도라는 말 대신 주제의식이라는 말을 씀으로써 이런 곤란을 피할 수 있다. 이 경우 주제의식이란 우리도 작자 자신도 확인할 수 없는 작자의 의도 같은 것이 아니라, 텍스트 속에 드러나 있는 언어들을 분석하고 종합한 결과로서 재구성된 것이며, 그런 한에서 독자들이 확인하고 책임질 수 있는 영역에 존재하는 어떤 것이기 때문이다.

물론 주제의식 역시 단일한 층위에 존재하는 것일 수는 없다. 그것은 대개 두 가지 층위를 지니고 있다. 첫째는 겉으로 드러나 있는 현저한 동기이고 둘째는 그 밑에 잠복해 있어 잘 드러나지 않는 생각들이다(조동일은 판소리계 소설을 대상으로 이 둘을 표면적 주제와 이면적 주제로 구분했다[5]). 주제의식의 이 같은 이중성은 판소리계 소설들처럼 창작의 주체가 집단인 경우라든지, 사회적 금기에 해당되는 요소들을 대중적 형식으로 다루는 경우에 현저하고 빈번하게 드러나곤 한다. 이런 이중성은 텍스트가 결과적으로 취하게 된 모종의 냉소적 전략으로서, 표면적으로는 당대의 지배 이념이나 모럴을 수용하고 있는 것처럼 보이지만 그 이면에서는 오히려 그와 반대되는 이념적 지향성을 실천하는 형식으로 구현된다. 비도덕적인 것을 비판한다는 명목으로 비도덕적인 것을 생생하게 묘사함으로써 오히려 비도덕적인 것의 쾌락을 누리는 일이 대표적인 것이겠다. 이 같은 냉소적 전략은 권선징악을 내세운 대중적 폭력 서사에서처럼 의식적이고 의도적으로 추구되는 경우(사악한 악당들의 폭력에 대해 승리를 거두는 정의로운 폭력이라는 구도 속에서 정작 승리를 획득하는 것은 폭력 행위 자체의 즐거움이다)도 있고, 또한 판소리계 소설에서처럼 집단 주체에 의해 무의식적으로 이루어지는 경우(춘향이 결과적으로 목숨걸고 지켜내게 된 것은 기성의 도덕 강령으로서의 정절이 아니라, 그 정절을 지킬 수 있는 자유이자 탈-신분제를 향한 내적 동력이다)도 있겠다.

---

5) 조동일, 「판소리의 전반적 성격」, 조동일·김흥규 편저, 『판소리의 이해』, 창작과비평사, 1978/1988, 26쪽.

텍스트가 다양한 힘의 상호 작용에 의해 구성되는 것임을 염두에 둔다면, 생산 주체에 의해 완벽하게 통제되는 텍스트, 흠 없이 완전한 모습으로 구현되는 텍스트란 상상 속에서만 존재할 수 있는 개념이다. 현실 속의 텍스트란 누구도 완벽하게 통제하기 어려운 부분을 그 안에 지니고 있는 것일 수밖에 없다. 이런 점을 감안한다면, 텍스트 생산에 참여하는 작자의 의도도 단순히 특정한 개인적·이념적·의식적 지향을 넘어서는 좀더 심층적이고 다형적인 형태로 사유될 수 있다. 그럴 경우 미지의 것으로서의 의도란, 작자 자신의 애초의 의도와는 무관하게, 그 자신이 의식하지 못하는 채 텍스트에 의해 구현된 어떤 것의 형태로, 즉 작자라는 자리를 둘러싼 무의식적 구도 속에서 배태되고 실현되는 어떤 의지로 상정될 수 있을 것이다. 이 경우 우리는 텍스트를 통해 특정 작자의 언어뿐 아니라 그 작자로 하여금 그런 텍스트를 만들어내게 한 다층적 힘들의 언어를 접할 수 있게 된다.

텍스트로의 귀환이 함축하고 있는 충실성은 그렇다면 어떤 텍스트를 향하는 것인가. 활자화나 재활자화 과정에서 오식이나 편집자의 판단 착오로 인해 생겨나는 잘못들이 있다. 예를 들어, 이광수의 시 「옥중호걸」의 주인공은 발표 당시에는 호랑이('브엄')였는데 전집에 수록되면서는 부엉이로 바뀌어버렸다.[6] 이런 잘못들을 교정하고, 또 근거가 없거나 부족한 과잉 해석의 오류를 경계하는 일이라면 여러 번 강조해도 좋겠다. 그러나 그와 동시에, 그와 같은 일차적 작업은 텍스트를 향해 가는 출발점일 뿐이라는 사실도 강조되어야 하겠다. 여러 힘의 섭동에 의해 구성되는 텍스트는 다양한 힘들 사이의 상

---

6) 「獄中豪傑」은 『대한흥학보』 제9호(1910. 1)에 발표되었고, 『이광수 전집 1』, 삼중당, 1971/1973, 573쪽에 수록되어 있다.

호작용과 긴장을 내장하고 있다. 설사 매끈하게 다듬어져 있는 겉모습을 가지고 있다 하더라도, 표면의 침묵은 독자와 텍스트의 만남에서 형성된 일시적 평형상태의 산물이거나 태풍 복판의 침묵 같은 것이겠다. 그 이면에서 들끓고 있는, 서로 다른 힘들의 교호를 통해 생성되는 언어들을 포착하는 일이란 곧 텍스트의 무의식을 읽어내는 일에 해당할 것이다. 그것은 텍스트의 의지가 손쓸 수 없는 것이라는 점에서 충동의 구조를 지니고 있다. 텍스트에 대한 충실성이 텍스트의 본령에 도달하고자 하는 것이라면, 충동의 차원에서 움직이고 있는 텍스트야말로 그 적실한 대상일 것이다.

어떤 텍스트이건 그것을 둘러싸고 있는 이상적 틀의 관점에서 보자면 그 자체로 기형적이어서 일그러지거나 허물어진 부분들을 자기안에 지니고 있을 수밖에 없다. 신경증자에게서는 증상이 무의식으로 가는 통로 역할을 한다면, 텍스트의 경우에는 이런 기형적인 부분들이 증상의 자리를 차지하고 있다 해도 좋겠다. 그와 같은 텍스트의 증상들을 통해 우리는, 자신의 영역의 고유성을 주장하며 상대를 제압하려 하는 텍스트 생산의 요소들이 벌이고 있는 치열한 힘싸움의 양상을 확인하게 된다. 그런 의미의 증상들이야말로 하나의 텍스트의 고유성 singularity을 담지하고 있는 정체성의 보증자이기도 하다.

3. 텍스트의 증상: 『무정』『금색야차』『적과 흑』

텍스트의 무의식이 작동하는 대목들, 텍스트의 증상에 대해 말해보자. 이광수의 장편 『무정』(1917)에 등장하는 기이한 장면을 예시해볼 수 있겠다. '이형식'은 '박영채'와 재회한 후 아무래도 박영채가 기생 같다는 생각을 한다. 정말 기생인지는 아직 확인하지 못한 상태였다. 그럼에도 이형식은 박영채를 기적에서 빼내야 한다고 생각하며 혼자 갖은 상상을 한다. 박영채가 겁탈을 당하고 자살하려 하는 장면이 그가 한 상상 중 하나이다. 이런 상상을 하며 이형식은 몸을 떠는데 그것은 독자로서도 몸서리가 쳐지는 장면이 아닐 수 없다. 그 이후의 이야기는 이형식이 상상했던 그 시나리오 그대로 전개된다. 말하자면 이 장면은, 작자 이광수가 주인공 이형식의 충직한 하수인이었음이 드러나버린 대목인 셈이다. 그런데 여기에서 더욱 기이하게 다가오는 것은, 이 끔찍한 사건이 실제로 벌어지기 전인데도, 또 심지어는 박영채가 기생인지조차 아직 확인되기 전인데도, 박영채를 강간한 자들을 이형식이 제멋대로 용서하고 있다는 사실이다. 물론 이형식의 상상 속에서 벌어진 일들이다. 그러나 그 사정이야 어쨌든 범죄자들의 입장에서 보자면 죄가 있기도 전에 용서가 먼저 도착해 있는 것이다. 그들은 죄를 짓기도 전에 이미 죄행에 관한 윤리적 면죄부를 확보하고 있었던 셈이다. 『무정』 26회의 장면이 그러했다.

대체 이형식은 무슨 논리로 범죄자들을 용서하고 있는가. 요약하자면, 박영채를 망가뜨리려는 악당들도 사람이고 반대로 박영채를 구하려 하는 자기도 사람이기에 질적으로 차이가 나지 않는다는 것, 또 사람들이란 어떤 거대한 힘에 의해 조종당하는 존재이며 흡사 연극배우 같은 신세이기 때문에 설사 죄를 범한다 하더라도 그 사람 탓이 아니라는 논리이다. 이런 논리를 위해 이형식은 골고다에서 십자가에 매달린 예수의 성화에 등장하는 많은 사람들의 이야기를 끌어들이고, 또 심지어는 죄인들을 포함한 모든 사람들에 대해 인류애 차원의 유대감을 느낀다고까지 말하고 있다.

이런 생각의 논리 없음을 어떻게 이해해야 할까. 이형식이 정말 했어야 할 이야기를 못하고 있기 때문이라 해야 하지 않을까. 이 대목에서 이형식이 했었어야 하는 것은 용서가 아니라 자백이다. 그 자신이 죄인임을 자백했었어야 한다는 것이다. 박영채가 망가져서 저 스스로 세상에서 사라지기를 원했던 사람은 바로 자기 자신임을 고백했었어야 한다. 범죄자들과 그가 다르지 않다고 마치 스스로가 시혜자인 양 도회할 것이 아니라, 다른 누가 아니라 바로 자기 자신이, 다름 아닌 바로 그 범죄자임을 스스로 밝혔어야 한다. 그러나 물론 그것은 이형식에게 아직 불가능한 일이었다. 그런 내용은 이형식에게 허용된 의식 차원에는 존재할 수 없는 것이었기 때문이다. 게다가 이형식은 『적과 흑』(1830)의 주인공처럼 입신출세를 바라는 똑똑한 한 명의 젊은 남성일 수만은 없다. 이형식과 이광수를 감싸고 있는 식민지 조선이라는 현실이 무엇보다 압도적인 것으로 버티고 있다. 출세가 다른 사람들의 인정을 받는 것이라면 1917년의 이형식에게 무엇보다 큰 출세는 그의 동포인 식민지민들의 인정을 받는 것이다.

이형식과 같은 인물로부터 그런 현실을 거두어버리면 어떤 일이 벌어질까. 이것은 『무정』보다 20년쯤 앞서 발표된 오자키 고요尾崎紅葉의 『금색야차』(1897)에서 좀더 분명한 모습으로 드러나 있다. 여기에서 이형식의 자리를 점하고 있는 인물은 여주인공 '오미야'이다. 오미야는 대학생 '강이치'와 정혼한(실질적으로는 결혼한) 사이였으면서도 영국 유학에서 돌아온 부자 청년 '도미야마'의 청혼을 받아들이려 한다. 진심을 확인하기 위해 자기를 찾아온 강이치에게 오미야는 사죄하고 또 사죄한다. 강이치의 바지를 잡고 늘어지는, 신파연극으로 유명해진 아타미 해안의 장면이 곧 그것이다. 그런데 사죄하는 오미야의 모습도 역시 모순적이다. 오미야는 아직 도미야마와 결혼한 것이 아니다. 그것이 그렇게 사죄할 일이라면, 그리고 그로 인해 그 자신이 그렇게 큰 아픔을 느끼고 또 뼈아프게 후회하고 있다면 아직 늦지 않았다. 바로 그 순간 강이치에게 돌아가면 된다. 아직 아무런 일도 벌어지지 않은 것이다. 그런데도 오미야는 자기 앞에 활짝 열려 있는 퇴로는 돌아보지도 않은 채, 아직 벌어지지도 않은 일에 대해 사죄하는 데에만 몰두하고 있다. 『금색야차』도 『무정』과 유사하게, 잘못보다 먼저 온 참회(잘못보다 먼저 온 용서와는 약간 다르다)를 서사의 윤리적 핵심으로 지니고 있는 것이다.

『금색야차』에서 오미야가 강이치에게 취하고 있는 태도는 '미안하다, 그러나 어쩔 수 없다'의 전형적인 모습이다. 말하자면 오미야는 자기도 속수무책인 상태로 도미야마에게 끌려가고 있는 제 자신에 대해 미안해하고 있는 중이다. 그것은 충동drive과 향락jouissance에 대한 주체의 전형적인 반응이다. 『금색야차』의 초반부에서 청년 부호 도미야마의 매력은 너무나 압도적이다. 거기에는 어떤 위계나 술수 같은 것도 없다. 2캐럿짜리 다이아몬드 반지를 끼고 나타난 그의 존재 자체가 위력적이어서 젊고 예쁜 여자들을 빨아들인다. 도미야마를 선택한 것은 오미야 자신일 뿐, 부모나 다른 외적 요소가 개입한 것도 아니다. 오히려 오미야가 부모들에게 도움을 청하는 형국이기도 했다. 그래서는 안 되는 줄 알면서도 그 매력에 무너져버리는 자기 자신을 바라보고 있는 오미야의 모습은 자신의 충동을 바라보고 있는 주체의 모습에 다름아니다.

이 소설을 계기로 도출된 '돈이냐 사랑이냐'의 대립항이 통속적인 것은, 그것이 '돈이 사랑이다'라는 명제의 위선적 판본이기 때문이다. 그럼에도 이 통속적 대립이 지니고 있는 설득력(이 말의 유명함 자체가 대중적 설득력의 증거일 것이다)은 어디에서 연유한 것인가. 라캉의 논리에 따르면, 충동을 방어할 수 있는 유일한 힘은 욕망이 지니고 있다.[7] 여기에서 욕망은 주체의 의지를 통해 작동하는 것으로서 당위에 가까운 윤리적 개념이다. 욕망이 충동의 방어에 실패하면 그 결과는 충동의 궁극적 지점으로서 주체의 죽음에 도달하게 된다. 죽음을 향해 가는 것이지만 거부하기 힘든 흡인력을 지닌 충동에 맞설 수 있는 방법은 욕망을 강화하는 것뿐이다. 돈/사랑의 대립항은 그 자체가 충동/욕망의 대립항의 전형적인 예이다. 이런 구도 속에서 욕망의 자리에 있는 사랑이란, 설렘이나 떨림 같은 감정 상태를 지칭하는 것이 아니라, 당위나 의리에 해당되는 윤리적 개념이며, 그것을 지킴으로써만 충동이 방어될 수 있다. '돈이냐 사랑이냐'는 사실 '돈이냐 의리냐'의 문제임을, 그리고 그것이 자기 시대의 윤리의 핵심적인 문제임을, 자본주의 시대의 대중들은 누가 가르쳐주지 않더라도 체득하고 있는 것이다.

---

7) 프로이트-라캉의 논리 속에서 충동은 반주체적인 것이다. 머리 없는 몸과 같은 것으로서 충동은, 자기 자신의 고유한 동력에 의해 추동되기에 언제나 향락을 향해 돌진하며 주체의 자립성을 파괴해버린다. 충동의 회로 속에 빠지면 주체는 정체성을 상실한 좀비 같은 상태가 되어 죽을 수도 없는 지경에 도달한다. 그런 위험으로부터 주체가 스스로를 유지할 수 있는 길은 욕망의 에너지를 강화하는 것이다. 자기 안의 결여와 충족되지 않음에 의해 작동하는 욕망은 역설적이게도, 주체로 하여금 자신의 결여를 유지하게 함으로써 주체가 충동의 암흑 속으로 빠져들어가는 것을 방어하는 기능을 한다. 더욱이 욕망은 타자의 금지 혹은 상징적 법과의 관련 속에서 구동된다. 충동은 법을 모르기 때문에 위반도 알지 못한다. 충동에게는 무조건적인 돌파만이 있을 뿐이다. 그러나 위반을 통해 작동하는 욕망은 법에 대한 예민한 윤리적 감수성을 지니고 있다. '충동에 대한 방어로서의 욕망'에 대해서는 레나타 살레츨, 『사랑과 증오의 도착들』, 이성민 옮김, 도서출판b, 2003, 2장; 슬라보예 지젝, 『까다로운 주체—정치적 존재론의 부재하는 중심』, 이성민 옮김, 도서출판b, 2005, 484쪽에 실려 있다.

『금색야차』의 번안본인 조중환의 『장한몽』(1913)은 사랑의 승리로 귀결된다. '김중배'와의 결혼을 후회하며 자살기도를 한 '심순애'를 결국 '이수일'이 용서하는 것으로 끝난다. 이런 정도의 세계 상태에 서라면 돈과 사랑은 맞상대가 될 수 있다. 『장한몽』을 만들어낸 세계는 아직 동화의 세계이기 때문이다. 그러나 이와는 달리 『금색야차』는 끝맺어지지 못한다. 도미야마와 결혼한 후 오미야는 자신의 결정을 후회하며 강이치의 용서를 구하지만 강이치는 요지부동 움직이려 하지 않는다. 『금색야차』는 1897년부터 1902년까지 요미우리신문에 단속적으로 연재되었다. 본편에 해당되는 전·중·후편 외에도 속편 속속편 신속편 등이 단행본으로 출간되었다. 그러면서도 이야기는 마무리되지 않았다. 오자키 고요의 건강 상태 때문이라 하지만,[8] 단지 그것뿐이었을까. 오미야가 결혼한 지 육 년이 지난 후의 이야기인 속속편에서 비로소 강이치는 오미야를 용서하는 꿈을 꾼다. 그러나 어디까지나 꿈일 뿐이고, 그 둘이 어떻게 될지에 대해서는 여전히 귀정 나지 않았다. 그 시간 동안 오미야는 시종일관 용서를 비는 기계였고, 강이치는 토라진 아이처럼 버티고 있었다.

『금색야차』는 메이지 유신이 시작되고 자본제적 질서를 중심으로 사회가 재편되기 시작한 지 삼십여 년이 지난 시기에 쓰였다. 끝맺어지지 못한 인물들의 운명은 바로 그 때문이라 해야 하지 않을까. 그 변화의 급격함에 말을 잃어버린 사람들의 표정으로 읽는 것은 어떨까 하는 것이다. 『금색야차』보다 십여 년 앞에 나온 후타바테이 시메이二葉亭四迷의 『뜬구름』(1887)의 경우가 이런 판단에 도움을 준다. 남

---

8) 후쿠다 세이진(福田淸人), 「『금색야차』와 메이지 문학」, 오자키 고요, 『금색야차』 해설, 서석연 옮김, 범우사, 1992, 387쪽.

자 주인공 '분조'는 몰락한 사무라이의 후손으로 강이치처럼 고지식한 성품이다. 분조 역시 강이치보다 십 년 앞서, 강이치가 갔던 길을 갔다. 자신의 정혼자 '오세이'를 현실적이고 영악한 경쟁자 '노보루'에게 속수무책으로 빼앗기게 된다. 강이치는 고아였고, 분조 역시 어머니가 살아 있지만 실질적인 고아 상태였다. 또한 『뜬구름』도 삼 년여에 걸쳐 연재되었음에도 『금색야차』와 마찬가지로 마무리되지 못했다. 오세이의 집에서 구박덩이처럼 살던 분조가 결국 그 집을 나오겠다고 결심하는 수준에서 이야기는 종결된다.

이 두 소설은 모두 근대라는 새로운 질서에 의해 폭행을 당하는 남성들의 이야기이다. 새로운 유혹에 몸을 맡긴 여성들과 그들에 의해 배신당하는 남성 고아들의 이야기인 것이다. 그런 이야기가 배신당하는 남성들의 입장에서 포착되어 있으니 이 이상의 결말이 있기는 어렵겠다. 더 가능한 이야기가 있다면 복수담일 텐데, 버림받은 남성들이 여성들에게 할 수 있는 복수라야 여성들이 원하는 남성 그 이상이 되어 여성들로 하여금 자신의 선택을 후회하게 하는 것, 곧 도미야마보다 더 도미야마적인 인물이 되는 것이 거의 유일한 길일 것이다. 만약 충동의 길을 따라 배신을 감행하는 여성들의 입장에 초점이 맞춰진다면 이야기는 좀더 명료했을 것이다. 하지만 그 충동의 발현을 놀라운 눈으로 바라보고 있는 이 순진하고 고지식한 젊은 남성들의 시각은, 밖으로부터 촉발되고 위로부터 시작된 근대로의 변신을 바라보아야 했던 메이지시대 일본의 시각이었다고 해도 좋을 것이다.

좀더 거슬러올라가, 근대의 한 시발점을 이루는 프랑스의 경우를 이에 대한 참조점으로 거론해볼 수 있다. 스탕달의 『적과 흑』(1830)을 대표적인 예로 들 수 있겠다. 스무 살의 '쥘리앵 소렐'은 시골 목수의 셋째 아들이지만, 위의 두 형과는 달리 처지에 맞지 않는 능력과 처신으로 집에서 내놓은 자식 취급을 받는다. 그는 총명하고 이지적이며 신약 성경을 암송하는 놀라운 라틴어 실력으로 동네에서 평판이 자자했다. 게다가 나폴레옹의 숭배자이기도 했다. 아버지와 형들은 자기들과는 다른 쥘리앵의 모습을 못마땅해하고 구박했다. 쥘리앵은 고아는 아니지만 실질적인 고아였던 셈이다. 그는 집을 나와 자신의 야심이 지시하는 길을 따라 출세가도를 달려 마침내는 파리의 귀족 사회 한복판에 입성한다. 거기에 도달하기 위해서는 발판이 필요했다. 그를 사랑했던 열 살 연상의 유부녀, '레날 부인'이 쥘리앵의 발판이 되어주었다. 쥘리앵은 마침내 파리의 유력한 후작의 딸의 마음을 얻어 완벽한 변신에 성공하게 된다. 집을 나온 지 채 삼 년이 지나지 않은 시점의 일이었다. 평민의 성을 버리고 새로운 귀족의 성까지 얻게 되었다. 그런데 그 직전에 이루어지는 반전이 있다. '라몰 후작'의 딸과의 결혼을 앞둔 상태에서 레날 부인이 그를 배신했고, 쾌속 출세한 그의 지위가 그로 인해 심하게 흔들리게 되었다. 이제 쥘리앵은 어떻게 할 것인가. 그것은 그가 원했던 것이 무엇인가와 연관되어 있다.

그는 언제나 나폴레옹주의자로서 또 한 명의 새로운 나폴레옹이 되기를 원했다. 시골의 이름 없는 평민이 황제가 되는 것처럼 자기 힘으로 무언가 대단한 것을 이루는 것, 그것이 그가 원했던 것이다. 레날 부인 집에 가정교사로 들어가면서도, 또 파리로 진출한 후 후작의 도움으로 신분 세탁을 하고 기병 장교로 부임하면서도 그가 꿈꾸었던 것은 나폴레옹의 수준이 되는 것이었다. 이 소설이 발표된 1830년이면 나폴레옹이 사망한 지 구 년밖에 지나지 않은 시점이기도 했다. 그런데 마지막 지점에서 문제가 발생한 것이다. 하지만 나폴레옹이 되고자 했던 야심가라면 그런 정도의 위기는 극복해야 마땅하며 또 충분히 극복 가능한 것이었다. 무엇보다도 후작의 딸 '마틸드'의 마음을 쥘리앵이 확고하게 사로잡고 있었기 때문이다. 그런데도 쥘리앵은 돌연 죽음의 길을 향한다. 자기를 음해한 레날 부인을 공개적으로 저격하고, 재판정에서도 그것이 의도된 살해 기도였다고, 그러므로 자기에게는 사형 판결이 마땅하다고 주장한다. 총격에서 살아남은 레날 부인과 약혼녀 마틸드, 그리고 헌신적인 친구가 자기의 석방을 위해 분투하는데도, 쥘리앵은 흡사 타협을 거부한 소크라테스처럼 죽음의 문을 향해 스스로 걸어가는 것이다. 죽음을 향해 가는 이 같은 젊은이의 모습은 매우 특이한 정경이 아닐 수 없으며, 잘못보다 먼저 온 용서나 참회의 예가 그랬듯이 이것 역시 텍스트의 증상이라 아니할 수 없다.

죽음을 향해 감으로써 쥘리앵이 얻고자 했던 혹은 지키고자 했던 것은 무엇인가. 그는 귀족을 우러러보기보다는 오히려 무시했고, 그것이 똑똑한 평민 청년 쥘리앵의 매력 포인트이기도 했었다. 그가 무엇보다 못 견뎌했던 것은 자존심을 다치는 일이었다. 자기가 저격한 레날 부인이 죽지 않았음을 확인한 후 쥘리앵은 자신이 그 여자를 사랑하고 있었음을 깨닫는다. 그것도 매우 낭만적이고 격렬한 방식으로. 그럼에도 스탕달은 그런 쥘리앵으로 하여금 죽음을 택하게 함으로써 돈과 야심은 물론이고 사랑까지 거부하게 했다. 어쩌면 그런 거부야말로 진정한 사랑의 실천일 수도 있겠으나, 그러나 어떻든 쥘리앵에게는 그런 거부가 자신의 욕망의 가장 극단에 있는 힘으로부터 비롯된 것이었음은 분명하다. 성공에 대한 야심은 물론이고 새삼 눈뜨게 된 진정한 사랑의 정서조차도 넘어서 있는 힘이기 때문이다. 그렇다면 그의 욕망의 극점에 있는 것은 무엇인가. 그것은 나폴레옹 되기의 가장 이상적인 상태, 곧 주체로서의 존엄을 지키는 일, 혹은 순수한 주체 되기였다고 해야 할 것이다. 출세에 대한 야심이 충동의 차원에 존재하는 것이라면, 야심의 행로를 절단하고 나선 주체의 존엄에 대한 이 같은 희구는 욕망의 윤리라는 차원에 있다.

충동의 윤리라는 차원을 감안한다면, 우리는 이로부터 한 발 더 나아갈 수도 있겠다. 죽음을 선택하는 쥘리앵의 모습은 근대화된 소크라테스의 모습에 다름 아니거니와, 여기에서 우리는, 충동을 방어하는 욕망의 윤리 너머에 있는 힘, 그 자체가 충동이 되어버린 주체성을 향한 의지의 모습을 확인하게 된다는 것이다. 그것은 충동의 방어자로서의 욕망이 윤리적 수준에서 그 자체가 충동과 같은 힘을 지니게 되었음을 뜻하며, 욕망의 윤리가 충동의 윤리로, 즉 충동 수준에 존재하는 비타협적 윤리와 의지로 바뀌는 순간에 생겨나는 모습이겠다.

프랑스와 일본의 이와 같은 경우들을 고려한다면, 우리는 『무정』이라는 텍스트의 증상에 대해서 조금 더 깊이 다가갈 수 있을 것이다. 『적과 흑』에서 『뜬구름』과 『금색야차』를 거쳐 『무정』으로 이어지는 이와 같은 구도 속에서, 식민지의 고아 이형식이 놓여 있는 자리는 어디인가. 이형식이 서 있는 곳은 일본의 고아들이 아니라 프랑스의 고아 쥘리앵 쪽임은 자명하다. 일본의 경우라면 오히려 충동의 유혹에 몸을 맡긴 여성들(오미야와 오세이) 쪽이 이형식이나 쥘리앵 소렐과 같은 편에 속해 있다고 해야 하겠다. 그들은 모두 선택 대상이 아니라 선택자의 자리에 있다는 점에서, 그리고 선택 과정에서 어떤 모습으로건 유혹자의 논리를 대표하고 있다는 점에서, 그리고 그것이 궁극적으로는 나폴레옹의 정신적 후예로서의 행동이라는 점에서 그러하다. 그런데 이형식의 문제는 그 자신이 쥘리앵 소렐처럼 자기 욕망에 충실한 개인일 수 없다는 점이다. 이는 서사의 전체적 구도 속에서 그가 놓인 위치의 문제와 연관되어 있다.

서사를 포착하는 시선의 주체라는 점에서 볼 때, 『적과 흑』은 『뜬구름』 및 『금색야차』와 대조적인 위치에 놓여 있다. 전자의 서사는 선택자의 시선에 의해, 후자의 경우는 패배하는 선택 대상의 시선에 의해 포착된다. 따라서 전자는 욕망의 주체의 적극적인 서사가 전개됨에 비해 후자는 선택에 영향력을 행사할 수 없는 무기력한 대상의 소극적 서사가 펼쳐진다. 전자가 가해의 서사라면 후자는 피해의 서사라는 형식을 지니고 있는 것이다.

이런 차이는 근대성의 선발지의 서사와 후발지의 서사의 차이라 할 수도 있겠고, 또 19세기 전반기와 후반기의 차이라 할 수도 있겠다. 그런데 여기에서 특이한 점은 『무정』의 서사가 이 둘 중 『적과 흑』의 구도를 따르고 있다는 점이다. 쥘리앵이 레날 부인과 마틸드 앞에서 그랬듯이, 이형식은 박영채와 '김선형' 앞에서 선택을 해야 하는 주체의 자리에 있다. 선택 대상의 자리에 놓일 수밖에 없었던 분조나 강이치 같은 일본 남성과는 정반대의 위상을 지니고 있는 것이다. 그런데 문제는, 이형식이 그런 자리에 있음에도 불구하고 자기 욕망을 꾸밈없이 내보이거나 실현하려 나아갈 수 없다는 점이다. 그것은 이형식 개인의 성격이나 개성 같은 문제 때문이라기보다는, 이형식 같은 인물이 놓여 있을 수밖에 없는 설정과 그 속에서의 위상의 문제에서 기인한 것이다.

왜 이형식은 쥘리앵 소렐처럼 자기 욕망에 충실한 개인일 수 없는

가. 단적으로 말하자면 그와 그의 동포들이 노예 상태에 있다는 점이 문제가 된다. 말하자면 이형식 앞에는 개인적 존엄보다 민족 차원의 존엄의 문제가 더 우선적인 과제로 놓여 있는 것이다. 식민지의 청년 이형식을 선택의 주체의 자리에 올려놓은 힘이 바로 그것이거니와, 하지만 바로 그 동일한 이유 때문에 그것은 동시에 이형식에게 선택할 수 있는 실질적인 권한을 제한하는 힘으로 작동한다. 이형식은 선택의 주체의 자리에 있음에도 불구하고 끝까지 제 힘만으로는 선택의 권리를 행사하지 못하는 것이다. 박영채와 김선형 사이에서의 그의 모습이 그러했다. 외관으로 보자면 그는 선택의 주체이지만, 실제로는 이미 선택된 것만을 선택할 수밖에 없으며, 그럼에도 그것을 자신의 선택으로 받아들여야 하는 매우 역설적인 자리에 놓여 있는 것이다. 이형식은 다른 힘에 의해 영채가 제거된 후에야 비로소 자기에게 주어진 길을 간다. 이형식의 욕망이 일그러지고 비틀려 위선적이 되는 것은 그 때문이라 해야 하겠다. 그런 이형식의 모습은, 집단 앞에 제시되는 이상주의가 위선적 요소를 품고 있지 않을 수 없음을 보여주는 것이라 해도 좋겠다.

이형식에 의해 행해지는 저 기이한 행동, 죄보다 앞선 용서는 그 안에 두 개의 층위를 품고 있다. 첫째는 『적과 흑』이고 둘째는 『금색야차』이다.

쥘리앵 소렐은 뉘우치지 않았고 타협하지도 않았다. 스스로 죽음을 택함으로써 자기 행동에 책임을 졌다. 그의 이런 선택은, 이미 한 차례의 혁명을 치렀고 다시 두번째 혁명을 예기하고 있는 1830년 프랑스의 정신, 뉘우치지 않고 책임지는 정신의 산물이겠다. 그는 자신이 살해되는 것을 선택한 셈이고, 그것은 스스로를 자기 삶의 주인이라고 생각하는 사람만이 선택할 수 있는 죽음의 방식이다. 주체의 존 엄을 지킴으로써 자신이 주체임을 증명하는 길이란 어떤 방식으로건 목숨을 거는 일에 다름아님을 그의 선택은 보여주었다. 충동으로부 터 스스로를 격리시킴으로써 생겨나는 주체의 위신이란 목숨과 등가 임을 보여주었던 셈이다.

이에 반해 『금색야차』의 오미야는 미리 뉘우침으로써 충동을 향락 하는 몸으로 존재할 수 있었다. 하지만 오미야의 선택에 관한 이야기 는, 오미야에게 배신당한 강이치의 시선으로 포착된 것이기에 독자 들이 깊이 있게 이해하기는 쉽지 않다. 오미야가 도미야마의 매력에 굴복한 것은 그럴 수도 있겠다 싶지만, 왜 그렇게 쉽게 자기 선택을 후회하고 또 집요하게 강이치의 용서를 구하고자 했는가. 오미야가 정말 원했던 것은 무엇인가. 그 세계에서 단 하나 분명한 것은 근대성 의 모럴이 '여성적' 악덕의 형태로 형상화되었다는 것(강이치 또한 고 리대금업자가 됨으로써 그 세계의 일부가 된다. 그 결과로 그의 친구들 에게 린치를 당하기도 한다. 폭력적인 남성들 앞에서 저항할 힘을 갖지 못한 여성처럼)이며, 그런 형상화 방식 속에는 근대를 자신의 본연의 것이 아니라 외부적인 것으로 사유할 수밖에 없는 메이지 시대 일본 정신의 상태가 아로새겨져 있다.

『무정』의 이형식은 이 두 개의 지반 위에 서 있다. 이형식이 보여 주는 '죄보다 앞선 용서'는 오미야의 '죄보다 앞선 참회'를 바탕에 깔 고 있다. 이형식의 용서는 오미야의 참회의 투사적인 형태로서, 자기 책임을 회피하고 남에게 전가한다는 점에서 위선적이다. 그러나 그 위선은 또한 쥘리앵 소렐의 참회 없이 책임지는 정신, 죽음으로서 지 켜지는 주체의 존엄을 바탕에 깔고 있다는 점이 간과되어서는 안 된다. 『무정』에서 그 정신은 현실이 아니라 당위의 차원에서, 또한 이형식이라는 개인이 아니라 민족이라는 집단 주체의 차원에서 작동하고 있다. 그러므로 '죄보다 앞선 용서'라는 텍스트의 증상은 자기가 위선자인지도 모르고 있는 위선자 이형식과, 그리고 이형식의 그런 상태를 방치할 수밖에 없었던 작자 이광수 자신이 근대성을 향한 뜨거운 동경에 사로잡혀 있었음을 보여주고 있다. 요컨대 '죄보다 앞선 용서'라는 기이함은, '참회 없이 책임지는 정신' 위에 '미리 뉘우치고 충동을 누리는 몸' 즉, '죄보다 앞선 참회'가 덧쌓임으로써 생겨난 것이라 할 수 있겠다.

근대성의 일그러진 모럴에 대해 스탕달은 어느 수준에 이르자 격렬하게 거부했고, 후타바테이 시메이와 오자키 고요는 그것을 향락하면서 비판했으며, 이광수는 그것을 오히려 강하게 열망하고 있었던 셈이다. 물론 그 열망은 충동을 향한 것이기에 공공연하게 겉으로 드러낼 수 없는 것이다. 박영채가 제거되기를 원하면서도 그것을 의식 표면으로 드러낼 수 없는 이형식의 곤혹이 그것을 보여주고 있다. 게다가 이형식의 그 열망은 비록 민족이라는 집단 주체를 전제로 한 것이지만 충동의 영역에 존재하는 것이기에 그것을 방어하기 위해서는 새로운 욕망의 윤리의 가동을 필요로 한다. 자기 목적화된 순수 윤리가 그것이었음을 향후의 이광수의 소설들이 보여주고 있거니와, 그것조차도 『무정』에서 발견하게 된 이 같은 텍스트의 증상을 통해 좀더 효과적으로 접근할 수 있다.

4. 텍스트의 귀환

왜 텍스트가 귀환의 담론의 대상이어야 하는가. '텍스트로의 귀환'

이라 했는데, 왜 돌아가야 한다는 것인가. 언제 우리가 거기를 떠나왔는가. 과연 우리는 거기 있었던 적이 있는가. 이런 반문들 속에서도 누군가 텍스트로의 귀환을 주장한다면 그것은 한국 근대문학 연구가 새로운 요청에 직면해 있음을 느끼고 있기 때문일 것이다.

한국문학 연구가 한동안 누렸던 정신적 지위의 호사는, 그것이 국학이라는 틀 속에 거주함으로써 가능했던 것이었다. 그것은 단순히 국어국문학과 같은 제도의 문제가 아니라 연구를 위한 정신적 동력 차원의 문제였다. 국문학=민족문학은 국사=민족사와 더불어 민족적 정체성과 자긍심의 핵심이었다는 점, 그리고 그것들이 일제 강점기와 해방 후 탈식민주의의 시기에 어떤 역할을 했는지에 대해서는 이 자리에서 새삼 강조할 필요가 없을 것이다. 그때 연구 대상의 지위를 차지하고 있었던 것은 텍스트가 아니라 문학작품이었다. 국어=민족어를 수호하고 가꾸는 힘으로서, 그리고 민족정신을 함양하고 공유하게 하는 매체로서 존재하는 것이 텍스트라는 생경한 낱말이기는 힘들었다. 문학 연구를 둘러싸고 있는 이런 힘은 새로운 나라에 대한 열망이나 변혁에 대한 사명감으로까지 연결되며, 1998년을 전후하여 탈냉전 시대가 본격화될 때까지 지속되었다. 그 정점에는 국문학사=민족문학사가 있었다. 거기에 수록된 세목들은 전파력이 강한 뜨거운 존재들이었으며 그것이 문학의 가치를 가늠하는 기준이기도 했다.

이런 점에서 텍스트로의 귀환이라는 표어는 그 자체가 이미, 문학 연구가 더이상 뜨거울 수 없는 세계 상태를 지시하고 있는 것으로 보인다. 어느덧 '국문학'은 내용적으로는 '한국문학'으로 전환되었고, 그와 함께 문학은 그 이전의 특권적 지위를 상실하고 문화를 구성하는 소박한 1/n이 되었다. 공동체주의가 점차 위력을 상실해가는 동안, 그와 함께 쇠약해진 것은 유토피아를 향한 열망만은 아니었던 셈이다. 뜨거운 역사는 차가운 사실로 대체되었고, 인문적 가치가 지니고 있던 총체성의 온기도 계량화된 데이터를 통과하는 순간 냉각되어 사라진다. 탈냉전 시대가 시작된 후로 지난 이십여 년간에 걸쳐 누적되어온 이런 과정이 불가역적 계몽 과정의 일환임에는 이론의 여지가 없다. 한번 열린 지평선이 물러서는 법은 없다. 어떤 일이 벌어지는지 우리는 이미 다 알아버렸다. 그러니 돌아갈 수가 없다. 게다가 텍스트는 그 자체가 분석적 시선에 의해 포착된 중립적이고 차가운 개념이며, 합당한 심미안과 그것의 미학적 자질을 둘러싼 논란을 요구하는, 작품이라는 뜨거운 개념과는 달리 감염력을 거세당한 건조한 문자들의 덩어리이다. 그런데도 텍스트로 돌아가야 한다는 것인가. 문학도 작품도 아닌 텍스트에게로? 지난 시대에 우리가 과연 텍스트와 함께였던 적이 있기나 했던가.

이런 항변 속에서 우리는 근대의 이론적 정신을 비판했던 니체의 목소리를 듣는다. 진리의 여신이 얼마나 아름다운지에 대해서는 아랑곳하지 않은 채 그 베일을 벗기는 일 자체에만 몰두하는 한심한 인간이야말로 니체가 말하는 근대적 정신의 원형이다. 니체는 그런 정신을 향해, "그는 영원히 굶주린 자요, 기쁨도 힘도 없는 '비평가'요, 근본적으로는 도서관원이요, 교정자인 알렉산드리아적인 인간, 책의 먼지와 오식 때문에 언젠가는 눈이 멀게 될 알렉산드리아적 인간"[9]이라고 비난했다. 하지만 먼지에 눈이 멀어가는 것을 알면서도 실증

---

9) 프리드리히 니체, 『비극의 탄생』, 곽복록 옮김, 동서문화사, 1978, 135쪽.

을 향해 가는 정신이 그렇게 간단한 것일까. 실증적 정신의 견결한 금욕주의와 냉정한 통제력은 세속적 계시profane Erleuchtung의 한 정점을 보여주는 것일뿐더러, 그것이 지닌 장인적 비타협성은 이데올로기적 명제의 위선을 꿰뚫어버리는 송곳 역할을 한다. 텍스트로의 귀환에 대한 주장도 그런 정신의 산물일 것이다. 그러나 여기에서 문제는 그 차가운 열정을 견인해낼 동력이 빈약하다는 것이다. 지금 우리 시대에 니체의 목소리가 위력을 발휘하는 것도 그 때문일 것이다. 공동체주의 담론을 벗어나는 순간 문학 연구는 중립적이고 관조적이 된다. 연구의 파토스가 희미해진다. 실증을 향한 열정이 자기 목적적인 것에 그친다면 우리는 또다시 니체의 목소리를 상기하게 될 것이다. 연구를 뒷받침해줄 이념적 지평이 사라진 곳에서 필요한 것은 연구의 윤리적 동력이기 때문이다.

텍스트로의 귀환은 문맥 자체로는 불가능성을 향한 시도이다. 그것이 단순히 실증주의에서 그치고자 하는 것이 아니라면, '텍스트로의 귀환'은 억압 너머로 귀환하는 텍스트를 만남으로써, 즉 '텍스트의 귀환'을 통해 또다른 지평에 이르게 될 것이다. 환언하자면, '텍스트의 귀환'은 '텍스트로의 귀환'의 종결자이자 그것의 진리라 할 수 있다. 나아가 텍스트의 무의식과 증상의 발견을 통해 이루어지는 텍스트의 귀환은, 공동체주의가 힘을 잃은 시대에 문학 연구가 자신의 존재 이유를 발견할 수 있는 한 근거를 제공해준다. 자기 자신에 대한 지식과 이해에 도달하고자 하는 것이 근대성에 관한 사유의 원형이라면, 텍스트의 무의식에 대한 탐사는 근대 문학작품의 자기-인식과 문학 연구의 자기-지에 대한 접근의 대표적인 방식일 것이기 때문이다. 텍스트는 기표로서 존재하는 것이기에 지속적으로 생산되는 의

미의 사슬을 따라가며 거듭 새롭게 탄생한다. 작자가 텍스트 생산의 매체 역할을 한다면, 독자는 텍스트의 귀환을 위한 통로가 된다. 바로 그곳이 텍스트에 대한 연구로서 근대문학 연구가 있어야 할 자리일 것이다.

5. 연구의 윤리

지금까지 '텍스트의 귀환'이라는 말을 모티프로 하여 문학 연구의 새로운 방향성과 가능성에 대해 살펴보았다. '텍스트로의 귀환'이 암시하고 있는 실증적 접근 태도는 모든 연구자들이 견지해야 할 기본적인 자세이자 덕목임에 이론의 여지가 없겠다. 그러므로 그것은 여러 번 되풀이 강조되어도 좋을 것이지만, 그러나 거기에 그치는 것만으로는 충분하지 않다는 것이 이 글의 기본적인 문제의식이다. '텍스트로의 귀환'은 결국 '텍스트의 귀환'에서 완수되어야 한다는 것을 강조한 것도 그 때문이다.

글의 첫머리에서 텍스트와 귀환을 둘러싸고 생긴 착오에 대해 말했거니와, 21세기 한국에서 근대문학을 연구하고 있는 사람에게 그런 착오를 만들어낸 원인을 찾는 것이 그리 힘든 일은 아니다. 귀환의 담론 자체가 많은 전-텍스트를 가지고 있어 낯설지 않은 것일뿐더러, 문학 연구만이 아니라 인문학 전체의 존재 근거가 흔들리고 있으며 국학의 이념조차 해체되기에 이른 마당에, 이제는 실용성과 직접적으로 연관되지 않은 어떤 연구도 자기 존재의 자명성을 주장할 수 없는 것이 현재의 상태이기 때문이다. 이상의 시 「詩第七號」의 표현 빌려 말하자면, "지평地平에 식수植樹되어" "천량天亮이 올 때까지" 꼼짝하지 못하는 처지인 것이다. 이런 정황을 감안한다면 '텍스트의 귀환'이란 좀더 뜨거운 형태의 '텍스트로의 귀환'이라 할 수 있겠다.

앞에서 우리는 귀환의 담론에 포획된 텍스트를 둘로 구분했다. 고향-텍스트로 지칭되었던 틀은 형식 자체가 과거로의 귀환이라는 내용성을 지니고 있다. 과거가 놓여 있는 자리에 텍스트가 아니라 다른 어떤 것이 오더라도 사정은 마찬가지이다. 그 틀 속에서 과거와 고향은 일종의 궁궐에 해당된다. 진짜 궁궐일 수도, 혹은 소박한 정신의 궁궐이거나 찬란한 꿈의 궁궐일 수도 있다. 하지만 아무리 아름답고 행복했고 혹은 찬란했던 과거라 하더라도 그곳으로 다시 돌아갈 수 없음은, 불가역적 진보의 시간을 시간 경험의 기본 구성으로 지니고 있는 근대인들은 누구나 알고 있는 것이기도 하다. 그런 공간 속에, '반정反正'이나 '귀정歸正' 같은 중세의 단어들이 전제하고 있는 원환적인 시간 의식은 살아남기 어렵다. 유년의 행복은 아무리 아름답게 기억되어 있을지라도 그것을 되살려내는 것은 불가능한 것이다. 설사 그것의 완벽한 재현을 기도한다 하더라도, 그 재현의 순간은 완성되었다고 생각하는 바로 그 순간 한 걸음 뒤로 후퇴해버린다. 그렇기 때문에 혹은 그럼에도 불구하고, 그곳으로 돌아가고자 하는 열망의 강렬함이 생겨나고 또 그로 인해 그런 귀환의 자세를 반복할 수밖에 없다는 것, 그것은 단지 21세기 한국에서의 문학 연구만의 문제가 아니라 인간됨의 기원에 대한 근대성의 사유 전체를 포괄하는 기본적인 동기에 속하는 것이다.[10]

---

10) 푸코는 이에 대해 '기원의 후퇴와 회귀'라는 말로 표현했으며, 유한한 인간의 알 수 없는 기원의 빈자리를 향해 회귀하는 것, 그것의 불가능함을 알면서도 불가피한 회귀의 반복 속에 있는 어떤 시간과 장소를 향해 나아가는 것이 근대적 사고의 임무라고 했다. 미셸 푸코, 『말과 사물』, 이광래 옮김, 민음사, 1987, 376~382쪽.

왕-텍스트의 틀은 '억압된 것의 귀환'이라는 프로이트의 사유를 바탕에 깔고 있으나, 귀환의 주체가 텍스트가 될 때 사정은 조금 달라진다. 여기에서 귀환의 주체는 흡사 방랑과 실성의 미망으로부터 빠져나와 영광의 귀환길에 오른, 신화 속의 디오니소스와도 같은 위상을 지니고 있다. 니체가 말했던 디오니소스의 귀환과 프로이트가 말했던 억압된 것의 귀환은, 모두 미래의 어느 시점에서 이루어질 것이라는 점에서 동일하다. 하지만 프로이트와는 달리 니체의 귀환에는 기다리는 사람들의 열망과 돌아오는 존재의 광휘가 어우러진 눈부심이 그 귀환의 정경을 둘러싸고 있다. 물론 우리가 언급해온 텍스트의 귀환이 무엇에 기반하고 있는지는 자명하다. 우리의 논의 속에서 텍스트란 무의식과 증상 읽기를 통해 접근되는 것이었다. 그러나 그것이 과연 전부였다고 할 수 있을까.

텍스트의 귀환과 관련한 지금까지의 논의는, '현재의 텍스트의 증상 속에서 말을 건네고 있는 무의식이 있고, 증상 읽기의 실현은 미래에 완수될 것이다, 그리고 그때 그 은유의 독해가 수행되는 순간 텍스트는 새로운 모습으로 거듭나서 우리를 향해 다가올 것이다'라고 요약될 수 있을 것이다. 그래서 어쨌다는 것인가. 이 질문에 대한 대답은 물론 괄호 속에서 단호한 침묵을 지키고 있다. 그에 대한 논란은 차치하더라도, 이런 진술의 태도는 억압된 것의 귀환을 바라보는 프로이트적 접근에 입각한 것이지만, 그 저변에는 디오니소스의 귀환에 대한 니체적 열망이 배어 있음을 부정하기 어렵다.

그런 열망을 텍스트 읽기의 바깥으로 돌출시키는 것은 물론 또다른 차원의 일이다. 그것은 현행 연구의 제도적 차원을 넘어서는 일이 될 것이다. 하지만 어떤 진술문도 수행문으로 번역될 수밖에 없다는 화행론자들의 생각을 상기해보자.[11] 실제 연구의 차원이 아니라 연구를 위한 동력이라는 관점에서 본다면, 관조적이거나 실증적인 연구를 위한 영역의 위축은 피하기 어려우며, 그와는 반대로 이념적이거나 정치적이거나 윤리적이거나 간에 연구자의 실존적 기투를 요구하는 연구의 요청이 상대적으로 힘을 얻고 있다. 글로벌한 세계 체제의 등장으로 인해 인문학 자체의 존립 근거가 점차 위태로워지고 있으며, 따라서 세계 체제의 외부를 구상해야 하는 임무로부터 이제는 어떤 연구도 완전히 자유로울 수만은 없게 된 것이 현실이기 때문이다. 물론 주관적 확신이나 신념, 입장, 준칙 같은 것들이 연구 속에 날것으로 등장할 수는 없는 일이다. 연구이기 위한 최종 심급은 객관적인 것으로서의 논리이기 때문이다. 하지만 사실과 진리를 향한 실증적 정신의 기율은 언제나 연구 윤리의 마지노선이되, 그러나 그것은 종착점이 아니라 출발점이어야 한다는 사실이 거듭 강조되어야 하겠다.

텍스트의 귀환이라는 말로 지금껏 강조해온 것은 텍스트 생산의 다양한 주체들이 만들어내는 복합성과 다층성이었다. 그런 다층성을 향해 나아가고자 하는 것은 연구자의 욕망이다. 심층을 향한 연구자의 욕망이 텍스트의 다층성을 만들어낸다고 해도 좋겠다. 욕망이 충동에 대한 방어일 수 있다면, 연구자의 욕망도 그러할 것이다. 텍스트의 무의식을 향한 분석의 기율은 그런 점에서 그 자체로 연구자의 윤리이기도 할 것이다.

(2011)

---

11) 존 랭쇼 오스틴, 『오스틴: 화행론』, 장석진 옮김, 서울대학교출판부, 1987/1990, 8장.

국학 이후의 한국문학사와 세계문학
—조동일의 작업을 중심으로

1. 시선: '국문학' 대 '한국문학'

본격적 탈냉전 시대에 접어든 이후로 '국학'으로서의 국문학 연구는 매우 급격한 지위 변동을 겪어왔다. 그것은 국문학만의 문제가 아니라 국학 전체의 문제였다. 민족 담론과 함께 국학의 위상이 하락했고, 이와 함께, 특권적 존재로서의 국문학은 단순한 개별자로서의 한국문학이 되었다. 주요 대학에서 유지되고 있는 국어국문학과의 존재가 국문학이라는 외적 형식의 유지를 가능케 하고 있으나, 내용과 실질에 있어서 국학에서 한국학으로의 전환은 이미 변곡점을 넘어섰다고 보는 것이 좀더 현실적인 판단일 것이다.

국문학 연구가 직면한 이와 같은 현실은 한 시대정신의 흐름과 나란히 가고 있다. 여기에는 탈냉전이라는 세계사적인 변동, 그리고 전후의 폐허에서 현재에 이른 한국의 위상 변화가 그 중요한 환경으로 존재하고 있다. 냉전체제 해체 후 정치 현실에서 부각된 내셔널리즘은, 반대로 이론의 영역에서는 당위적 요청으로서의 탈내셔널리즘적 성향을 불러왔다. 거기에, 급속한 경제 성장의 결과가 만들어낸 한 국 고유의 정신적 정황이 더해져 현금의 상황이 만들어졌다. 산업화 시기의 한국은 노동의 수출국이자 문화의 수입국이었지만, 이제 이 러한 상황은 현저하게 바뀌었다. 한국에 거주하는 결혼 이주자와 이 주 노동자의 숫자가 2013년 6월 현재 150만을 넘어섰고[1], 또 '한류' 로 지칭되어온 한국 문화 산업의 대외적 영향력은 대중문화의 현상 을 넘어 한국에 대한 국제적 관심으로까지 확장되고 있는 중이며, 이 는 학술적인 영역에서도 중요한 대상으로 취급되고 있는 수준이 되 었다.[2] 요컨대 '일본 제국주의의 침략과 식민주의 역사관에 맞서 민 족의 자존을 지키고 민족 정기를 수호하기 위해' 민족주의를 외쳐야 했던 상황은 명백하게 아닌 것이다.

해방 후 냉전 시대를 거쳐오는 동안 한국에서의 민족주의는, 2차 대전 후의 독립국이 추구했던 탈식민화 과정의 한 축으로서 인간 해 방의 윤리라는 이념의 지위를 지닐 수 있었다. 하지만 뒤바뀐 상황 속 에서 민족주의의 위상은 다를 수밖에 없다. 현실 정치의 용어로 말하 자면, 제국주의에 맞서 민족해방을 외치던 민족주의자는 정치적 좌 파의 윤리를 견지할 수 있었으나, 여전히 그렇다고 말하기는 어렵다. 그렇다고 해서 현재 한국에서의 민족주의 정치가 일본의 극우 내셔 널리스트들의 경우와 같다고는 하기 어렵지만, 그 궁극적 지점에 극

1) 디지털뉴스팀, 「체류 외국인 150만명 첫 돌파」, 경향신문, 2013. 6. 10. https:// www.khan.co.kr/national/national-general/article/201306101200241

2) 드라마와 케이팝, 1990년대 한국 영화 등에서 시작된 이른바 '한류'에 대한 국제적 관심은 대중적인 안내서에서부터 학술적 저작까지 다양하게 표현되고 있다. 한국 영 화에 대한 학술적 저작도 한류라는 이름을 달고 나왔다. Kim, Kyung Hyun, *Virtual Hallyu: Korean Cinema of the Global Era*, Duke University Press, 2011.

우적 배타주의가 있다는 점만은 부정하기 어렵다. 민족주의는 기본적으로 하나의 민족을 중심에 놓고 내부와 외부의 구분을 요구하는 힘이기에, 이와 같이 전도된 상황 속에서는 보편적 인간 해방을 위한 자기 존재의 당위성을 주장하기는 힘들어진다. 오히려 그 반대의 주장이, 자기 민족의 이익을 위해 행동하는 것이 아니라 이웃의 편을 드는 것이, 그리고 자기 안에 들어와 있는 민족의 외부자(이민족 소수자)들을 옹호하는 것이 현실의 윤리적 핵심에 좀더 가까워진다. 애국주의를 내세우는 것이 아니라 오히려 그로부터 물러나 자기 국가와 국체를 응시하고 비판하는 것이 윤리적인 것이 되고 있는 상황이다. 민족주의란 어떤 임계점을 넘어서는 순간 해방적 동력을 잃고 자민족중심주의라는 비윤리의 차원으로 전락하게 된다는 것이, 여러 나라의 역사에서 확인할 수 있는 고유의 운명이라는 점에는 별다른 이론의 여지가 없어 보인다. 한국 민족주의의 경우도 이미 그런 지점을 넘어섰다고 하는 것이 백만 이주 노동자 시대에 합당한 판단일 것이다.

　민족 담론의 실천적 핵심을 이루고 있는 국학도, 그리고 그 일부인 국문학도 이런 운명을 공유하고 있기로는 마찬가지가 아닐 수 없다. 국학이 추구하는 것은 민족적 자기-지의 확립이다. 그리고 국학이 생산하고자 하는 지식은 단순한 지식이 아니라 특별한 대접을 받아야 할 지식이다(실제로 어떠하냐가 아니라 그런 형식이 지켜지고 있다는 것이 중요하다). 그래서 그것은 경우에 따라 그 자체로 소중한 것이거나 위기에 처한 거룩한 것일 수도 있고 혹은 위협적이거나 더러운 것일 수도 있지만, 그 자체로 중립적이기는 힘들다. 그 지식의 바탕에는 하나의 민족이 지닌 정체성과 자긍심이 자리잡고 있기 때문이다. 또한 국학을 규정하는 민족 담론은 주체를 둘러싼 내부와 외부의 구별에 의해 만들어지는 것이어서, 정체성과 자긍심에 가해지는 외적 위협이 크면 클수록 그 파토스는 강렬해진다. 국학은 물론 객관적인 학문의 형식을 지니고 있지만, 국학의 존재 이유이자 시동자로서의 민족주의적 파토스는 종종 학문으로서의 국학이 지켜야 할 객관성의 규율을 휘어버리곤 하기도 한다. 그것 역시 국학이 감당해야 할 고유한 몫이기도 하겠다.

국학에서 한국학으로의 전환은 일단 이러한 파토스와의 결별을 뜻한다. 민족 담론의 기본 시선은 대타화된 내부자의 시선이다. 그것은 자기가 자기 자신을 향한 것이되 타자들과의 비교라는 관점에서, 즉 타자들로 이루어진 외부성의 필터를 통과해야만 생겨나는 시선이다. 그러니까 민족 담론의 기본 구도는, 주체의 시선이 내부의 중심(정확하게는, 자기가 중심이라고 생각하는 자리)에 있고, 대상인 자기 자신의 몸은 타자들의 공간인 외부에 존재하고 있는 형태를 취한다. 그러니까 몸은 마음으로부터 떨어져나와 타자들로 이루어진 거대한 대열 battery 속에 내던져져 있는데, 마음은 여전히 내부의 중심을 떠나지 않은 채 집 나간 자기 몸을 유령의 눈으로 바라보고 있는 것, 그것이 민족 담론 혹은 국학의 시선의 구조이다.

이에 비해, 한국인의 한국학을 규정하는 시선의 구조적 형식은 정반대이다. 내부의 중심의 자리를 지키고 있는 것은 주체로서의 시선이 아니라 대상으로서의 몸이다. 몸은 자기 자리를 지키고 있는데 마음은 유체 이탈한 영혼처럼 타자들의 공간으로 옮겨가 자기 몸을 바라본다. 국학과 한국학의 대조에서 중요한 것은 시선의 주체가 어디에 있는지의 문제이다. 주체의 지위를 결정하는 것은 대상이 아니라 시선이기 때문이다. 어디에서 누구의 시선으로 바라보는지가 중요하다. 국학이 내부자의 시선(이 시선은 대타적인 것이라는 점에서 자기밖에 모르는 순진한 즉자적 시선과는 거리가 멀다)에 의해 만들어지는 것이라면, 한국학에서 핵심적인 것은 외부자의 시선이다. 그래서 벤야민의 수사법을 빌려, 전자는 농부의 시선이고 후자는 선원의 시선이라 해도 좋을 것이다.

외부자의 시선이 생산하는 지식으로서의 한국학의 텔로스는 이미 민족의 자기-지가 아니다. 민족이라는 한정어가 통용될 수 없을 뿐더러, 외부자의 시선에 의해 포착된 것이기에 자기-지일 수도 없다. 설사 그 시선이 한국 국적자의 것이라 할지라도 한국학의 시선은 이미 그 자체가 외국인의 시선이다. 그것은 곧 보편성의 시선에 다름 아니다. 보편성은 누구에게든 자기가 아니라 자기 너머에 존재하는 어떤 것, 즉 외부적인 어떤 것으로, 외국인으로, 외계인으로 다가오는 것이기 때문이다.

2. 국학의 파토스와 문학사의 보편성

국문학이 한국문학으로 전환되면서 생겨나는 문제는 무엇인가. 문학사 서술의 문제가 가장 먼저 제기될 수 있을 것이다. 문학사 서술을 향한 동력이 사라질뿐더러 그것을 핵심으로 만들어지던 국문학 연구의 이념이 사라져버린다는 점이 문제이다. 그것은 한국문학 연구를 일종의 진공상태 속으로 던져넣는다. 여기에서 문제는 한국문학 연구 앞에 성큼 다가온 보편성과 세계성을 어떻게 수용하느냐가 된다. 국학의 이념을 견지한 채 보편성을 향해 나아가는 것도 가능할까. 조동일이 만들어온 '세계문학사'의 구상이 한 예일 수 있다.

국학이 생산하는 지식은 조윤제의 경우에서 볼 수 있듯이 일종의 유기적인 형태를 지니게 된다.[3] 그것은 국학의 대상인 민족이, 국학이라는 바로 그 시선 앞에서 하나의 전체로서, 완결되고 완성된 것으로서 상정되는 것이기 때문이다. 뒤집어 말하자면, 민족이라는 대상이 하나의 전체상으로 존재해야 국학이라는 패러다임이 비로소 가능해진다. 국학이 추구하는 민족의 자기-지는 민족의 역사와 현실을 서사화하는 학문으로서 '국사'에서 정점에 이른다. 그것과 나란히 놓여 있는 국문학사는 국문학 연구의 이념적 중심이자 귀결점이기도 하다. 특정 부분에 대한 연구라 할지라도 그 바탕에는 국문학사라는 하나의 전체가 잠재적인 것으로 전제되어 있다. 여기에서 국문학사란 단순히 하나의 민족이 누렸던 언어예술의 역사가 아니라, 문학을 통해 표현된 민족의 고유성의 전모이다. 그러므로 한 민족의 고유성의 전체상을 포착해내는 일로서의 국문학사 쓰기란 국문학자에게는 필생의 과업이 된다. 한국에서 그런 실례들은 안확·김태준·조윤제 같은 첫 세대 문학사가들에서부터 『한국문학통사』의 조동일에 이르기까지 여러 문학사가들의 저작에서 확인된다. 이들의 작업은 유럽의 시계로 환산하면 민족주의의 시대였던 19세기에 해당한다. 독일의 한 문예학자는 1970년에 출간된 저서에서 다음과 같이 썼다.

> 전반적으로 볼 때 문학사의 전성기는 19세기였다. 게르비누스 Gervinus와 셰러Scherer, 드 상티스De Sanctis와 랑송Lanson의 시대에서는

---

3) 조윤제의 문학사 연구에 대해서는, 김윤식, 『한국 근대문학 사상 연구』 1, 일지사, 1973; 박희병, 「김태준: 천태산인의 국문학연구 (상)—그 경로와 방법」 『민족문학사 연구』 3권 0호, 1993; 류준필, 「형성기 국문학연구의 전개양상과 특성: 조윤제·김태준·이병기를 중심으로」, 서울대학교 박사 논문, 1998 참조.

국민문학Nationalliteratur의 역사를 쓴다는 일이 어문학자의 영예를 나타내 주는 필생의 작업으로 생각되었다. 이 분야의 선두 주자들은 문학작품의 역사를 통해서 각기의 길을 가고 있는 민족적 개별성의 이념을 나름대로 기술하는 데에 최고의 목표를 두고 있었다. 이러한 고답적高踏的인 도정은 오늘날에는 이미 머나먼 회상거리이다. 문학사의 전래적인 형태는 우리의 현재의 정신적 삶에서는 오히려 하나의 초라한 현존을 유지하고 있을 뿐이다. 전래적 형태의 문학사는 국가 시험 규정에 따라 도태될 위기에 놓인 시험 과목에 겨우 자리를 보존하고 있다.[4]

19세기와 20세기 독일의 대조를 통해 기술되는 이러한 변화의 양상은 다시 한국의 시계로 환산하면 20세기에서 21세기로의 전환에 해당될 것이다. 한국의 경우는 근대성의 경험을 매우 압축적인 형태로 치러내야 했고, 그 과정에서 국권 상실이라는 치명적인 과정을 겪어야 했다. 민족 담론의 강도는 유럽의 메이저 국가들에 비하면 훨씬 강할 수밖에 없다. 국학에 임하는 사람들의 사명감도 역시 마찬가지이다. 유럽의 문학사가에게 국문학사를 쓰는 것이 '영예'의 수준이라면, 일제 치하에서 국문학사를 쓰고자 했던 한국의 국문학자들이 지녔던 사명감은 훨씬 절박하고 뜨거운 것일 수밖에 없다. 예를 들어, 1930년대에 씌어진 김태준의 『조선소설사』는 역사책이라는 형식에 어울리게 사실들의 건조한 나열에 가깝다. 하지만 그것을 기술하는 것 자체에 내장되어 있는 파토스는 책의 마지막 단락에서 다음과 같

---

4) H. R. 야우스, 『도전으로서의 문학사』, 장영태 옮김, 문학과지성사, 1983, 151쪽.

이 드러난다.

　　삼천 년이나 시련을 받아온 우리네의 사회생활이 다시 갑오경장 후 사십 년이란 문학운동의 역사를 가지고도 아무것도 이렇다 할 작품 하나 없는 것은 유감, 아니 통곡할 일이다. 주위의 모든 조건이 매우 불리하다 할지라도 우리네의 '과도기'란 너무도 오래지 않은가를 반성하여 보지 않으면 안 되겠다. 아직도 여명기요 과도기란 말이냐? 좀더 진정한 투사와 ××××를 대변하는(대중 자신이 작가면 더욱 좋으나) 현실의 요구 있는 역량 있는 작가를 기다릴 따름이다.[5]

　　김태준은 이 책 서문의 첫 문장을, "돌아보건대 벌써 삼 년 전 조선의 것을 한번 보리라는 마음으로 육당 최남선 선생과 고故 학우 김재철 형의 간독한 지도와 계발을 받아서 본고를 초하였었다"라고 썼다. 그러니까 김태준은 '조선의 것'을 한번 보겠다고 작심했고 그 결과로 삼천 년의 역사를 조망한 후 스스로 통곡할 만하다고 표현한 현실 앞에 서 있었던 셈인데, 그런 김태준 앞에 놓여 있는 제 나라의 역사는 하나의 전체, 하나로 통합된 신체와 같은 것이다. 그가 쓰는 것이 소설의 역사가 아니라 다른 무엇의 역사라 해도 마찬가지이다. 국토 기행에 나선 1920년대의 최남선에게 여러 지역에 얽힌 사적과 자연을 확인하는 일이 종교적 순례와 같은 것이었듯이, 김태준에게 소설의 역사를 쓰는 것 역시 그 자체로 순례라는 단어에 값하는 일이라 해야 하겠다. 민족의 전체상을 조망하고 기술하는 것은 어떤 어조와 방법

---

5) 김태준, 『조선소설사』, 예문, 1989/1932, 220쪽.

을 취하는지에 상관없이 그 자체가 매우 뜨거운 일이었다는 것이다.

문학사이건 소설사이건 통사이건 간에, 국권을 빼앗긴 제 나라의 역사를 기록하는 일이란 그 자체로 매우 강렬한 것일 수밖에 없다. 그리고 역사 서술에 수반되는 뜨거운 사명감은 해방 이후로도 이어져 간다. 전쟁과 분단 고착, 냉전 체제로 이어지는 현실 속에서 식민사관 극복이나 혹은 분단 체제 극복이라는 명시적이거나 혹은 잠재적인 명제의 형태로, 탈냉전 시대를 거치면서 현격하게 변해버린 시대적 조류를 만나기 전까지 국문학 연구의 주류를 형성해왔다. 요컨대 20세기의 대부분을 관통해온 한국 국학자들의 사명감은 여일했다 해도 좋을 것이다.

예를 들어, 최남선의 「불함문화론」(1925)과 조동일의 논문 「중국·한국·일본 '小說'의 개념」(1989)의 상거는 육십 년이 넘지만 둘이 공유하고 있는 국학의 파토스라는 점에 시차는 존재하지 않는다. 최남선은 불함문화권이라는 거시적인 인류학적 가설을 만들어냄으로써 중국과 인도 문화권에 맞서는 제삼의 문화권의 존재를 상정했다. 그것까지는 그럴 수 있으되, 발칸반도에서 오키나와까지 이어지는 거대한 문화권 속에서 그 중심이 백두산이자 조선민족이라는 주장은 객관적으로 납득하기 어렵다. 그것은 논리 자체의 산물이기보다는 일제의 침략적 역사논리에 맞서고자 했던 민족 담론의 위력이, 그리고 그가 논증하고자 했던 단군의 역사성에 대한 갈망이 논리의 영역까지 파고든 때문이라 해야 할 것이다.[6]

조동일의 논문 「중국·한국·일본 '小說'의 개념」에서도 사정은 유

---

6) 자세한 것은 졸저, 『아첨의 영웅주의—최남선과 이광수』, 소명출판, 2011, 1부 3장 참조.

사하다. 조동일은 한중일 세 나라의 소설 개념에 대해 동일성과 차이에 대해 개괄하고 삼국 공통 이론의 수립 방향에 대해 논하면서 그 중심을 한국에서의 소설 개념에 놓았다. "이런 결론에 한국을 높이고 중국과 일본을 낮추는 의미는 포함되지 않도록 주의해야 한다"[7]라는 점을 의식하고 있으면서도 실제로는 그렇게 했다. 그는 그것이 논리적이라고 판단했다. 최남선에게 중국과 인도로 대변되는 남방문화가 경쟁적 대립항으로 존재했다면, 조동일에게는 서양 중심의 소설 개념이 외부의 대립항의 자리에 놓여 있다. 서구 중심주의를 극복하고자 하는 정신에게 동아시아 삼국의 차이보다 중요한 것은 서구에서 시작된 근대라는 생각을 어떻게 교정할 것인지의 문제였던 셈이다.

『한국문학통사』에서 일단락이 맺어진 조동일의 도정은 동아시아를 거쳐 '세계문학사'를 향해 나아간다. 이것은 그의 작업에 내재해 있는 민족 담론의 힘의 위력을 보여주는 것이기도 하다. 위의 글에서 조동일이 보여주는 삼국 공통 이론의 수립에 대한 열망은 조금 이상해 보일 수도 있다. 동아시아 세 나라의 문학이 있고, 각각의 경우에 따라 서로 다른 양상의 소설이 있다고 하면 그뿐인데 왜 이론적 통합이 이루어져야 한다는 것인가. 세 나라가 공유하고 있는 것은 다만 小說이라는 한자일 뿐이다. 그런데도 왜 통합이, 그것도 한국에서 통용되어온 소설 개념을 중심으로 이루어져야 한다는 것인가. 하지만 통합이론의 당위성에 관한 한 조동일은 직접 답하지 않는다. 통합을 향해 나아가는 것은 너무나 당연한 전제이기 때문이다. 물론 이런 태도의 배후에 놓여 있는 것이 무엇인지를 알아채는 것은 어렵지 않다. 한

---

7) 조동일, 『한국문학과 세계문학』, 지식산업사, 1991, 348쪽.

국의 차원에서는 식민사관의 극복이며, 아시아의 차원에서는 이른바 진보 없는 세계로서의 아시아적 정체성停滯性이라는 헤겔-마르크스 적 테제의 극복, 곧 유럽 중심주의의 극복과 문화적 탈제국주의가 그 것이다. 그것은 바라봄의 대상이 아니라 시선의 주체가 되고자 하는 열망의 다른 표현이기도 하다.

조동일의 이와 같은 입장에서 볼 때 가장 견디기 어려운 것은 근대 가 서구에서 발원하여 이식되었다는 논리이다. 그것의 문학사적 표 현은 '이식문학론'이다. 한국의 근대문학이 일본식으로 변화된 서구 문학의 수입에 의해 새로 시작되었다는 생각은 조동일에 따르면, 거 대한 역사의 흐름을 알지 못하는 혹은 알기를 포기해버린, 논리적 자 포자기의 산물이다. 그 반대편에 놓여 있는 것이 '내재적 발전론'이 다. 이 관점에서 보자면 역사의 흐름에 단절은 있을 수 없다. 흐름이 잠복하여 보이지 않는 경우는 있을 수 있다. 하지만 복류하는 것들은 언젠가 다시 지상으로 솟구쳐나오기 마련이다. 그것을 중단이나 단 절이라고 하는 것은 피상적이라는 것이 조동일의 생각이다. 위의 글 에 따르면, "서양소설의 이식에 의한 소설개념의 단절은 인정될 수 없다"는 것이고, 그 근거로서 『한국문학통사』에서 "근대소설이 한국 문학사의 내재적인 발전에서 이루어지는 과정을 밝혔다"라고 했다.[8]

'세계문학사'를 향한 조동일의 행로에서 특이한 것은 '세계문학사' 가 한국문학사의 연장에 놓여 있다는 점이다. 역사 서술에서 중요한 것은 대상이 아니라 시선이다. 무엇을 기록하느냐가 아니라 어떻게 기록하느냐가 중요하다는 것이다. 이런 점에서 보자면 조동일의 '세

---

8) 같은 책, 344~345쪽.

계문학사'의 개념은 최남선의 불함문화권의 개념과 닮아 있다. 대상의 확장에도 불구하고 한국문학사를 기술했던 바로 그 시선의 단일성이 여전히 유지되고 있다는 점에서 그러하다. 그는 「한국문학사의 시대구분과 세계문학사」(1988)라는 글의 첫머리를 다음과 같이 썼다.

『한국문학통사』에서 제시한 한국문학사 시대구분의 원리를 세계문학사에 널리 적용할 수 있는가 탐색하는 것이 이 글의 목표이다. (……) 한국문학사의 시대구분이 그 자체로 폐쇄되어 있지 않고 세계문학사의 시대구분와 밀접한 관련을 맺어야 할 이유는 명백하다. 그래야만 한국문학사의 시대구분이 타당하게 이루어졌는가 확인되고, 한국문학과 세계문학의 공통된 양상을 알아 비교연구를 구체화하는 과제를 마련할 수 있으며, 한국문학사 서술을 통해 세계문학사 이해를 확장하고 심화할 수 있다. 그러나 한국문학사의 시대구분과 세계문학사의 시대구분이 맞물리도록 하는 것은 쉬운 일이 아니다. 실현 가능한 목표인가 의심스럽기조차 하고, 어디서 어떻게 접근해야 할지 막막하게 생각되는데, 그럴수록 냉철하고 비판적인 자세를 갖출 필요가 있다. (……) 한국문학사와 세계문학사의 시대구분이 서로 맞물리도록 하자면, 둘 가운데 한쪽에서 작업해 얻은 결과를 다른 쪽에 적용시켜 보아야 한다. 지금까지 그런 생각을 막연하게 하면서, 어느 쪽을 먼저 풀어 기지수로 하고 어느 쪽을 나중 풀리는 미지수로 할 것인가 정하는 데서 착오를 일으켰다. 세계문학사의 시대구분이라는 기지수를 대입해 한국문학사의 시대구분이라는 미지수를 풀려는 시도가 한계를 철저하게 드러낼 만큼 적극적으로 추진되지 않은 채 혼란을 일으켰다. 여기서는 그 반대 방향을 택해, 한국문학

사의 시대구분을 기지수로 삼아 세계문학사의 시대 구분이라는 미지수를 푸는 길을 찾고자 한다.[9]

한국문학사에서 '세계문학사'로 나아가는 이러한 원심적 구도는 그러므로, 이중의 반영 과정으로 이루어져 있는 셈이다. 한국문학사를 고대와 중세와 근대의 세 부분으로 나누었을 때 조동일은 이미 서구에서 만들어진 역사 발전의 단계의 틀을 가지고 있었다. 그런데 그틀을 기반으로 분절된 한국문학사가 이제는 다시 '세계문학사'를 분절하는 기준이 된다. 따라서 이러한 시도에는 자연스럽게 다음과 같은 반문이 따라 나온다: 이 같은 이중의 반영과정을 통해 이루어지는 것은 무엇인가, 서구에서 한국(혹은 제3세계)으로의 시선의 교체를 통해 한국문학은 세계문학의 중요한 일부가 될 수는 있다, 그러나 그럼으로써 오히려 서구가 만들어낸 시간적 질서의 틀은 더욱 공고해지는 것이 아닌가, 그렇다면 그것은 얼굴만 바꾼 서구 중심주의가 아닐 수 있을까.

한국문학이 세계문학사에서 어떤 위치를 차지하는가 하는 문제를 해결하는 두 가지 관점이 있다. 하나는 한국문학을 세계문학의 예외적인 변두리문학으로 보는 것이다. 또 하나는 한국문학을 세계문학사를 다시 쓰기 위한 새로운 기준점의 하나로 삼는 것이다. (……) 이제 앞의 관점을 버리고 뒤의 관점을 분명하게 해야 한다. 세계문학사 서술의 유럽문명권중심주의를 극복하는 다른 문명권의 대안을

---

9) 같은 책, 76~77쪽.

동아시아에서 내는 데 한국고전문학이 커다란 구실을 할 만큼 문학의 유산이 풍부하고, 연구가 진척되어 있을 뿐만 아니라, 한국근대문학은 제국주의 침략과 맞서 싸우는 제3세계 민족문학의 한 모범사례로서 평가되어 마땅하다. 우리는 그런 자격을 비슷한 조건을 가진 다른 여러 문명권 많은 민족의 문학과 함께 공유하고자 할 따름이고, 한국문학중심주의를 제창하자는 것은 결코 아니다. 유럽인이 세계문학사를 이해하는 포괄적인 안목을 상실하고 몰락하는 길을 택했다고 해서 다른 문명권에 속하는 우리도 동반자살을 해야 할 이유는 없다. 우리는 살아나서 인류문명을 새롭게 발전시키는 거룩한 사명을 유럽인을 대신해서 맡아야 한다. 한국인이 특별히 잘 나고, 동아시아 문명이 위대해서 그 과업을 주도한다는 착각은 하지 않아야 유럽인의 실패를 되풀이하지 않을 수 있다. 여러 문명권 많은 민족의 문학은 서로 대등하다. 서로 대등한 문학에서 존재하는 공통된 원리나 역사 발전의 보편적인 과정을 발견하는 데 누구든지 자기 역량을 최대한 발휘해야 하므로, 우리가 지금 분발하고 있는 것이다.[10]

여기에서 조동일이 강조하는 "거룩한 사명"은 국학 이념의 수사학적 핵심이다. 달라진 것은 민족이 있어야 할 자리에 인류가 들어서 있다는 점이다. 요컨대 한국문학사를 만들어냈던 시선의 구조가 그대로 유지되고 있으며, 그런 점에서 그가 개념화하고 있는 '세계문학사'는 '확장된 국문학사'라 해도 무방해 보인다. 물론 이런 지적에는 다음과 같은 반문과 질문들이 따라올 수 있겠다. 그런 식으로 논한

---

10) 조동일, 『세계 문학사의 허실』, 지식산업사, 1996, 229~230쪽.

다면 단일 시선의 폭력성을 지니지 않은 세계문학사는 불가능하다고 말해야 하지 않은가, 세계문학사라고 썼을 때의 세계성 곧 보편성이란 어떤 것인가, 과연 예외 없이 전체를 포괄하는 것이 가능한가, 가능하다면 그것은 어떤 의미를 갖는가.

이에 대한 답변은 어때야 할까. 일단 그런 식의 '세계문학사'는 불가능하다고 해야 한다. 나아가 '세계문학사' 자체의 불가능성에 대해 말해야 한다. 물론 언어와 민족 단위로 구성된 문학사의 연합체로서의 세계문학사는 가능할 것이다. 그것은 각각의 시선에 의해 분장되어 만들어진 가이드북과 같은 것, 혹은 객관적 사실들을 수집하고 정리한 사전적인 형태가 될 것이다. 그렇다면 모든 구성 요소가 대등한 자격으로 참여함으로써 만들어지는 세계성 혹은 보편성이란 어떤 모습일까. 여기에 중요한 것은 대상과 자격의 확장이 아니라 그것을 대상으로 만들고 자격을 부여하는 시선의 복수성 혹은 복합성이다. 더욱이 그 세계성이 담아내고자 하는 대상이 문학이나 소설이라면 이 점은 더욱 강조되어야 한다. 단일한 시선에 의해 포착되는 '세계문학사'라고 한다면, 그것은 그 시선이 포착한 세계에 한정되는 것일 뿐이다. 한 유럽 사람이 자기가 아는 지역의 문학사만을 포괄하면서 '세계문학사'라는 이름을 붙였다면 그것은 그저 그 사람이 아는 '세계문학사'일 뿐이다. 그 사람은 그 바깥에 있는 사람들의 시선을 생각한다면, 전체를 포괄하듯 '세계문학사'라는 이름을 쓴 무모함과 무지에 대해 부끄러워해야 한다.

그렇다면 조동일이 구상하는 '세계문학사'의 경우는 어떠할까. 과연 세계의 모든 문학을 공평하게 자신의 문학사 속에 담아낼 수 있을까. 그것에 대한 논리적 답은 러셀의 역설이 이미 말하고 있거니와,[11]

바라보는 사람이 세계 밖으로 벗어나야 가능해지는 것이 이상적인 형태의 '세계문학사'이다. 그렇지 않은 다음에는 그 어떤 '세계문학사' 역시 그 영역에 포괄되지 않은 사람의 시선에 의한 단 한 번의 외면으로도 의미를 잃어버릴 수밖에 없다. 유럽의 시각으로 씌어진 '세계문학사'를 조동일이 단번에 부정해버린 것과 같은 이유에서이다.

시선의 복수성이 확보된다면 어떤 일이 벌어질까. '세계문학'이라는 틀, 그러니까 문화권이나 민족에 따라 문학적인 것의 서로 다른 형식과 내용성들이 자기 방식으로 독백하는 카오스적 상태는 가능할 수 있겠지만, 세계문학'사'가 가능할지에 대해 확언하기 어렵다. 세계문학에 관한 '이야기들stories'은 가능하겠지만 '역사history'라는 이름이 붙기는 어려워진다는 것이다. 그리고 세계문학에 관한 이야기들 속에서 시간에 따른 변화로서의 역사가 존재한다면 그것은 목적론적인 시간이 사라진 역사, 단일한 선으로 이어지는 직선적인 시간이 아니라 휘어지고 끊어지고 돌연 새로 시작하는 서로 다른 시간들의 역사, 곧 문학의 자연사natural history이다. 그것은 최소한 조동일이 구상한 '세계문학사'의 모습은 아니다.

보편성의 시선 앞에 놓여 있는 대상이 문학이라는 점도 강조되어야 한다. 다른 어떤 대상들도 그렇겠지만 문학 텍스트에서 중요한 것은 특히, 그 내부에서 발견되기를 기다리고 있는 자기 역사들이다. 현

---

11) 러셀의 역설이 보여주는 것은, 전체를 관장하는 시선이 그 전체 속에 포함되어 있는 한 전체에 대한 진리를 포착하는 것이 불가능하다는 점이다. 이 점은 이미 세계의 유한성/무한성에 관한 칸트의 이율배반에서도 이미 표현된 바 있거니와, 관찰 대상에 자기가 포함되어 있는 한 그 대상이 지니고 있는 자기 지시성으로부터의 탈출은 불가능하다는 사실을 보여주고 있다. 러셀의 역설에 관해서는 김상일, 『러셀 역설과 과학 혁명 구조―과학 혁명은 있는가』, 솔, 1997, 1장 참조.

재 우리가 알고 있는 언어예술로서의 문학은 글쓰기의 잉여이다. 비실용적이고 비공식적이라는 점에서 그러하다. 그럼에도 문학은 시장에서 거래되는 책의 형태로 자신의 삶을 유지한다. 이런 역설은 근대와 문학이 결합한 결과이다. 공적 공간에 출현한 사적 글쓰기, 실용성의 한복판에서 움직이고 있는 비실용성의 글쓰기가 곧 문학이 근대와 결합함으로써 생겨난 역설적 형상이다. 그 역설은 근대문학만이 아니라 문학을 바라보는 근대적 시선 자체에 내재해 있다. 그러니까 고전문학이라 지칭되는 근대 이전의 텍스트들도 결국은 근대적 시선이 발견해낸 것이며, 그런 점에서 이런 역설에서 예외일 수는 없다.

조동일은 '세계문학사 서술'에 대해 "인류문명을 새롭게 발전시키는 거룩한 사명"이라고 표현했지만, 우리가 문학을 중요한 것이라고 생각할 때의 핵심은 문학 텍스트들이 내장하고 있는 문학적인 것에 있다고 해야 할 것이다. 그러니까 모든 텍스트들은 자기 내부에 실정적인 것으로서의 문학과 그 실정성의 테두리를 벗어나고자 하는 문학성(문학적인 것) 사이의 대립을 지니고 있다. 그런 대립과 역사가 포착될 때 그것은 어느 한 민족의 문학이기를 넘어 구체적 보편자로 정립될 수 있다. 그러나 '세계문학사'가 기반하고 있는 역사 서술의 시선은 그런 내실을 포착하기 어렵다. 한 텍스트 내부에 정지된 변증법의 형태로 내장되어 있는 흐름이 아니라, 시간의 등질적인 연속 속에서 이루어지는 텍스트들 간의 흐름이 그 바탕에 있기 때문이다. 외부의 시선으로 포착된 텍스트들의 흐름은, 포괄적이고 긴 목록을 지닌 작품들과 그 작품들에 대한 역사화된 해석 및 평가의 연표가 될 것이다. 그것 이상을 하려는 시도, 이를테면 아직 역사화되지 않은 작품들에 대한 평가 같은 것은 오히려 그 간결한 템포의 흐름마저 망치게 될 수도 있다. 그의『한국문학통사』4권의 후반 및 5권 같은 예가 대표적이다.

문학을 역사적 사실로 만드는 일이란 문학성의 죽음 위에서 행해지거니와, 이것은 모순적인 일이 아닐 수 없다. 우리가 귀하게 생각해야 것은 문학성이지 사실로서의 문학은 아니기 때문이다.

3. 소설사와 기원의 담론

문학사 기술에 있어 소설이 지니는 특별한 위상은 소설 자체의 장르적 속성과 관련된다. 한 나라의 문학사를 쓰는 과정에서 핵심적인 쟁점 중의 하나는 시대구분의 문제, 시간의 단락을 어떻게 나누어야 하는지의 문제이다. 시간을 분절한다는 것은 종결점과 출발점을 만드는 것을 뜻한다. 그래서 시대구분이 기원의 담론과 연관되는 것은 당연한 일이다. 특히 근대성의 출발과 관련된 기원의 담론에서 소설이라는 장르는 더욱 문제적이 된다. 소설의 기원을 논하는 일은 단순히 하나의 장르에 국한되는 것이 아니다. 근대성의 문제가 소설과 기원 담론의 얽힘 속에 내재해 있기 때문이다. 이에 대해, 다음 세 가지 논점을 지적해볼 수 있겠다.

첫째, 근대적 장르로서의 소설은 종종 문학사 기술에서 가치척도의 기능을 하곤 한다는 점에서 문제적이다. 널리 인정되고 있는 바와 같이 소설은 근대문학의 중심적인 장르이다. 노래와 이야기와 흉내 놀이는 동서고금을 막론하고 어디에나 있다. 우리는 거기에서 시, 소설, 극의 원형을 발견할 수 있으며, 또한 그것을 문자화하면 그 자체로 시가 되고 극이 될 수 있다. 그러나 19세기 서구에서 전형을 보이는 형태의 소설이란 어디에나 있었던 것은 아니다. '개인의 기명 창작-상업적 유통-개인적 향유'라는 형태로 존재하는 것이 오늘날 우리가 아는 소설의 표준적인 모습이다. 이런 의미에서의 소설은 근대적 사회제도와 밀접하게 연관되어 있으며 따라서 그 자체가 문화적 근대성의 한 지표가 된다. 소설에 관한 논란이 단지 문예학에 국한되는 것이 아니라 근대성의 문제와 이어지는 것은, 소설이라는 양식이 기원의 담론과 결합할 때, 즉 어느 한 민족문학의 역사와 연관이 될 때이며, 이때 소설이라는 장르의 문제적 성격은 더욱 현저해진다.

한국문학사 서술과 연관하여 보자면, 근대적 장르로서의 소설이 문학사 서술과 관련을 맺는 과정에는 하나의 역전이 내포되어 있다. 소설이 근대의 대표 장르로 규정된다는 사실에서 한 발 더 나아가면 소설의 존재는 그 자체가 문학적 근대성의 지표 역할을 하게 된다. 지표는 물론 지표일 뿐이라 생각할 수도 있지만, 근대성의 존재를 심각하고 중요하게 받아들이는 사람에게 근대성의 지표는 단순한 지표의 하나가 아니라 그것은 긍정적이고 추구해야 할 가치의 척도로 나타나게 된다. 그것은 물론 후발국의 입장에서 근대성을 바라보는 시선이 만들어낸 마술이다. 우리에게는 제대로 된 문학적 전통이 없다는 탄식 같은 것은 이광수 같은 신문학의 첫 세대와 김태준 같은 첫 세대 문학사가에게서 흔히 들을 수 있는 말이거니와, 문학적 전통 속에서 가장 뚜렷하고도 현저한 부재의 대상은 소설이다. 이를테면 서구 근대문학의 성좌를 이루는 괴테나 발자크, 톨스토이의 부재는, 후발국의 민족문학을 바라보는 사람에게는 작지 않은 것으로 다가올 수밖에 없다. 이런 관점에서 볼 때 소설은 단순히 대중적인 서사문학이 아니라 한 민족의 근대성과 문화적 수준을 보여주는 가치척도의 구실을 하고 있는 것이다. 그래서 문학사 기술에서 소설이라는 장르의 위상은 다른 장르에 비해 특별한 의미를 지닌다. 소설과 연관된 근대성의 문제가 가치나 당위의 문제로 전화되어 있었던 탓이다.

둘째, 현재 한국에서 사용되는 소설이라는 단어는 다층적인 의미를 지니고 있다는 점이 강조되어야 한다. 소설은 현재의 의미로 사용되기까지 최소 세 단계의 변화 과정을 겪었고, 그 과정에서 소설이라는 단어는 여러 겹의 의미를 지니게 되었다. 그것은 한국이 근대성을 외발적인 것으로 경험했던 때문이거니와, 이 과정에서 소설은 다층적인 맥락과 의미를 지니게 되었다. 복합적인 개념에 지나치게 단순하게 접근하면 문제가 생긴다. 이와 연관되어 있는 '이식문학론'과 '내재적 발전론'이라는 대립적인 관념은 둘 모두, 존재하지 않는 어떤 지점을 겨냥하고 있다는 점에서 문제적이다.

현재 한국에서 사용되는 소설이라는 단어는 허구적 산문문학을 뜻한다. 그리고 한편으로는 영어 novel과 상응하는 단어라는 인식도 있다. 영어 novel은 장편소설만을 지칭하지만 우리는 장편과 단편 구분하지 않고 그 모두를 소설이라고 칭한다. 그러니까 한국에서 소설이라는 말은 원래 있던 말이면서 또 한편으로는 개항 이후 일본을 통해 수입된 것이기도 한 셈이며, 이처럼 두 가지 성격을 아울러 지니고 있다는 점에서 소설이라는 말은 문제가 된다.

외래적인 것과 전통적인 것의 대립은 근대성을 외발적인 것으로 경험한 사람들에게는 중요한 논란처가 아닐 수 없다. 1950년대 중엽부터 십여 년에 걸쳐 이루어진 전통에 관한 논의에서도 바로 이러한 점이 문제였다.[12] 전통을 둘러싼 계승론과 단절론의 대립은, 당대의

---

12) 자세한 것은, 졸저, 「민족, 주체, 전통: 1950~60년대 전통 논의의 의미」, 『미메시스의 힘』, 문학동네, 2012, 1절 참조.

근대문학이 외부로부터 새롭게 배워온 것이라는 생각(이식문학론)과 자생적인 흐름의 연장에 있다는 생각(내재적 발전론)의 대립으로 표현되기도 했다. 소설은 이런 접점에 대한 논의에서 매우 중요한 참조점이었다. 그러니까 소설이라는 용어와 그것의 규정에 관한 이야기는 단순히 논리적 정의의 수준을 넘어서는 것이다.

이식문학론의 입장에서 보자면 소설의 표준은 서구의 것 속에 있다. 그러니까 이식 이전에 이런저런 서사문학이 있었다 하더라도 그것은 새로운 개념의 소설이라고 할 수는 없다는 것이다. 이런 생각은 일단 서구적 근대성을 일종의 충격 경험으로 받아들인 사람들의 경우라 할 수 있겠다. 이어받을 만한 전통 따위는 없다고 소리쳤던 사람들, 예를 들면 1910년대의 이광수나 혹은 1950년대의 이어령 같은 경우가 거기에 해당되겠다. 일본의 경우, 『소설신수』(1887)에서 쓰보우치 쇼요坪內逍遙는 소설을 두 종류로 나눴다. 보통 말하는 소설과 '진정한 소설'을 구별했다.[13] 그가 말하는 진정한 소설은 서구의 모델에 표준을 둔 것이며, 그는 그것을 '노벨'이라 칭했다. 小說이라고 쓰고도 '쇼세츠'라고 음독하지 않고 '노베루'(즉, novel)라고 훈독했다. 그것이 '진정한 소설'이기 때문에 19세기까지 일본에 존재했던 전통적 서사문학들은 그의 논리에 따르면 '진정한 소설'이 될 수 없는 셈이다. 이들의 주장이 옳지 않다는 것은 시간이 흐른 뒤에 매우 천천히, 문제가 되는 개념들이 자기 역사를 발견해가는 과정에 드러나기 시작한다.

조동일의 주장에서 대표적인 모습을 보이는 '내재적 발전론'은, 제

---

13) 쓰보우치 쇼요, 『소설신수』, 정병호 옮김, 고려대학교출판부, 2007, 49쪽.

아무리 근대소설이라 하더라도 외부로터의 이식이란 합당치 않은 말이며, 기왕에 존재했던 서사의 틀이 다양한 방식으로 변개되면서 계승되고 있을 뿐이라는 주장으로 요약된다. 여기에서 문제가 되는 것은 소설이라는 명칭이다. 근대소설과 그 이전의 서사문학 작품, 이를테면 『홍길동전』이나 『춘향전』을 모두 함께 소설이라 통칭하는 것은 어떨까. 현재의 어감으로는 아무런 문제가 없어 보인다. 그것은 한국어에서 소설이라는 단어가 지니고 있는 탄력성 때문이다. 장편과 단편, 심지어 엽편까지도 모두 소설이라고 칭하듯이, 근대 이전의 소설들은 고전소설이나 구소설이라고 부르면 그만이다. 하지만 이 모두를 소설이라 칭한다 해서 이들이 같은 물건이 되는 것은 물론 아니다. 이 다양한 소설들은 모두 시나 극이 아니라는 점에서 공통점을 지니고 있을 뿐이다. 서사문학의 범주 안으로 들어가면 이들은 다른 서로 다른 구성 원리를 지니고 있다. 이런 점에서 이 소설들을 크게 둘로 나눈다면, 근대소설과 구소설 사이에, 그러니까 『춘향전』과 『무정』 사이에서 큰 획이 그어지는 것은 당연할 것이다.

소설이라는 단어 안에는 이처럼 다양한 개념들이 함께 함축되어 있다. 1959년에 번역된 『문학의 이론』이라는 책에서 소설이라는 단어는 네 가지의 영어 표현과 연관되어 있다.[14] 이를 추리면 소설은 novel과 fiction의 번역어로 채택되었던 셈이다. 그것이 한국어의 실감에 들어맞기 때문이었을 것이다. 이 용어법에 따르면 소설은 지어낸 것으로 통용되는 허구적인 이야기 문학을 지칭하는 포괄적인

---

14) narrative fiction : 서사적 소설, novel : 소설, prose fiction : 산문 소설, fiction : 소설, 픽션. 르네 웰렉·오스틴 워런, 『문학의 이론』, 백철·김병철 옮김, 신구문화사, 1982/1959, 289~295쪽.

명칭인 셈인데, 여기에서 강조되어야 할 것은 소설이 고정 지시어rigid designator로 간주되어야 한다는 사실이다. 그것은 소설이라는 단어와 그것이 지니고 있는 관념이나 규정과 반드시 맞아떨어지지는 않는다는 것을 뜻한다.

예를 들어 어떤 경우는 지어낸 이야기가 명백하게 아닌 것임에도 소설로 통용되고 또 인정된다.[15] 이런 소설들은 실명소설이나 자전소설 같은 말로 불리기도 한다. 물론 실명이 사용되어 실화처럼 보이는 이야기에 얼마나 허구가 섞였는지는 작가를 제외한다면 누구도 정확하게 알 수 없고, 경우에 따라서는 작가 자신도 알지 못하는 경우도 있다. 지어낸 이야기가 아닌 경우에도 또한 하찮은 이야기가 아니라 대단한 이야기인데도 소설이라 불리는 것은, 마치 다트강의 하구에 있던 다트머스Dartmouth가 강의 흐름이 바뀌어 다트강 하구에 있지 않은데도 여전히 다트머스라 불리는 것과 같은 이치이다.[16] 현재 한국의 소설 작품들 속에서 '하찮은 이야기小說'의 모습이나 '지어낸 이야기fiction'만을 찾는다면 아무것도 찾지 못하게 될 수도 있다.

소설이라는 단어는 김태준에 따르면 "예전이나 지금이나 일정한 범위와 정의 없이" 사용되었고, 이 경우 소설이란 "패설·해학·야담

---

15) 예를 들어 다자이 오사무의 소설 『쓰가루』(1944)와 이문구의 『관촌수필』(1977) 등에서 작가는 자신의 실명으로 나와 자기 고향에 관한 이야기를 쓰고 있다. 또 신경숙의 『외딴방』(1995)는 계간지에 연재되는 도중 앞의 연재 분량에 관한 독자의 반응이 실명을 앞세운 채로 다음 부분에 등장하기도 했다. 소설이 허구라면 이런 작품들은 소설이 아니다. 그럼에도 이 모두는 소설이라는 이름으로 통용될뿐더러 중요한 작품으로 인정받는다. 소설 개념의 예외라고 하는 것도 적절치 않다. 이런 예외성 자체가 소설이라는 규정 내부에 포함되어 있다고 하는 것이 더 합당해 보인다.
16) 고정 지시어와 다트머스의 예에 대해서는 솔 크립키, 『이름과 필연』, 정대현·김영주 옮김, 서광사, 1986.

수필 등의 부분적 혹은 총칭적 대명사였다."[17] 이것이 오늘날의 소설과 같을 수 없다는 것은 자명하다. 한국 근대문학이 출발했던 시기, 새로운 형태의 소설을 시작한 작가들, 이인직과 이광수·염상섭·김동인 등은 거의 모두가 일본을 통해 새로운 문물과 풍속을 받아들였다. 그들의 배후에 일본에 의해 소화된 서구 소설의 모델이 있음은 물론이다. 그런데 서구의 모델을 지닌 새로운 서사문학(그것을 노블이라고 한다면)은 이미 존재하고 있던 소설이라는 이름으로 번역되었다. 그러니까 노블이 소설로 번역되는 순간 그것의 의미는 소설이 기존에 지니고 있던 의미 위에 덧씌워진다. 그것은 역-카세트 효과라 할만한 것을 만들어낸다.

　『번역어 성립 사정』의 저자는 유럽어가 일본어로 번역되는 과정에서 한자 어휘가 선택되는 양상에 대해 카세트 효과라는 말을 썼다.[18] 야나부는 순수 일본어가 아니라 한자 어휘가 영어의 번역어로 선택될 때, 그 단어들은 마치 그 안에 무엇이 들어 있는지 모르는 보석함(카세트)처럼 사람을 애태우게 하는 효과를 낳는다고 했고 그것을 카세트 효과라 불렀다. society와 individual이라는 단어가 社會와 個人이라는 말로 번역될 때 그런 효과가 생겨난다고 했다. 일본은 동아시아에서 서구 문물을 가장 먼저 받아들였고 그들이 번역한 서양언어들이 동아시아의 표준이 되었음을 감안한다면 이것은 일본만의 문제는 아니다. 한자의 세계는 본래 '한 글자 한 단어'의 질서로 이루어졌지만, 새로운 시대의 생각과 문물을 표현하기 위해 '두 글자 한 단어'가 소환되었다. 국國과 가家는 전혀 다른 것이었지만 둘이 결합

---

17) 김태준, 『조선소설사』, 9쪽.

18) 야나부 아키라(柳父章), 『번역어 성립 사정』, 서혜영 옮김, 일빛, 2003, 46~47쪽.

하여 state의 번역어로 국가가 되었다. 이 과정에서, 물'理'나 '化'학 처럼 성리학적 세계에서 성스럽거나 기품 있는 말들이 가치중립적 인 서구어의 번역을 위해 동원되기도 했다. 그 과정에서 society나 individual 같은 특별하지 않은 말들이 마치 대단한 의미를 가진 양 다뤄지는 것이다. 그러니까 이 둘의 불일치에서 생겨나는 언어적 긴 장을 야나부는 카세트 효과라 부르고 있는 셈이다.

그런데 소설의 경우는 정반대이다. novel의 번역어로 소설이라는 단어가 소환되었을 때 이미 소설이라는 단어는 저급한 문자 예술로 서의 자기 의미를 확보하고 있었다. 1910년대 일본에 유학 간 한국 유학생이 전통적 교양을 지니고 있는 부모에게 소설을 공부하겠다고 말했다면 어떤 반응이 돌아왔을지는 묻지 않아도 알 수 있다. 문학을 공부하겠다고 말하는 것과는 정반대의 반응이 나올 수밖에 없다. 근 대적 의미에서 보자면, 문학이라는 말과 소설이라는 말은 언어예술 이라는 점에서 지적 서열의 층위가 다를 바 없다. 그러나 전통적 질서 에서 문학이라는 단어는 최상위의 지적 서열에 놓여 있다. 반면에 소 설은 저급한 문자 예술에 불과한 것이다(예술이라서 저급할 수도, 그 냥 저급할 수도 있다). 아무리 서구 사회에서 인정받는 예술이라 하더 라도 novel을 대체하는 단어가 소설이 되면, 그 단어가 지니고 있던 기존의 의미를 끌어안는 수밖에 없다. 이것은 카세트 효과와 정반대 의 것이므로, 역-카세트 효과라 부를 수 있겠다.

소설은 이 같은 역-카세트 효과를 통해 현재 한국어에서의 쓰임을 갖게 되었다. 이제는 누구도 소설을 그 자체로 '하찮은 이야기'라고 생각하지 않는다. 소설이란 언어예술의 한 장르를 지칭하는 중립적 인 명칭일 뿐이다. 이렇게 바뀐 현실은 이식문학론의 관점을 다시 보게 한다. 이식되었다면 무엇이 이식된 것일까. 소설의 이식 혹은 수입이 자동차 수입이나 토마토 이식과 같을 수는 없다. 이식된 것이 있다면 소설이라는 새로운 관념이라 해야 할 것이다. 그런데 그 관념이 큰일을 한다. 기존의 삼류 장르였던 소설에게 새로운 세계에서의 버젓한 예술이라는 시민권을 부여한 것이 곧 노블이라는 새로운 소설의 관념이다. 구-소설은 노블의 관념과 결합함으로써 신-소설이 되었고 그래서 신분 상승을 경험했다. 바뀐 것은 신분밖에 없지만, 소설에게는 그것이 모든 것일 수도 있다. 새로운 신분을 획득한 소설은 이제 스스로가 자기 근원을 찾아 나선다.

노블과의 결합으로 신분이 달라졌음에도 불구하고 소설은 노블로 이름을 바꾸지 않은 채 여전히 소설이라는 고정 지시어를 자신의 지칭으로 삼고 있다. 새로운 신분을 획득한 소설은 이제 자신의 역사와 과거를 찾아나서야 한다. 신분에 어울리는 당당한 족보가 필요하기 때문이다. 예술적으로 수준이 있는 허구적 서사문학이라면 소설의 버젓한 족보에 오르기에 부족함이 없다. 그러니까 『금오신화』나 『운영전』은 오래 전에 쓰인 아름다운 단편들이며 소설이 아니라 해야 할 이유가 없다. 말하자면 근대화 과정에서 그 의미가 새롭게 규정된 소설이라는 단어(즉, '小說=하찮은 이야기'에서 '소설=근대예술로서의 노블'로의 변화)가 『금오신화』나 『운영전』 같은 작품들을 새롭게 소설로서 발견해낸 것이다.

이런 견지에 본다면, 소설 양식을 둘러싼 '이식문학론'과 '내재적 발전론'의 대립은 그 대립이라는 것 자체가 허깨비에 가깝다. 수입된 것으로서의 '노블'의 개념은 음지에 있던 '小說'을 양지로 끌어냈고, 이 둘이 합성됨으로써 새로운 세계의 시민권을 얻어 새롭게 탄생한 것이 '소설'이다. 그러니까 '소설'은 '小說'도 '노블'도 아니고 다만 '소설'일 뿐이다. 바로 그 '소설'이 과거 속에서 자기 역사를 만들어 낸 것이 곧 한국의 소설사이다. 따라서 소설사를 끌어낸 것은 소설 자신이 아니라 노블이 만들어낸, 소설에 대한 새로운 관념이라 해야 한다. 그 관념의 역할은, 새 땅을 마련하고 거기에 작물을 옮겨 심은 것이 아니라 묵혀 있던 땅을 발견하게 한 새로운 농사법 같은 것이라 해야 할 것이다.

전통적인 '小說'에게 근대적인 것으로서의 '노블'은 외부에서 들어온 것이지만, 근대성은 그 자체가 외부적인 것으로 경험되는 것이기도 하다. 그것은 한국만이 아니라 근대성의 발원지에서도 마찬가지이다. 근대성의 미학적 원리는 자기 자신과의 차이를 만드는 끝없는 갱신 과정을 바탕으로 한다. 근대적 장르로서의 소설도 이런 원리에서 예외일 수가 없다. 더욱이 문학작품과 시대가 반드시 일치해야 할 이유도 없다. 쓰보우치 쇼요에게 '진정한 소설'로 인정받지 못한 『겐지모노가타리』는 11세기에 나온 것이지만 현재는 세계적으로 노블로 인정받고 있다. 중요한 것은 작품이 아니라 그것을 발견하는 눈이라는 것이다.

이런 점에서 보자면, '이식문학론'과 '내재적 발전론'은 둘 모두 옳은 주장을 잘못된 방식으로 하고 있는 셈이다. 무언가 이식되어온 것은 사실이고, 또한 모든 발전은 내재적이다. 다만 외적 계기 없는 발전은 있을 수 없고, 제도가 새롭게 만들어지고 새로운 인문의 영역이 생겨나는 것은 식물의 이식 같은 것과 다를 수밖에 없다.

소설이라는 단어에는 문학과 역사 사이에서 만들어지는 다층적인 시선과 맥락이 접혀져 주름을 이루고 있다. 그것을 펴내는 일은 간단한 문제가 아니다. 더욱이 그것을 단선적으로 만들어버리는 것은 민족주의적 역사 서술이 그렇듯이 매우 위험한 일이다.

셋째, 소설사 서술이 기원의 담론과 결합되었을 때 생겨나는 자기 반영적 효과에 주목할 필요가 있다. 기원을 설정하는 것은 그것을 설정하고자 하는 주체의 결의나 의지와 연관되어 있다. 그것이 기원 담론의 구조적 특징이다. 우리가 경험하는 세계, 그 경험을 통해 상상되는 시공간의 질서는 연속성을 기반으로 한다. 세계는 시공간적으로 무한한 이어짐으로 구성되어 있다. 그것을 바라보는 주체에게 그 무한성은 참을 수 없는 것이다. 출발점으로서의 기원은 무한성의 존재를 참아낼 수 없는 주체가 그런 연속성을 절단하는 지점에서 생겨난다. 물론 기원은, 칸트가 정식화한 이율배반이 보여주듯이 언제나 기원 이전에 관한 질문을 끌고 나온다. 이런 사정을 알면서도 기원을 설정하는 일이란 그 자체가 어떤 의지와 기획의 산물일 수밖에 없다. 객관적 서술의 외관을 지니고 있다 하더라도 사정은 마찬가지이다. 드러나 있지 않다고 하여 없는 것은 아니라는 것이다. 기원 담론의 바탕 위에서 서술된 역사는 서술자의 자기 반영성이라는 원초적 한계를 지닐 수밖에 없다. 그것은 물론 한 개인의 문제가 아니라 시대의 문제이다.

소설의 기원에 관한 논란도 기원 담론이 지니고 있는 난점을 벗어나기 어렵다. 소설의 기원은 소설의 개념 및 정의와 상관적이다. 소설을 어떻게 규정하느냐에 따라 기원은 달라진다. 김태준은 『조선소설사』의 첫머리에 소설을 정의하는 대목에서, "기미운동 전후로 문학혁명이 일기 전까지는 롱씨의 정의한 노벨은 한 권도 없었"지만 "예전 사람들이 의미하는 소설은 헤아릴 수 없이 많다"라고 했다.[19] 그러니까 노블의 관점에서 보자면 '조선소설사'는 불가능한 저술인 셈이다. 그러나 그는 전통적인 소설의 용례에 따라 서사문학 전체를 훑으며 한국의 첫번째 소설사를 썼다. 그에 따르면 한국소설은 두 개의 기원을 갖는다. 조선시대 세종의 한글 창제 이후로 씌어진 한글소설들이 그 하나이고, 한글 창제 이전에 한문을 통해 표현된 설화문학들이 다른 하나이다. 첫번째 기원은 한 나라의 국민문학이 되려면 자국의 고유한 문자로 기록되어야 한다는 전제에서 규정되었고, 두번째 기원은 조선의 "특수한 현상"으로서 한자를 통해 자신의 사상과 감정을 표현했던 문자 행위들도 도외시할 수 없다는 이유에서 규정된 것이다. 기원이 둘일 수는 없으므로, 후자는 "소설의 근본적 기원"이라는 표현을 써서 구별했다. 이에 따르면, "소설의 근본적 기원은 조선 인문의 사적 기원과 때를 한가지로 한다"[20]라고 해야 할 것이다. 그러니까 이것은 문자 행위가 시작되는 순간이 곧 소설이 시작되는 순간이었다는 주장인 것이다.

김태준의 소설사가 지닌 실증주의적 특성에 대해 류준필은 이렇게 썼다.

『조선소설사』가 자료의 나열이라는 점에서 실증주의의 산물이라고 하는 평가가 일반적이지만, 그것은 '실증주의적 방법'에 대한 자각적 선취가 있어서 그러했던 것이 아니다. 『조선소설사』라는 '역사'를 썼지만, 소설이라는 대상의 특성 파악도 없는 상태이기 때문에 '계통론'으로 대신되었던 것이고 상위 전체 역사로의 통합이 불가

---

19) 김태준, 『조선소설사』, 10쪽.
20) 같은 책, 23쪽.

능하였기 때문에 중국과의 관련을 자연스럽게 받아들였지만 그것은
'이념성'의 거세를 초래하였다. 이에 따라 역사를 움직이는 이념적
실체와 만날 수 없었던 것이고 연대기적 자료의 배치가 그 자리를 대
신하였던 것이다. 실증주의적 경향성이 『조선소설사』에서 발견된다
면 그것은 원인이 아니라 그저 결과적 양상일 뿐인 것이다.[21]

그러니까, 일반적으로 '조선소설사'를 쓰는 방법에는 두 가지가 있
을 수 있다. 하나는 소설이라는 장르 자체에 대한 문예학적 접근을 통
해 그것의 역사를 서술하는 방법, 또 하나는 국문학사의 하위 범주로
서의 소설사를 쓰는 방법. 류준필에 따르면, 김태준은 이 두 방법 모
두 취할 수 없었고 그것이 실증주의적 서술을 낳게 되었다. 이것은 그
가 식민지의 사회주의자라는 점,[22] 즉 민족 담론의 동력과 마르크스
주의적 역사관을 동시에 지니고 있었던 인물이라는 점과도 무관치
않을 것이지만, 국권을 상실한 제 나라의 소설사를 처음으로 쓰는 한
청년의 시도가 지닌 한계였다고 해도 좋을 것이다.

그런데 여기에서 주목해야 할 것은 류준필로 하여금 김태준의 소
설사에 대해 이런 지적을 할 수 있게 한 힘이 무엇인가 하는 점이다.
조동일의 저작들이 보여준 성취가 그것일 것이다. 류준필의 시야 속
에 있는 조동일이라는 존재가 김태준에게서 부재를 만들어내고 있다
는 것이다. 김태준에게 없었다고 지적되었던 둘을 동시에 채워넣은

---

21) 류준필, 「형성기 국문학연구의 전개양상과 특성: 조윤제·김태준·이병기를 중심
으로」, 74~75쪽.
22) 정주아, 「김태준, 사회주의적 이상과 국학자의 자리」, 한국소설학회 발표문, 2013.
5. 25.

것은 그로부터 오십여 년이 지난 조동일의 경우였다. 그는 『한국소설의 이론』(1977)을 통해 서사와 서정을 구분하는 원리를 제시했고 나아가 설화문학과 구분되는 소설의 정의를 만들었으며 이를 바탕으로 『한국문학통사』(1981~1988)에서 이들의 역사에 대해 구체적인 서술을 했다. 소설에 대한, '자아와 세계의 상호 우위에 입각한 대결'이라는 그 특유의 규정은 서사문학의 탈신비화 과정, 신화-전설-민담-소설의 전개 과정을 염두에 둔 것으로서, 이런 규정은 다시 문학사의 기술로 구체화된다. 이에 대한 그 자신의 요약을 옮겨보자.

서사문학사는 신화시대에서 시작되어 전설 민담 시대를 거쳐 소설시대에 이르렀다 하고, 자아와 세계가 서로 용납할 수 없는 심각한 대립을 실제로 겪게 된 것이 소설성립의 기본 요건이라고 했다. 다시 『한국문학통사』에서는 전설 민담 시대에도 전설을 정착시키되 문장을 다듬어 작품이 되게 한 것들이 중세전기문학의 시기에 나타나 '傳奇'라 지칭해 마땅하다 하고, 중세 후기를 지나 나타난 중세에서 근대로의 이행기에서 소설시대가 시작되었다고 했다. 이행기의 소설이 여러 단계에 걸쳐 변모를 보이다가 이행기가 끝나자 근대소설이 나타난 것이 문학사의 당연한 과정이고, 서양소설의 이식에 의한 소설개념의 단절은 인정될 수 없다 했다.[23]

조동일의 이러한 논의는 소설에 관한 이론과 역사의 상호반영 과정을 통해 서사문학의 내재적 역사를 만들어낸다. 신화시대, 전설·민

---

23) 조동일, 『한국문학과 세계문학』, 344쪽.

담 시대, 소설 시대, 근대소설 시대와 같은 방식이다. 이것은 물론 일 반사를 염두에 두고 만들어진 것이지만 역사를 서술하는 대목에서는 오히려 문학의 역사가 일반사를 선행하는 위치에 선다. 이것은 앞에 서 지적했듯이, 한국문학사의 시대구분 기준을 세계문학사 시대구분 의 표준으로 삼겠다는 생각과 동일하게 이중적인 반영 과정의 산물 이 아닐 수 없다.

'자아와 세계의 상호 우위에 입각한 대결'이라는 그의 소설 개념이 지니는 한계 역시 자명하다. 위의 글에서는 그는 자신이 마련한 개념 을 중심으로 한중일 공통이론을 수립해가야 한다고 했으나, 그것은 설화문학과 구분되는 소설문학의 한 속성일 수 있어도, 소설에 관한 정의나 개념의 중심축이 될 수는 없다. 자아가 패배하는 수많은 환멸 소설들이 그 반증으로 존재하고 있기 때문이다. 또한 초자연적이거 나 종교적 소재를 다룬 소설들, 이를테면 토마스 만의 『선택된 인간』 같은 소설은 그의 정식에 입각하면 전설로 분류되어야 한다.

하지만 조동일의 논의에 대해 이런 논리적 결함을 지적하는 것보 다 중요한 것은, 그의 논의 속에서 한국문학의 보편성에 대한 열망이 그러한 논리 전개의 가장 큰 동력으로 작동하고 있다는 사실을 재삼 확인하는 것이다. 누구나 그렇듯이 어떤 세대에게도 자기 세대의 몫 이 있다. 식민사관 극복과 서구 중심주의의 해체라는 과제 앞에 서 있 었던 것이 조동일의 세대였다면, 그는 그 세대의 대표적인 학자로서 자기 세대의 몫을 수행했다. 학문을 구동시킨 파토스라는 점에서 보 자면 그는 최남선이나 김태준 같은 식민지 시대 국학자들과 동일한 수준에 있다. 그 파토스를 그들과는 다른 학문적 언어로 번역할 수 있 는 세대의 대표자였다는 점에서 그들과 구분된다. 그러니까 그는 '과학적 국학자'였던 셈인데, 그가 한국문학의 역사를 서술하면서 전개한 기원의 담론(예를 들면 근대로의 이행기에 출현한 소설문학) 내부에 객관적 언어로 변신한 그 자신의 결단과 열망이 스며 있음을 확인하면서 우리는 그 사실을 새삼 깨닫게 된다. 이 '과학적 국학자'는 아마도 마지막 국학자일 것이다.

관점이 바뀐다고 해서 소설로부터 근대성의 지표라는 속성이 사라지는 것은 아니다. 그런 지표적 속성은 객관적 사실에 가까운 것이라서 사라질 수는 없다. 그렇다면 포스트 국학의 시대에 사라지는 것은 무엇인가. 근대성이 더이상 지향해야 할 가치의 세계이기를 그칠 때, 근대 이전이나 근대 이후라는 말도 가치 평가적인 개념이 아니라 단지 중립적인 단어가 된다. 그럴 때 소설이라는 장르도 문학사 서술에서 근대성의 발원점과 연관된 문제적 장르이기를 그치게 된다. 이런 관점은 물론 국문학사나 한국문학사 같은 일국적 관점으로부터의 이탈을 전제로 한다. 그것은 단지 정해진 경계로부터 이탈을 뜻하는 것이 아니라 복수의 문학사들의 존재와 그들 사이의 관계로서의 이질적 평행성의 승인을 뜻하는 것이다.

4. 국학 이후의 한국문학 연구, 그리고 세계문학

국학의 파토스가 사라진 시대에 한국소설사의 기술은, 혹은 한국문학 연구는 어떤 방향성을 취하게 될 것인가. 이런 질문은 우리로 하여금 다시 한번, 『조선소설사』를 향해 나아가는 김태준의 심정에 감정이입하게 한다. 이념의 길은 닫혀 있고, 소설에 관한 내재적 접근의 길도 옹색하다. 지난 이십여 년간 문학과 인문학은 급격한 가치 하락을 경험해왔기 때문이다. 이것은 탈냉전시대의 자연스러운 현상이기도 했지만, 한국사회는 특히 1998년 IMF 체제를 분기점으로 하여 급격하게 추진된 실용주의적 경향과 함께 그 양상이 격렬하게 진행되었다. 이른바 신자유주의라 지칭되었던 흐름 속에서 비실용적인 학문들은 끝 모를 가치 절하를 경험해야 했고 사태는 여전히 진행중이다. 문학도 마찬가지 처지가 되었다. 문학은 한때 문화의 영역에서 특권적 지위를 누렸던 적이 있었기에 금단증상으로 인해 사태가 좀더 심각할 수도 있다. 국학 이후의 한국문학 연구에 대해서는 세 가지 가능성을 생각해볼 수 있겠다.

첫째, 실증주의의 영역이다. 국학을 구동했던 것이 성스러운 지식으로서의 민족의 자기-지였다면, 먼저 성스러움이 사라지고 그럼으로써 대체 불가능한 유일자로서의 민족이 사라짐으로써 국학 이후가 된다. 민족이 있던 자리에 남게 되는 것은 개별자로서의 어떤 나라이다. 그 나라의 이름은 한국이 아니라 어떤 것이라도 상관없다. 이러한 사태를 고통스럽게 맞는 누군가가 있다면 그 사람은 지금, 전문성을 기축으로 만들어지는 근대 학문의 일층 현관 앞에 서서 금단 증상을 경험하고 있는 중이다. 1917년의 막스 베버가, "가죽 눈가리개를 끼고서 이 친필 원고의 바로 이 구절에 대해 (……) 판독을 올바르게 하는 것에 자기 영혼의 운명이 달려 있다는 생각에 빠져들 생각이 없는 사람은 누구나 학문을 멀리하십시오"[24]라고 했던 충고를 듣는다면 위로가 될 수 있을 것이다. 실증주의의 영역은 1930년대 경성의 김태준만이 아니라 근대의 어떤 학자에게도 열려 있는 기본적인 영역이다.

---

24) 막스 베버, 『직업으로서의 학문』 이상률 옮김, 문예출판사, 1995, 19쪽.

둘째, 지역학으로서의 한국문학이다. 성스러움이 사라진 민족의 자리에 남아 있던 그 나라가 새 옷을 입는다면 그것은 일단 지역의 이름을 지니게 될 것이다. 작게는 동아시아로서의 한국이고 좀더 나아가면 아시아로서의 한국, 혹은 낡은 모델이지만 제3세계로서의 한국 같은 것이 될 것이다. 한국학은 (동)아시아학의 일부이며, 거기에 속한 대상들은 기본적으로 민족(국가)의 외부자의 시선에 의해 만들어진다. 이런 시선에 입각할 때 한국에 관한 지식은 같은 지역에 속한 이웃들과의 비교를 통해, 나아가 아시아의 외부자와의 자리 교체를 통해 지역적 앎의 일부로서 의미 있는 것으로 생산될 수 있을 것이다. 이를 통해 작은 일반성이 수립되고 그로 인해 생겨난 차이들이 논리화될 수 있다면, 그것은 한국문학사 연구에게 새로운 과제와 의미의 영역을 돌려줄 수도 있을 것이다.

　셋째, 인간학으로서의 문학 연구이다. 민족의 자기-지를 대체할 수 있는 자기-지의 형태는 보편적 인간의 자기-지이다. 문학사도 문예학도 궁극적으로는 그 지점을 향해 수렴되어야 할 것이나, 여기에서 중요한 것은 실정적인 것으로서의 문학이 아니라 문학적인 것, 주어진 틀로서의 소설이 아니라 소설을 소설답게 만드는 것으로서의 소설적인 것이다. 그것들은 자기 자신과의 불일치로 인해 괴로워하는 주체의 윤리와 상관적이다. 이런 관점에 설 때 문학 텍스트는 그 배후에 무엇인가 있다는 것을 전제로 하는 현상학적 접근법의 대상이 될 것이며, 이들의 흐름에 대해 말하는 것으로서의 문학사 혹은 소설사는 자로 선을 긋듯이 구획되는 세계사 연표로서의 역사 같은 것은 아닐 것이다. 오히려 독자적인 의미를 지닌 많은 텍스트들의 맥락이 만들어질 때마다 서로 들러붙고 덧붙여지며 만들어내는 틀이 그 모형에 훨씬 가까울 것이다.

인간학적 문학사 서술은, 라캉의 용어를 빌리자면 보완complement
이 아닌 보충supplement의 방식[25]이다. 보완의 경우에는 언제나 완전
성으로서의 전체가 상정되지만, 보충의 경우 세계는 개별적인 것들
이 덧붙여지면서 만들어지는 것이기 때문에 전체의 윤곽이 존재하지
않는다. 유동하는 흐름만이 비-전체not-whole로서 존재하고 있을 뿐
이다. 이 경우 문학사란 담론의 논리적 질서가 기축이 되는 역사history
가 아니라 한 나라의 문학에 관한 이야기들stories가 될 것이다. 그 편
이 현재의 우리가 글쓰기의 잉여로 파악하고 있는 소설이라는 양식
에 훨씬 더 가깝기도 하거니와, '잉여'에 대한 성찰이라면 그것 자체
가 근대 자본주의 시대의 삶의 방식에 관한 윤리적 성찰이기도 하다.

제국주의의 침략을 받아 식민지 상태를 경험했던 나라의 국학은
그 자체가 탈식민주의의 실천이라는 점에서 정당한 윤리적 파토스를
지니고 있었다. 국학 이후 시대의 연구자가 국학의 파토스로부터 계
승할 것이 있다면 바로 그 윤리성일 것이다. 하나의 전체를 상정하는
매끈한 보완 형태로서의 역사가 아니라, 비-전체로서 유동하며 끝없
이 덧붙여지는 울퉁불퉁한 역사는 그런 점에서 국학이 지녔던 윤리
적 파토스의 진정한 계승자이다. 겉모습은 국학의 역사 서술과 정반
대의 것이지만, 그것이 지니고 있는 해방적 계기라는 점에서는 정확
하게 국학의 윤리적 파토스를 지니고 있기 때문이다.

마지막으로, 조동일의 작업에서 실패를 확인한 세계문학이라는 이

---

25) 둘의 차이에 대해서는, Jacques Lacan, *Seminar XX, Encore—On Feminine
Sexuality, the Limits of Love and Knowledge*, translated by Bruce Fink, New
York : W. W. Norton&Co, 1998, p. 73.

념에 대해 언급해두자. 개별적인 문학과 개별국의 문학의 입장에서 보자면 세계문학이란 문학에 관한 절대적인 개념이다. 그것은 오로지 부정적으로만 기술될 수 있으며, 문학이라는 것의 총체의 밑자리로서만 존재할 수 있다는 점에서 그러하다. 그 자리를 어떤 현실적이거나 구체적인 실체로 채워넣어버리면 절대적 이념 혹은 궁극적 수렴점으로서의 세계문학의 존재는 깨져버리고 만다. 그것은 객관적인 것이면서 동시에 주관적인 것으로서, 그러니까 객관적이고 중립적인 것이면서 동시에 우리가 모두 추구해야 할 주관적인 가치 세계의 존재일 수밖에 없다.

한국적인 것과 세계적인 것의 변증법 역시 마찬가지이다. 한국의 내부에서 한국적인 것을 대단하다고 주장하는 사람은 내부적인 것을 내부의 시각으로 바라보는 일에 해당한다. 그것은 흡사 염상섭의 「표본실의 청개구리」의 화자가 광인 '김창억'을 바라볼 때와 마찬가지로 이중적인 심정을 만들어낸다. 그것은 우람하지만 시대착오적인 고대인을 바라보는 근대인의 심정과 같다. 그다음 단계는 외부의 표준으로 자기 자신을 바라보는 일이다. 이것은 우리에게 매우 익숙한 것이다. 글로벌 스탠더드가 있고 거기에 맞추고자 하는 의지로 충일해 있는 것은 최근만의 일이 아니라 20세기의 백 년 동안 우리가 해왔던 일이다.

그렇다면 그다음 단계에 대해 말할 수 있지 않을까. 표준이란 절대 이념에 불과하다는 것, 그러니까 전 세계 어디에도 없는 예외적이고 버추얼한 것, 라캉식으로 말하자면 실재the real에 해당하는 것, 그러니까 세계에 존재하는 모든 구체상들은 그 자체로 모두 변종이고 예외이며, 그런 변종성과 예외성이야말로 세계 일반이라는 집합의 원소가 될 수 있는 기준이라는 것의 차원이 그것이다. 그러니까 그것은, 서구의 문학도 세계문학의 예외일 뿐이며, 이른바 글로벌 스탠더드로 보자면 미국도 예외의 하나일 수밖에 없다는 생각의 차원이다.

우리의 생각이 세번째 단계에 도달한다면 우리는 세계문학을 바로 이런 의미에서의 버추얼한 것이라고 말할 수 있겠다. 이 단계에서 한국문학에게 외부자로서의 영문학 혹은 서구 문학은, 표준이 아니라 다만 표준으로 가는 사닥다리가 된다. 한국문학은 서구 문학과의 비교를 통해 차이를 발견한다. 그리고 그 차이의 지양태로 표준이 만들어지고, 둘은 동시에 표준을 유로 하는 두 개의 종이 된다. 그 외부자의 자리에 영문학이 아니라 다른 어떤 문학이, 일본 문학이나 중국 문학이나 대만 문학이 놓여도 사정은 마찬가지이다. 이제는 그럴 때가 됐다.

(2013)

우정의 정원

서영채 선생님께 드리는 첫번째 메일 _2021/7/21 02:06

선생님, 안녕하세요. 『자음과모음』 지면을 통해 이메일로 대화 나누게 된 양순모입니다. 이렇게 선생님께 메일 드릴 수 있게 된 계기는 아시다시피 노태훈 평론가의 연결이 있었습니다. 지난 6월 1990년대 문학장을 주제로 열린 한 학회에서 「90년대 문학주의들」이라는 원고를 발표하였는데[1] 같은 세션의 발표자였던 노태훈 평론가가 보기에 제 발표가 이 지면에 어울리는 대화가 될 수 있을 거라 판단한 것 같습니다. 한참 선배이신 선생님과의 대화가 아무래도 부담스럽고, 또 낯선 방식이기에 조금 망설였지만 그럼에도 대화에 응할 수 있었던 이유는, 오늘날 문학장 전반을 되돌아보는 일에 있어 선생님의 목소리가 필요하다는 기획자의 문제의식에 공감했기 때문입니다.

90년대 문학장이 한국문학 연구 범주에 들어오며 관련 논문들이

---

1) 한국현대소설학회 59차 학술 대회, 〈1990년대의 역사화—문학장의 변화와 미디어〉, 2021. 6. 12.

조금씩 축적되고 있는 가운데, 말씀드리기 조금 그렇지만『문학동네』와 선생님은 거듭 비판적으로 호명되고 있습니다. 개인적으로 90년대 관련해, 이를 '동시대'라고 하는 문제적인 시간(성)의 기원으로 지목하는 견해들에 동의하는바,[2] 저 역시 오늘날을 넘어서기 위한 목적 아래 90년대를 비판적으로 접근하는 관점이 매우 필요하다고 생각합니다. 다만 그간의 비판들 관련하여, 당사자인 선생님께서는 조금 부당하다고 느끼셨을 것 같습니다.

90년대를 바라보는 오늘날 연구자의 관점에는 '90년대'와 '오늘날' 사이, '단절적 내러티브'를 수행하고자 하는 욕망이 내재해 있겠으며,[3] 물론 이는 불가피해 보입니다만, 과연 그것이 충분히 정당화될 만큼 90년대를 두고 진행된 비판들이 내재적이거나 반성적이었는지는 잘 모르겠습니다. 제 생각에 그간의 비판들은 크게 '80년대적인 것(에 대한 향수)'과 '90년대적인 것' 사이의 갈등으로 보이는바, 80년대적인 것을 기준으로 90년대를 비판하는 관점은 외재적 비판일 뿐 아니라, 상호 간에 고개를 끄덕일 만한 대화로까지 나아가지는 않는 것 같습니다. 덧붙여 제가 읽어온 선생님의 문학주의는 매우 적극적으로 현실과 투쟁하는 '문학주의'이기에, 선생님과 오늘날의 비판적 시선 사이에는 차이점보다 공통점이 더 크다는 생각입니다.

---

2) 서동진,『동시대 이후―시간-경험-이미지』, 현실문화A, 2018; 김정한,『비혁명의 시대―1991년 5월 이후 사회운동과 정치철학』, 빨간소금, 2020.

3) "문학사 서술에서 흔히 이루어지는 단절적 내러티브를 담론의 산물로 간주하고 담론을 창안한(386) 주체들의 욕망과 세대론적 인정 욕구를 비판하는 (선행 연구들의) 관점 역시 역사 서술의 주체에게로 되돌려질 수 있다."(강동호,「'언표'로서의 내면― 1990년대 문학사의 비판적 재구성을 위한 예비적 고찰」,『한국학연구』56집, 2020, 261쪽.)

아마 선생님께도 이번 대화가 낯설고 어색하시리라 생각합니다. 그럼에도 후배들을 위해 쉽지 않은 결정해주신 것, 감사합니다. 이번 지면만으로 충분할 순 없겠지만, 선생님과의 대화를 통해 90년대와의 대화가 새로운 방향으로 나아갈 수 있기를, 더불어 오늘날 문학장에도 유의미한 성찰을 엿들을 수 있는 계기가 되었으면 하는 마음입니다. 선생님과 대화할 수 있게 된 것에 다시 한번 감사드립니다. 그럼 본론으로 들어가겠습니다.

개인적으로 90년대 문학장 관련 선행 연구 가운데 가장 재미있게 읽은 글은 황정아 선생님의 「근대성의 판타지아—1990년대 한국문학의 근대성 담론」(『개념과 소통』 25호, 2020)이라는 논문이었습니다. "미적 근대성"으로 변주되어 개진되는 90년대의 '진정성' '내면' 등의 '문학주의'가 사실상 근대성이라고 하는 '자기동일성'을 특수화만 할 뿐, 이를 벗어나지 못한다는 비판으로, 당대 『문학동네』 편집위뿐만이 아니라 (미적) 근대성 담론에 참여한 여러 비평가들로 비판의 범위를 확대시켰다는 점에서, 그리고 무엇보다 "미적 근대성이 아무리 철저히 근대를 비판하고 반성한들 그 행위는 결국 근대성의 자기반영에 지나지 않"는다는 '반성의 불가능성'을 밝힘으로써 90년대 문학의 한계를 증명한 지점이 유의미하다고 생각했습니다.

그에 따르면 80년대적인 것으로서 "혁명" "바깥"과 같은 유토피아의 부재는 '90년대'뿐만이 아니라 '오늘날'에도 여전히 적용된다는 사실을 환기하며, 소위 〔사회(학)/(급진)정치〕라는 적대적인 이분법에서 후자의 가치를 좀처럼 회복하지 못하는 오늘날 문학장에 대한 비판 역시 간접적으로 수행합니다. 그러나 해당 글이 직간접적으로 표명하는 '80년대적인 것으로서 유토피아의 회복'이 과연 가능한 방법인지는 잘 모르겠습니다. 그 자리에서 제기하는 비판적 규정들은 거듭 곁에 두고 숙고해야 할 지점이겠으나, 대안으로서 그것이 과연 90년대뿐 아니라 오늘날에도 정말 가능한 무엇인지는, 잘 모르겠습니다.

이처럼 소위 '80년대적인 것'과 '90년대적인 것'은 대화가 좀처럼 불가능한 대립적 구도에 놓여 있는 가운데, 문학장은 아니지만 좀더 넓은 범위의 90년대 인문학 학술장을 분석 대상으로 삼은 진태원 선생님의 글이 큰 도움이 되었습니다.[4] 진태원 선생님의 가설은 90년대 사상적 대변화의 원인이 "이미 상실된 사랑하는 대상을 대체할 수 있게 해준" '애도의 담론'이었다는 것으로, 이러한 가설은 대립되는 80년대적인 것과 90년대적인 것 사이의 어떤 대화의 가능성을 마련해주는 것 같습니다.

'애도'라는 대응 양상의 보편성은 이를테면 "시대정신이나 허상 내지 이데올로기"와 같은 이분법적인 가치판단으로부터 벗어나 '90년대'에 접근할 수 있게끔 하며, 다른 한편 80년대적인 것 역시 상실의 또다른 대응 양상 중 하나인 '우울'로 규정함으로써, 그것이 '애도'에 대한 내재적 비판이 되기 어려움을, 나아가 그것이 하나의 '대안'이 될 수 없음을 말해주고 있습니다. 이어 진태원 선생님이 제안하는 바는, 애도나 우울 둘 중 하나의 선택이 아니라 '애도에 대한 애도'로서, 그것은 그간의 "우리 자신(나르시시즘적인 주체 중심주의)을 어떻게 애도할 것인가"라는 질문을 상대하는 일입니다.

이는 '(좁은 의미의) 애도'와 '우울' 모두를 포함하는 더 큰 범주의

---

4) 진태원, 『애도의 애도를 위하여』, 그린비, 2019.

개념으로서 '애도'를 애도하는 행위로써, 나르시시즘적인 두 반응의 주체 모두 그간의 스스로의 방법만을 고수하는 것이 아니라, 타자적인 것으로서 80년대적인 것과 90년대적인 것에서 본인과의 "본래적인 연관성"을 발견하고, 나아가 그러한 "마주침"을 통해 "기존의 정체성"에서 벗어나 스스로 "전화될 수" 있기를 도모하고 있습니다. 요컨대 80년대적인 것과 90년대적인 것 사이의 '깊은 이해'와 '대화'를 요청하는바, 저는 이러한 관점에 따라 90년대 문학장과 『문학동네』, 선생님을 살펴보았습니다.

선생님의 글 「소설의 운명, 1993」(『소설의 운명』, 문학동네, 1995)에서 인상적인 지점은 당시의 '우울'한 작가들을 대하는 비평가이자 문학사가로서 선생님의 태도였습니다. 선생님께서는 그들의 새로움을 간파하시면서도 동시에 그것이 대안이 될 수 없다는 한계 역시 인지하며 매우 신중한 글쓰기를 수행하셨다고 생각했습니다. 90년대의 비평을 두고서 성급하게 80년대와 단절하고자 한 욕망이 내재해 있었다는 평가들은, 그런 의미에서 저는 잘 설득이 되지 않았습니다.

그보다는 당시 선생님께서 규정하신 시대 인식에 좀더 주목해야 한다고 생각합니다. 선생님께서는 당시를 1930년대 후반~1940년대 초반의 문학장과 유사하다고 규정하시며 예컨대 "김남천은 한 발 물러서서 세상을 바라보고자 했고, 최재서는 한 발 더 나아가 세상 속으로 뛰어들라고 했"지만, "김남천은 두 발 물러서 통속소설을 썼고, 최재서는 두 발을 더 나아가 파시즘이라는 사이비 탈근대의 환상에 경도되어갔다"라고 말씀하신 바 있습니다. 비평가이자 동시에 문학사가로서 선생님의 정체성 역시 매우 크다는 것을 엿볼 수 있었는데요. 문학사라는 정신은 어떻게든 살아남아 이어져야 했고, 다만 과거

역사의 희극적인 반복만큼은 피해야 했기에, 어쩌면 선생님께서는 당시의 작가들을 '인물'로 하여 정답 없는 '성장소설'을 써나갔던 것은 아닐까, 생각했습니다.

이후 「냉소주의, 죽음, 마조히즘―1990년대 소설에 대한 한 성찰」 「왜 문학인가―문학주의를 위한 변명」(『문학의 윤리』, 문학동네, 2005)에 이르러 선생님께서는 상당한 변화를 보여주셨습니다. 90년대 초반, 당대의 작가들에게 회의적인 시선과 더불어 신중함을 유지하셨던 것에 반해, 90년대 말에 이르러 그들의 작품을 온전히 승인하셨다는 느낌을 받았습니다. 그리고 그것이 가능했던 이유는 바로 "적"의 발견으로, 선생님께서는 90년대 작가들이 보여주는 자학과 자살 이면에 숨겨져 있는 "아버지"라는 '적'을 발견해냄으로써, 작가들이 거듭 투쟁과 저항을 이어가고 있음을 확인, 이를 (좋은) '문학'이라고 승인하고 있다고 읽었습니다.

"소설의 주인공은 신을 찾아 나선 자라기보다 오히려 부정의 대상인 적을 찾아나선 자라 해야 할 것이다. 그러므로 문제는 신이 아니라 적의 부재이다. 특히 지금 우리의 시대, 90년대에 더욱 그러하다"(「소설의 운명, 1993」, 19쪽)라는 문장에서처럼, '적'과의 투쟁의 중요성은 선생님의 글 초기에서부터 반복적이고 징후적으로 등장합니다. 그러므로 기존의 '진정성'과는 거리가 한참은 멀어 보이는 김영하류의 소설을 두고서도, 당대의 문화를 대상으로 투쟁적 기능(반영과 반성)을 훌륭하게 수행하고 있음을 포착하고, 이를 또다른 문학적 깊이를 위한 한 시도로써 승인하고 있는 선생님의 모습에 따르면, 여러 차례 표현하신 대로 선생님에게 문학은 "투쟁"이자, "저항"입니다. 그런즉 80년대의 대체물로 지목되어온 90년대의 '내면'과 '진정성'은 결코 대체물이 아니라, 저 투쟁과 저항이 이루어지는 주요한 장소로서 거듭 갱신하며 존재했다고 생각합니다. 제 가설대로라면 선생님께서는 90년대 당대의 시장, 신자유주의에 저항하고 투쟁하는, 그런 내면들을 인물로 하는 성장소설을 거듭 써나가신 셈입니다.

개인적으로 90년대 연구가 중요한 이유 중 하나는 선생님께서 보여주신 이러한 태도가 2014~2016년 이후의 (좌파적 시대구분과는 구별될 또다른 의미의) 동시대 문학장에서도 유사하게 반복되고 있다고 생각하기 때문입니다. 2016년 문단 내 성폭행 고발 운동 이후 그 변화를 '애도'로서 문학장-문학성의 변화로 독해할 수 있으며, 2008년 보수 정권 집권 및 2014년 세월호 사태 이후, 현실에 대한 더욱 커진 책임감과 더불어 개진되는 저항과 투쟁의 양상 역시 선생님의 문학론과 상통하는 지점이 많기 때문입니다. 그런 의미에서 90년대 『문학동네』와 선생님에 대한 평가는 오늘날을 되돌아볼 수 있는 하나의 관점이 될 수 있으며, 그렇기에 더욱 반성적으로 이루어질 필요가 있다고 생각합니다.

어느새 약속된 지면이 조금 초과한 것 같습니다만, 아직 정말 본론이라고 할 법한 이야기를 꺼내지 못했습니다. 짧게나마 질문드리고자 합니다, 선생님. 선생님의 문학론을 하나의 '태도'라고 한다면 그것을 개진해나가는 '방법'과 관련하여 질문을 드리고 싶습니다. 이를테면 아래의 문장과 관련해서요. "사령관〔황지우—인용자〕의 명령은 결사 항전이 아니라 퇴각이었다. 은둔해야 한다는 것이다. 무엇 때문인가. 말할 것도 없이 시장주의의 저 엄청난 위력 때문이다. (······) 그러나 그것은 너무 늦은 게 아닐까"(「냉소주의, 죽음, 마조히즘— 1990년대 소설에 대한 한 성찰」, 『문학의 윤리』, 111쪽).

저는 위의 문장을 읽으며 선생님께서는 당시의 '작가들'과 더불어 "시장주의"라는 '적'과 "결사 항전"의 '방법'으로, 즉 퇴각이 아닌 한 발 내딛는 '투쟁-문학'을 수행하셨다고 생각했습니다. 김남천보다는 최재서와 비슷하게요. 방향은 방법이 될 것이고, 그 방법은 '전략'을 통해 충분히 정당화되어야 할 것입니다. 그런데 '문제'는 언제나 '오늘날'일 겁니다. 신자유주의의 완벽한 승리처럼 보이는 오늘날, 그 책임과 원인을 선생님께 귀속시키는 것은 역사에 대한 부당한 접근법이라 생각하지만, 그러나 그러한 마음 또한 전혀 이해 못할 것은 아니기에, 선생님께서도 헤아려주실 거라고 생각합니다. 선생님 스스로도 조금 아쉬운 지점들이 있으실 것이며, 그 방법과 전략은 그 양태를 바꾸어가며 오늘날까지 지속되고 있으리라 믿습니다. 그런 의미에서 선생님이 택한 방법과 전략들에 대해 구체적으로 여쭈어볼 필요와 가치가 있다고 생각했습니다.

개인적으로 조금 더 구체적으로 질문드리고 싶은 지점이라면, 선생님과 황종연 선생님의 프랑코 모레티 및 아도르노 독해에서 발견되는 어떤 낙관적인 지점으로, 제가 읽은 두 저자(모레티, 아도르노)는 한 발 전진하기보다는 후퇴를 통해 투쟁을 이어갔던 분들이라 생각하기에, 선생님께서 "진정성이 변증법적인 것"이라 말씀하실 때, 그것이 어떻게 '계몽의 변증법'과 같은 역설적 결과로 귀결되지 않을 수 있는지, 어떻게 저 막대한 '적'과의 투쟁에서 스스로를 지켜내고, 나아가 스스로를 거듭 반성해내며 신자유주의와의 유의미한 투쟁을 지속시켜나갈 수 있는지, 그 구체적 전략들을 여쭙고 싶습니다. 이를테면 문학사가로서 선생님께서 써나가셨던 성장소설이 소위 (실제 헤겔 철학과는 무관하게, 담론장에서 부정적으로 규정되어 회자되는) 헤겔

적인 것이 아니라 아도르노적인 것이기 위해 어떤 서사적 장치들을
마련하셨었는지 여쭙니다, 선생님.

편지가 길었습니다. 너무 늦게 드린 편지이고 또 어리숙한 마음으
로 울퉁불퉁한 편지입니다. 이 글을 쓰기 전까지 제가 과연 대화다운
대화를 할 수 있을지 많이 겁먹었는데, 선생님 글을 여러 번 다시 읽
으며 용기 낼 수 있었습니다. 감사합니다, 선생님. 한 번도 뵌 적 없고
소위 까마득한 후배이지만, 우정을 담아 메일 드립니다. 감사합니다.

양순모 드림

양순모 선생님께 드리는 첫번째 메일 겸 답신 _2021/7/27 23:06

양순모 선생님, 보내주신 편지 잘 읽었습니다. 누추한 글을 꼼꼼하
게, 그것도 긍정적으로 읽어주셨다니 감사하지 않을 수 없군요. 그뒤
로 밀려오는 송연함은 물론 제가 감당할 몫이겠습니다. 꼼꼼히 들여
다보는 것이 어떤 것인지 제가 잘 아는 탓입니다. 남들이 쓴 글을 텍
스트로 만드는 것은 오랜 시간 동안 제가 해온 일이기도 했으니까요.
뭐라 답신을 해야 할지, 망설이는 시간이 제법 길었습니다. 제 자신의
입장이 난처하고 좀 애매하다고나 할까요. 제가 알지 못하는 사이에
많은 언설들이 쌓여 있는 듯하여 좀 놀라기도 했습니다.

1990년대 문학이 이제 역사적 평가의 대상이 되었다는 점은 그럴
수 있어 보입니다. 시간이 이미 많이 흘렀고, 이제 간신히 백 년 역사
를 가진 것이 한국의 현대문학이니, 연구자들이나 한국문학의 현재
상태를 추적해보고자 하는 입장에서 보자면 1980년대, 1990년대가
유효한 연구 대상일 수 있겠습니다. 애매한 대로 몇 가지 생각을 정리
해보았습니다. 저 역시 생각하고 글을 쓰는 사람이니 해당 주제에 대

해 의견이 있지만, 제가 개입해 있는 대목이라서 말을 꺼내기가 조심스럽네요. 가능한 한 객관적으로, 주신 말씀과 당시의 상황에 대해 견해를 밝혀볼까 합니다.

1. 1990년대 문학의 특성이 문제가 되는 판이니, 1980년대와 1990년대 사이의 대조가 강조되지 않을 수 없겠군요. 1990년대 초반의 저 역시 그런 대조의 관점에서 생각하고 썼습니다. 그러나 양선생님이 지적하신 대로, 1980년대적 감성으로부터 절연해야 한다거나, 의도적으로 분리를 시도해야 한다는 생각 같은 것은 없었습니다. 구태여 편을 가르자면 1980년대 정신의 계승자 편에 서고자 했다고 해야 할 것입니다.

그러니까 당연하게도, '세대 간의 인정 투쟁' 같은 개념도 없었습니다. 무엇보다도 저 자신이 1980년대 세대였기 때문이지요. 나이로도 감성으로도 그렇습니다. 1980년에 스무 살이 되었고, 그때 광주에는 제 형제와 친척들, 그리고 대학생이 된 친구가 있었습니다. 그때의 분노와 노여움이, 다시는 그런 세상을 보고 싶지 않다는 열망이 제가 속한 공동체, 민주공화국을 대하는 제 심정의 원천입니다. 그때 이후로 지금까지 변함이 없다는 말입니다. 제 심정의 나이는 갓 스물이던 1980년 5월에 맞춰져 있던 셈이지요.

계간 『문학동네』를 창간하던 1994년 겨울의 시점으로 보자면, 무엇보다도 크게 달라졌다고 해야 할 것은 문학이나 문학을 대하는 태도 이전에 세상 자체라고 해야 하겠지요. 세상이 달라졌으니 이제는 새로운 문학이 필요하다는 생각 역시 당연했습니다. 당시 제 눈앞에 있던 것은 한 시대의 정신이 산출할 수 있는 문학적 최선이었습니다.

저 자신이 1980년대 문학을 통과해왔으니, 꼬이고 얽힌 매듭에 대해서도 나름 소연하다고 스스로 자부하기도 했었습니다.

그럼에도 이미 한 시대는 지나갔지요. 새로운 세상에서 새롭게 필요한 것은 이제, 문학에 대한 다른 방식의 말 걸기라고 생각했습니다. 그래서 그렇게 했고, 또 나중에, 그런 뜻이 있었다고도 썼습니다. 계간 『문학동네』 창간 10주년 기념호에서였지요.

2. 1990년대 초반에 제가 1980년대와 1990년대의 차이에 대해 언급했던 것은 현실에 대한 진단의 층위에서였습니다. 이제 와 생각하면, 그 차이는 좀더 근본적인 구분 선으로 규정되어야 하지 않을까 합니다. 단지 1980년대와 1990년대를 가르는 차이가 아니라, 1990년대 이전과 이후를 구분하는 좀더 큰 경계로 말입니다. 그 차이는 정상 국가와 미숙 국가의 차이라고 해야 할 것입니다.

현재 우리는 1987년 개정 헌법의 체제로 살아갑니다. 이제 삼십사 년이 되었군요. 미숙 국가로 살아온 것이 대략 사십 년이니, 조금만 지나면 산술적으로도 그 세월을 넘어설 수 있겠습니다. 1987년이 정상 국가가 되기 위한 형식적 요건을 간신히 갖춘 분기점이었음은 크게 강조할 필요가 없겠습니다. 민주화를 향한 거대한 열망과 희생의 결실이었지요. 그런 열망에 대단한 이념이 필요한 것은 아니지요. 그저 상식이 통하는 정상적인 나라에서 살고자 하는 뜨거운 마음으로 충분하겠습니다. 그게 쉽지 않다는 것이 문제지요.

한 공동체를 추동해낸 그런 마음이 내용적으로 결실을 맺은 것은 1997년 김대중의 대통령 당선이었습니다. 5·16 쿠데타 이후 최초의 정권 교체였지요. 실질적 집권 엘리트 세력은 물론 여전했으나 구조 자체가 하루아침에 바뀔 수는 없지요. 지금도 여전히 우리는, 수준 낮고 방자한 사법 체제 일각의 모습을 통해 그런 힘의 존재를 목도하고 있습니다.

그러니까 1987년과 1997년 사이 십 년 동안은 매우 격렬한 인지 부조화의 공간이었던 셈입니다. 형식과 내용 사이의 극단적 불일치가 노태우 정부 시절에 있었죠. 웃으며 뺨 때리는 상황이라 해야 할까요. 제가 환멸의 공간이라 칭했던 것은 그 오 년을 두고 하는 말이었습니다. 뒤의 오 년은 또 다른 드라마가 펼쳐진 시간이었지요. 김영삼 정부 시절에 하나회가 숙청되고 전두환과 노태우가 법정에 서는 장면은 극적이었습니다. 당시 보안사와 하나회라면, 현재의 정치 검찰과 맞먹을 만한 깡패 집단이었죠. 멀쩡한 사람 망가뜨릴 수 있는 힘을 지녔고, 자기들의 이익을 위해 그런 힘들을 행사해왔으니까요. 선출되지 않은, 통제 없는 권력이 어떤 일을 하는지를 보여주는 실례들입니다. 뭔가 바뀐다는 것을 느낄 수 있었던 시절이었습니다.

그런 시절을 거쳐 우리는 현재에 이르렀습니다. 그 특이했던 십 년 동안, 한국의 1인당 GDP 수준은 세계 평균을 넘어섰고, 경제의 성장률도 세계 평균을 웃도는 수준이 되었습니다(박정희 치하를 고도성장기라고 하는 것은 대단한 착각이지요. 실제 지표는 세계 평균 정도에 불과한 수준이었음을 보여줍니다). 대중문화 작품에 대한 사전 검열이 철폐되어 한국 영화와 대중음악이 도약할 수 있는 발판이 마련된 것도 1990년대 중반, 그 시절의 일입니다. 물론 저절로 이루어진 것이 아니지요. 정태춘·박은옥 같은 분들, 영화패 '장산곶매'를 위시한 젊고 뜻있는 영화인들의 싸움과 노력의 결과였습니다.

한 나라가 정상 상태를 향해 나아가는 이런 과정은 역설적이게도,

문학에게는 가혹한 일이었습니다. 문화의 영역에서 문학이 지녔던 특별한 지위가 사라지는 것이기 때문이었지요. 자국 대중문화의 수준이 열악했을 때 문학은 문화적 관심의 총아 자리에 있을 수 있었습니다. 그러나 그 십 년을 거쳐오는 동안 문학은 그 자리에서 내려와 있는 자신을 발견해야 했지요. 일간신문에서 문예면의 비중이 줄거나 문학비평란이 없어진 것은 물론이고, 1990년대를 지나면서는 점차 신문연재소설까지 사라지게 되었습니다. 양선생님이 인용하신 졸고「왜 문학인가—문학주의를 위한 변명」(『문학의 윤리』)은 그런 상황을 담고 있는 글이었습니다. 문학의 입장에서 보자면 1980년대적 정서가 사라지는 것은 너무나 아쉬운 것이지요. 세상이 불행할수록 맺힌 마음이 많아지고, 그럴수록 문학의 정서는 풍부하고 예각적이 됩니다. 시대의 불행이 예술에게는 행운일 수 있지만, 그러나 예술을 위해 시대의 불행을 원할 수는 없는 일입니다.

3. 양순모 선생님이 주로 인용하신 몇 편의 글 중, 1993년의 것은 이런 변화를 그 초입에서 살핀 것이고, 1999년과 2000년의 글은 변화가 이제 뚜렷한 현상이 된 이후의 글입니다. 논조의 차이가 있다면 그 전후의 차이일 뿐이라 생각합니다. 여기에서 제가 덧붙일 수 있는 말은, 비평적 글쓰기에 임하는 저 자신의 기본적인 태도에 관한 것입니다.

뒤쪽의 글에서 제가 1990년대 문학의 핵심들을 전적으로 승인한 듯한 느낌을 받으셨다고 했는데, 당연한 말씀입니다. 1990년대 문학뿐 아니라, 매우 소수의 예를 제외하고는, 제가 다룬 그 어떤 시대의 문학작품에 대해서도 마찬가지 태도였기 때문입니다. 「소설의 운명,

1993」(『소설의 운명』) 역시 텍스트를 대하는 제 태도에 관한 한 다를 게 없습니다. 양선생님이 쓰신 '승인'이라는 단어가, 시대적 특성을 보여주는 문학작품으로서의 가치에 대한 인정을 뜻하는 한에서는 그 러합니다.

'나쁜 문학은 없다'는 명제가 문학을 바라보는 제 생각의 핵심입니다. 여기에서 나쁜 문학이 없다고 말하는 것은 좋은 전쟁이 없다고 말하는 것과 같은 수준의 말입니다. 그 옆에 뭔가 다른 게 있다면, 덜 좋은 문학과 덜 나쁜 전쟁이겠습니다. 이런 비교의 위계 역시 주관에 따라 바뀔 수 있는 것이라 해야 합니다. 문학에 관한 한 뭔가 나쁜 것이 있다면, 그것은 나쁜 문학이 아니라 문학의 나쁜 사용일 뿐이라고 해야 하겠습니다.

그때도 그런 뜻을 밝혔지만, 문학과 정치(혹은 이념)의 만남이 불행한 것은 문학이 망가지기 때문이 아니라 정치가 망가지기 때문입니다. 미메시스의 매체를 통과하는 순간 정치 혹은 이념의 일그러진 민낯이 드러나버리는 거지요. 문학은 투명한 몸뿐이니 망가뜨린다고 해도 망가질 것이 없지요.

오늘날 문학이라는 말은 고급문화에서 대중문화까지 넓은 범위를 담당하고 있지요. 문학 안의 이런 장르들은 서로 다른 독자층에 초점이 맞춰져 있습니다. 이들 사이에 존재하는 것은 차이일 뿐입니다. 장르적 차이를 질적으로 위계화하는 것은 적절치 않다는 게 제 기본적인 생각입니다. 그 시절 아도르노의 생각에 많이 공감하면서도, 문화산업의 생산물을 예술의 영역 바깥으로 내치고자 했던 아도르노의 생각에 동의할 수 없었던 것은 바로 그 때문입니다. 그 시절의 글에서 이런 생각을 밝히기도 했거니와, 그게 제가 생각하는 비평적 글쓰기의 기본 태도입니다.

저에게 비평은 품이 많이 드는 작업입니다. 작품 속에서 새로운 텍스트를 발견하거나 혹은 생산하는 일이 곧 비평이기 때문입니다. 여기에서 중요한 것은 비판이 아니라 이해와 옹호입니다. 옹호는 물론 사전의 의도가 아니라 결과적인 것이지요. 제 이런 태도는 저널리즘이 요구하는 비평 감각과는 거리가 있지요. 장단점을 밝히는 식의 비평적 균형잡기나 가치 평가 같은 것은, 제가 글쓰기를 통해 하고자 했던 것이 아닙니다. 그런 견해를 밝히는 것은 다른 방식의 통로와 매체를 통해서도 충분하다고 생각했지요.

그러니까 작품에 결함이나 흠집이 있다면 그것을 지적하는 것으로 그치는 것이 아니라 그 흠집을 메워가며 읽는 것, 그 흠집의 존재와 의미에 대해 성찰하는 것이 제게는 글쓰기를 통한 비평 행위였습니다. 너무 고답적인 것이 아니냐고 해도 어쩔 수가 없군요. 스스로가 의미 있는 일이라고 생각한 것이 곧 그것이었기 때문입니다.

그러니까 저에게 비평은 작품을 원료로 하여 새로운 텍스트를 만들어내는 작업인 셈입니다. 양선생님은 1990년대에 제가 해온 일에 대해, 그 시대 내면들을 주인공으로 한 성장소설 쓰기라고 하셨지요. 제가 비평가가 아니라 작가의 일을 했다는 말씀이겠네요. 정곡을 찔렀다는 느낌이었습니다. 작품이나 작가의 계열 속에서 어떤 결여를 찾아내고 의미를 덧붙이는 방식(시간이 조금 흐른 뒤에 저는 그것을 텍스트의 증상 읽기라고 개념화하게 되었습니다만)이라면, 또다른 방식의 작가의 일이라고 해야 마땅하겠습니다.

증상은 텍스트 내부의 목소리가 울려 나오는 지점입니다. 증상을 읽어냄으로써 저는, 그러니까 작품을 통해 말을 하는 목소리를 듣고자 했던 거지요. 그것은 물론 작가의 목소리가 아니라 그 배후에서 울려 나오는 배음입니다. 작가로 하여금 그런 작품을 쓰게 한 힘의 목소리를 듣고자 했던 것이지요. 헤겔식의 용어로 말하자면 시대정신의 음성이라 해야겠네요.

4. 나쁜 문학은 없다는 식의 말을 두고, 문학을 신비화하거나 절대선으로 만드는 식이 아니냐는 반론도 있을 수 있겠군요. 이상한 문학주의자의 발언으로 치부될 수도 있겠습니다. 양선생님이 보내주신 글에서도 문학주의 개념이 문제가 되는 것으로 보였습니다.

제가 '문학주의를 위한 변명'이라는 부제의 글을 썼을 때의 '문학주의'는 당연하게도 반어적인 표현이었습니다. 이중의 반어라고 해야 하겠습니다. 그 제목이 밑에 깔고 있는 텍스트는 사르트르의 『지식인을 위한 변명』(박정태 옮김, 이학사, 2007)입니다. 변명의 대상이 되는 것에 대한 고발이자 예찬이라는 점에서 그러합니다. 진짜 문학혹은 멋진 문학은, 문학이라는 존재 자체의 모순에 대한 통찰과 자기부정을 통해 만들어진다는 것이 제 논리의 핵심이었습니다.

1980년대는 탄압과 저항이 뜨겁게 불붙던 때였습니다. 역사의식, 현실, 실천 같은 단어들이 사람들의 큰 공감을 얻었습니다. 프랑스 구조주의자들은 흘겨봄의 대상이었고, 니체와 프로이트가 당시의 사상적 주류에 의해 배척되었던 때였지요. 공간의 중요성을 말하던 1960년대의 푸코가, 역사와 진보를 주창하던 마르크스주의자들에게 비판 대상이었던 것과 마찬가지 상황이라고나 할까요. 이런 지적 분위기에서 문학주의가 어떤 어감을 지니는지는 자명합니다. 사회와 역사는 아랑곳하지 않은 채 문학밖에 모른다는 식의 논리로 간주되었으니 존중의 대상이 될 수는 없겠지요.

제가 '문학주의'라는 말을 썼던 것은 그로부터 십여 년이 지난 후의 시점입니다. 1980년대식 비칭이자 비판 대상으로서 상정된 문학주의라는 단어를 끌어온 것 자체가 첫번째 반어였습니다. 저에게 문학주의는 그 자체로 형용모순인 단어입니다. 문학은 결코 '주의'의 대상이 될 수 없다는 점에서 그러합니다. '주의'의 대상이 되는 순간 문학은 딱딱하게 굳어버려 더이상 문학적일 수 없는 것이 됩니다. 따라서 저에게 문학주의는 문학적인 것의 반의어지요. 그럼에도 바로 그 비칭 속으로 기꺼이 자신을 던져 넣는 문학이 이제는 멋져 보이는 세상이 되었다는 주장이 두번째 반어였습니다.

그 글에서 제가 의미 있다고 생각한 것에 붙인 이름은 멋진 문학이었습니다. 문학주의가 이상한 허우대라면 멋진 문학은 그 심장 같은 것이죠. 멋진 문학이란 문학이라는 큰 흐름에 순간순간 나타나는 멋짐의 계기들이죠. 문학이 중요하다는 식의 주장은 전혀 멋진 문학일 수가 없죠. 그런 주장은 소위 문학주의적이지만 진짜 문학주의의 반대입니다. 문학의 중요성은, 그 스스로가 부정하는 가운데 결과로서 입증되어야 할 어떤 것이죠.

성공 서사라는 새로운 시대의 주류 서사에 맞서 아무렇지도 않게 몰락을 향해 가는 문학, 문학 같은 것은 없어져버려도 그만이라는 태도로, 유신 시대의 국민 윤리 같은 것이 아니라 한 개인의 마음속에서 버티고 있는 윤리적 고갱이를 고수하는 문학이 멋지다는 것이었습니다. 탈사회적 혹은 반사회적 실천이 오히려 새로운 시대의 실천 문학일 수 있다는 것이었습니다.

1990년대의 이행기가 끝나고 IMF 체제 이후로 활짝 열린 것이 신자유주의의 새로운 세상이었습니다. 아도르노의 생각을 좀더 끌어왔던 것도 그 때문이었지요. 자멸적 예술의 동력이 필요하다는 것이었습니다. 그 동력으로 공동체와 사람들을 향해 나아가야 한다는 것이었지요. 그게 새로운 시대 예술의 운명이라고, 오이디푸스가 아니라 사이렌의 운명이라고 그 시절에 썼었습니다.

5. 명시적으로 두 가지 질문을 주셨지요. 첫째, 파시즘과의 싸움에 비하면 시장주의와의 싸움은 훨씬 더 복합적입니다. 자기 내부의 적, 자기 자신과의 싸움이기 때문입니다. 현실로부터의 퇴각도 그다지 유효하지는 않지만 그런 방식의 하나일 수는 있겠지요. 그보다는 오히려 한복판으로 들어가는 것이 방법이 아닐까 했었습니다. 최재서의 길을 가자는 것은 물론 아니지요. 1990년대에 나왔던 〈페르시아의 왕자〉라는 PC게임의 스토리보드가 생각나는군요. 칼을 들고 나타난 자기 분신과의 싸움이 왕자가 수행해야 하는 미션의 마지막 관문이었지요. 분신을 죽이면 자기도 죽습니다. 어떻게 해야 하나. 이 싸움에서 빠져나오는 길은, 분신의 칼날을 끝까지 막아내면서 가까이 가서 껴안아버리는 것이었습니다.

둘째, 헤겔과 아도르노를 구분해야 할 이유가 제게는 보이지 않았습니다. 지금도 그렇습니다. 『부정변증법』(홍승용 옮김, 한길사, 1999)의 아도르노는 단지 헤겔의 두번째 계기를 특화해놓은 것이라 생각합니다. 부정성이라는 두번째 계기가, 문학과 예술이 서야 할 자리라고 생각합니다. 무언가가 긍정적인 것 혹은 실정적인 것the positive 으로 스스로를 드러낸다면 그것은 단 하나의 이유 때문입니다. 자기 스스로를 그 흐름의 제단에 올림으로써 부정의 계기를 활성화하기 위함이죠. 실정적인 것이 없이는 부정성의 계기가 만들어지지 않지요. 실정성이 없으면 헤겔도 아도르노도 플라톤도 없습니다. 그것이 우리 시대 문학과 예술에게 주어진 일이 아닐까 합니다.

지면이 많이 넘친 게 아닌가 싶군요. 제게 주신 질문과 말씀에 대해 제대로 답이 되었는지 모르겠습니다. 한 번쯤 더 기회가 있다고 들었으니, 미진한 점은 그때 다시 채워보겠습니다.

양선생님 편지 말미에, 제게 주신 우정이라는 단어가 감사했습니다.

곰곰이 헤아려보니, 우정 옆에 있게 될 단어들이 제법 소복하더군요. 친구, 벗, 동료, 동지. 그러니까, 같이 노는 사람, 마음을 나누는 사람, 일을 함께하는 사람, 뜻을 함께하는 사람들이네요.

에피큐리언들의 공동체 '케포이필리아', '우정의 정원'은 제가 좋아하는 말입니다. 낙천적인 유물론자들의 생활공간이죠. 여기에서 우정은, 함께 농사지으며 지식을 몸으로 탐구하는 공동체의 공기 같은 것이 아닐까 합니다.

몸은 비록 시장에 있으나 마음으로 마시는 공기는 그 들녘의 것입니다. 우정이라는 단어가 문학과 잘 어울린다고 생각하는 순간입니다.

감사합니다.

서영채 드림

서영채 선생님께 드리는 두번째 메일 겸 답신 _2021/8/20 10:19

선생님, 안녕하세요. 메일이 많이 늦었습니다. 이런저런 핑계가 떠오르지만, 사실 우정을 나눌 준비가 안 되었기 때문일 겁니다. 처음에도 지금도 여전히 먹먹한 감정을 불러일으키는 문장입니다만, "몸은 비록 시장에 있으나 마음으로 마시는 공기는 그 들녘의 것"이라는 문장 앞에서, 과연 내가 저 문장의 수신인이 될 자격이 있는 것인지, 자신이 없었습니다. 예, 선생님. 사랑도 우정도 '나'를 벗어나야 뭐라도 좀 해볼 수 있는 것일 텐데, 좀처럼 그러지를 못하는 까닭입니다.

저는 80년 5월과 같은 '심정의 나이'를 가지고 있지 못한 사람으로, 그분들께 배웠지만, 어느덧 명백히 다른 대답을 하는 사람이 되었습니다.[5] 물론 저 '우정의 정원'은 분명 제 생각보다 넓고 또 관대한 곳일 겁니다. 그리고 스스로의 자격을 회의하는 것이 공동체 안에서 우정을 나눌 수 있을 최소한의 조건일지도 모릅니다. 머리만 긁적이다 문득 "중요한 것은 비판이 아니라 이해와 옹호"라는 문장을 마주하고 어떤 힌트와 용기를 얻습니다. '이를 조금 흉내내본다면 어쩌면 나도……' 하는 마음과 '그럼에도 별수 없을 것' 같다는 마음이 긴장합니다. 이번 편지는 그 모방의 시도와 더불어 그 실패의 지점들을 질문드리고자 합니다.

비평적 글쓰기에 임하는 선생님의 기본적인 태도와 관련하여, 이를 "텍스트의 증상 읽기"라 구체적으로 명시해주셨습니다. 비평가는 일종의 분석가로서, 그 분석 방법인 구두법punctuation과 절분법scansion은 작가를 통해 울려 나오는 "시대정신의 음성"을 가장 잘 들을 수 있는 방법입니다.[6] 관건은 이때 '비판'과 같은 정확한 규정보다 '이해

---

5) 관련하여 두 편의 논문을 썼습니다. 오늘날 80년 5월 광주의 문학적 재현 양상과 관련해서 「이행기 정의와 비극—「저기 소리 없이 한 점 꽃잎이 지고」 다시 읽기」(『현대소설연구』 81호, 2021)를, 그리고 "진영의 구축" 차원에서 개진된 86세대의 문학 연구 방법론 관련해서는 「신역사주의 방법론 재고—해방기 자기비판담론을 중심으로」(『동악어문학』 79집, 2019)를 썼습니다.

6) 서영채, 「2004년 겨울호를 펴내며」, 『문학동네』 2004년 겨울호.

와 옹호'가 방법론의 구체적인 수준에서 요청된다는 점인데, 이는 일견 납득하기 어렵고 무엇보다 다른 불순한 의도들에 의해 전유되기 쉬운 지점으로 보이는 것이 사실입니다.

칸트에서부터 푸코에 이르는 비판critique 개념이 이미 충분히 공인된 방법론임에도 불구하고 '이해와 옹호'라는 방법론을 택했다는 것은 분명 어떤 의심들을 불러일으킵니다. 당파성을 뛰어넘어 어떤 보편성을 달성해보겠다는 욕망은 아닌지, 낭만적인 수준에서 수행되는 민주주의의 휴머니즘적 실천은 아닌지, 혹은 한 권이라도 더 팔고자 하는 상업적 의도가 있는 것은 아닌지 등등. 그러나 근래 라캉 정신분석학을 넘어 멜라니 클라인 정신분석학의 중요성을 설득하는 논의들에 따르면, '이해와 옹호'는 매우 유의미한 방법론이 됩니다.[7]

요컨대 보다 저항 없이 말하게 하고 또 새로이 말하게끔 하기 위해서는 신경증적인 지점(오이디푸스콤플렉스, 남근기) 이전의 단계에 가닿아야 하며, '좋은 엄마'에 대한 믿음과 신뢰가 전제되어야지만 그곳에서 '역설'의 생산성을 끌어올릴 수 있는 까닭입니다. '차가운 분석가'가 아니라 '따뜻한 분석가'가 그 상징적 역할을 최소한으로나마 수행할 수 있고, 그런 비평가에 기대어 작가와 텍스트는 교착된 증상 아래 더 깊은 곳에서 보다 거침없고 새롭게 말할 수 있습니다.

특히 오늘날 '문학'이 '문학주의'라는 형용모순의 딜레마 가운데 '실정적인 것'으로서의 운명을 정직하게 인정한다면, 그리고 이를 계기로 삼으며 '멋진 문학'으로 나아가고자 한다면, '자기부정'과 '자기몰락'의 과정이 반드시 요청되는바, 따뜻한 분석가와 더불어 비로소

---

7) 홍준기, 『라캉, 클라인, 자아심리학』, 새물결, 2017; 카탈리나 브론스타인 외, 『현대적 관점의 클라인 정신분석』, 홍준기 옮김, 눈출판그룹, 2019.

저 난망한 과제가, "분신의 칼날을 끝까지 막아내면서 가까이 가서 (스스로를) 껴안아버리는 것"이 가능할 겁니다. 좀처럼 화해하기 어려운 '나'를 안아주며 떠나보내는 일은 내 안과 밖에 존재할 따듯한 분석가와 함께여야 가능한 일일 겁니다.

선생님 고유의 비평적 태도이자 일종의 방법론일 '이해와 옹호'를 키워드로 지난 편지를 읽었을 때, 제가 드렸던 질문의 상당 부분을 해소할 수 있었습니다. 선생님께서는 위와 같은 비평 작업의 결과일 '문학성'을 두고 '역설의 생산'(서영채, 「역설의 생산─문학성에 대한 성찰, 2009」, 『미메시스의 힘』, 문학동네, 2012)이라 말씀하신 바 있고, 유사하게, 개인적으로 역설적 긴장의 발견 및 이를 온전히 인정하고 깨달음으로써 얻는 기쁨을 '비극'[8]이라는 어휘로 정리, 공부하고 있었기에 매우 공감할 수 있었습니다.

다만 아직 남아 있는 문제가 있고 그것이 좀처럼 해결되지 않기에 질문이 거듭 이어지는 것 같습니다. 요컨대 이해와 옹호의 '대상'으로서 '나'가 아니라, 이해와 옹호를 수행하는 '나'는 어떻게 돌보아야

---

8) "질문은 다시 제기되어야 한다. 관객은 비극에서 무엇을 긍정하는가? 죄짓는 행위로부터 발생한 결과가 부적절하고 가공할 만큼 크다는 것이 관객에게는 부당한 요구로 나타난다. 비극의 긍정은 이러한 부당한 요구를 극복하는 것이다. 그것은 진정한 합일의 특징을 갖는다. 비극적 불행의 그러한 과도함에서 경험되는 것은 진정한 공동의 것이다. 관객은 운명의 힘에 직면해서 자기 자신과 자신의 유한한 존재를 인식한다. 위인들이 겪는 것은 전형적인 의미를 갖는다. 비극적 비애를 동의하는 것은 비극의 과정 그 자체, 또는 영웅을 덮치는 운명의 정당성을 두고 하는 말이 아니라, 모든 사람에게 유효한 일종의 형이상학적 존재 질서를 말하는 것이다. '그렇구나'라고 깨닫는 것은 다른 사람과 함께 사로잡혀 있던 미망에서 깨어나 되돌아온 일종의 자기인식이다. 비극의 긍정은 의미의 연속성에 의한 통찰이다. 관객은 스스로 이 의미 연속성으로 복귀하는 것이다."(한스 게오르크 가다머, 『진리와 방법 1』, 이길우 외 옮김, 문학동네, 2012, 188쪽.)

할지와 관련한 문제가 해결되지 않았기 때문입니다. 결과적으로 획득하는 기쁨은 수행하는 '나'의 큰 동력이 될 수 있겠습니다만, 과연 그 기쁨이 '작가'가 아닌 '비평가'에게까지도 충분한 것인지, 더불어 작가들이 따뜻한 비평가에게 의존하는 것만큼이나 비평가는 누구에게 의존할 수 있는 것인지, 그 질문들에 분명히 대답하기가 어려운 것 같습니다. 하지만 이 지점에서 문학사가로서의 선생님의 모습을 좀 더 이해할 수 있었고, 그리고 그만큼의 해결하지 못한 질문도 생겼습니다.

사실 선생님께서는 「공생의 윤리와 문학」에서 위의 질문에 대답이 될 만한 지점들을 설명해주신 바 있습니다. 격변기 "절대 자유의 공포" 앞에 "문학이 자신의 당위적 요청으로서 이 삼각형[자본제, 네이션, 국가―인용자]의 외부자가 되기를 자처한다면, 그럼으로써만 문학이 이 사막에서 자신의 존재의 의미를 확보하고자 한다면 혼돈의 친구가 되어야 한다는 것". 그리고 선생님께서는 그 친구 되기를 독려하기 위해 "별을 춤추게 하는 일"로서 "혼돈에 대한 미메시스"가 "루카치의 별을 추억으로부터 소환해 오고 창문 없는 방에서 칸트의 별을 꺼내주는 일"(「공생의 윤리와 문학」, 『미메시스의 힘』, 101~102쪽)을 도울 수 있다고 말씀해주셨습니다.

비평가는 분명 외롭지 않습니다. 누구보다 저 혼돈을 제 몸으로 겪으며 고통하는 작가들이 거듭 존재하기 때문입니다. 그러나 다른 한편으로 저 흔들리는 별과 함께 춤을 추는 일은 점점 더 어려운 일이 되어가는 것 같습니다. 선생님께서는 저 '절대 자유의 공포'를 마주하는 일이 얼마나 어려운 일인지 누구보다 잘 알고 계시지요.[9] 게다가 2014년 이래 거의 해마다 대형의 사건들을 겪으며 문학장은 이를 수습·애도하는 가운데, 저 '흔들림'을 비참한 삶에의 '비극적 위로'로 삼지 못하고 '불쾌감'으로 마주하는 것 같습니다.[10]

이런저런 사건들로 세대교체되어 새로이 등장한 동시대 비평가들은 '따뜻한 분석가'와 유사하게, 동시대 문학들을 옹호하며 새로운 문학성 마련에 적지 않은 노력을 기울이고 있습니다. 그 성과는 MZ 세대라는 말이 무색하게 '독자'와 '여성'을 중심으로 개진되는 '사회'를 향한 열정이 그 증거가 될 수 있겠습니다. 그러나 저 이해와 옹호를 수행하는 '나'의 불씨가 언제까지 타오를지는, 잘 모르겠습니다. 오늘날 문학장이 세월호 이후의 고통을 스펙터클적으로 생산, 소모하고 있다는 서동진 선생님의 비판[11]이나 오늘날 '여성'과 '독자'를

---

9) 서영채, 「무한공간의 출현과 근대의 서사—아리시마 다케오를 중심으로」, 『비교문학』 67집, 2015 ; 「계몽의 불안—루쉰과 이광수의 경우」, 『한국현대문학연구』 51호, 2017.

10) "부수적이었던 정념이 점점 강해져서 결국 지배적인 정념이 되면, 그전에는 자신이 자양분을 제공하고 커지게 했던 바로 그 정념을 집어삼킨다. 너무 많은 질투심은 사랑의 감정을 소멸시킨다. 너무 많은 어려움은 우리를 무심해지게 만든다. 아이가 너무 병이 많고 약하면 이기적이고 정이 없는 부모는 넌더리를 낸다. 우울한 사람이 꾸며내어 자기 친구에게 들려주는 음울하고 어둡고 비참한 이야기처럼 불쾌한 이야기가 어디 있을까? 어떤 생동감있는 표현이나 천재적 재능, 혹은 유창한 화술이 동반되지 않는다면 그런 경우에는 불쾌한 정념만이 생겨나며, 그것을 완화시켜 즐거움이나 만족감으로 변화시켜줄 아무것도 동반되지 않기 때문에 순전히 불쾌감만을 제공한다."(데이비드 흄, 「비극에 대하여」, 『취미의 기준에 대하여/비극에 대하여 외』, 김동준 옮김, 마티, 2019, 79~80쪽.)

11) "문학적 형식이란 경험을 매개하는 장치나 기술을 가리키는 것이다. 그렇기 때문에 오늘날 경험이 분기되고 질식되며 우회되는 방식을 문학에서 찾고 드러내려면 바로 형식에 대한 섬세한 고려와 탐색이 필수적이다. 그러나 재난 이후의 문학은 경험의 직접성에 넋을 잃은 채 경험이 얼마나 매개되어 주어지는지를 잊는다. 그렇다면 세월호 이후의 문학이란 프로그램은 반형식주의를 가리키는 다른 이름일지도 모른다. 그것은 보다 급진적인 글쓰기와 비평을 위해 요구되는 과제를 외면하는 것이다."(서동

중심으로 하는 새로운 문학 운동이 소위 정체성 정치 차원의 민주화 기능에 머물러 있음을 지적하는 소영현, 차승기 선생님의 비판[12]은 어쩌면, 오늘날 문학의 힘이 미메시스의 흔들림에 의해 새로이 갱신된 루카치와 칸트의 별이 아닐 수도 있음을 경고하는 것 같습니다.

이 가운데 저는 선생님께서 보여주신 '문학사가'로서의 모습이 당시를 비롯 오늘날에도 어떤 유력한 대안이 될 수 있다고 생각합니다. 당장에 함께 미메시스의 춤을 출 힘과 용기는 없지만, 문학사라는 성장소설은 이를 점진적으로 마련해줄 수 있는 공간으로 기능할 수 있기 때문입니다. 대체로 분석가로서 비평가는 '역사(라는 도덕(따뜻한)-이야기)'[13]에 기대어 제자리를 마련하고, 따라서 미메시스의 기쁨을 '역사' 수준에서의 역설과 비극을 통해 획득할 수 있습니다. 이

진, 「서정시와 사회, 어게인!」, 『문학동네』 2017년 여름호.)

12) "경계 확장의 이름으로 새로운 문학 경향은 기존의 문학계에 편입되는 방식으로 재배치되고 있는 것도 사실이다. 무엇보다 탈-보편과 탈-대표성 쪽으로 움직여가는 문학계의 흐름이 객관과 보편의 자리를 의심하지 않는 비평에 의해 역사의 지루한 반복으로 읽히고 있는 것은 아닌가 하는 의구심을 떨칠 수 없다."(소영현, 「여성, 저자, 독자—(여성) 비평(가)의 불안 1」, 『자음과모음』 2020년 겨울호, 301쪽); "독자의 입장과 페미니스트 시각은 (……) 그 '선언'이, 각각의 입장에서 문학 텍스트의 역사적 위치와 의의를 (재)확정하는 지식의 생산으로 귀결된다면 대단히 '익숙한' 문학사에 그치고 말 것이다."(차승기, 「몰락 이후—신성할 것 없는 문학사」, 『문학과사회 하이픈』 2019년 봄호, 20쪽)

13) "화이트는 역사란 역사적 사실에서 논리적 추리를 통해 도달한 '결론(conclusion)'이 아니라 역사적 사실을 픽션으로 전위(displacement)하기 위해 내린 도덕적 '판단(judgment)'의 산물이라고 주장한다. (……) 서사란 실재(real—인용자)에 도덕성을 부여하려는 충동과 결부되고, 모든 서사에는 반드시 도덕의 원천인 사회질서와 관련하여 교훈을 주고 교화하려는 목적이 있다고 확신한다. (……) 서사 형식을 취하는 한 이해관계를 초월한 중립적인 역사서술이란 불가능하다."(안병직, 「픽션으로서의 역사—헤이든 화이트의 역사론」, 『인문논총』 51집, 2004, 45~70쪽.)

런저런 거시적 관점의 진보적 역사 이야기는 아무래도 90년대 이래로 시들한 것이 되었지만, '조금이라도 더 나은'에 대한 열망은 여전히 가능한 열정이자 이야기입니다.

다만 신자유주의라는 적과의 대결에서 '역사'와의 투쟁(탈구축)은 분명 중요한 일이지만, 당장의 과업이라 보기 어려우며, 무엇보다 위축된 문학이 선택하여 나아가기에는 매우 까다로운 작업이 아닐 수 없습니다.[14] 하지만 '역사(라는 도덕·이야기)'에 의존하는 '문학사'는 당대와 대결하는 '역사'와 그 연대의 어깨를 나란히 하는 가운데, 나아가 장기적으로 역사 및 실천과 구별되는 독립적인 이야기를 만듦으로써, 기존의 이야기들을 반성케 할 수 있습니다.

이로써 당대의 소설(가)들을 인물로 삼아 문학사라는 정신의 성장 서사를 쓰는 '작가'로서 비평가는 작가로서 획득하는 미메시스의 기쁨도 기쁨이지만, 실천 테제로서 문학이 좀처럼 힘을 쓰지 못하는 상황 가운데[15] 역사·실천 테제와 더불어 공동의 적을 향해 함께 한 발 내딛음으로써 반성 문학을 갱신합니다. 문학사는 현실이라는 적과

---

14) 예컨대 "삼가 오월 영령께 머리 숙이며 그날의 광주 시민께 이 작품을 바칩니다. 이 작품은 1980년 5·18 광주 민주화 운동의 역사적 사실들을 자료로 하여 작가가 드라마의 내적 요구에 따라 완전히 허구로 꾸민 것임을 밝힙니다."(황지우, 「프롤로그」, 『오월의 신부』, 문학과지성사, 2000, 5쪽)라는 표현에서 볼 수 있듯, 역사를 향한 문학적 접근은 그 가장 앞자리에서 "완전히 허구로 꾸민 것임을 밝"힐 수밖에 없는 어떤 세금 같은 것이 존재하는 것 같습니다.

15) "1980년대까지 문학적 논리의 두 축이 실천 테제와 반성 테제였음은 두루 아는 바와 같다. 그러나 이 둘이 서로 대척적인 자리에 놓여 있었으면서도 사실은 얼마나 상보적이었던가는 90년대를 지나면서 분명해졌다. 문학이라는 말 옆에 사회나 실천이나 역사 같은 말들이 멀어져가자 동시에 반성이라는 말도 점차 힘을 잃어갔다."(서영채, 「왜 문학인가─문학주의를 위한 변명」, 『문학의 윤리』, 91쪽.)

치열하게 대결하며 동시에 최전선의 아군을 흔들어 깨워 그들로 하여금 더욱 복잡한 전투에 임하게 합니다. 그런데 이와 같은 이중의 투쟁에서 문학사-비평은 그 장르적 특성상 어떤 난처한 상황을 마주하게 되는 것 같습니다.

제가 선생님의 문학사를 '성장소설'이라 명명한 이유는 예컨대 황정은 소설을 장정일과 윤대녕 소설의 연속이자 변형으로 이해하셨던 것처럼,[16] 선생님께서 당대와 치열하게 투쟁하는 "인간 해방의 기록"을 갈등 가운데 거듭 변모하는 연속적인 저항의 정신으로 바라보고 있다고 생각했기 때문입니다. 무엇보다 신자유주의 세속화가 본격적으로 개진되는 90년대 한국'문학'의 문제의식은 20세기 초 부르주아 혁명 이후 유럽의 성장소설 속 '청년'들이 당면한 문제의식과 유사하다고 생각했습니다. 물론 위와 같은 문학사는 '자본-네이션-국가'라는 삼각형의 성장에 발맞추어 그에 타협하지 않는 저항과 자유의 정신사를 기록하기에, 반-성장소설이라 얘기할 수 있겠습니다. 성장소설이 결국 청년들의 투쟁하던 세상에 타협하며 "어른"[17]으로

---

16) 서영채, 「명랑한 환상의 비애―황정은론」, 『미메시스의 힘』, 256~257쪽.

17) "교양소설에서 그려내는 문학 내적 존재로서의 청년이란 부르주아혁명 이후 등장하게 된 개인과 사회의 갈등을 화해시키는 인물로서의 청년이다. 부르주아 사회의 모순은 개인의 삶에서는 자신의 욕망을 타협하며 결국 사회와 화해하는 삶의 드라마로 펼쳐진다. (……) 그렇지만 그는 현실적 생존을 선택하는 것이 옳은 것임을 깨닫고 성숙해지며 어른이 된다. 그리고 그는 자신의 욕망과 꿈을 철부지의 미몽(迷夢)으로 흔쾌히 처분한다. 이처럼 부르주아 사회는 어쩔 수 없이 그것이 부과한 운명에 따라 살아가야 하는 자들의 타율성을 자신의 삶을 선택하는 자유로운 개인의 자율성으로 둔갑시킨다. 그렇지만 그것은 상처를 남긴다. 성장소설이나 교양소설은 예외 없이 시큼한 우울을 우리에게 남긴다."(서동진, 「세대라는 눈길 그리고 청년세대의 몰락」, 『건축신문』 Vol. 17, 2016. http://homopop.org/log?p=890)

성장해버리는 것과 달리 저항으로서 문학사는 그 성장을 멈출 수가 없습니다.

그런데 이해와 옹호에 기반해 저항의 반-성장소설을 기록해나가는 비평이라는 장르는, 불가피하게 그 문학성을, 즉 미메시스해낸 '역설'을 실정적인 것으로 만드는 것은 아닌가 싶습니다. 이는 『미메시스의 힘』 머리말에 적으셨던 것처럼, 작가들이 미메시스한 그것을 다시금 "논리화"하는 가운데 발생하는 어떤 부득이함일 겁니다. 또한 지난 편지에서 말씀해주신 것처럼 실정적인 것의 운명을 피하기 어려운 문학주의가 '멋진 문학'이 되기 위해 설정한 한 계기적 과정일 것입니다. 하지만 그 논리화의 방식에 있어 '이해와 옹호'만을 통해서는 문학사가 어떻게 '멋진 문학'으로서 성장소설이 될 수 있을지 잘 모르겠습니다.

내용적으로 선생님의 문학사는 '저항'의 내면들을 거듭 포착하여 그 성장소설을, 더 정확히는 반-성장소설을 이어갔습니다. 그런데 이는 '실패'와 '몰락'의 문학사라기보다, 역설적으로 '승리'의 문학사로 기록되는 것 같습니다. 이해와 옹호를 중심으로 기록된 문학사는 내용적으로 '세계의 실정성'으로부터 자유를 '획득'하는 저항의 문학사인 까닭입니다. 이는 일종의 항일 투쟁사와 같은 항(자본-네이션-국가)투쟁사의 문학적 판본이 되는 것일 텐데, 이에 따르면 선생님의 반-성장소설로서 문학사-비평 작업은 오늘날 가능할 반성 테제와 실천 테제의 유력한 결합이지만, 그것이 다소간 불가피하게 실천 테제에 더 가까운 것이 되어버린 것은 아닌지, 이로써 형식 수준에 침잠한 내용들의 거듭되는 갱신(몰락에 대한 몰락, 저항에 대한 저항)까지는 아무래도 나아가기 어려운 것은 아닌지, 싶습니다.

현실이라는 것은 점점 더 복잡해지고 '적'의 정체 역시 더욱 모호해집니다. 그 가운데 선생님의 성장소설은 오늘날 새로운 저항을 위한 유력한 지침서가 되어줍니다. 저항의 구체적 면면뿐 아니라 그 기저에 놓인 '문학'의 정체와 그 작동 방식에 대해서도 선생님께서는 누구보다 정확하고 친절히 알려주고 계시기 때문입니다. 하지만 그 '문학'이 선생님이 이룩하신 하나의 문학사 안에서 충분히 가능할 수 있는지는 잘 모르겠습니다. 기존의 성장소설은 청년들의 '타협'과 '화해'로 귀결됨에 따라 독자로 하여금 "시큼한 우울"을 남기는 방식으로, 일종의 비극적 효과(영웅적 인물의 패배, 자본주의적 운명의 승리)를 야기했습니다. 하지만 선생님의 비평이라는 장르 안에서 이루어지는 성장소설은 '비극'(역설)을 내용으로 삼지만 그 형식은 현실과의 대 투쟁이라는 더 큰 맥락에 따라 멜로드라마적인 서사로 귀결되는 것 같습니다. 까닭에 선생님의 문학사를 읽고, 이를 하나의 실정적 계기로 삼는 후배들에 의해, 혹은 한발 물러섰던 반성 테제의 문학과 더불어, 새로이 거듭되는 몰락과 미메시스의 춤이 가능한 것은 아닌지, 싶기도 합니다.

무례하고 무모한 가정과 추론을 이어간 끝에, 선생님에 대한 이해와 옹호가 아니라, 비판을 통해 선생님의 기획을 역설적으로 달성할 수 있다는 괴이한 결론에 이르렀습니다. 편지의 처음으로 되돌아가면, 이는 86세대 선생님들께 가지는 제 경외의 마음에서 출발했을 겁니다. 저는 심정의 나이를 가지지 못하였고, 좀처럼 문학과 더불어 흔들리지 못한 채, 따뜻한 분석가부터 먼저 찾습니다. 그리고 배신을 합니다.

진작 눈치채셨겠지만, 고전적인 반성 테제를 옹호하는 저는 소위 문학의 엘리트주의자로서, 이는 아도르노의 말처럼 물신으로서 예술이라는 실정성을 숭배[18]하며, 미적 만족이 인간의 현실적 행복 이상으로 중요한[19] 도착증자에 가까울 겁니다. 그러나 이 모든 것이 가능했던 건, 선생님께서 일찍이 지적해주신 것처럼, 실천 테제와 따뜻한 분석가를 제 안에 두고 있었기에 가능한 태도이자 방법일 겁니다. 90년대 이후 그러한 방법은 불투명해지고 선생님은 스스로 따뜻한 분석가가 되셨습니다. 그리고 어떤 이들은 그런 선생님을 제 안에 따뜻한 분석가로 삼으며, 또한 실정성으로 삼으며 새로운 몰락을, 미메시스의 춤을 모색합니다.

그럼 저 동일시와 배신의 노동은 선생님 세대가 일군 공동체에 필요한 노동이 될 수 있을까요. 함께 우정을 나눌 수 있는 것일까요. 이런 질문은 어떤 믿음이 있기에 가능한 질문인 것 같습니다. 감사합니다, 선생님.

양순모 드림

---

18) "예술작품에는 상품적 물신주의를 벗어나는 어떤 물신적인 요인이 내포되어 있다. 예술작품은 그러한 요인을 자체로부터 떼어낼 수도 부인할 수도 없다. (……) 예술작품은 절대적인 존재로 될 수 없지만, 마치 절대적인 듯이 물신적으로 그 일관성을 고집하지 않는 예술은 미리부터 무가치하다. 그러나 아마 예술이 19세기 중엽 이래로 그랬듯이 자체의 물신주의를 의식하고 그것을 고집하게 되면, 예술의 존립은 위험하게 될 것이다. 예술은 그 자체의 기만을 변호할 수도 없지만 그러한 기만 없이는 존재할 수도 없다. 이로 인해 예술은 아포리에 빠진다. (……) 극히 수상쩍은 정치적 개입을 통해 물신주의를 포기하고자 하는 예술작품은 무의미하게 찬양받는 불가피한 단순화를 통해 예외 없이 사회적으로 허위 의식에 얽혀들어간다."(테오도르 아도르노, 『미학이론』, 홍승용 옮김, 문학과지성사, 1984, 353쪽.)

19) George Steiner, ""Tragedy," Reconsidered", *New Literary History Vol. 35*, No. 1, The Johns Hopkins University Press, 2004, pp. 1~15.

양순모 선생님께 드리는 두번째 메일 겸 답신 _2021/8/27 07:44

양순모 선생님, 편지 잘 받았습니다. 어쩌다 이렇게 어려운 임무를 맡으셔서 이 고생을 하시는지, 제가 다 한숨을 내쉬게 되네요. 저도 오래전에, 매우 어려운 선생님 인터뷰를 맡은 적이 있었습니다. 고생은 했지만 나름 보람이 있었는데, 이번 일이 양선생님께 그럴 수 있을지 걱정스럽기도 합니다.

1. 제가 쓴 지난 편지에 두 벌의 오자가 있었음을 사과하는 것으로 시작을 해야 하겠군요. 그중 하나가 조금 심각해 보입니다.

1960년대에 공간에 대해 발표한 푸코를 비판한 사람이 마르크스주의자라고 썼는데, 순간적인 착각이었네요. 마르크스주의자가 아니라 사르트르주의자였습니다. 그럼에도 내용이나 맥락에서는 크게 다르지 않으니, 이것은 그리 심각하지 않아 보였습니다.

그런데 두번째 착각은 저에게는 증상적으로 보였습니다. 지난 편지 말미에, "그게 새로운 시대 예술의 운명이라고, 오이디푸스가 아니라 사이렌의 운명이라고 그 시절에 썼습니다"라고 썼습니다. 「사이렌의 침묵」이라는 제 글을 지칭한 것인데, 오이디푸스의 자리에 들어갔어야 할 이름은 오디세우스였습니다. 이것 역시 기억에 의존한 글쓰기가 만들어낸 실수였습니다.

그러나 아무리 그렇다 해도, 서사시의 영웅 자리에 비극의 영웅이 들어가다니! 어쩌다 이런 착오가 생겼는지 한참을 들여다봤습니다. 답신에서 양선생님이 가다머와 흄의 비극에 관한 논의를 끌어오신 것을 보고도, 혹시 간접적으로라도 영향을 미쳤다면 이건 제법 여파를 남긴 실수이겠다고 자책도 했습니다. 오디세우스와 오이디푸스는 음절 수도 같고 발음도 비슷해서 순간 착각할 수는 있어 보입니다. 그럼에도 그 착각을 증상적이라고 느낀 것은 이유가 있습니다. 두 가지 점에서 그렇습니다.

첫째 이유는 개인적인 경험과 관련된 것입니다. 오디세우스와 사이렌 커플의 이야기는 저에게 매우 특별한 대상입니다. 제가 문학에 관한 글쓰기를 직업으로 선택하게 했던 중요한 계기가 바로 그 이야기였기 때문입니다. 1980년대 중반에 읽은 『계몽의 변증법』이라는 책의 영향이었지요. 오디세우스 이야기는 초등학교 때부터 읽고 익혀서 잘 아는 것인데도, 그 책에 나와 있는 분석은 전혀 다른 『오디세이아』를 보여주었습니다. 분석이 새로운 책을 만들어냈다고 할 정도여서, 저에게는 새로운 세계가 열리는 기분이었습니다. 문학작품에 대한 분석이 이토록 멋지다니, 이런 일이라면 나도 한번 해보고 싶다는 생각을 했었지요. 그것이 결국 문학에 관한 글쓰기의 세계로 저를 인도한 셈입니다.

호르크하이머와 아도르노의 『오디세이아』 분석에서 제가 읽은 것은, 조금은 어이없게도 발견의 기쁨 같은 것이었습니다. 계몽이 이미 미신이 되었다는 『계몽의 변증법』의 주지는 그저 고개를 한번 끄덕일 정도였어요. 행복을 약속하는 사이렌을 등진 채로 집을 향해 가는 오디세우스의 모습이 제게는 훨씬 더 큰 울림을 주었습니다. 마스트에 몸을 묶은 오디세우스는 자기 안에서 꿈틀거리는 자연을 속박한 것이며, 그것이 자기 밖에 있는 자연을 정복하기 위한 조건이라고 말하는 저자들이 대단해 보였고요. 읽는 행위가 새로운 지적 세계를 열어주고, 책을 새롭게 태어나게 하는 것임을 보여주었던 것이지요. 이게 텍스트 읽는 맛이야, 『계몽의 변증법』에서 흘러나오는 그런 속삭임이 저로 하여금 이 세계로 이끌었던 셈입니다.

오래전 일을 돌이키고 있는 자리에서도 저는 지금 묘한 느낌을 받네요. 비평이라는 단어를 피하는 자신을 발견하고 있기 때문입니다. 비평이라는 단어가 있어야 할 자리에, "문학적 글쓰기"나 대명사 수준의 명사들을 쓰고 있군요. 그것은 아마도 제가 1980년대에 비평 활동을 하지 않았던 것과도 연관되어 있을 것입니다. 이십대가 지나가는 동안 지속적으로 동인 활동을 하며 동료들의 작품에 대해 평문을 쓰기도 했고, 주변 동료 여럿이 비평가로 등단하는 것을 보았습니다. 그럼에도 불구하고 저는 그저 멀거니 바라만 봤을 뿐 비평을 하겠다는 생각은 없었습니다. 지금 생각해보면 어떻게 그럴 수 있었을까 싶기도 한데, 여러 가지 이유가 있었지만 제가 쓰고 싶어했던 글과 그 시절 평단의 분위기가 어울리지 않았다고 생각했던 탓이 제일 큰 게 아닌가 싶네요.

어쨌거나, 오디세우스의 이름이 사라져버린 것은 말하자면 그런 초발심이, 텍스트 읽기의 욕망이 이제 흐려져버렸다는 것인가. 제가 스스로에게 던진 질문은 이것입니다. 그러나 그렇지는 않은 것 같아요. 『문학동네』 편집위원을 그만둔 이후로 현장 문학에서 한 발 떨어져 나온 것은 사실이지만, 여전히 읽고 쓰는 중입니다. 읽고 쓰는 대상이 약간 바뀌었을 뿐입니다. 읽고 쓰는 한, 텍스트의 증상을 발견하고 분석하는 작업은 그칠 수가 없지요. 제가 글쓰기에서 얻는 기쁨의 대부분은 바로 거기에서 흘러나오는 것이니까요.

그렇다면 이 책임을 오이디푸스에게 책임을 물어야 하나. 오디세우스가 희미해졌다기보다는 오이디푸스가 더 강한 힘으로 덮어버린 것은 아닌가. 아마도 그래 보였습니다. 착각을 증상적이라고 느낀 두

번째 이유가 이것이었네요. 이 경우 오이디푸스는 프로이트의 명성과 함께 익숙해진 복합 심리 드라마의 주인공이 아니라, 소포클레스의 막장 비극에 나오는 테베의 왕 오이디푸스입니다. 그 둘의 차이는 명확합니다. 프로이트의 오이디푸스는 욕망의 주체이지요. 특이하지만 보편적인 인간 욕망의 담지자입니다. 이에 비해 소포클레스의 오이디푸스는 자기 책임을 향해 나아간 윤리의 주체입니다. 이 둘은 같은 오이디푸스이지만 많이 다르지요.

오디세우스를 덮어버린 오이디푸스, 그러니까 저의 착각이 하고 있는 말은 명확해졌습니다. 욕망을 덮어쓰고 있는 윤리가 그것이겠습니다. 저 또한 이것은 인정할 수밖에 없어 보였습니다. 지난 시간 동안 저로 하여금 읽고 쓰게 한 동력이 바로 윤리였기 때문입니다. 주된 대상은 언제나 문학이었고요.

요컨대 지금 제가 들여다본 제 마음의 그림으로 보자면, 행복을 약속하는 유혹자 사이렌 앞에 서 있는 존재는, 오디세우스가 아니라 오이디푸스여야 하는군요. 그러니까 실수가 단순한 착각은 아니었던 거죠. 진짜 예술 앞에 서 있는 주체가 욕망이 아니라 윤리라니! 조금은 한심하다는 생각이 들었습니다.

2. 사이렌 앞에 서 있는 오이디푸스라는 구도에 대해, 혹자는 명백한 부조화의 효과 때문에 멋진 그림이라고 생각할 수도 있겠네요. 산중을 헤매 다니는 오이디푸스 앞에 있어야 할 마성은 물론 스핑크스, 수수께끼를 내는 난폭자여야 하지요. 영웅 대 마성의 구도로 보자면 사이렌과 스핑크스가 교체 가능한 것이긴 하지만, 난데없이 오이디푸스가 튀어나온 모습에 조금 질린다는 느낌이 앞서네요.

저에게 오디세우스와의 만남은 짧지 않았습니다. 첫 만남 이후로도 오디세우스 일행의 행적을 추적하는 데 상당한 시간이 소요되었기 때문입니다. 그런데 언제부턴가 오이디푸스의 제대로 된 모습을 찾는 데 엄청난 시간을 쏟고 있는 저 자신을 발견하게 되었지요. 그 과정 역시 단순할 수가 없지요. 이방의 언어로 된 어려운 책들의 세계를 헤매고 돌아다녀야 했습니다. 그사이에 흐른 시간과 겪은 여정을 생각하니, 책임이 욕망을 뒤덮어버린 것도 당연하겠다는 생각을 하게 되는군요.

오디세우스는 말할 것도 없이 지혜의 영웅이고 생존의 화신입니다. 집으로 돌아가고자 하는 충동의 힘이 얼마나 대단한지를 보여주지요. 근대적 주체와 결부되어 생존주의의 표상이 되는 것 역시 당연해 보입니다. 그런데 그의 서사가 지니고 있는 길은 두 갈래입니다. 하나는 원리의 길, 그 길로 가면 스피노자의 코나투스에 이르게 됩니다. 자기 보존의 원리로 보자면 세상 만물이 예외일 수가 없다는 거죠.

다른 하나는 의지의 길입니다. 자기 보존이 최고의 의지가 된다면 생존주의가 지니는 몰윤리에 도달하게 됩니다. 살아남기 위해서는 무슨 짓을 해도 좋다는 수준이 되는 거지요. 원리의 길은 누구든 수긍할 수밖에 없지만, 원리를 의지의 바탕으로 삼는 순간 문제는 심각해집니다. 파시즘에 도달하는 몰윤리를 방어할 길이 없기 때문이죠. 승리자 오디세우스의 서사가 지닌 명랑성의 이면에는 어둡고 불길한 그림자가 있는 거지요.

이에 비하면 테바이의 왕 오이디푸스는 딱한 존재입니다. 자기 운명을 알고 그것을 피하려 애를 썼지만 그 행동이 오히려 처참한 결과를 낳았습니다. 여기에는 너무나 자명한 역설이 있지요. 오이디푸스가 자기 운명을 몰랐다면 사태는 전혀 달라졌겠지요. 오이디푸스가 저지른 끔찍한 짓들은 실상을 모르는 채로 행해진 것들입니다. 대체 이 처참함을 누가 책임져야 하는가.

영웅 오이디푸스의 오만이 초래한 결과라고 말하는 것은 우스꽝스럽습니다. 그는 누구보다 정의로워지고자 했고 자기 운명의 저주를 피하고자 애썼던 사람이기 때문입니다. 책임을 져야 한다면 운명의 여신이거나, 혹은 그 운명을 오이디푸스에게 가르쳐주어 근친 살해와 근친상간에 이르게 한 아폴론이 져야 하는 거지요. 그런데 오이디푸스는 그 모든 비극을 자기 탓으로 돌리고 책임을 지고자 합니다. 대단한 윤리적 주체가 탄생하는 거지요.

이 둘을, 영리한 속물과 우직한 바보로 구분하면 조금 지나칠까요. 출발점에 있던 청년은 경쾌한 분석가였으나, 적지 않은 시간이 지나고 보니 둔하고 무거운 담론가 한 명이 그 자리에 남아 있군요. 아마도 계간 『문학동네』를 창간하고 유지하는 시간이 그렇게 만든 것이 아닐까 합니다. 어쩌다 벌인 일이 생각 밖으로 커져버린 탓에, 스스로 한국문학의 외부자나 관조자를 자처할 수는 없었던 탓입니다. 오히려 당대 한국문학의 내부자로 생각하고 행동해야 했던 탓입니다. 바보의 자리로 갈 수밖에 없었던 때문입니다.

이렇게 쓰고 나니, 그것 역시 핑계라는 생각이 머리를 치는군요. 『문학동네』 일이 아니었더라도 오디세우스는 결국 오이디푸스가 될 수밖에 없는 운명이었다고 해야 하는 것 아닌가.

3. 말이 샛길로 새는 것 같아 조금 바루어봅니다.

비판이 아니라 이해와 옹호로서의 비평을 잘 이해해주신 점 감사드립니다. 이해와 옹호는 자칫 오해의 대상이 되기 쉽습니다. 비평을 비판이라고 생각하는 쪽이 자연스럽지요. 선의가 전제되지 않는 소통 영역에서라면 옹호가 비판보다 더 어렵습니다. 양선생님이 지적하신 대로 안 좋은 의도가 있는 것은 아니냐는 의혹의 대상이 될 수도 있습니다.

그러나 이런 식의 의심이나 비난도 일간신문에 문학 월평이 실렸던 시절이나 가능한 것이 아닐까 싶네요. 대중적 문자 매체로의 일간신문 영향력이 지금과는 비교할 수 없을 정도로 높았던 시절이 있었지요. 독자들에 대한 직접적인 영향력을 가진 비평이라야 가능한 이야기일 것입니다. 제가 시작하던 시점에 이미 비평은 그런 정도의 영향력을 지니고 있지 않을 때였지요.

옹호가 비평보다 힘들다는 수준에서 말하자면, 그러니까 제대로 하려 한다면 비판이야말로 힘든 작업이죠. 비판이 가능하려면 대상을 제대로 보아야 합니다. 대상의 외피들을 깎아내는 작업과 동시에, 대상을 바라보는 자기 시선의 더께를 걷어내는 작업이 동반되어야 합니다. 그것이 칸트의 이성 비판의 기본 작업이었죠. 비판 작업이란 대상의 재현을 전제합니다. 자기 자신의 감각과 논리 체계 안에서 진행되는 재현 작업이 잘못되면, 비판은 자기가 만든 허깨비를 향한 것이 됩니다.

오인의 위험을 피할 수 있는 방법은 내가 상정한 비판 대상을 가장 높은 곳에 올려놓는 일입니다. 스트라이크존을 넓게 생각하고 휘둘러야 하는 것이죠. 낮은 곳에 내려놓고 비판하는 것은, 자기 환상을 향한 어이없는 헛스윙이 될 수 있습니다.

게다가 많은 경우 비판은 자기를 향해 돌아오는 것들이기 쉽지요.

한 사람이 소리 높여 비판하는 대상이나 항목을 보면, 거꾸로 그 사람의 욕망을 읽을 수 있습니다. 고단수의 사기꾼이야말로 사기 행위를 가장 잘 적발할 수 있는 사람인 것이죠. 비판하는 사람으로서 그것은 몹시 두려운 일입니다.

이런 형식의 글쓰기라면 언제나 사양하고 싶다는 게 제 마음이었습니다. 많은 양보와 제한이 달린 글쓰기이기 때문이죠. 당신의 글이 내겐 이렇게 보이는데, 내 독법이 최소한 많이 틀리지 않는다면 이런저런 문제를 초래할 가능성이 없지 않다는 식의 글이 됩니다. 그런 식의 글쓰기가 제게는 무척 힘들었어요. 기질적으로 힘들었다고나 할까요.

4. 제가 글을 쓰면서 원했던 것은 맥락 속에서 의미나 원리를 발견하는 것입니다. 제게 매력적인 글감은 맥락이 보이는 대상입니다. 텍스트를 둘러싼 맥락을 잡아당기면 대개는 그 밑에 축장된 시간이 딸려 나옵니다. 횡으로 연결된 맥락들도 있지만 시간이 만들어낸 맥락들의 비중이 높지요.

제가 지속해온 글쓰기가 비평보다는 문학사에 가까운 것이라고 하셨지요. 작가와 작품들을 인물로 해서 반-성장소설 쓰는 작가의 일이 아니냐고도 하셨습니다. 텍스트의 맥락 찾기가 그렇게 이해될 수 있는 면이 있지요. 그래서 일단 수긍은 하면서도, 문학사라는 말이 조금 걸렸습니다.

생각해보니, 문학사라는 단어에 포함되어 있는 (역)사라는 말 때문이 아닌가 싶었습니다. 텍스트를 바라보는 제 시선은 맥락을 향해 있고, 그 맥락의 많은 부분이 시간화되어 있는 것은 맞지만, 역사라는 말이 매우 낯설게 다가오더군요. 문학과 관련해서 말한다면, 제 시선은 역사가 아니라 자연사natural history에 입각한 것이라 함이 옳아 보이더군요. 제가 했던 작업은 역사가가 아니라 문학을 대상으로 한 자연학자의 일에 훨씬 더 가까워 보였다는 것입니다.

양선생님은 외부의 비판적인 시선에 맞서 저를 옹호해주시면서도, 항목 하나를 남겨두셨더군요. 요약하자면, 당신의 문학사적 기술은 현실에 대한 저항이라는 측면을 지나치게 강조한 것이 아니냐, 몰락의 승리를 예찬한 멜로드라마가 아니냐, 그래서 저항에 대한 저항까지는 못 간 게 아니냐, 거기까지는 갔어야 하는 것이 아니냐, 라는 비판으로 이해했습니다. 이번에는 선뜻 그렇다는 응답이 나오지는 않았습니다. 선생님의 비판은 전체의 얼개를 조금 비틀어야 수용 가능할 듯합니다. 역사와 자연사의 대립 구도를 떠올렸던 것은 그 때문이기도 했습니다.

다윈의 『종의 기원』(1859) 한가운데는 생명의 나무가 나옵니다. 그림이 아니라 수식 같은 도표인데 그걸 나무라 할 수 있는 것은 뿌리가 있는 바닥에서 꼭대기에 있는 천장까지 아래에서 위로 이어져 있기 때문입니다. 우리가 진화론이라는 이름으로 잘못 상상하곤 하는 생명의 나무, 그러니까 원시적인 생명체에서 진화의 단계를 거쳐 현생 인류에 이르는 그림과는 매우 다릅니다. 이 잘못된 그림은 우생학자 헤켈이 그려낸 생명의 나무에 해당합니다. 인간이 진화의 가장 꼭대기에 있죠. 헤켈의 생명 나무는 전형적인 인간 승리의 기록물이기 때문에, 이것은 자연사가 아니라 역사라고 해야 합니다. 그것도 대문자 역사지요. 현생인류, 그중에서도 코카서스인종, 이른바 '백인'을 주인공으로 하는 진화의 역사가 그 잠재적 핵심에 있는 것이죠.

다윈의 그림은 매우 다릅니다. 천정의 수평면에 나란히 놓여 있는 개체들은 생물학적 종 다양성의 전시장을 이룹니다. 이들 각각은 현재 시간에 파악되는 종의 완성자들입니다. 종의 번식과 생존이 승리라면, 이들은 모두 승리자인 것이죠. 그리고 뿌리에서 이 최종 승리자들에 이르는 선은 실선이 아니라 점선이고, 또한 그것도 군데군데 끊겨 있습니다. 잃어버린 고리들이 중간에 버티고 있다는 것입니다. 현재 중간에 단절된 선들은 장차 어떤 모습으로 새롭게 이어져갈지 알 수가 없습니다. 어떤 미지의 도약이 벌어질지 알 수 없다는 것입니다. 진행중인 그림이기 때문입니다.

그러니까 여기에는 그 어떤 패배도 몰락도 없는 것이죠. 현재의 생존이 승리라면 살아 있는 모든 종들이 승리자입니다. 중간에 인멸해버린 고리까지 포함해서 모든 종과 개체들이 승리자입니다. 이 지도에 포획된 것 자체가 패배이자 몰락이라면, 그 몰락과 패배 역시 지구상에 존재하는 모든 생명체들에게 해당합니다. 미래 지도의 잠재적 몰락자들인 것이죠.

헤켈의 우생학에 맞서는 것은 다윈의 육종학입니다. 우생학은 차별과 혐오를 낳는 이데올로기의 산물이며 사이비 과학이지만, 육종학은 다윈에게서 진화론이라는 과학적 표준 가설의 기반이 되는 것입니다. 순서로 치자면 다윈이 먼저이니까, 기이하게 비틀려 괴물처럼 변해버린 육종학이 곧 우생학이라고 해야 하겠습니다.

이해와 옹호를 위해 제가 기댄 것이 문학의 자연사라고 함은 이런 뜻입니다. 변화의 흐름과 맥락을 포착하는 것이되, 인과와 필연에 의해 구성된 것으로서의 역사가 아니라는 말입니다. 우연과 도약이 이루어지는, 잃어버린 고리로 가득찬 클리나멘의 공간, 문학과 예술에게 어울리는 시간성의 공간은 바로 그것이 아닐까 합니다.

5. 문학과 정치의 문제에 대해서도 간단하게나마 답하고 싶네요. 많은 사람들에게 그렇겠지만 정치적인 문학을 받아들이는 것은, 저로서는 매우 어려운 일입니다. 그것은 1980년대부터 그랬습니다. 그 정치의 지향성이 비록 제 생각과 같다 해도 마찬가지입니다. 정치적 문학에서 제가 받아들일 수 없는 것은 정치라는 명사가 아니라, 정치적이라는 형용사입니다.

문학은 정치와 무관하기 때문, 혹은 무관해야 하기 때문인가. 누군가 이렇게 묻는다면 오히려 답은 반대라고 해야 하겠습니다. 문학은 그 자체로 이미 정치이기 때문이라고, 문학인 채로 이미 정치이기 때문이라고 해야 하겠습니다.

정치적 문학은 문학의 정치성과 반대편에 놓여 있습니다. 문학의 정치성은 사후적으로 확인되는 것임에 비해, 정치적 문학은 사전에 이미 존재하는 어떤 것입니다. 문학이 그 자체로 실천이고 정치임을 인정하는 사람에게, 정치적 문학이나 문학적 실천이라는 말은 이상한 동어반복이 되어버립니다. 한 사람의 마음속 절실함이 문자로 만들어진다면 거기에서 정치성이 드러나는 것은 당연한 일이겠죠.

이명박과 박근혜 정부를 거치는 동안 시민으로서 힘든 일들이 많았습니다. 제가 도심 시위에 나갔던 것은 그 이전, 노무현 정부 시절 대통령 탄핵 반대 집회 때부터였으나, 그 이후로 시위에 나가야 할 일이 많아졌습니다. 최근의 검찰 개혁 집회 때까지 그렇습니다. 지금도 저는 두 정부의 후유증을 오래 겪는다고 느낍니다. 어쨌거나, 블랙리스트가 있던 지난 정부 때가 문인들에게도, 새로운 세기에 들어선 후로는 가장 힘든 시절이 아니었나 합니다. 저 역시 글을 쓰는 사람이지만, 제가 기계처럼 수행했던 시위 대중으로서 역할은 문인이기 이전에 민주공화국의 시민으로서 했던 일입니다.

양선생님이 쓰신 말 중에 하나 걸렸던 것이 있습니다. 편지 말미의, 아도르노에게서 전이된 것으로 보이는 엘리트주의자라는 말이었습니다. 저는 그것을 귀족주의자라는 말로 이해했습니다.

귀족은 핏줄 때문에 고귀하게 된 사람이라서 자기 능력에 대한 확신이 없는 사람입니다. 그러니까 귀족주의는 공공연한 허세의 산물이죠. 귀여운 아이러니입니다. 황지우 시인을 기꺼이 사령관이라 불렀던 것도 그 때문이었습니다. 당연히 반어였던 거지요. 그러나 엘리트는 자기 능력으로 현재의 지위를 차지했다고 자신하는 사람입니다. 자기 확신에 가득찬 사람의 오만은 예술을 숨막히게 합니다. 그것은 멋진 문학의 반대가 아니라, 문학 그 자체의 반대가 아닐까 합니다.

반성 테제의 문제는 자기 소멸을 향해 나아간다는 것입니다. 반성적 시선은 결국 자기 자신에게 돌아오기 때문입니다. 그래서 어느 지점에서는 멈춰야 합니다. 자기 자신을 들여다보는 일을 중지해야 한다는 것이지요. 삼십대 중반의 김현이 어이없게도 욕망과 가짜 욕망 사이에 선을 그어버렸던 것도 그 때문일 것입니다. 무한 퇴행을 중지시키기 위함이었죠. 억압하지 않는 문학의 욕망은 가짜 욕망의 반대편에 있다는 것이었습니다. 그러나 욕망을 그런 식으로 절단하는 것은 불가능한 일입니다. 옷을 입혀도 그 옷 바깥으로 삐져나오는 것이 욕망의 본성입니다.

진짜 욕망과 가짜 욕망을 구분할 수 있는 존재가 있다면, 그럴 수 있는 유일한 존재는 오이디푸스입니다. 자기가 그 결과를 책임질 수 있는 욕망은 진짜였다고 말할 수밖에 없습니다. 책임지는 것은 언제나 사후적이지요. 그러니까 욕망의 진짜와 가짜는 언제나 과거형으로만 말할 수 있지요. 그것은 진짜였다고. 혹은 가짜였다고. 요컨대 내 안에서 오이디푸스가 튀어나오기 전까지는, 그래서 내가 내 눈을 찌르기 전까지는 어떤 욕망도 가짜라고 할 수는 없지요. 그것이 이른바 '세속적인 욕망'이라 해도 누가 그것을 사전에 가짜라고 판단하겠습니까. 그 사람의 마음속에 장차 있게 될 오이디푸스만이 그럴 수 있을 뿐입니다.

반성과 실천은 종합되어야 할 이유가 없어 보입니다. 반성이 실천이고 저항이기 때문입니다. 이 사실을 자각한 반성이라면 자의식 속으로의 무한 퇴행이라는 위험으로부터 자유로울 수 있겠습니다. 우정의 정원에서 반짝이는 것은 클리나멘의 에너지입니다. 우연들을 세계 창조의 필연으로 인정하는 유물론의 넓은 품은 그 자체가 윤리와 이념이 될 수 있습니다.

우연을 인정할 뿐 아니라, 자기 실천의 대상으로 삼는 것이야말로 문학의 정치, 곧 정치적 문학의 반대편 언덕에 있는 것이 아닐까 합니다. 그 언덕의 중심에 있는 것이 문학의 윤리임은 두말할 나위가 없겠습니다. 윤리가 곧 정치라고, 한 발 더 나아가, 윤리야말로 곧 정치라고 해야 하겠습니다. 그 정치의 바탕을 이루는 것이 반성이라 함은 더 강조할 필요가 없겠습니다.

분석가에게 필요한 것은 무엇인가. 라캉이 추려놓은 분석가 담론의 진실 자리가 모든 말을 하는 것이 아닌가 합니다. 그 자리는 책 먼지에 눈이 멀어가는 사람의 것입니다. 책 없이 생각할 수 있기 위해서는 반드시 거쳐야 하는 자리일 것입니다.

이번에도 편지가 너무 길어졌군요. 먼 태풍에 비가 몰려온 날입니다. 클리나멘의 힘이 함께하시기를.

서영채 드림

서영채 선생님께 드리는 세번째 메일 겸 답신 _2021/8/29 13:18

두번째 답신을 받고 조금 많이 부끄러웠습니다. 이해와 옹호의 방법이 왜 중요한지, 몸소 체험합니다. 허락된 일정과 지면 모두 훌쩍 넘겨 서둘러 마지막 편지를 드립니다. 무례하고 부족했습니다. 오이디푸스 되기가, 윤리의 언덕에 가닿기가, 좀처럼 쉽지 않다고, 두렵다고, 그건 86세대이기에 가능한 것 아니냐고, 비판을 가장한 투정을 부렸습니다. 짧은 대화였지만 많이 배우고 반성했습니다. 항복할 수 있었고, 그래서인지 조금 더 욕심도 났습니다. 비평이, 대화가 참 즐거운 일이라는 것을 깨닫습니다. 스스로 해결하지 못한 질문들 천천히 대답해나가겠습니다. "내가 판단하건대 모든 것이 좋다"라고 말하는 오이디푸스의 긍정[20]을, 클리나멘과 함께하며 웃고 있는 오이디푸스

---

20) "그것은 고통으로 시작되었다. (……) 엄청난 비탄은 감당하기에 너무나도 무겁다. 이것은 우리가 맞이하는 겟세마네의 밤들이다. 그러나 우리를 짓누르는 진리들도 인식됨으로써 사멸한다. 이렇듯 오이디푸스도 처음에는 영문을 알지 못한 채 그의 운명에 복종한다. 그가 알게 되는 순간부터 비극이 시작된다. 그러나 바로 그 순간에 눈멀고 절망한 오이디푸스는 (……) 기가 막힌 한마디 말소리를 (한다.) "그 많은 시련에도 불구하고 나의 노령과 나의 영혼의 위대함은 나로 하여금 모든 것이 좋다고 판단하게 만든다." (……) 고대의 예지가 현대의 영웅주의와 만난다. (……) "내가 판단하건대 모든 것이 좋다." 오이디푸스는 이렇게 말한다. 이 말은 신성하다. 이 말은 인간의 사납고 한정된 세계 안에서 울린다. 또 모든 것이 밑바닥까지 다 소진되는 것은 아니며 소진되지도 않았음을 가르쳐 준다. 그리하여 그것은 불만과 무용한 고통의 취

를, 마주하며 어떤 용기와 믿음에 부풉니다. 감사합니다, 선생님.

양순모 드림

양순모 선생님께 드리는 세번째 메일 겸 답신 _2021/8/30 08:22

양순모 선생님, 이제 끝내야 할 시간이군요. 요령부득으로 횡설수설이 심했다는 생각에 아쉬움이 큽니다.

오래전, 제가 어떤 선생님께 들었던 말입니다. 한쪽으로 휜 것을 제대로 펴려면 그 반대로 휘어야 한다, 가운데로 잡아당기는 것만으로는 부족하다.

아마도 사회 전체에 대해서는 문학이, 또 문학에 대해서는 비평이 그런 역할을 하는 것이 아닐까 합니다. 그것을 반성의 힘이라 부를 수 있을 텐데, 그것이 문학적 글쓰기의 핵심 동력임은 누구나 인정할 수 있는 일이 아닐까 합니다.

한쪽으로 휜 것을 반대편으로 당길 때, 어느 순간 내가 생각하는 중심점을 넘어서야 합니다. 논리도 어조도 치우칠 수밖에 없는 때가 오지요. 논리의 균형점을 넘어서 치우친 상태를 유지해야 합니다. 그 아이러니와 역설의 상태를 버티기 위해서는 힘이 필요하지요. 그런 정도를 실행할 수 있는 힘과 지혜가 부족하다는 것도 문제입니다. 그래서 중심점까지 당기다가 힘이 빠져버리곤 하는 것이 상례지요. 우

미를 가지고 들어온 신을 이 세계로부터 추방한다. 그 한마디가 운명을 인간의 문제로, 인간들 사이에서 처리해야 할 문제로 만드는 것이다. 시지프의 소리 없는 기쁨은 송두리째 여기에 있다. 그의 운명은 그의 것이다. 그의 바위는 그의 것이다. 이와 마찬가지로 부조리한 인간이 자신의 고통을 응시할 때 모든 우상은 침묵한다. (……) 부조리한 인간의 대답은 긍정이며 그의 노력에는 끝이 없을 것이다."(알베르 카뮈, 『시지프 신화』, 김화영 옮김, 민음사, 2016, 183~184쪽.)

리 앞에 있는 난제가 단칼에 자르고 나갈 수 있는 매듭 같은 것이라면 얼마나 좋겠습니다. 아마도 그것은 문학의 방식은 아니지 않을까 생각합니다. 힘이 자라는 데까지, 저 역설과 아이러니를 버텨내려 하는 것이 우리의 일이 아닐까 합니다.

어려운 과제를 맡아 애쓰신 양순모 선생님, 그리고 자리를 만들어주신 노태훈 선생님께 감사합니다. 과분한 대접을 받았다는 생각에 마음이 편치 않군요. 환대가 높이는 것은 받는 사람이 아니라 주는 사람이라는 생각으로 마음의 위로를 삼습니다.

문전박대는 물론이고 환대도 없는 우정의 정원을 그려봅니다.

감사합니다.

서영채 드림

(2021)

1부

이 희미한 삶의 실감 『한국 작가가 읽은 세계문학—나의 읽기, 당신의 읽기』(황석영 외, 문학동네, 2013)

죽음의 눈으로 보라 — 고전을 읽는다는 것 『월간 국회도서관』 2022년 6월호

1990년대, 시민의 문학 — 『문학동네』 100호에 즈음하여 『문학동네』 2019년 가을호

충동의 윤리 — "실패한 헤겔주의자" 김윤식론 『구보학보』 22집(구보학회, 2019)(발표 당시 제목은 '김윤식과 글쓰기의 윤리: "실패한 헤겔주의자"의 몸')

재난, 재앙, 파국 — 기체 근대와 동아시아 서사 조선대학교 재난인문학연구사업단 〈제1회 국제학술대회〉 발표문(2021. 2. 3.)

인물, 서사, 담론 — 문학이 생산하는 앎 『문명과 경계』 제3호(포항공과대학교 융합문명연구원, 2020)

2부

관조의 춤사위 — 복거일의 『한가로운 걱정들을 직업적으로 하는 사내의 하루』에 관한 몇 가지 생각 『문학동네』 2014년 여름호

2019년 가을, 은희경에 대해 말한다는 것 『문학동네』 2019년 겨울호

스피노자의 비애 — 다소곳한 이야기꾼 정소현에 관하여 『문학동네』 2013년 봄호

박화성, 목포 여성의 글쓰기 〈제15회 소영 박화성 문학 페스티발〉 발표문(2021. 10. 27.)

한글세대 이청준의 미션 〈제4회 문학실험실 포럼〉 발표문(2018. 9. 28.)

문학동네 평론집
우정의 정원
ⓒ서영채 2022

초판 인쇄 2022년 12월 26일
초판 발행 2022년 12월 30일

지은이 서영채
책임편집 김봉곤 | 편집 이민희
디자인 최윤미 이원경
마케팅 정민호 이숙재 박치우 한민아 이민경 안남영 왕지경 김수현 정경주 김혜원
브랜딩 함유지 함근아 김희숙 고보미 박민재 박진희 정승민
제작 강신은 김동욱 임현식 | 제작처 천광인쇄사

펴낸곳 (주)문학동네 | 펴낸이 김소영
출판등록 1993년 10월 22일 제2003-000045호
주소 10881 경기도 파주시 회동길 210
전자우편 editor@munhak.com
대표전화 031) 955-8888 | 팩스 031) 955-8855
문의전화 031) 955-3578(마케팅) 031) 955-2660(편집)
문학동네카페 http://cafe.naver.com/mhdn
인스타그램 @munhakdongne | 트위터 @munhakdongne
북클럽문학동네 http://bookclubmunhak.com

ISBN 978-89-546-9047-8 03810

www.munhak.com